10
18

12, AVENUE D'ITALIE. PARIS XIIIe

Sur l'auteur

Dan Smith vit à Newcastle. *Le Village*, sélectionné par le Grand Prix des Lectrices de *ELLE*, est suivi de *Hiver rouge*, paru en 2015 aux éditions du Cherche Midi.

DAN SMITH

HIVER ROUGE

Traduit de l'anglais
par Caroline Nicolas

10/18

CHERCHE MIDI

Titre original :
Red Winter
Éditeur original : Orion

Il était une fois un forgeron.

« Bon, dit-il un jour. Je n'ai jamais rien vu de mauvais. On me dit que le Mal règne dans le monde. Je vais partir à sa recherche. »

Il alla se prendre un bon verre, puis s'en fut à la recherche du Mal. En chemin, il rencontra un tailleur.

Ils marchèrent encore et encore, jusqu'à atteindre une forêt dense et sombre. Ils y trouvèrent un petit chemin étroit, et entreprirent de le suivre. Ils continuèrent de marcher, et finirent par voir apparaître devant eux une grande chaumière. Il faisait nuit ; ils n'avaient nul autre endroit où aller.

Ils entrèrent. Il n'y avait personne dans la maison, où régnait un dépouillement sordide. Mais bientôt arriva une grande femme, maigre et courbée, qui n'avait qu'un œil.

« Ah ! dit-elle. J'ai de la visite. Bien le bonjour.

— Bonjour, grand-mère. Nous sommes venus passer la nuit sous votre toit.

— Parfait. Ça va me faire de quoi dîner. »

À ces mots, une grande frayeur s'empara d'eux. Pour sa part, elle alla chercher une grosse brassée de bois, la jeta dans le poêle et alluma un feu. Puis

elle s'approcha des deux hommes, attrapa l'un d'eux
– le tailleur –, lui coupa la gorge, le troussa et le
mit au four.

Extrait de « Likho la Borgne »,
une *skazka* traditionnelle,
d'après la traduction anglaise
de W. R. S. Ralston

NOVEMBRE 1920

RUSSIE CENTRALE

1

Le village était tapi dans la neige, portes et volets fermés. La rue était vide. L'air froid ne portait aucun son.

Entre mes genoux, Kashtan fit un pas de côté, secouant la tête et soufflant bruyamment par ses naseaux dilatés. Je me penchai pour lui flatter l'encolure.

« Toi aussi, tu as remarqué, ma belle ? »

Il aurait dû y avoir des voix. Des aboiements. Des femmes en train de rentrer des champs. Il aurait dû y avoir des enfants, mais je n'entendais que le vent dans les arbres derrière moi et le murmure de la rivière devant.

Je continuai d'observer le village depuis la lisière de la forêt, mais rien ne bougea.

« Tu crois qu'ils nous ont vus et se cachent ? demandai-je à mon frère. Ou bien que... » Le regard fixé sur sa nuque, je ne finis pas ma phrase. « Je t'avais promis de te ramener à la maison, Alek. Et regarde. » Je relevai les yeux pour examiner les isbas en rondins de l'autre côté de la rivière. « On y est. »

Mais il n'y avait pas de lumière, à aucune des fenêtres.

Kashtan broncha de nouveau ; quelque chose la mettait mal à l'aise.

« Allez, avance, dis-je en lui pressant les flancs pour la faire entrer dans l'eau. Allons voir ça de plus près. »

Je savais que j'aurais dû attendre la nuit, mais le voyage avait été long. Cela faisait des jours que nous restions dans les bois pour éviter les armées de toutes les couleurs qui, depuis la révolution, s'affrontaient pour prendre le contrôle de notre pays, et j'avais besoin de voir en chair et en os les personnes qui peuplaient mes rêves. Il me fallait une preuve que ma famille n'était pas une illusion ; que je ne l'avais pas inventée de toutes pièces juste pour donner un sens à tout ce que j'avais vu et fait.

Quelque part dans la lumière déclinante de l'après-midi, un corbeau croassa, et je tournai vivement la tête dans sa direction. Pendant un instant, je ne vis rien ; puis une forme noire s'échappa des doigts nus du plus grand des arbres derrière les maisons. Elle vira dans le ciel et fondit vers le sol, rasant les toits en bois avant de passer au-dessus de ma tête et disparaître.

Je lâchai les rênes pour poser une main sur ma cuisse, près du revolver dans ma poche. La jument renâcla, réticente à entrer dans l'eau froide, mais je l'encourageai à s'engager dans le lit peu profond de la rivière, où elle lutta pour trouver pied sur les pierres qui tapissaient le fond. Je la poussai en avant jusqu'à ce que j'aie les bottes trempées, mais alors que l'eau m'arrivait aux genoux, me dérobant ma chaleur corporelle pour l'emporter vers le lac, Kashtan encensa et s'arrêta à l'endroit le plus profond, comme si elle était arrivée devant une barrière invisible. Elle voulait faire demi-tour, fuir cet endroit. Elle avait flairé quelque chose qui la dérangeait.

« Qu'est-ce qu'il y a ? demandai-je en regardant Alek, mais il ne répondit pas. Allez, ma belle. »

J'éperonnai légèrement Kashtan. « Ne me laisse pas tomber maintenant. »

Nous regagnâmes la berge près du moulin à vent et passâmes sous ses ailes, laissant des traces sombres et humides derrière nous. Les sabots de Kashtan sonnaient creux sur la terre dure du chemin, et sa respiration bruyante se cala sur leur rythme alors que nous passions entre les isbas pour atteindre la route qui traversait le village.

Une fois là, j'arrêtai ma monture et attendis, les jambes mordues par l'air glacé.

« Il y a quelqu'un ? »

Ma voix tomba à plat, sourde et incongrue.

« Il y a quelqu'un ? C'est nous, Nikolaï et… »

J'attendis encore un peu, l'œil aux aguets, mais rien ne bougea, et je passai la jambe par-dessus la croupe de Kashtan pour descendre de selle. Le bruit m'écorcha les oreilles dans le silence, et je m'immobilisai dès que j'eus mis pied à terre pour écouter. Je scrutai les maisons, me demandant si quelqu'un me surveillait de derrière leurs portes muettes. Je jetai un coup d'œil aux bois derrière moi, aux arbres noirs qui se détachaient sur le ciel meurtri, et songeai que j'avais peut-être quitté leur protection trop hâtivement. J'y avais passé de longues journées, et je me sentais soudain très vulnérable. Mais même si elle m'avait bien caché, la forêt était un endroit inhospitalier, où il était facile de croire à l'existence des démons.

« Il y a quelqu'un ? » lançai-je de nouveau, sans plus recevoir de réponse. Portes et fenêtres restèrent fermées. « C'est Nikolaï et Alek Levitski. » Ma voix était mate et sans écho. « Vous pouvez sortir. On ne va pas vous faire de mal. »

De plus en plus mal à l'aise, je pris mon revolver dans ma poche et guidai Kashtan vers ma demeure, lentement. J'enroulai ses rênes autour de la clôture et posai une main sur son chanfrein.

« Reste là, lui chuchotai-je avant de me forcer à lever les yeux vers Alek. Je reviens te chercher dans une minute, dis-je à celui-ci. On est arrivés à la maison. »

La porte d'entrée était fermée mais pas verrouillée. Elle céda dès que j'appuyai dessus, s'ouvrant sur une pièce plongée dans l'obscurité.

« Marianna ? »

Le cliquetis de mes bottes sur le plancher me paraissait assourdissant. J'inspirai profondément, m'attendant à sentir l'odeur de mon foyer, mais quelque chose d'autre me chatouilla le nez. Un vague relent de pourriture, discret mais qui s'attarda dans mes narines.

« Marianna ? »

J'avais imaginé que le *pitch* serait allumé ; ce poêle en argile était le cœur de notre foyer, le four dans lequel nous cuisinions et notre source de chaleur en hiver. Il y aurait du pain en train de cuire dedans. Marianna serait en train de sourire à Pavel, occupé à jouer avec les petits personnages en bois que mon père avait sculptés pour moi quand j'étais enfant. Notre fils aîné, Micha, serait en train de rapporter des bûches du dehors. J'avais espéré trouver la chaleur d'un feu en ce début d'hiver, la mélodie discrète d'une *garmochka* nous parvenant d'une des autres isbas.

Mais je ne découvris rien de tout cela. Pas de chaleur. Pas de vie. Rien.

La maison était vide.

2

Je demeurai un long moment immobile dans la pénombre de mon foyer. Je les appelai – Marianna, les garçons – mais personne ne vint. Le *pitch* resta froid, et la maison vide.

Je ruisselais de l'eau de la rivière, qui coulait sur le sol en formant une tache autour de mes pieds. Je n'entendais que le bruit de ces gouttes, et, l'espace d'un instant, je me crus simplement dans un rêve. Peut-être n'étais-je pas du tout arrivé chez moi, mais encore allongé au pied de quelque arbre monstrueux dans la forêt, abrité du mauvais temps et du regard de ceux qui voulaient ma mort par ses branches tordues. Ou peut-être n'était-ce qu'un cauchemar donnant corps à ce que je craignais de trouver en rentrant chez moi.

Mais je savais que ce que je voyais était bien réel. Le froid me le disait. La peur.

Lorsque je me forçai enfin à bouger, le pâle soleil de l'hiver imminent avait disparu derrière l'horizon, de sorte que seule une lueur grise et granuleuse s'infiltrait par les fenêtres. Je m'approchai du *pitch* pour poser la main dessus et sentis la froideur de la porte en fer, restée ouverte, et de la terre cuite tout autour. En plein cœur de l'hiver, nous dormions souvent au-dessus du poêle, pour profiter tous les quatre de sa chaleur ; mais là, on avait laissé le feu s'éteindre, et il ne restait qu'une pile fragile de cendres blanches à l'intérieur. À côté, des ustensiles de cuisine étaient appuyés contre le mur, prêts à l'emploi. Des branches de plantes séchées pendaient d'une mince solive au-dessus de ma tête, et quelques feuilles qui en avaient été arrachées gisaient sur le rebord en bois qui faisait le tour du poêle. Un tas bien rangé de bûches et de petit bois se dressait dans le coin.

Sur la table se trouvaient quatre assiettes, sans ordre particulier, comme si on les avait posées là dans l'intention de mettre bientôt le couvert. L'odeur discrète qui imprégnait les lieux suggérait la présence de nourriture en train de pourrir, mais je ne savais pas d'où elle pouvait provenir : il n'y avait rien dans le four ni sur aucune des assiettes, et il ne restait dans le placard à provisions qu'une poignée de pommes de terre, un peu de chou au vinaigre et quelques lanières de porc séché.

Au centre de la table, une bougie à moitié consumée était collée par sa propre cire dans un bol ébréché, et je me rappelai comment c'était quand elle brillait et que la maison était remplie de voix. Quand le *pitch* était allumé et ma famille rassemblée autour de moi, la pièce était toujours chaude et lumineuse, même en plein hiver.

Étant soldat, j'avais rarement l'occasion de rentrer chez moi ; mes visites étaient sporadiques, et il s'écoulait souvent plus d'une année entre chaque. La dernière fois que je m'étais tenu dans cette pièce remontait à plus de six mois. C'était le début du printemps, et mon unité, qui avait rejoint un corps d'armée plus important pour se ravitailler, n'était pas loin, aussi avais-je pris une permission d'une semaine pour voir ma famille. Alek m'avait accompagné ; nous nous étions assis à cette table le premier soir et avions vu comment s'en sortaient Marianna et les garçons avec le peu qu'ils possédaient. Blancs comme Rouges étaient passés plus d'une fois dans le village, réquisitionnant toutes les provisions qu'ils pouvaient trouver, laissant ma famille sans rien ou presque, mais j'étais juste reconnaissant de retrouver ma femme et mes enfants indemnes. Micha et Pavel m'avaient fait admirer avec fierté les lapins qu'ils avaient pris au collet dans la forêt et les poissons qu'ils avaient pêchés dans le lac, tout comme Alek et moi le faisions étant plus jeunes.

Revenant au présent, je regardai fixement la table en les imaginant autour, tels qu'ils l'étaient dans mon souvenir, et une irrésistible nostalgie s'empara de moi. Le sentiment d'appartenance qui m'avait envahi ce soir-là était plus puissant que la fraternité qui pouvait exister entre n'importe lequel de mes compagnons d'armes et moi, et cela avait confirmé mes doutes grandissants sur la guerre et tout ce qu'elle représentait. Être ainsi avec mes propres enfants, ma propre femme, m'avait apporté des visions de ceux qui gisaient désormais sans vie dans les champs, les forêts et les villes et villages incendiés de notre pays. Et, le repas fini, la nuit tombée et les enfants endormis, Marianna et moi avions partagé un moment d'intimité qui m'avait fait la désirer plus que jamais. Couché à côté d'elle, son corps tout contre le mien, je m'étais surpris à rêver d'un moyen de laisser l'horreur derrière moi pour rejoindre la famille qu'elle avait si bien préservée. J'avais su alors que rentrer chez moi représentait mon seul espoir de rédemption, ma seule chance de combler le vide.

Mon regard errant s'arrêta sur les clous tordus à côté de la porte. Je les avais plantés dans l'épais mur de bois une éternité plus tôt, parce que Marianna voulait un endroit où accrocher nos manteaux d'hiver ; mais ils n'y étaient plus, les clous étaient nus.

Je me demandai ce que cela signifiait. Les avaient-ils pris parce qu'ils ne pensaient pas revenir ? Les premiers vents hivernaux étaient déjà là et la neige n'allait pas tarder. Seul un imbécile serait parti sans son manteau alors que le pays s'apprêtait à entrer en hibernation. Cette pensée en tête, je pris l'absence des vêtements pour un signe de bon augure. Où qu'ils soient partis, ma femme et mes enfants avaient eu la prévoyance de se prémunir du froid.

Laissant courir mes doigts le long de la table, je m'approchai de la porte entrouverte qui donnait sur la chambre.

« Marianna ? »

Frissonnant dans mon pantalon humide et glacé, j'ouvris la porte un peu plus grand et me glissai à l'intérieur. Il régnait dans la pièce une atmosphère pesante, comme une suggestion de rester discret. C'était ma maison, et pourtant je m'y faisais l'effet d'un étranger, d'un voleur entré subrepticement à la faveur de la nuit.

Les lits étaient faits et repoussés contre le mur de part et d'autre de la chambre, comme ils l'avaient toujours été. L'un, sous la fenêtre, était celui où Marianna et moi dormions depuis des années, et l'autre celui de mes fils, Micha et Pavel.

Un rideau translucide et effiloché, accroché à une tringle tordue, laissait filtrer les dernières lueurs du jour, et un tapis rouge et noir décoloré par l'âge ornait le mur du fond. Il y avait aussi une commode peinte en blanc et une petite table ronde avec un morceau de vieille dentelle jeté dessus pour en protéger la surface. Une chaise solitaire avec une serviette posée sur le dossier. Au-dessus de la table, une petite icône accrochée à un clou. Tout était exactement à la même place que quand j'étais parti. Rien n'avait bougé. C'était comme si, à tout moment, Marianna et les enfants allaient rentrer et la vie reprendre son cours. Mais il s'était passé quelque chose dans cette maison ; je le sentais.

Je m'approchai de la table où quelques affaires de Marianna étaient étalées, et passai les doigts dans sa brosse où un ou deux de ses cheveux étaient encore accrochés, comme pour prouver son existence. Ils étaient longs et dorés, de la couleur du blé d'hiver mûr. C'était quelque chose – sa blondeur et ses yeux bleus comme un ciel d'été – dont elle avait espéré que les enfants hériteraient, mais c'était mon propre teint brun qui l'avait emporté. Micha possédait ses traits délicats, son visage étroit, ses tics et sa force d'âme, mais ses cheveux étaient de la couleur du sucre brûlé, et il avait les yeux sombres et sérieux. Pavel avait le teint plus clair, et les yeux noisette. Ses cheveux étaient de la couleur des glands qu'Alek et moi ramassions dans la forêt étant petits, et il semblait toujours s'en dégager une odeur fraîche et propre. J'adorais presser le nez contre le sommet de sa tête sous le prétexte de l'embrasser, juste pour humer ce parfum. Son tempérament se rapprochait davantage du mien – il était plus réservé que son frère –, et j'avais toujours eu plus de facilité que Marianna à le comprendre.

Je retirai les cheveux de la brosse et les gardai entre le pouce et l'index, espérant par ce geste me sentir plus proche de ma femme, mais rien ne changea dans le silence inhabité. Je ramassai son *tchotki*, ce chapelet à nœuds qu'elle avait fabriqué elle-même avec de la laine d'agneau, et le fis tourner dans ma main ; ce fut alors que je perçus un mouvement vif en périphérie de mon champ de vision.

Une forme sombre qui bougeait. Un bruissement d'étoffe et le bruit sourd de quelque chose qui heurtait le plancher.

Je lâchai le chapelet et fis volte-face, levant mon revolver et tombant sur un genou pour éviter une balle éventuelle. J'avais le cœur qui battait la chamade et du mal à respirer. En l'espace d'une fraction de seconde, il fallut que je décide de tirer ou non. Ce pouvait être un ennemi. Ou ma femme. Ou peut-être tout cela n'était-il vraiment qu'un cauchemar, et s'agissait-il de quelque créature plus terrifiante, venue emporter mon âme pour tous les actes terribles que j'avais commis.

Plus rien ne bougeait derrière la porte. Je décrispai les doigts et inspirai profondément, gardant mon arme braquée sur la forme tandis que je m'en approchais ; je vis presque aussitôt que ce n'était ni une personne ni quoi que ce soit de plus sinistre. C'était seulement un vêtement que j'avais fait tomber de son clou au dos de la porte. Un simple manteau en laine noir.

Je me baissai pour le ramasser et, en le soulevant pour le regarder à la faible lumière qui entrait par la fenêtre, je sentis mon cœur s'arrêter. Ce n'était pas n'importe quel manteau. C'était celui de ma femme.

Le manteau d'hiver de Marianna. Ce devait être elle qui l'avait accroché là, dans la chambre, mais pourquoi ne l'avait-elle pas pris avec elle ?

Je m'assis au bord du lit et me penchai en avant, les doigts tellement crispés sur mon revolver qu'ils commençaient à me faire mal.

« Où es-tu ? » La frustration était presque intolérable. « Pourquoi est-ce que tu n'es pas là ? »

J'avais parcouru tant de chemin, risqué si gros, et tout ça pour ça.

Lorsque Alek et moi avions pris la fuite, notre unité marchait vers Tambov, au nord-est, appelée en renfort pour écraser la révolte paysanne qui avait commencé en août, causée par les dures lois de réquisition du grain et leur application brutale par l'Armée rouge. Déjà, la milice paysanne se donnait le nom d'Armée bleue et comptait plus de cinquante mille hommes dans ses rangs. Elle avait même récupéré des transfuges de l'Armée rouge, et certaines unités avaient donc été rappelées d'Ukraine, où elles combattaient les Blancs, pour mater la rébellion et renforcer la Terreur rouge qui assujettirait les masses. C'était au cours de cette marche qu'Alek et moi avions enfin trouvé une occasion de partir de notre côté, d'échapper à l'enchaînement sans fin de violence et d'horreur qui était devenu notre pain quotidien.

Nous savions que deux hommes à cheval attireraient l'attention des unités chargées de traquer les déserteurs mais nous nous étions quand même enfuis, et il nous avait fallu près de trois semaines pour parcourir la centaine de kilomètres qui nous séparait de chez nous. Nous avions évité les routes et les steppes autant que possible, nous cantonnant aux bois, même si cela rendait notre progression difficile et nos nuits longues, froides et solitaires. Nous prenions du fourrage pour nos montures où nous en trouvions, volant dans les fermes, craignant d'être vus. Tout soldat nous abattrait pour l'honneur, et tout paysan nous trahirait pour une poignée de grain ou un peu de clémence ; mais nous étions restés hors de vue, et cela nous avait ralentis. Alek avait fait preuve de plus de force que je n'aurais pu l'imaginer. Lorsque l'état de sa blessure s'était aggravé, j'avais voulu regagner la route, mais il avait refusé, et je ne pouvais m'empêcher désormais de me demander si je n'aurais pas dû insister. Nous serions arrivés plus tôt, et peut-être Marianna aurait-elle encore été là. Peut-être… Peut-être beaucoup de choses auraient-elles été différentes.

Serrant les dents, je baissai la tête. J'avais besoin de ma famille. Elle seule pourrait dissiper les ténèbres qui, chaque jour un peu plus, engloutissaient mon âme. Elle était forcément là, quelque part. Il fallait que je la retrouve.

Je fermai les yeux et respirai profondément afin de refouler mes émotions. Posant le revolver sur le lit, je me passai les mains sur le crâne et le visage pour me réveiller et reprendre mes esprits.

« Ressaisis-toi », dis-je tout haut, réconforté par le son de ma propre voix.

Avec un regain de détermination, je m'approchai de la commode pour y chercher des vêtements propres, que je posai sur le lit à côté de mon arme. Retirant mes bottes, j'enlevai le pantalon mouillé qui me collait aux jambes et me servis de la serviette posée sur le dossier de la chaise pour m'essuyer. Avant toute chose, je devais m'occuper de moi. Mouillé, gelé et au bord de la folie, je ne serais d'aucune aide à personne.

Rhabillé, je fermai bien mon manteau et renfilai mes bottes humides et froides, puis, reprenant mon revolver, je regagnai la porte d'entrée et l'ouvris sur la nuit. Le ciel s'était dégagé et les dernières traces de chaleur avaient disparu. Sous le regard des étoiles innombrables, la lune baignait le monde d'une lumière argentée.

Dès qu'elle me vit, Kashtan s'ébroua en hennissant doucement, et je scrutai longuement la rue d'un côté puis de l'autre, l'oreille tendue, avant de la rejoindre. Elle blottit sa tête contre ma poitrine et je posai une main sur l'étoile qui ornait son chanfrein.

« Encore un petit moment, lui chuchotai-je en approchant mon nez du sien pour sentir la chaleur de son haleine douce. Je vais te mettre quelque part à l'abri. Au chaud. Te trouver de quoi manger si je peux. »

Je lui flattai l'encolure et la contournai, regardant en direction de la masse sombre des arbres de l'autre côté de la rivière. Dans la forêt, les ténèbres régnaient, et au bout d'un moment elles jouaient des tours même à l'esprit le plus fort. Je serais content de dormir sous un vrai toit cette nuit, et remerciai la fortune de ce petit geste de compassion.

« Je suis fier de toi, dis-je à Kashtan. Tu as été courageuse. »

Elle avait été au combat, connaissait bien l'odeur du sang, mais cela l'avait malgré tout effrayée d'avoir Alek sur son dos. Sans elle, je ne serais jamais arrivé chez moi. C'était une bonne amie.

Je défis les liens qui empêchaient mon frère de tomber et le tirai vers moi pour le hisser sur mon épaule. Je le portai dans la maison et l'adossai au mur à côté du *pitch*, puis m'affaissai à côté de lui, haletant après cet effort. Nous restâmes assis côte à côte, comme si nous nous étions installés là pour fumer une cigarette en parlant du bon vieux temps.

« Et voilà, tu es à la maison, lui dis-je. Plus ou moins. »

Alek n'habitait pas avec moi ; il occupait l'isba voisine avec sa femme Irina, mais elle était morte sans lui laisser d'enfants l'année précédant la révolution, et c'était chez moi qu'il passait le plus clair de son temps quand il rentrait à Belev ; aussi était-ce plus son foyer que tout autre endroit. C'était par ailleurs la maison où il avait grandi : celle que papa avait construite lui-même, que maman avait tenue d'une main ferme et avec un chaud sourire, celle où nous avions joué, où nous nous étions disputés et battus étant enfants ; celle qu'il avait quittée pour s'installer avec Irina, la plus belle fille du village. Tout le monde avait prédit qu'elle épouserait Semion Petrovitch, mais elle ne s'était jamais intéressée qu'à Alek. Celui-ci m'avait dit une fois qu'elle aimait la façon dont il jouait de la *garmochka*, et que c'était pour cela qu'elle l'avait épousé, mais je lui avais répondu que c'était impossible. Il jouait faux, et sa *garmochka* était si usée et miteuse qu'elle avait la respiration sifflante d'un vieil homme fumant sa dernière pipe.

Je regardai longuement ses bottes solides, puis les miennes, froides, humides et inconfortables.

« Tu n'en as plus besoin, maintenant », murmurai-je avant de me redresser pour les lui ôter.

Laissant les miennes en vrac près du *pitch*, je sentis une vague de tristesse m'envahir alors que j'enfilais les chaussettes et les bottes de mon frère ; mais elles m'allaient mieux que les miennes et n'étaient plus d'aucune utilité à un mort. Il aurait voulu que je les prenne.

« Attends-moi ici », lui dis-je, sans oser le regarder en face.

De retour dehors, je détachai Kashtan et la menai vers la dépendance à l'arrière de l'isba. Par le passé, nous y avions entreposé grain et bétail, mais je commençais à me demander si je n'allais pas y découvrir autre chose dans quelques instants, et, en m'approchant de la porte, je m'imaginai l'ouvrant sur la vision de mes enfants pendus aux poutres de la charpente, une corde serrée autour du cou. J'avais déjà vu ce genre de choses sur le chemin du retour, et ces images sinistres avaient été les fidèles passagères de mes pensées, mais je ne m'étais pas attendu à trouver pareilles horreurs chez moi. Lorsque je songeais à mon foyer, je n'avais, jusqu'à cet instant, vu qu'espoir et chaleur. Là, je devais serrer les dents et faire un effort pour chasser de mon esprit le spectre de mes plus récents souvenirs. Mais ces visions lugubres se réinvitaient furtivement dans mes pensées telles de vagues apparitions, voilant la lumière dont j'avais tant besoin.

Je passai devant ma vieille charrette et déglutis péniblement en me préparant au pire – s'il était seulement possible de se préparer aux atrocités que j'étais capable d'imaginer. Je pris une grande inspiration et m'armai de courage mais, lorsque je poussai la porte du pied, en levant mon revolver, je trouvai la dépendance aussi vide que la maison.

Je restai immobile un moment et relâchai mon souffle en un long soupir, me forçant à décrisper les doigts tandis que je baissais le bras. Le soulagement me submergea, avec une soudaineté qui amena avec elle la surprise d'avoir pu ressentir une peur et une impuissance tellement plus fortes que ce dont j'avais eu conscience. Mais ce soulagement était tempéré par autre chose ; pour cette fois, au moins, mes craintes étaient sans fondement, mais ne pas avoir trouvé ma famille ici était un mal autant qu'un bien. Je ne savais toujours pas où elle était et je maudissais les expériences qui me faisaient désormais envisager le pire.

Le bétail qui occupait autrefois les lieux avait disparu depuis longtemps, mais son odeur était restée.

Il n'y avait plus les moindres provisions dans la section clôturée à gauche de la porte, et je supposai que les réquisitions avaient été aussi dures ici qu'ailleurs. Peut-être Marianna et les enfants avaient-ils pris la route pour trouver un endroit où ils pourraient mieux se nourrir. Ou peut-être m'avaient-ils oublié et avaient-ils fui la guerre, à la recherche d'une vie plus sûre.

Mais il y avait le manteau. Marianna ne serait jamais partie sans.

Le sol était jonché de paille, et il y avait un petit tas de fourrage à l'autre bout de la pièce, à côté d'un abreuvoir peu profond contenant quelques centimètres d'eau, amenée là par un tuyau qui traversait le toit. Lorsque je fis entrer Kashtan, elle me suivit sans réticence et se dirigea droit vers le foin.

Je la débarrassai des quelques pièces d'équipement que j'avais amassées au cours de mon voyage et lui enlevai sa selle pour la laisser tomber par terre près de la porte. Elle avait des égratignures superficielles sur les flancs, des éraflures irrégulières dues à notre passage dans la forêt. Elle avait renâclé à aller là où les arbres poussaient si serrés – leur proximité l'effrayait, et le fumet des bêtes sauvages la mettait mal à l'aise –, mais elle avait continué d'avancer. Elle avait été courageuse, et je lui en étais redevable.

Prenant un chiffon dans une de mes sacoches, je le trempai dans l'abreuvoir pour nettoyer le sang séché sur sa peau, puis l'essuyai avant de la laisser à la chaleur de la grange. Je refermai la porte derrière moi et restai immobile dans le silence de la nuit à regarder le champ au loin, où le clair de lune baignait l'onde régulière des sillons vierges.

Un début de gelée crissa sous mes pieds lorsque je gagnai vivement l'autre bout de la cour pour passer par-dessus la clôture qui me séparait de la propriété de mon frère. Mon revolver braqué devant moi, je m'efforçai d'endiguer le flot des sombres pensées qui m'avaient tourmenté lorsque j'étais seul dans ma chambre familiale. Je devais oublier ma tristesse, mon inquiétude et ma colère. Je devais faire ce que je savais faire de mieux : refouler mes émotions, créer le vide en moi, n'y laisser que ce dont j'avais besoin. Et une fois cela fait, il ne resta que la peur ; et c'était elle qui maintenait mes sens en éveil alors que je m'avançais parmi les ombres, en direction de la dépendance à l'arrière de la maison d'Alek. La trouvant vide, je remontai la rangée de propriétés, inspectant chaque grange, chaque cour, et n'y trouvant ni bétail, ni grain, ni quoi que ce soit d'autre.

Puis je m'avançai sur la route qui coupait le village. De ce côté-ci de la rue, il y avait neuf isbas, construites assez loin les unes des autres pour éviter la propagation des incendies. Je restai un moment à tendre l'oreille en frissonnant alors que la température baissait et que mon souffle devenait vapeur autour de moi, puis entrepris d'aller de maison en maison, m'armant chaque fois de courage pour y entrer, mais les trouvant toutes vides. Je traversai ensuite la route pour aller fouiller le moulin, l'église et les maisons dont l'arrière donnait sur la rivière, mais n'y vis rien d'autre que ce que j'avais déjà découvert chez moi. Il y avait des assiettes sur les tables, un peu de nourriture dans les placards ; tout indiquait que les occupants avaient vaqué tranquillement à leurs occupations, mais eux-mêmes avaient disparu. C'était comme s'ils avaient été cueillis chez eux par des mains invisibles, ou étaient partis précipitamment sans avoir le temps de faire autre chose que prendre leur manteau. Sauf qu'en réalité, seuls les enfants l'avaient fait ; où qu'ils soient, les adultes avaient laissé leurs vêtements d'hiver chez eux.

Alors que les ténèbres s'épaississaient, le froid devint plus mordant et le vent se mit à jouer dans les plus hautes branches de la forêt et à taquiner les ailes du moulin, emplissant l'air de craquements et de gémissements de vieux bois.

Je retournai voir Kashtan une dernière fois avant de rapporter mes provisions dans la maison ; mais alors même que je fermais la porte et poussais le verrou, j'eus l'impression que les démons de la forêt s'étaient faufilés à l'intérieur en même temps que moi. Après avoir coincé une chaise sous la poignée de la porte, je m'approchai des fenêtres et envisageai de tirer les rideaux, mais changeai d'avis. Si quelqu'un arrivait dans la nuit, il aurait de la lumière, et je voulais être en mesure de le voir.

Enfin, je retournai auprès de mon frère pour m'affaler de nouveau à côté de lui.

« Il n'y a personne, ici, lui chuchotai-je, les yeux rivés sur la porte, en proie à un sentiment de solitude plus intense que jamais. Ils ont tous disparu. Tous. Où est-ce qu'ils sont, bon sang ? Qu'est-ce qui leur est arrivé ? »

Je ne pus me résoudre à le regarder, à me rappeler que lui aussi m'avait quitté.

Posant mon revolver sur mes genoux, je me concentrai sur ce que pouvaient révéler ces manteaux. Cela me tracassait que ceux des enfants aient disparu mais pas ceux des adultes, et je n'arrivais pas à imaginer une seule bonne raison à cet état de faits. Je retournai le problème dans tous les sens, mais j'étais exténué et fus bientôt incapable d'aligner deux pensées. Je me dis que je fouillerais de nouveau les maisons au matin pour essayer de trouver une explication.

À un moment de la nuit, je succombai à l'épuisement et dormis quelque temps auprès de mon frère défunt. Je me réveillai en croyant entendre le doux rire de ma femme et me redressai, oubliant où j'étais.

« Marianna ? »

Mais ensuite, je me rappelai, avec un sentiment de vide, qu'elle n'était pas là, et me laissai de nouveau aller contre le *pitch* en me frottant les yeux.

Le vent avait encore forci et explorait la maison à la recherche d'une ouverture par où passer, faisant trembler les fenêtres, branler la porte et cliqueter le verrou. Je me demandai si je pouvais allumer un feu sans prendre trop de risques. Personne n'en verrait la fumée dans le noir, et je pouvais laisser la porte du poêle fermée, tirer les rideaux. La chaleur serait un réconfort bienvenu.

Je me relevai en massant mon cou ankylosé puis, m'approchant du poêle, cassai du petit bois et le disposai à l'intérieur. Alors que j'attrapais mon fagot d'allumettes et en prélevais une, pourtant, quelque chose me retint de la frotter. Un chuchotement dans ma tête. Le ou les responsables de la disparition des habitants de Belev pouvaient fort bien s'en prendre à moi aussi, et comment alors pourrais-je aider ces derniers ? De quelle utilité serais-je à ma femme et à mes enfants si je devais disparaître comme ils l'avaient fait ?

Je replaçai l'allumette dans son rouleau d'étoffe et reposai celui-ci sur la table, ne le lâchant cependant qu'avec réticence. J'avais tellement envie de ce feu que cela me faisait un pincement au cœur d'avoir été si près d'en savourer la chaleur ; si près d'obtenir ce maigre réconfort. Une immense tristesse m'envahit – à la pensée de mon frère défunt, de Marianna et des enfants, de tout ce que j'avais fait et vu. Elle déferla sur moi comme une lame de fond et je fermai les yeux en pressant les doigts sur mes paupières serrées.

Ainsi debout, immobile, je priai pour ma famille. Pour un signe de ce qui était advenu d'elle.

Mais ma prière fut brusquement interrompue par des grattements et des bruissements dans les profondeurs de la pièce. Je crus d'abord les avoir imaginés, mais lorsqu'ils se firent de nouveau entendre, j'ouvris les yeux et me retournai vers mon frère. J'avais la vue brouillée après m'être frotté les paupières, et je crus qu'elle me jouait des tours lorsque je vis une ombre noire se dresser dans la pièce. Le spectre prenait lentement forme, émergeant du sol dans les ténèbres épaisses, comme si Alek était revenu d'entre les morts et se levait pour me saluer. J'essayai de me dire que ce n'était que mon imagination. Rien de plus qu'un jeu inquiétant d'ombre et de lumière. Mais lorsque ma vue redevint nette, je sus que ce n'était pas un effet d'optique. Il y avait quelqu'un ou quelque chose là-bas.

Je n'étais pas seul dans la maison.

3

Une panique aveuglante explosa en moi. Un éclair fulgurant, l'affaire d'une fraction de seconde, puis elle se dissipa. Après cela, l'instinct prit le dessus. Mon revolver était posé par terre à côté de mon frère, complètement inutile, aussi me ruai-je sur la silhouette, dans l'idée de me défendre en attaquant le premier. Je ne savais pas qui avait pu entrer dans ma maison mais, dans l'instant qu'il me fallut pour réagir, je me rappelai que j'avais poussé le verrou de la porte. Et les fenêtres étaient fermées ; personne n'avait donc pu entrer pendant que je dormais. La seule explication était que l'intrus se trouvait déjà à l'intérieur quand j'étais revenu de mon exploration du village. Il avait attendu que je m'endorme pour sortir de sa cachette et m'infliger le même sort, quel qu'il soit, qu'aux autres habitants du village.

Trois pas me suffirent à franchir la distance qui nous séparait.

Trois grandes, vives enjambées.

Mes bottes cliquetèrent sur le plancher et la silhouette resta là où elle était. Elle ne fit pas le moindre geste pour s'écarter ou se protéger, et je la percutai de tout mon poids. Mon instinct naturel était d'utiliser autant de force que possible pour éliminer cette menace sans délai. J'avais vu et vécu des choses qui poussent un homme à détruire et tuer immédiatement plutôt que d'attendre d'être victime d'atrocités. J'avais pris des vies à mains nues par le passé, et j'étais prêt à le refaire ce soir.

Je ne rencontrai aucune résistance.

Dès que je passai les bras autour de lui pour le jeter par terre, je sus que l'intrus était maigre et frêle. Il était bien capitonné de vêtements mais, sous les couches d'étoffe, les os saillaient sous la chair. La peau était vieille et sèche. Les muscles, sans force. Il ne fit presque aucun bruit en touchant le plancher lorsque je tombai sur lui de tout mon poids. Je n'entendis qu'une exhalation et un grognement étouffé, puis je me mis à califourchon sur lui, le clouant au sol. Je tendis les mains, trouvai son cou maigre, l'encerclai de mes doigts et enfonçai mes pouces dans la chair tendre à la base de la gorge pour l'étrangler, broyant le cartilage.

La puanteur que dégageait ce sac d'os était infernale. Les relents de terre humide et de déjections humaines m'assaillaient les narines et me nouaient la gorge. Les miasmes putrides qui émanaient de cette horrible créature comme l'odeur de la maladie me soulevaient le cœur, mais je savais qu'elle était humaine. C'était obligé. Je sentais sa chair céder sous mes doigts.

Elle leva ses mains osseuses pour me toucher le visage, me labourant les joues de ses ongles longs. Puis, alors que la vie commençait à la quitter et son corps à se détendre, elle ouvrit la bouche et dit un mot unique, dans un long souffle chaud.

« Alek. »

Et avec ce mot, je recouvrai la raison. J'étais en train de tuer quelque chose que je ne voyais pas.

Ç'aurait aussi bien pu être ma propre femme que j'étranglais ainsi sur le sol de notre maison.

Je lâchai prise et reculai d'un bond, regagnant à croupetons l'endroit où gisait mon frère. À tâtons, je cherchai mon revolver sur le plancher, et lorsque mes doigts rencontrèrent son métal froid, je le ramassai vivement pour le braquer sur la forme restée par terre. Elle s'était retournée sur le ventre et toussait en crachotant comme une vieille sorcière.

« Qui êtes-vous ? » lui demandai-je.

Mais la créature ne répondit pas. Elle resta où elle était, à lutter pour reprendre son souffle, remplissant ses poumons par courtes inspirations saccadées et sifflantes.

J'attendis en m'efforçant de garder une prise ferme sur le revolver malgré mes mains tremblantes, cerné par l'odeur nauséabonde de la créature. Et lorsque sa respiration se calma enfin, laissant place à un sifflement éraillé mais régulier, elle reprit la parole.

« Alek ? C'est toi, Alek ?

— Qui êtes-vous ? » répétai-je.

Mais j'avais presque peur d'entendre la réponse. Je savais que je n'avais pas affaire à une sorcière ou à un spectre ; j'avais sous les yeux une personne à la recherche d'un toit et d'un abri, tout comme moi. Je savais également qu'il s'agissait d'une femme – sa voix m'avait au moins renseigné sur ce point –, mais j'avais peur de découvrir laquelle. L'idée que Marianna ait pu devenir cette créature m'était presque insupportable.

Comme elle ne répondait pas, je répétai encore une fois, en haussant la voix :

« Qui êtes-vous ? Répondez tout de suite, ou je tire.

— Non, fit-elle. Non, Alek. »

Sans se relever, elle se tourna vers moi. Je ne distinguais dans l'obscurité que sa silhouette, mais je vis qu'elle me tendait la main. Je ne savais pas si elle voulait que je la prenne ou si elle essayait simplement de m'apaiser, mais je ne pouvais me résoudre à la toucher, même si c'était ce qu'elle voulait. Son odeur et le souvenir de sa chair sous mes doigts me révulsaient.

« Dites-moi votre nom, exigeai-je.

— C'est toi, Alek ?

— Non. C'est Kolia. Nikolaï. Le frère d'Alek. Et vous, qui êtes-vous ?! »

Il y eut un moment de silence, comme si elle essayait de se rappeler son nom.

« Galina, répondit-elle enfin. Galina, Galina, Galina. »

Galina Ivanovna Petrova était une amie de ma mère. Ou, du moins, elle l'avait été jusqu'à la mort de cette dernière, l'été précédant la révolution. Un matin, maman était partie laver des vêtements à la rivière et n'était pas revenue. Lorsque Alek et moi étions allés la chercher, nous avions trouvé les vêtements, mais d'elle, aucune trace. Nous avions donc exploré la berge de part et d'autre, sans rien trouver jusqu'à ce que nous arrivions au lac où se jetait la rivière. Nous y nagions quand il faisait chaud. Il était de bonne taille, et doté d'une petite île marécageuse près de la rive opposée, où mon frère et moi jouions étant enfants. Nous avions une vieille barque équipée d'une boîte en fer-blanc pour écoper l'eau qui s'infiltrait par les interstices entre les planches. En son milieu, le lac atteignait une profondeur qu'aucun de nous n'avait jamais eu le désir de sonder. Enfants, nous nous mettions l'un l'autre au défi de nager jusqu'au fond, mais les ténèbres se refermaient vite sur vous dans l'eau trouble, et les algues montaient à votre rencontre pour s'entortiller autour de vos pieds et mains. Personne de ma connaissance n'avait jamais réussi à l'atteindre.

Maman était dans le lac quand nous l'avions trouvée. Elle flottait sur le dos, comme si le courant de la rivière l'avait retournée vers le ciel. Sa jupe se gonflait autour d'elle, ondulant avec la surface de l'eau, et son foulard s'était dénoué, laissant ses cheveux s'étaler autour de son visage en mèches ondoyantes. Une entaille profonde lui barrait le front, lavée par le courant et les poissons, de sorte qu'elle n'était plus qu'une balafre béante aux bords déchiquetés.

Nous n'avions pu que supposer qu'elle avait glissé de la berge et heurté de la tête un des nombreux rochers. Si elle n'avait pas été tuée sur le coup, c'était l'eau froide et tourbillonnante qui avait pris sa vie, la noyant alors qu'elle gisait inanimée.

Nous n'avions jamais retrouvé son foulard.

Nous l'avions inhumée le lendemain, dans le lopin de terre derrière la petite église. Papa y reposait déjà depuis longtemps et, au matin, j'enterrerais mon frère à côté d'eux.

« Galina Ivanovna ? » dis-je en me redressant péniblement à genoux.

J'avais peine à croire que cette créature sortie de l'ombre était la vieille femme que j'avais connue toute ma vie. Celle qui nous donnait, à Alek et à moi, des *pampuchki* tout juste sortis du four, encore chauds et relevés d'assez d'ail pour nous brûler la langue.

Une de celles qui avaient pleuré aux obsèques de ma mère.

« Alek. Dieu soit loué. S'il te plaît. Aide-moi.

— C'est Kolia », la repris-je machinalement.

Je me relevai et fis un pas hésitant dans sa direction.

« Qu'est-ce que tu fais ici ?

— Aide-moi », répéta-t-elle.

Et cette fois, j'allai à elle sans hésiter, chancelant sous l'assaut de sa puanteur comme si j'avais percuté un obstacle physique et qu'il me fallait rassembler toutes mes forces pour le franchir. Je m'agenouillai à côté d'elle, et sentis ce faisant les planches descellées sous mes pieds.

« Tu étais cachée sous le plancher ? demandai-je.

— Toujours dessous. Cachée. Ce n'est pas sûr quand quelqu'un vient. »

Je frissonnai en sentant sa main sur la mienne. Elle avait plus de force dans les doigts que je ne m'y serais attendu, et elle agrippa fermement mon poignet pour se relever. Elle avait la peau moite et glacée.

« Quand qui vient, Galina Ivanovna ?

— N'importe qui. Alors je me cache et je regarde et je vois tout.

— De sous le plancher ?

— De dessous et de dessus. De dehors et de dedans. De la forêt. Je t'ai vu arriver sur ton cheval, et j'ai su que tu étais venu m'aider.

— T'aider à quoi ?

— À m'occuper des autres, bien sûr. Tu peux prendre les choses en charge, maintenant.

— Les autres ? Où sont-ils ? J'ai cherché…

— Ils ne sont plus là. Aucun d'eux. »

À ces mots, un poing de glace me transperça la poitrine pour se refermer sur mon cœur.

« Comment ça ? »

Galina Ivanovna avait toujours les doigts crispés sur mon poignet, et sa respiration sifflante était rapide.

« Est-ce que c'est enfin terminé ? me demanda-t-elle. La guerre ? C'est pour ça que tu es rentré ?

— Comment ça, ils ne sont plus là ? »

Je dégageai ma main, dégoûté par le contact de sa peau.

« Quand est-ce qu'ils sont partis ?

— Mmm ? Oh. Ça fait longtemps. Des jours, des semaines. Je ne sais plus. »

À en juger par son odeur, ça devait être des semaines plutôt que des jours.

« Est-ce que tu te souviens de ce qui s'est passé ici, Galina Ivanovna ? Je ne trouve personne et il faut que tu me dises où est tout le monde, c'est très important. Je veux t'aider. »

J'aurais aimé pouvoir lui arracher la vérité, mais elle était désorientée et semblait à peine savoir ce qu'elle disait.

Elle porta la main à sa tête et la tapota d'un doigt replié et noueux.

« Souviens-toi, dit-elle. Souviens-toi, souviens-toi. Oh. » Brusquement, elle tendit de nouveau les bras vers moi. Cette fois, elle m'agrippa l'avant-bras d'une main et leva l'autre pour la poser sur ma joue.

« Ne le laisse pas m'emporter aussi.

— Qui ça ? »

Elle répondit d'un ton pressant, baissant la voix pour me parler à l'oreille.

« Ne le laisse pas me forcer à rejoindre les autres.

— Les rejoindre où ? demandai-je en m'efforçant de garder un ton calme malgré les questions qui se bousculaient dans ma tête. De qui est-ce que tu parles ? »

Elle relâcha mon bras et porta la main à sa bouche.

« Ne le laisse pas m'emporter.

— Mais qui ? Est-ce que tu te rappelles ? Il faut que tu me dises…

— Kochtcheï. L'Immortel. »

Elle avait perdu la tête. Je le compris dès qu'elle se mit à parler de Kochtcheï l'Immortel. Hâve, cruel, l'épée au poing, Kochtcheï était tout autant l'incarnation du mal que Baba Yaga, la cruelle sorcière qui vivait au cœur de la forêt dans une maison délabrée entourée d'une clôture faite des ossements de ses victimes. Mais ce n'était qu'un monstre dans les *skazkas* que nous contions à nos enfants. Il n'était pas plus réel que les démons des forêts et ne pouvait pas être venu dans notre village ; mais quelque chose était arrivé ici, à Belev, qui avait fait sombrer Galina Ivanovna dans la folie. Cependant, même si elle divaguait et sentait la mort, elle était de ma famille, d'une certaine façon, et c'était ma responsabilité de prendre soin d'elle. Et quelle que soit l'horreur dont elle avait réchappé, j'avais besoin de savoir ce que c'était, ce qui était arrivé à ma famille. Si je voulais être utile en quoi que ce soit à ma femme et à mes enfants, il me fallait obtenir de Galina toutes les informations qu'elle pouvait me donner.

Je la calmai et la fis asseoir à la table. Un rayon de lune, dans la pâle lueur duquel dansaient des grains de poussière, passait par la fenêtre latérale pour toucher le coin opposé de la cuisine, mais l'obscurité restait trop profonde pour me permettre de distinguer grand-chose. Je pouvais seulement voir que Galina était emmitouflée jusqu'aux oreilles et, en la touchant, je constatai qu'elle tremblait de tout son corps. Mais je n'aurais su dire si c'était dû à l'âge, à la peur ou simplement au froid glacial.

Je tirai les rideaux que j'avais laissés ouverts pour pouvoir scruter la nuit et grattai une allumette pour la jeter dans le feu que j'avais préparé dans le *pitch*, malgré les protestations de Galina.

« Ne t'inquiète pas, la rassurai-je. Tu es en sécurité. Et ça va te faire du bien. »

J'étais prêt à prendre ce risque. Cette vieille femme, l'amie de ma mère, avait besoin de chaleur, et pour moi c'était une excuse pour allumer le feu dont j'avais eu tellement envie quelques instants plus tôt. Peut-être les flammes chasseraient-elles une partie de mes démons.

Lorsque le poêle fut chaud, je fis bouillir ce qui restait d'eau dans ma gourde, puis la versai dans deux bols que j'apportai sur la table. Les mains tremblantes, je déposai mon revolver près de moi et approchai une allumette de la bougie.

La lumière qu'elle projetait était faible et orangée, et elle teintait le visage de Galina d'une couleur étrange, mais je vis immédiatement pourquoi la vieille femme sentait si mauvais. Sa peau blafarde avait la pâleur cireuse de la mort. Ses cheveux gris, autrefois soigneusement coiffés et cachés sous un foulard, tombaient désormais en mèches hirsutes et moites, pleines de nœuds et de saleté. Son œil droit reflétait la lueur tremblotante de la bougie, mais le gauche avait disparu. À sa place se trouvait une plaie humide et luisante.

Je résistai à l'envie soudaine de me détourner.

Galina Ivanovna, l'amie de ma mère, la femme qui avait été si éprise du doux sourire de mon frère, était en train de mourir, de se putréfier sur pieds. J'avais l'impression d'avoir en face de moi Likho la Borgne, et le souvenir fugace me revint de la *skazka* que ma mère me racontait autrefois – et que Marianna avait à son tour racontée à nos enfants. Je la revoyais faire, assise au bord du lit où nos fils étaient couchés, les couvertures remontées jusqu'au menton. Au cœur de notre maison, un bon feu crépitait dans le *pitch* brûlant, alors que dehors, le vent poussait la neige à travers champs et l'eau se figeait en une épaisse pellicule de glace sur le lac.

Marianna baissait la voix et rapprochait la chandelle pour parler des deux hommes, un tailleur et un forgeron, partis avec arrogance à la recherche du Mal. Elle s'interrompait toujours pour déglutir et regarder autour d'elle avant d'expliquer comment les deux compagnons étaient tombés par hasard sur une maisonnette où ils avaient trouvé la sorcière connue sous le nom de Likho la Borgne. Toute vêtue de noir, la peau sur les os et aveugle d'un œil, Likho les avait accueillis chaleureusement, les avait mis à l'aise, puis, une fois qu'ils étaient détendus, avait égorgé le tailleur. À ce moment de son récit, Marianna passait toujours le doigt sur son cou ; les deux enfants riaient en la voyant écarquiller les yeux d'un air faussement terrorisé alors qu'elle faisait courir son ongle sur sa peau parfaite. Le rire de Pavel, cependant, n'était jamais aussi franc que celui de son frère ; il jetait des coups d'œil à Micha et plissait le front lorsque Marianna ajoutait que Likho avait fait cuire le tailleur avant de le dévorer tout entier, n'en laissant que les os, tout comme Baba Yaga aimait à le faire avec les enfants perdus qu'elle attirait dans sa hutte.

Le conte achevé, Marianna repoussait d'une caresse les cheveux de Pavel pour l'embrasser sur le front avant de faire la même chose à notre aîné, Micha, puis nous nous retirions dans la pièce principale pour boire du thé, si nous en avions, en les écoutant chuchoter et glousser de terreur à l'idée des vieilles sorcières qui habitaient la forêt. Et lorsque la nuit avançait et qu'ils finissaient par se taire, c'était toujours Pavel qui apparaissait sur le seuil de la chambre pour vérifier que nous étions encore là, assis au chaud près du feu.

Je chassai cette image de mes pensées et me forçai à poser la main sur celle de Galina.

« Dis-moi ce qui s'est passé. »

La vieille femme secoua la tête en souriant, dévoilant des dents cassées.

« Alek, tu as toujours été un bon garçon. Tu te rappelles quand tu venais me demander des *bliny* et des *pampuchki* ?

— Moi, c'est Kolia, la repris-je. Le petit frère d'Alek.

— Mais bien sûr, fit-elle en hochant la tête. Le petit Kolia. »

Elle regarda autour d'elle, prise d'une confusion grandissante. « Où est Alek ? Je croyais l'avoir vu. J'ai quelque chose à lui montrer. »

Je jetai un coup d'œil à l'endroit où gisait mon frère, adossé au mur.

« Alek est mort, lui répondis-je.

— Oh. »

Elle ferma l'œil et considéra longuement cette information, pinçant les lèvres et haussant les sourcils. Lorsqu'elle rouvrit l'œil, elle le fixa sur moi.

« Sacha est dans la forêt, Alek.

— Sacha, ton mari ? »

Je commençai à me lever. « Tu peux m'amener à… ? » Je m'interrompis, accablé par l'idée qui venait de s'imposer à moi dans un éclair de compréhension.

« Est-ce qu'il va bien ?

— J'ai essayé de le réveiller. J'ai essayé de le remettre comme il était avant, mais… »

Elle porta un poing noueux à ses lèvres et referma l'œil. Je me rassis lentement, gagné par l'hébétude.

« Et les autres ? »

Galina secoua la tête.

« Je veux les voir.

— Maintenant ?

— Oui, maintenant.

— Mais il fait si noir dans la forêt. Et Kochtcheï est toujours à l'affût.

— Il n'y a pas de Kochtcheï. Ce n'est qu'un personnage de conte. J'ai besoin de voir, tout de suite. Emmène-moi voir Sacha.

— Il a emporté tous les enfants, tu sais. Dans la forêt. »

Un autre coup de poignard dans mon cœur.

« Pourquoi est-ce que tu ne me montres pas ? »

J'avais la bouche sèche et une douleur cuisante dans l'estomac. Cela faisait des jours que je n'avais presque rien mangé et la bile me montait à la gorge.

Galina porta une main à son visage et frotta son œil valide avant de me regarder. L'espace d'un instant, une étincelle de lucidité lui revint et je vis qu'elle me reconnaissait. Elle se redressa.

« Kolia, dit-elle. Nikolaï Levitski.

— Oui, c'est moi. »

Je me rapprochai en voyant une chance d'en apprendre plus de sa bouche.

« Depuis combien de temps est-ce que je ne t'ai pas vu ? Tu as vieilli. La guerre a été… » Son expression changea et elle s'interrompit, avant de reprendre :

« Il faut que tu les aides. Je crois qu'il les a emmenés avec lui.

— Où ça ? Tu le sais ? »

Elle secoua la tête.

« Ils l'appelaient Kochtcheï, mais…

— Mais quoi ?

— Il les a tous emmenés. »

Elle s'interrompit de nouveau, accablée par le chagrin, et porta une main à sa bouche comme si elle revivait la scène. « Oh. Oui. » Elle se tapota le front d'un doigt noueux replié, comme elle l'avait fait auparavant. « J'observais depuis les bois, et j'ai vu... » Elle arrêta son geste et se couvrit les lèvres de sa main, étouffant ses mots. « J'ai vu ce qu'il a fait à Sacha. Et puis ils m'ont vue. J'ai essayé de les en empêcher et ils m'ont vue et... »

Elle ne finit pas sa phrase.

« Et quoi, Galina Ivanovna ? Que s'est-il passé ensuite ? »

La lueur disparut dans l'œil qu'elle levait vers moi, et je sus que je l'avais perdue de nouveau.

« Kochtcheï, chuchota-t-elle.

— Est-ce que tu peux me montrer, maintenant ? Emmène-moi voir Sacha.

— Mais il fait nuit.

— La lune est à moitié pleine. Nous y verrons bien assez.

— Et il y a des choses, dans les bois... »

Elle regarda la porte.

« Des choses si...

— Tu seras en sécurité, avec moi. »

La vieille femme me prit par la main, marmottant entre ses dents alors que nous traversions la route pour longer la berge. Elle n'avait pas voulu sortir de l'isba, mais à présent que nous étions dehors, elle était impatiente de me montrer son secret.

« Le lac, me dit-elle. Le lac. »

Sa démarche était mal assurée, et ce fut avec lenteur que nous dépassâmes l'endroit où j'avais traversé à gué dans l'après-midi, pour gagner l'autre bout du village, où une petite passerelle enjambait la rivière. C'était une simple construction en bois qui penchait sur le côté, comme sur le point de tomber dans l'eau. Nombre de ses traverses avaient disparu depuis longtemps, laissant des trous, et celles encore en place étaient couvertes de givre. Tel le pont constellé de joyaux, depuis longtemps oublié, permettant l'accès à un autre monde, elle reliait la boue en train de durcir sur notre rive à la sombre forêt de l'autre côté de l'eau murmurante. Le vent était tombé, une brume impalpable s'était posée sur les berges, engloutissant arbres et broussailles, flottant au gré de la brise, et je fus gagné par la même appréhension qu'en entrant dans le village silencieux.

Galina hésita et me jeta un coup d'œil.

« Tout va bien, lui dis-je. Je suis là. »

Mais un frisson me gagna alors que nous continuions d'avancer, Galina toujours agrippée à ma main, et je regardai les bois au loin, effrayé de ce que j'allais y trouver.

Je m'aidai de ma main libre pour me tenir au garde-fou du pont mais, dès que nous eûmes atteint l'orée ombreuse du chemin qui traversait la forêt, je la laissai retomber sur le revolver dans la poche de mon manteau. Les arbres étaient dénudés, repliés sur eux-mêmes pour affronter l'arrivée de l'hiver. Leur écorce humide était noire par endroits, mais ailleurs saupoudrée de givre qui miroitait au clair de lune perçant à travers leurs branches noueuses et tordues. Baissant les yeux, j'en crus voir la réplique dans les doigts de Galina crispés sur les miens, avec leurs articulations enflées et arthritiques saillant sous une peau fanée ; et de nouveau, je me rappelai Likho la Borgne et le forgeron qui avait fui à travers bois pour ne pas subir le même sort que le tailleur, allant jusqu'à couper son propre bras pour lui échapper.

44

Nous remontâmes d'un pas traînant le chemin de plus en plus étroit, assiégé de tous côtés par les chênes, les sycomores et les charmes. Des racines sortaient de la terre gelée avant d'y replonger ; les flamboyantes feuilles d'automne en décomposition se déplaçaient au ras du sol, poussées par le vent qui tourbillonnait parmi les troncs. De quelque part, tout près, nous parvenaient les croassements de nombreux corbeaux. Des cris âpres et agités dans la nuit.

En les entendant, je crus deviner ce qui m'attendait dans les ténèbres. La guerre civile avait traversé le pays telle la Faucheuse elle-même, et partout où elle avait porté son regard, elle avait laissé des morts étendus dans les champs, les villages et les forêts. Et partout où tombaient les morts arrivaient les corbeaux, masquant le vert de l'herbe, couvrant tout d'une chape noire.

Je ralentis le pas et sentis Galina me serrer encore davantage la main, de sorte que c'était elle désormais qui m'entraînait. Je m'ébrouai pour tenter de me défaire de l'horrible appréhension qui enflait dans ma poitrine, et me rappelai que je devais continuer d'avancer. Il fallait que je voie. Quelque part dans un coin de ma tête, cependant, une voix me soufflait que je n'avais pas besoin de voir. Savoir suffisait.

Lorsque nous débouchâmes enfin sur la clairière qui précédait le lac, les étoiles nous regardaient avec indifférence et les arbres étaient immobiles et silencieux.

Les corbeaux s'envolèrent d'un seul élan lorsque Galina s'avança pour les chasser. Leurs protestations rauques rompirent le silence de la forêt comme des cris dans la nuit, et je savais ce qui devait les avoir attirés si nombreux à cet endroit. Si leur présence dans les champs loin de là indiquait des visions contre lesquelles je m'étais endurci le cœur, l'attroupement de charognards si près de chez moi me remplissait d'effroi.

La lune éclairait la clairière, se reflétant sur la fine pellicule de glace à la surface du lac, baignant les environs d'un éclat argenté ; mais, même en plein jour, je n'aurais pu distinguer les traits de l'homme qui gisait dans l'herbe gelée.

« Sacha, dit Galina en tombant à genoux à côté de lui. Mon Sacha. » Elle posa la main sur le visage de son mari comme si elle ne voyait pas ce que les corbeaux lui avaient fait. « J'ai essayé de le remettre comme il était avant. »

Le corps était habillé d'un pantalon noir et d'une chemise autrefois blanche mais désormais ornée d'une tache sombre à hauteur de la poitrine. Il avait la peau picotée par les corbeaux et une plaie brune au milieu du front. En m'approchant, je vis qu'en caressant la joue abîmée de son mari, elle avait fait rouler sa tête d'une façon qui n'avait rien de naturel, la tournant vers nous et révélant l'endroit où elle était séparée du cou.

Je fis involontairement un pas en arrière et plongeai la main dans ma poche pour y chercher le contact rassurant de mon revolver. Puis je parcourus des yeux la clairière, scrutant les ombres épaisses à la lisière des arbres, à la recherche du moindre indice de qui avait pu faire ceci. J'avais déjà vu des cadavres, mais rarement dans cet état, et je connaissais cet homme.

Une main glacée me saisit aux tripes alors que des images intempestives du sort possible de ma famille s'invitaient dans mes pensées.

« Et… et les autres ? demandai-je. Où sont tous les autres ? »

Je savais qu'elle était seule depuis trop longtemps, que ce qui s'était passé ici datait de quelque temps déjà, à en juger par les marques laissées par les corbeaux ; mais il était presque impossible de savoir de quand exactement sans qu'elle me le dise. Aucune odeur ne se dégageait du corps, ce qui signifiait qu'il ne s'était presque pas décomposé ; sa mort pouvait donc être relativement récente, mais le temps était froid et je devais prendre cela en compte. Cette exécution pouvait aussi bien dater de deux jours que de deux semaines.

« Est-ce qu'ils sont morts aussi ? » repris-je en cherchant du regard d'autres formes dans la clairière, avant de reporter mon attention sur Galina.

Dans la brume légère qui tamisait le clair de lune, elle faisait peine à voir. Ses couches superposées de vêtements, sales et déguenillés, la faisaient paraître plus grosse qu'elle n'était en réalité. Ses cheveux ternes, hirsutes et maculés de boue, se tordaient autour de sa tête comme ceux d'une sorcière. Et dans sa folie, elle restait agenouillée au chevet de son mari, croyant possible de lui remettre la tête sur les épaules et de le voir se relever.

« Quelqu'un les a vus arriver. » Comme plus tôt, sa voix prit brusquement un accent de lucidité, comme si elle avait momentanément trouvé, dans la nuit de sa folie, une lueur de raison. « Il y a une semaine, peut-être un peu plus. Il était tôt et je revenais juste de la forêt où j'étais allée chercher des champignons quand les enfants ont traversé la rivière pour aller se cacher dans les bois. C'était là qu'on envoyait toujours les petits quand ils venaient, pour les empêcher de prendre les garçons et de… de se servir des filles. Mais ils savaient. Ils avaient dû voir. Je suis restée dans les bois et je les ai regardés ordonner à tout le

monde de sortir de chez eux et de traverser le pont. »
Elle passa doucement la main sur les cheveux collés
par le gel de son mari, les doigts tremblants. « Ils ont
mis les hommes en rang, les ont fait s'agenouiller,
et puis il a dégainé son épée et a dit qu'il allait les
tuer un par un tant que les enfants ne se seraient
pas montrés.

— Qui était-ce ? »

J'osai à peine poser la question. Galina était comme
un baromètre ultrasensible dont l'aiguille était momentanément fixée sur la raison, et je craignais, en
l'interrompant, de la voir sombrer de nouveau dans
la confusion et la perplexité.

« Les hommes ont crié aux enfants de s'enfuir,
mais ils ne l'ont pas fait. Ils sont ressortis parce qu'ils
avaient si peur et… » Elle ôta la main du front de
Sacha, comme si elle prenait pour la première fois
conscience qu'il était mort. « Et il a quand même
tué mon pauvre Sacha. Il a abattu son épée encore et
encore, et les enfants hurlaient, et il y avait tellement
de sang, et… »

Baissant la tête, elle se mit à sangloter, et je dus
prendre sur moi pour ne pas la presser de continuer.

« J'avais un couteau, reprit-elle, d'une voix cependant à peine audible. Pour les champignons. Je suis
sortie des bois derrière lui. J'aurais dû agir plus tôt,
mais je pensais qu'il s'arrêterait. Qu'il s'arrêterait
avant de faire ça à mon Sacha, mais il l'a fait et
après je… je n'avais plus rien à perdre. Il m'avait
pris mon Sacha, alors je suis sortie des bois et je
lui ai planté mon couteau dans le corps, mais ça l'a
juste énervé. La lame est entrée et ressortie, et il y
avait du sang, mais tout ce que ça a fait, c'est le
mettre en colère. »

48

Elle laissa courir ses doigts sur la jambe de son défunt époux, et je vis la douleur que lui causait sa mort. J'avais ressenti la même à celle de mon frère, Alek, et j'y étais de nouveau confronté avec la disparition de ma famille.

« Je n'ai pu sauver personne. Il m'a juste pris mon couteau et m'a fait ça… »

Elle se tourna vers moi en portant la main à son orbite vide, et ce geste, combiné à la façon dont les ombres tombaient sur son visage, fit disparaître sa blessure, de sorte qu'elle n'avait plus l'air d'une sorcière. Ce n'était plus qu'une vieille femme sans défense et folle de chagrin, qui pleurait son mari.

« J'aurais dû l'enterrer, dit-elle. J'aurais dû… Tu vas le faire, n'est-ce pas, Alek ? Tu es un homme bien.

— Bien sûr. Mais les autres, dis-moi ce qui est arrivé aux autres. Les femmes et les enfants ? »

Elle me regarda, le front plissé de perplexité.

« Ils ont dû croire que j'étais morte. Je l'ai entendu dire : "Jetez-la dans le lac", mais je ne voyais rien. Il y avait trop de sang, la douleur était trop forte, et j'ai essayé de leur dire que j'étais encore vivante, mais je n'arrivais pas à parler. J'ai peut-être crié. J'ai entendu des cris, ça, j'en suis sûre, mais c'était comme si j'étais déjà morte, et après j'ai senti leurs mains sur moi, puis l'eau et… » Elle s'interrompit.

« Oh. Le lac. L'eau.

— Mais après ? »

Je voyais que j'étais en train de la perdre. Que sa lucidité la quittait.

« Qu'est-ce qui s'est passé après, Galina ?

— C'est à toi de t'occuper d'eux, maintenant. Prends soin d'eux. Enterre Sacha et trouve les autres. Et Kochtcheï. Trouve sa mort.

— Où sont-ils ? Est-ce que tu peux me donner le moindre…

— Kochtcheï les a emmenés.

— Où ? Où est-ce qu'il les a emmenés ? »

J'aurais voulu pouvoir lui arracher ses souvenirs.

« S'il te plaît, fit-elle en tendant la main pour toucher la poche où elle m'avait vu ranger mon revolver. Sers-t'en. Sers-toi de ton pistolet et laisse-moi rejoindre mon mari. J'ai fait ce que j'avais à faire. Je t'ai raconté ce qui s'est passé. Maintenant, c'est à toi d'agir. S'il te plaît, Alek, laisse-moi aller retrouver Sacha.

— Non. »

Je repoussai brutalement sa main. « Dis-moi ce qui est arrivé aux autres. » Je l'attrapai par les épaules pour la secouer. « Qu'est-ce qui est arrivé aux autres ? »

Dans ma rage à savoir ce qu'il était advenu de ma famille, je perdais le contrôle de moi-même. J'avais fait preuve d'assez de patience. J'avais attendu assez longtemps. J'avais mérité les réponses à mes questions.

Mais Galina se contenta de baisser la tête en répétant :

« Non. Non. Non. »

Et lorsque je vis son regard vide, je sus que je ne faisais que la pousser plus loin dans la folie.

Je la lâchai, et elle se tourna vers le lac sans relever les yeux. Je la regardai s'approcher du bord de l'eau. Ce n'était encore que le début de l'hiver et la glace ne formait qu'une mince couche, qui se brisa lorsqu'elle posa dessus la pointe de sa bottine. Puis elle fit un autre pas, plongeant le pied dans l'eau glacée.

« Qu'est-ce que tu fais ? lançai-je. Galina ? »

Avant que j'aie pu la rattraper, Galina s'était enfoncée dans le lac jusqu'aux genoux ; des morceaux de glace rompue flottaient, s'accrochant dans la jupe qui s'étalait autour d'elle à la surface de l'eau.

Je m'arrêtai au bord, attendant qu'elle fasse demi-tour, mais à la place, elle entreprit d'enlever son manteau.

« Galina ? »

Elle laissa le vêtement tomber et déboutonna son cardigan.

« Galina. »

Je m'avançai à mon tour dans le lac, mais dès que je posai la main sur son bras, elle se dégagea vivement.

« Lâche-moi, cracha-t-elle. Laisse-moi m'en aller. »

Je fis une autre tentative pour la ramener vers la berge, mais elle résista, s'efforçant de me repousser.

« Tant de souffrance, dit-elle. Laisse-moi y échapper. Tu es là, maintenant. Tu peux t'occuper d'eux. Je peux m'en aller.

— Ne fais pas ça, lui dis-je en l'attrapant par-derrière pour l'empêcher d'avancer plus loin.

— Laisse-moi m'en aller, Alek, sanglota-t-elle. S'il te plaît.

— Dis-moi ce qui est arrivé aux autres, répliquai-je en criant. Où sont-ils ?

— Ils ne sont plus là, répondit Galina en se débattant. Aucun d'eux. Laisse-moi m'en aller aussi. Laisse-moi les rejoindre. »

Je continuai à la retenir en la suppliant, jusqu'au moment où je compris que c'était inutile. Elle m'avait dit tout ce qu'elle avait à me dire – tout ce qu'elle était capable de me dire –, et elle avait pris sa décision. Une partie de moi comprenait et lui pardonnait ce choix, mais il y avait autre chose : une voix pernicieuse qui me soufflait que Galina m'encombrerait, que c'était mieux comme ça pour elle comme pour moi. C'était une idée qui me laissa un goût amer dans la bouche, mais j'avais appris depuis longtemps à choisir mes priorités, à refouler mes émotions et faire passer certaines pensées et actions avant d'autres. Je ne pouvais plus rien pour Galina, ni elle pour moi. Je devais penser à Marianna et aux garçons. Eux seuls comptaient. Tout ce que je faisais devait être dans leur intérêt.

Peut-être était-ce vraiment mieux ainsi pour nous deux.

Aussi, le cœur lourd, je lâchai Galina et reculai, m'attendant à moitié à la voir se retourner pour me maudire ; mais elle ne fit qu'enlever son cardigan et le laisser tomber dans l'eau.

« Plus là. » Elle avait perdu tout contact avec la réalité, désormais, et elle reprit sa progression, brisant la mince couche de glace sur son passage. « Ils ne sont plus là. »

Le temps de s'enfoncer dans le lac jusqu'à la taille, elle était torse nu. Ses bras étaient d'une maigreur squelettique et ses vertèbres saillaient dans son dos. Il ne restait presque rien d'elle, et je me demandai comment elle avait fait pour survivre seule.

Elle continua d'avancer et disparut sous la glace.

J'attendis un long moment de voir si elle allait refaire surface, hanté par la vision de ma propre mère dans l'eau, ses cheveux ondulant autour de sa tête.

Mais l'eau du lac redevint calme, la couche de glace se reforma, et Galina disparut à jamais.

4

La lumière était suffisante pour fouiller la clairière, mais je ne trouvai aucune trace des femmes et des enfants, ni des autres hommes du village. Je m'aventurai un peu plus loin dans la forêt, guidé par les corbeaux qui croassaient, invisibles, parmi les branches enchevêtrées. Quelque chose les attirait, mais les bois étaient trop denses, et il faisait trop noir pour y voir quoi que ce soit. Seul comme je l'étais, il m'était facile d'imaginer des yeux qui me suivaient, ceux des démons de la forêt attendant que je me perde. Kochtcheï lui-même m'attendait peut-être parmi les arbres, son épée à la main, et cette pensée me donna la chair de poule, me faisant sortir mon revolver de ma poche et scruter éperdument l'obscurité.

Je n'avançai que quelques instants à tâtons dans les ténèbres insondables, entre les troncs noueux et serrés, avant de céder à la nervosité. Je reviendrais au matin pour reprendre mes recherches. Il fallait que je trouve un indice, quel qu'il soit, de ce qu'il était advenu de Marianna et des enfants, mais là, ce n'était pas le moment. J'essayai de ne pas penser à ce qui avait pu leur arriver, ignorant les corbeaux et me répétant qu'ils étaient encore en vie. Il n'y avait pas d'autres corps près du lac, rien dans le village, et je les trouverais le matin venu. La froide réalité du jour me conduirait à eux.

Ou peut-être seraient-ce les corbeaux qui me montreraient le chemin.

Je me hâtai de rentrer, comme si les cauchemars de la forêt étaient à mes trousses, et je tirai les verrous. Je vérifiai que personne d'autre ne s'était invité dans l'isba en mon absence, puis mis des vêtements secs et posai les bottes d'Alek près du poêle avant d'accrocher mon manteau et ma sacoche près de la porte. J'inspectai l'endroit du plancher où il manquait des lattes, approchant la chandelle du trou et m'agenouillant pour regarder dans l'espace minuscule, sous la maison, où Galina s'était tapie. J'avais été dans des villages où les paysans avaient aménagé pareilles caches pour protéger leurs réserves de grain des unités de réquisition, ou pour dissimuler fils et déserteurs. Je me demandai dans quelle optique Marianna avait creusé celle-ci. Peut-être l'idée lui en était-elle venue en m'entendant, lors de ma dernière visite, mentionner prudemment mon désir de rentrer et ma foi défaillante en la révolution. Ou peut-être l'avait-elle fait pour cacher Micha et Pavel, pour les protéger d'un recrutement forcé dans l'armée. Quelles que soient ses raisons, cette précaution n'avait apparemment pas suffi.

Il régnait dans le trou un relent qui me rappelait Galina, aussi remis-je les lattes de plancher en place avant de retourner m'asseoir à la table, tourné vers mon frère.

« Il y a un homme mort dans la forêt, lui dis-je. Tu te souviens de Sacha Petrova ? Le mari de Galina ? Quelqu'un l'a décapité. Et je pense qu'il y en a d'autres. Pas seulement un ou deux comme… » *Comme quand c'était nous qui le faisions.* Je fermai

54

les yeux et secouai la tête. « J'ai peur qu'ils soient tous morts, Alek. » Nous n'avions jamais fait ça. Jamais comme ça. « Je t'amènerai voir papa et maman, demain. » Je le regardai. « Et après, j'irai chercher les autres. »

Je posai la tête sur la table et m'efforçai en vain de dormir plus de quelques minutes d'affilée, réveillé en sursaut par chaque bruit, chaque rafale de vent. Au petit matin, un glapissement de renard retentit dans les bois. Le son m'écorcha les oreilles comme une scie émoussée, me remplissant d'une terreur comme je n'en avais pas ressentie depuis l'enfance, et je restai assis un long moment avant d'aller chercher des couvertures dans la chambre, puis de revenir regarder le feu s'éteindre dans le *pitch*. Je ne pouvais pas prendre le risque qu'il soit encore allumé quand poindrait le jour, et que quelqu'un en voie la fumée. Dans la forêt, l'impression d'être suivis et observés ne nous avait jamais quittés, mon frère et moi, et elle s'était accrue avec la mort d'Alek et mon sentiment grandissant de solitude. Au fond de moi, je savais que ç'avait été une erreur que d'allumer ce feu pour Galina, mais sa chaleur avait été une véritable bénédiction. Désormais, cependant, je devais me concentrer sur la tâche de rester en vie et en liberté pour Marianna et les garçons. Je ne pouvais pas être vu.

Quand l'aube arriva, il faisait un froid glacial à l'intérieur de la maison. Les murs avaient retenu un peu de chaleur, mais la nuit avait été rude, et lorsque je me risquai à jeter un coup d'œil par la fenêtre, je vis qu'un givre épais recouvrait le paysage. Le résultat était d'une grande beauté. Le scintillement du faible soleil hivernal sur la pellicule de cristal diapré. La fine couche de poudre sur le toit des maisons et les arbres sombres de l'autre côté de la rivière. Le miroitement des ailes du moulin, et les pics formés sur la route par la boue gelée. La brume légère de la veille décrivait encore des volutes dans l'air matinal, me donnant l'impression de voir le monde à travers des cataractes.

Le nez collé à la vitre embuée par ma respiration, je regardai le jour se lever et méditai sur l'étrangeté du monde. Le pays était en train de se retourner contre lui-même, envahi par la rage et la confusion. Les hommes s'entre-tuaient, brutalisaient femmes et enfants, cherchaient toujours plus de façons de mutiler et de détruire. Il y avait des champs où gisaient des centaines de corps gelés ; et pourtant l'indifférence régnait. Le soleil continuait à se lever, le givre à se former, les rivières à couler et les bois sombres à faire le guet. Lorsque nous serions tous morts, enterrés ou brûlés, les arbres poursuivraient leur existence sans nous, regarderaient la nouvelle génération grandir là où la précédente était tombée. La rivière donnerait la vie à d'autres gens, les champs les nourriraient et le soleil les réchaufferait en été. Peu importait ce que nous faisions. Nous n'étions ici-bas que pour quelques instants, et la seule chose qui comptait était de rendre ces instants supportables ; d'être là où nous avions envie d'être.

Je m'enveloppai de mes bras et me retournai vers mon frère.

« Le sol va être dur », lui dis-je.

Dehors, le givre avait tout recouvert. Il scintillait sur les marches et prit l'empreinte de mes bottes lorsque je gagnai la route. L'air était frais et le vent doté d'une certaine pureté, comme s'il était capable de tout nettoyer de son souffle glacé. Il me picotait les joues et me gelait les poils du nez.

Je regardai d'un côté de la route puis de l'autre, mais le village était aussi désert qu'à mon arrivée ; je gagnai donc l'arrière de la maison et traversai la cour en direction de la dépendance, en faisant crisser le givre dur sous mes pieds. Je dus donner une saccade pour ouvrir la porte, coincée par le gel.

Kashtan hennit doucement en me voyant entrer et s'avança à ma rencontre. Il faisait bon à l'intérieur de l'abri ; elle y avait laissé son odeur, et sa présence me réconforta. Sa robe d'un alezan profond respirait la vie et la chaleur, alors que tout autour de moi était gris et mort.

Je lui caressai le nez et appuyai mon visage dessus en inspirant profondément, les yeux fermés. Je cajolai brièvement l'idée de l'enfourcher séance tenante pour m'éloigner du village silencieux et des horreurs, quelles qu'elles soient, qui m'attendaient dans la forêt ; mais je ne pouvais pas partir sans d'abord chercher tous les indices possibles de l'endroit où se trouvaient Marianna et les autres.

Quelque chose attirait ces corbeaux ; quelque chose de plus qu'un seul homme décapité.

Si je ne trouvais rien, je prendrais au nord, vers Dolinsk, par la seule piste qui partait du village, et je m'en remettrais à Dieu ou au destin – à cette entité, quelle qu'elle soit, qui m'avait jusqu'alors délaissé –, mais il fallait que je vérifie.

Et il y avait une autre obligation dont je devais m'acquitter. Il fallait que j'enterre mon frère.

« Toi, tu restes ici, Kashtan. Je ne vais pas t'obliger encore à le porter. C'est à moi de le faire. C'est mon tour. »

Retournant dans l'isba, je saisis Alek sous les bras et le soulevai. L'espace d'un instant, nous nous trouvâmes nez à nez, presque comme si nous étions sur le point de nous étreindre, et un flot de souvenirs intenses me submergea, me faisant m'interrompre pour regarder son visage et me remémorer l'homme qu'il avait été. Le frère aîné que j'avais adoré et détesté étant enfant, comme tous les frères.

Je regardai le trait blanchâtre de la cicatrice qui ornait sa pâle lèvre supérieure, souvenir de la clôture qu'il avait heurtée en tombant quand il avait onze ans. Les marbrures sur son cou, causées par des éclats d'obus reçus pendant la Grande Guerre. Ses cheveux coupés ras, un travail parfait accompli par le coiffeur de la compagnie, dans l'armée où je l'avais encouragé à s'engager. Alek voulait rentrer au village, à l'époque, bien qu'il ait déjà appris par courrier le décès d'Irina, mais je l'avais persuadé de se joindre à la révolution avec moi. Il aurait probablement été enrôlé, de toute façon, comme la plupart des hommes l'avaient été, mais je ne pouvais m'empêcher de penser que c'était moi qui l'avais mené à cette fin.

« Je suis désolé », lui dis-je.

Puis je le hissai sur mon épaule et entrepris de remonter la route, titubant et trébuchant sous son poids. Il avait les articulations raidies, les muscles durcis, et me semblait plus lourd encore que la veille. Je tombai à genoux dans la boue gelée plus d'une fois, lâchant mon frère, et, en arrivant devant le perron de l'église, je me reposai un moment avant d'entrer.

L'édifice n'avait guère d'église que le nom. Il ne possédait ni flèche, ni clocher, ni croix fixée sur son toit. Rien ne le distinguait vraiment des autres constructions, sauf la croix grossièrement gravée sur sa porte et, paradoxalement, la fragilité relative des matériaux utilisés pour sa construction – comme si ceux qui l'avaient bâti s'en étaient remis à Dieu pour qu'il retienne la chaleur et résiste aux intempéries.

Je l'avais déjà exploré la veille, mais je me sentais obligé d'y entrer, peut-être pour présenter mon frère à ce qui pouvait rester de Dieu avant de le déposer dans un trou et de le recouvrir de terre gelée. Ou peut-être était-ce un pèlerinage ; une pénitence pour l'avoir laissé mourir, tout comme l'acte de l'avoir porté jusque-là depuis chez nous. Une façon de m'absoudre de la culpabilité que m'inspirait sa mort.

Malgré la douleur qui me pinçait le dos, je rassemblai de nouveau mes forces pour soulever Alek, m'accroupissant pour le hisser sur mon épaule et m'aidant de la clôture pour me relever. Puis j'entrai dans l'église avec lui, en faisant grincer la porte sur ses gonds froids.

Des chaises vides faisaient face à un autel couvert d'une nappe élimée, sur laquelle étaient posés deux gros cierges rouges, un à chaque bout. Entre eux se trouvaient un support destiné à accueillir des bougies plus petites, deux icônes et un crucifix en bois à trois traverses. Il y avait d'autres icônes sur les murs, défraîchies et craquelées, exactement comme dans mon souvenir.

Je déposai Alek devant l'autel et, m'asseyant, m'efforçai en haletant de reprendre mon souffle. En dépit du froid, je transpirais sous mes vêtements, et je sentais la sueur refroidir sur ma peau, me faisant frissonner.

« C'est pas à ça qu'on s'attendait, hein ? dis-je tout haut. On a fait tout ce chemin, traversé toutes ces épreuves, pour… » Je me laissai aller contre le dossier et levai les yeux au plafond. « Je pensais trouver Marianna en train de m'attendre. Micha et Pavel. J'aurais dû savoir. » Avec un reniflement vif, je regardai de nouveau mon frère. « Tu savais, toi, pas vrai ? C'est pour ça que tu as renoncé. »

Si seulement je n'étais jamais parti à la guerre. Si seulement j'étais resté chez moi à chérir chaque instant passé en compagnie de ma famille. Micha avait neuf ans quand j'étais parti la première fois, Pavel tout juste sept, et, depuis, le temps que j'avais passé avec eux s'était limité aux rares journées de permission que je réussissais à prendre. Les nouveau-nés que j'avais tenus d'un seul bras étaient devenus presque aussi grands que leur maman, et j'avais laissé filer tant de précieux moments depuis toutes ces années.

« Peut-être que c'est mon châtiment : avoir survécu pour *ça*. » Je levai les yeux vers la croix. « C'est ça ? Vous me punissez ? »

Derrière moi, j'entendis la porte grincer.

J'attrapai mon arme et me retournai pour voir une silhouette se découper dans la lumière matinale. Avec la carrure que lui donnaient son manteau d'hiver et son bonnet, et le fusil qu'il tenait à la main, l'individu était imposant. La vapeur de sa respiration voilait son visage, et il se tenait immobile, les yeux fixés sur moi.

Je restai où j'étais, une main sur mon revolver.

« Qu'est-ce que vous avez fait ? »

5

Tout dans sa tournure m'avait laissé à penser qu'il s'agissait d'un homme. Ce fut seulement en l'entendant parler que je compris que sa silhouette imposante m'avait trompé. Elle avait la contenance presque nonchalante de quelqu'un qui n'a rien à perdre ; quelqu'un pour qui la violence fait partie intégrante de la vie. Est une certitude. Et quand elle fit un pas à l'intérieur de l'église, le canon de son arme pointé vers le sol, ce fut avec une attitude décontractée et impavide. J'avais vu des jeunes gens tenir leur fusil avec appréhension, même après avoir reçu leur formation, mais la façon dont cette femme tenait le sien indiquait qu'elle n'hésiterait pas à s'en servir.

« Qu'est-ce que vous avez là ? me demanda-t-elle en penchant la tête. Derrière le dossier. Vous êtes armé ?

— Oui. »

Elle hocha la tête comme si ma réponse ne la surprenait pas.

« Et vous l'avez tué ? fit-elle en jetant un coup d'œil à Alek qui gisait devant l'autel.

— Pas vraiment. »

Elle me dévisagea attentivement, peut-être pour déterminer si je mentais, mais j'avais du mal à discerner son expression. Elle avait l'avantage d'être à contre-jour, de sorte que son visage était dans l'ombre, un livre fermé.

Elle fit encore quelques pas dans l'allée centrale, s'arrêtant juste à portée de bras. À cette distance, son fusil ne lui servirait pas à grand-chose. Nous étions si proches que la longueur du canon l'empêcherait de lever assez l'arme pour me tirer dessus.

Malgré le froid, mes doigts transpiraient sur la crosse de mon pistolet, mais j'étais prêt à m'en servir s'il le fallait.

« Vous êtes seul ? » me demanda-t-elle.

Je ne répondis pas.

« Oui, vous êtes seul, reprit-elle. On surveille le village depuis l'aurore.

— "On" ? »

Elle acquiesça et, de la main, indiqua quelque chose derrière moi.

L'espace d'un instant, je restai sans bouger. Je me demandai si c'était une ruse pour me faire détourner le regard. J'utilisais la même tactique avec Micha et Pavel au dîner, parfois, lorsque je voulais chiper dans leur assiette. Mais une voix derrière moi me signala qu'elle ne bluffait pas.

« On a traversé le village depuis l'autre bout. » Cette autre voix trahissait une certaine tension chez celle qui venait de parler. Une pointe d'hostilité à peine contenue. « Dès qu'on vous a vu sortir de la maison avec lui sur le dos. Où est le reste des habitants ? »

Je me retournai pour voir une autre femme debout derrière moi, et supposai qu'elle avait dû entrer par l'arrière pendant que mon attention était fixée sur l'autre. Je me maudis de m'être laissé piéger si facilement.

« Vous m'avez suivi ? »

Je me demandais si l'impression d'être espionnés qu'Alek et moi avions eue dans la forêt avait été fondée.

« Pas suivi. Observé.

— D'où venez-vous ? Vous n'êtes pas d'ici.

— Non. Pas d'ici. »

Cette deuxième femme était menue, vêtue d'un pantalon et d'un long manteau d'hiver. De là où j'étais, je la distinguais plus nettement que la première : la lumière éclairait son visage. Elle portait un bonnet en laine d'agneau sombre, semblable à ceux des cosaques du Kouban, enfoncé bas sur son front de sorte qu'on apercevait à peine la frange courte et droite de cheveux blonds en dessous. Ses yeux d'un bleu froid ne trahissaient rien de ses pensées, et ses beaux traits anguleux affichaient une moue renfrognée qui semblait permanente. Les sourcils froncés, les lèvres pincées, les dents serrées, elle avait l'apparence de quelqu'un dont l'expression était le produit des épreuves qu'elle avait traversées.

Elle portait un fusil sur l'épaule et tenait à la main un pistolet de commissaire du peuple, mais il n'était pas plus surprenant de voir des femmes armées que des hommes. Certains des meilleurs soldats que j'avais connus étaient des femmes.

Je cherchai un signe d'affiliation mais ne vis rien qui puisse m'indiquer quelle armée ou idéologie jouissait de son allégeance, hormis l'arme qu'elle avait au poing.

« Où est-ce que vous avez volé ça ? lui demandai-je. À moins qu'il ait toujours été à vous ? »

Si le pistolet lui appartenait et qu'elle s'était débarrassée de son uniforme, alors peut-être avait-elle fait partie de l'Armée rouge, comme moi.

« À moi ? » Elle secoua la tête. « Non. Je ne me souviens pas d'où il vient. »

Mais je ne la crus pas. Si l'arme n'était pas à elle, alors elle l'avait prise sur un cadavre – qu'elle ait trouvé la personne morte ou qu'elle l'ait tuée elle-même –, et c'était quelque chose dont elle se serait souvenue.

Je baissai les yeux sur mon revolver et perçus la tension qui s'emparait d'elle lorsque je le retournai.

« Personne n'a besoin d'être blessé », fis-je en le remettant dans ma poche.

Je n'avais aucune intention de les laisser me le prendre, mais je voulais qu'elles voient que je n'étais pas un danger. Elles étaient en position de force, aussi était-il dans mon intérêt de leur donner l'impression que je leur concédais l'avantage, sans pour autant paraître faible.

« Je suis d'accord », répliqua-t-elle en s'asseyant sur la marche de l'autel devant moi et en appuyant les avant-bras sur ses genoux, de sorte que son pistolet pendait entre ses jambes.

La femme qui était derrière moi recula pour retrouver une distance plus adaptée à l'arme longue qu'elle portait. Elle avait rempli son rôle en détournant mon attention, et désormais son devoir était de protéger sa compagne.

« Alors c'est vous, la chef ? demandai-je à la femme au bonnet de laine.

— La chef de quoi ? »

Je haussai les épaules.

« Du fusil derrière moi. De tout autre que vous auriez dehors. Combien y en a-t-il dehors, d'ailleurs ?

— Qui êtes-vous ? préféra-t-elle me demander.

— Personne. »

Elle afficha un sourire, mais celui-ci ne changea guère son expression. Il ne se refléta pas dans ses yeux ; ce fut juste un mouvement de sa bouche, un redressement aux commissures de ses lèvres pleines, l'éclair de dents trop blanches pour être celles d'une simple paysanne.

« Exactement comme moi. Personne. » Elle désigna Alek d'un signe de tête.

« Et lui ? Lorsque ma camarade vous a demandé si vous l'aviez tué, vous avez répondu : "Pas vraiment." Qu'est-ce que vous vouliez dire par là ?

— Je voulais dire "non". »

Je regardai mon frère et regrettai de ne pas avoir pu en faire davantage pour lui. C'était moi qui avais décidé de prendre la fuite comme ça, alors qu'il était blessé. Ç'avait été le meilleur moment, notre seule chance de réussite ; mais si nous avions regagné notre unité, les choses auraient peut-être été différentes. Alek serait peut-être encore en vie.

« C'est mon frère.

— D'armes ?

— De sang. »

Je relevai les yeux vers elle.

« Je m'appelle Kolia. Lui, c'est Alek.

— Kolia. »

J'acquiesçai.

« Dans ce cas, vous pouvez m'appeler Tania. Et voici Ludmila. »

Pas de patronyme. Ni de nom de famille.

Son pistolet dans la main gauche, elle plongea la droite dans sa poche pour en sortir une blague à tabac en cuir. Elle la contempla un instant, se rendant compte qu'elle avait besoin de ses deux mains, puis posa son arme à côté d'elle pour l'ouvrir. Elle en sortit une feuille de papier à cigarette, qu'elle posa sur sa cuisse le temps de prendre une pincée de tabac sec entre le pouce et l'index. Ses doigts me paraissaient trop délicats pour être ceux d'une fermière ou d'une soldate, mais sa poigne m'avait semblé ferme lorsqu'elle tenait son arme.

Il y avait une certaine préciosité dans la souplesse avec laquelle elle plia le poignet pour étaler le tabac sur la longueur du papier ; et lorsqu'elle eut roulé sa cigarette et collé le bord d'un coup de langue, elle arracha le coin d'un carnet vide pour en faire un tube mince, et inséra ce filtre de fortune à l'extrémité de sa cigarette, une pratique excentrique et maniérée que je n'avais encore jamais vue chez personne. Il y avait quelque chose en elle que je n'arrivais pas à identifier. Elle était différente des paysans et des soldats auxquels j'avais affaire d'habitude.

Elle plaça sa cigarette au coin de sa bouche et s'apprêtait à ranger la blague dans sa poche lorsqu'elle arrêta son geste. Relevant les yeux vers moi, elle se pencha pour me la tendre.

« Merci », dis-je en la prenant.

Alek et moi avions voyagé seuls pendant près de trois semaines. La route avait été longue et difficile. Certains jours, nous n'avions pas bougé du tout, n'osant nous déplacer que de nuit dans la forêt, lorsqu'il était presque impossible de s'y repérer. D'autres, Alek avait été trop faible pour aller bien loin. Après ce qui s'était passé, nous avions mis de la distance entre nous et notre unité, vivant des maigres provisions que nous avions, augmentées de tout ce que nous pouvions trouver ou chasser sur notre chemin. Nous étions restés autant que possible dans la forêt pour éviter les routes et les équipes de recherche qui les empruntaient. Nous nous étions retrouvés à court de tabac au bout d'une semaine.

Je me roulai une cigarette, et, lorsque je lui rendis la blague, elle gratta une allumette contre la marche et se pencha vers moi pour me tendre la flamme. Je jetai un coup d'œil à l'arme posée à côté d'elle, songeant qu'il me serait facile de m'en emparer. Je pouvais la tuer en une fraction de seconde, mais il y avait un fusil braqué sur mon dos. J'étais rapide, mais peut-être pas à ce point, et je n'étais pas d'humeur à me battre en cet instant. J'étais là pour enterrer mon frère.

J'allumai ma cigarette, et ce fut un véritable bonheur que d'en tirer ma première bouffée. Je me rendis compte que je devais être tombé bien bas pour que ce simple geste me procure un plaisir aussi singulier. Hormis la chaleur du poêle la veille au soir, je n'avais pas connu un tel réconfort depuis longtemps.

Renversant la tête en arrière, je soufflai la fumée en direction du plafond et restai dans cette position un instant, fermant les yeux et faisant abstraction des deux femmes comme si elles n'avaient jamais été là. Puis je me rappelai qu'Alek gisait toujours à mes pieds. Il aurait apprécié ce moment, et un souvenir me revint, celui de ces journées où nous nous rendions au lac dès l'aube, parce que c'était le meilleur moment pour pêcher, et restions assis en silence, à fumer en écoutant l'eau clapoter sur la rive. L'accident de maman n'avait pas mis fin à cette habitude ; nous n'avions pas pu le permettre. Le lac était source de terribles souvenirs, mais aussi d'autres très beaux. Des souvenirs d'Alek. De Marianna et de moi en été.

Le lac donnait la vie tout comme il l'avait prise.

« Où sont tous les autres habitants ? demanda Ludmila. Il n'y a personne, ici.

— Je vous renvoie la question, répondis-je, laissant mes souvenirs se dissiper dans la lumière grisâtre.

— Qu'est-ce que vous avez fait d'eux ? »

Son insistance me laissait à penser qu'elle ne savait pas ce qui s'était passé dans le village, et j'avais vu tant de mensonges et de trahisons qu'il fallait être très bon acteur pour réussir à me berner. Formation et expérience avaient fait de moi non seulement un soldat capable d'une grande cruauté, mais aussi un bon juge des intentions humaines.

« Rien. Je suis d'ici. Je ne sais pas où…

— Vous êtes un soldat ? » me demanda Tania.

Je rouvris les yeux pour la regarder.

« Quelle couleur ? » continua-t-elle.

Elle avait repris son pistolet. Le canon était orienté vers le sol, mais elle n'avait qu'à le relever d'un centimètre pour pouvoir me cribler de trous. Ce n'était pas un geste de menace, mais elle était prête à toute éventualité.

« Et vous, de quelle couleur êtes-vous ? » répliquai-je.

Tania ressortit son sourire artificiel et secoua la tête.

« Ce n'est pas comme ça que ça marche.

— Je suis de votre bord. Du mien. D'aucun.

— Mais vous êtes soldat. Tous les hommes le sont, n'est-ce pas ? Pour un camp ou pour un autre.

— Rouges ou Blancs, ça ne change rien pour moi. Ou Noirs, ou Bleus, ou Verts. »

Il y avait tant de couleurs que j'en perdais le compte. L'Armée noire des anarchistes en Ukraine, les Armées vertes qui se formaient spontanément chez les paysans pour protéger leurs terres et leur bétail, et les bleues engendrées par la révolte de Tambov.

« Je me fiche de tout ça, continuai-je. Je veux juste enterrer mon frère.

— C'est vraiment votre frère ? Votre vrai frère ?

— Oui.

— Je suis désolée. »

Elle passa le dos de la main sur son front, auréolant son visage de fumée.

« D'où venez-vous ?

— Je vous l'ai déjà dit. Je suis de ce village. Mais vous ? D'où venez-vous ? Qu'est-ce qui me dit que vous n'avez pas quelque chose à voir avec ce qui s'est passé ici ?

— Qu'est-ce qui s'est passé, justement ? »

Tania lança un regard à la femme derrière moi, et je vis une émotion difficile à interpréter altérer brièvement son expression. Un éclair de compréhension ? De peur ? Peut-être les deux.

« Vous savez quelque chose ? lui demandai-je.

— À quel sujet ?

— Au sujet de la disparition de tout le monde. Au sujet du mort qui gît là-bas dans la forêt.

— Un mort ? »

Elle se releva, et je vis à sa réaction qu'elle ne savait rien de ce qui était arrivé au mari de Galina. « Montrez-moi. »

Je tirai sur ma mince cigarette en jetant un coup d'œil au pistolet dans sa main.

« Vous n'avez pas besoin de ça.

— Dites-moi où est cet homme et...

— Rangez cette arme, et laissez-moi enterrer mon frère.

— Non, vous allez...

— Laissez-moi enterrer mon frère, répétai-je, et après je vous y amènerai. »

J'avais tout aussi hâte d'avancer, mais j'étais perturbé par l'idée de ce que je risquais de trouver, et je devais rendre les derniers honneurs à mon frère ; je ne pouvais pas le laisser là comme ça.

Tania contempla son pistolet un moment puis releva les yeux, hocha brièvement la tête et le rengaina. Je sus alors que les rapports de force entre nous avaient changé. J'avais quelque chose qu'elle voulait, et elle venait de se soumettre à mes exigences, si raisonnables soient-elles. Elle représentait une menace moins grande que je ne l'avais cru au premier abord.

En me retournant, je vis que Ludmila avait suivi l'exemple de Tania et tenait son fusil pointé vers le plancher.

« Le sol va être dur, fit-elle remarquer. Pour l'enterrer.

— J'ai une hache. Ça ne va pas prendre longtemps. »

Je me relevai, et Tania se pencha en arrière, portant de nouveau la main à son arme.

Je levai les deux mains devant moi.

« Je vous en prie. Vous pouvez me faire confiance.

— La confiance se gagne difficilement, de nos jours », répliqua-t-elle.

Dans une certaine mesure, j'étais content d'avoir de la compagnie. Galina avait été trop perdue dans sa folie pour alléger vraiment ma solitude, et Alek avait déliré pendant la plus grande partie de notre trajet. Sa blessure s'était infectée et j'avais fait ce que j'avais pu, mais ça n'avait pas suffi. Je ne pouvais pas m'empêcher de m'en vouloir pour cela. Si nous étions restés avec notre unité, peut-être notre médecin, Nevski, aurait-il pu le sauver. Il aurait peut-être pu faire quelque chose.

« Je ne suis pas un danger pour vous », insistai-je.

Il fallait que je retourne auprès du lac chercher ma femme et mes fils. Que je trouve un indice de ce qui leur était arrivé.

« Où est-ce que vous irez, après ? me demanda-t-elle. Une fois que vous l'aurez enterré. Vous rejoindrez votre unité ? »

Je l'ignorai et m'approchai de mon frère.

« Non, continua-t-elle. Je crois que vous préférez l'éviter. Vous êtes un déserteur. »

C'était la première fois que le terme – un mot synonyme pour moi de trahison et de disgrâce – m'était jeté au visage, et il me blessa plus que je ne m'y étais attendu. Je savais ce que j'étais, et « déserteur » n'était pas la pire épithète qui m'était applicable, mais cela me rappelait les hommes que j'avais traqués pour le même crime, des hommes dont le seul véritable délit avait été de vouloir une vie meilleure.

Je coinçai ma cigarette entre mes dents et, les yeux piqués par la fumée, m'accroupis à côté de mon frère pour passer les mains sous ses aisselles, le retourner et le hisser sur mon épaule. Je chancelai sous son poids, regrettant de ne pas être plus fort, regrettant qu'il ne soit plus en vie, regrettant tant de choses ; mais rien de tout cela ne m'aidait, et je me sentais faiblir. Mon frère était mort, ma famille avait disparu, et j'étais tout seul.

« Vous êtes rentré chez vous et il n'y avait personne pour vous accueillir, c'est ça ? Racontez-moi ce qui s'est passé.

— Plus tard », répondis-je dans un grognement alors que la force me manquait et que j'étais obligé de reposer Alek par terre.

Je m'assis à côté de lui et essayai d'oublier la présence des deux femmes. Je serrai les dents sur ma cigarette et refoulai avec peine la honte, la culpabilité et la peur qui menaçaient de me submerger. Je n'avais pas le temps d'y céder. Je ne pouvais pas me permettre ce luxe. J'avais une tâche à accomplir, et je devais m'en acquitter rapidement. D'abord, j'allais finir de remplir mes devoirs envers mon frère, et après je me consacrerais à ceux que j'avais envers ma famille.

Une fois de plus, je m'armai de courage et me préparai à soulever mon frère.

« Laissez-moi vous aider, intervint Tania en me contournant pour aller s'accroupir près des pieds nus d'Alek.

— Je peux me débrouiller tout seul.

— Je sais. Mais c'est plus facile à deux. »

Elle repoussa son bonnet pour me regarder à travers les mèches qui lui tombaient sur le front, et, en cet instant, j'eus un aperçu de la femme qu'elle avait dû être avant la guerre. Son regard s'était réchauffé d'une note de compassion, comme si elle avait compris les émotions qui m'assaillaient. Son front s'était déridé, sa mâchoire décrispée, et je vis ce qui était peut-être la vraie Tania, plutôt que le masque qu'elle portait. Elle n'était pas belle, mais il y avait quelque chose de séduisant dans ses traits – dans ses lèvres arquées, son nez retroussé, ses pommettes saillantes.

« Merci », lui dis-je.

Nous soulevâmes Alek et traversâmes l'église pour atteindre le lopin de terre où les habitants de Belev avaient toujours enterré leurs morts. Un petit terrain entouré d'une clôture branlante et d'un bosquet d'arbres qui ombrageaient le cimetière en été. Nous frayant à pas lourds un chemin parmi les simples croix de bois qui marquaient les tombes, nous atteignîmes un endroit près du fond et déposâmes Alek par terre.

Dans le champ de l'autre côté de la clôture, deux chevaux broutaient l'herbe hivernale, et je fus surpris de ne pas les avoir entendus arriver. Les femmes avaient sûrement privilégié les endroits où le sol était le moins dur, et je devais avoir été distrait, mais cette tactique avait probablement laissé des empreintes dans le givre qui risquaient d'être repérées et suivies par mes poursuivants potentiels. Je n'avais encore aucune preuve concrète de l'existence de ces derniers, mais la sensation constante d'être traqué refusait de me quitter, et deux voyageuses à cheval pouvaient facilement être prises pour Alek et moi.

Je m'étirai et pris une dernière bouffée de ma cigarette avant d'en pincer l'extrémité rougeoyante et de la ranger dans ma poche. Ç'aurait été gourmandise que de la fumer tout entière, et je préférais garder le reste pour une autre fois.

« C'est là que mes parents sont enterrés », dis-je en indiquant les deux croix devant nous.

Elles étaient sobres, comme toutes les autres : de simples croix orthodoxes peintes en blanc, défraîchies et craquelées par les intempéries. Si on les avait enlevées, il n'y aurait pratiquement eu aucun signe que quelqu'un était enterré à cet endroit.

Ludmila, la femme au fusil, nous avait suivis dans le cimetière, son arme dans une main et la hache dans l'autre. Ôtant mon manteau et ma veste, je lui pris la hache et entrepris d'ameublir le sol à côté de maman et papa, abattant le lourd outil de toutes mes forces, encore et encore.

Alors que je m'activais ainsi sous les yeux des deux femmes, le ciel s'assombrit, et lorsqu'un grondement distant nous parvint, Tania regarda sa camarade.

« Le tonnerre ?

— Ou un tir d'artillerie ?

— Le tonnerre, leur assurai-je. C'est tout. »

Le temps que j'enlève la terre à l'aide d'une pelle et que je creuse une tombe assez profonde pour mon frère, il s'était mis à grésiller. Très fort.

Les cristaux de glace tombaient si dru, si froids, que Tania et Ludmila allèrent s'abriter sous l'auvent à l'arrière de l'église pendant qu'avec peine je déposais Alek dans le trou. Leur compassion n'allait pas jusqu'à se laisser tremper, mais j'aurais agi de même à leur place. Il ne faisait pas bon être mouillé dans le froid à cette époque de l'année, et si elles avaient l'intention de reprendre la route, cela pouvait signifier pour elles une mort lente et prolongée.

J'entrepris de recouvrir mon frère, la terre noire et humide tombant en pluie sombre sur son corps sans vie, et je le regardai disparaître peu à peu de ce monde. Le crépitement produit était le son le plus triste que j'aie jamais entendu, et la pelletée la plus difficile fut celle qui me cacha son visage. La terre se déposa dans ses narines, dans ses yeux, sur ses lèvres et sur sa peau pâle. Puis il disparut à tout jamais.

Je renfilai ma veste, ramassai mon manteau et ma sacoche, et repartis à travers les croix et les pierres tombales pour rejoindre les femmes.

« Je n'ai rien à mettre sur sa tombe, soupirai-je, les épaules battues par le grésil.

— On ne peut rien y faire », me répondit Tania.

J'acquiesçai et m'arrêtai pour regarder longuement l'endroit où je venais d'enterrer mon frère. Il m'avait quitté, mais resterait toujours avec moi dans mes pensées.

« Maintenant, je vais vous montrer ce que vous voulez voir, dis-je en me détournant de la tombe et en m'éloignant sans un regard en arrière. Et après, je vais trouver ma femme et mes fils. »

Peut-être devrais-je les enterrer eux aussi.

J'étais déjà rentré dans l'église quand Tania m'interpella, mais je ne m'arrêtai pas. J'avais fait mon devoir envers mon frère, et à présent je voulais retourner auprès du lac, dans la forêt, et suivre les cris des corbeaux. J'avais déjà trop tardé.

« Attendez ! » fit Tania en me suivant.

Je traversai l'église en enfilant mon manteau, et j'avais presque atteint la porte d'entrée quand Tania me rejoignit d'un pas pressé.

« Qu'est-ce que vous voulez dire, trouver votre femme et vos fils ? »

Sans m'arrêter, je sortis sur la route déserte.

« Qu'est-ce que vous voulez dire ? répéta-t-elle.

— Venez avec moi si vous voulez voir. »

6

Tania n'ajouta rien mais ralentit pour marcher quelques pas derrière moi.

La veille au soir, la brume avait englouti le pont et flotté sur le chemin et dans les sous-bois comme une bande d'esprits sylvestres attendant de prendre forme, mais avec l'aube, ses volutes avaient disparu, et il ne restait au sol que des plaques de givre et du grésil en train de durcir qui craquait sous nos bottes alors que nous gagnions d'un pas lourd l'autre extrémité du village pour atteindre la passerelle.

Les corbeaux. Ils étaient toujours là, à lancer leurs cris lugubres dans l'air matinal. De temps en temps, leurs croassements se faisaient plus virulents, et certains d'entre eux s'élevaient au-dessus des arbres, de l'autre côté du lac, avant de se reposer dans la forêt, laissant le ciel de nouveau calme et désert.

Je m'arrêtai avec Tania à l'entrée du petit pont pour attendre Ludmila, qui amenait les chevaux.

« Ils ont l'air fatigués, fis-je remarquer en les regardant arriver.

— Ils sont endurants, répliqua Tania.

— Et la passerelle ne va pas supporter leur poids.

— Elle n'aura pas à le faire. »

Lorsque Ludmila nous eut rattrapés, Tania attrapa les rênes d'une des bêtes et les tint à bout de bras, afin de guider sa monture par-dessus le parapet pour lui faire traverser la rivière en même temps qu'elle.

« Après vous », me dit-elle.

Je m'engageai donc sur le pont, suivi des deux femmes, et les chevaux franchirent l'eau glacée à côté de nous dans un grand bruit d'éclaboussures.

Nous prîmes ensuite l'étroit sentier qui menait dans la forêt, cernés de branches qui se tendaient vers nous comme pour essayer de nous toucher. L'ambiance y était moins sépulcrale que la nuit passée, mais il y restait quelque chose de froid et d'impersonnel. Comme si nous n'aurions pas dû nous y trouver.

Les chevaux nous suivirent sans renâcler, l'eau ruisselant de leur ventre, leurs sabots produisant un bruit sourd sur le chemin désert. On y distinguait des empreintes sous le givre, laissées par les allées et venues de nombreuses paires de bottes, mais il était impossible de déterminer de quand elles dataient.

Quand nous débouchâmes dans la clairière à côté du lac, je savais à quoi m'attendre, mais cela ne m'empêcha pas de m'immobiliser.

Le cadavre du mari de Galina gisant dans l'herbe offrait une vision plus sinistre encore que dans mon souvenir. Le clair de lune en avait atténué l'impact, mais, à la lumière du jour, elle était dure, froide et cruelle. Les atrocités dont l'homme est capable envers ses semblables étaient loin de m'être inconnues, mais quelque chose dans ce tableau me donnait la chair de poule. Peut-être parce que c'était là un homme que j'avais connu.

Il avait fait partie de ma vie.

Il gisait au centre de la clairière, entouré seulement des dernières feuilles rousses de l'automne, désormais scintillantes de givre sous les doigts de l'hiver. La séparation de son corps et de sa tête, tournée vers nous, était clairement visible. Et il y avait autre chose que je n'avais pas remarqué, la veille au soir. La vilaine plaie au milieu de son front, dont j'avais cru les corbeaux responsables, n'était pas le résultat déchiqueté de coups de bec donnés au hasard. Située juste au-dessus de ses sourcils, d'un tracé net et régulier, ça ne pouvait être qu'une brûlure.

En forme d'étoile à cinq branches.

Tania s'arrêta derrière moi et prit une courte inspiration.

« Kochtcheï », dit-elle.

Le nom me fit l'effet d'un clou enfoncé dans mon cœur, et je me retournai pour la dévisager. Elle avait les yeux fixés sur le corps décapité.

« Qu'est-ce que vous avez dit ? »

Elle ne détacha pas son regard du cadavre. Elle était figée sur place, raide comme un piquet.

« Est-ce qu'elle vient de dire "Kochtcheï" ? »

Je venais de comprendre que Galina n'avait peut-être pas été aussi désorientée que je l'avais cru, et que celui qui avait fait cela, celui qui avait tué son époux, se faisait vraiment appeler Kochtcheï, comme elle me l'avait affirmé. Je ne savais pas s'il avait pris ce nom par souci d'anonymat ou au contraire pour se faire connaître, mais c'était un nom qui mettait mal à l'aise. Kochtcheï l'Immortel était un cruel et odieux symbole du mal.

Le cheval de Tania recula d'un pas, bronchant à la vue de ce sinistre tableau, et elle lâcha les rênes de la bête, la laissant s'éloigner vers le lac tandis qu'elle-même traversait lentement la clairière scintillante de givre pour aller s'arrêter devant le mari de Galina. Arrivée là, elle détourna les yeux vers les arbres et se composa un visage avant de reporter son attention sur le cadavre pour l'examiner.

« Que savez-vous de ce Kochtcheï ? » lui demandai-je.

Ma voix choquait dans la solitude muette de la forêt.

Tania ne répondit rien, et je me retournai vers Ludmila, derrière moi. Elle avait les yeux brillants de larmes, et ce n'était pas à cause du froid.

« Vous avez déjà vu ça quelque part ? lui demandai-je. Cette brûlure ? »

Elle fit quelques pas pour venir s'arrêter à côté de moi.

« Plus d'une fois. Où sont les autres ? »

Je levai involontairement les yeux vers les cimes dénudées des arbres, de l'autre côté du lac. S'il y avait d'autres morts, c'était là qu'ils se trouveraient. À l'endroit où les corbeaux s'étaient rassemblés.

J'avais presque trop peur de m'y rendre.

« Que savez-vous de ce Kochtcheï ? répétai-je. Qui est-ce ? »

Ludmila secoua la tête.

« Où étiez-vous quand c'est arrivé ?

— Pas ici. Je suis rentré hier soir, et voilà tout ce que j'ai trouvé. »

Je me retournai en entendant un bruit de pas et vis Tania revenir vers nous.

« Donc, vous êtes arrivé seulement hier soir ? insista Ludmila. Et le village était vide ?

— Oui. Mais vous savez déjà tout ça. Vous avez dit que vous m'aviez surveillé. »

Tania n'était plus qu'à quelques mètres de nous et avançait toujours d'un pas décidé. Je voyais désormais l'expression de son visage, et elle avait les yeux rivés sur moi. Une moue hostile sur les lèvres, elle approchait les doigts de son pistolet. Je n'étais pas sûr de ce qui était sur le point de se passer, mais je savais que ce n'était pas bon. Je n'eus qu'une fraction de seconde pour analyser la situation avant qu'elle n'arrive sur moi.

Je portai la main à ma propre arme, mais Ludmila m'agrippa immédiatement le poignet. Elle avait moins de force que moi, mais assez pour ralentir mon geste, et avant que j'aie pu me dégager, Tania avait dégainé et me faisait face, son pistolet braqué sur ma poitrine.

« Dis-moi qui tu es. »

Elle était métamorphosée.

Avant, dans le cimetière, elle s'était comportée comme une femme d'action, mais j'avais senti en elle une mélancolie et un fatalisme sous-jacents. Dans l'église, lorsqu'elle m'avait aidé à soulever Alek, j'avais vu la douceur sous sa cuirasse. Mais il y avait désormais un ton de menace dans sa voix et une lueur de colère dans ses yeux qui me laissaient à penser qu'elle avait l'intention de me tuer.

« Je ne suis personne, répondis-je. Juste un homme rentré chez lui voir sa famille.

— Et ça, alors ? fit-elle en arrachant le pistolet de ma poche pour me le mettre sous le nez. Tu l'as eu où ?

— Je l'ai volé. Où avez-vous eu le vôtre ?

— N'essaie pas de me faire croire que tu n'es pas un soldat.

— Je n'en ai pas l'intention. Je suis un soldat. Ou plutôt, j'étais.

— Il n'y a que les officiers qui portent ce genre d'arme. »

Elle le fourra dans la poche de son manteau.

« Je pourrais vous faire la même remarque. »

Tania leva le bras et me frappa au cou de la crosse de son pistolet, sous l'oreille. Elle n'avait pas été rapide au point que je ne voie pas le coup venir, mais je n'en avais jamais reçu de plus violent, et je tombai sur un genou, aveuglé par la douleur. Immédiatement, Ludmila m'arracha mon bonnet d'une tape pour m'attraper par les cheveux et me tirer durement la tête en arrière, me forçant à tourner le visage vers le ciel. Dans cette position, la gorge tendue au point d'être obligé d'ouvrir la bouche, je peinais à respirer. Tania introduisit le canon de son arme entre mes dents et l'appuya contre ma langue.

Elle me dévisagea durement, sa rage évidente dans ses yeux d'un bleu froid. Je n'avais aucune idée de ce qui avait pu lui arriver, mais si ça se rapprochait un tant soit peu de ma propre expérience, je pouvais comprendre sa colère. J'avais ressenti la même. Parfois, elle était difficile à contrôler, et elle frémissait toujours à fleur de peau. Mais voilà que j'étais sur le point de mourir.

Je n'allais jamais pouvoir retrouver et protéger Marianna et les garçons.

« Vous êtes un véritable poison, tous autant que vous êtes. Vous semez la mort partout où vous allez. » C'était Ludmila qui avait dit ces mots, et il y avait de la haine dans sa voix. « Tue-le, Tania. »

L'intéressée parut entendre la contradiction dans les paroles de sa compagne, et s'efforça de maîtriser le démon qui s'était emparé d'elle. Elle retira son pistolet de ma bouche en faisant crisser l'acier contre mes dents.

« Qui es-tu ? répéta-t-elle encore.

— Ce n'est pas moi qui ai fait ça, répondis-je. C'est chez moi, ici. Je vous jure que c'est vrai. »

Ludmila tira plus fort sur mes cheveux, et Tania changea de pied d'appui tout en raffermissant sa prise sur son arme pour la pointer sur l'arête de mon nez.

« Donne-moi une seule bonne raison de ne pas te tuer sur-le-champ.

— Qu'est-ce qui a changé ? lui demandai-je. Par rapport à tout à l'heure. Qu'est-ce qui a changé ? Vous savez que ce n'est pas moi qui ai fait ça.

— Tue-le, insista Ludmila. C'est un Rouge, je peux le sentir sur lui, et ils sont tous pareils. Tous autant qu'ils sont.

— C'est faux, répliquai-je. Nous ne sommes pas tous pareils.

— Est-ce là ta seule bonne raison ? me demanda Tania.

— Vous avez besoin d'une raison pour ne pas me tuer ? »

Elle ne répondit rien.

« Vous avez perdu quelqu'un ? repris-je. À cause de ce Kochtcheï ? »

Tania fronça les sourcils et jeta un coup d'œil à sa compagne.

« Moi, j'ai perdu toute ma famille. Deux fils. Micha a quatorze ans. Et Pavel… Pavel n'en a que douze. »

Tania porta la main gauche à son pistolet pour affermir sa prise dessus et en appuya le canon contre mon front.

« Et ma femme, continuai-je en la regardant droit dans les yeux. Elle a disparu aussi. Elle s'appelle Marianna. »

Tania tourna son regard vers le lac avant de le reposer sur moi.

« Alors, ça me fait trois bonnes raisons. Pas qu'une seule. Ça vous suffit ? »

Tania recula d'un pas et baissa légèrement son arme.

« Je veux les retrouver, lui dis-je. Tout comme vous voulez retrouver celui ou celle que vous cherchez.

C'est pour ça que vous êtes ici, n'est-ce pas ? Vous cherchez quelqu'un ? »

Elle laissa retomber son bras, le pistolet pointé vers le sol, et passa son autre manche sur sa bouche et son nez en reniflant bruyamment.

« Lâche-le. »

Ludmila resserra sa prise, agrippant mes cheveux à pleine poignée et tirant dessus comme si elle voulait me les arracher de la tête.

« Mais c'est un…

— Lâche-le, Luda. »

Elle hésita encore un instant, puis repoussa violemment ma tête vers l'avant.

Je me frottai la nuque et restai où j'étais.

« Peut-être que nous pouvons nous entraider.

— On n'a pas besoin de ton aide, répondit Tania.

— Peut-être ai-je besoin de la vôtre.

— Eh bien, il faudra te débrouiller sans.

— Aidez-moi au moins à trouver les autres », implorai-je.

J'étais seul dans la forêt depuis longtemps déjà, et je m'étais habitué à l'absence de compagnie, mais il y avait quelque chose dans la perspective de m'enfoncer plus avant dans les bois en ce jour que je ne voulais pas affronter. J'avais peur de ce que je risquais de trouver là-bas.

Tania baissa les yeux et fit la moue comme si elle réfléchissait à ma demande.

« On ne sait rien de lui, protesta Ludmila. Peut-être même que c'est lui qui a fait ça. »

Tania secoua la tête.

« Non. Tu le sais bien, et moi aussi.

— Des gens comme lui, alors. Ou peut-être qu'il est avec eux.

— Avec qui ? Vous parlez de Kochtcheï ?

— Qu'est-ce que tu sais de lui ? »

Tania reporta son attention sur moi, et la flamme dans ses yeux se ralluma.

« Où est-il ? Tu connais son vrai nom ?

— Non, répondis-je en me relevant. Je ne… C'est Galina qui m'a parlé de lui. Elle m'a dit qu'il…

— Qui c'est, ça, Galina ? Où est-elle, maintenant ? »

Je ramassai mon bonnet.

« Il y avait une vieille femme, ici, hier soir, une habitante du village. Je la connaissais. C'était une amie de ma mère. Galina. Elle m'a dit que c'était Kochtcheï qui avait fait ça, et j'ai cru… j'ai cru qu'elle divaguait. J'ai cru… » Je jetai un coup d'œil au cadavre à côté de nous. « Cet homme était son mari, Sacha. Maintenant, il faut que je cherche les autres… » Je déglutis péniblement.

« Et j'ai peur de ce que je vais trouver.

— Où elle est, cette vieille femme ? Je veux lui parler.

— Galina ? »

Je passai la main dans mes cheveux, remis mon bonnet et tournai les yeux vers le lac.

« Elle est allée se noyer.

— Elle s'est noyée de son propre chef ? fit Ludmila.

— Oui. »

Je reportai mon regard sur elles, et vis la façon dont elles me dévisageaient, avec ce qui ressemblait à du soupçon.

« C'est la vérité. Son mari mort, les autres disparus… J'ai essayé de l'en empêcher, mais c'était ce qu'elle voulait. Je la connaissais bien. C'était l'amie de ma mère.

— Et tu l'as quand même laissée faire ?

84

— C'était ce qu'elle voulait. Rejoindre les autres.

— Les autres ? » répéta Tania.

Elle échangea un coup d'œil avec Ludmila, et toutes deux se retournèrent vers l'eau. Pendant un moment, ni l'une ni l'autre ne parlèrent. Nous fûmes trois personnes solitaires, chacune repliée sur ses propres pensées.

« Il aime noyer les femmes, reprit Tania à mi-voix. Kochtcheï. Je suis désolée. »

Il me fallut un moment pour comprendre ce qu'elle venait de dire. En sortant de sa bouche, les mots n'avaient d'abord été qu'une suite de sons sans signification, mais, en prenant leur sens dans ma tête, ils apportèrent avec eux une hébétude cotonneuse et écrasante.

Il aime noyer les femmes.

Les mots se répétèrent comme un écho d'eux-mêmes et je revis Galina entrer dans le lac, briser la mince couche de glace, se dévêtir et s'enfoncer dans l'eau. Mais avant de sombrer complètement, elle se retourna vers moi et je vis que ce n'était pas Galina. C'était le visage de Marianna que je voyais là-bas dans l'eau. Puis elle disparut sous la surface, s'abîmant parmi les roseaux jusque dans les profondeurs noires et mystérieuses du lac.

« ... de Kochtcheï ? »

Une des deux femmes était en train de me parler, mais sa voix était comme un murmure lointain. Un bourdonnement gênant mais sans importance. Seule comptait Marianna, et je m'avançai vers le lac. Il m'était venu à l'esprit qu'elle gisait peut-être encore dans ses profondeurs avec les autres femmes, doucement bercée par les mouvements de l'eau, le visage blanc et boursouflé. Que, comme ma mère, le lac l'avait accueillie dans son étreinte liquide.

En m'approchant de l'eau je répétai son nom comme une litanie, le cœur serré, pris d'un besoin irrésistible d'être avec ma femme.

La forêt n'était plus là. Le vent s'était tu. Les corbeaux avaient disparu. Plus rien n'existait hormis le lac, Marianna et moi.

Il aime noyer les femmes.

J'étais presque arrivé au bord de l'eau quand des mains m'agrippèrent les bras pour me tirer en arrière.

« Vous ne pouvez plus rien y faire, disait Tania. Je suis désolée. »

Je luttai un moment pour me dégager, puis reculai maladroitement et tombai assis, les yeux fixés sur le lac comme si j'étais venu l'admirer par un chaud après-midi de printemps.

« Vous ne pouvez plus rien y faire, répéta Tania.

— Vous croyez qu'elle y est ? Marianna ?

— Peut-être que ça s'est passé autrement, ici. Peut-être que... »

Mais elle n'acheva pas sa phrase. Rien de ce qu'elle pouvait dire n'allait changer ce qui était ou n'était pas arrivé, et je ne pouvais rien faire pour retrouver Marianna. Si elle gisait dans les profondeurs du lac, elle avait disparu à jamais.

Pris de froid, je resserrai mon manteau autour de moi.

« Est-ce que cette vieille femme vous a dit à quoi il ressemble ? Comment il s'appelle vraiment ? »

C'était Ludmila qui m'avait posé la question, mais je gardai les yeux fixés sur Tania en secouant la tête.

« Elle n'a rien dit d'autre ? insista Ludmila.

— Rien. »

Je regardai de nouveau le lac en songeant combien j'aurais aimé que le monde soit différent. « Il faut que je trouve les autres, maintenant. »

L'espace d'un instant, il n'y eut pas d'autres sons que ceux qui étaient censés être là : le soupir du vent dans les arbres ; le clapotis discret de l'eau sur la rive ; le babil de la rivière qui se jetait dans le lac.

« Vous voulez bien venir avec moi ? demandai-je. Chercher les autres ? »

Tania se tourna vers la forêt et leva les yeux vers la cime des arbres.

« Il n'y a rien là-bas qui m'intéresse, me répondit-elle. Tout ce qui m'importe, c'est de trouver Kochtcheï.

— Peut-être qu'il y est encore, suggéra Ludmila.

— Non, il est parti depuis longtemps.

— Et quand vous l'aurez retrouvé ? demandai-je.

— Je le tuerai. »

Elles s'éloignèrent pour rejoindre leurs chevaux et montèrent en selle.

« Dans quelle direction allez-vous ? leur demandai-je alors qu'elles revenaient vers le chemin.

— Vers le nord, répondit Tania, arrêtant sa monture pour me regarder. Depuis qu'on le suit, il va dans cette direction. Qu'est-ce qu'il y a au nord d'ici ?

— Dolinsk.

— C'est tout ?

— Quelques villages avant. Des fermes. Rien d'autre. »

Tania me contempla un long moment, puis ressortit mon revolver de sa poche et le laissa tomber par terre à côté de moi.

« Bonne chance, Kolia. »

Je ne me retournai pas pour les regarder partir. Je restai où j'étais, les yeux rivés sur la surface de l'eau, le cœur serré d'appréhension à l'idée de ce qui m'attendait dans les profondeurs de la forêt.

7

Et c'est ainsi que, franchissant le pont en sens inverse et remontant la rue déserte qui traversait le village, je regagnai ma maison natale pour la dernière fois. Je me retrouvai devant ma propre porte et, guidé purement par l'instinct, entrai dans la pénombre à l'intérieur. Je n'avais pas de projet cohérent en tête, mais, attrapant un panier sur l'étagère à l'autre bout de la pièce, j'y rassemblai tout ce que je trouvai de comestible. Dans le tiroir, je mis la main sur un couteau solide qui finit dans le panier avec la nourriture, une cuillère, des chandelles et une poignée d'allumettes enveloppées d'un linge. Je jetai sur mon épaule la sacoche de selle que j'avais rapportée de la dépendance puis ramassai les couvertures dont je m'étais servi pendant la nuit. Les bras chargés, je regagnai la porte d'entrée et l'ouvris grand, mais quelque chose m'arrêta et je restai ainsi sur le seuil, le dos tourné à la pièce, dans le froid qui venait du dehors.

Il me fallait quelque chose pour me souvenir.

De Marianna. De Micha et de Pavel. De tout ce que j'avais laissé derrière moi et de tout ce que j'avais été autrefois. Une nouvelle page se tournait, et je devais m'y préparer comme il fallait.

Refermant la porte, je posai toutes mes affaires par terre à côté et gagnai la chambre. Je ramassai le *tchotki* de Marianna et l'enroulai autour de mon poignet droit, l'enfonçant dans ma manche en articulant silencieusement les mots « Ayez pitié de moi, pauvre pécheur », exactement comme Marianna l'aurait fait. Puis je me jurai de retrouver ma femme et mes enfants, quoi qu'il m'en coûte. Et une fois que je les aurais retrouvés, vivants ou morts, je rejoindrais Tania sur la piste de Kochtcheï et je le tuerais.

« Rien ne m'arrêtera », chuchotai-je.

Prenant la petite icône sur le mur au-dessus de la table pour la mettre dans ma sacoche, je retournai m'asseoir dans la cuisine, comme Marianna l'aurait voulu. C'était la coutume ancestrale. Cela portait malheur de prendre la route sans d'abord s'asseoir un moment. Marianna m'avait forcé à le faire chaque fois que je partais quelque part, et j'étais toujours revenu.

L'idée que Tania et Ludmila puissent avoir déjà quitté la route pour se cacher dans la forêt m'inquiétait – elles représentaient ma meilleure chance de retrouver Kochtcheï et je ne voulais pas perdre leur piste –, mais j'allais prendre ce moment. C'était le genre de superstitions à propos desquelles j'aimais taquiner Marianna, mais je devais reconnaître que la pratique m'avait bien servi jusqu'alors. Mes parents l'avaient toujours fait, mes grands-parents aussi. Marianna disait que c'était pour tromper les esprits du mal en leur faisant croire que les voyageurs avaient décidé de rester, mais quelle que soit la raison de cette tradition, je pouvais y consacrer quelques instants s'il y avait la moindre possibilité qu'elle me porte chance.

Je m'assis donc à la table en fermant les yeux, et ce simple geste m'aida à me détendre et à mettre de l'ordre dans mes pensées.

Je me concentrai d'abord sur Marianna et les garçons. Je touchai le *tchotki* à mon poignet et priai pour qu'ils ne soient pas morts, comme mes pires craintes tentaient de me le suggérer, mais qu'ils soient d'une manière ou d'une autre hors de danger, et le restent jusqu'à ce que je les retrouve. Je me les représentai chacun en pensée, du mieux que je pus. C'était difficile, cependant, de visualiser longtemps les détails de leurs visages. Je préférai me focaliser sur le rire discret de Marianna. M'envelopper dans le souvenir de ce que j'avais ressenti la dernière fois que nous avions été au lit ensemble, du contact de sa peau nue sur la mienne. Me rappeler ses réprimandes lorsque je rentrais avec des bottes sales dans la maison, et combien elle me faisait rire lorsqu'elle mettait fin aux chamailleries de nos fils en les poursuivant avec une cuillère en bois. Je préférai inspirer profondément et me remémorer l'odeur des cheveux de Pavel, la douceur veloutée de ses joues, l'éclat de son sourire ; le froncement sérieux du front de Micha et la joie dans ses yeux lorsqu'il avait pêché son premier poisson dans le lac. Et me rappeler aussi mon frère comme il avait été avant la guerre, et non tel que je l'avais vu quelques heures plus tôt alors que je jetais de la terre froide sur son visage. Tel qu'il avait été dans notre enfance, quand nous nous aventurions plus loin qu'il ne nous était permis dans la forêt, et aussi la fois, quand il avait quinze ans, où il avait volé de la vodka et bu jusqu'à s'en rendre malade.

Puis mes pensées se tournèrent vers la noire entité qui avait étouffé ce village.

Pour moi, c'était une ombre. Galina l'avait appelée Kochtcheï l'Immortel. Elle avait dit lui avoir porté un coup de couteau sans réussir à le blesser, mais l'Immortel n'était pas plus réel que Likho la Borgne, et personne n'était invulnérable à une lame de couteau. Elle devait s'être trompée.

Tout le monde peut mourir. J'en avais eu bien des fois la preuve.

Même le Kochtcheï de la *skazka* avait un défaut dans sa cuirasse. Celui-ci en avait forcément un aussi et, une fois que je saurais ce qui était arrivé à ma femme et à mes fils, je ne manquerais pas de le trouver.

8

Kashtan fut contente de me voir. Elle était restée seule un long moment, et ma compagnie lui avait manqué. C'était un animal sociable, et elle avait souffert de se voir séparée de la monture d'Alek. Pendant des jours, les deux bêtes avaient marché côte à côte, et, la nuit, elles avaient été attachées l'une près de l'autre. Elles avaient pâturé et dormi ensemble.

Lorsque Alek était mort, je n'avais eu d'autre choix que de relâcher sa jument. J'avais déjà assez de mal à rester hors de vue et à me frayer un chemin dans les sous-bois touffus sans avoir à tirer un deuxième cheval derrière moi, et le fourrage n'était pas facile à trouver. J'avais laissé la selle d'Alek cachée dans la forêt et récupéré tout son équipement et ses provisions avant de débarrasser la bête de sa bride et de lui rendre sa liberté. Elle avait de la valeur, et il semblait cruel de l'abandonner comme ça, seule dans la forêt, mais au moins, ainsi, elle aurait une chance. C'était juste de la lui donner, plutôt que de lui tirer une balle dans la tête. Elle nous avait suivis un moment avant de commencer à se laisser distancer, puis elle avait disparu parmi les arbres. Avec un peu de chance, elle retrouverait la steppe et tomberait sur quelqu'un qui la recueillerait. Sinon, elle devrait affronter l'hiver seule, mais elle y survivrait, j'en étais certain ; nos chevaux étaient des animaux robustes, aussi adaptés pour travailler dur que pour parcourir de longues distances ou aller au combat. Ils pouvaient survivre au froid en broutant l'herbe gelée sous deux mètres de neige.

Je sellai Kashtan et attachai soigneusement sur elle les couvertures et autres pièces d'équipement, puis je la ramenai devant la maison avant de l'enfourcher. Je jetai un dernier long regard à ma demeure, puis partis en la laissant derrière moi.

De l'autre côté du pont, la rivière devenait plus large et moins profonde : un bon endroit pour passer à gué et rejoindre la forêt. Il faisait déjà froid, et, avec les jours devenus si courts, la journée était déjà à moitié écoulée : le soleil blafard ne tarderait pas à disparaître derrière les arbres, faisant chuter encore davantage la température. J'allais une fois de plus dormir dans les bois cette nuit, et ni Kashtan ni moi ne pouvions nous permettre d'être mouillés. La veille, j'avais été pressé de rentrer, mais là, je devais faire montre de plus de prudence.

Il y avait des empreintes à peine visibles sur le chemin, laissées par les montures de Tania et de Ludmila. Je les suivis jusqu'après le pont, en pensant aux deux femmes. Elles ne m'avaient pas dit ce qui les avait lancées à la poursuite de Kochtcheï. Comme moi, elles avaient été réticentes à révéler le moindre indice de qui elles étaient ou d'où elles venaient. Telle était la nature de notre pays : personne ne pouvait faire confiance à personne. Ni à son voisin, ni à son ami, ni même à quelqu'un animé pourtant d'un besoin identique. Tout le monde avait peur. Mais leur expérience de Kochtcheï avait dû être semblable à la mienne. Leur désir de le trouver, coûte que coûte, était pareil au mien, et j'espérais les rejoindre avant que ça n'arrive. Tania ne m'avait peut-être pas donné ses raisons, mais elle m'avait clairement fait part de ses intentions. Lorsqu'elle aurait rattrapé Kochtcheï, elle le tuerait, et je ne pouvais pas la laisser faire. J'avais besoin qu'il me dise ce qu'il avait fait de ma femme et de mes fils, et les morts ne parlent pas.

Arrivé de l'autre côté du pont, j'examinai l'endroit où les deux femmes avaient fait traverser leurs montures, mais l'eau y était profonde et m'arriverait bien au-dessus des genoux. La perspective de voyager avec des vêtements trempés ne m'enchantait pas, aussi avançai-je encore un peu avant de faire approcher Kashtan de la rive.

« Tu ne vas pas apprécier », dis-je à la jument alors qu'elle descendait la berge avec précaution et brisait la fine couche de glace qui s'était formée sur le bord.

Je me forçai à lever les yeux vers les arbres.

« Je crois qu'on va trouver des choses, là-bas, que ni toi ni moi n'allons apprécier. »

Restant dans les hauts-fonds, nous suivîmes le cours de la rivière qui allait doucement se perdre dans la forêt en direction de l'ouest, et je laissai Kashtan choisir son chemin alors qu'elle s'avançait prudemment sur les rochers. Sans trébucher ni se plaindre, elle s'enfonça progressivement dans l'eau, jusqu'à ce que j'en touche presque la surface de la semelle de mes bottes. Puis, bientôt, elle commença à en ressortir, le ventre ruisselant lorsqu'elle escalada enfin l'autre berge.

« C'est bien, ma belle », lui dis-je avant de me redresser alors qu'elle entrait dans la forêt.

Le sol sous ses sabots était un tapis de feuilles en décomposition, et le froid n'empêchait pas une robuste odeur de terre humide de venir me picoter les narines. C'était un parfum puissamment évocateur pour moi, et une nuée de souvenirs flous et embrouillés passa en flèche dans mes pensées comme une volée d'hirondelles dans un ciel d'été, une succession d'images trop fugaces pour que je puisse m'arrêter sur la moindre d'entre elles.

Les hivers de mon enfance ; Alek et moi nous mettant au défi de pénétrer au plus noir de la forêt, en sachant que nous ne ferions jamais plus de quelques pas parmi les ombres, parce que nous avions trop peur de ce qui y était tapi. Babouchka nous bourrant la tête d'histoires de *léchis* malveillants – ces esprits malins des bois qui, n'appréciant pas de voir des voyageurs sur leur territoire, les faisaient s'égarer parmi les arbres, à la merci de Baba Yaga. Puis, plus tard, Marianna et moi cherchant furtivement des endroits où être seuls. Des baisers volés à des lèvres fraîches. Une peau parfaite sous mes doigts.

Puis le goût du feu, l'odeur du sang et de la poudre à canon, et la peur ressurgit. La peur d'être débusqué. De mourir. Les cris des hommes appelant leur femme ou leur mère. Tout cela me revint à l'esprit alors que je m'enfonçais de nouveau dans la forêt, et je regrettai amèrement de ne pas être plutôt dans la steppe, où le seul parfum dans l'air était celui du froid.

Me penchant sur l'encolure de Kashtan, j'inspirai profondément. La chaleur et l'odeur réconfortantes qui se dégageaient de sa peau m'aidèrent à me vider la tête.

« J'ai de la chance de t'avoir avec moi, lui dis-je. Si tu n'avais pas été là, je serais fou à l'heure qu'il est. »

La jument s'ébroua comme en réponse et continua d'avancer entre les arbres, travaillant de concert avec moi pour trouver un chemin sans risque, jusqu'à ce que nous débouchions dans la clairière où gisait le mari de Galina, mort et recouvert de givre.

Nous traversâmes la trouée en restant au bord du lac. Kashtan se montrait un peu nerveuse et essayait de regarder à l'autre bout de la clairière, devinant qu'il y avait quelque chose là-bas, mais je la forçai à continuer tout droit en lui murmurant des mots apaisants. Le vieil homme était presque invisible, mais je savais qu'il était là, décapité et marqué au fer. Je n'avais pas besoin de le revoir. J'avais promis à Galina de l'enterrer, mais je n'avais ni le temps ni le courage de procéder à une autre inhumation. Je devrais vivre avec ce remords supplémentaire.

À côté de nous, la surface du lac ondulait sous la caresse du vent, et chaque vaguelette allant clapoter contre ses bords pris par le gel rendait la glace plus épaisse. Au plus fort de l'hiver, le lac serait gelé jusqu'au fond, et le corps de Galina serait broyé par l'eau devenue solide.

Babouchka aurait dit que Galina allait devenir une *rusalka*, une de ces âmes tourmentées qui ne trouvent le repos qu'une fois vengées, et, l'espace d'une horrible seconde, je l'imaginai errant gémissante dans la clairière où son mari était mort. Il me semblait cependant que nous avions trop de légendes et trop d'esprits vengeurs ; que les choses dont nous devions vraiment avoir peur étaient bien plus réelles.

Il aime noyer les femmes.

J'étais hanté par les mots de Tania et ne pouvais chasser de mes pensées la vision de Marianna prise dans la glace, mais… non. Non. Marianna était en vie. C'était obligé. Si elle gisait au fond du lac, je l'aurais su.

Arrivés à l'autre extrémité de la clairière, nous nous arrêtâmes pour chercher un chemin parmi les arbres. Ils poussaient plus serrés à cet endroit que près de la rivière ; certains n'étaient séparés que par la longueur d'un bras.

« Allons, du courage », soufflai-je à Kashtan.

Mais j'attendis un moment avant de la faire entrer dans la forêt. J'avais dit cela autant pour moi que pour elle.

Un bruit derrière moi, au loin. Indéfinissable. Je me retournai vivement, m'attendant à moitié à voir une *rusalka* traverser la clairière pour venir venger les vies que j'avais prises moi-même. Le regard fou, les cheveux ondoyant derrière elle, les membres agités de mouvements spasmodiques, elle me poursuivrait sans relâche. Mais je ne vis rien. Rien que l'herbe scintillante, couchée aux endroits où j'étais passé avec Tania et Ludmila. Que la trace à peine visible de Kashtan. Que la surface ridée du lac.

« Voilà que je vois des fantômes, maintenant. »

Je secouai la tête et retournai à mon observation des arbres devant moi, mais le bas de ma nuque me picotait comme si un doigt froid y avait tracé une ligne, et je ne pus m'empêcher de jeter un autre coup d'œil en arrière ; j'avais l'impression que des yeux malveillants m'espionnaient depuis chaque coin d'ombre.

Un autre son, mais cette fois plus lointain. Peut-être sur la route. Je penchai la tête de côté et repoussai mon bonnet pour mieux écouter. En voyant Kashtan bouger les oreilles, je sus que ce n'était pas le fruit de mon imagination.

« Toi aussi, tu as entendu ? lui demandai-je. Qu'est-ce que c'était, un cheval dans le village ? »

Pour toute réponse, Kashtan pivota les oreilles dans tous les sens, cherchant la source du bruit.

« Tu crois qu'elles sont revenues me chercher ? Tania et Ludmila ? »

Mais je savais qu'elles n'auraient pas fait ça.

Le son se répéta encore une fois. Un bruit de sabots sur la terre dure.

« Oui, c'est bien un cheval. Ou plusieurs. »

Je me rappelai mon impression d'être observé. Tous ces jours de solitude dans la forêt avec mon frère mourant, à me demander si j'étais suivi. Traqué. Il y en avait qui se faisaient une fierté de retrouver les déserteurs et de les ramener pour qu'ils soient exécutés publiquement. Si on me croyait encore en vie, je connaîtrais sûrement le même sort.

J'avais suivi les cours d'eau chaque fois que je le pouvais, je n'étais pas sorti de la forêt, j'étais revenu sur mes pas pour brouiller ma piste. J'avais fait tout ce que je pouvais pour rester introuvable, mais je ne pouvais pas me tromper sur la signification des bruits derrière moi. Il y avait quelqu'un dans le village. Je jetai un coup d'œil par-dessus mon épaule, à l'affût du moindre signe de mouvement, mais ne vis rien d'autre que les arbres indifférents, les broussailles silencieuses et le givre scintillant.

Puis une voix. Un son qui me fit sursauter et me remplit d'appréhension.

Je me retournai encore une fois, me demandant l'espace d'un instant si ce n'était pas Marianna et les garçons. Je résistai à l'envie soudaine de regagner la route, en me répétant que ce ne pouvait pas être eux. Et lorsque je scrutai, de l'autre côté de la clairière, les bois qui cachaient la route, je vis des ombres passer, j'entendis des voix d'hommes, et je sus que je devais bouger rapidement. Je ne pouvais pas me permettre d'être vu par qui que ce soit.

« Allez, viens », dis-je en talonnant légèrement Kashtan, et nous nous fondîmes dans la forêt.

Nous avions laissé une piste. Ne pas le faire était presque impossible. Dans le village, il y avait des signes du passage de chevaux, mais les traces allaient être brouillées. Des empreintes de pas sur le pont, et d'autres, de sabots, entrant et sortant du village. Il y avait aussi celles laissées par Kashtan après le pont, jusqu'à la rivière et de l'autre côté de celle-ci. Si des gens se trouvaient dans le village à cet instant, ils allaient voir tous ces signes de passage, mais ils auraient du mal à les interpréter. Avec un peu de chance, s'ils décidaient de suivre une piste, ce serait celle de Tania et de Ludmila. Ce serait la plus claire.

Mais si quelqu'un ou quelque chose avait effectivement réussi à me suivre dans la forêt alors que je rentrais à Belev, alors ce ne serait pas après les deux femmes qu'il se lancerait. Ce serait après le cheval solitaire. L'homme seul.

S'ils étaient à ma poursuite, ils allaient remonter la piste de Kashtan jusqu'à la clairière et au-delà. Démêler mes traces allait leur prendre un peu de temps, cependant. Cela me laissait encore un moment pour leur échapper.

Se frayer un chemin entre les arbres serrés était malaisé, mais cela pouvait jouer en notre faveur. Kashtan allait devoir faire preuve de courage et avancer rapidement, mais nous n'aurions pas de mal à brouiller notre piste dans ces conditions. Nous nous enfonçâmes donc dans la forêt en zigzaguant entre les arbres, en direction de l'endroit où étaient rassemblés les corbeaux. Je ne pouvais pas partir avant d'avoir vu ce qu'il y avait là-bas. J'avais besoin de savoir.

Je tendais l'oreille, mais personne ne semblait nous suivre. Kashtan respirait fort, mais son pas était léger, et notre progression presque silencieuse. De temps en temps, sa selle grinçait ou mon équipement claquait contre sa peau mais, hormis cela, nous ne faisions aucun bruit, traversant la forêt comme le fantôme d'un des contes de Marianna. Puis les arbres redevinrent plus clairsemés, et nous arrivâmes au rendez-vous des corbeaux.

9

Kashtan avait senti ce que nous allions y trouver bien avant que nous n'arrivions. Plus nous approchions, plus elle était nerveuse, et elle se cabra dès que nous débouchâmes dans la petite clairière et posâmes les yeux sur les victimes qui y gisaient. La vision qu'elles offraient se grava en traits de feu dans mon esprit.

Kashtan secoua la tête en roulant des yeux et essaya de se détourner.

Surpris par notre arrivée, les corbeaux s'envolèrent pour aller se réfugier dans les arbres, dans un tumulte de battements d'ailes et de croassements mécontents.

« D'accord, dis-je à ma jument en détournant le regard et en m'armant de courage. D'accord. »

Je la fis pivoter vers la droite pour s'enfoncer un peu plus loin dans la forêt, et, une fois que la clairière fut hors de vue et qu'elle se fut calmée, je l'arrêtai et mis pied à terre pour l'attacher à une branche bien solide.

« Il faut que j'aille voir, lui dis-je. J'ai besoin de savoir. »

Elle frotta son nez contre ma poitrine et me souffla sur le visage, puis je m'écartai et restai immobile un moment, les yeux fermés, les doigts posés sur le *tchotki* enroulé autour de mon poignet, à réciter maladroitement une prière d'espoir. Je n'étais pas un grand croyant ; cela ne faisait pas partie du nouveau dogme. C'était Marianna qui avait gardé sa foi, et peut-être était-ce pour ça que son *tchotki* m'apportait un peu de réconfort. Il avait été enroulé autour de son poignet, devait conserver des traces d'elle, et cela nous rapprochait. Parce qu'elle avait eu la foi, j'allais le porter pour elle ; et si quelque chose pouvait me donner le courage de faire ce que je m'apprêtais à faire, pouvait répondre à ma prière, j'étais prêt à le tenter.

Prenant une profonde inspiration, j'attrapai le fusil que je portais en bandoulière et, les mains crispées dessus, me frayai un chemin vers la scène de cauchemar que j'avais laissée derrière moi.

Je retournai auprès des corps dans un état d'hébétude totale. Ma vision se réduisait à ce qui se trouvait juste devant moi : mon chemin entre les arbres assoupis. Je ne sentais plus l'odeur des feuilles en décomposition à mes pieds, ni celle de l'écorce humide tout autour de moi. Je n'entendais plus rien hormis le martèlement sourd de mon sang dans mes veines. Et lorsque j'atteignis le site du massacre, mon cœur, qui battait la chamade, hoqueta avant de s'emballer encore plus, et je dus lutter pour rester maître de moi-même.

Je n'avais qu'à identifier les corps, qu'à m'assurer que mes enfants et ma femme ne se trouvaient pas parmi eux. Une fois cela fait, je repartirais.

Deux hommes gisaient par terre près des cendres froides d'un petit feu. Ils étaient nus, victimes de la même barbarie que le mari de Galina, sauf que leurs têtes avaient disparu. À en juger par la forme et la taille de leurs corps, c'étaient des hommes d'un certain âge ; je passai donc devant eux sans m'arrêter et, m'armant de courage, m'approchai d'un troisième homme, affalé contre un arbre, le visage enflé et rendu méconnaissable par les coups. On lui avait écorché les mains et marqué la poitrine au fer rouge d'une étoile comme celle que j'avais vue sur Sacha. La chair boursouflée de la brûlure était rose, mais elle avait dû être beaucoup plus foncée juste après l'acte. L'étoile avait dû être d'un rouge vif bien patriotique.

Je me détournai et me dirigeai vers un autre homme, cloué à un arbre, dont la tête retombait sur sa poitrine. Il était tout juste hors de portée, et je dus me servir du canon de mon fusil pour lui relever le menton. Maxime Mikhaïlovitch. Une étoile à cinq branches était gravée au fer rouge sur son front.

Il y avait d'autres hommes, tous âgés, et je dus me forcer à rester impassible. Je devais les voir non comme des gens que je connaissais, ni même comme des personnes tout court, mais comme autre chose. Des choses moins importantes. Insignifiantes. Aussi insensible que cela puisse paraître, j'avais appris que c'était la seule façon de supporter la vue d'êtres humains dont la peau avait été arrachée des mains, dont la gorge avait été tranchée, dont le cou était criblé de balles.

Chacune des victimes avait l'étoile à cinq branches imprimée quelque part sur son corps nu. Je n'avais jamais rien vu de pareil, et je me surpris à me demander si ce marquage avait été fait avant ou après la mort.

S'il avait été infligé à mes fils.

Je ne voyais aucun enfant, cependant, et aucune femme, et cela me laissait une lueur d'espoir mêlée de culpabilité alors que j'allais de cadavre en cadavre sans identifier ni Micha ni Pavel, mais nombre de personnes avec lesquelles j'avais grandi. Je me répétais que mes fils étaient encore en vie, et que tant que je n'aurais pas la preuve du contraire, je devais croire que Marianna l'était aussi. Je refusais d'accepter qu'elle ait pu être noyée dans le lac. Aussi continuai-je mon inspection, me forçant à examiner chaque corps en essayant de ne pas me rappeler son nom ou celui de ses proches ; et ce fut seulement lorsque j'arrivai au dernier d'entre eux que l'horreur absolue de la scène pénétra jusqu'à mon cerveau. Une fois certain que ma famille n'était pas dans la clairière, je me laissai submerger par le mal qui y régnait. C'était comme si un esprit malveillant m'enveloppait de ses bras pour m'entraîner dans les abysses de son désespoir. Mes mains se mirent à trembler, et ma respiration devint haletante. Alors seulement je me rendis compte que j'avais la gorge complètement sèche, et que je serrais les dents au point d'en avoir mal à la mâchoire.

Rien de ce que j'avais pu voir au cours de la guerre n'était plus perturbant que le tableau macabre qui s'offrait à mon regard. Après toutes ces années, je ne savais que trop bien de quelles horreurs les hommes étaient capables les uns envers les autres, mais je n'avais jamais vu une telle variété d'atrocités réunies au même endroit. Pour la plupart, les auteurs de ce genre de massacre avaient tendance à s'en tenir à une méthode de prédilection. Il y avait ceux qui écorchaient vives leurs victimes. D'autres optaient pour la crucifixion, la pendaison ou une simple balle dans la nuque. D'autres encore aimaient empaler leurs victimes ou les faire rouler nues dans des tonneaux cloutés. J'avais même entendu parler d'hommes et de femmes forcés à rester nus dans le froid pendant qu'on leur versait de l'eau dessus, goutte à goutte, jusqu'à ce qu'ils deviennent des statues de glace figées dans la mort.

La seule chose que ces victimes avaient en commun, selon moi, était qu'elles avaient reçu la visite des exécuteurs les plus cruels de la doctrine bolchevique : les tchékistes. Les hommes chargés de faire rentrer la population dans le rang en répandant la peur dans leur campagne de Terreur rouge. C'était la seule conclusion que je pouvais tirer à la vue de l'hécatombe qui s'offrait à mes yeux. Ce n'était pas là l'œuvre de quelque créature fantastique, mais d'hommes.

Je ne pouvais que hasarder des conjectures sur les raisons qui avaient poussé les bourreaux à amener leurs victimes si loin dans la forêt. Pour autant que je sache, ce genre d'exactions n'étaient généralement pas tenues secrètes, mais au contraire exposées à la vue de tous. Après tout, à quoi bon mener une campagne de terreur si ce n'était pour terroriser ? Peut-être les habitants du village avaient-ils été amenés là pour maximiser leur peur. Je ne le saurais probablement jamais, mais le résultat restait le même.

J'avais la poitrine en feu, le souffle court. La sueur qui perlait à mon front était glacée, et je tremblais de tout mon corps. Le monde autour de moi s'estompait, tombait en tournoyant dans l'abysse. Je reculai en secouant la tête, et soudain la forêt grouilla de bruits. Tout s'obscurcit, je glissai dans un tourbillon de confusion, et je m'éloignai encore davantage, sans oser détourner les yeux du carnage de peur que les cadavres ne se relèvent pour me faire payer les horreurs que j'avais moi-même commises.

Je trébuchai sur quelque chose caché dans une touffe d'herbe, et je tendis les mains pour arrêter ma chute mais ne trouvai rien à quoi me raccrocher. En moulinant des bras, je lâchai mon arme et m'écroulai dans l'herbe froide, faisant immédiatement volte-face, effrayé par ma vulnérabilité. À genoux, le visage balayé par les broussailles gelées, je cherchai mon fusil en répétant :

« Où est-ce qu'il est ? Où est-ce qu'il est ? »

Je rencontrai quelque chose de dur et de froid sous mes doigts et reculai, saisi d'horreur, à la vue d'une tête humaine perdue dans le feuillage. Je me détournai et continuai à chercher frénétiquement, avec une seule idée en tête : retrouver mon arme et m'éloigner de cette clairière.

Lorsque enfin mes doigts se refermèrent dessus, je me relevai d'un bond et détalai.

Je continuai ma course malgré mes jambes flageolantes, mes pas trébuchants et les branches basses qui me fouettaient le visage. Je sentais sur ma nuque le souffle des morts qui menaçait de me rattraper à tout instant, me forçant à avancer, et, lorsque j'atteignis enfin Kashtan, je détachai maladroitement ses rênes pour l'enfourcher, panique, chagrin, culpabilité et répulsion mêlés bouillonnant dans mes veines.

Lui enfonçant les talons dans les flancs, je m'élançai à travers la forêt, sans oser regarder derrière moi. Je me penchai sur son encolure, dans un effort instinctif pour offrir le moins de prise au vent et éviter les branches qui passaient à toute vitesse alors qu'elle louvoyait entre les arbres, galopant de plus en plus vite en réponse à mes exhortations frénétiques. Ses sabots martelaient le sol et son corps se tordait avec fluidité alors qu'elle faisait tours et détours pour trouver le chemin le plus praticable. Dans ma hâte à m'éloigner de la clairière, à retrouver la steppe et la lumière du jour, je continuai de la talonner durement.

Mais le sol de la forêt était traître, et lorsque Kashtan glissa, une panique d'un genre différent m'envahit. Ses sabots se prirent dans quelque chose de dur, une racine saillante ou un rocher, et elle perdit l'équilibre, allant heurter du flanc le tronc d'un arbre voisin. Son hennissement de douleur pénétra la stupeur qui s'était emparée de moi. Je ne pouvais pas survivre sans elle. Je lui en demandais trop.

Sa foulée était devenue irrégulière, et son pas chancelant. Je tirai sur les rênes, mais elle sentait ma peur comme si nous ne faisions qu'un, et elle continua sa course à travers la forêt. Je luttai pour la maîtriser, lui murmurant des mots doux pour la faire ralentir.

« Là, là, ma belle, fis-je en lui caressant le cou. Tout va bien, maintenant. On ne risque plus rien. » Une fois de plus, je me rendis compte que quand je lui parlais, je m'adressais aussi à moi-même. « On va prendre notre temps, à présent. »

Je me retournai pour regarder l'endroit où elle s'était cognée contre l'arbre, puis inspectai ses flancs, couverts de débris de mousse et d'écorce.

« Tu ne saignes pas. Tu as de la chance. » Je me penchai en arrière pour brosser sa robe. « Mais tu vas quand même avoir un bleu. »

Son allure avait changé, cependant : elle penchait plus d'un côté que de l'autre, et je me doutai aussitôt qu'elle avait perdu un fer lors de notre course folle à travers la forêt. Je la fis s'arrêter et elle s'immobilisa, hors d'haleine, les flancs palpitants et les nasaux couverts d'écume, dégageant une forte odeur de sueur. Je descendis de selle et l'apaisai un moment avant de lui soulever la jambe avant gauche.

« On va devoir demander à quelqu'un d'y jeter un coup d'œil. Tu ne vas pas aller loin, comme ça. »

Elle avait effectivement perdu son fer, ainsi qu'un petit morceau de corne à l'extérieur du sabot, dans lequel s'était en plus incrusté un caillou. S'il s'abîmait plus, cela pourrait conduire à de sérieuses contusions, et même à une boiterie.

Je replaçai son pied par terre et scrutai la forêt tout autour de moi, à l'affût du moindre indice que j'avais été suivi. De nouveau, j'eus cette vague impression que quelque chose, je ne savais quoi, se rapprochait de moi et que je n'arriverais jamais à y échapper.

« Je vais faire ce que je peux, repris-je sans cesser d'observer les alentours, mais je vais devoir faire vite. »

Je sortis un cure-pied de l'une de mes sacoches de selle et examinai ses sabots l'un après l'autre, enlevant tous les cailloux ainsi que la terre autour de la fourchette. J'aurais dû le faire avant de la seller, de même que vérifier l'état de ses fers, mais j'avais été trop pressé.

Je fis tout cela avec une sensation constante de malaise, comme si j'étais observé.

Je détachai ensuite les couvertures roulées que j'avais prises chez moi et y découpai un carré assez large pour envelopper le sabot abîmé de Kashtan. Je l'attachai autour de son boulet à l'aide d'un petit morceau de ficelle, avant de découper un autre carré, cette fois dans la petite toile goudronnée dont je me servais pour m'abriter de la pluie quand je dormais à la belle étoile, que je fixai de la même façon autour de son pied.

« Ça devrait aller comme ça, dans l'immédiat », dis-je, espérant que cela empêcherait son sabot de s'abîmer davantage.

Une fois cela fait, je me reposai quelques minutes, assis sur ma bâche et adossé à un arbre, en essayant de ne pas penser à ce que j'avais laissé derrière moi dans la forêt. Kashtan resta près de moi et je l'observai, à l'affût du moindre signe que son sabot la gênait.

« Je ne sais pas où on est », lui dis-je.

Comme Babouchka à Alek et à moi, Marianna avait raconté à nos fils que les *léchis*, les esprits des bois, essaieraient de les égarer dans la forêt, en effaçant leurs traces pour qu'ils ne puissent pas revenir sur leurs pas, ou en les appelant pour les attirer plus loin parmi les arbres, toujours en périphérie de leur champ de vision, toujours sournois. Je n'avais pas eu besoin d'eux pour devenir désorienté – mes propres démons avaient suffi –, mais je ne pus m'empêcher de regarder autour de moi. Seul, il était facile d'imaginer qu'une entité malveillante attendait tout près, hors de vue.

Je m'efforçai de ne plus penser à ces choses. Les *rusalkas* n'existaient pas. Il n'y avait pas d'esprits vengeurs autour de moi, prêts à me fondre dessus depuis les ombres. J'étais seul avec Kashtan. Il n'y avait rien d'autre aux alentours.

Et pourtant, je n'arrivais pas à me défaire de mon inquiétude.

« Il faut qu'on bouge, dis-je en extirpant de ma sacoche un petit compas dont je tapotai la surface vitrée pleine de taches. Qu'on file d'ici. » Je levai l'appareil à la lumière pour le consulter plus facilement et secouai la tête. « On est partis dans la mauvaise direction. »

Je regardai par-dessus mon épaule, puis rangeai mon compas, effleurant des doigts ma blague à tabac dans la sacoche et regrettant de ne pas avoir de quoi me rouler une cigarette. Cela m'aurait aidé à calmer mes nerfs, mais celle à moitié fumée offerte par Tania resta oubliée dans ma poche.

« Mais maintenant, quoi ? »

Après mon exploration des bois derrière le lac, j'avais eu l'intention de retourner en lisière de la forêt pour longer la route prise par les femmes, mais les chevaux que j'avais entendus dans le village avaient mis court à ce projet. Je n'allais pas pouvoir regagner la piste tout de suite.

« On va prendre au nord, dis-je à Kashtan. C'est là qu'elles ont dit qu'elles allaient, alors on va prendre cette direction jusqu'à ce qu'on ressorte de la forêt. Et après, on avisera. Peut-être même qu'on cherchera la route. » J'essayai de prendre un ton optimiste. « Et qu'on rejoindra Tania et Ludmila. Dieu sait qu'un peu de compagnie me ferait du bien. »

Et elles suivaient Kochtcheï depuis quelque temps, déjà. Nous pourrions unir nos efforts pour le retrouver.

« Ils n'y étaient pas, repris-je. Mes fils. Ils n'étaient pas dans la clairière. J'en suis certain. » Je me relevai et appuyai le front contre le chanfrein de Kashtan. « Cela veut dire qu'il y a des chances qu'ils soient encore en vie. Et Marianna aussi, peut-être. »

Il aime noyer les femmes.

Non. Je ne pouvais pas me laisser aller à croire cela.

« Tu penses qu'ils sont là, quelque part, tout seuls ? Qu'ils ont réussi à s'enfuir ? » Je me retournai pour regarder derrière moi. « Peut-être qu'on devrait quand même faire demi-tour. Laisser une fausse piste et… Si ça se trouve, ils sont cachés dans la forêt à cet instant même. Ou alors ils sont retournés attendre à la maison et… »

Ces possibilités multiples sapaient ma résolution, et j'aurais aimé pouvoir me dédoubler afin de suivre toutes les pistes ; mais je ne pouvais choisir qu'une seule option, et j'étais donc obligé de supposer qu'ils étaient prisonniers de Kochtcheï. C'était la plus plausible des alternatives qui se bousculaient dans ma tête, et je me forçai à me concentrer sur mes raisons de croire cela.

Kochtcheï était arrivé dans le village une semaine plus tôt, peut-être un peu plus longtemps, d'après ce que m'avait dit Galina dans un de ses rares moments de lucidité. Si Marianna et les garçons avaient vraiment réussi à s'échapper, j'étais sûr qu'ils seraient revenus à la maison depuis, mais je n'y avais vu aucun signe d'activité récente. Je n'avais pas non plus trouvé leurs corps – ni ceux des autres femmes et enfants –, et je ne pouvais pas me permettre de courir à l'aveuglette dans la forêt à leur recherche pendant que Kochtcheï s'éloignait de plus en plus. Retourner en arrière me ferait perdre un temps précieux et augmenterait mes risques de me retrouver nez à nez avec quiconque était à ma poursuite.

Me lancer après Kochtcheï était ma seule option, mon seul choix.

« Mon Dieu, j'espère qu'ils ont fait des prisonniers. Tu crois qu'ils ont fait des prisonniers ? »

Je touchai le *tchotki* à mon poignet. *Faites qu'ils aient fait des prisonniers.*

Je reculai et regardai Kashtan, ma seule amie.

« Je suis désolé de t'avoir effrayée. Tu es prête à repartir, maintenant ? Prête à m'aider à les retrouver ? »

Kashtan s'ébroua et hocha la tête comme si elle m'avait compris.

Elle avait l'air d'aller bien, aussi roulai-je les couvertures et la toile goudronnée pour les rattacher derrière la selle avant de l'enfourcher ; mais il ne s'écoula pas longtemps avant qu'elle ne commence à déporter son poids sur sa jambe avant droite, et à baisser la tête chaque fois qu'elle appuyait sur la gauche.

Mon propre poids n'arrangeait rien, aussi descendis-je de selle pour la guider à travers la forêt, en consultant le compas régulièrement pour vérifier que nous allions dans la bonne direction.

Nous avancions en zigzags, jamais en ligne droite, et je m'arrêtais de temps en temps pour effacer toute trace de notre passage. Si quelqu'un avait effectivement repéré nos empreintes à Belev et s'était lancé après nous, il lui serait très difficile de nous poursuivre ici ; il y aurait des endroits où notre piste s'arrêterait, où nous donnerions l'impression d'avoir tout simplement disparu. Notre progression capricieuse parmi les arbres rendrait nos traces presque impossibles à retrouver. Avancer ainsi demandait plus de temps et d'énergie, mais si cela nous permettait de semer d'éventuels poursuivants, le jeu en valait la chandelle.

Je ne serais d'aucune aide à Marianna et aux garçons si j'étais mort.

10

Après des heures dans la forêt, passer de l'obscurité à la terne lumière du soir me fit l'effet de ressortir des Enfers. Je quittai les ténèbres avec un soulagement palpable. L'air avait un goût plus frais, le ciel se déployait au-dessus de ma tête dans son immensité, et la steppe s'étalait devant moi, vaste mer d'herbe, de chardons et de pissenlits couverts de givre, parsemée d'îlots solitaires d'aubépines et de chênes. Les arbres derrière moi m'offraient un abri mais, en cet instant, je me sentais plus en sécurité à découvert. Dans la forêt, tout poursuivant était invisible, et j'avais l'impression constante d'être observé, traqué. Dans la steppe, rien ne pouvait se cacher.

Ici, je pouvais tuer mes ennemis ; là-bas, ils n'étaient que des spectres issus de mon imagination.

Selon mon estimation, il ne restait plus qu'une heure de jour environ, aussi continuai-je d'avancer.

Je guidai Kashtan à travers la steppe en direction d'un groupe d'arbres et d'arbustes au nord, et nous marchâmes une bonne demi-heure avant que le lointain bosquet ne commence à prendre forme. Un petit massif de sureaux entourant des chênes et des érables dont les branches dénudées étaient chargées des boules sombres et enchevêtrées de nids de corbeaux. En apercevant un toit à l'est de là, je m'arrêtai et sortis mes jumelles de ma sacoche.

« Voyons voir ce qu'on a ici », dis-je tout haut en portant l'instrument froid à mes yeux pour scruter l'horizon d'ouest en est.

La ferme, isolée, était encore trop loin pour que je distingue grand-chose, mais elle comptait au moins deux bâtiments : une petite maison d'une seule pièce, à peine plus qu'une masure, et ce qui ressemblait à une grange. Devant s'étalait un champ avec les rangs alternés de vert et de brun d'une récolte tardive.

« On va peut-être y trouver des outils, dis-je à Kashtan. Un fer neuf. Un endroit où te reposer. Il va falloir s'approcher. » Je baissai les jumelles et plissai les paupières dans le froid. « Voir si quelqu'un y vit. »

S'aventurer près d'un lieu habité était risqué. Si la ferme était occupée, nous avions autant de chances d'en être chassés par des paysans effrayés et en colère que d'y être accueillis, mais nous n'avions pas le choix. Kashtan avait besoin d'aide. Nous avions tous deux besoin de repos.

Nous continuâmes de l'avant alors que la lumière baissait, en même temps que la température. Avec la nuit qui approchait, le vent s'était levé et balayait la steppe avec un gémissement chantant, grave et mélancolique.

Je m'emmitouflai dans mon écharpe et me mis en marche en baissant la tête pour l'affronter, m'arrêtant de temps en temps pour observer la ferme.

En me rapprochant, je vis de la fumée qui s'échappait presque à l'horizontale d'une des bâtisses, happée par le vent dès sa sortie de la cheminée, mais c'était le seul indice que la ferme était occupée. Il n'y avait pas de chevaux, pas d'activité, et nous continuâmes d'avancer jusqu'à ce que l'odeur subtile d'un feu de bois me parvienne aux narines.

Avec le vent, fléau constant dont le seul but semblait être de nous empêcher d'avancer, et l'herbe longue et gelée qui entravait notre marche, notre progression était lente, et plus nous nous rapprochions de la ferme, plus j'espérais y rencontrer un accueil chaleureux. Mais lorsque nous atteignîmes le bord du champ, mettant en déroute une volée de corbeaux en plein repas qui s'égaillèrent avec des croassements rauques, je m'arrêtai pour vérifier que mon revolver et mon fusil fonctionnaient bien. Puis je défis deux boutons de mon manteau pour pouvoir glisser la main à l'intérieur et attraper le couteau à ma ceinture si besoin était.

Si l'accueil qu'on nous réservait s'avérait hostile, j'étais plus que prêt à y faire face.

Une fois rassuré sur l'état de mes armes, je levai mes jumelles pour scruter une fois de plus le corps de ferme, et cette fois je vis une silhouette solitaire sortir de la maison.

L'homme traversa la cour pour gagner la grange, et il y était presque lorsque la porte de l'habitation se rouvrit et qu'une deuxième personne, un enfant, en sortit pour le rejoindre en courant. Il fut suivi d'un chien, qui s'arrêta sur le seuil et tourna les yeux vers moi. Le poil noir, haut sur pattes, il ressemblait presque à un loup, et lorsque l'homme se retourna pour regarder le garçon, il remarqua le chien, suivit la direction de son regard et nous aperçut, Kashtan et moi, de l'autre côté du champ. Il se figea brièvement avant de tendre le bras pour attirer l'enfant contre lui. Je maintins les jumelles fixées sur eux et les étudiai, regrettant de ne pas mieux les voir.

Ils avaient l'air de paysans, de fermiers, et non de soldats, mais il était impossible d'en être sûr. Sans mes armes, mes propres vêtements auraient donné une fausse idée de qui j'étais vraiment, comme les leurs le faisaient peut-être à l'instant même. Quoi qu'il en soit, ils nous avaient vus et j'avais une décision à prendre. L'homme pouvait s'avérer hostile, et il était possible que lui et l'enfant ne soient pas seuls.

Je baissai mes jumelles et regardai le pied de Kashtan.

« Ou peut-être qu'il peut nous aider », dis-je.

Et je sus que je devais continuer d'avancer. Quelle que soit la situation qui se présentait, j'y ferais front. Si je devais les tuer, c'était ce que je ferais.

Dans la ferme, le chien avait quitté le seuil pour traverser la cour en courant. Il n'aboyait pas ni ne cherchait à attraper sa queue comme le faisaient habituellement ses congénères mais, immobile, nous observa pendant que l'homme et l'enfant regagnaient la maison, disparaissaient à l'intérieur et refermaient la porte.

Je plissai les yeux pour les voir alors que je reprenais ma route, suivi de Kashtan ; et, lorsque nous entrâmes dans le champ, j'ôtai mes gants pour avoir toute ma dextérité si je devais agir rapidement. J'examinai encore une fois la ferme avec mes jumelles, puis continuai de l'avant, espérant le meilleur mais me préparant au pire.

Les corbeaux se reposèrent dans le champ derrière nous tandis que Kashtan et moi nous dirigions vers les bâtiments nichés près des arbres désolés, avançant avec précaution dans les sillons entre des rangs de navets aussi gros que deux de mes poings, dont la chair blanche et enflée sortait de terre.

Le chien nous regardait toujours, et je sentais Kashtan devenir nerveuse, mais l'animal ne s'aventura pas hors de la cour, et je murmurai des mots d'encouragement à l'oreille de la jument.

Nous ralentîmes en arrivant plus près, et l'homme ressortit de la maison pour regagner l'endroit où il s'était tenu précédemment, à l'avant de sa cour, juste derrière une clôture que je n'avais pas vue de loin. Il était immobile comme une statue, les pieds écartés, et tenait une arme à deux mains. Le chien vint s'asseoir près de lui, mais pas juste à côté non plus. C'était comme s'ils n'étaient pas ensemble. Ni maître et chien, ni amis, mais indépendants.

Lorsque nous atteignîmes la clôture, l'animal se leva et, sans faire preuve d'agressivité déclarée, se montra quand même sur le qui-vive, les oreilles dressées et le corps tendu. De près, il ressemblait encore plus à un loup avec ses longues pattes aux doigts larges. Il avait le museau étroit, et un collier de fourrure épaisse autour du cou, mais il n'était pas aussi noir qu'il me l'avait paru de loin. Sa robe était légèrement bringée, et il commençait à avoir quelques poils gris autour de la gueule. Il y avait quelque chose de l'animal sauvage en lui, et sa présence mettait Kashtan mal à l'aise.

L'homme bougea son fusil, sans pour autant faire le geste ouvertement hostile de le mettre à l'épaule. Il le maintint à hauteur de sa taille, devant lui, pointé non sur nous mais juste à côté. Il était effrayé et cherchait à me faire croire qu'il était dangereux, mais, en même temps, il ne voulait pas me provoquer au combat.

« Bonsoir », dis-je en jetant un coup d'œil à son arme avant de relever la tête, préférant scruter son regard.

Il avait les yeux noisette, pâles et larmoyants à cause du froid. Les sourcils froncés d'un air soupçonneux mais nerveux, comme s'il ne savait pas s'il devait me regarder dans les yeux ou surveiller mes mains. Il avait les traits doux et pas le teint buriné d'un fermier qui a connu de nombreuses récoltes, mais je lui attribuai à peu près le même âge que moi, trente-huit ou trente-neuf ans tout au plus. Il portait un bonnet et était barbu comme un cosaque, le menton et le cou cachés sous un halo de poils ébouriffés, noirs comme le diable mais couleur de poudre sur les côtés. Son manteau, serré à la taille par une ceinture, lui arrivait jusqu'aux genoux et était sale et moucheté de fétus de paille. Ses bottes étaient en mauvais état : réparées, rapiécées, maintenues autour de ses pieds avec de la ficelle.

« C'est chez vous, ici ? » lui demandai-je en jetant un coup d'œil au chien.

Il hocha brièvement la tête, et je me demandai l'impression que je lui faisais : un inconnu arrivant ainsi de la steppe, sans uniforme, sans insigne, mais armé et tirant un cheval derrière lui. Je devais lui paraître aussi fruste qu'il me le semblait lui-même. Je portais sur moi la saleté cumulée de plusieurs semaines de vie à la dure, et le dernier rasoir que j'avais rencontré était celui du barbier de la compagnie. Ma barbe poussait désormais drue et de plus en plus hirsute.

« Belle récolte, dis-je pour faire la conversation, le calmer. Cela doit déjà faire plusieurs semaines qu'elle est bonne à engranger.

— C'est votre cheval ? » me demanda-t-il en regardant Kashtan.

J'acquiesçai.

« Vous l'avez volé ? »

Je haussai les épaules.

« C'est tranquille, ici. On doit se sentir seul, à force. »

Il raffermit sa prise sur son fusil et le souleva comme s'il commençait à devenir lourd entre ses mains.

« Vous me demandez si je suis seul ou si j'ai vu quelqu'un passer ? »

Je haussai de nouveau les épaules.

« Les deux. C'est qui, le garçon ?

— Personne. »

Il changea de pied d'appui et indiqua Kashtan du menton.

« Qu'est-ce qui lui est arrivé, au pied ?

— Elle a perdu un fer et ébréché son sabot. »

Je jetai un coup d'œil en direction de la grange.

« Vous avez des outils que je pourrais utiliser ?

— Vous savez comment faire ?

— J'ai une vague idée. Vous ? »

Il suivit mon regard et baissa légèrement le canon de son arme.

« Peut-être. »

J'avais l'impression qu'il ne comptait pas se servir de son arme à moins que je m'avère dangereux. Son seul objectif était de protéger. Ses terres. Son fils. Peut-être une femme, cachée dans la chaleur de la ferme, terrifiée. Il représenterait une menace pour moi s'il pensait que je voulais leur faire du mal, et ma réaction instinctive était d'éliminer cette menace immédiatement, mais je pensai à Marianna et aux enfants, à ce qu'ils avaient dû ressentir quand Kochtcheï était arrivé, et la compassion m'envahit à l'égard de cet homme. Il ne faisait que son devoir envers ceux qu'il aimait, et j'étais désormais bien plus à même de comprendre cela. Par le passé, j'avais ignoré la dimension humaine de ce genre de situation, ne voyant que des révolutionnaires et des contre-révolutionnaires. J'avais été tellement plongé dans la guerre que j'avais fermé les yeux sur quoi que ce soit d'autre, et il avait fallu quelque chose d'affreux pour me forcer à les rouvrir et à voir les choses plus clairement.

« Je ne cherche pas les ennuis, dis-je en levant les mains. Tout ce que je veux, c'est soigner ma jument et continuer ma route. Je ne suis pas ici pour vous prendre vos bêtes, ou quoi que ce soit d'autre que vous pourriez avoir dans cette ferme.

— Qu'est-ce que je pourrais avoir d'autre, ici ?

— J'ai vu le garçon. Je sais qu'il est dans la maison. »

L'homme crispa les doigts sur son arme, et le canon de celle-ci se releva légèrement.

« Ne vous approchez pas de...

— J'ai des fils, l'interrompis-je. Des enfants, moi aussi. Je ne vous veux aucun mal, je vous le jure. »

L'homme médita tout cela en observant mon regard, à l'affût du moindre signe de duplicité. Il ne dit rien pendant un long moment, puis relâcha son souffle et se détendit légèrement.

« Vous avez fait du bon boulot sur cette jambe, dit-il. C'est bien ficelé. »

Le chien s'était assis, mais son attention restait concentrée sur nous.

« Ça ne va pas suffire, répondis-je. J'ai un long chemin à faire.

— Pour aller où ? »

Je secouai la tête, et quelque chose qui ressemblait à un sourire apparut sur ses lèvres.

« C'est comme un jeu, fit-il remarquer. On répond à une question par une autre question. On ne révèle rien. Où est passée l'époque où un homme pouvait bavarder avec un autre sans avoir à craindre... »

De la tête, il indiqua le fusil pendu à mon épaule, canon en bas.

« Je ne vous veux aucun mal, répétai-je.

— Moi non plus.

— Et pourtant, regardez où nous en sommes. À une impasse. Vous avez une arme aussi, ne l'oubliez pas.

— "Impasse". Un mot si simple pour la complexité qu'il décrit. »

Il soupira et secoua la tête, comme désolé de voir ce que le monde était devenu.

« Vous êtes croyant ?

— Quoi ?

— Le *tchotki* à votre poignet. »

Lorsque j'avais levé les mains, les manches de mon manteau avaient glissé, révélant le chapelet en laine d'agneau.

« C'est celui de ma femme.

— Elle n'est pas avec vous ?

— Non. »

Il hocha la tête comme s'il savait de quoi je parlais.

« Laissez-moi vous tendre un rameau d'olivier. » Il baissa un peu plus son arme et indiqua Kashtan d'un hochement de tête. « Je peux la soigner pour vous. La jument. Et il y a de l'avoine dans la grange. Pas beaucoup, mais assez. Pour un rouble, elle sera en pleine forme et vous pourrez repartir. »

Je jetai un coup d'œil au ciel gris et me demandai s'il allait neiger cette nuit. La gelée, en tout cas, serait forte et abondante. Je voulais aller de l'avant, gagner un peu de terrain après avoir perdu tant de temps dans la forêt, mais j'étais épuisé, et Kashtan aussi. Le père et le mari en moi voulaient avancer quand même, mais le soldat me disait qu'une nuit de repos me serait bien utile. Au matin, je progresserais plus vite et rattraperais le temps perdu.

« Et pour un repas chaud ? demandai-je. Je vous en paierai trois pour ça et pour dormir dans la grange cette nuit. »

Il inspira profondément et relâcha son souffle en gonflant les joues.

« Je ne sais pas…

— Je suis sur la route depuis longtemps. J'ai faim. Froid. Je vous en prie. »

Il me regarda longuement en réfléchissant à ma requête.

« On va commencer par soigner votre cheval, finit-il par répondre. Après, on verra.

— D'accord. »

Je fis un autre pas vers la clôture et lui tendis la main. « Kolia. »

Il regarda ma main comme s'il ne savait pas quoi faire. Ne pas la prendre serait une insulte, mais l'inverse allait l'obliger à se rapprocher de moi.

Immobile, le bras tendu par-dessus la clôture, j'attendis patiemment qu'il prenne sa décision, et il finit par s'avancer pour me la serrer brièvement en répondant :

« Lev. »

C'est en cet instant d'amitié et de paix, alors qu'il avait baissé sa garde, que j'aurais pu le tuer.

Ç'aurait été la chose la plus facile au monde que de le tirer brusquement à moi et de sortir mon revolver de ma poche pour l'abattre d'une balle, ou de prendre le couteau à l'intérieur de mon manteau pour lui en enfoncer la lame dans le corps. Mais au lieu de cela, je le regardai droit dans les yeux et reconnus son hésitante offre d'amitié dans la chaleur de sa main.

Puis nous nous séparâmes et il recula.

« Restez là », me dit-il.

Il regagna l'isba à reculons, sans me quitter du regard, ne s'arrêtant qu'arrivé devant l'entrée. Il frappa une fois, et la porte s'entrouvrit doucement.

Je portai la main à ma poche de manteau pour y chercher la présence rassurante de mon pistolet, anticipant un danger. Je m'attendais presque à voir des soldats surgir de la maison, mais je n'entrevis que le fils de Lev dans l'entrebâillement.

Ils échangèrent quelques mots, puis la porte se referma et j'entendis tirer des verrous. Lev revint vers moi mais s'arrêta de l'autre côté de la clôture, comme s'il reconsidérait sa proposition.

« Je vous en prie, lui dis-je. Mon cheval va se mettre à boiter si vous ne m'aidez pas. Je ne vous veux aucun mal. Je vous le jure.

— Sur la tête de vos enfants ? Et que le diable vous emporte sinon ? »

C'était une sérieuse réclamation, surtout compte tenu du fait que je ne savais pas où étaient Micha et Pavel, mais je ne voulais sincèrement aucun mal à cet homme et à son fils.

« Sur leur tête, acquiesçai-je en lui laissant voir la solennité de ce serment pour moi. Et que le diable m'emporte sinon. »

Lev hocha la tête et m'ouvrit le portail, puis recula pour me laisser passer en m'indiquant la grange.

« Venez.

— Et le chien ?

— Je ne pense pas qu'il va vous mordre. »

Je m'avançai vers l'animal, la main tendue, et il s'approcha pour la flairer. Il m'arrivait juste au-dessus du genou et avait une carrure robuste, mais son ventre commençait à se creuser et ses côtes à se voir sous son pelage. Toute hostilité à mon égard disparue, il me laissa lui caresser la tête et frotter une de ses oreilles entre mes doigts.

Certain désormais qu'il était à l'aise avec moi, je fis entrer Kashtan dans la cour et entrepris de la mener vers la porte fermée de la grange. Elle avait déjà connu des chiens dans sa vie, mais elle semblait avoir un peu peur de celui-ci. S'il s'approchait trop d'elle, il risquait de l'effrayer, aussi maintins-je sa tête tournée vers l'avant, loin de l'animal.

Lev avait peut-être accepté de me serrer la main, mais il n'était pas assez naïf pour me faire confiance. Il marchait derrière nous, tenant son fusil, exactement comme je l'aurais fait à sa place. J'avais des picotements d'appréhension dans la nuque et je me forçai à me détendre. J'avais l'habitude de prendre les menaces de front, plutôt que de m'y plier, mais j'avais besoin que Kashtan reste calme. Si elle décelait mon anxiété, cela accroîtrait la sienne. Par ailleurs, je comprenais le besoin de Lev de protéger ce qui était à lui.

« Ouvrez », me dit-il.

Je m'arrêtai et glissai la main dans ma poche pour refermer les doigts sur mon arme. Je n'avais aucune idée de ce qu'il y avait dans cette grange. Elle pouvait très bien être pleine de soldats attendant de me pendre à l'arbre le plus proche ou de m'écorcher vif.

« Il y a un problème ? » me demanda-t-il.

Je regardai Kashtan pour voir si elle donnait le moindre signe de peur. Elle était douée pour jauger une situation, et elle savait me communiquer ses sentiments d'un mouvement d'oreille ou de queue ; mais, en l'occurrence, elle semblait plus détendue qu'elle ne l'avait été depuis un certain temps, et j'y vis un signe de bon augure.

« Non, répondis-je. La route a été longue, c'est tout. »

Je ressortis la main de ma poche et, agrippant la poignée de la porte, pris une profonde inspiration et l'ouvris en grand.

Mes yeux mirent un moment à s'adapter à l'obscurité du bâtiment, mais Kashtan ne montra pour sa part aucune hésitation. Elle passa devant moi, attirée par la chaleur et la forte odeur de chevaux qui régnaient à l'intérieur. Je lui emboîtai le pas en regardant autour de moi et vis, sur le mur le plus proche, des armatures ; l'une soutenait une selle, et d'autres diverses pièces de harnachement – licols, brides, étriers –, dont certaines avaient l'air vieilles et inutilisables. À l'autre extrémité de la grange, il y avait une porte, fermée au verrou de l'intérieur, et, près d'elle, un autre cheval mangeait du foin empilé dans le coin. C'était aussi une jument, plus grande que Kashtan, presque noire, avec des chaussettes blanches sur les deux jambes avant. Ce fut à peine si elle leva la tête pour nous regarder, mais, ce faisant, elle révéla une étoile blanche sur son chanfrein.

« Elle est magnifique, dis-je.

— Allumez ça », répliqua Lev en m'indiquant une lampe accrochée par un clou à l'un des étais de la grange, avant de passer devant moi pour rejoindre Kashtan.

Je refermai la porte sur le paysage sinistre que j'avais traversé et approchai une allumette de la mèche. Une chaude lueur se répandit autour de nous, contrastant avec les gris et noirs sévères qui avaient rempli ma journée. Je n'avais pas éprouvé pareil réconfort depuis le feu que j'avais fait la nuit d'avant, et je m'accordai un moment pour savourer ma sécurité relative, à l'abri des dangers de l'extérieur.

Lev m'ordonna de rester où j'étais.

« Là où je peux vous voir », m'expliqua-t-il.

Le grand chien se coucha à côté de moi, la tête dressée et la langue pendant au coin de la gueule.

Lev fit tourner Kashtan de façon à ce qu'elle se retrouve entre nous, l'abritant ainsi de toute attaque de ma part, puis posa son fusil à portée de main avant de soulever le pied de la jument pour lui enlever son bandage. Il avait fait un effort pour se protéger en se servant de mon cheval, mais il n'était pas habitué à ce genre de situation. À sa place, j'aurais gardé mon arme et lui aurais demandé d'enlever le bandage. Lev n'était pas un soldat, j'en étais certain, mais il n'avait pas non plus le teint d'un fermier. Et cela suggérait qu'il n'était pas plus chez lui dans cette ferme que moi.

Tout en travaillant, il ne cessait de me jeter des coups d'œil, effrayé de me quitter du regard pour inspecter le sabot de Kashtan. Il ne me tourna pas une seule fois le dos et garda constamment la jument entre nous ; chaque fois qu'il se déplaçait, il prenait son fusil, et le gardait près de lui le reste du temps. C'était un homme de bon sens. Même s'il m'avait tendu une main amicale, il restait sur ses gardes, conscient du danger potentiel que je représentais, et sa peur me rendait nerveux. Je me demandais quel geste insignifiant suffirait à lui donner l'impression qu'il avait besoin de se servir de son arme contre moi. Peut-être juste un pas dans la mauvaise direction.

« Je serais plus à l'aise si vous rangiez ce fusil, lui dis-je. Vous n'en avez pas besoin.

— Je préfère le garder avec moi pour l'instant. » Il s'interrompit, les yeux fixés sur moi.

« Vous avez le vôtre.

— Je n'en ai pas besoin. »

D'une secousse, j'ôtai le fusil de mon épaule, et le mouvement lui fit lever le sien. « Je veux juste le poser, dis-je en le tendant devant moi d'une seule main pour le placer au sol avant de m'en écarter. Voilà. Je ne l'ai plus. »

Le chien vint renifler ce que j'avais mis par terre, puis retourna s'allonger dans la paille, appuyant cette fois la tête sur ses pattes, comme si ce qui se passait dans cette grange l'ennuyait. Kashtan continuait de le surveiller, mais elle était plus tranquille qu'avant. Elle voyait que je n'avais pas peur de l'animal, et cela la rassurait.

Lev baissa son arme et inspira profondément.

« Ce sabot n'est pas trop abîmé. Je peux le réparer.

— Et lui mettre un nouveau fer ?

— Bien sûr.

— Sans lâcher votre fusil ? »

Il ne répondit rien.

« Je suis désolé. Écoutez, je ne vous veux aucun mal, vraiment. » Je me détournai pour qu'il ne me voie pas sortir une liasse d'argent de la poche de mon manteau ; j'y prélevai trois roubles avant de ranger le reste et lui tendis les billets.

« Pour votre travail, un peu d'avoine pour mon cheval... et pour un repas et un lit.

— On verra ça tout à l'heure.

— Comme vous préférez.

— Mettez-les sur la table. »

De la tête, il m'indiqua le côté de la grange où une solide table en bois était recouverte d'un assortiment d'outils. D'autres étaient pendus au mur, soutenus par des clous bien placés, et il y avait des cordes, des morceaux de cuir et une lourde enclume noire près de la table, à côté d'une caisse en bois remplie de fers à cheval.

« Vous êtes maréchal-ferrant ? » lui demandai-je en posant les billets à côté d'une pince en fer.

Mais il n'avait pas les mains d'un maréchal-ferrant.

« Quelque chose comme ça, me répondit-il. Et vous ? Soldat ?

— Quelque chose comme ça », répliquai-je, lui renvoyant ses propres mots avant de m'écarter de la table.

Lorsqu'il eut fini d'examiner le sabot de Kashtan, il s'approcha pour prendre l'argent, qu'il fourra dans sa poche avant d'inspecter le matériel étalé devant lui, à moitié tourné vers moi pour me surveiller. Il garda son fusil dans une main tout en cherchant les outils dont il avait besoin ; il leva la tête pour regarder ceux accrochés au mur, reporta son attention sur ceux posés devant lui, en déplaça certains, et finit par se pencher à moitié pour regarder sous la table.

« Perdu quelque chose ? lui demandai-je.

— Mmm ?

— Vous avez perdu quelque chose ? »

Il secoua la tête d'un air impatient, distrait par sa recherche. Ça me paraissait étrange qu'il ne trouve pas ce qu'il cherchait. Lorsque papa nous emmenait chez le forgeron de Dolinsk, Alek et moi, je passais mon temps à étudier les rangs nets d'outils propres. Chacun était remis à l'endroit où il avait été pris dès qu'il ne servait plus. Et dans l'armée, le maréchal-ferrant de la compagnie avait entretenu les siens de façon presque maniaque. Tout comme les soldats nettoyaient leurs armes, les forgerons prenaient soin de leur matériel. C'était leur gagne-pain. Alors que je regardais Lev fouiller, je songeai aux navets dans le champ dehors, boursouflés, prêts à être récoltés depuis longtemps déjà, et l'idée qui m'était déjà venue plus tôt me retraversa l'esprit.

« Cette grange n'est pas à vous, n'est-ce pas ? »

Lev s'immobilisa.

« Ça m'est égal, continuai-je. Ce ne sont pas mes affaires. Tout ce que je veux, c'est ferrer mon cheval. »

Il se redressa lentement, en levant son fusil pour le braquer sur moi.

« Qui êtes-vous vraiment ? »

Au ton de sa voix, le chien se redressa.

« Vous n'avez vraiment pas besoin de ça, dis-je en faisant un pas vers lui et en écartant les bras. Je me sentirais beaucoup mieux si vous le posiez. »

Il suivit mon geste du regard, et je profitai de sa distraction pour agir. Je fis juste un pas de plus, en me tournant pour qu'il me rate s'il faisait feu, et, agrippant le canon de son arme à deux mains, je tirai violemment dessus d'un coup sec. Conjugué à sa position instable, le geste lui fit perdre l'équilibre et il trébucha en avant. Je lui arrachai le fusil des mains et Lev tomba par terre, dans la paille, où il se retourna précipitamment sur le dos pour me regarder. Devant ce mouvement soudain, le chien se releva d'un bond. Je braquai le fusil sur lui, mais il ne se rua pas au secours de Lev. Il resta debout à grogner, baissant la tête et haussant les épaules, mais n'essaya pas de m'attaquer ni de protéger Lev. Sa réaction semblait plus destinée à me mettre en garde de ne pas m'en prendre à lui, et j'eus le sentiment qu'il n'appartenait pas à Lev.

« Ne me tuez pas, fit Lev en levant les mains et en se rapetissant.

— Je n'en ai pas l'intention, répliquai-je, partageant mon attention entre lui et le chien. Je veux que vous m'aidiez. »

Il ouvrit la bouche mais ne répondit rien.

« Donc, vous n'avez pas besoin de ça », conclus-je. J'ouvris brutalement le fusil, en sortis les cartouches et les mis dans ma poche avant de poser l'arme sur la table et de m'écarter. « Je vous l'ai dit tout à l'heure, ajoutai-je en lui tendant la main pour l'aider à se relever. Je veux juste soigner mon cheval et manger quelque chose. Dormir dans un endroit chaud, pour changer. »

Lev se redressa sur les coudes et regarda ma main tendue.

« D'accord, dit-il enfin en la prenant. D'accord.

— Lâchez-le », dit une voix enfantine sur ma droite.

Me retournant, je vis que la porte était ouverte et que le fils de Lev se tenait sur le seuil, éclairé à contre-jour par les derniers rayons du soleil. Il brandissait une hache au-dessus de son épaule comme s'il s'apprêtait à l'abattre sur moi.

« Écartez-vous de lui.

— Je l'aide à se relever, c'est tout », dis-je en tirant sur la main de Lev.

Levant la hache un peu plus haut, l'enfant s'avança dans la grange, et je vis que ce n'était pas du tout le fils de Lev. Avec son pantalon et sa veste matelassée, ses hanches étroites, il n'était pas étonnant que je l'aie prise pour un garçon, mais lorsqu'elle s'approcha, je la vis pour ce qu'elle était : une fillette effrayée mais déterminée. Ses cheveux sombres tombaient en une natte ébouriffée de l'arrière de son bonnet. Elle avait la peau pâle et lisse, les joues rougies par le froid. Ses traits étaient délicats, mais durcis par une expression agressive.

« Repose ça, Anna. »

L'enfant hésita, regardant d'abord son père, puis moi, sans baisser son arme.

« Tout va bien, continua Lev en allant à elle pour lui prendre la hache des mains et la poser contre le mur. Kolia est notre ami. »

Il me jeta un coup d'œil.

« N'est-ce pas ?

— Oui. »

J'allai à la porte regarder dehors, scrutant l'horizon, puis la fermai pour garder la chaleur à l'intérieur. « C'est vrai. »

11

Lev était nerveux : ses mains tremblaient lorsqu'il ramassa les outils dont il avait besoin, et il avait des gouttes de sueur au front malgré le froid. Mais dès qu'il se mit au travail sur le sabot de Kashtan, il commença à se détendre. Il souleva le pied de la jument, le cala entre ses genoux et lui nettoya le sabot avant de le râper, rognant tout ce qui risquait de se prendre dans quelque chose et de se casser.

Anna resta près de lui, ses yeux sombres fixés sur moi d'un air soupçonneux. Elle n'avait probablement pas plus de douze ans, mais son visage était dur, comme celui de quelqu'un qui en a trop vu dans sa vie. Elle faisait passer une rénette d'une main à l'autre, ne sortant de son immobilité que quand Lev lui demandait d'aller chercher ou de tenir quelque chose pour lui.

Le chien, couché le museau entre les pattes, nous regardait de sous ses sourcils tressaillants. Il se comportait comme s'il n'avait d'attachement particulier pour aucun d'entre nous et que son seul intérêt était de se protéger lui-même, mais, pour une raison ou une autre, il préférait être en notre compagnie. Il n'était pas le seul à craindre la solitude.

« Vous avez l'air de savoir ce que vous faites, fis-je remarquer à Lev.

« — Je l'ai déjà fait, répliqua-t-il sans relever les yeux.

— Mais vous n'êtes pas maréchal-ferrant.

— Non. Pas ici. »

Il passa ses tenailles à Anna et fit courir ses doigts calleux sur le bord du sabot de Kashtan. « Il n'est pas trop abîmé. Ça va peut-être lui laisser quelques bleus, mais avec un petit nettoyage et un fer neuf, elle ira très bien. »

Il reposa le pied de Kashtan par terre et s'approcha de la caisse remplie de fer à côté de la table, jetant un coup d'œil à son fusil en passant devant. Anna le suivit de près, ne me lâchant du regard que pour vérifier qu'elle n'était pas sur le point de se cogner quelque part.

« Si ce n'est pas ici, où ? » demandai-je en retournant à la porte et en l'entrouvrant juste assez pour regarder dehors.

Le chien suivit mes mouvements, mais pour l'instant l'horizon était dégagé.

« Ailleurs. Nulle part. »

Il sélectionna plusieurs fers et revint les essayer sur Kashtan.

« Personne n'est plus de nulle part, maintenant, dis-je. Personne n'est plus personne. » Je refermai la porte et le regardai retourner auprès de l'enclume pour donner quelques coups de marteau sur le fer choisi, afin de l'adapter à la forme du sabot de la jument. « Personne ne veut plus être qui que ce soit de peur que ça lui attire des ennuis. »

Le tintement du marteau sur l'enclume me rappelait des moments en compagnie des autres hommes de mon unité, lorsque nous buvions et bavardions pendant que le maréchal-ferrant préparait nos chevaux à reprendre la route.

« C'est ça que vous êtes ? me demanda-t-il en plaçant le fer sur le sabot de Kashtan et en passant la main dessus pour vérifier qu'il en épousait parfaitement la forme. Personne ?

— Exactement. »

Satisfait de ce qu'il sentait sous ses doigts, il fit signe à Anna d'avancer la main. Elle fourra la rénette dans sa poche, et Lev plaça quelques clous sur sa paume tendue, puis entreprit de fixer le fer au sabot à l'aide d'un marteau.

« Moi, je pense que vous êtes un soldat, fit la fillette en refermant le poing sur les clous. J'ai raison ?

— Chut, lui dit Lev à voix basse en secouant la tête. Ne pose pas de questions.

— Il a l'air d'un soldat, lui chuchota-t-elle en réponse. Vous avez l'air d'un soldat, répéta-t-elle en me dévisageant, pleine de défi.

— C'est vrai ?

— Vous avez un fusil.

— Anna. »

Lev lui jeta un regard en coin.

« Mon ange, ne…

— Il n'y a pas de souci, lui dis-je avant de me tourner vers sa fille. Beaucoup de gens ont un fusil. Trop de gens. Ton père en a un.

— Pour tuer les faisans. Et les corbeaux dans nos champs.

— Mais pas ces champs-ci, hein ? Parce que ceux-ci ne sont pas à vous. »

Anna haussa les épaules.

« Ils le sont, maintenant. Personne d'autre n'en veut. Il n'y avait personne dans cette ferme à part…

— On l'a trouvée vide », intervint Lev en jetant un coup d'œil à sa fille.

Je vis quelque chose passer entre eux, comme s'ils pouvaient se communiquer leurs pensées d'un seul regard. « C'était un bon endroit où s'installer. »

Je les observai en me demandant ce qu'ils me cachaient, ce qu'ils avaient fait. Quelque chose dont Lev n'était pas fier, à en juger par l'expression sur son visage.

« Vide, hein ? Vous avez été chanceux. Les gens qui habitaient ici avant peut-être moins... »

Lev hocha la tête et tapota la main de sa fille pour la lui faire ouvrir et prendre un autre clou.

« Vous êtes un déserteur ? demanda Anna.

— Qu'est-ce que tu sais sur les déserteurs ?

— Rien », répondit Lev à la place de sa fille, en lui adressant un autre regard.

Mais celui-ci était une mise en garde, je le compris aussitôt. Elle avait son franc-parler, et il ne voulait pas que cela leur attire des ennuis.

« Nous ne savons rien sur rien.

— C'est plus sûr comme ça », acquiesçai-je en souriant à Anna pour la rassurer sur mes intentions.

J'entrouvris de nouveau la porte pour regarder dehors. Il faisait presque nuit, désormais, et les arbres au loin n'étaient pratiquement plus qu'une tache sombre sur l'horizon.

« Je sais qu'ils sont fusillés, reprit Anna. Ou pendus.

— Anna, intervint Lev en secouant la tête et en lui tapant sur la main plus fort que nécessaire pour prendre un autre clou.

— On a vu un pendu, continua-t-elle sans l'écouter.

— Où ? demandai-je en refermant la porte et en me retournant vers eux.

— Une ferme devant laquelle on est passés.

— Un seul, c'est tout ? »

Elle secoua la tête.

« Deux. Et ils avaient une étoile juste ici. »

Elle toucha du doigt le milieu de son front.

« On a même vu...

— Ça suffit, l'interrompit Lev.

— Non, ça ne suffit pas, fis-je en haussant la voix, ce qui me valut un regard surpris autant de Lev que du chien. Une étoile, tu as dit ? Ici ? »

Je m'avançai vers elle et me touchai le front comme elle l'avait fait. La fillette se crispa et s'écarta de moi, se rapprochant de son père.

« Une étoile, tu as dit ? répétai-je en faisant un autre pas dans sa direction.

— Oui », intervint Lev en lâchant le sabot de Kashtan pour se placer devant sa fille.

Il tenait fermement son marteau dans la main droite.

« Vous lui faites peur.

— Comme s'ils avaient été marqués au fer rouge ?

— Quoi ?

— Est-ce que c'était comme s'ils avaient été marqués au fer rouge ? Brûlés ? Les pendus...

— Oui. Je crois bien, oui. »

Je fis un geste apaisant et tentai de me détendre. Tout en prenant une profonde inspiration, je hochai la tête.

« D'accord. Bien. Je suis désolé, Anna. Si je t'ai fait peur. » Je reculai d'un pas et continuai à son adresse : « Je suis désolé, mais il est capital que ton papa et toi me racontiez tout ce que vous avez vu. » M'efforçant de garder une voix égale, je regardai Lev.

« Je vous en prie. Quand était-ce ?

— Il y a quelques jours. »

Lev tendit le bras gauche pour ramener sa fille derrière lui. « Je ne sais pas où c'était, comment s'appelait le village. »

Il avait la respiration haletante ; son corps se préparait à une attaque. Son front luisait de sueur, ses yeux écarquillés reflétaient la lueur de la lampe et son poing était crispé sur le marteau. Lorsqu'il reprit la parole pour ajouter « au sud d'ici », sa langue claqua dans sa bouche sèche.

« Continuez votre travail, lui suggérai-je, songeant que se concentrer sur autre chose l'aiderait peut-être à se détendre. Vous me raconterez quand vous serez prêt, mais j'ai besoin de savoir. »

Je retournai auprès de la porte pour lui laisser plus d'espace, lui montrer que je ne leur voulais aucun mal, et il m'observa un long moment avant de s'accroupir pour prendre Anna dans ses bras. Il lui murmura quelque chose à l'oreille, et elle, en retour, hocha la tête et se serra contre lui sans me quitter des yeux. Lorsqu'ils se séparèrent, elle recula et Lev reprit le sabot de Kashtan pour le coincer entre ses genoux et se remettre à sa tâche.

Il acheva de fixer le fer puis coupa à la pince les extrémités des clous qui dépassaient.

« On était sur la route depuis un certain temps, reprit-il au bout d'un moment. On a vu une ferme très semblable à celle-ci, mais plus proche de la route. »

Il attrapa une râpe et entreprit de limer les extrémités des clous pour les aplatir.

« Des hommes s'y trouvaient. Avec des chevaux.
— Des soldats ?
— On les a vus de loin mais… probablement.
— Des tchékistes ?
— Peut-être.
— Vous n'avez pas vu leur visage ? »

Je me demandais si c'étaient les mêmes hommes qui étaient passés à Belev. Le marquage était le même : l'étoile rouge. Je n'avais jamais vu ça auparavant, jamais entendu parler d'une telle pratique, aussi étais-je sûr qu'il s'agissait du même homme. Peut-être Lev et Anna avaient-ils vu Kochtcheï.

Il secoua la tête.

C'était trop espérer.

« Combien étaient-ils ?

— Je ne me rappelle pas. Une dizaine, je dirais.

— Qu'est-ce qu'ils faisaient ?

— Ils repartaient. Ils étaient en train de monter en selle quand on les a vus, alors on les a laissés s'éloigner. On pensait… »

Il commença à râper le tour du sabot de Kashtan pour qu'il ne dépasse pas du fer.

« On pensait qu'on y trouverait de quoi manger. Qu'ils auraient peut-être laissé quelque chose.

— Est-ce qu'ils avaient des civils avec eux ? »

N'ayant trouvé ni femmes ni enfants dans la forêt, j'espérais qu'il les avait emmenés avec lui. Tania avait dit que Kochtcheï aimait noyer les femmes, mais je devais croire à la possibilité qu'il y avait de l'espoir pour Marianna, et lorsqu'un village était attaqué comme l'avait été Belev, il n'était pas rare que certains de ses habitants soient emmenés.

« Des prisonniers, vous voulez dire ? me demanda Lev.

— Oui. »

Les garçons de tout âge pouvaient être endoctrinés et entraînés au combat, ou envoyés dans un camp de travail. Les femmes et les filles étaient elles aussi forcées à travailler et à se battre, mais les soldats leur trouvaient également d'autres usages. Je ne pouvais qu'espérer que ma famille avait été emmenée dans un camp. Si c'était le cas, je pouvais encore la retrouver. Je pouvais encore la ramener à la maison.

Lev secoua la tête.

« Non. Rien de tel. »

Et une petite partie de mon espoir s'envola. Peut-être Kochtcheï n'avait-il pas fait de prisonniers. J'avais de plus en plus de mal à refuser de croire que, comme Tania le pensait, Marianna était au fond du lac, et je commençais à regretter de m'être enfui des bois. Kochtcheï avait emmené les hommes du village dans la forêt pour les torturer et les exécuter. Peut-être avait-il fait la même chose avec les garçons. J'aurais dû chercher plus loin, plus avant ; le désespoir s'empara de moi à l'idée de mes fils gisant parmi les feuilles en décomposition sur le sol de la forêt mourante. Je regardai en direction de la porte comme si je pouvais voir les arbres lointains au travers, me demandant si je ne ferais pas mieux d'y retourner, mais Kochtcheï était dans la direction opposée, et j'étais de plus en plus certain d'être suivi. J'avais brouillé ma piste, mais cela n'avait peut-être pas suffi.

Il ne servait à rien de revenir en arrière chercher des morts. Je devais continuer de l'avant, chercher les vivants, et me raccrocher à l'espoir le plus ténu.

« Et c'était quand, ça ? demandai-je.

— Je ne sais pas. Il y a une semaine, peut-être. Il ne restait rien pour nous à la ferme, et quand je les ai vus pendus, on a passé notre chemin. »

Il se remit au travail.

« On a vu des choses étranges. Un des villages qu'on a traversés était vide. Complètement désert. Après ça, on est restés à l'écart des agglomérations. Jusqu'à ce qu'on trouve cet endroit.

— Belev ?

— Mmm ?

— Le village, il s'appelait Belev ? Celui qui était vide ?

« — Je ne sais pas. C'est important ? C'est de là que vous venez ? »

Je secouai la tête.

« Juste un endroit où je suis passé. Vous avez trouvé les corps avant ou après le village abandonné ?

— Avant. »

Peut-être alors que Kochtcheï n'avait pas fait de prisonniers avant Belev. C'était possible, et j'étais prêt à me raccrocher à n'importe quel espoir.

« Est-ce que ça va ? me demanda Lev.

— Mmm ?

— Vous avez l'air… »

Il ne termina pas sa phrase, et lorsque je me retournai vers lui, nos regards se croisèrent.

« Vous avez entendu parler de Kochtcheï ? lui demandai-je.

— L'Immortel ? répondit-il d'un air perplexe. C'est un personnage de conte, non ? Il n'était pas dans un endroit du nom de Bouïane ? L'île de Bouïane ou… Non, ça, c'est là où était son âme… Pourquoi vous…

— Mais vous n'avez pas entendu parler d'un homme portant ce nom ? l'interrompis-je.

— Un homme ? »

Il se tut pour m'observer, et un long silence régna avant qu'il ne rompe le charme et réponde : « Non. » Il passa une dernière fois la râpe autour du sabot de Kashtan, puis lui reposa le pied par terre. « Et voilà, c'est réparé. Venez voir. »

Je m'avançai pour examiner le résultat, et hochai la tête avec approbation devant la propreté de son travail.

« C'est de la belle besogne, dis-je d'un ton neutre. La meilleure que j'aie vue depuis longtemps. Merci.

— Je peux jeter un coup d'œil aux autres, si vous voulez. »

Il me regarda.

« Et merci à vous.

— Pourquoi ?

— Pour ne pas m'avoir tué. »

Et ses mots confirmèrent pour moi quel terrible pays notre patrie était devenue, pour qu'un homme en arrive à remercier un autre de l'avoir laissé vivre.

12

Quand son père eut fini de ferrer Kashtan à neuf, Anna versa dans une auge en bois surélevée un demi-seau d'avoine pour chaque cheval, et nous refermâmes la grange, enfermant les bêtes pour la nuit. Puis nous regagnâmes la maison, Lev en tête, suivi de près par sa fille, tandis que le chien courait nous attendre à la porte. Anna avait pris la lampe de la grange pour éclairer le chemin.

« Éteins-la, lui dis-je. On y voit bien assez, on la rallumera à l'intérieur. »

Elle attendit le signe d'assentiment de son père avant d'obtempérer sans mot dire, puis monta les marches pour ouvrir la porte. Le chien se faufila le premier dans la maison, pressé de se mettre au chaud. Une fois Anna et son père entrés, je restai debout sur le seuil et scrutai la nuit. Du côté de la forêt maussade, seules les ténèbres s'offraient au regard, mais, au-dessus de nous, le ciel était si froid et dégagé qu'il scintillait d'une myriade d'étoiles.

« On va couvrir les fenêtres, annonçai-je. Et après seulement on allumera la lampe.

— Quelqu'un vous suit ? demanda Lev.

— Mmm ?

« — Dans la grange, vous n'arrêtiez pas de regarder dehors. Et là, pareil. Vous pensez avoir de la visite ? »

Je ne répondis pas. Je me contentai de rentrer et de fermer la porte.

L'habitation était petite, avec des murs en bois nu et un *pitch* aux dimensions modestes à l'autre bout. À droite de celui-ci, de grossières plates-formes en bois, fixées l'une au-dessus de l'autre, faisaient office de couchettes rendues plus confortables par quelques poignées de paille. À gauche, le *krasny ugol* – le beau coin – était décoré d'une collection d'humbles icônes et d'une petite croix en bois. C'était une façon traditionnelle pour les paysans de montrer leur foi, mais la plupart les avaient fait disparaître de peur d'être dénoncés aux autorités. La religion ne faisait pas partie de la nouvelle voie, et les tchékistes avaient déjà commencé à arrêter les prêtres. Le bolchevisme était la nouvelle religion, avec Lénine pour dieu et la persécution des contre-révolutionnaires pour cérémonie.

Il y avait une table délabrée au centre de la pièce, et des bancs fixés le long des murs. Le seul autre meuble était un placard au-dessus duquel était posée une vieille *garmochka* aux peintures décolorées et écaillées. La vue de cet instrument m'inspira un mélange de tristesse et d'attendrissement au souvenir de mon frère en train d'en jouer, et de son insistance à affirmer qu'Irina l'avait aimé pour sa musique.

Le *pitch* était coiffé d'un tuyau de cheminée qui passait par un trou découpé dans le toit de chaume, mais cela n'empêchait pas l'endroit de sentir la fumée, comme si les murs en étaient définitivement imprégnés par des années de feux de paille, de bois et de fumier. Malgré cette forte odeur, la pièce avait quelque chose d'accueillant. Il y faisait chaud et sec, et je remerciai le Ciel de pouvoir quitter la forêt au moins pour une nuit. En regardant Lev et Anna, je sus que je serais heureux d'avoir leur compagnie. Lev me cachait peut-être quelque chose, mais je ne le pensais pas dangereux. Il me faisait l'effet d'un brave homme, et sa fille était une enfant vive et courageuse. Me retrouver ainsi au chaud avec eux me rappelait des moments passés avec ma propre famille.

Dès qu'il fut à l'intérieur, Lev s'inclina devant le *krasny ugol* et se signa de la main droite.

« Vous croyez qu'Il vous voit ? » lui demandai-je en posant sa carabine contre le mur à côté de la porte.

Il tourna les yeux vers moi et haussa les épaules.

« Ça ne peut pas faire de mal. »

Je souris et suivis son exemple, songeant que si Dieu nous regardait de là-haut, ce ne serait pas une mauvaise idée de L'avoir dans mon camp ; mais l'ironie de la situation ne m'échappa pas. J'avais enroulé le *tchotki* autour de mon poignet, je transportais l'icône familiale dans ma sacoche, et voilà que je me signais devant le *krasny ugol* ; et je me soupçonnais même d'avoir murmuré une prière lorsque j'errais en chancelant dans les bois. Et pourtant, j'étais un révolutionnaire, et j'avais commis des actes innommables au nom de l'assainissement de la récolte.

J'avais été convaincu que, pour rendre la patrie plus forte, il était vital d'éliminer le mal qui menaçait de gangrener la vision nouvelle. Je n'étais pas censé croire en Dieu. Il faisait partie de ce mal ; c'était l'un des concepts qui empêchaient l'homme du peuple de se libérer de ses chaînes. Et pourtant, je me retrouvais à Le porter dans ma poche et à mon poignet, à chercher du réconfort dans Ses emblèmes après m'être purgé de tous les symboles de la révolution. Il n'y avait pas la moindre étoile rouge sur ma personne, et je ne m'en portais pas plus mal. Et à cet instant même, devant le *krasny ugol*, mes convictions étaient plus que jamais ébranlées. Ce n'était pas Dieu qui avait enlevé mes enfants. Ce n'était pas Lui qui avait torturé ces gens dans la forêt. C'étaient des hommes. Et j'étais certain que ces hommes avaient porté une étoile rouge sur leur casquette.

Il n'y avait pas de couvertures dans l'isba, ni de draps ou le moindre morceau d'étoffe, aussi déroulai-je les miennes, ainsi que ma toile goudronnée, pour les pendre devant les deux petites fenêtres avant de dire à Anna de rallumer la lampe. Lorsque la pièce fut emplie d'une confortable lueur orange, je fis le tour de la table pour tester le plancher, appuyant de tout mon poids sur les lattes qui me semblaient bouger.

Le chien se trouva une bonne place près du *pitch*, mais Lev et Anna restèrent debout à me regarder avec perplexité taper du talon à un endroit qui sonnait creux. Je me mis à genoux pour étudier les planches.

« Vous seriez surpris », expliquai-je.

Lev secoua la tête et enleva son manteau pour le jeter sur un des bancs le long du mur. Dessous, il portait une veste foncée assortie à son pantalon, qui avait dû être élégante par le passé, mais était désormais sale et passée. Il s'approcha du *pitch* et, à l'aide d'une grande cuillère en bois, en sortit un pot en terre cuite.

Je m'approchai du placard pour effleurer la *garmochka*, faisant courir mes doigts sur sa partie centrale en accordéon.

« Vous savez en jouer ? me demanda Lev. Ça me ferait plaisir d'entendre un air.

— Non, répondis-je en secouant la tête. Mon frère Alek en jouait, mais pas très bien. »

Une pensée soudaine me fit sourire. « Ma femme, de son côté, croyait savoir chanter, mais ils étaient aussi mauvais l'un que l'autre. Parfois, ils nous faisaient un petit concert, et seul un grand verre de vodka rendait la chose supportable. »

Lev sourit et donna un coup de cuillère sur le pot.

« Vous avez faim ? C'est peu, mais il devrait y en avoir assez. »

Il posa le récipient sur la table et ôta le couvercle, laissant la vapeur en sortir.

« Je n'ai rien senti d'aussi appétissant depuis bien longtemps », fis-je en appuyant mon fusil au bout de la table et en posant ma sacoche sur une chaise, avant d'enlever ma veste.

Je m'assis de façon à faire face à la porte et attendis qu'Anna apporte trois bols en bois et un quignon de pain noir. Elle tira sa chaise pour s'installer tout près de son père.

« Alors, vous avez été longtemps, sur la route ? demandai-je à Lev alors qu'il remplissait les bols d'une soupe qui semblait contenir beaucoup de navets et de morceaux de poisson séché, mais pas grand-chose d'autre.

— On peut dire ça », répondit-il en poussant un pot de sel vers moi.

J'en pris une pincée avant de rompre un morceau de pain.

« Et c'est tout ce que vous allez me dire sur le sujet ? fis-je en portant ma cuillère à ma bouche.

— Qui c'est, Kochtcheï ? » demanda Anna.

Son intervention me prit par surprise, et je m'étranglai sur ma soupe chaude, toussant et larmoyant.

« C'est un personnage de *skazka*, mon ange, c'est tout. Et ne pose pas de questions, lui dit son père en se relevant pour s'approcher du placard.

« — Mais vous avez parlé de lui comme s'il était réel, continua-t-elle. Qui c'est ? »

Lev revint chargé d'une bouteille et de deux petits bols qui servaient de verres.

« Je vois qu'elle vous obéit au doigt et à l'œil », fis-je avec un sourire.

Lev soupira et secoua la tête tout en débouchant la bouteille ; il versa ensuite une petite dose du liquide limpide dans chaque gobelet, et en poussa un vers moi.

« Exactement comme sa mère. Si je disais "rasé", elle disait "coupé"[1]. »

Il posa sur sa fille un regard plus chargé d'amour que je n'en avais vu depuis près de six mois.

« Je disais la même chose de ma femme, répondis-je avec un autre sourire, avant d'approcher le gobelet de mes narines. Vodka ?

— Ou quelque chose du genre. »

Il porta le sien à ses lèvres et me regarda.

« Alors, à quoi on trinque ?

— À une nuit sans dangers. »

Il hocha la tête.

« À une nuit sans dangers. »

La vodka me brûla la gorge, me réchauffa la poitrine, et je pris une grande inspiration pour en ressentir le plein effet. Lorsque je reposai mon gobelet, Lev, qui avait aussi vidé le sien, les remplit de nouveau.

« Alors, qui c'est, ce Kochtcheï ? insista Anna en se penchant vers moi pour m'observer, attendant une réponse.

1. Expression russe pour parler d'une femme contrariante, tirée d'un conte folklorique où une femme et son époux se disputent au sujet de la barbe de ce dernier. Lui dit se l'être rasée, elle soutient qu'il l'a coupée aux ciseaux. Il finit par la pousser dans la rivière en criant « rasé », et le dernier geste de sa femme avant de se noyer est de mimer des ciseaux en train de couper. (N.d.T.)

« — Ta mère ne t'a jamais raconté d'histoires ?

— Elle est morte, intervint Lev en prenant un morceau de pain.

— Je suis désolé.

— Du typhus. »

Je me redressai et posai ma cuillère.

« Il y a longtemps, reprit-il. Juste après la naissance d'Anna. Elle connaissait tous les contes, mais moi je ne m'en souviens jamais. Tout ce que je me rappelle, c'est que l'âme de Kochtcheï était sur l'île de Bouïane, dans un œuf qui était lui-même dans un autre animal, lequel était dans un coffre... ou quelque chose comme ça. Il fallait trouver sa mort pour pouvoir le tuer.

— C'est un des contes, mais il figure dans beaucoup d'autres.

— Vous avez des enfants ? me demanda Anna.

— Deux fils.

— Alors, vous connaissez toutes ces histoires. Racontez-m'en une. »

Elle réessaya de prendre une gorgée de soupe, mais celle-ci était encore trop chaude pour elle ; elle reposa donc sa cuillère dans le bol et se laissa aller contre son dossier en croisant les bras.

« C'est plus compliqué que ça, fit Lev en me regardant. Cela fait peut-être longtemps que Kolia n'est pas rentré chez lui...

— C'est le cas, reconnus-je. Mais je m'en rappelle encore des morceaux.

— Alors racontez-moi, insista Anna.

— Je ne suis pas un grand conteur. Ça a toujours été... »

Je m'interrompis, la gorge nouée. Ç'avait toujours été la passion de Marianna, avais-je voulu dire, mais un flot d'émotions avait déferlé en moi à cette pensée, menaçant de me submerger. Au chaud dans cette petite maison, assis à la lueur de la lampe avec Lev et Anna, je ne pouvais m'empêcher de me remémorer le plaisir qu'elle prenait à raconter ces histoires aux garçons, et eux à les écouter. Les vieilles *skazkas*. Maman et Babouchka aussi avaient adoré ces contes, toujours pleins de princes et de princesses, de sorcières, d'épouses et de démons, et de pauvres paysans revenant de la taverne.

« S'il vous plaît », fit Anna en se tortillant sur son siège.

En entrant dans la maison, elle avait enlevé sa casquette et sa veste, et en paraissait d'autant plus menue. Elle était frêle, encore dépourvue de formes, drapée dans une chemise trop grande pour elle – mais qui ne l'avait peut-être pas toujours été. Sa peau était aussi blanche que les délicates anémones des bois qui sortaient du sol forestier au printemps, et si ses yeux verts étaient soulignés de cernes foncés, il y brillait aussi le pétillement d'intelligence d'une enfant éveillée. Sa natte s'était détendue, laissant des mèches de cheveux s'échapper dans tous les sens, et il y avait quelque chose dans son apparence qui suggérait que Lev avait fait tout ce qu'il pouvait pour elle, compte tenu de leur situation.

« Est-ce que tu as entendu parler de Maria Morevna ? » lui demandai-je.

Elle secoua la tête.

Je trempai mon pain dans la soupe et en pris une bouchée. Je mâchai soigneusement, dégustant chaque miette, savourant leur chaleur tout en essayant de me rappeler le conte.

Ils avaient tous les deux les yeux fixés sur moi. Attentifs. Avides. Marianna aurait adoré cela. Elle aurait fait durer l'attente, éteint la lampe, appuyé les coudes sur la table pour se rapprocher, baissé la voix. Je la visualisais : ses yeux bleus pétillants, ses cheveux blonds reflétant la lumière de la lampe, ses traits délicats animés par les images que ses mots dépeignaient. J'étais loin d'avoir son talent, mais je regardai longuement mes auditeurs, l'un après l'autre, tout en finissant ma bouchée de pain et en passant la langue sur mes dents.

« Il y a bien longtemps, commençai-je, vivait un prince. Ivan, il s'appelait. Il était jeune et intrépide, comme tous les princes de conte de fées, et il avait trois sœurs d'une grande beauté, aux longs cheveux noirs et brillants. Mais le tsar et sa femme, la tsarine, étaient malades, et, sur leur lit de mort, ils firent promettre à Ivan de prendre soin de ses sœurs et de veiller à leur trouver un bon parti. Il accepta, bien sûr, et ils moururent heureux, sachant qu'Ivan s'occuperait bien de leurs filles. Le prince et ses sœurs enterrèrent leurs parents dans le parc du palais, et, alors qu'ils revenaient, un gros orage éclata. Des nuages noirs envahirent le ciel, suivis d'éclairs. Ivan et ses sœurs se dépêchèrent de rentrer chez eux, et lorsqu'ils arrivèrent dans la grande salle du palais, il y eut un grand coup de tonnerre et un faucon entra dans la pièce. En se posant, il se transforma en un beau prince, qui demanda la main d'une des princesses. Ivan jugea que c'était un honnête homme, alors il accepta.

— Des princes et des princesses, fit Anna avec dédain. C'est Kochtcheï qui m'intéresse.

— On va y venir, répliquai-je en prenant une autre bouchée de pain. Mais on doit d'abord en passer par les princes et princesses. Tu veux que j'arrête là ? »

Anna secoua la tête.

J'attendis quelques secondes que le reste du conte me revienne, et, une fois prêt, je me courbai davantage sur la table et repris d'une voix plus basse :

« Et donc, chaque année pendant trois ans, un nouveau prince arriva dans un éclair et un coup de tonnerre : le premier sous la forme d'un faucon, le deuxième sous celle d'un aigle, et le troisième sous celle d'un corbeau. Et chaque fois, Ivan donna une de ses sœurs en mariage. Et quand elles furent toutes parties, il se retrouva seul dans son palais.

— Ça veut dire que c'était lui le tsar, désormais ?

— Je suppose, oui. C'est important ? »

Anna fit la moue en réfléchissant.

« Ils ne sont pas censés être mauvais, les tsars ?

— Tu es révolutionnaire ? lui demandai-je, et l'image d'une marque au fer rouge en forme d'étoile me traversa brièvement l'esprit.

— Pas vraiment.

— Eh bien, dans ce conte, les tsars sont gentils. »

En face de moi, Lev leva son bol.

« À votre santé. »

Je levai le mien.

« À la vôtre. »

Nous bûmes, et Lev remplit encore nos gobelets pendant que je continuais. En cet instant, je me sentais bien. Il faisait chaud dans l'isba, la soupe était nourrissante et la vodka égayait mes pensées.

« Donc, le prince Ivan était tout seul dans son palais, repris-je.

— Ce n'est pas si terrible. »

Anna regarda autour d'elle.

« Mieux qu'ici.

— Mieux que sans ta famille ? » demandai-je.

Elle baissa les yeux sur son bol et prit une cuillerée de soupe, soufflant dessus avant d'y goûter.

« Donc, il décida de partir en voyage pour rendre visite à ses sœurs. Seulement, la première chose qu'il vit sur son chemin fut un champ de bataille et toute une armée qui gisait sans vie dans la steppe. Des corps partout. Mais il trouva parmi eux un homme encore en vie, un seul, et quand il lui demanda qui avait fait ça...

— Kochtcheï ? tenta de deviner Anna.

— Non. Pas encore. L'homme lui répondit que c'était la belle princesse Maria Morevna.

— C'était une princesse qui avait tué tous ces gens ?

— Oui.

— Pourquoi ?

— Je ne sais pas, mais quand Ivan la trouva, il dut être impressionné parce qu'il tomba amoureux d'elle, et elle de lui.

— Comme ça, d'un coup, fit Lev.

— Comme ça, d'un coup, acquiesçai-je. Alors ils se marièrent et vécurent ensemble pendant un moment, jusqu'à ce que Maria Morevna commence à s'ennuyer et décide de repartir en guerre, laissant Ivan seul dans son palais. En partant, elle lui dit de ne pas regarder dans sa pièce secrète, mais, eh bien, tu sais comment c'est quand quelqu'un te dit de ne pas regarder, toucher ou écouter. Un jour qu'il s'ennuyait, sa curiosité eut raison de lui : il ouvrit la porte et découvrit un homme couvert de chaînes. Il était grand et maigre, décharné, horrible. Un vrai monstre.

— C'est lui, Kochtcheï ! » s'exclama Anna.

Elle arrêta sa cuillère à mi-chemin de sa bouche et se redressa avec une expression satisfaite mais inquiète.

« Tu es trop maligne, fis-je.

— Continuez. »

Je baissai de nouveau la voix. Je commençais à prendre plaisir à mon récit ; il me faisait oublier, l'espace d'un moment, le Kochtcheï de chair et de sang qui était là quelque part.

« Ivan trouvait cet homme affreux et terrifiant, mais comme c'était un bon prince, il eut pitié de lui quand il lui demanda à boire et lui apporta un seau d'eau. L'homme le vida d'un trait et en réclama encore, jusqu'à ce qu'il ait bu trois seaux pleins. Mais l'eau lui rendit ses forces, et il brisa ses chaînes comme si c'étaient des brindilles. Et il dit à Ivan qu'il avait plus de chances de voir ses propres oreilles que de revoir Maria Morevna. Puis il partit dans un tourbillon de fumée, de feu et d'yeux flamboyants, et il trouva la princesse. Il l'attrapa, la jeta sur son cheval squelettique, et l'emporta dans son royaume.

— Plus de chances de voir ses propres oreilles ? fit Anna. Tout ce qu'il avait à faire, c'est se regarder dans le miroir. C'est un prince : il a forcément un miroir.

— Rien ne t'échappe, hein ? »

J'interrompis mon récit pour prendre ma dernière cuillerée de soupe, puis essuyer l'intérieur du bol avec la croûte de pain qui me restait avant de jeter un coup d'œil au chien assis près du *pitch*. Il n'avait pas bougé de sa place au chaud, mais il ne nous quittait pas des yeux. De temps en temps, il les fermait, mais la moindre altération dans le rythme de nos voix lui faisait relever le nez et observer la pièce. Je lui lançai le croûton et, une seconde plus tard, il s'était relevé, l'avait avalé et se léchait les babines.

« C'était un bon repas, dis-je à Lev. Merci. Je crois qu'il a aimé aussi. »

Il sortit de sa poche un paquet de cigarettes *papirosa* et me le tendit. Il n'y en avait plus que trois et j'hésitai, mais il me fit signe d'en prendre une.

« Je vous en prie », ajouta-t-il.

Je le regardai dans les yeux et inclinai la tête avant de me servir. Puis je grattai une allumette sur la table, allumai ma cigarette et la sienne, et savourai ma première bouffée.

« Et après, qu'est-ce qui s'est passé ? demanda Anna. Est-ce qu'Ivan a trouvé Maria ? »

Le chien quitta sa place et, en faisant cliqueter ses griffes sur le parquet, vint s'asseoir à côté de moi et posa le menton sur mes genoux. Je lui ébouriffai la tête. J'avais dans l'idée que personne ne lui avait jamais lancé des restes de repas.

« Est-ce qu'il a un nom ? demandai-je.

— Il n'est pas à nous, répondit Lev en haussant les épaules. Il était déjà là quand on est arrivés.

— On dirait qu'il a un peu de sang de loup. »

En bâillant, Anna tendit la main pour caresser la fourrure de l'animal.

« Qu'est-ce qui est arrivé à Maria ?

— Où est-ce que j'en étais ?

— Kochtcheï a enlevé Maria.

— Ah oui. »

Je me redressai. « Eh bien, le prince Ivan la chercha, bien sûr. Il chercha longtemps, mais il ne trouva d'abord qu'une de ses sœurs. Elle et son prince dirent à Ivan de renoncer à retrouver Maria Morevna parce que Kochtcheï l'Immortel le tuerait sûrement, mais il refusa d'abandonner sa femme et reprit donc la route. Avant de partir, cependant, il leur donna sa cuillère en argent et leur dit que si elle devenait noire, cela voudrait dire qu'il lui était arrivé quelque chose et qu'il fallait qu'ils viennent à sa recherche. Lorsqu'il retrouva sa deuxième sœur, elle essaya de l'arrêter aussi, mais il continua son chemin après lui avoir donné sa fourchette en argent. Et à la troisième sœur, il donna sa tabatière en argent. Puis, enfin, il trouva l'endroit où Kochtcheï l'Immortel gardait Maria Morevna prisonnière. »

Anna arrêta de caresser le chien et alla s'asseoir sur les genoux de son père. Lev l'entoura de ses bras et la serra fort contre lui. À côté de moi, le chien fit plusieurs tours sur lui-même avant de s'affaler par terre à mes pieds ; le bruit me fit baisser les yeux, et je vis les bottes de mon frère.

Ils attendirent patiemment que je continue.

« Kochtcheï était parti à la chasse, repris-je en m'efforçant de détourner mes pensées d'Alek dans sa tombe, alors Ivan libéra Maria et ils s'enfuirent sur sa monture, mais Kochtcheï le sut.

— Comment ?

— Aucune idée. Il le sut, c'est tout. Alors il se lança à leur poursuite, et bien que son cheval soit squelettique, il était beaucoup plus rapide, et il les rattrapa.

— Est-ce qu'il tua le prince ?

— Non, il prit pitié de lui, tout comme Ivan avait autrefois eu pitié de lui.

— Alors il le laissa partir ?

— Oui, mais pas Maria Morevna. Il la refit prisonnière. Alors, deux fois encore, Ivan profita que Kochtcheï était à la chasse pour enlever sa femme, mais, chaque fois, le cheval de Kochtcheï fut trop rapide ; et, chaque fois, il pardonna au prince. En fait, il lui pardonna trois fois parce qu'Ivan lui avait donné trois seaux d'eau, mais après ça, il décida que cela suffisait bien et il se mit dans une terrible colère. Il sauta sur son cheval infernal et, sortant en trombe de la forêt, l'épée brandie, les yeux flamboyants, il tailla le prince Ivan en tout petits morceaux. »

En disant ces mots, j'abattis le tranchant de ma main sur la table.

Anna s'arrêta en plein bâillement et se redressa.

« Mais c'est le prince. »

Je tirai sur ma cigarette.

« Oui.

— Et le prince gagne toujours.

— Ah bon ?

— Bien sûr. Il... »

Elle s'interrompit et secoua la tête en me lançant le même regard sévère que son père lui avait adressé plus tôt dans la grange. Il y avait quelque chose d'étrangement inclusif dans cette action, comme si elle m'avait accepté. « Je vois ce que vous voulez dire, mais là c'est différent. »

Elle était jeune, mais pas au point de ne pas savoir ce qui était arrivé à notre propre tsar, exécuté tout juste deux ans plus tôt avec le reste de sa famille. Mais elle ne voyait aucune ironie dans le fait que le héros, Ivan, était devenu tsar. Elle voyait une *skazka*, un héros et un méchant, et pas autre chose.

« C'est juste un conte, continua-t-elle. Ça ne se passe pas ici mais... ailleurs. Et dans les contes, le prince gagne toujours et le monstre finit toujours brûlé, noyé dans le lac ou tué avec une épée. » Elle haussa les épaules.

« C'est toujours comme ça, c'est tout.

— Pas dans cette histoire, fis-je en plissant les yeux et en me penchant encore plus vers elle. Je suis désolé. Mais c'est le moment que mes fils adorent toujours entendre. Pavel, surtout. Et Marianna adore le raconter. Vois-tu, Kochtcheï taille vraiment Ivan en pièces, j'en ai peur, et il met tous les morceaux dans un tonneau qu'il badigeonne de poix. Puis il le cercle de fer et le jette à la mer. »

Je m'interrompis pour la regarder.

« Tu as peur ?

— Bien sûr que non.

— Il ne meurt pas.

— Comment est-ce qu'il peut survivre à tout ça ?

— Parce que c'est le prince, bien sûr, et le prince gagne toujours », fis-je avec un clin d'œil.

Lev leva son bol.

« Au prince, dit-il.

— Au prince », répétai-je avec un sourire.

Et je vidai le mien, savourant les effets de la vodka. Cela faisait très longtemps que je ne m'étais pas senti aussi bien.

« Pas la peine de t'inquiéter, dis-je à Anna, parce que dès que la cuillère, la fourchette et la tabatière noircirent, le faucon, l'aigle et le corbeau arrivèrent pour l'aider. L'un d'eux repêcha le tonneau pendant qu'un autre allait chercher l'eau de vie, et le troisième l'eau de mort. Ils cassèrent le tonneau, rassemblèrent les morceaux du prince et les aspergèrent d'eau de mort pour les recoller. Puis ils utilisèrent l'eau de vie pour ressusciter Ivan. Celui-ci repartit immédiatement à la recherche de Maria Morevna mais, cette fois, au lieu de l'emporter, il lui dit de découvrir où Kochtcheï avait trouvé son cheval. »

Anna étouffa un autre bâillement.

« Fatiguée ? lui demandai-je.

— Et si on gardait la suite pour une autre fois ? suggéra Lev en commençant à se lever.

— S'il te plaît ! le supplia-t-elle.

— Peut-être la version courte, alors, concéda-t-il.

— D'accord. La version courte. »

Je tirai une dernière fois sur ma cigarette et l'écrasai dans mon bol vide.

« Dans la version courte, Ivan découvre que le cheval de Kochtcheï vient du troupeau de Baba Yaga.

— Baba Yaga. »

Anna feignit de frissonner.

« Je la connais. C'est la sorcière à la maison montée sur des pattes de poule. Elle mange les enfants.

— Mmm. Mais seulement ceux qui sont bien juteux, hein ? »

Je me léchai les lèvres en la regardant.

« Bref. Ivan entreprend d'aller la voir dans sa hutte, par-delà la rivière embrasée. En chemin, il commence à avoir très faim, mais chaque fois qu'il trouve un animal à manger, celui-ci le supplie de l'épargner, et quand enfin il trouve Baba Yaga et lui demande un cheval, elle lui répond qu'elle ne lui en donnera un qu'à condition qu'il accomplisse une tâche presque irréalisable ; ce qu'il réussit à faire parce que les animaux l'aident pour le remercier d'avoir eu pitié d'eux.

— De même que Kochtcheï a eu pitié de lui ?

— Je suppose, acquiesçai-je. Mais Baba Yaga essaie de revenir sur sa promesse à Ivan, alors il ruse et lui vole un cheval, et cette fois, quand il s'enfuit avec Maria Morevna, Kochtcheï a du mal à le rattraper.

— Alors il réussit à se sauver ?

— Pas tout à fait. Vois-tu, le prince Ivan et Maria Morevna s'arrêtent pour se reposer, et c'est à ce moment-là que Kochtcheï les rattrape. Il dégaine son épée pour les tailler en pièces. »

Je tirai une épée imaginaire de ma ceinture et la brandis.

« Alors, c'est à ce moment-là que le prince le tue ?

— Eh bien, le cheval du prince décoche une ruade à Kochtcheï, le touche à la tête, et Ivan l'achève avec un gourdin avant de construire un bûcher pour y faire brûler son horrible corps. Et avec ça, il est mort.

— Mais pourquoi on l'appelle "l'Immortel", alors ? Il ne l'est pas, si ?

— Non. Il ne l'est pas.

— Et pourquoi vous le cherchez ? Est-ce qu'il y a un vrai Kochtcheï ?

— D'une certaine façon.

— Un homme ? »

Elle attendit ma réponse en m'observant attentivement.

« C'est ce que je crois. »

Anna hocha la tête comme si elle tenait enfin la réponse à une question qu'elle se posait depuis longtemps.

« Papa m'a toujours dit que les monstres n'existaient pas, mais il y en a, n'est-ce pas ? »

Je voulais lui dire qu'elle se trompait, mais je ne pus le faire. Les monstres existaient vraiment. Simplement, ils ne se cachaient pas dans les lacs, les cimetières ou sous les lits, mais sous des uniformes.

« Allez, viens, dit Lev en aidant Anna à descendre de ses genoux. Il est l'heure de dormir. »

À contrecœur, malgré sa fatigue, Anna gagna la couchette au-dessus du *pitch*. Lev l'embrassa, et je vis l'amour qu'ils avaient l'un pour l'autre. Je me rappelai l'heure du coucher avec mes fils, la façon dont je leur chatouillais les joues de ma barbe pour les faire rire.

Je me levai pour aller donner à Lev une des couvertures que j'avais prises chez moi.

« Pour qu'elle ait bien chaud, dis-je.

— Merci.

— Vous ne m'avez pas dit pourquoi vous cherchez Kochtcheï, fit remarquer Anna avant de grimper dans son lit.

— Parce qu'il a enlevé mes fils, répondis-je. Et ma femme.

— Comme il a enlevé Maria Morevna ?

— Oui.

— Et vous êtes le prince Ivan ?

— Je n'ai rien d'un prince.

— Mais votre cheval est rapide ?

— Kashtan ? Elle est rapide comme l'éclair.

— Et quand vous l'aurez retrouvé, vous allez le tuer ?

— Tu n'as pas à te...

— Vous allez le tuer ou pas ? m'interrompit-elle, et je vis qu'elle avait besoin d'entendre la réponse.

— Une fois que j'aurai retrouvé ma femme et mes enfants... Oui. Oui, je le tuerai. »

13

Quand Lev revint à la table, il nous resservit à boire.

« À votre fille, dis-je en levant mon bol. Le sort vous a gâté.

— Et à vos fils », répliqua-t-il en levant le sien pour trinquer avec moi.

Je bus ma vodka d'un trait et posai les mains sur la table pour les regarder, voyant des taches de sang qui n'étaient plus là. Je me rappelai les atrocités que j'avais fait commettre à ces mains, à une époque où j'étais aveuglé par ce que je croyais être la justesse de mes actions. Désormais, c'était autre chose qui obnubilait mes pensées, qui s'entassait dans ma tête et écartait tout le reste. Jamais je n'avais éprouvé une telle peur. Rien, que ce soit la centaine de batailles auxquelles j'avais pris part ou les morts innombrables dont j'avais été témoin, n'avait jamais fait naître en moi quoi que ce soit d'équivalent à la terreur et à l'angoisse que m'inspirait le fait d'ignorer ce qu'il était advenu de ma femme et de mes fils, de ne pas savoir où ils étaient. S'ils n'étaient pas déjà morts.

Il aime noyer les femmes.

Mais je ne pouvais pas me permettre de laisser cette idée infecter mes pensées. Elles étaient déjà assez sombres comme ça.

« Et vous, Kolia, quelle est votre histoire ? dit Lev à mi-voix pour ne pas déranger sa fille. Vous m'avez l'air d'être un homme bien. »

Je levai les yeux vers lui et me forçai à sourire.

« Personne n'est jamais tout à fait tel qu'il paraît.

— Certes… Mais un homme bien reste un homme bien. »

L'idée me plaisait, mais je n'étais pas sûr d'être d'accord.

« Il y a du bon et du mauvais en chacun de nous. » Je passai la main sur mon visage comme pour effacer les événements de la journée. J'avais l'impression d'être éveillé depuis des semaines.

« C'est trouver le juste milieu qui est difficile.

— Vous avez l'air fatigué. Depuis combien de temps êtes-vous sur la route ?

— Plus longtemps que je ne souhaite y penser. Et vous ?

— Pareil. Ça fait quelques jours que nous sommes ici, cependant. C'est un bon endroit pour s'arrêter.

— Mais vous n'avez vu personne ?

— Personne. »

Le chien grommela et se gratta à côté de moi.

« Et deux cavalières ? Vous les avez vues ? »

Il secoua la tête.

« Personne. La route est plus à l'est ; on ne voit presque rien, d'ici.

— Ce qui veut dire que personne ne peut voir cette ferme depuis la route.

— Et ça nous convient bien comme ça. »

Peut-être Tania et Ludmila étaient-elles passées sur cette route, et Kochtcheï avant elles, mais dans l'immédiat, ils étaient hors de vue, hors d'atteinte, et auraient aussi bien pu se trouver sur un autre continent, dans un pays où la révolution n'était que des mots dans un journal.

« Comment est-ce que vous l'avez trouvée, alors ? » demandai-je.

Lev tira une chaise vide vers lui pour y poser les pieds.

« Nous avons eu de la chance, je suppose. Nous évitions la route, nous avons aperçu cette ferme au loin et nous nous en sommes approchés pour voir ce que nous pouvions y trouver. Nous avions froid et faim, alors ça valait la peine de prendre le risque. »

À son tour, il baissa les yeux sur ses mains, et je me demandai ce qu'il avait fait avec.

« Et elle était vide ? »

Cela lui fit relever la tête, mais il ne soutint pas mon regard, tournant plutôt les yeux vers le *pitch* au-dessus duquel dormait Anna, avant de les reposer sur ses mains.

Sa bouche se crispa et il déglutit.

« Oui. Vide. » Il prit la bouteille pour remplir une nouvelle fois nos bols, éclaboussant la table de quelques gouttes. « Je ne sais pas ce qui est arrivé à ceux qui habitaient ici, mais cela faisait un moment qu'ils s'en étaient allés – plusieurs mois, je dirais. Peut-être un mari parti au combat, une femme qui ne pouvait pas s'occuper toute seule de la ferme. » Il haussa les épaules.

« Qui sait ?

— Qui sait ? acquiesçai-je en portant mon gobelet à mes lèvres. À nos enfants ! »

Et je le vidai d'un trait, savourant la brûlure de l'alcool dans ma gorge.

« À nos enfants », enchérit Lev.

Il but à son tour et s'essuya la bouche du revers de la main sans reposer le gobelet, dont il contempla le fond d'un air absent.

« Et le cheval ? demandai-je.

— C'est le mien. »

Cette fois, il me regarda droit dans les yeux, et je sus qu'il disait la vérité.

« Mais vous n'êtes pas maréchal-ferrant. »

Il reposa sa vodka sur la table et entreprit de se curer un ongle.

« Non, mais il y a toujours eu des chevaux, chez nous. Chez mon père.

— Alors vous êtes…

— Je suis professeur. Du moins, j'étais. De mathématiques. Vous croyez que j'ai toujours ressemblé à ça ? À un mendiant ? »

Il désigna sa poitrine d'un geste faussement théâtral, mais s'arrêta en voyant que ses mains tremblaient et les pressa l'une contre l'autre. « J'ai toujours été si élégant, si soigné. Je portais un beau costume et… » Il s'interrompit, comme s'il se rendait brusquement compte de nos différences. Un professeur en train de raconter à un révolutionnaire comme il était bien habillé autrefois. « Je ne sais plus ce que je suis. » Il baissa la tête.

« Quand je vois ce que j'ai dû faire pour prendre soin d'Anna.

— Quoi que vous ayez dû faire pour arriver jusqu'ici, ça m'est égal.

— Même si j'ai tué un homme ?

— C'est donc ça que vous avez fait ? »

Je l'observai attentivement, en me demandant ce qui avait pu pousser quelqu'un comme lui à tuer, mais ce n'était pas difficile à deviner. J'avais vu l'amour qu'il portait à sa fille.

« Je suis professeur, bon sang ! » Il serra les poings. « Professeur. Et regardez à quoi j'en suis réduit. À voler et mendier. À vivre dans la saleté, le froid et la faim. J'étais élégant et respectable et... Je n'avais jamais fait de mal à qui que ce soit, jamais frappé un homme avant... »

Il secoua la tête.

Je songeai à le presser de continuer, mais renonçai ; il valait mieux le laisser prendre son temps. Quoi qu'il ait pu faire, cela ne changeait rien pour moi, et s'il avait envie d'en parler, il le ferait quand il serait prêt.

« J'ai toujours été soldat, dis-je. Du moins, c'est l'impression que ça me fait. Je croyais que c'était un métier respectable aussi, mais plus maintenant. Plus vraiment. Je me suis engagé pour participer à la Grande Guerre ; et quand elle s'est achevée, je voulais un meilleur pays pour Marianna et les enfants, alors j'ai continué à me battre. Pour eux, au début, puis pour moi parce que c'était, je ne sais pas... c'était ce que je faisais. Parfois, c'est difficile de sortir du chemin sur lequel on est. »

Lev passa les doigts sur ses yeux, laissant des traînées humides dans la saleté qui maculait son visage. Des traînées qui luisaient à la lueur de la lampe.

« Et maintenant ? me demanda-t-il. Vous êtes encore un soldat ?

— Maintenant, je suis un père. Un mari. »

Je réfléchis un moment.

« Et un soldat, toujours.

— Mais vous avez quitté l'armée ?

— Déserté. »

Le mot me laissait encore une sensation étrange sur la langue et un goût amer dans la bouche. « J'ai toujours cru que c'était un acte honteux. Lâche. » Beaucoup de déserteurs avaient été exécutés parce que j'avais autrefois défendu cette conviction avec ferveur, mais je ne lui avouai pas cela. « Mais maintenant, tout ce qui compte pour moi, c'est retrouver ma famille. »

Je lui racontai ce que j'avais découvert à Belev, ce que Galina m'avait dit avoir fait, et le nom qu'elle avait donné à celui qu'elle avait poignardé. J'avais cru aux divagations d'une vieille folle, mais ensuite Tania et Ludmila étaient arrivées, et elles aussi connaissaient le nom « Kochtcheï ».

Et je lui parlai aussi de l'étoile imprimée au fer rouge sur la peau des hommes que j'avais trouvés, semblable à celle qu'il avait vue lui-même.

« Donc, vous pensez que ce Kochtcheï les a faits prisonniers ? me demanda-t-il.

— Je ne les ai pas trouvés, alors je dois y croire, sinon… »

J'esquissai un sourire mélancolique en faisant tourner mon gobelet dans ma main. « Sinon, il va me falloir bien plus que ça. »

Et je lui montrai qu'il était vide.

« Vos fils, fit-il en me resservant, ils sont en âge de se battre ?

— Quand est-on en âge de se battre ? Pavel vient d'avoir douze ans…

— Comme Anna.

— … et Micha en a quatorze, mais j'ai vu des armées qui prenaient des garçons d'à peine dix ans. »

Lev ferma les yeux et secoua la tête avec tristesse.

« Et s'ils ne les prennent pas pour les enrôler, c'est pour les envoyer dans des camps de travail, pas vrai ? »

Je penchai la tête en arrière et fermai les yeux.

« Je suis désolé, dit-il. Je ne voulais pas… Je réfléchissais tout haut. C'est stupide de ma part.

— Ne vous en faites pas, répondis-je en balayant sa remarque du revers de la main. Je m'étais déjà fait la réflexion.

— Alors qui est-il, selon vous ? »

— Eh bien, on dirait peut-être un fantôme, mais je suis sûr que ce n'est pas un personnage de conte de fées. »

Je me concentrai sur les ténèbres derrière mes paupières.

« Il se sert peut-être de ce nom pour effrayer les gens, mais j'ai vu ce qu'il laisse dans son sillage, et il est bien réel. C'est un homme.

— Mais qui ?

— Quel homme exactement, je n'en ai aucune idée, mais quel type d'homme ? »

Je le regardai.

« Vous le savez déjà. »

Lev s'adossa à son siège et passa la main sur son crâne.

« Un tchékiste ? » chuchota-t-il.

Je ne répondis rien.

Il s'éclaircit la voix et fixa l'angle de la pièce au-dessus de ma tête, incapable de cacher ce qu'il pensait.

« La lie de l'humanité. »

Il dit ces mots d'une voix si basse que j'en frémis. Même ici, en ma seule compagnie, il avait peur de dire tout haut le mal qu'il pensait d'eux, tant leur réputation était terrible.

Avec l'accord de Lénine, la Commission extraordinaire panrusse – la Tcheka – avait été constituée par Dzerjinski pour combattre ceux qui sapaient la révolution. C'était une armée politique destinée à protéger les masses laborieuses, l'homme du peuple, mais après la tentative d'assassinat sur Lénine par Kaplan plus de deux ans auparavant, en 1918, Staline avait recommandé d'utiliser les mêmes méthodes extrêmes qu'il avait employées pour écraser la résistance contre-révolutionnaire à Tsaritsyne. Et c'est ainsi que la Terreur rouge était née.

Les propriétaires terriens et les classes riches qui refusaient de rentrer dans le rang en avaient été les premières cibles, mais la définition de « richesse » était devenue très vague, et les unités tchékistes, composées de dirigeants communistes et d'anciens détenus et soldats, s'étaient vu laisser le rôle à la fois de juge et de bourreau. Les paysans étaient visés aussi souvent que les autres, et certaines unités consommaient drogue et alcool à outrance avant leurs descentes, tandis que d'autres bombardaient des villes jusqu'à les réduire en poussière. Dzerjinski lui-même avait dit que les unités représentaient la terreur organisée destinée à garder le contrôle du peuple, et, avec l'insurrection paysanne qui avait commencé en août à Tambov, des unités tchékistes avaient été envoyées y créer cette terreur. Elles avaient traqué les déserteurs, brûlé des villages, torturé des paysans qui refusaient de leur céder leurs récoltes et gazé les rebelles qui se réfugiaient dans les forêts. Elles avaient recruté de force certains jeunes gens et en avaient déporté des milliers d'autres dans des camps de travail à travers tout le pays. Des agents de la Tcheka avaient même infiltré des unités de l'Armée rouge pour espionner leurs camarades. Ils étaient plus sinistres et plus effrayants que n'importe quel monstre de conte de fées.

Ils étaient pires que des démons.

Lev nous resservit sans rien dire. C'était comme s'il nous donnait à tous deux un moment pour digérer la pensée de ces atrocités, me donnait à moi un instant pour me reprendre après avoir exprimé le souci que je me faisais pour ma famille.

Une fois nos gobelets remplis, il se cala dans sa chaise et se racla la gorge.

« Donc vous avez déserté avant de savoir ce qui s'était passé dans votre village ? Qu'est-ce qui vous a poussé à partir ? »

Il ne me demanda pas dans quelle unité j'avais été.

« Ce n'est plus une guerre qu'on mène ; c'est juste des gens qui tuent d'autres gens, et je ne voulais pas être mêlé à ça. Il fallait que je rentre chez moi. »

Il n'avait pas besoin de savoir le reste ; la véritable raison.

« Alors, vous avez pris la fuite ? Tout simplement ? Je croyais que les bolcheviks faisaient la chasse aux déserteurs ?

— C'était tôt le matin. Nous sommes entrés dans un village pour... Enfin bref, nous avons été pris en embuscade par des combattants.

— Vous n'avez pas besoin de me raconter.

— Mon frère a été blessé. »

Inconsciemment, je portai une main à mon estomac, me rappelant l'endroit où Alek avait été touché. « J'ai essayé de faire croire qu'on avait été tués pendant la bataille : on a échangé nos uniformes contre les vêtements d'hommes qui étaient déjà morts, on a laissé nos papiers dans leurs poches et... C'était le chaos. Les hurlements, les tirs, les grenades qui explosaient dans les maisons. Les gens qui mouraient partout. C'était tellement... Ça avait tellement dégénéré. Je ne pouvais plus continuer. Il fallait que je sorte de là. Nous n'avons pas eu de peine à déshabiller les paysans morts, mais leur enfiler nos uniformes a été difficile. Nous les avons laissés dans un fossé juste en dehors du village où nous combattions, plus ou moins là où ils étaient tombés, mais il a fallu qu'on les rende méconnaissables. Personne ne devait savoir. »

De tout ce que j'avais été obligé de faire, ç'avait été le plus dur. Abattre cette pierre sur eux encore et encore. Les effacer de ce monde. Je refoulai cette image et tendis la main pour attraper la bouteille.

« Qu'est-ce qui vous a poussé à le faire ?

— Tant de choses. »

Je réfléchis un instant, essayant de trouver les mots. Alek et moi n'avions jamais formulé nos sentiments si franchement. Pour nous, ç'avait été une succession de remarques, de regards échangés, d'ententes à demi-mot. Nous n'osions pas en parler, tant l'idée que c'était illégal et méprisable était enracinée en nous. Nous avions puni des hommes simplement pour avoir songé pareilles choses, et nous savions ce qui nous arriverait si nous exprimions ces pensées à voix haute.

« Tous ces massacres. Toute cette souffrance. Toutes ces horreurs que j'ai commises. » Je jetai un coup d'œil à Lev mais ne pus le regarder dans les yeux. J'avais terrorisé des gens comme lui. « Je ne me reconnaissais plus. J'étais... » Je secouai la tête, évitant d'achever cette pensée.

« Il y a six mois, mon frère et moi sommes rentrés à la maison. C'était... si bon d'être là-bas, avec ma femme et mes fils. La vie était difficile pour eux, comme pour tout le monde, et Marianna était si courageuse ; mais j'aurais dû être là pour ma famille. Ma place était là-bas, à leurs côtés. Ces quelques jours auprès d'eux me l'ont rappelé.

— C'est Marianna qui vous a convaincu ?

— Elle n'a pas eu à le faire. Ça s'est imposé à moi. Son besoin de moi, mon besoin d'elle et de mes fils. C'était tellement bon de ressentir autre chose que cet abrutissement volontaire que je m'imposais au début, et qui à force était devenu une seconde nature. Comme si je pouvais être deux personnes à la fois. Et lorsque Micha, mon aîné, a commencé à parler de vouloir s'engager, j'ai vu... »

Je détournai les yeux et essayai de trouver les mots justes.

« J'ai vu une guerre sans fin. Des enfants de quatorze ans qui prenaient les armes pour commettre les mêmes horreurs que moi. Et j'ai su que je ne pouvais pas continuer comme ça.

— Et c'était la première fois que vous envisagiez de quitter l'armée ?

— Pas vraiment. L'idée avait toujours été là dans ma tête, mais je suppose que j'avais trop peur ne serait-ce que de la considérer, de crainte de me trahir, alors je l'avais refoulée comme je refoulais toutes mes émotions. Et puis Micha a demandé à venir avec Alek et moi lorsque nous regagnerions notre unité, et je me rappelle avoir regardé mon frère à l'autre bout de la table, et c'est là que nous avons su. S'il y a un instant qui a cristallisé notre sentiment, c'est celui-là. Je ne pouvais pas laisser mon fils m'accompagner dans ce monde et voir ce que je voyais. Je ne supportais même pas l'idée qu'il sache les horreurs que j'avais commises. Et à ce moment-là, entouré de ma famille, j'ai ouvert les yeux sur ce qui comptait vraiment. »

Lev garda le silence, mais je vis à son expression qu'il me comprenait, et lorsqu'il tendit la main pour me tapoter le bras en un simple geste de compassion, le réconfort que je tirai de ce petit contact humain menaça de me submerger.

« S'ils nous croyaient morts, ils ne nous accorderaient pas une pensée de plus. » Ma voix se brisa en disant ces mots, mais je me raclai la gorge et refoulai mes émotions.

« C'est ce qu'on espérait. Mais une fois dans la forêt, lorsqu'on a enfin discuté de ce qu'on allait faire, c'est devenu tellement plus compliqué. Peut-être qu'on ne pouvait pas simplement rentrer vivre avec Marianna et les garçons. Peut-être que quelqu'un allait venir nous chercher chez nous. Peut-être que quelqu'un allait nous dénoncer. Peut-être qu'on allait devoir reprendre la route en les emmenant avec nous, trouver un autre endroit où vivre. La blessure d'Alek ne faisait qu'aggraver la situation et… il y avait trop de possibilités.

— Mais vous deviez essayer.

— On a décidé qu'on irait jusqu'à Belev, qu'on observerait le village depuis la forêt et qu'on aviserait à ce moment-là. Qu'on ferait peut-être s'enfuir Marianna et les enfants à la faveur de la nuit, et qu'on trouverait quelque part où aller. N'importe où. »

Je relevai les yeux pour le regarder. « Comme vous. »

Il hocha la tête.

« Mais mon village était désert, ma famille avait disparu, et maintenant je ne suis même pas sûr que notre ruse ait fonctionné, continuai-je en nous resservant d'une main tremblante. Il y a eu des moments, dans la forêt, où j'avais l'impression d'être suivi. »

Aussitôt, son regard se tourna vers Anna et je vis l'inquiétude se peindre sur son visage.

Il observa sa fille un moment, puis sortit la dernière cigarette du paquet et l'alluma, secouant ensuite l'allumette avant de la placer avec précaution sur la table. Il tira longuement dessus puis se pencha vers moi pour me la tendre.

« C'est pour ça que vous n'arrêtiez pas de regarder de l'autre côté du champ. Vous pensez qu'ils vont vous suivre jusqu'ici ?

— Peut-être. Je ne sais pas. J'ai passé toute la journée dans les bois ; ils auront eu du mal à me traquer.

— Mais on devrait s'en aller. »

Son angoisse était évidente.

« Ce n'est plus sûr pour nous, ici ?

— Peut-être que j'ai rêvé. »

Je n'avais pas de paroles plus rassurantes à lui offrir.

« Vous n'avez pas peur ?

— J'ai toujours peur. »

Il acquiesça, et pendant un moment nous restâmes assis en silence, à partager la dernière cigarette et à boire à la santé de nos familles, à la paix et à l'espoir de ne pas être découverts.

« Nous avons fui les combats à Tambov, m'expliqua Lev en s'essuyant les lèvres sur sa manche. Avec la guerre et après l'insurrection, c'était comme si le monde était devenu fou. Nous n'étions en sécurité nulle part, et il ne nous restait rien après les réquisitions. Nous disions en plaisantant que même les poules avaient été appelées à la guerre, mais ce n'était pas drôle. Pas vraiment. Quoi qu'il en soit, j'avais une fille à protéger et j'ai pensé que si nous évitions les routes, nous pourrions gagner Moscou et…

— Pourquoi Moscou ? C'est loin. »

Il haussa les épaules.

« Je me disais qu'il y aurait peut-être du travail là-bas pour un enseignant, ou… Je ne sais pas. Peut-être que je n'ai jamais vraiment cru qu'on arriverait jusque là-bas. Il fallait juste qu'on se sauve. Et puis on a trouvé cette ferme et décidé d'y rester un peu. Il y a de quoi manger. S'abriter.

— Et l'homme que vous avez tué ? Il était ici ? Vous voulez m'en parler ? »

Il baissa les yeux.

« Est-ce qu'Anna a vu ? Est-ce qu'elle sait ?

— C'était il y a environ deux semaines. »

Il continua de fixer la table. « Nous traversions un village et des gens ont essayé de nous tirer à bas de notre cheval. Nous n'étions pas sur la route depuis très longtemps et nous cherchions un endroit où dormir, mais des soldats étaient passés par là et les habitants avaient faim. Ils voulaient juste quelque chose à manger et… l'un d'eux a agrippé la jambe d'Anna, et elle me hurlait de faire quelque chose. Ils étaient de plus en plus nombreux à s'agglutiner autour de nous. Ils allaient nous faire tomber, ils devenaient violents, nous traitaient d'égoïstes, et Anna hurlait, j'étais terrifié et… »

Il secoua la tête.

« Je ne savais pas quoi faire d'autre. Je lui ai tiré dessus. Juste ici, ajouta-t-il en relevant les yeux vers moi et en se tapotant la poitrine. Je n'ai pas attendu de voir ce qui se passait ensuite. Les gens ont reculé et nous sommes repartis au galop.

— Peut-être qu'il a survécu, essayai-je de le rassurer.

— Non.

— Et Anna, comment est-ce qu'elle a pris ça ?

— Elle n'évoque jamais le sujet. J'ai essayé d'en parler avec elle, mais elle refuse. Peut-être est-ce mieux ainsi. »

À mon tour, je tendis la main pour la poser sur son bras. Je ne savais pas quoi lui dire. J'essayai de me rappeler ce que j'avais ressenti la première fois que j'avais tué quelqu'un, mais ça remontait à si loin et tant de choses s'étaient passées depuis que je n'éprouvais rien.

Lev se força à sourire.

« Je l'ai fait pour Anna.

— Bien sûr, lui dis-je. C'est la seule raison de faire quelque chose comme ça : pour nos enfants. »

Je savais que je ferais tout ce qui était en mon pouvoir pour ramener les miens à la maison. Absolument tout. Même si cela devait m'amener à brûler en enfer pour l'éternité.

14

Ma crainte d'être suivi ayant inquiété Lev, nous convînmes de nous relayer pour monter la garde. Il insista pour prendre le premier quart, arguant que j'avais davantage besoin de sommeil, et, reconnaissant dans cette offre une gentillesse de plus, je l'acceptai avec gratitude. Ce fut pourquoi, la vodka et le tabac terminés et l'état de notre pays dûment déploré, j'allai me coucher pendant que Lev soufflait la lampe et se rasseyait à la table, sa carabine à côté de lui.

Il faisait nuit noire dans l'isba enfumée, et je m'installai sur l'une des couchettes couvertes de paille, ma carabine serrée contre moi comme une amante. Et à côté de ma tête, à portée de main, mon revolver.

Lev me semblait être un homme bien, mais trop de gens cachaient leur véritable nature, aussi m'efforçai-je de rester prudent et éveillé aussi longtemps que possible. Mais la vodka avait produit son effet sur moi, ainsi que tous ces jours de route presque sans repos, et mes yeux se fermèrent presque sans que je résiste. Et lorsque le chien monta sur mon lit pour se coucher en boule contre mes jambes, je ne fis rien pour l'en dissuader.

Je trouvais un réconfort simple à être en compagnie d'autres gens, à partager leur repas, à dormir dans un lit, sous un toit, au chaud, et je m'abandonnai aux bras de Morphée presque immédiatement.

Le vent hurlait d'une voix stridente dans sa course à travers la steppe, courbant l'herbe et murmurant dans les sillons. Il tourbillonnait autour de l'isba, soulevant le toit et ébranlant portes et fenêtres comme si tous les démons et les esprits étaient venus s'en prendre à cet humble refuge. Les arbres du bosquet craquaient et gémissaient, les corbeaux irascibles se plaignaient de temps en temps, et, dans ce chaos créé par le souffle de la terre, je rêvai de tout et de rien.

Je vis un cavalier décharné, immense sur le dos de son cheval, qui levait son épée pour me tailler en mille morceaux. Je vis les hommes dans la forêt, crucifiés, pendus, et je me détournai, horrifié, lorsque leur visage devint celui de mes fils, et leurs yeux des orbites vides brûlées en forme d'étoile à cinq branches.

À un moment, je me réveillai, certain d'avoir entendu des loups hurler dans les bois ; j'ouvris les yeux sur une obscurité totale, sans la moindre trace de lumière, et me demandai un moment où j'étais, avant de me souvenir de Lev et d'Anna.

« Lev ? appelai-je dans le noir.

— Je suis là.

— N'est-ce pas mon tour de…

— Pas encore. Rendormez-vous, Kolia. Je vous réveillerai.

— Mais il est sûrement…

— Rendormez-vous », répéta-t-il.

Le chien gémit en réponse aux bruits qui lui parvenaient du dehors, mais je lui flattai la tête et il se calma, se serrant contre moi et me faisant profiter de sa chaleur pendant que nous écoutions le chant des loups, mêlé au sifflement du vent et au martèlement du grésil sur le toit de chaume. Le sommeil me reprit rapidement, et, lorsque je me réveillai de nouveau, une lueur grise filtrait autour des couvertures cachant les fenêtres, et Anna me secouait en répétant mon nom.

« Kolia, disait-elle. Il faut vous lever. »

Il y avait une inflexion d'urgence dans sa voix, et je réagis aussitôt, contrarié d'avoir dormi si longtemps.

Le temps manquait pour un réveil en douceur, pour la migraine qui me battait l'arrière du crâne après avoir tant bu. La main sur mon revolver, je me redressai pour m'asseoir au bord du lit.

Il m'avait fallu une seconde pour être en alerte. Préparé. Prêt au combat.

Anna recula d'un pas et leva les mains d'un air effrayé.

« C'est papa qui m'a demandé.

— Quoi ?

— C'est papa qui m'a dit de venir vous chercher. »

Elle fit un autre pas en arrière et se détourna de moi comme si elle s'attendait à être blessée.

Je baissai les yeux sur le revolver entre mes mains, qui était pointé vers elle, et il me fallut une seconde pour comprendre comment cela pouvait être interprété.

« Non, dis-je en l'écartant d'elle. Je ne vais pas te faire de mal.

— Papa m'a dit de venir vous chercher, répéta-t-elle. Il a vu quelqu'un.

— Quelqu'un ? fis-je en me précipitant vers la fenêtre pour arracher la couverture. Qui ? Où ?

— De l'autre côté du champ. Par où vous êtes arrivé. »

La journée commençait à peine ; le soleil était apparu depuis moins d'une heure, de sorte que tout était teinté de gris. Pour ne rien arranger, le verre

irrégulier de la vitre déformait tout ce qui se trouvait
dehors. À certains endroits, il faisait loupe ; à d'autres,
la saleté s'y était tellement accumulée qu'on ne voyait
presque pas les champs.

« Je ne vois personne.

— Papa a dit…

— Où est-il ?

— Avec les chevaux.

— Va me chercher mon manteau. »

J'enfilai mes bottes et pris le vêtement qu'elle me
tendait mais le laissai ouvert. Je passai mon fusil
en bandoulière et me dépêchai de rassembler mes
affaires, sans faire attention au chien qui me suivait
désormais partout. J'arrachai les couvertures encore
accrochées aux fenêtres et les mis dans les bras
d'Anna.

« Tiens-moi ça, lui dis-je avant d'attraper ma
besace et mes sacoches de selle que j'avais apportées
à l'intérieur. Attends ici. »

Je sortis le premier dans la cour, effarouchant un
couple de pies posées sur la clôture, et le chien me
suivit. Sans prêter attention à l'effervescence soudaine
de noir et de blanc, je balayai l'horizon du regard,
mais ne vis personne.

Je fis signe à Anna de sortir, en lui disant de se
dépêcher.

« La grange, lui dis-je. Vite. »

Elle partit en courant, petite et effrayée, serrant mes
couvertures contre elle, et je restai encore quelques
secondes à scruter le lointain avant de la suivre en
dérapant sur le verglas qui s'était formé durant la nuit.

Dans la grange, Lev avait déjà sellé et préparé
Kashtan pour moi.

« Qu'est-ce que vous avez vu ? » lui demandai-je
en entrant au pas de course.

Lev prit les couvertures des mains d'Anna et les étala sur mon morceau de bâche.

« Un homme à l'horizon, me répondit-il. Qui arrivait de la même direction que vous.

— Seul ?

— Oui. »

Il plia et roula les couvertures pendant que j'attachais mes sacoches de selle.

« À cheval ? »

Lev hissa le rouleau sur la croupe de Kashtan.

« Je suis venu vérifier que les chevaux n'avaient besoin de rien, et c'est là que je l'ai vu.

— À quelle distance d'ici ?

— Aussi loin que possible. Plus encore et je ne l'aurais pas distingué.

— Et vous êtes sûr qu'il est tout seul ?

— C'est le seul que j'ai vu, mais il y en a peut-être d'autres.

— Pourquoi est-ce que vous ne m'avez pas réveillé, cette nuit ? Nous étions censés nous relayer.

— Vous aviez plus besoin de sommeil que moi. »

Je passai une main sur mon visage et sentis le picotement de ma barbe sous mes doigts.

« Vous devriez venir avec moi. »

Il secoua la tête.

« Quelle que soit l'identité de cet homme, il est possible qu'il m'ait vu. Si nous ne sommes pas ici, il se lancera à notre poursuite, pensant que nous avons quelque chose à fuir.

— Peut-être est-ce le cas », répliquai-je.

Être toujours sur la route n'était pas une vie pour une enfant, mais si le cavalier à l'horizon me traquait bien, c'était peut-être un tchékiste, et qui savait le sort qu'il réserverait à Lev et à Anna.

« Vous devriez vraiment venir avec moi.

— Nous ne sommes qu'un pauvre fermier et sa fille. Il va nous laisser tranquilles. Si c'est après vous qu'il en a... »

Il haussa les épaules.

J'essayai de me convaincre qu'il avait raison. Quelle que soit la personne qu'il avait vue, c'était moi qu'elle poursuivait.

« Peut-être qu'il ne va même pas s'arrêter », dis-je, songeant que j'irais beaucoup plus vite sans Lev et Anna. Si je les emmenais avec moi, cela pouvait coûter la vie à Marianna et aux garçons.

« Il voudra éviter de perdre son temps, et ma trace.

— Exactement, répondit Lev. Nous lui dirons que vous ne nous avez pas laissé le choix. Que vous avez menacé Anna. »

J'acquiesçai, me laissant persuader que c'était la meilleure chose à faire, sachant qu'il serait trop dangereux pour eux de m'accompagner. Là où j'allais, je ne prévoyais que mort et carnage.

« J'espère que vous avez trouvé la paix que vous cherchiez », dis-je à Lev en lui tendant la main.

C'était ce qu'il voulait : que je m'en aille et qu'on les laisse tranquilles, sa fille et lui. C'était ce qu'une partie de moi voulait aussi : être dégagé de toute attache ou responsabilité, les quitter tout de suite et continuer ma quête sans me laisser ralentir par qui que ce soit d'autre.

Mais je croisai le regard d'Anna et me rendis compte que quelque chose dans cette décision me dérangeait.

« Et je vous souhaite la même chose, répondit Lev en dédaignant ma main pour m'entourer de ses bras. Nous nous reverrons peut-être un jour, Kolia, dit-il dans la fourrure de mon bonnet alors qu'il me serrait contre lui. Quand tout cela sera fini. »

Tenaillé par l'impression d'abandonner cet homme et son enfant, je lui rendis son étreinte, goûtant avec plaisir ce moment d'amitié mais détestant les autres sentiments, plus sombres, qui m'empoisonnaient l'esprit.

« Quand ils viendront, lui dis-je en mettant le pied à l'étrier, laissez votre carabine au-dessus du *pitch*. Veillez à ce que le chien reste calme et dites-leur que je vous ai forcés à… » Kashtan se pressa contre moi, impatiente de sortir. « … à me loger pour la nuit. J'ai mangé votre repas, bu votre vodka et menacé de vous tuer. Vous avez de la chance d'être en vie. »

Passant l'autre jambe par-dessus la croupe de ma jument, je me hissai sur son dos et baissai les yeux sur le professeur et sa fille.

« Donnez-leur tout ce qu'ils veulent.

— Venez, dit Lev en gagnant au trot l'arrière de la grange. Si vous partez par ici, ils ne vous verront pas. »

Il tira le verrou de la porte de derrière et la poussa avant de me faire signe, à deux mains, d'avancer.

« Lev Andreyevitch Filatov, me lança-t-il lorsque je passai devant lui. C'est mon nom. Vous vous en souviendrez ?

— Oui. »

Kashtan sortit, et le chien lui emboîta le pas comme s'il avait l'intention de me suivre où que j'aille. Anna apparut à son tour dans le froid pour courir m'ouvrir le portail à l'autre bout de la cour de derrière. En arrivant à sa hauteur, je m'arrêtai pour la regarder.

« J'espère que vous trouverez Kochtcheï, me dit-elle.

— Je le trouverai. Et… prenez bien soin l'un de l'autre. Faites attention à vous.

— Comment vous vous appelez ? me demanda Lev, venu passer un bras autour des épaules de sa fille. Qui êtes-vous vraiment ?

— Il vaut mieux que vous ne le sachiez pas, lui répondis-je. Vous regretteriez d'avoir posé la question. »

15

Je ne vis aucune trace du cavalier alors que je quittais la ferme et commençais à traverser le champ. La pluie et le grésil de la nuit précédente avaient gelé dans les sillons, formant des plaques semblables à du verre entre les feuilles de navet. Derrière, la plaine s'étendait sans un pli ou presque jusqu'à environ deux kilomètres de là, où une éruption rocheuse permettait brusquement à la steppe de continuer sur un nouveau plateau. Au-dessus, l'air était brouillé par une brume fine.

Je baissai les yeux sur le chien qui courait à côté de nous.

« Toi aussi, tu restes ici, lui dis-je. Tu ne vas pas réussir à suivre. »

Sur ce, je talonnai Kashtan et elle réagit immédiatement, s'élançant au trot parmi les navets pour atteindre la mer d'herbe et de chardons en quelques minutes seulement. Là, les plantes étaient couvertes de givre, leurs tiges et leurs feuilles alourdies et plumetées de cristaux scintillants. Je jetai un coup d'œil au sillage que nous laissions derrière nous, sachant qu'il n'y avait aucun moyen de dissimuler notre progression. Quels que soient les cavaliers – car j'avais du mal à croire qu'il n'y en ait qu'un –, ils n'auraient aucune peine à repérer mes traces. Ils avaient réussi à suivre ma piste à travers la forêt malgré tous mes efforts, alors celle-ci ne leur poserait aucune difficulté.

Mon seul avantage désormais était la vitesse. Kashtan était reposée. Elle avait bien mangé, bien dormi, et elle était en pleine forme. Mes poursuivants, à l'inverse, seraient fatigués de leur nuit dans les bois. Ils seraient rongés par le froid, tout comme leurs montures.

Je relevai mon écharpe sur mon nez et lançai Kashtan au galop, en espérant que la nuit glaciale n'avait pas assombri l'humeur de mes poursuivants, ou Lev et Anna en feraient les frais les premiers. Je me penchai sur son encolure et regardai le mouvement saccadé de sa tête, l'ondulation de sa crinière alors que nous passions en coup de vent devant les bouquets d'arbres qui se dressaient telles des sentinelles éternellement penchées par le vent dominant, silhouettes dévêtues se détachant sur le ciel dégagé et l'herbe miroitante. Le vent froid était sans merci ; j'avais l'impression de devoir lutter contre quelque chose de plus solide que l'air pour avancer, et je plissais les paupières, sentant les larmes perler et geler dans les rides de mon visage.

Laissant Kashtan galoper librement, certain qu'elle choisirait le meilleur itinéraire, je commençai à me demander si je n'aurais pas dû emmener Lev et Anna avec moi. S'il leur arrivait quoi que ce soit, c'était sur ma conscience à moi que cela pèserait ; mais j'essayais de me persuader que j'avais ma propre famille à prendre en considération, et qu'elle devait passer avant tout. Lev et Anna me ralentiraient, donnant à mes poursuivants le temps de gagner du terrain ; et, s'il m'arrivait quelque chose, Marianna et les garçons n'auraient plus personne pour venir les sauver. Ils seraient abandonnés à leur sort, tout comme Lev et Anna l'étaient désormais au leur. J'avais dû choisir entre ma propre famille et une autre.

Un professeur et une petite fille.

Et si ceux qui arrivaient dans leur lieu de refuge savaient qui j'étais – si c'étaient des gens qui avaient découvert ma tentative de supercherie et qui me suivaient depuis le village où Alek et moi avions laissé nos uniformes –, c'étaient forcément des chasseurs d'hommes. Des tortionnaires et des meurtriers. Des individus violents chargés de répandre la terreur. Très semblables aux hommes que je poursuivais moi-même ; ceux qui avaient emmené les habitants de Belev dans la forêt et...

Je tirai sur les rênes de Kashtan et criai son nom pour la faire ralentir. Puis je me dressai et me retournai sur ma selle pour regarder en direction de la ferme. Je ne voyais Lev et Anna nulle part, mais je savais qu'ils étaient là-bas, à attendre l'arrivée des démons. Je savais, comme je l'avais su en partant, qu'ils étaient en danger. J'avais commis une chose terrible. Même si j'avais tout fait pour ne pas entendre cette petite voix dans ma tête, j'avais su que si mes poursuivants étaient tels que je m'y attendais, ils ne laisseraient pas Lev et Anna tranquilles pour se lancer après moi. Ils les exécuteraient pour avoir aidé un contre-révolutionnaire. Un déserteur. Ils se montreraient sans pitié. Ils feraient ce qu'ils avaient déjà probablement fait des centaines de fois : ils tueraient et mettraient le feu.

J'avais condamné Lev et Anna à la mort.

Quelques secondes s'écoulèrent pendant que je me faisais ces réflexions, mais ç'aurait pu être des heures. L'air froid me déchirait la gorge, et le gel se craquelait autour de mes yeux. Je sentais encore l'étreinte de Lev et revoyais Anna lever les yeux une dernière fois sur moi.

« Il faut qu'on retourne les chercher », dis-je à Kashtan.

Et j'avais beau avoir peine à croire que j'étais sur le point de faire ça, une joie profonde m'envahit à cette perspective. Ils allaient me ralentir. Ils allaient représenter une responsabilité dont je me serais bien passé. Mais je ne pouvais pas les abandonner. Je ne pouvais pas repartir à la recherche de ma famille en sachant que j'en avais laissé une autre mourir derrière moi.

Je fis faire demi-tour à Kashtan, l'éperonnai durement, et nous repartîmes au grand galop à travers la steppe. Les yeux mordus par le vent cruel, je restai à l'affût du cavalier que Lev avait vu, mais pour l'instant, il demeurait invisible.

Une brume de plus en plus épaisse voilait les arbres à l'horizon, mais je distinguais encore un peu la steppe déserte derrière la ferme. Si le cavalier avait été là en éclaireur, il devait être retourné chercher le reste de son groupe. Il devait avoir vu Lev et pensé que c'était moi, en train de leur dresser une embuscade. Il savait qui j'étais et ne voudrait pas m'approcher seul. Ou peut-être s'étaient-ils séparés pour suivre ma piste brouillée dans la forêt, et attendait-il que les autres le rattrapent. Quelle que soit la raison de ce sursis, j'en étais reconnaissant et, levant les yeux vers le ciel, j'adressai encore une prière au Dieu à qui je n'avais jamais fait confiance.

Je Lui demandai de nous trouver encore un peu de temps, de ralentir les cavaliers ; et s'Il ne nous aidait pas, qu'Il aille se faire voir. Je me débrouillerais tout seul.

Nous avions refait en sens inverse, dans un tonnerre de sabots, la moitié du chemin lorsque je repérai le chien en train de suivre le sillon d'herbes aplaties que nous avions laissé. Il s'était arrêté, les oreilles dressées et le cou tendu, tout le corps en alerte.

« Tu te trompes de sens, le chien, lui lançai-je alors que nous arrivions à sa hauteur, l'obligeant à faire un bond de côté pour nous éviter. On a oublié quelque chose. »

Il tourna la tête pour nous regarder passer, puis disparut derrière nous.

Kashtan percevait ma hâte et elle ne ralentit pas, traversant le champ au galop. Elle était probablement heureuse de pouvoir courir sans rencontrer les obstacles de la forêt auxquels elle avait été tant confrontée ces derniers jours.

Arrivée au bout du champ, elle franchit aisément la clôture d'un bond ; une fraction de seconde plus tard, ses sabots martelaient la terre battue de la cour et j'appelais Lev et sa fille en criant.

« Sortez ! lançai-je tandis que Kashtan tournait en rond avec des ébrouements d'excitation. C'est moi, Kolia. »

Je gagnai l'arrière de la grange et mis pied à terre alors que Lev et Anna sortaient de la ferme. J'ouvris la porte de la dépendance pour y faire entrer la jument.

« Qu'est-ce qui se passe ? demanda Lev, entré en courant derrière moi. Je croyais que…

— Fermez la porte. Il faut que vous veniez avec moi, dis-je en attrapant le harnachement posé sur un des supports accrochés au mur. Mettez ça sur votre cheval. Vite. »

Je lui fourrai la selle entre les bras et m'approchai d'Anna. « Je veux que tu ailles à la porte et que tu l'ouvres juste assez pour regarder dehors, tu comprends ? »

Elle hocha la tête.

« Bien. Attention, ne sors pas, c'est important. Entrouvre-la juste un petit peu – assez pour voir l'horizon –, et si tu vois qui que ce soit, tu me le fais savoir immédiatement, d'accord ? »

Anna acquiesça de nouveau et courut à la porte.

« Bon sang, Kolia, mais qu'est-ce qui se passe ? » exigea de savoir Lev lorsque je retournai auprès de lui.

Il n'avait pas élevé la voix pour ne pas effrayer Anna, mais son inquiétude était palpable. Tout en parlant, il avait hissé la selle sur le dos de sa monture et la positionnait sur le tapis déjà en place.

« Est-ce qu'elle est rapide ? lui demandai-je. Votre jument ?

— Pourquoi est-ce que vous me demandez ça ?

— Vous vous trompez, répliquai-je en attrapant la sous-ventrière de devant, quand vous dites que passer pour un simple paysan et sa fille vous protégera. Si le cavalier que vous avez vu est l'un des hommes que je crois à ma poursuite... »

Je tirai sur la sangle pour la resserrer sous le ventre de l'animal et levai les yeux vers Lev. « Si c'est l'un d'eux, il y en aura d'autres. Et ils ne se montreront pas cléments. Vous m'avez aidé. Vous risquez la mort pour ça. »

Il interrompit ce qu'il était en train de faire pour me dévisager.

« Mais qui êtes-vous ?

— Ne perdez pas de temps. Passez-lui sa bride. »

Il ne s'exécuta pas immédiatement. Une pensée était en train de se former dans sa tête, et j'étais sûr de savoir laquelle. J'étais d'abord parti sans eux, en sachant ce qui risquait de leur arriver.

« La bride, insistai-je en relevant les yeux. Ce n'est pas le moment de… »

Ce fut Anna qui l'apporta, quittant son poste pour aller vivement l'attraper et nous rejoindre en courant. Elle la mit entre les mains de son père en disant :

« On va s'en sortir, papa.

— Oui, confirmai-je.

— Kolia est revenu nous aider, ajouta-t-elle.

— Exactement. Maintenant, retourne là-bas monter la garde. Et vous, il faut que vous bridiez votre cheval. Dépêchez-vous. »

Alors qu'Anna regagnait la porte, Lev obtempéra, plaçant le mors entre les dents de sa jument et passant la têtière derrière ses oreilles.

« Je suis désolé, repris-je. J'ai voulu me convaincre que vous ne risquiez rien. » Je me penchai pour attraper la sangle arrière et l'attacher.

« J'ai écouté vos arguments et je me suis laissé convaincre que vous aviez raison.

— Qu'est-ce qui a changé ? »

La jument tenta de se soustraire à la bride, comme si elle percevait la tension entre nous, mais Lev lui maintint fermement la tête.

« J'ai eu le temps d'y réfléchir, répondis-je, et je me suis rendu compte que vous aviez tort. Et moi aussi. Je suis désolé. Désolé de vous avoir mis en danger. »

Lev était en train d'ajuster la sous-gorge lorsque Anna nous cria :

« Ils arrivent ! Je les vois.

— Combien ? demandai-je en la rejoignant au pas de course pour regarder dehors.

— Trois.

« — Il faut qu'on y aille », dis-je à Lev en repérant les trois cavaliers au loin.

À peine plus gros que des points à l'horizon, voilés par la brume.

« Vous êtes prêt ?

— Laissez-moi aller chercher ma carabine », dit-il.

Mais je le retins et fermai la porte en lui disant d'y renoncer. Il n'y avait rien dont ils aient absolument besoin. Rien qui vaille la peine de mourir.

« Montez en selle », ordonnai-je en courant au fond de la grange pour ouvrir la porte de derrière.

Si nous sortions par là, nous resterions invisibles aux yeux des cavaliers qui approchaient de l'autre côté. Nous ne pourrions pas éviter de laisser des traces dans la steppe, mais, au moins, s'ils ne nous voyaient pas partir, nous pourrions prendre un peu d'avance. Le temps qu'ils arrivent à la ferme, nous aurions atteint le plateau que j'avais repéré plus tôt. Ils approcheraient sans doute lentement, craignant une embuscade, et ils passeraient un certain temps à fouiller la ferme avant de trouver notre piste. Avec un peu de chance, entre-temps, nous serions arrivés dans les bois de l'autre côté du plateau, et nous serions plus en mesure de brouiller notre piste.

« Dépêchez-vous », dis-je en revenant aider Anna à monter en selle. Je la soulevai et Lev la tint pendant qu'elle passait la jambe par-dessus l'encolure de la jument pour s'asseoir devant lui. « Allez-y. » Je les chassai de la grange et pris les rênes de Kashtan pour la faire sortir avant de fermer la porte derrière nous. « Venez, vite ! »

Je continuai ainsi à leur crier des ordres, sentant ma nervosité s'accroître avec les responsabilités supplémentaires que tout cela impliquait.

Ouvrant le portail arrière à la volée, je fis sortir les deux chevaux puis refermai derrière nous et enfourchai Kashtan.

« Aussi vite que vous le pouvez ! » criai-je en la talonnant et en m'accrochant à ses rênes alors qu'elle s'élançait au galop sans avoir besoin d'autre encouragement. Comme toujours, elle était au diapason de mes émotions et de mes besoins, et réagissait exactement comme il le fallait.

Je traversai le champ à toute vitesse, suivi de près par Lev et Anna, qui étaient bons cavaliers, et croisai le chien pour la deuxième fois. Me retournant pour le regarder, je vis qu'il avait de nouveau changé de direction pour me suivre.

À l'autre bout des sillons, il y avait des buissons d'aubépines et de sureaux, ainsi que des endroits où les ronces avaient poussé sans retenue, mais Kashtan les évita, continuant de galoper à travers la steppe jusqu'à ce que nous arrivions au pied du plateau, presque avant que je m'en rende compte. Je l'arrêtai et me retournai pour regarder en direction de la ferme, mais celle-ci n'était plus qu'une tache sombre au loin, indiscernable au milieu des arbres. Si je n'avais pas su qu'elle était là, je ne l'aurais pas repérée de là où je me trouvais.

« Ça va, vous deux ? demandai-je à Lev lorsqu'il s'arrêta à côté de moi.

— Ça va. »

Il était hors d'haleine et avait les joues aussi rouges qu'Anna ; tous deux étaient presque rayonnants au milieu du gris et du blanc qui nous entouraient.

« Est-ce que vous avez des écharpes ? Vous devriez vous couvrir le visage.

— Nous n'avons que ce que vous voyez sur nous, répondit-il. Tout le reste est à la ferme. C'est déjà une chance que nous ayons manteaux et bonnets.

— La casquette d'Anna n'est pas assez chaude.

— C'est tout ce que nous avons. »

Il y avait une note de ressentiment dans sa voix.

« Je suis désolé, m'excusai-je. Je suis désolé d'être venu dans votre ferme. Je vous ai mêlés à ça, et maintenant… »

Il serra longuement les paupières, en secouant la tête.

« Non. Je devrais vous remercier d'être revenu nous chercher. Nous étions déjà en danger. Tout le monde l'est. Vous n'étiez pas obligé de revenir.

— Nous devrions continuer. Nous ne sommes pas encore sortis d'affaire. »

Je me penchai pour tapoter l'encolure de Kashtan.

« C'est bien, ma belle », la félicitai-je, avant de l'encourager à trouver le meilleur chemin pour atteindre le haut de l'éminence. Par endroits, la pente était presque abrupte, mais ailleurs, elle était douce et facile à escalader. Lorsque nous arrivâmes au sommet, nous nous trouvions une dizaine de mètres au-dessus de la partie de la steppe que nous venions de traverser.

Le haut de la crête était envahi d'un enchevêtrement de petites branches et d'épines, mais nous réussîmes à nous y frayer un chemin, débouchant sur une steppe qui prenait encore de l'altitude au loin, là où la forêt émergeait de nouveau de son sol. Quelque part près de ces arbres, la route qui venait de Belev rejoignait Dolinsk en serpentant, et c'était là que j'avais l'intention d'aller – pour suivre Tania et Ludmila ; pour trouver Kochtcheï. Mais il y avait quelque chose que je voulais voir avant. J'avais besoin d'évaluer l'ampleur de la menace représentée par mes poursuivants ; sachant que nous étions hors de vue de la ferme, je descendis donc de selle.

Je dis à Lev de rester là à se reposer un moment, et, tandis que Kashtan s'éloignait tranquillement de quelques pas pour chercher de l'herbe sous le givre, je retournai dans les broussailles, y trouvai une trouée et m'allongeai à plat ventre pour me faufiler dedans. Une pluie de cristaux de glace me tomba dessus, certains réussissant à se glisser jusqu'à ma nuque, mais je n'y prêtai pas attention et continuai d'avancer jusqu'au bord de l'affleurement. De cette position en hauteur, j'avais une vue dégagée de la steppe, de la ferme et de la campagne derrière celle-ci.

À l'œil nu, il aurait été impossible de voir les hommes qui approchaient de la ferme, mais, avec mes jumelles, je distinguai leurs silhouettes dans la steppe, entre la forêt au loin et le champ que j'avais vu la veille.

Ils étaient sept, et avançaient sur la ferme en formant un cordon.

Je frissonnai en les voyant, mais ma peur était moins forte qu'avant. Dans la forêt, c'était l'inconnu qui m'avait tourmenté, mais désormais j'avais confirmation de mes craintes. J'étais effectivement suivi, et c'était plus facile de faire face à cette réalité qu'à l'incertitude. Mes inquiétudes ne baignaient plus dans l'ombre, et si je craignais toujours d'être rattrapé, de devoir abandonner Marianna et les garçons, Lev et Anna alors qu'ils avaient besoin de moi, ces sept cavaliers étaient des hommes. Et on pouvait jouer de finesse avec des hommes, voire les prendre de front et les tuer si nécessaire.

Ils devaient être partis à l'aube ; de nuit, ils n'auraient pas pu trouver leur chemin dans la végétation dense de la forêt, et ils suivaient ma piste, ce qu'ils auraient eu du mal à faire dans le noir. Mais ils avaient gagné du terrain plus vite que je ne l'avais prévu.

Appuyé sur les coudes, je portai de nouveau les jumelles à mes yeux pour observer les silhouettes qui se rapprochaient de la ferme. Je pouvais seulement voir que c'étaient des cavaliers, mais j'aurais aimé savoir de qui il s'agissait exactement.

Lesquels de mes anciens camarades m'avaient trahi ?

Si je savais cela, peut-être pourrais-je les affronter. J'étais armé, habile et en position de force sur cette hauteur, mais si c'étaient sept hommes dotés des mêmes compétences que moi, un affrontement ne tournerait peut-être pas en ma faveur. Je ne serais d'aucun secours à Marianna et aux enfants si je gisais mort dans le givre, bientôt enseveli sous la neige, et il fallait désormais que je pense à Lev et à Anna, qui m'attendaient à deux pas de là.

Ma vie serait plus facile sans eux et la responsabilité qu'ils représentaient, mais elle serait plus pauvre à d'autres égards, et j'étais content de les avoir avec moi. En regardant ces sept cavaliers traverser lentement la steppe, je sus que j'avais fait ce qu'il fallait. Les hommes qui me suivaient seraient bien armés et s'attendraient à rencontrer de la résistance ; certains même compteraient dessus, comme moi autrefois. Ils n'auraient peut-être même pas eu besoin d'excuse pour assassiner Lev et Anna.

Le cavalier au centre du cordon était légèrement devant et fut le premier à atteindre le portail, mais les autres le rejoignirent bientôt, formant un rang face à la cour.

Entre eux et moi s'étalait un océan gelé de givre scintillant sur les chardons, les stipes pennés et les arbustes de la steppe sauvage. Avec la tombée du vent, la brume était en train de s'épaissir, modifiant la lumière et menaçant d'envelopper le paysage dans un linceul dense, et il m'était impossible de déterminer ne serait-ce que la couleur des chevaux. Ce n'étaient que des taches sombres. Les hommes, eux, étaient des ombres sans visage, et cela les rendait encore plus effrayants.

Comme sur commande, ils mirent pied à terre et enjambèrent la clôture pour entrer dans la cour. Quatre se détachèrent du groupe pour se diriger vers la grange, et les trois autres s'avancèrent vers la maison.

En ayant assez vu, je baissai les jumelles, mais quelque chose attira mon regard, me poussant à les relever. Entre la ferme et le plateau, quelque chose bougeait dans la steppe, une forme noire qui suivait notre piste, le nez au sol.

Le chien, me dis-je. *Il est persévérant.*

Je l'observai quelques secondes, puis ressortis des broussailles en rampant et retournai auprès de Lev en brossant mes vêtements pour en faire tomber la glace.

« Sept hommes, lui annonçai-je.

— Sept ?! Mon Dieu, mais qui êtes-vous pour qu'ils aient besoin de sept hommes ?

— Il ne va pas leur falloir longtemps pour repérer nos traces. Avec un peu de chance, ils ne vont pas se lancer à notre poursuite immédiatement. »

Je regardai autour de moi. « Cette brume est en train de s'épaissir, et ils ne vont pas vouloir perdre notre piste dans la steppe. S'ils s'en écartent dans la brume, ils perdront du temps à la retrouver, mais s'ils restent à la ferme… Eh bien, nos traces ne vont pas disparaître comme ça. À leur place, je me reposerais. »

Je ne pouvais pas être certain de ce qu'ils allaient faire, cependant. Quels qu'ils soient, ils me suivaient depuis un bout de temps maintenant, au moins depuis

Belev, et cela voulait dire que c'étaient de bons traqueurs. Ils devaient également être résistants : le chemin que j'avais pris à travers la forêt n'avait pas été facile, et j'avais travaillé dur à dissimuler mes empreintes. Il était possible qu'ils ne s'arrêtent pas ; qu'ils ne veuillent pas prendre le risque de me voir leur échapper.

Mais je ne voulais pas dire cela à Lev. Je ne voulais pas les effrayer, lui et Anna.

« Donc, vous pensez qu'ils vont rester à la ferme ? demanda-t-il.

— Ils sont forcément fatigués. Leurs bêtes aussi. Ils doivent avoir de l'endurance pour m'avoir suivi si loin, mais ce n'est pas amusant de dormir dans la forêt toutes les nuits. Ça devient fatigant. Ils seront contents d'avoir un feu et quelque chose de chaud à manger, tout comme je l'ai été. Je pense qu'ils vont rester se reposer.

— Vous êtes sûr ? fit Anna en m'observant attentivement.

— Je ne peux être sûr de rien. »

Je remontai en selle dans un craquement de cuir. « C'est pour ça qu'on doit continuer d'avancer ; prendre autant d'avance que possible. Il faut qu'on essaie de les semer. »

16

La brume dérobait l'éclat du givre sur les chardons.
Elle posait ses doigts humides et délicats sur tout,
noyant la campagne dans un demi-jour déroutant
qui faisait paraître le ciel plus bas, et nous enveloppait complètement. Elle n'avait d'allégeance envers
personne. Elle ne favorisait aucune couleur. Tout
comme elle nous cachait aux yeux de nos poursuivants,
elle cachait ceux-ci aux nôtres. S'ils avaient décidé
de ne pas rester à la ferme, nous n'avions aucun
moyen de le savoir.

Kashtan continuait d'avancer comme si de rien
n'était, mais nous ne voyions rien devant nous
hormis quelques mètres de prairie gelée. Lorsque je
me retournai pour regarder derrière nous, je ne vis
rien non plus. Nous étions seuls dans notre recoin du
monde, isolés de tout ce qui pouvait rôder derrière le
mur de brume. Marianna aurait connu le nom de tel ou
tel esprit ou démon à créditer de ce phénomène, créé
pour protéger son territoire ou punir les mauvaises
gens, mais je craignais pour ma part quelque chose
de plus humain. Toutes mes pensées étaient tournées
vers les sept cavaliers, et je nous faisais maintenir
une bonne allure, dans l'angoisse constante de les
voir émerger de l'ombre comme des spectres.

« Vous n'arrêtez pas de vous retourner, fit remarquer Anna, rompant le silence presque sépulcral. Vous pensez qu'ils nous suivent ?

— Je pense que c'est possible.

— Ça va aller, lui dit Lev en la serrant contre lui. N'aie pas peur.

— Je n'ai pas peur.

— Ne t'inquiète pas, enchéris-je. On va bientôt atteindre les bois, et on pourra mieux dissimuler nos traces.

— Qui sont-ils ? demanda Lev. Pourquoi est-ce qu'ils en ont autant après vous ?

— Des tchékistes, probablement. J'ai déserté, alors ils veulent…

— Mais qui êtes-vous pour qu'ils s'acharnent ainsi à vous rattraper ? Pour qu'ils aient besoin d'être sept ? Et vous suivre de la…

— Je ne suis personne », l'interrompis-je.

Il me vint à l'esprit que lorsque nous atteindrions les arbres, je devrais peut-être laisser Lev et Anna partir en avant. Je pourrais rester en arrière et affronter mes poursuivants : essayer de les éliminer un par un depuis l'orée des bois. Mais ils étaient entraînés et expérimentés, et j'étais hanté par l'image de Marianna et des garçons laissés à leur sort, sans personne pour leur venir en aide. Je devais continuer d'avancer, pour eux.

Nous poursuivîmes notre chemin dans la brume et le silence accablant, et je remontai mon écharpe pour me couvrir la bouche. J'avais la tête en mouvement constant, l'œil à l'affût de la moindre ombre, mais il n'y avait rien. Nous étions les seuls êtres vivants, dans cette steppe. Le craquement régulier du givre sous les sabots de nos montures, le tintement sourd d'une bride de temps en temps étaient les seuls sons audibles.

« Trouve le chemin, dis-je à Kashtan. Trouve le chemin, ma belle. »

Elle s'ébroua, encensa et continua d'avancer.

Encore et encore.

Nous ne voyions rien. Personne. Nous aurions aussi bien pu évoluer dans un rêve.

Nous chevauchions ainsi, lentement mais sûrement, depuis deux heures selon mon estimation, lorsque j'aperçus enfin la forêt, sinistre et imposante. Ce n'était qu'une ombre, une présence qui assombrissait la brume et se dressait tel un garde rébarbatif sur notre chemin. En arrivant assez près pour distinguer les arbres les uns des autres, je repérai la piste pleine d'ornières à quelques pas de nous. Elle était presque indiscernable de la mer de blanc que nous venions de traverser. Rarement empruntée, elle était tombée comme tout le reste sous la coupe du gel et du givre.

« Bien joué », dis-je en arrêtant Kashtan lorsque nous arrivâmes dessus. Je regardai d'un côté puis de l'autre, mais il n'y avait rien à voir, aussi descendis-je de selle pour examiner le sol, faisant quelques pas dans les deux directions.

« La route de Dolinsk », annonçai-je à Lev lorsqu'il mit pied à terre pour me rejoindre.

Anna resta tout près de lui.

« Vous pensez que le chien va bien ? » me demanda-t-elle.

Je jetai un coup d'œil à la brume derrière nous.

« J'en suis sûr. Il tient notre odeur. S'il le voulait, il pourrait nous retrouver dans le noir. »

Sur la route, il y avait de nombreuses empreintes bien nettes laissées dans la boue par des chevaux ; il y en avait également sur les bas-côtés, près des arbres, comme si un grand nombre d'animaux avaient emprunté ce chemin ensemble. Cela faisait des années désormais que les armées sillonnaient cette partie du pays, et les traces que je voyais pouvaient dater d'aussi longtemps, ou être fraîches de quelques jours seulement. Gelées comme elles l'étaient, innombrables et enchevêtrées, il était presque impossible de le savoir.

« Rien de récent », dis-je en voyant le verglas solide qui s'était formé dedans, et la carte de visite cristalline que le givre récent y avait laissée. Si Tania et Ludmila étaient passées par là, elles étaient sûrement restées dans la forêt – comme moi, elles préféraient éviter toute confrontation –, mais certaines de ces empreintes pouvaient avoir été laissées par Kochtcheï et ses hommes. Il s'était peut-être tenu à l'endroit même où je me trouvais. Peut-être même Marianna avait-elle posé les pieds là où étaient les miens, ou encore Micha ou Pavel. Je m'accroupis et ôtai mon gant pour toucher la boue gelée du bout des doigts, comme si cela pouvait d'une manière ou d'une autre me rapprocher de ma femme et de mes enfants ; mais aucun réconfort ne pouvait être tiré de la terre dure.

Je me relevai et baissai mon écharpe pour appuyer mon visage sur le chanfrein de Kashtan, qui pressa le nez contre ma poitrine.

« Qu'est-ce que je ferais sans toi ? lui demandai-je en reprenant ses rênes et en me retournant pour regarder la forêt. Allez, viens. »

Je la menai vers l'orée des arbres, mais en arrivant devant, assez près pour sentir l'odeur de terre humide du sol forestier, quelque chose m'arrêta.

« Qu'est-ce qu'il y a ? demanda Lev. Quel est le problème ?

— C'est plus sûr pour nous là-dedans, hors de vue, mais… »

Je jetai un coup d'œil à Kashtan et portai la main à sa joue. En scrutant l'obscurité embrumée qui régnait entre les troncs serrés, je me rappelai les horreurs dont j'avais été témoin dans les bois près de Belev. Le sang et la chair brûlée, et l'impression que quelque chose de terrible m'attendait en embuscade. « On va rester sur la route un peu plus longtemps », annonçai-je en prenant au nord le long des arbres.

Dans l'immédiat, nous allions profiter de la brume ; nous pourrions toujours entrer dans la forêt plus tard, quand nous n'aurions plus le choix.

Je jetai un regard à la multitude de traces de sabots, de bottes et de roues à mes pieds.

« Restez sur ces traces. Vos empreintes ne devraient pas mettre longtemps à geler comme toutes les autres. Il sera plus difficile de nous suivre. »

Et donc, nous continuâmes, tête baissée, en nous servant de la forêt et du chemin comme guide. Le peu de visibilité rendait difficile d'estimer à quelle distance derrière nous était Belev, et combien de route il nous restait pour atteindre Dolinsk, mais au moins nous allions de nouveau vers le nord, après Kochtcheï. En supposant que Tania et Ludmila m'aient dit la vérité.

Le chemin vira vers l'est, puis vers l'ouest, coupant entre d'autres parcelles de forêt, de sorte que parfois, chênes, bouleaux, érables et épicéas nous encadraient comme autant de sombres sentinelles. De temps en temps, je regardais mon compas, conscient que la route la plus directe pour atteindre Dolinsk coupait à travers bois ; aussi, dès qu'ils commencèrent à s'éclaircir, je décidai d'y entrer.

La brume flottait toujours parmi les troncs difformes et les branches tordues, mais derrière nous, elle avait commencé à se disperser, et je m'arrêtai pour balayer la steppe du regard avec mes jumelles. La ferme était désormais loin derrière nous, comme si elle n'avait jamais existé, mais je m'attendais à moitié à voir sept taches sombres apparaître, floues et indistinctes. J'aurais voulu pouvoir percer le brouillard du regard, savoir à quelle distance ils se trouvaient et comment ils avaient décidé de procéder, mais je ne pouvais que conjecturer.

Conjecturer et continuer d'avancer.

« Est-ce qu'ils arrivent ? demanda Anna. Vous voyez quelque chose ?

— Rien pour l'instant (je baissai mes jumelles), mais nous devrions entrer dans les bois, maintenant.

— Faites voir », dit Lev en tendant la main vers les jumelles.

Je le laissai les prendre.

« Et le chien, fit Anna. Vous l'avez vu ?

— Non. Désolé.

— N'y a-t-il pas un risque qu'ils le suivent ? demanda Lev en scrutant l'horizon. Qu'il les conduise jusqu'à nous ?

— Ils n'ont pas besoin de lui pour les guider à travers la steppe : notre piste est bien assez facile à suivre. Et ils peuvent se déplacer beaucoup plus vite que lui. À mon avis… s'il nous suit toujours, et eux aussi, cela fait longtemps qu'ils l'ont dépassé. Il avait l'air à moitié famélique ; il est sûrement lent.

— Mais s'ils perdent notre trace, ils pourraient attendre qu'il les rattrape et flaire notre piste.

— Ils pourraient, oui… S'il n'a pas déjà renoncé ou cédé à l'épuisement. Et de toute façon, il existe des moyens de brouiller notre piste une fois parmi les arbres, pour leur compliquer la tâche.

— C'est ce que vous avez fait avant ?

— Ce sont de bons traqueurs, admis-je, mais nous allons les embrouiller. Ce sera plus facile à faire avec deux chevaux. »

Ils avaient réussi à me suivre jusque-là, cependant, et je commençais à me demander si j'arriverais jamais à les semer.

Lev me rendit les jumelles et posa la main sur mon épaule.

« On va s'en sortir, alors, dit-il avec un sourire forcé.

— Bien sûr que oui. »

Et sur ces mots, nous entrâmes dans la pénombre de la forêt.

Les arbres étaient serrés à la lisière, et rapprochés encore par les arbustes et les buissons qui poussaient entre eux en fourrés enchevêtrés, mais à l'intérieur, ils devenaient confortablement espacés. Pas assez pour laisser passer un traîneau ou un chariot, mais suffisamment pour un cavalier seul. Les fougères et les broussailles s'éclaircirent également, facilitant notre progression, et nous pûmes monter en selle et laisser Kashtan trouver le chemin, en changeant toutefois de direction ou en revenant sur nos pas de temps en temps, et en évitant les endroits où nous risquions de déranger la végétation ou de laisser des marques visibles. Par moments, nous nous séparions pour créer plusieurs pistes ; nous effacions les traces de notre passage, ramassant le crottin de nos chevaux ; et, lorsque nous trouvions un ruisseau, nous marchions dedans quelque temps afin de masquer notre odeur et cacher nos empreintes.

Alors que nous nous enfoncions de plus en plus profond dans la brume, sans presque remarquer le temps qui passait, un son incongru s'éleva au loin.

Un fracas de métal assourdissant. Un sifflement de vapeur et le bruit tonitruant de roues qui tournaient.

Une dissonance retentissante qui n'avait pas sa place dans cette forêt, dans la nature en général.

Anna s'agrippa plus fort à son père, et celui-ci, en réponse, lâcha ses rênes d'une main pour pouvoir la poser sur les siennes en un geste rassurant.

Il tourna les yeux vers moi et s'apprêtait à me dire quelque chose lorsqu'un hurlement strident perça l'air froid, le faisant tressaillir et lui volant ses mots.

Sa monture menaça de ruer, raidissant les jambes un moment et faisant brutalement glisser Lev et Anna vers l'avant, puis elle recula en tournant la tête de part et d'autre pour voir le danger qu'elle entendait. Les muscles nerveusement bandés, elle se mit à tourner sur elle-même, essayant désespérément d'échapper à ce son contre-nature, s'ébrouant bruyamment et lâchant de gros nuages de vapeur par les naseaux.

« Holà ! » fit Lev en lui caressant l'encolure pour la calmer, tandis que le hurlement s'estompait pour n'être plus qu'un écho, avant de s'éteindre complètement, laissant le fracas rythmé du métal enfler derrière lui et menacer de saturer notre monde.

17

Je n'avais pas oublié que le chemin de fer traversait la route de Belev et de Dolinsk, évitant les deux agglomérations de sorte que tout passager ignorait jusqu'à leur existence. J'avais vu les trains plus d'une fois, par le passé. C'était toujours une sorte d'attraction, presque comme quelque chose venu d'un autre monde. Les grands monstres de métal qui traversaient la forêt en fumant, faisant voler la neige de part et d'autre en hiver. Parfois, ils étaient démesurément longs, et, enfants, Alek et moi nous amusions à compter les secondes qu'il fallait à tous les wagons pour passer. Nous nous mettions les mains sur les oreilles alors que le sol tremblait, et riions de nous trouver si près d'une chose si grande et si puissante.

Mais à cet instant, je ne ressentais pas la même euphorie en entendant ces sons familiers se rapprocher. Le crissement du métal sur le métal se fit plus fort, lacérant le silence de la forêt.

« Un train, dis-je à Anna pour la rassurer. C'est juste un train.

— D'où est-ce que ça vient ? » demanda Lev en haussant la voix et en tournant la tête pour mieux entendre.

C'était désorientant, ici, au milieu des arbres. Où qu'on se tourne, tout se ressemblait, et le son donnait l'impression de nous envelopper comme s'il venait de partout à la fois.

Anna se serra davantage contre son père, les yeux agrandis d'effroi, et Kashtan remua les oreilles, cherchant la source du bruit.

« Avance, dis-je à ma jument. Ne sois pas nerveuse. »

Elle avait déjà vu des trains, mais là, ce n'était qu'un son terrible produit par quelque chose qu'elle ne voyait pas. Et c'était toujours l'invisible qui effrayait le plus.

Nous continuâmes d'avancer tandis que le bruit devenait encore plus fort, et lorsque je repérai la voie ferrée entre les arbres, à quelques mètres de nous, dans une tranchée peu profonde, nous mîmes pied à terre et amenâmes nos montures à l'ombre d'un frêne au tronc épais pour ne pas être vus du train qui passait. J'envisageai de forcer Kashtan à s'allonger, mais estimai que cela ne valait pas l'effort et l'inconfort que cela représenterait pour elle. Le train ne mettrait que quelques secondes à passer avant de disparaître, et les arbres suffiraient à nous cacher.

Alors que son arrivée se faisait imminente, cependant, il me sembla qu'il avançait lentement, et lorsqu'il émergea enfin de la brume dans un tourbillon de vapeur, je sus qu'il était effectivement en train de ralentir.

Je laissai Kashtan poser le menton sur mon épaule et passai la main autour de son nez pour la tenir fermement alors que l'engin arrivait. Elle s'appuya contre moi en s'ébrouant anxieusement, mais je la calmai et jetai un coup d'œil à Lev, qui faisait la même chose avec sa monture. De l'autre main, il tenait sa fille serrée contre lui. Il lui tournait à moitié la tête, lui appuyant le visage contre sa poitrine comme pour la protéger, mais à la note d'effroi dans les yeux de la fillette s'ajoutait une étincelle de curiosité et d'excitation.

Le monstre de métal passa lentement devant nous en direction du sud, nous offrant une vue dégagée de la locomotive blindée qui le tirait, de ses phares qui clignotaient dans la brume, de l'étoile rouge sur son étrave, impossible à rater même sous la crasse.

Lorsque ce symbole de la révolution émergea de l'obscurité en tête de cette machine de guerre, il me rappela durement ce que j'avais autrefois suivi. J'avais marché sous un étendard qui portait ce symbole, je l'avais arboré sur mon uniforme et, plus récemment, je l'avais vu utilisé à une fin différente : imprimé au fer rouge dans la chair, laissé telle une carte de visite. J'avais autrefois vu dans ce symbole la promesse d'une vie meilleure pour les gens comme Marianna et les garçons, comme Lev et Anna, mais ce n'était plus désormais qu'une chose à vilipender et haïr.

Les wagons continuèrent de défiler devant nous, sombres et maussades, déplacés dans ce paysage sauvage d'une beauté lugubre ; un signe brutal de la guerre qui étranglait notre pays.

Attelé à la locomotive se trouvait un wagon sans fenêtres, blindé de plaques de métal rivetées, soudées et percées de fentes pour permettre aux fusiliers à l'intérieur de tirer. Le wagon plat juste derrière était petit et servait de plate-forme à une mitrailleuse Maxim, qui n'était pas gardée mais accessible depuis le wagon blindé. Suivait un assortiment de voitures de voyageurs et de wagons à bétail rouges ; il y en avait au moins dix, et ils passèrent en cahotant bruyamment comme s'ils revenaient boitillants d'une bataille. Un autre wagon aveugle percé de meurtrières suivait, et un autre, plat, fermait la marche, chargé d'un canon de campagne Putilov, capable de tirer toutes sortes d'obus sur de grandes distances.

Certaines des voitures de voyageurs avaient des vitres rendues opaques par la buée, tandis que d'autres étaient barricadées derrière des volets ou couvertes de grillage, de sorte qu'il était impossible de savoir qui ou quoi se trouvait à l'intérieur. Le bois de leurs parois était criblé de trous, fendu, noirci par endroits, là où il avait subi l'attaque des flammes ou essuyé une explosion. Sur chaque toit s'empilaient, dans un désordre chaotique, boîtes, sacs et caisses de munitions, armes, équipements et hommes entassés les uns sur les autres. Les soldats étaient assis, debout, couchés partout où ils trouvaient de la place. Certains étaient blessés, d'autres morts, d'autres encore mourants.

Il se dégageait de ce monstre éclopé un air de fatigue et de défaite.

« Qu'est-ce que c'est que ça ? demanda Lev. D'où est-ce qu'ils viennent ? »

Je secouai la tête sans détourner les yeux du convoi délabré. Ce n'était pas la monstruosité que nous avions imaginée en l'entendant approcher. Il paraissait désormais plus tragique qu'effrayant.

« On dirait qu'ils se replient, finis-je par répondre.

— Je croyais que les combats étaient au sud d'ici. Ils vont dans la mauvaise direction, droit dans la zone de conflit. Ça n'a pas de sens. »

Le train ne roulait plus qu'au pas, et j'attendis qu'il ait fini de passer avant de dire à Lev :

« Restez là. »

Je remontai sur Kashtan et m'approchai de la voie ferrée, en regardant le canon de campagne s'éloigner puis disparaître dans le brouillard, laissant derrière lui des volutes de brume tourbillonnantes qui se tordirent violemment dans son sillage avant de se calmer. Le bruit continua, mais il ralentit encore, comme si la bête était en train d'agoniser.

« Il s'arrête, dis-je à Kashtan. On devrait peut-être aller voir. »

Je lui fis faire demi-tour pour revenir auprès de Lev et d'Anna et leur faire part de mes intentions.

« On ne ferait pas mieux de continuer d'avancer ? demanda Lev. Ce train est rempli de soldats.

— On restera cachés. Vous pouvez même rester ici si vous voulez, mais moi, il faut que j'aille voir.

— Pourquoi ? Pourquoi est-ce qu'on ne peut pas juste continuer notre route ? Il y a ces hommes qui nous suivent, et...

— Parce que je cherche ma femme et mes fils, et que ce train vient du nord. Certains de ces wagons contiennent peut-être des prisonniers en route pour les camps de travail, ou bien quelqu'un à bord pourra peut-être me donner des informations sur ce Kocht-cheï. Peut-être qu'ils ont entendu quelque chose, vu quelque chose. Peut-être qu'ils savent qui il est.

— Mais les hommes qui nous suivent... »

Lev scruta longuement la forêt par-dessus son épaule.

« J'ai besoin d'aller voir, insistai-je. Vous ne comprenez donc pas ? Si ce train transporte des prisonniers à destination des camps de travail, il est possible que Marianna s'y trouve. Ma femme. Mes fils aussi. Micha et Pavel.

— Je suis désolé. Je n'ai pas réfléchi. Mais c'est un train de guerre, non ?

— N'importe lequel de ces wagons fermés pourrait contenir ma famille, argumentai-je. J'ai besoin de m'assurer qu'il n'y a pas de prisonniers. J'en ai besoin. »

Lev sembla sur le point d'ajouter quelque chose, mais il comprenait que je n'avais pas le choix. Je ne pouvais pas repartir sans vérifier cette possibilité.

« Écoutez, lui dis-je. Si vous voulez continuer sans moi, je vous rattraperai. »

Il réfléchit à cette option, visiblement partagé. Il avait peur des hommes à nos trousses, et il craignait tout autant ceux qui étaient dans le train, mais il ne voulait pas se retrouver seul dans la forêt avec sa fille. C'était un professeur, pas un soldat. Il lui serait facile de se perdre.

« D'accord, céda-t-il. On vient avec vous. »

Et donc, nous entreprîmes de remonter la voie ferrée, la quittant lorsqu'il devint évident que le train s'était arrêté. Si je voulais enquêter, j'allais devoir me montrer prudent. J'étais un déserteur, recherché par la Tcheka.

Nous nous laissâmes guider par le bruit du convoi à l'arrêt et l'odeur de charbon brûlé qu'il avait laissée dans son sillage, en gardant un œil sur les rails à côté de nous et en écoutant les cris qui nous parvenaient de la brume. Au début, ceux-ci étaient intermittents : quelques ordres lancés d'une voix sèche, ponctués par le sifflement des jets de vapeur lâchés par la locomotive.

« Dehors ! criait la voix. Sortez ! »

Puis d'autres se joignirent à elle pour relayer ses ordres.

Plus près encore, alors que le train n'était toujours pas visible dans le brouillard, d'autres sons commencèrent à prendre le dessus. Plus bas et discrets pour la plupart, mais infiniment plus dérangeants. Un gémissement presque continu bourdonnait dans l'air, assourdi par le silence de la forêt. Un concert de voix étouffées.

Murmures et chuchotements nous parvenaient de tous côtés, comme si les esprits s'étaient levés et étaient sur le point de nous rattraper.

« Qu'est-ce que c'est que ça ? » demanda Anna.

Lev me jeta un coup d'œil, attendant ma réponse.

« On dirait des fantômes, continua sa fille. Je n'aime pas ça.

— Ce sont des blessés, leur expliquai-je. C'est ça qu'on entend sur un champ de bataille après les combats. »

Nous continuâmes d'avancer jusqu'à ce que nous commencions tout juste à distinguer la forme du train. Les gémissements étaient devenus plus forts.

« Vous devriez rester ici », dis-je en m'arrêtant pour étudier les environs.

À une époque, un passage avait été défriché à travers la forêt pour accueillir la voie ferrée, mais il avait été mal entretenu, et de jeunes arbres, plus grands qu'un homme, poussaient déjà près des rails. De l'herbe et des chardons proliféraient entre les traverses ; la nature menaçait de reprendre ses droits. Un peu plus loin, il y avait un endroit où les arbres étaient touffus, où les broussailles et les ronces poussaient dans tous les sens.

« Par ici », dis-je en entraînant Kashtan à l'écart de la voie.

Je l'attachai à un arbre, et Lev fit de même avec sa monture en me demandant :

« Qu'est-ce que vous allez faire ?

— Je vais aller jeter un coup d'œil à la ronde, et revenir aussi vite que possible.

— Vous êtes sûr que ce n'est pas dangereux ?

— Ça devrait aller. Je ne serai pas long. Mais ne vous approchez pas du train. Si je ne suis pas de retour dans une heure, continuez sans moi, en brouillant votre piste comme nous l'avons fait jusqu'à présent. Continuez vers le nord jusqu'à Dolinsk ; vous y serez en sécurité. »

Je lui adressai mon regard le plus rassurant, et fis un clin d'œil à Anna en m'accroupissant devant elle et en baissant mon écharpe pour qu'elle puisse voir mon visage.

« Prends soin de Kashtan pour moi.

— Promis.

— Tu es gentille. »

Lorsque je me relevai, Lev indiqua mon fusil du doigt.

« Vous ne pouvez pas prendre ça avec vous. Vous savez comme moi qu'il est interdit pour un civil d'avoir des armes sur soi. »

Je regardai mon fusil, réticent à m'en défaire, mais conscient que Lev avait raison.

« Vous savez vous en servir ? » lui demandai-je.

Lorsqu'il acquiesça, je le lui tendis et il entreprit de le passer en bandoulière.

« Non, repris-je. Ne le gardez pas sur vous. Cachez-le quelque part où vous pourrez l'atteindre si besoin, mais ne laissez personne vous voir avec. Et ne faites aucun bruit. » Je me mis en marche mais m'arrêtai pour les regarder en levant le doigt.

« Faites bien attention à rester ici. Ne bougez pas. Et pas de...

— Ça va aller, m'interrompit Lev. Je comprends. On ne bougera pas d'ici.

— Bien. Je reviens tout de suite. »

Et sur ces mots, je continuai d'avancer, cerné par les sons de l'agonie, comme si j'entrais au royaume des Enfers.

18

Le train ne s'était pas arrêté à une gare, mais au milieu de la forêt, recroquevillé dans sa tranchée comme s'il avait fait une pause pour reprendre son souffle avant de continuer sa route. D'un bout à l'autre du convoi, des flots d'hommes se répandaient sur le bas-côté. Des blessés sortaient par toutes les portes en trébuchant comme autant de morts-vivants. Aidés par leurs camarades, ils s'éloignaient du train en boitant, en tombant, en rampant. Des officiers patrouillaient le long de la voie en leur hurlant de ne pas rester dans le chemin, de s'écarter, tandis que, du toit des wagons, des soldats descendaient les corps de ceux qui avaient péri pendant le voyage.

La brume tournoyait autour d'eux, se mêlant à la fumée, brûlée par endroits par la vapeur qui fusait en sifflant de sous les roues de la locomotive. Toute la longueur du convoi était enveloppée dans un tourbillon nébuleux et cauchemardesque, l'air empestait le charbon brûlé, et il y avait cet horrible bruit de fond : ces terribles gémissements.

Peu d'hommes avaient l'énergie de parler, mais ceux qui le pouvaient échangeaient des paroles nerveuses et confuses d'une voix crispée par une panique qui commençait à monter, étouffant les plaintes monotones des blessés et des mourants.

Et avec le vent si calme et l'air si froid, il y avait une autre dimension à l'horreur de ce train. Lorsque les portes s'étaient ouvertes, lorsque l'air retenu dans les wagons et tiédi par les poêles à bois à l'intérieur avait pu s'échapper, il avait apporté dehors avec lui une odeur douceâtre de putréfaction.

Alors que j'observais tout ça de ma position dans les bois, il me vint à l'esprit que le pays tout entier était en train de mourir, et je me demandai s'il existait quoi que ce soit qui puisse lui redonner vie.

Le chaos s'accentua à mesure que de plus en plus de soldats débarquaient du train, jusqu'à ce que trois ou quatre cents d'entre eux finissent par joncher le sol de la forêt. Beaucoup s'allongeaient dès qu'ils s'étaient éloignés du monstre de métal, se laissant tomber où ils pouvaient jusqu'à ce que la terre gelée soit couverte de corps. Il y en avait qui avaient le bras en écharpe, d'autres la tête ou le torse bandé, d'autres encore à qui il manquait un membre, ou qui étaient ravagés par la maladie et résignés à leur sort. Certains devenaient plus virulents, interpellant leurs commandants pour leur demander ce qui se passait, ce qu'il allait advenir d'eux. Les officiers les ignoraient, continuant de vider le train et d'assigner à des hommes valides la tâche de descendre les morts des toits.

Et ce fut dans cette mer d'hommes, de soldats en uniforme, que je pénétrai sans me faire remarquer, sortant des bois pour circuler parmi eux, à la recherche d'un individu en état de répondre à mes questions.

Je m'accroupis près d'un homme pour lui demander d'où ils venaient et s'il avait entendu parler de Kochtcheï. Mais il se contenta de me regarder sans me voir, et je passai à un autre homme, puis à un autre, encore et encore, louvoyant entre eux ou les enjambant, posant toujours la même question mais n'obtenant pour seule réponse que le regard vide d'hommes qui en avaient trop vu.

Un peu plus loin, près de l'avant du train, un soldat était tourné vers les wagons, en train d'ordonner à d'autres hommes de descendre du toit. Je le pris pour un officier supérieur quelconque parce qu'il arborait une expression d'autorité. Il était vêtu d'un chaud manteau d'hiver et d'un bonnet épais. Sur l'épaule, il portait une sangle de cuir à laquelle était accroché l'étui en bois de son pistolet. Il avait des bottes solides aux pieds, et il reculait pour éviter les hommes pauvrement habillés qui dégringolaient du toit et s'éloignaient des portes en boitant.

Alors que j'arrivais à trois wagons de lui, il regarda dans ma direction et nos regards se croisèrent. Sur son visage sévère, inamical et durci par la guerre apparut une pointe de confusion alors qu'il fronçait les sourcils comme s'il me reconnaissait ou se demandait quelles étaient mes intentions. Il commença à se diriger vers moi, mais, à cet instant, un des soldats qui sortaient du wagon le bouscula en chancelant. Recouvrant son équilibre, l'officier le retint à deux mains pour l'empêcher de tomber, puis l'aida à se retourner et à s'asseoir par terre près des rails.

Tout en continuant d'avancer parmi les soldats, je tirai sur mon bonnet pour me couvrir le front et remontai mon écharpe sur ma bouche pour me cacher le visage. Je regardai l'officier s'accroupir à côté du blessé et lui allumer une cigarette en tournant les yeux dans ma direction au moment même où on agrippait le bas de mon manteau.

Je me retournai et baissai les yeux sur le soldat.

« Vous êtes médecin ? me demanda-t-il. Ils nous ont dit qu'il y aurait des médecins. »

Il était assis en tailleur, la casquette penchée sur le côté, le manteau déboutonné. Le bandage sur la moitié gauche de son visage, autrefois blanc, était devenu d'un brun sale. À côté de lui, un homme plus jeune tenait sur ses genoux la tête d'un autre camarade allongé à côté de lui, le visage caché. Tourné vers la forêt, il contemplait fixement les arbres décharnés en passant la main dans les cheveux de son camarade comme pour le réconforter.

Je m'accroupis à côté de celui qui avait agrippé mon manteau.

« Est-ce qu'ils vont nous abandonner ici ? me demanda-t-il.

— Bien sûr que non.

— Alors pourquoi est-ce qu'ils nous ont fait sortir du train ? Ils nous ont dit qu'il y aurait des médecins, qu'ils nous emmenaient voir des médecins.

— C'est ce qu'ils vont faire, répondis-je en jetant un coup d'œil aux officiers qui allaient de wagon en wagon pour vérifier qu'il n'y avait plus personne dedans ou sur le toit, et ordonner aux derniers retardataires de sortir. Est-ce qu'il y a des prisonniers dans ce train ? Des femmes et des enfants ? Est-ce que vous allez dans un camp ?

— Ils ne nous disent rien.

— Mais vous devez bien avoir vu quelque chose. »

J'avais l'impression de ne pas réussir à me faire comprendre de lui, mais j'avais besoin d'apprendre ce qu'il pouvait savoir.

« Je n'ai pas vu de prisonniers. Seulement des soldats. »

Je ne savais pas si je devais être soulagé ou déçu.

« Vous êtes sûr ?

— Presque sûr. »

Je hochai la tête et inspirai profondément pour me calmer les nerfs.

« D'où est-ce que vous venez ? Qu'est-ce qui vous est arrivé ?

— Tambov.

— Mais vous allez dans la mauvaise direction. Vous allez vers Tambov.

— Non. »

Il secoua la tête et regarda autour de lui.

« Non, ce n'est pas possible. C'est de là qu'on vient. On a affronté les Verts… Ou était-ce les Bleus ? Je n'arrive jamais à m'en souvenir.

— Est-ce que vous connaissez Kochtcheï ?

— Kochtcheï ? répéta-t-il d'un air déconcerté. Pourquoi est-ce que vous…

— Vous le connaissez ?

— Le personnage de *skazka* ? Vous voulez que je vous raconte une histoire ? fit-il d'une voix lourde de sarcasmes.

— Ou bien vous parlez de l'homme ? » intervint une voix derrière moi.

Je me retournai pour regarder le jeune soldat qui avait le regard perdu dans la forêt. Il avait le visage maculé de sang et l'uniforme crotté de boue, mais il ne semblait pas blessé. Il n'avait pas détourné les yeux des arbres et continuait de passer les doigts dans les cheveux bruns de son camarade.

« Oui, dis-je en me rapprochant de lui. Oui, de l'homme. Vous savez qui c'est ?

— Non. »

Il tourna la tête vers moi, sans pour autant sembler me voir. Son regard était vide, comme aveugle.

« Mais j'ai entendu parler de lui.

— Comment ça ? Qu'est-ce que vous savez ?

— Que c'est le diable en personne. On dit qu'il a fait bouillir un prêtre et forcé les moines à manger la soupe.

— Quoi ?

— Stas vous aurait raconté. Il le connaissait.

— Stas ? »

Le jeune soldat baissa les yeux sur l'homme dont la tête gisait sur ses genoux.

« Il est mort dans le train. »

Je tendis la main vers le mort, puis m'agenouillai dans la terre pour le soulever et tourner son visage vers le ciel. Le jeune homme ne fit pas un geste pour m'aider, mais ne protesta pas non plus.

Je repoussai les cheveux du visage du mort et le reconnus aussitôt.

« Dotsenko », murmurai-je.

Cela me valut l'attention de son camarade. Il se pencha vers moi, me soufflant son haleine fétide au visage.

« Vous le connaissiez ? »

J'ôtai la main du corps de Stanislav Dotsenko, me demandant comment il s'était retrouvé dans ce train.

« J'ai combattu à ses côtés.

— Vous avez combattu à ses côtés ?

— Oui.

— Alors vous êtes un…

— Est-ce qu'il vous a donné un nom ? Est-ce qu'il a dit qui est Kochtcheï ?

— Nikolaï Levitski, chuchota l'homme.

— Quoi ? »

Le choc d'entendre mon nom me fit l'effet d'une décharge électrique. Tout regret ou chagrin que j'avais pu ressentir pour Stanislav Dotsenko vola en éclats, et je fus soudain intensément conscient de tout ce qui m'entourait, les sens exacerbés, comme si je voyais

216

mieux, entendais mieux. Mais il ne pouvait pas avoir dit mon nom. J'avais dû mal comprendre.

« Qu'est-ce que vous avez dit ?

— Nikolaï Levitski.

— Non. »

Je me laissai retomber sur mes talons. « Non. Ce n'est pas possible. »

Je regardai autour de moi, espérant que personne d'autre ne l'avait entendu. Moi qui quelques secondes plus tôt encore me fondais dans la masse, j'avais l'impression de me retrouver propulsé en pleine lumière. Je savais que ce n'était pas le cas, mais c'était comme si tous les regards et toutes les pensées étaient tournés vers moi.

« Il n'a pas dit que Kochtcheï était Nikolaï Levitski, insistai-je. Dites-moi qu'il n'a pas dit ça.

— Il n'a pas dit ça.

— Mais qu'est-ce qu'il a dit, alors ?

— Que tout ça, c'était à cause d'un certain Levitski.

— Quoi ? »

C'était une pire accusation encore, d'une certaine façon ; l'idée que j'avais pu, d'une manière ou d'une autre, désenchaîner ce monstre.

« C'est Levitski qui a créé Kochtcheï. Il l'a lâché sur le monde, c'est ce qu'a dit Stas. Ça n'avait pas de sens, mais il n'arrêtait pas de le répéter, encore et encore ; et aussi qu'il était désolé.

— Pourquoi ?

— Comment voulez-vous que je sache ? Je le connaissais à peine. Il avait juste besoin de quelqu'un dans les bras de qui mourir. »

Un camarade pour partager ses dernières minutes. Aucun de nous ne voulait mourir seul. Je pouvais comprendre cela, mais pas le sens de ses dernières paroles. Comment pouvais-je être responsable de l'existence de Kochtcheï ? Comment pouvais-je avoir quoi que ce soit à faire avec ses actes ?

J'agrippai le soldat par les revers de son manteau et le secouai, en l'approchant si près de moi que nos nez se touchèrent.

« Comment est-ce qu'il s'appelle ? Qui est Kochtcheï ?

— Je ne sais pas. »

Il ne montrait aucune peur. Aucune émotion. Aucune résistance. Son visage resta sans expression, comme si c'était une poupée que je secouais. « Je ne sais pas. »

Je le lâchai en le repoussant si brutalement qu'il tomba en arrière et que la tête de Stanislav glissa de ses genoux. Je baissai les yeux sur le soldat défunt et ressentis la morsure de la honte et de la colère qui désormais me suivaient où que j'aille, couvant en permanence sous la surface. Je me relevai et reculai, souhaitant brusquement être ailleurs, de retour dans la steppe, comme lorsque j'avais trouvé le charnier à côté de Belev. Prenant une profonde inspiration, je me maîtrisai, me forçai à rester calme. Je ne voulais pas attirer l'attention. Je voulais retourner discrètement dans les bois retrouver Kashtan et le réconfort de sa compagnie. Je voulais voir le petit visage pâle d'Anna et savoir qu'il y avait dans ce monde quelque chose de meilleur. Je voulais me relancer immédiatement à la recherche de ma belle Marianna et de mes garçons en pleine croissance.

Mais alors que je m'apprêtais à repartir en me frayant un chemin au milieu des morts et des mourants, je trouvai ma route bloquée par l'officier qui m'avait remarqué plus tôt.

Il me regarda des pieds à la tête, comme pour souligner mon absence d'uniforme.

« Qui êtes-vous ? demanda-t-il. Qu'est-ce que vous faites ?

— Je suis médecin.

— Il n'y a pas de médecin dans ce train.

— Et pourtant, me voici.

— Alors, où sont vos… vos affaires ? Votre mallette. Vos médicaments.

— Volées, répondis-je en feignant de regarder derrière moi. Je les ai posées par terre, et maintenant elles ne sont plus là.

— Vous voulez que je vous les retrouve ? Nous pouvons fouiller ces hommes un par un et…

— Non, fis-je en levant les mains. Je vous en prie. Ce n'est pas nécessaire. Ne pensez-vous pas qu'ils ont assez souffert, camarade commandant ?

— Absolument. Merci. »

Il posa les yeux sur la mer de soldats et soupira.

« Le commandant de division est blessé. Si vous êtes médecin, vous pouvez le soigner.

— Je n'ai aucun…

— Il y a ce qu'il faut dans la cabine du commandant. »

Je devais réfléchir rapidement. Il fallait que je m'éclipse.

« Et tous ces autres hommes ? » Je me retournai pour balayer les environs d'un geste du bras, en profitant pour vérifier que Lev et Anna n'étaient pas visibles dans la forêt.

« Eux aussi ont besoin d'un médecin.

— Plus que le commandant de division ? »

Sa voix se durcit, et il se rapprocha de moi.

« Dois-je vous rappeler que…

— Non, répondis-je en me retournant vers lui. Bien sûr que non, camarade commandant. »

Il redressa le dos et bomba le torse en me dévisageant.

« Alors venez avec moi, dit-il. Tout de suite. »

Je n'avais pas le temps pour ça ; il y avait des hommes à ma poursuite, et, si ma famille était encore en vie, il ne lui restait peut-être plus beaucoup de temps. Et j'étais coincé là, au milieu ; mais je n'avais d'autre choix que de le suivre. J'avais beau être armé, sentir le poids de mon revolver dans ma poche, il était entouré de soldats qui feraient ce qu'il leur demanderait sans hésiter une seconde. Discuter un ordre dans cette armée populaire pouvait mener aux sanctions les plus sévères.

Je risquai donc un dernier coup d'œil en direction de la forêt pour vérifier que Lev et Anna étaient toujours cachés par la brume et les arbres, puis j'obtempérai.

L'officier me conduisit au wagon sans fenêtres attelé directement derrière la locomotive, et nous passâmes au travers des tourbillons de vapeur qui fusaient du châssis. Il se rangea pour me laisser passer et m'ordonna de monter à bord ; j'escaladai donc le marchepied puis attendis qu'il fasse de même et m'ouvre la porte de la voiture.

L'intérieur était rudimentaire. Les cloisons étaient faites de lattes de bois, renforcées pour certaines par d'autres planches clouées au hasard. Les murs extérieurs du wagon étaient revêtus de plaques de métal rivetées, mais celui qui l'avait conçu n'avait visiblement pas prévu qu'il puisse être attaqué par en dessous, car le sol avait été laissé tel quel. Un peu de lumière entrait par les meurtrières percées dans les parois, mais plus encore se frayait un chemin par les fentes du plancher. En baissant les yeux, je pus voir les rails en dessous de nous. Les murs étaient bordés de bancs, et il y avait encore un ou deux soldats installés sur chaque, mais il était loin d'y avoir un effectif complet.

Lorsque nous entrâmes, les occupants levèrent les yeux pour nous regarder, mais ils reportèrent rapidement leur attention sur les cigarettes qu'ils étaient en train de rouler ou le thé qu'ils étaient en train de boire dans des quarts en fer.

Au centre de la voiture, un poêle à bois chauffait, amenant l'air ambiant à une température presque supportable, mais le tuyau d'évacuation, qui passait par un trou percé dans le toit, était fêlé par endroits, et une fumée grise tourbillonnait dans le courant d'air qui s'infiltrait par les meurtrières. L'odeur forte et douceâtre de feu de bois, de charbon et de putréfaction recouvrait presque les relents de crasse laissés par les innombrables soldats qui s'étaient assis là.

Le wagon me semblait plus petit qu'il ne m'avait paru de l'extérieur, cependant, et je compris immédiatement qu'il avait été divisé en deux compartiments.

« Par ici », me dit l'officier en passant devant moi pour se diriger d'un pas décidé vers la porte à l'autre bout de la pièce, en faisant cliqueter ses bottes sur le plancher.

J'hésitai, jetant un coup d'œil aux hommes assis sur les bancs, puis le suivis, en louvoyant pour éviter le poêle et le tas de charbon empilé à même le sol. L'officier frappa à la porte dès que j'arrivai à côté de lui et l'ouvrit sans attendre de réponse.

« Un médecin pour vous, commandant de division Orlov », annonça-t-il en me faisant entrer.

Puis il recula et referma la porte derrière moi.

Il régnait dans ce compartiment la même odeur de fumée et de putréfaction que dans celui que je venais de traverser, mais il était beaucoup plus confortablement aménagé. Le banc était capitonné et recouvert de tissu rouge. Il n'y avait ni fenêtres ni meurtrières. À la place, les murs étaient ornés de cartes colorées de la région de Tambov, clouées à la boiserie. Par les fentes du plancher filtraient des rais de lumière naturelle dans lesquels poussière et fumée tourbillonnaient avec un effet magique.

Au fond se trouvaient un petit poêle, en parfait état de marche celui-ci, et un tabouret sur lequel était placé, en équilibre précaire, un samovar aux couleurs vives. Au centre, une table sur laquelle étaient posés cartes et paperasse, une collection de verres sales, une lampe, une bouteille de vodka et un pistolet.

Le gros homme assis derrière était le commandant de division Orlov, que je connaissais de réputation et avais rencontré une fois, il y avait fort longtemps. J'espérais qu'il ne me reconnaîtrait pas, et j'étais bien content d'avoir mon bonnet et mon écharpe pour me cacher le visage.

Tout chez lui semblait carré, de ses épaules à sa poitrine et à ses courtes jambes ; il avait dû être fort dans sa jeunesse, robuste et bien bâti, mais il avait beaucoup vieilli depuis la dernière fois que je l'avais vu. Il se dégageait désormais de lui une impression de défaite, une lassitude mentale et physique qui emplissait la pièce. Ses cheveux étaient coupés ras, pour ce qu'il en restait, et il avait les joues bien rasées. Il portait toujours l'épaisse moustache que je lui connaissais, tombante aux coins de la bouche pour remonter vers les bords de sa mâchoire carrée, mais de noire, elle était devenue grise.

Il était adossé dans son fauteuil, la tunique ouverte sur une chemise d'un blanc sale, le pied droit appuyé sur un tabouret. Il ne portait pas de botte à ce pied, et sa jambe de pantalon était déchirée jusqu'à la taille pour révéler la plaie qui suppurait dans le gras de son mollet.

Un jeune soldat était agenouillé devant lui avec du matériel médical. À la maladresse avec laquelle il déroulait un bandage, il était évident qu'il n'avait aucune idée de ce qu'il faisait.

Derrière le commandant, au mur, une pendule indiquait dix heures tout juste passées, mais il était forcément au moins midi.

« Alors comme ça, vous êtes médecin ? demanda Orlov en levant les yeux et en me faisant signe d'approcher. Je ne savais pas que nous en avions, dans ce train. »

Je tirai un peu plus sur mon bonnet et baissai la tête.

« Quand êtes-vous monté ? »

Je réfléchis un moment, tâchant de déterminer d'où le train pouvait venir, où il pouvait s'être arrêté, mais il aurait été dangereux pour moi d'essayer de deviner.

« Peu importe, continua-t-il avant que j'aie pu répondre. On a récupéré toutes sortes de traînards. Chaque fois qu'on s'arrête, il en remonte bien plus dans le train. Ils ne savent donc pas qu'on est en route vers l'enfer ? » Il parlait d'une voix pâteuse, et je supposai que la vodka sur la table était sa façon de gérer la douleur. « Approchez donc, avant que l'odeur fasse tourner de l'œil à ce gamin. Il n'y connaît rien, de toute façon. »

Il chassa le jeune homme d'un geste de la main et, de l'autre, attrapa son verre. Le soldat passa devant moi en trébuchant, me forçant à reculer, et sortit du compartiment à la hâte, me laissant seul avec le commandant. Je gardai les yeux fixés sur la porte un moment, espérant que Lev et Anna étaient restés où ils étaient ; qu'ils avaient suivi mes instructions.

« Allez, dit Orlov. Retapez-moi. »

Je me retournai et jetai un coup d'œil autour de moi, arrêtant mon regard une seconde sur le pistolet posé sur la table, puis je m'approchai du commandant en tirant l'autre fauteuil à moi. Je fouillai rapidement dans le matériel médical pour trouver ce dont j'avais besoin pour panser sa plaie. Plus vite je serais de retour auprès de Lev et d'Anna, mieux cela vaudrait.

De si près, la puanteur qui se dégageait de sa blessure me soulevait le cœur, même avec mon écharpe sur le nez, et je m'efforçai de ne pas inspirer trop profondément.

« Décoiffez-vous, me dit Orlov. Laissez-moi voir votre visage. »

Sans le regarder, je portai la main à mon bonnet pour l'enlever. Je le posai par terre à côté de moi, tout en continuant de fouiller parmi les compresses et les bandages. Dehors, les cris assourdis des officiers donnant des ordres commençaient à s'espacer.

« L'écharpe », ajouta-t-il en prenant bruyamment une gorgée du liquide dans son verre sale.

Je baissai mon écharpe et levai les yeux à la rencontre des siens. Pendant un long moment, il soutint mon regard, la respiration haletante, en faisant courir sa langue sur ses dents. Il avait le visage luisant de transpiration, et tout dans son attitude indiquait un homme luttant contre la fièvre.

Lorsqu'il reprit la parole, ses lèvres étaient humides de vodka, et des postillons lui éclaboussèrent le menton.

« Je vous connais ? »

Je secouai la tête.

224

« On ne s'est jamais rencontrés ?

— Non, camarade commandant.

— Vous me dites quelque chose. »

Il vida son verre en me dévisageant par-dessus le bord, avala d'un trait et s'essuya la bouche du revers de sa manche. « Il fut une époque où je n'oubliais jamais un visage. » Il secoua la tête et renifla. « Maintenant, j'en vois tellement, je ne sais pas comment je fais pour en retenir un seul. » Il attrapa la bouteille et se resservit. « La plupart d'entre eux ne survivent pas longtemps, de toute façon, alors à quoi bon tous se les rappeler, pas vrai ? Mais vous... » Il me pointa du doigt avec la main dont il tenait son verre.

« Je ne sais pas pourquoi, mais j'ai l'impression que je devrais vous reconnaître.

— Je ne suis qu'un médecin », répondis-je avant de me pencher, feignant de chercher quelque chose dans le matériel médical.

J'étais en train d'essayer de déterminer le meilleur plan d'action à suivre. Je pouvais bander sa blessure et partir ; je savais comment faire, mais il y avait le risque qu'il décide de faire de moi son médecin personnel. Je pouvais simplement ressortir du wagon. Orlov était blessé, probablement en train de mourir de son infection, aussi n'était-il pas en état de me courir après, mais son pistolet était à portée de main ; il pouvait me tuer avant que j'arrive à la porte. J'avais mon propre revolver, mais même si je réussissais à le sortir de ma poche avant qu'il attrape le sien, je ne pourrais pas lui tirer dessus, pas avec des soldats à quelques pas seulement de là, dans l'autre compartiment. Ils ne mettraient même pas deux secondes à arriver, et lorsque je serais par terre, criblé de plomb, en train de me vider de mon sang, mes enfants et ma femme ne pourraient plus compter sur moi. Et Lev et Anna seraient forcés de continuer tout seuls dans la forêt.

Si je voulais sortir de là indemne, j'allais devoir maîtriser Orlov silencieusement, le tuer sans faire un bruit. Peut-être pouvais-je attraper le couteau à l'intérieur de mon manteau, mais j'allais devoir être rapide. Son pistolet était facile à atteindre.

Perdu dans mes réflexions, j'avais relevé les yeux sans m'en rendre compte, et Orlov, suivant mon regard, posa la main sur son arme. Il la tira à lui et la plaça sur ses genoux, sans la lâcher.

« Vous n'êtes pas médecin, n'est-ce pas ? »

Je m'immobilisai.

« Vous ne ressemblez même pas à un médecin. Vous ne vous comportez pas pareil. »

J'écartai la main des bandages.

« Tous les médecins que j'ai pu rencontrer étaient des intellectuels mous. Des hommes faibles et flasques qui n'avaient jamais effectué une vraie journée de travail de leur vie. Ils avaient tous les mains douces et le teint cireux. »

Je me redressai sur mon siège et le regardai.

« Mais pas vous. Vous avez la démarche d'un soldat ; j'ai vu ça dès l'instant où vous avez passé la porte. Je ne suis pas encore trop vieux et aveugle. Et vous avez les mains d'un travailleur – d'un tueur, à en juger par la façon dont vous êtes en train d'approcher les doigts du bouton de votre manteau. Qu'est-ce que vous cachez, là-dessous ? Un couteau, je parie. Le pistolet dans votre poche attirerait trop l'attention, mais un surin… Ah… Ce serait discret, pas vrai ? »

Je n'avais même pas remarqué que ma main avait bougé, mais effectivement, elle était là, prête à défaire le bouton de mon manteau.

« Mais ce sont vos yeux qui me disent vraiment ce que vous êtes. » Orlov vida de nouveau son verre. « Ce sont toujours les yeux qui nous trahissent. Je peux deviner vos intentions rien qu'en lisant dans votre regard. Je peux vous voir me jauger. »

Il se pencha pour poser son verre sur la table, puis souleva son pistolet, les yeux fixés dessus.

« Prenez un verre et resservez-m'en un, dit-il. Mais laissez ces mains de tueur bien en vue, hein ? Cette blessure à la jambe me rend… nerveux. Elle me fait honte. J'ai participé à plus de batailles que je n'en peux compter, et c'est là que je me prends une balle. Ça n'aurait pas pu être dans le cœur ou dans la tête – une belle mort propre ; il fallait que ce soit là, pour que je puisse mourir à petit feu devant mes hommes. J'aurais aussi bien pu me prendre une balle dans le cul. »

Je tendis la main pour rapprocher deux verres sur la table, en tournant les yeux vers la paroi du wagon, regrettant de ne pouvoir voir à travers le blindage, par-delà les hommes attroupés, jusqu'à l'endroit où Lev et Anna étaient cachés dans la forêt. Je voulais aller les retrouver, reprendre la route avec eux. Je leur enviais leur complicité, et j'avais apprécié ce qu'ils avaient accepté d'en partager avec moi. Mais cela n'avait fait qu'aiguiser mon appétit ; je voulais être avec eux, en présence de tendresse et d'amour, plutôt que dans ce train où ne régnait que la mort.

« Il y a quelque chose, là-dehors ? »

La voix d'Orlov me rappela brusquement à la réalité.

« Mmm ?

— Vous regardiez la fenêtre. Enfin, l'endroit où se trouvait la fenêtre avant. Est-ce qu'il y a quelque chose là-dehors qui réclame votre attention ?

— Non, répondis-je en secouant la tête. Non. »

Orlov m'observa d'un air dubitatif, en tendant le cou pour rapprocher son visage du mien. Il porta deux doigts à ses yeux et les plissa en me regardant.

« C'est là que ça se voit. Ils trahissent tout. »

Puis il se laissa de nouveau aller contre son dossier, en frappant la table du plat de la main avec une grimace de douleur.

« C'est sans doute aussi bien que vous ne soyez pas médecin, reprit-il en se dominant. Vous voudriez seulement me l'amputer. Toute la jambe. Pour éliminer l'infection, vous diriez. Comme ça… » Il passa la main comme une scie sur le haut de sa cuisse. « Je ne serais plus qu'une moitié d'homme, alors, et quel serait l'intérêt ? À quoi pourrais-je bien servir ? C'est peut-être aussi bien qu'il n'y ait pas de médecins ici : je me retrouverais avec un train plein d'estropiés. »

Je ne répondis rien et jetai un coup d'œil à la pendule. Elle annonçait toujours dix heures tout juste passées, ses aiguilles figées dans la position où elles étaient lorsque le mécanisme s'était arrêté.

« Alors quoi, vous êtes venu me tuer ? demanda-t-il alors que j'attrapais la bouteille. M'offrir une belle mort propre ?

— Non.

— Alors pourquoi est-ce que vous êtes là ?

— Je cherche quelqu'un. »

Il fallait bien que je réponde quelque chose, et sans doute était-ce la meilleure chose à faire, finalement. Il aurait peut-être des informations utiles à me donner.

Il indiqua les deux verres d'un geste impatient.

« Versez, versez. » Puis il baissa la main et m'étudia longuement, sans ciller.

« Vous cherchez quelqu'un ? Quelqu'un que, lui, vous voulez tuer ?

— Peut-être. »

Je remplis les deux verres de vodka et en poussai un vers lui.

Orlov hocha la tête en y jetant un coup d'œil, mais le laissa où il était.

« Vous savez, il y a quelqu'un que moi, j'ai envie de tuer. »

J'attendis qu'il continue.

« On revient d'un combat à Tambov. À essayer de mater cette maudite révolte. » Il fit tourner le pistolet dans sa main comme s'il espérait trouver les secrets de la vie dans sa conception.

« On ramène les blessés, en récupérant d'autres hommes en chemin.

— Mais vous allez en direction de Tambov.

— Excellente observation, fit-il en relevant les yeux. Et c'est lui que je veux tuer : celui qui a donné cet ordre. J'arrive jusqu'ici, avec mes blessés et quiconque a envie de faire un bout de route avec nous, et voilà qu'on m'envoie de nouvelles instructions. Revenez, qu'on me dit. On a besoin du train. Laissez les blessés quelque part et revenez. Alors je les laisse ici, dans la forêt. Les condamnant à mort. »

Il renifla énergiquement.

« Qu'est-ce que je peux faire d'autre ?

— Désobéir ? »

Il balaya ma remarque de la main comme si elle ne méritait pas de réponse, puis attrapa son verre et le leva en me regardant.

« Aux blessés », dit-il.

Je trinquai avec lui et avalai une gorgée. Orlov vida son verre et m'indiqua de le resservir. Pendant que je m'exécutais, il continua de parler, la moustache luisante de vodka.

« Saviez-vous que cet Antonov – celui qui apparemment a lancé cette insurrection paysanne – est un malfaiteur à la petite semaine ? Envoyé en prison pour avoir braqué des guichets de gares, c'est un comble ! Et quand la révolution le gracie, qu'est-ce qu'il fait ? Il entre en guerre contre nous. » Il secoua la tête avec un rire incrédule. « Non mais, quel bordel. Le pays tout entier part à vau-l'eau, et on ne sait même plus choisir nos ennemis. Trop de couleurs différentes, moi je dis. Mais c'est Tokmakov, le véritable meneur de cette révolte : un ancien impérialiste. Un soldat décoré, rien que ça. »

Il grimaça et porta de nouveau son verre à ses lèvres, mais s'arrêta avant de boire.

« Fichus impérialistes, dit-il avec un sourire. J'en étais un, autrefois. » Il s'interrompit, pris d'une pensée. « Vous savez que l'insurrection a commencé quand des soldats ont passé un vieil homme à tabac à Khitrovo ? Je suis allé là-bas, et ça ressemblait à n'importe quel autre endroit. N'importe quelle autre ville sans importance. »

J'y avais été aussi, mais je ne le dis pas à Orlov.

« Comme si on n'avait pas déjà assez de soucis avec toutes ces autres satanées armées qui veulent empêcher la révolution du peuple. Ce n'est pas la guerre ; c'est le chaos. Personne ne comprend rien à ce qui se passe, bon sang. On repousse l'Armée blanche jusqu'en Crimée, on flanque une rouste à Wrangel, on règle le problème des Gardes noirs, et maintenant c'est notre propre peuple qui se révolte contre nous. Maintenant, on a une Armée bleue à affronter.

— Les Blancs sont vaincus ?

— Plus ou moins. Wrangel et ses hommes ont disparu en mer Noire, pour aller où, on ne sait pas, et maintenant il reste juste toutes ces autres couleurs à achever : Bleus, Verts, tout un arc-en-ciel de factions, mais ils pourraient aussi bien être tous marron, vu la merde qu'ils ont foutue dans ce pays. »

Il sourit, apparemment content de son image, puis pencha la tête en arrière pour avaler sa vodka.

« Apparemment, ils transfèrent des hommes qui rentrent de Perekop, reprit-il en s'essuyant la moustache sur la manche et en me regardant, mais ils seront aussi inutiles que ceux que je viens de virer de ce train. Tous, autant qu'ils sont, blessés ou épuisés de se battre, et on m'ordonne de les laisser ici au lieu de les amener quelque part où ils pourraient être soignés, comme je le leur ai promis. » Il me fit un signe de tête. « Buvez. »

Je portai le verre à mes lèvres et pris une petite gorgée.

« En entier. Buvez-le en entier », insista-t-il.

Je vidai donc mon verre avant de le poser à côté du sien.

« Encore », fit-il en agitant son pistolet dans ma direction.

Lorsque je nous eus resservis, il sombra dans un silence morne, secouant de temps en temps la tête en regardant fixement son arme. Dehors, l'agitation s'était calmée. Ses officiers ne criaient plus d'ordres. Seule une voix de temps en temps se détachait sur le tapis de murmures gémissants.

J'observai Orlov, me demandant si ce n'était pas le moment pour moi de m'en aller. Il était tellement plongé dans ses réflexions que j'aurais peut-être pu sortir discrètement du wagon sans qu'il le remarque. Ou peut-être pouvais-je atteindre mon couteau et le tuer, mais je me rendis compte que je n'avais aucune raison de vouloir lui faire du mal. Il ne m'avait rien fait. C'était un officier blessé qui s'efforçait de faire son travail, et ça changeait agréablement de voir le remords qu'il éprouvait à devoir abandonner ses hommes à leur mort. Désobéir aux ordres lui demanderait un énorme courage, et, étant donné l'état des soldats que j'avais vus à l'extérieur, beaucoup seraient de toute façon morts d'ici peu.

« Nikolaï Levitski. »

Ses mots me firent l'effet d'une gifle. C'était la deuxième fois aujourd'hui que quelqu'un disait mon nom, et j'en oubliai de respirer, une main serrée convulsivement sur mon verre, dont le contenu déborda en partie et me dégoulina entre les doigts.

« Nikolaï Levitski, répéta-t-il, tournant cette fois la tête pour me dévisager. Vous avez entendu parler de lui ? »

Il me regarda des pieds à la tête comme s'il me jaugeait avec un intérêt renouvelé.

« Non.

— Un héros de la révolution. Décoré de l'ordre du Drapeau rouge. »

Orlov se redressa légèrement dans son fauteuil.

« C'était un impérialiste, tout comme moi, mais après la guerre contre les Allemands, il s'est engagé dans l'Armée rouge et...

— Pourquoi est-ce que vous me racontez ça ? »

Il haussa les épaules.

« Il y a à peine plus d'un mois, Nikolaï Levitski et trois de ses hommes ont repoussé trois cents attaquants dans le village de Grivino. Armés seulement de leurs Mosin-Nagant, ils ont contenu les Bleus jusqu'à l'arrivée de renforts. Ça lui a valu l'ordre du Drapeau rouge. Ça, c'est ce que j'appelle un héros. Il se bat pour le peuple. Pas comme ce Tokmakov, qui dresse ses paysans contre la révolution. »

Mais ça ne s'était pas réellement passé comme ça. Nous ne nous étions pas battus pour le peuple, mais pour nos vies. Et nous n'avions pas été quatre, mais dix, dont mon frère Alek. Et nous avions une *tatchanka*. Des paysans armés de quelques carabines et de fourches ne pouvaient rien contre des soldats entraînés munis d'armes de bonne qualité et d'une mitrailleuse sur roues. Nous leur avions laissé une chance de se rendre, mais ils avaient refusé, et nous avions abattu tous les hommes, les femmes et les enfants qu'ils avaient lancés sur nous. Pas trois cents, cependant ; ils ne pouvaient pas avoir été plus de cent cinquante. Et il n'y avait pas eu de renforts en route pour venir nous aider ; nous n'en avions pas eu besoin. La bataille n'avait pas duré plus de vingt minutes avant que les paysans comprennent enfin la futilité de leurs attaques et se dispersent de nouveau dans la forêt autour de Grivino. Nous ne les y avions pas suivis, mais avions lancé quelques grenades de gaz parmi les arbres pour achever les traînards.

Un seul d'entre nous était mort dans cette bataille, et c'était parce que son propre fusil avait explosé ; le canon avait volé en éclats, et l'un d'eux l'avait atteint à la tête. Mais la véritable histoire n'avait rien d'une source d'inspiration pour les soldats bolcheviks. Ils avaient besoin de héros, pas de massacreurs de femmes et d'enfants. Et donc la machine de propagande du parti avait modifié notre histoire et épinglé une médaille sur notre poitrine, juste au-dessus de notre cœur alourdi ; et plus j'y avais pensé, plus j'avais eu honte. Ç'avait été un poids sur la conscience de mon frère, aussi. Il n'en avait jamais parlé, mais je l'avais vu tous les jours dans ses yeux.

« Vous savez, on dit que Levitski a été tué à Oulia-nov, reprit Orlov. Pris en embuscade par des francs-tireurs et tué. Laissé dans un fossé, le visage défoncé.

— C'est vrai ? »

Il haussa les épaules.

« Peut-être. D'autres disent qu'il a déserté. Qu'il a abandonné son unité comme un lâche.

— Peut-être qu'il voulait seulement rentrer chez lui.

— Et qui irait le lui reprocher ? Est-ce que nous ne voulons pas tous rentrer chez nous ? Sauf que ce n'est pas permis.

— Il ne m'a pas l'air d'un lâche.

— À moi non plus. Et pourtant, on dit que des hommes de sa propre unité sont à sa poursuite pour le faire payer. Tout comme vous êtes à la recherche de quelqu'un. Qui cherchez-vous, *docteur* ? »

Je reposai mon verre sans le vider. J'avais déjà assez bu, et il fallait que je garde toute ma tête. L'alcool me ralentirait, diminuant mes chances de sortir du wagon vivant. Dehors, Lev et Anna atten-daient mon prompt retour et comptaient sur moi pour les emmener hors de danger. Je ne les laisserais pas tomber.

« Alors ? » insista Orlov, attendant une réponse.

Je joignis les mains pour les empêcher de trembler et le regardai dans les yeux, en me demandant s'il allait me tirer dessus ou appeler quelqu'un pour qu'on m'arrête. Mais il arrivait du nord : peut-être savait-il quelque chose qui pourrait m'être utile.

« Je cherche un homme qui se fait appeler Kochtcheï.

— Comme dans le conte ? »

J'acquiesçai et me forçai à me détendre. Je régulai ma respiration, décrispai les mains et les laissai retom-ber le long de mes flancs, prêt à agir.

« Je n'ai jamais compris pourquoi on l'appelait "l'Immortel", continua Orlov. Dans toutes les histoires que j'ai entendues à son sujet, il meurt à la fin. Je suppose que c'est là la vérité, n'est-ce pas ? Un jour ou l'autre, on meurt tous, peu importe qui on est. Même moi. »

Je ne répondis rien, et le commandant se tourna encore un peu dans son fauteuil, sans lâcher son pistolet toujours braqué sur moi. Un seul spasme du doigt et c'en serait fini de moi.

« J'ai entendu parler d'un homme qui se fait appeler comme ça, reprit-il. Un tchékiste. »

À ces mots, mon attention s'aiguisa.

« Vous savez qui il est ?

— Personne. Quelqu'un. »

Il secoua la tête.

« J'entends mes hommes parler entre eux quand je suis ici, mais j'ai entendu tant de noms. Kroukov, Levitski… » Il me regardait, guettant une réaction.

« D'autres noms que j'ai oubliés.

— Kroukov ? »

Il haussa les épaules.

« C'est un des noms que j'ai entendus. »

Je connaissais Kroukov ; nous étions de la même unité. J'avais combattu à ses côtés, et je me remémorai soudain son visage. Maigre et émacié. Je pouvais comprendre qu'on le surnomme Kochtcheï. Tel le spectre de la *skazka*, Kroukov était grand, mince et hâve. Sa barbe lui arrivait jusqu'à la poitrine, et il portait une épée, lui aussi. Mais si Orlov disait vrai – si Kochtcheï et Kroukov étaient la même personne –, alors ce qu'avait dit le jeune soldat à l'extérieur était peut-être fondé. Il se pouvait effectivement que ce soit moi qui aie lâché ce tueur sur le monde. Si je n'avais pas déserté, il n'aurait jamais pu perpétrer pareils actes.

Belev aurait été épargné.

Si Alek et moi étions restés avec notre unité, Kochtcheï ne serait probablement jamais allé dans notre village, et la certitude de cette responsabilité fut comme un poids qui me tombait brutalement sur la poitrine. En remontant le fil des événements qui avaient peut-être conduit à la métamorphose de Kroukov en Kochtcheï, je fus pris de vertige. Si je ne m'étais pas enfui, tant de choses auraient été différentes.

« Vous savez où il est ? » demandai-je.

J'avais la bouche sèche, la gorge serrée. La chair de poule et des sueurs froides. L'air enfumé me semblait soudain lourd et oppressant.

« Aucune idée. La première fois que j'en ai entendu parler, c'était il y a seulement quelques semaines, mais ce n'étaient que des on-dit. Des rumeurs qui couraient sur ce qu'il avait fait. Hier, on a recueilli un de ses hommes à bord. Peut-être pourrait-il vous donner…

— Je l'ai vu. »

J'avais l'impression que c'était quelqu'un d'autre qui parlait avec ma voix.

« Il est mort. Qu'est-ce que vous pouvez me dire d'autre ?

— Pas grand-chose. Mes officiers ont peur de la Tcheka, alors ils ne posent pas trop de questions, mais il a dit qu'il était avec un petit groupe qui escortait des prisonniers jusqu'à un camp au nord de Dolinsk. Pour une raison qu'il ne nous a pas donnée, ses propres hommes se sont retournés contre lui.

— Des prisonniers ? Vous êtes sûr ? » demandai-je, incapable de dissimuler mon inquiétude.

Orlov haussa les sourcils avec intérêt.

« C'est ce qu'il a dit.

— Des femmes et des enfants ?

— Je crois. »

Prisonniers. Ce seul mot me redonnait de l'espoir. Si Stanislav Dotsenko avait été avec Kochtcheï et avait escorté des prisonniers deux jours auparavant, les chances que Marianna et les garçons soient en vie étaient plus grandes.

« Au vu de ce qu'on raconte, je pense que beaucoup de gens voudraient tuer ce Kochtcheï, mais quelles sont vos raisons ?

— Il a pris ma famille.

— Je comprends mieux votre intérêt pour ces prisonniers, et pourquoi vous voulez le retrouver. »

Il hocha la tête.

« J'ai une famille, moi aussi : une femme et un fils à Moscou. Si loin.

— Vous êtes blessé ; vous pouvez retourner auprès d'eux, maintenant.

— Peut-être. Si je pouvais marcher comme vous. Si cette maudite jambe n'était pas complètement gangrenée. »

Il reprit vivement son verre sur la table et en contempla longuement le fond.

« Est-ce que vous avez des prisonniers à bord de ce train ? lui demandai-je.

— Des civils, vous voulez dire ? »

Je hochai la tête.

« Vous voulez dire, est-ce que les tchékistes nous ont confié leurs prisonniers ? »

J'acquiesçai de nouveau.

« Non. Votre famille n'est pas ici. Je vous en donne ma parole. »

Des émotions variées m'envahirent à cette nouvelle. Le soulagement d'apprendre que Marianna et les garçons n'étaient pas enfermés, affamés, dans un de ces wagons ; et la déception de ne toujours pas savoir où ils étaient. Mais au moins, j'avais désormais la certitude que Kochtcheï avait bien fait des prisonniers, et cela confortait mon espoir de les retrouver en vie.

« Vous savez ce que je ferais si je trouvais ce Nikolaï Levitski ? reprit Orlov. Si, par exemple, il montait dans mon wagon, ici même dans ce train, et me disait qu'il était à la recherche de sa famille ? Comme vous venez de le faire, je veux dire.

— Non. Que feriez-vous ?

— Je lui dirais de continuer à fuir. De continuer à chercher. De trouver ce Kochtcheï et de lui arracher le cœur pour lui avoir pris les siens.

— Pourquoi ?

— Parce que maintenant, je comprends ce qui compte vraiment. Ce n'est pas la lutte. La guerre. La révolution. Rien de toutes ces conneries. L'important, c'est la famille. Dans toute cette pagaille… »

De la main dont il tenait son pistolet, il balaya l'espace autour de lui. « Dans toute cette pagaille, la seule chose qui compte, c'est la famille. Pas la révolution, pas Lénine, et surtout pas l'imbécile qui m'a donné l'ordre de retourner à Tambov. »

Ces mots auraient suffi à justifier son exécution.

« Je ne reverrai jamais les miens, continua-t-il en baissant la voix, d'un ton pensif. Avec cette jambe, je ne tiendrai pas plus d'une semaine encore. Je suis en train de pourrir sur place dans ce wagon, et ils me renvoient mourir dans le sud.

— Je peux quand même vous la panser. Je sais comment il faut faire.

— J'imagine que vous avez vu plus d'une blessure, dans votre carrière.

— Peut-être que vous allez trouver un chirurgien qui…

— Un chirurgien ? répéta-t-il en ricanant. Par ici ? Aucune chance. Et puis de toute façon, je ne veux pas être une moitié d'homme. Je suis un soldat. »

Il leva les yeux vers moi.

« Mais si je savais qu'un homme comme Nikolaï Levitski était là quelque part, à la recherche de sa famille, je lui dirais de la retrouver et de l'emmener dans un coin perdu.

— Un coin perdu ?

— Petit. Insignifiant. Invisible. Parce que même quand cette guerre sera gagnée – et elle le sera par les bolcheviks, je n'ai aucun doute là-dessus –, la paix ne reviendra pas. Pour personne. »

Il porta un toast. « À la famille. »

Puis il reposa son verre sur la table et retourna une nouvelle fois le pistolet entre ses mains.

« Il est temps pour vous de partir, dit-il. Nous avons tous deux des choses à faire.

— Merci, commandant. »

Je sortis du compartiment et fermai la porte.

Les soldats me regardèrent à peine alors que je retraversais le wagon, mais je fus soulagé d'arriver au bout et de retrouver l'air frais du dehors. Je voulais repartir sur la piste de Kochtcheï immédiatement. L'espoir que m'avait redonné le commandant Orlov s'accompagnait d'un sentiment d'urgence renouvelé. J'avais hâte d'aller retrouver Kashtan, Lev et Anna, et de quitter cet endroit.

Mais c'était encore loin d'être fait.

Car en me tournant pour redescendre les marches métalliques, je vis quelque chose qui assombrit brutalement mon humeur.

Je restai immobile un moment, m'efforçant de digérer ce que je voyais.

L'officier qui m'avait fait monter à bord était en train de se frayer un chemin vers moi entre les blessés, une expression de sombre détermination sur le visage. Tout en marchant, il avait tiré son pistolet de son étui en bois et le braquait sur moi ; et en jetant un coup d'œil derrière lui, par-delà la mer de soldats agonisants, je compris pourquoi.

Tout près des arbres, deux hommes armés de fusils gardaient Kashtan. La jument de Lev broutait à côté d'elle. Et là, entre les soldats, se tenaient Lev et Anna, prisonniers.

19

L'officier s'arrêta à quelques pas du marche-pied, au milieu des blessés, et me regarda, son arme braquée sur moi.

« Descendez. »

Ma seule option était de retourner voir le commandant Orlov. C'était lui qui m'avait laissé partir, et il le referait peut-être ; mais il y avait un risque qu'il change d'avis. Lorsqu'il m'avait donné congé, nous étions seuls, sans témoins de ses actes ; mais si d'autres personnes étaient impliquées, il ne serait peut-être pas aussi enclin à le faire. Même un homme comme lui pouvait être accusé d'être un ennemi du bolchevisme ; c'était la raison pour laquelle il n'avait pas désobéi à l'ordre d'abandonner ses blessés et de retourner à Tambov. D'un autre côté, lorsque je l'avais quitté, à l'instant, c'était un homme brisé, mourant. Peut-être avait-il atteint les limites de sa loyauté. Peut-être allait-il nous relâcher quand même. Il représentait notre seul espoir.

« S'il vous plaît, dis-je en tendant les mains devant moi. Venez parler au commandant Orlov. Il…

— Vous n'êtes pas médecin, m'interrompit-il, provoquant une onde d'intérêt parmi les blessés derrière lui. Qui êtes-vous ?

« — Je vous en prie. Venez parler au commandant Orlov. Il vous dira…

— Descendez de là. »

Je restai un moment immobile à le regarder, me demandant quel était mon meilleur plan d'action, mais je n'avais pas beaucoup d'options. Il lui serait facile de me tuer d'une balle, et il n'aurait guère besoin d'autre justification pour cela que mon refus de coopérer. Je n'avais, pour l'instant, d'autre choix que d'obéir.

Mais alors que je posais le pied à terre, une première voix s'éleva parmi les soldats.

« Docteur ? »

Il était impossible de déterminer qui avait parlé ; il y avait des centaines d'hommes assis ou allongés au bord des rails.

« C'est un médecin ? »

Une autre voix :

« S'il vous plaît. Aidez-moi.

— Descendez de là tout de suite, m'ordonna l'officier.

— Est-ce que quelqu'un a parlé d'un médecin ? »

D'autres voix se joignaient au refrain. « Où il est ? Où est le médecin ? »

Les hommes aux pieds de l'officier étaient ceux dont l'état était le plus critique, qu'on avait laissés le plus près du train pour ne pas avoir à les porter trop longtemps ; mais ceux qui se trouvaient plus loin étaient plus valides, et une onde de mouvement passa parmi eux. Quelques-uns commencèrent à se relever tant bien que mal, en lançant des : « Par ici, docteur, par ici » ; et bientôt, de plus en plus m'appelèrent, ajoutant leur voix à la cacophonie, se levant pour approcher d'un pas traînant.

« Reculez, tous, ordonna l'officier sans me lâcher des yeux. Rasseyez-vous. Restez où vous êtes. »

Deux ou trois des autres soldats valides arrivaient pour l'aider, se frayant un chemin à coups d'épaule dans la foule en train de se former, hurlant à leurs camarades de reculer. Ils en repoussèrent violemment certains, qui bousculèrent d'autres hommes et les entraînèrent dans leur chute ; mais, déjà, l'espoir de recevoir des soins s'était logé dans la tête des blessés. Le commandant Orlov leur avait promis des médecins, m'avait-il dit ; ils croyaient sa promesse tenue, et ils se levaient tous pour se joindre à la cohue grandissante de ceux qui jouaient des coudes et contournaient les gardes pour atteindre l'endroit où je me tenais avec l'officier.

« Reculez ! » hurla ce dernier.

Mais ses hommes ne lui prêtèrent aucune attention. Ils étaient en train de mourir. Leurs camarades aussi. Ils souffraient. Ils voulaient de l'aide. Et donc ils continuaient d'avancer, déferlant autour des gardes qui tentaient de les arrêter, les encerclant, les écrasant sous leur nombre.

L'officier enjamba les agonisants pour se rapprocher de moi, son pistolet toujours fermement braqué sur mon cœur, et me dit :

« Remontez dans le train. »

Mais le premier des blessés nous avait déjà atteints. Un jeune soldat à la tête entourée d'un bandage lui couvrant un œil, qui tendit les bras, bousculant l'officier, pour me toucher, me supplier de l'aider. Juste derrière lui arriva un autre homme, serrant son bras ensanglanté contre sa poitrine. Puis d'autres affluèrent de tous les côtés, malades, hébétés, en sang, et nous nous retrouvâmes encerclés par la horde, en danger de périr écrasés ; les efforts de l'officier pour me faire remonter dans le train devinrent frénétiques. En haut des marches, un des gardes apparut, venu voir ce qui se passait, et, au moment où je levais les yeux vers lui, un son nous parvint de l'intérieur du wagon, qui arrêta tout.

Un coup de feu isolé, étouffé.

Ce fut comme si quelqu'un avait figé le temps. Tout le monde s'immobilisa. Tout le monde se tut. La détonation avait fait le vide dans tous les esprits, et, pendant quelques brèves secondes, personne ne fut capable de penser à autre chose. Sauf moi. Parce que je savais qui avait tiré ce coup de feu ; je savais que le commandant Orlov venait de prendre son congé de la guerre.

Profitant immédiatement de cette diversion, j'attrapai d'une main le pistolet de l'officier pour le lui arracher des doigts tout en lui mettant un coup de coude à la mâchoire, aussi fort que je le pus. Ses jambes se dérobèrent sous lui, et, alors qu'il tombait, je le poussai durement dans la masse des blessés. Avec un regard de surprise, il recula en titubant, écartant les bras dans un vain effort pour reprendre son équilibre, mais ne réussit qu'à entraîner encore plus d'hommes dans sa chute. Les soldats derrière lui, affaiblis par leurs blessures, ne lui furent d'aucun soutien ; ils allèrent buter à leur tour contre ceux qui étaient derrière eux, faisant reculer toute la foule et menaçant d'écraser les gardes qui arrivaient pour aider leur supérieur.

Pendant qu'ils tombaient comme une série de dominos, je repérai la voie la plus dégagée et entrepris de me frayer un chemin entre les soldats en jouant des coudes. Je lâchai le pistolet de l'officier en sentant des doigts agripper mon manteau, mes bras, mes jambes, et je jouai des pieds et des poings pour m'y soustraire.

« Docteur, je vous en prie », continuaient de m'appeler certains blessés, mais il fallait que je fuie cet enfer.

Échappant aux doigts qui se cramponnaient à moi, m'écartant en chancelant des blessés, je courus vers Lev et Anna.

Il ne restait plus qu'un garde avec eux, et il fut pris de court à la vue de la marée humaine qui, dans sa détermination désespérée à me suivre, arrivait sur lui en même temps que moi ; je fus devant lui avant qu'il ait eu le temps de réagir. Je l'attrapai par l'avant de son manteau et usai de toutes mes forces pour me retourner et le jeter dans la foule.

« En selle ! » criai-je à Lev et à Anna, qui étaient restés hébétés devant le spectacle.

Lev avait eu le réflexe de se placer devant sa fille, mais il restait pétrifié, comme hypnotisé par le flot de morts-vivants qui déferlait sur nous.

« En selle ! hurlai-je de nouveau en arrivant à côté de lui, le tirant brutalement de sa catalepsie. Dépêchez-vous !

— Oui, dit-il en agrippant Anna d'une main et en se tournant vers son cheval. Oui. »

Chaque seconde comptait. Les blessés n'étaient plus qu'à quelques pas, et les gardes commençaient à se ressaisir et à préparer leurs armes.

Kashtan avait commencé à battre en retraite devant la horde qui approchait, mais la jument de Lev, elle, était terrifiée. Elle roulait des yeux, les lèvres retroussées et les oreilles rabattues. Les muscles de son arrière-train étaient noués sous sa robe, et elle essaya de prendre la fuite, arrachant les rênes de la main de Lev, qui perdit l'équilibre et trébucha en essayant de garder prise sur les lanières de cuir.

Voyant les difficultés de son père mais aussi l'arrivée imminente de la horde de blessés, Anna recula pour se rapprocher de lui. Elle voyait en lui son protecteur, mais il était trop occupé à essayer de maîtriser sa monture, et elle ne savait pas quoi faire. Sa détresse était visible ; elle ouvrait et fermait la bouche en tournant la tête de part et d'autre, à la recherche d'une issue.

Je savais que Lev allait avoir du mal à calmer son cheval et à monter dessus, et avec Anna à prendre en compte, cela lui serait encore plus difficile ; je me précipitai donc vers elle et, l'attrapant par la taille, la hissai dans le même geste sur le dos de Kashtan.

« Papa ! appela-t-elle en se débattant et en tendant les bras vers son père comme si elle pouvait le toucher. Papa ! »

En l'entendant hurler, il fit volte-face, le visage crispé de panique.

« Je l'ai ! lui lançai-je.

— Allez-y ! » répondit-il dès qu'il vit qu'elle était en sécurité avec moi.

Puis il se retourna vers sa jument, qui luttait encore pour fuir le chaos.

Anna se tortillait toujours sur la selle, les bras tendus vers Lev, en criant : « Papa ! Papa ! » d'une voix de plus en plus aiguë et terrifiée.

Maîtrisant Kashtan d'une main, je retins fermement l'enfant de l'autre pour l'empêcher de se laisser glisser à terre.

« Reste là, la suppliai-je tout en encourageant Kashtan à tourner. Tu ne peux rien faire pour lui. Il va s'en sortir. Il arrive. Ne t'inquiète pas. »

Kashtan me connaissait comme si nous ne faisions qu'un, et elle répondit parfaitement à mes instructions, détachant ses yeux de la cohue des soldats pour se tourner vers la forêt, prête à partir ventre à terre.

N'ayant plus à se soucier que de lui-même, Lev réussit à rattraper les rênes de sa jument et à la faire se tenir immobile assez longtemps pour l'enfourcher, alors même que l'animal se cabrait en voyant les soldats blessés déferler autour de nous. Cela arrêta leur élan un instant, laissant à Lev une chance de lancer sa monture au galop vers les arbres, mais ils reprirent rapidement leur avance, et je dus décocher un coup de pied au plus proche, repoussant du même coup plusieurs autres, pour avoir la place de mettre le pied à l'étrier.

Kashtan n'attendit pas une seconde de plus. Je m'étais à peine hissé en selle qu'elle était déjà en train de foncer dans les sous-bois sur les talons de la monture de Lev.

Je serrais Anna contre moi, sentant la tension qui l'habitait, entendant ses sanglots. Jetant un coup d'œil en arrière, je vis l'officier debout dans la foule, son fusil à l'épaule braqué sur nous. Plus loin le long du train, d'autres soldats étaient également en train de lever leur arme. L'officier se pencha d'un côté, de l'autre, essayant de viser, mais il était contrarié dans ses efforts par les blessés qui se mettaient dans sa ligne de mire ; et, lorsqu'il se décida enfin à tirer, sa balle toucha l'un de ses propres soldats à la nuque. La tête de l'homme partit brutalement en avant, et il s'écroula alors que le coup de feu résonnait dans la brume, mais l'officier ne renonça pas pour autant. Il actionna la culasse et tira de nouveau, cette deuxième balle venant se perdre en crépitant dans les sous-bois à côté de nous alors que Kashtan nous emportait.

Puis nous disparûmes parmi les arbres, fuyant la bordée de coups de feu qui éclataient derrière nous.

Les balles traversèrent les airs dans un sifflement mélodieux et plaintif pour venir lacérer les broussailles ou s'enfoncer dans les troncs avec un son mat, pulvérisant écorce et gel. Un son accompagné par les cris des soldats, les appels à l'aide des blessés, puis par un coup long et strident du sifflet de la locomotive, destiné à appeler aux armes tous les soldats.

J'agrippai les rênes de Kashtan à deux mains et me penchai en avant, me serrant contre Anna pour l'empêcher de tomber. De son côté, elle avait passé les doigts dans la crinière de la jument et s'y cramponnait fermement. Nous ballottions l'un contre l'autre à chaque foulée de Kashtan.

La jument de Lev était devant nous, complètement emballée. Elle louvoyait entre les troncs noirs au triple galop, fonçant dans les branches basses et faisant voler rameaux cassés et feuilles mortes sous ses sabots. Lev était courbé sur son encolure pour se protéger des branches qui menaçaient de lui fouetter la figure et d'accrocher ses vêtements, et je voyais qu'il essayait de calmer sa monture en tirant durement sur ses rênes, mais sans obtenir le moindre résultat.

Je talonnai Kashtan, songeant que je pouvais peut-être rattraper Lev et, d'une façon ou d'une autre, l'aider à reprendre le contrôle de sa monture, mais alors que nous nous rapprochions, une balle s'enfonça dans l'épaule droite de la jument avec un claquement sonore. La bête poussa un hurlement épouvantable alors que ses jambes avant se tordaient sous elle, et elle tomba à genoux, heurtant le sol de la tête en dérapant et faisant vider les étriers à son cavalier.

Lev ne fut dans les airs qu'une seconde à peine avant de percuter un arbre, cassant une branche basse et allant heurter le tronc de plein fouet, dans un nuage de cristaux de givre.

Son corps était complètement inerte lorsqu'il toucha le sol.

20

Anna l'appela en criant. En hurlant.

« Papa ! »

Ce fut le son le plus horrible que j'avais jamais entendu de ma vie.

Derrière nous, les soldats continuaient de tirer. Ils ne savaient pas sur qui, ni ce qu'ils risquaient de toucher, mais ils tiraient quand même, encore et encore, criblant la forêt de balles.

« Papa ! »

La jument de Lev ruait et se contorsionnait dans les broussailles, sa robe noire luisant de sang humide à la hauteur de son épaule. Elle roulait des yeux et hennissait de douleur, ajoutant aux sons déjà cauchemardesques qui nous entouraient.

« Papa ! »

Kashtan essaya de choisir un autre chemin pour éviter sa compagne blessée, mais je lui résistai, la forçant à ralentir alors que nous approchions de l'endroit où Lev était tombé. C'était la chose la plus naturelle du monde pour moi de vouloir réunir Anna et son père, mais dès que nous fûmes assez près pour le voir, je sus que cela n'apporterait rien de bon. Nous ne pouvions plus rien pour lui désormais, et si nous nous arrêtions, nous serions encore plus exposés au danger des soldats derrière nous, qui avançaient peut-être déjà dans la forêt.

Je talonnai donc Kashtan et encerclai Anna d'un bras, la serrant contre moi alors que nous passions devant l'endroit où gisait son père.

Il ne bougeait plus.

Il était à plat ventre, la tête formant un angle improbable avec son corps, le visage pressé contre le pied de l'arbre qu'il avait heurté.

Sous lui se trouvait la branche cassée, dont une des ramifications brisées lui transperçait le cou juste sous le menton.

Il était mort, sans aucun doute possible.

21

Dès qu'elle comprit que je n'allais pas m'arrêter, Anna commença à se débattre. Elle se tortilla
pour m'échapper, appelant son père et s'efforçant de
se retourner pour le voir, mais je la retins fermement. Toute robuste et forcenée qu'elle était, elle ne
faisait pas le poids contre moi, et même quand elle
me mordit, enfonçant ses dents dans le tissu de ma
manche, elle ne réussit qu'à me pincer la peau. Elle
se mit donc à me marteler le bras de ses poings, me
suppliant de m'arrêter, appelant encore et encore son
papa, mais je résistai. Je me concentrai sur le chemin
devant nous et sur la distance à mettre entre le train
et nous, sur la nécessité de la protéger.

Ramener Anna là-bas ne lui apporterait rien hormis
la douleur de revoir le corps brisé de son père. Les
soldats avaient sûrement atteint l'endroit où il était
tombé, et ils nous tireraient dessus à vue, mais je
ne pensais pas qu'ils se lanceraient à nos trousses.
Même s'ils avaient des chevaux dans le train, ils
ne s'en serviraient pas pour nous poursuivre. Leurs
instructions étaient de regagner Tambov ; l'un d'eux
rétablirait l'ordre dans leurs rangs et se glisserait dans
le rôle du commandant Orlov sans délai.

Mais il y avait d'autres cavaliers à prendre en compte. Les sept hommes qui suivaient notre piste.

Et nous avions déjà perdu assez de temps, aussi continuai-je d'avancer.

Sans lâcher Anna, incapable de trouver les mots pour l'apaiser, je fis prendre à Kashtan la direction du nord.

Elle partit au galop. La forêt défilait de part et d'autre de nous, arbre après arbre. La brume ne montrait aucune intention de se dissiper, et nous nous y enfonçâmes encore plus profondément, disparaissant de plus en plus loin dans les bois, jusqu'à ce que Kashtan fatigue et ne puisse plus courir.

Elle ralentit, passant au trot, puis finalement au pas.

Anna ne faisait plus un bruit. Elle s'était épuisée et ne se débattait plus. Elle avait également cessé d'appeler son père et se laissait mollement porter par les mouvements de Kashtan, mais je continuais à la serrer contre moi d'un bras endolori. Lorsque je dis son nom, je ne reçus aucune réponse, et je la soupçonnai d'être en état de choc.

J'aurais tellement voulu pouvoir lui rendre son père. Remonter le temps et le sauver de son destin tragique, d'une manière ou d'une autre ; mais j'allais devoir me contenter de la protéger. Je songeai à la chance que ç'avait été que je l'aie prise avec moi sur le dos de Kashtan ; autrement, elle aussi serait restée morte dans la forêt derrière moi. Et à cette idée, je la serrai encore plus fort contre moi.

Au bout d'une heure, peut-être plus, nous nous arrêtâmes. Kashtan était trop fatiguée pour nous porter plus longtemps sans avoir pris un peu de repos, et nous étions arrivés à un petit ruisseau, idéal pour la faire boire.

Je descendis de selle et soulevai Anna pour la poser par terre, lui disant de s'asseoir au pied d'un chêne voisin. Elle obéit sans dire un mot, remontant les genoux contre sa poitrine et les entourant de ses bras comme pour se mettre en position fœtale. Ainsi, elle paraissait encore plus menue.

Je l'enveloppai de deux des couvertures, veillant à ce qu'elle soit bien couverte, puis j'attachai Kashtan près du ruisseau et en brisai la surface du talon de ma botte. Pendant qu'elle buvait l'eau glacée, je sortis quelques affaires de ma sacoche et retournai auprès d'Anna.

Je restai debout devant elle un moment, ne sachant quoi lui dire. Je voulais lui offrir des paroles de réconfort, trouver quelque chose qui puisse adoucir un peu son chagrin, mais il n'existait rien de tel. Nul mot ne pouvait rendre ce qui s'était passé moins traumatisant. Tout ce que je pouvais faire, c'était rester avec elle. La protéger et prendre soin d'elle.

« Tu devrais manger quelque chose », lui dis-je en m'agenouillant à côté d'elle et en déroulant un morceau de linge contenant quelques lanières de viande séchée – les restes d'un cerf dont mon frère et moi avions fumé la chair au-dessus d'un feu de camp lorsque nous étions en chemin pour Belev.

Leur vue me rappela Alek, et le chagrin que j'avais éprouvé en le perdant. Mon frère et moi avions été proches, et sa mort avait été très dure pour moi, mais çe n'était rien comparé à ce qu'Anna devait ressentir.

« Je suis désolé, finis-je par dire, les yeux fixés sur les bandes minces et sombres de venaison séchée. Pour ton papa. Mais nous ne pouvions pas nous arrêter, tu le sais, n'est-ce pas ? »

Il était important pour moi qu'elle comprenne. Pas par peur égoïste qu'elle se fasse une mauvaise opinion de moi, mais parce que je voulais qu'elle sache que je ne l'avais pas trahie. Qu'elle pouvait compter sur moi. Que je la protégerais.

« C'était trop dangereux de s'arrêter, et il était déjà… » Je soupirai. « Ça a été rapide. Nous ne pouvions rien pour lui.

— Vous auriez pu me laisser rester avec lui.

— Non. Tu n'aurais pas été en sécurité, là-bas.

— Est-ce qu'il va rejoindre maman, maintenant ? »

Sa voix était à peine audible, et elle me semblait si petite et vulnérable.

« Je ne sais pas. Peut-être. »

Je repliai le linge sans prendre de viande. Ni elle ni moi n'avions le cœur à manger.

La forêt était silencieuse, la brume flottait toujours au-dessus du sol, et le ciel s'assombrissait. Les jours avaient raccourci, et le soleil tombait vite derrière l'horizon.

Anna releva les yeux comme si elle venait d'avoir une révélation.

« On devrait faire demi-tour. Peut-être que papa va bien, en fait. Peut-être qu'il est…

— Non, Anna, tu l'as vu, lui dis-je d'une voix douce. Ton papa est mort. »

C'était cruel de dire une chose pareille, et je m'en voulais de l'avoir dite, mais il fallait qu'elle accepte ce qui s'était passé. Je ne voulais pas qu'elle finisse par se persuader que nous l'avions laissé mourir seul au lieu de l'aider, ou qu'il avait d'une façon ou d'une autre survécu et était à sa recherche. Je connaissais des hommes qui s'étaient convaincus d'avoir laissé derrière eux des amis blessés et mourants, et la culpabilité qu'ils avaient ressentie à l'idée qu'ils n'étaient pas retournés les chercher avait été accablante. Il fallait qu'elle sache qu'il nous avait quittés et qu'il ne reviendrait pas.

Il valait mieux affronter le chagrin et aller de l'avant.

« Est-ce qu'ils vont nous poursuivre, maintenant ? » demanda-t-elle en levant la tête pour me regarder.

Elle avait le teint blême et les yeux rougis par les larmes.

« Je ne crois pas. Je n'ai pas vu de chevaux, et ils ne nous suivront pas à pied. Nous devrions être en sécurité ici, pour l'instant.

— C'est ma faute.

— Non. C'était un accident. Tu ne peux pas…

— Papa a dit que vous étiez parti depuis trop longtemps. »

Ses lèvres bougeaient à peine. « Il a dit qu'il devait être arrivé quelque chose et qu'il fallait qu'on parte, comme vous nous aviez dit de le faire. »

Elle parlait d'une toute petite voix, presque un murmure.

« Mais j'ai refusé. Je lui ai dit que vous nous aviez aidés, et que donc on devait vous aider à notre tour. C'est moi qui lui ai dit de prendre le fusil. »

Je crus que mon cœur allait se fendre devant le courage de cette petite fille.

« Vous êtes venus regarder », compris-je.

Elle hocha la tête.

« Et les soldats vous ont vus.

— C'est pour moi qu'il l'a fait. »

Elle grimaça, courba les épaules et éclata en sanglots silencieux, les joues bientôt baignées de larmes.

« Ce n'est pas ta faute, lui dis-je en passant les bras autour d'elle. Nous n'aurions jamais dû nous arrêter près de ce train. Si quelqu'un est responsable de ce qui s'est passé, c'est moi. Je n'aurais jamais dû vous faire arrêter là-bas. C'est ma faute, pas la tienne. »

Si elle avait besoin de détester quelqu'un, je préférais que ce soit moi, et je venais donc de lui en donner une raison. Mais si ce qui était arrivé à Lev me remplissait de colère et de tristesse, je ne m'en voulais pas pour autant de m'être approché de ce convoi. J'en étais ressorti avec l'information que Kochtcheï avait fait des prisonniers. J'avais maintenant quelque espoir de retrouver Marianna, Micha et Pavel vivants, même si cet espoir était terni par le triste sort de Lev.

J'attirai Anna contre ma poitrine, comme je l'avais fait avec mes propres enfants quand ils avaient besoin de réconfort, et je baissai la tête pour appuyer le menton sur son crâne. Je fermai les yeux pour oublier le monde et me concentrer sur son chagrin, souhaitant le dissiper mais sachant que je ne pouvais rien faire.

« Je vais prendre soin de toi, maintenant », lui dis-je.

Mais alors même que je les énonçais, ces mots me frappèrent par leur insuffisance. Jamais je ne pourrais remplacer son père.

Je ne sus combien de temps nous restâmes ainsi, presque sans bouger, au pied de cet arbre. Une heure peut-être, voire plus. Je gardai les bras autour d'Anna jusqu'à ce que ses sanglots s'espacent et s'interrompent enfin. Puis nous restâmes simplement assis côte à côte, à observer et écouter la forêt. Nous étions toujours serrés l'un contre l'autre, pour partager chaleur et réconfort, et mes pensées épuisées vagabondaient à la frontière du sommeil. Nous aurions aussi bien pu être les deux seules personnes au monde.

Un vent léger soufflait parmi les cimes, agitant les branches les plus fines et les faisant frotter les unes contre les autres. Il y avait le grincement des arbres centenaires, le tourbillon feutré de la brise qui se faufilait dans les sous-bois, soulevant les rouges et les ors flamboyants des feuilles mortes. Le doux murmure du ruisseau. L'herbe arrachée et mastiquée par les dents de Kashtan qui broutait, les tintements de son harnais. Toutes ces choses juste en périphérie de mon esprit conscient alors que je cédais petit à petit au sommeil.

Et puis soudain, quelque chose d'autre. Un bruit plus régulier dans la forêt. Un bruissement de feuilles mortes et de broussailles qui me parvint comme dans un rêve. Mais j'avais passé trop longtemps dans la forêt pour ne pas prendre au sérieux le moindre bruit suspect, et toute envie de dormir me passa aussitôt. Dans la seconde qui suivit, j'avais les yeux ouverts, l'oreille aux aguets, et je tournai immédiatement la tête vers Kashtan. S'il y avait le moindre danger aux alentours, elle l'aurait entendu bien avant moi ; et cela se verrait à son attitude. Ce que je vis me confirma que le bruit que j'avais repéré n'était pas le fruit de mon imagination.

La jument avait arrêté de brouter et levé la tête, les oreilles pivotant en tous sens, attendant que le son se reproduise.

Ensemble, nous écoutâmes.

Le vent s'était levé, soufflant en rafales parmi les arbres, mais ce n'était pas ce qui m'avait réveillé. J'avais entendu quelque chose de plus solide, de plus...

Je le perçus de nouveau. Un bruit de mouvement dans les sous-bois. Tout près.

« Réveille-toi, dis-je en secouant Anna. Réveille-toi. »

Je répugnais à la tirer ainsi du sommeil. Au moins, là, elle se reposait. Réveillée, elle ne ferait que se rappeler son père.

« Quoi ? demanda-t-elle d'une voix ensommeillée et sonore.

— Chut. »

Je lui mis une main sur la bouche et m'écartai d'elle pour la regarder en secouant la tête. Je lui indiquai les bois, puis, ôtant un de mes gants avec mes dents, je portai un doigt à mes lèvres.

Les yeux agrandis par la peur, elle fouilla du regard l'endroit que je lui avais indiqué. Pour l'instant, on n'y voyait que les troncs couverts de givre et un fouillis de ronces et de bois mort.

« Ils nous ont suivis ? chuchota-t-elle lorsque j'écartai la main de sa bouche.

— Je ne sais pas. »

Je plongeai la main dans ma poche pour prendre mon revolver. « Reste ici. Ne bouge pas. »

En lui donnant ces instructions, j'eus un souvenir fugace de la dernière fois où je les lui avais adressées, pratiquement mot pour mot, lorsqu'elle était encore avec son père et que je les avais quittés pour m'approcher du train.

« Ne me laisse pas toute seule, me supplia-t-elle, une lueur de panique dans les yeux. Je t'en prie.

— Je ne te laisserai pas toute seule. Je te le promets. »

Je me levai, les muscles et les articulations raides d'être resté assis si longtemps. Faisant abstraction de la douleur, je braquai mon arme vers l'endroit où j'avais entendu le bruit, mais le silence y régnait désormais.

Je jetai un coup d'œil à Kashtan derrière moi, me demandant si nous avions le temps de fuir avant que ce qui approchait nous atteigne, mais le bruit recommença, à quelques mètres tout au plus.

« Reste à terre, dis-je à Anna en me plaçant devant elle pour la protéger de ce qui arrivait.

— Est-ce que c'est eux ? » me demanda-t-elle.

Mais je ne pus que secouer la tête. Je n'avais aucune idée de qui c'était. J'avais dit à Anna que les hommes du train ne nous suivraient pas à pied, mais peut-être l'avaient-ils fait. Si l'un des wagons transportait des chevaux, ils les avaient peut-être sortis pour se lancer à notre poursuite. Ou alors c'était autre chose. Peut-être les sept cavaliers nous avaient-ils rattrapés.

C'est alors qu'Anna dit quelque chose qui me fit froid dans le dos.

« Est-ce que c'est lui ? Est-ce que c'est Kochtcheï ? »

Malgré le frisson qui me parcourait, je gardai une prise ferme sur mon arme. Je m'efforçai de calmer ma respiration et de ne pas imaginer la terrifiante silhouette du cavalier décharné surgissant de la forêt dans un tourbillon, l'épée levée et le regard flamboyant. M'armant d'une résolution d'acier, je plaçai un pied devant moi et attendis, le revolver levé, le doigt sur la détente. Quel que soit celui sur le point d'apparaître, je le tuerais. Que ce soit les hommes du train ou les sept cavaliers, voire Kochtcheï lui-même, peu m'importait. Je ne protégeais pas que moi désormais, et ce qui était sur le point de sortir de ces bois allait devoir être prêt à lutter de toutes ses forces, car j'avais l'intention de tirer jusqu'à ce que je n'aie plus de munitions, puis de dégainer mon couteau et de faire tout ce qui était nécessaire pour défendre Anna et ma propre vie.

Et surtout, je n'allais pas laisser voir ma peur à la fillette.

Je raffermis ma prise sur le revolver, le pointant à hauteur de tête, et relevai le chien alors que le son se rapprochait. Du mouvement dans les broussailles.

De plus en plus proche.

Trop léger pour que ce soit des chevaux.

Je carrai les épaules pour anticiper le recul de mon arme.

Peut-être un homme seul.

Je me concentrai, me forçai à respirer plus lentement et me préparai à réagir.

L'intrus n'était plus qu'à quelques pas de moi, mais il y avait quelque chose de bizarre. La cadence de ses mouvements était étrange.

Je ne me laissai pas distraire. Il n'y avait que moi et mon ennemi.

Puis la forme sombre émergea des sous-bois.

À cet instant, ce ne fut rien de plus qu'une masse noire et indistincte, se détachant à peine sur le fond de broussailles et de ronciers. Une ombre, un mouvement en périphérie de mon champ de vision. C'était beaucoup plus petit et plus près du sol que ce à quoi je m'attendais, et j'ajustai instinctivement ma ligne de mire, pliant les genoux et baissant les bras pour viser plus bas. Mais alors que mon index se crispait sur la détente, je compris soudain ce que je voyais.

Le chien nous avait retrouvés.

Il s'avança vers moi à pas feutrés en remuant la queue, mais je lui accordai à peine un regard. Je braquai de nouveau mon arme sur la forêt et attendis de voir ce qui allait peut-être en surgir après lui.

« Va rejoindre Kashtan », dis-je à Anna.

Je ne me retournai pas pour la regarder, mais m'éloignai à reculons du mur de végétation, l'oreille tendue.

Le chien geignit comme pour me rappeler qu'il était là, mais je l'ignorai, restant concentré sur ce qui se trouvait devant moi.

« Est-ce qu'ils arrivent ? demanda Anna.

— Va rejoindre Kashtan, je t'ai dit. Tout de suite. »

Je l'entendis bouger derrière moi et me risquai à lui jeter un coup d'œil pour vérifier qu'elle faisait ce que je lui avais demandé, avant de reporter toute mon attention sur la forêt devant moi. Je gardai mon arme levée tout en reculant à pas traînants pour ne pas tomber. Le chien me suivit la langue pendante, comme si c'était un jeu, et lorsqu'il se rapprocha, je le repoussai du pied.

« Va-t'en. Tire-toi. »

Et ainsi, plusieurs fois de suite. Mais chaque fois, il se contentait de se remettre sur pieds et de revenir à la charge.

« C'est quoi, ton problème ? Tu ne comprends donc pas quand on ne veut pas de toi ? Allez. Va-t'en. »

Je le chassai d'un geste de ma main libre, lui donnai des coups de pied, mais il continua à me suivre.

En atteignant l'endroit près du ruisseau où Anna et Kashtan attendaient, je rangeai mon revolver et attrapai Anna sous les aisselles pour la hisser en selle. Une fois qu'elle fut installée, je ressortis mon arme de ma poche et la braquai sur la tête du chien. J'admirais sa détermination et sa capacité à nous suivre, mais il représentait un risque. Il avait le nez fin, il venait de le prouver. Il nous retrouverait quoi que nous fassions pour cacher nos traces.

« Qu'est-ce que tu fais ? me demanda Anna.

— Ne regarde pas.

— Tu ne peux pas faire ça.

— Il y a des gens à ma poursuite, Anna. Ce chien risque de les mener droit à nous, si ce n'est pas déjà fait.

— Mais tu ne peux pas juste le tuer.

— Je suis désolé, Anna. Je sais que c'est…

— Mais tu ne peux pas ! Et d'abord, où est-ce qu'ils sont ? S'il les a conduits jusqu'à nous, où est-ce qu'ils sont ? »

Je secouai la tête.

« Peut-être qu'il ne l'a pas fait, mais il pourrait le faire.

— Ils l'ont dépassé ; tu l'as dit toi-même. Avant qu'on entre dans la forêt. Alors peut-être… Peut-être qu'ils se sont perdus et pas lui. Peut-être qu'il les a dépassés. Peut-être qu'ils sont toujours perdus. Ou peut-être qu'ils sont au train. Ou…

— Ça fait trop de "peut-être", Anna. »

Et pourtant, je m'étais fait les mêmes réflexions. Ils étaient peut-être encore loin derrière nous.

« Tu ne peux pas », insista-t-elle. Elle passa la jambe par-dessus la croupe de Kashtan et se laissa glisser à terre en se retenant à la selle. « Je t'en prie. » Elle vint se poster à côté de moi, levant la tête pour me regarder dans les yeux. « Et ils risquent d'entendre. Si ça se trouve, ils sont tout près et ils vont entendre. »

Je l'observai, notant l'intensité de son regard. Ses yeux me suppliaient avec la même ardeur que sa bouche, et je me demandai pourquoi elle ressentait le besoin de sauver ce chien. À la ferme, je ne l'avais pas vue lui accorder le moindre signe d'affection. Ni elle ni Lev ne lui avaient ne serait-ce que jeté une croûte de pain. C'était moi que l'animal avait suivi, pas eux, j'en étais certain ; et pourtant c'était elle qui me conjurait de l'épargner.

« S'ils sont tout près, ils entendront le coup de feu, c'est sûr, mais ils ne sauront pas d'où il vient. Non, je n'ai pas le choix. »

Le chien, assis, nous observait avec intérêt, comme s'il n'avait pas la moindre idée de ce dont nous discutions. Il ne savait pas combien il était proche de la mort. Je n'avais qu'à appuyer sur la détente.

Mais Anna était passée devant moi pour aller s'accroupir à côté de l'animal et lui passer les bras autour du cou. Il se laissa aller contre elle, plus parce qu'elle le tirait à elle que par envie, et elle enfouit le visage dans la fourrure qui formait une collerette autour de son cou.

« Écarte-toi de lui.

— Ne le tue pas, s'il te plaît. »

Et c'est alors que je compris que c'était là tout ce qui lui restait de son père. Un chien qui n'avait même pas été le sien. Je n'avais jamais vu Lev lui gratter l'oreille, et il ne lui avait même pas donné de nom, mais dans l'esprit d'Anna, il représentait le seul lien qui lui restait de lui. Tout ce que Lev et elle possédaient avait été sur le dos du cheval que nous avions laissé derrière nous. Il ne restait que ce chien.

Je baissai mon revolver.

« Merci, dit Anna. Merci.

— Il va devoir suivre le rythme, parce qu'on ne va pas ralentir pour lui, dis-je en rangeant l'arme et en le montrant du doigt. Et il se débrouillera tout seul pour trouver à manger. »

Lorsque je retournai auprès de Kashtan, le chien se dégagea de l'étreinte d'Anna pour trottiner vers moi, inconscient du fait qu'elle venait de lui sauver la vie.

22

À la tombée de la nuit, nous étions toujours dans la forêt. Nous avions quitté l'endroit où le chien nous avait trouvés, cachant nos traces du mieux que nous pouvions, et continué notre route. De temps en temps, nous descendions de selle pour marcher et permettre à Kashtan de se reposer un peu, et le chien nous suivait sans se laisser distancer.

Pour Anna, l'animal représentait un souvenir de son père et du temps qu'ils avaient passé à la ferme, un endroit où ils avaient été en sécurité pendant un moment. À moi, il me rappelait ce qui nous suivait. Le raisonnement d'Anna était juste : il était possible que les hommes à notre poursuite aient perdu notre piste et se soient égarés pendant que le chien les doublait. Mais je n'avais pas écarté la crainte qu'il les ait conduits jusqu'à nous. Il était possible qu'ils soient restés en arrière, attendant un meilleur moment pour attaquer. À leur place, j'aurais peut-être attendu que ma proie soit à découvert, ou qu'il fasse nuit pour la surprendre dans son sommeil. Ou peut-être aurais-je divisé mes hommes, essayé d'en envoyer une partie en avant afin d'attaquer sur plusieurs fronts.

Ces pensées en tête, je continuais d'avancer. Même lorsque l'obscurité envahit la forêt, nous poursuivîmes notre route. La nuit était presque totale, car la brume perdurait et les nuages étaient trop épais pour laisser passer le clair de lune, mais nous continuâmes, parce que chaque heure que je passais loin de ma femme et de mes enfants était une autre heure où ils risquaient d'être marqués de cette étoile au fer rouge.

Lorsque Anna fut trop fatiguée pour poser un pied devant l'autre, je la hissai sur le dos de Kashtan et continuai de marcher à côté d'elle, mais il arriva un moment où l'épuisement me gagna moi aussi, et je décidai enfin de m'arrêter.

Il eût été trop dangereux d'allumer un feu ; Anna et moi nous assîmes donc côte à côte, blottis entre les racines saillantes d'un immense érable. Je gardai le revolver à portée de main et tirai les couvertures sur nous pour nous tenir plus chaud, tandis que Kashtan restait debout non loin de là et que le chien venait se rouler en boule à côté de moi. Je lui étais reconnaissant de sa chaleur et de sa vigilance – à eux deux, la jument et lui formaient une excellente paire de gardes –, et, lorsqu'il posa le menton sur mon genou, je fus heureux qu'Anna m'ait empêché de le tuer.

Je ne dormis pas beaucoup, somnolant par intermittence. Chaque bruit dans la forêt me faisait rouvrir les yeux et scruter l'obscurité. Chaque fois que le chien tressaillait et relevait la tête, je faisais de même. Les rares fois où je fermais les paupières, une atroce vision de Marianna, Micha et Pavel reculant devant un fer à marquer en forme d'étoile à cinq branches s'imposait à moi. Ou alors je revoyais le visage de mon frère, souillé de terre. Ou le corps de Lev étendu au pied de l'arbre, désarçonné par son cheval.

À un moment, le chien fit entendre un grognement, un vilain son guttural, et je me redressai vivement, agrippant mon revolver et écarquillant les yeux pour essayer de voir quelque chose dans l'obscurité brumeuse, mais la nuit était silencieuse à l'exception du craquement d'une branche ou du bruissement d'une feuille qui tombait de temps en temps. Quelque chose de petit détala dans le noir, le trottinement rapide de pattes légères, et le chien gronda de nouveau ; je lui mis une main sur la tête et caressai sa douce fourrure.

« C'est bien, mon grand, lui chuchotai-je, mais c'est juste un lapin ou quelque chose comme ça. Rien de plus. »

À côté de moi, Anna remua.

« Tu es réveillé ? demanda-t-elle.

— Oui. »

Elle se tut un moment puis reprit :

« Qu'est-ce qui va m'arriver ?

— Je vais te protéger.

— Mais… plus tard ?

— Je vais te protéger, répétai-je. Aussi longtemps que tu le voudras.

— J'aimerais que papa soit là.

— Moi aussi. »

J'avais aimé Lev : c'était un homme chaleureux et gentil. Lui et moi serions devenus bons amis à une époque où les amis étaient une denrée rare.

« Merci d'avoir laissé vivre le chien, reprit-elle.

— Nous devrions lui donner un nom.

— Comme quoi ?

— Je ne suis pas doué pour ce genre de chose. »

Marianna, elle, lui aurait trouvé un bon nom. Peut-être celui d'un personnage dans une de ses *skazkas*.

« Quand j'étais enfant, nous avions un chat. Enfin, c'était celui de mon frère, en fait. Vaska.

— Il s'appelait Vaska ? »

Anna se tourna pour me regarder, et je passai le bras autour d'elle.

« Oui. Il était magnifique. Noir comme suie, et si discret qu'on aurait pu lui marcher dessus avant de se rendre compte qu'il était là. Et il savait y faire pour attraper les souris. Maman détestait retrouver celles-ci sur le seuil, et elle criait si fort sur Alek – mon frère – qu'on pouvait l'entendre à l'autre bout du village. Papa disait qu'il avait tellement honte lorsqu'il l'entendait hurler comme ça qu'il allait devoir quitter le village et n'y jamais revenir. »

Je souris intérieurement.

« Où il est ton frère, maintenant ?

— Mort, répondis-je, déçu de ne pas pouvoir m'attarder plus longtemps sur ce souvenir.

— Et le chat ?

— Aucune idée. Il a disparu il y a bien longtemps, mais j'ai toujours pensé qu'il allait bien. Il savait comment survivre – il était à moitié sauvage, de toute façon. Maman disait qu'il avait probablement emménagé chez une sorcière, quelque part dans la forêt. »

Je baissai les yeux pour la regarder en disant ces mots, espérant ne pas l'avoir effrayée.

« C'est un bon nom, Vaska, pour un chien ?

— Je ne sais pas. Probablement pas. Je ne connais aucun bon nom pour un chien. De toute façon, peut-être qu'il en a déjà un.

— Mais il ne peut pas nous dire ce que c'est.

— Peut-être qu'on devrait simplement l'appeler "Chien". C'est facile à se rappeler. »

Anna ne répondit rien à cela, et nous restâmes donc assis en silence, blottis tous trois entre les racines de l'arbre. Le vent se leva, agitant les branches au-dessus de nos têtes, faisant craquer leur bois ancestral et bruire les broussailles qu'il traversait en gémissant. Kashtan hennit doucement et s'ébroua, et le chien leva la tête pour écouter, laissant échapper un petit geignement en se serrant plus fort contre moi. Aucun de nous n'avait envie d'être dehors par un temps pareil.

Le vent balaya les nuages du ciel, révélant une lune à moitié pleine, dont il laissa la lumière baigner la forêt. Elle filtra à travers les doigts tordus des arbres au-dessus de nous, et je baissai les yeux sur le petit visage pâle d'Anna à côté de moi, dont les yeux reflétaient la lueur argentée.

« Tu crois que tu peux encore marcher un peu ? lui demandai-je.

— Oui. »

Je fus soulagé de me remettre en marche. J'étais fatigué, mais je voulais me dépêcher d'atteindre Dolinsk, dans l'espoir d'y trouver un indice m'indiquant où se rendait Kochtcheï. Je ne savais pas pourquoi il allait vers le nord ; la plupart des unités tchékistes de la région se dirigeaient probablement vers Tambov et non dans le sens inverse. Comme le commandant Orlov, ils devaient avoir reçu l'ordre de réprimer l'insurrection, et pourtant Tania et Ludmila avaient dit que Kochtcheï allait vers le nord. Toujours vers le nord. J'espérais que c'était encore le cas ; qu'il n'avait pas pris une direction différente, nous laissant suivre une fausse piste. Il fallait que je retrouve rapidement la civilisation, un moyen de vérifier que j'allais toujours dans la bonne direction.

Tout en marchant, je songeais à ce que le commandant Orlov m'avait dit : il avait ouvert les yeux sur le chaos, tout comme moi. Il avait choisi pour y échapper un chemin différent de celui que je comptais prendre, mais ses paroles avaient planté une idée dans ma tête – une idée qui me laissait entrevoir mon avenir potentiel : dénicher un endroit tranquille, où j'échapperais peut-être au regard du monde. Mais avant d'en arriver là, il fallait que je sème mes poursuivants et que je retrouve ma famille. Comme l'avait dit Orlov, c'était la chose la plus importante désormais, et, sans elle, mon identité se réduisait au soldat que je ne voulais plus être. Mes rôles dans ce nouvel avenir étaient ceux de père et d'époux, mais c'était le soldat en moi qui les rendrait possibles.

Le camarade de Stanislav avait cependant dit une chose qui me perturbait grandement. J'avais essayé d'en faire abstraction, mais elle grattait à la porte de ma conscience, quelque part à la frontière de ma pensée rationnelle, et je ne pouvais m'empêcher d'y revenir encore et encore. Il avait dit que Nikolaï Levitski avait créé Kochtcheï ; que c'était moi qui lui avais donné naissance. Je réfléchissais aux explications possibles, mais la seule qui me venait était liée au nom que le commandant Orlov m'avait donné. Ou plutôt qu'il avait mentionné.

Kroukov.

Si je connaissais un homme offrant la moindre ressemblance avec Kochtcheï, c'était bien Kroukov, et si c'était lui qui avait massacré les vieux de Belev et emporté les femmes et les enfants, alors Stanislav avait sans doute raison. Peut-être étais-je effectivement responsable de lui, d'une certaine façon. Et peut-être les hommes de Belev seraient-ils encore en vie si Alek et moi n'avions pas déserté. Nous avions fait partie de la même unité que Kroukov, et nous l'aurions tenu à l'écart de Belev ; il ne s'en serait même pas approché.

Cette idée s'enroula autour de mon cœur et le comprima douloureusement. L'hypothèse que je sois responsable de ce qui était arrivé à ma famille dépassait ce que je pouvais endurer. Si elle s'avérait fondée, et si ma famille en avait fait les frais, voudrais-je suivre le même chemin que le commandant Orlov ?

Mais en regardant Anna, je sus que j'avais une autre responsabilité. Je ne pouvais plus choisir la voie qui me convenait le mieux ; je devais suivre celle qui nous convenait le mieux à tous les deux.

23

Lorsque le jour se leva enfin, le soleil brillait bien fort à l'horizon. Jamais aube n'avait été accueillie avec plus de soulagement, et bien que sa lumière manquât de chaleur, elle était assez puissante pour dissiper les derniers bancs de brume. Arriver à la lisière de la forêt, à l'air libre, nous remonta encore davantage le moral. Nous courions plus de risques d'être vus, et il serait plus facile de nous suivre, mais c'était un soulagement que de ressortir des bois, et nous avancerions plus vite, ce qui nous permettrait à la fois de distancer nos poursuivants et de nous rapprocher de notre but.

Le plaisir de Kashtan était manifeste ; elle détestait la forêt encore plus que moi. C'était un endroit contraire à sa nature, primitif et plein de menaces cachées, et elle était le plus à l'aise là où elle pouvait voir le danger approcher et où elle avait la place de courir. Lorsque nous montâmes en selle, il ne lui fallut pas d'autre encouragement qu'une légère pression des genoux pour se lancer au galop dans la steppe. Elle se mit à courir parmi les herbes givrées dans un bruit de tonnerre, faisant voler les particules de glace aux quatre vents, et ses mouvements communiquaient un sentiment profond de liberté. L'air était frais, plus pur que je ne l'avais jamais connu, et je ne pus retenir le sourire que m'inspirait la joie de ce moment. Pendant ces quelques brèves minutes, j'oubliai tout le reste, et je sus qu'Anna ressentait la même chose.

Lorsque Kashtan commença à fatiguer et ralentit pour se mettre au trot, Anna se retourna vers moi. Elle ne souriait pas – le bonheur était encore hors de sa portée –, mais elle semblait avoir le cœur un peu plus léger.

« Et le chien ? » me demanda-t-elle en se retournant vers les arbres.

Ils se trouvaient assez loin derrière nous, désormais, et j'aurais aimé que d'autres choses soient aussi faciles à laisser derrière soi. Comme la vie aurait été simple si nous avions pu oublier les choses du passé.

« Il va nous rattraper, répondis-je. Il l'a fait hier.

— On devrait l'appeler Tuzik. Maman disait que si elle avait un chien, c'est comme ça qu'elle l'appellerait. Que c'était un bon nom pour un chien.

— Tuzik, répétai-je avant d'acquiescer. C'est un bon nom, c'est vrai. »

Avec le peu d'éléments à disposition pour dissimuler notre présence, nous restions près de la route, et lorsque Anna me demanda si nous ne devrions pas essayer de cacher nos traces, je lui expliquai qu'ainsi à découvert, il serait aisé de nous suivre, quel que soit l'itinéraire que nous prendrions, et que nous avions donc autant intérêt à choisir le plus direct. Au moins, sur la route, nos empreintes se mêleraient aux nombreuses autres. Je n'avais pas besoin de lui dire que si les cavaliers avaient réussi à nous suivre pendant la nuit, ils nous repéreraient presque dès l'instant où ils sortiraient des bois, mais je savais qu'elle avait bon espoir, comme moi, que ce n'était pas le cas. Nous avions réussi à parcourir une bonne distance au cours de la nuit, et il aurait été impossible pour quiconque de suivre notre piste.

Vers midi, nous arrivâmes dans un petit village : six isbas seulement, construites en retrait de la route. Leur état de destruction était variable, mais toutes avaient subi les attaques du feu. Nous les avions observées de loin puis, ne voyant rien bouger, avions décidé qu'il était sans danger de s'en approcher.

« Regarde, dis-je en indiquant du crottin éparpillé sur la route devant les maisons. Il a l'air relativement frais. » Je descendis de selle et m'approchai pour l'examiner, le retournant de la pointe de ma botte. Il était encore mou, un peu humide, odorant. « Il y a des empreintes, ici. Deux chevaux, peut-être plus. » Je m'accroupis pour étudier le sol gelé, où le givre avait été remué par endroits et où la boue avait pris la forme de sabots et de bottes. « Des gens, aussi. Quelqu'un a été ici, récemment. » Je relevai les yeux pour regarder ce qui restait des habitations. « Peut-être pas plus tard que ce matin. »

Ni elle ni moi ne le dîmes tout haut, mais nous pensions tous deux la même chose.

Kochtcheï.

Entre-temps, Tuzik nous avait rattrapés ; il flaira le crottin, puis fit le tour de la maison la plus proche en suivant une piste, examinant tout et passant quelque temps au pied d'un tonneau d'eau intact à côté des ruines. C'était le genre de tonneau dont les paysans se servaient pour stocker l'eau apportée de la rivière, ou pour récupérer celle, fraîche, de la pluie. Tuzik leva la patte pour en marquer la base, puis capta une autre odeur et disparut précipitamment, le nez au sol.

« Qu'est-ce qu'il a trouvé ? demanda Anna.

— Probablement un lapin, répondis-je. Attends là.

— Ne me laisse pas toute seule, Kolia.

— Je vais rester bien en vue. Je ne vais nulle part. Reste juste sur Kashtan, et s'il arrive quoi que ce soit, tu sais monter, n'est-ce pas ? »

Elle hocha la tête.

« Alors reste là. »

Sur ces mots, je tirai mon revolver de ma poche et entrai dans les ruines de la première maison.

Il n'en restait que le mur nord et le *pitch* ; tout le reste s'était désagrégé dans la chaleur du feu. Ramassant un bâton noirci, je fouillai les cendres avec, à la recherche de quelque chose qui puisse m'être utile, mais ne trouvai rien. Je levai la main en regardant Anna, pour lui signifier que tout allait bien, puis passai à la maison suivante ; mais celle-ci était aussi délabrée que la première.

« Il n'y a rien, ici, lançai-je à Anna.

— Est-ce qu'on peut s'en aller, alors ? »

Elle n'aimait pas que nous nous arrêtions. C'était comme si elle était plus consciente des hommes à notre poursuite que moi. Même à cet instant, tout en me parlant, elle ne cessait de tourner les yeux vers l'horizon derrière nous, à l'affût des sept cavaliers. Mais dans l'immédiat, ils n'étaient nulle part en vue.

« Pas encore », lui répondis-je.

Si Kochtcheï était passé par là, j'en trouverais forcément confirmation.

Aussi, prévenant Anna que j'allais explorer le reste des maisons, passai-je de l'une à l'autre en ratissant les débris pour trouver un indice ; mais ce ne fut qu'en m'aventurant dans la cour à l'arrière de la dernière isba que je trouvai ce que je cherchais.

Tuzik avait déjà découvert les corps et était en train de lécher le sang qui avait coulé de la nuque de l'un d'eux. Au milieu de ces cadavres, il ressemblait plus que jamais à un loup. Je m'arrêtai, me demandant comment il allait réagir à mon intervention. Je ne lui en voulais pas d'un acte qui était purement instinctif, mais je ne pouvais pas le laisser continuer, pas en ma présence ; je claquai donc des mains et lui donnai un coup de pied dans les côtes lorsqu'il se fit prier pour s'en aller. Quelle que soit la part de loup en lui, il vivait au contact des humains depuis assez longtemps pour savoir ce que signifiait un coup de pied, et il poussa un glapissement avant de reculer furtivement, malgré sa répugnance à perdre un repas.

Il y avait quatre corps étendus dans le givre, et si le froid rendait difficile de déterminer depuis combien de temps ils étaient là, j'avais vu assez de morts pour estimer que cela faisait quelques jours tout au plus. Tous étaient dénudés jusqu'à la taille et tous avaient les deux mains écorchées. Je ne pouvais qu'imaginer la terreur qu'ils avaient dû ressentir en attendant leur tour d'être torturés, la douleur qu'ils avaient endurée lorsque la peau avait été arrachée de leurs doigts. Leurs bourreaux avaient dû être ivres de pouvoir et de cruauté lorsqu'ils leur avaient fait subir ce supplice. Ils avaient probablement bu pour accroître le plaisir qu'ils en tiraient.

Tuzik s'était assis à quelques pas de moi et me regardait examiner les corps.

Ces mains écorchées me rappelaient ce que j'avais vu à Belev, mais de tels actes n'étaient pas inconnus ailleurs. Même si mon instinct me soufflait que Kochtcheï avait été là, pareille atrocité n'en était pas nécessairement la preuve. J'avais déjà vu ce genre de choses avant, quand je combattais. C'était une méthode efficace pour persuader un homme d'avouer à peu près n'importe quoi, et un bon moyen pour dissuader de toute activité antisoviétique quiconque en était témoin. C'était le genre d'acte qui m'avait donné envie de quitter l'armée et de rentrer chez moi.

Cependant, ces hommes n'étaient pas morts de leur supplice. L'un d'eux avait subi le même sort que le mari de Galina, et les trois autres avaient été exécutés selon une méthode courante chez les unités tchékistes. Une seule balle tirée dans la nuque, vers le bas, était un moyen efficace et économique d'abattre des prisonniers en nombre. Deux d'entre eux gisaient face contre terre, côte à côte, mais le troisième était sur le dos, ses yeux secs et morts tournés vers le ciel, et il était évident qu'il n'avait pas été laissé comme ça par ses meurtriers. Quels qu'ils soient, ils l'avaient laissé à plat ventre comme les autres, mais quelqu'un l'avait retourné. Le sang par terre et l'empreinte laissée dans le givre m'indiquaient au moins ça.

L'homme devait avoir la cinquantaine, peut-être un peu moins. C'était un travailleur, à en juger par la peau tannée et prématurément vieillie de son visage qui n'aidait pas à lui donner un âge. Il avait la barbe fournie, mais son torse était maigre et pâle, et on voyait ses côtes. Des meurtrissures lui couvraient tout le corps, indiquant qu'il avait été battu en plus d'être écorché, avant d'être exécuté. Et au centre de sa poitrine se trouvait une vilaine brûlure rouge, en forme d'étoile à cinq branches. La même que j'avais vue à Belev, et la même qu'avaient rencontrée Lev et Anna.

« Kochtcheï », murmurai-je.

Je retournai les autres corps pour examiner leur visage contusionné, mais je ne reconnus aucun d'entre eux, et il me vint à l'esprit que la personne qui avait retourné le premier corps avait vu tout ce qu'elle avait besoin de voir. Elle avait laissé les autres tels qu'elle les avait trouvés. Un simple coup d'œil à l'étoile rouge lui avait suffi pour savoir qui avait commis ces atrocités. Elle ne s'était pas intéressée aux victimes, seulement à celui qui les avait tuées.

Peut-être suivais-je plus d'une piste, désormais.

Et lorsque je me retournai pour m'en aller, je vis quelque chose qui confirma mes soupçons.

24

« Tu as trouvé quelque chose ? demanda Anna alors que je la rejoignais. Qu'est-ce que c'est ? »

Je m'arrêtai et secouai la tête.

« Des gens morts ? »

Je n'eus pas besoin de répondre pour qu'Anna sache qu'elle avait deviné juste. À la place, j'examinai l'objet dans ma main, le retournant pour mieux le voir à la lumière du soleil.

« Qu'est-ce que c'est que ça ? »

Je le levai pour lui montrer.

« Un mégot de cigarette ?

— Je l'ai trouvé là-bas. Derrière les maisons.

— Qu'est-ce qu'il a de si spécial ?

— Tu vois ça ? dis-je en le lui mettant sous le nez pour qu'elle le regarde. La façon dont il est roulé avec ce petit morceau de carton ? »

Il y avait peut-être mille, cent mille personnes qui faisaient la même chose, mais je n'en connaissais qu'une, et ça ne pouvait pas être une simple coïncidence que j'en aie trouvé un là. À côté du corps retourné.

« Je crois que je sais qui l'a fumé.

— Kochtcheï ?

— Non. Quelqu'un d'autre qui le cherche. »

Et si Tania était passée par là, c'était une autre preuve que j'étais sur la bonne piste. Mais l'étoile rouge avait été l'indice le plus révélateur. Kochtcheï avait laissé sa marque dans ce village.

« Qui est-ce ?

— Quelqu'un que j'ai rencontré. »

C'est alors que je me rappelai la cigarette qu'elle m'avait donnée. Celle dont j'avais fumé la moitié derrière l'église avant de mettre le reste dans ma poche. Je la ressortis pour en renifler l'extrémité, la comparant à l'odeur du mégot que je venais de trouver, mais les deux sentaient juste le tabac brûlé.

« Qui ? insista Anna.

— Deux femmes que j'ai rencontrées à Belev. Mon village. Elles s'appellent Tania et Ludmila. Je crois qu'elles sont venues par ici il n'y a pas très longtemps. Les empreintes que j'ai trouvées.

— Ce sont des soldates ?

— Je ne suis pas sûr. »

Tania était passée là. J'en étais certain. Elle était passée récemment, et elle avait trouvé les corps avant de continuer son chemin.

Je déchirai la cigarette et transférai le tabac dans ma blague, avant de replacer celle-ci dans ma sacoche et d'en sortir ma gourde d'eau.

« On se rapproche, dis-je, vérifiant derrière nous que je ne voyais pas les cavaliers, tout en dévissant le bouchon. On va suivre ces traces-là, pour l'instant.

— Et Tuzik ? »

Je me rinçai la bouche et recrachai l'eau sur la route.

« Il nous rattrapera, comme toujours. »

J'avais réussi à le tenir à l'écart des corps pendant que je les examinais, mais il était resté près d'eux. À moins de les enterrer, je n'avais aucun moyen de l'empêcher de faire ce qui lui était naturel. Il nous suivrait quand il serait prêt.

Mais je n'avais pas envie de penser à son repas, et, après avoir bu, je concentrai toutes mes pensées sur Tania et Ludmila. C'était rassurant de savoir qu'elles étaient passées par là ; j'avais commencé à me demander si je n'avais pas dépassé Kochtcheï, ou s'il n'avait pas fait demi-tour pour regagner Tambov, mais les signes étaient clairs. Quelque chose le poussait à continuer d'avancer vers le nord ; j'étais toujours sur sa piste, et j'étais probablement en train de le rattraper.

Je me demandai quels ordres il avait pu recevoir pour ainsi s'éloigner de la zone des combats, ou si quelque chose d'autre l'attirait vers le nord ; mais dans l'immédiat, c'était sans importance. Ce qui comptait, c'était que j'allais toujours dans la bonne direction. Si c'était par là qu'était passée Tania, c'était cette route qui me mènerait à Kochtcheï. Elle avait un puissant désir de le retrouver, et en avait peut-être appris davantage sur lui depuis Belev. Elle avait pris un chemin différent, avait dû trouver des indices différents. Peut-être même connaissait-elle désormais sa véritable identité. Elle aussi avait peut-être entendu le nom de Kroukov associé au monstre qu'elle traquait.

Je passai la gourde à Anna en lui disant de boire autant qu'elle en avait besoin.

« On va la remplir ici », expliquai-je lorsqu'elle me la rendit.

J'avais été entraîné à ne perdre aucune occasion de me réapprovisionner, aussi retournai-je au tonneau à côté de l'isba la plus proche. J'enlevai la pierre posée dessus avant de sortir mon couteau. Glissant la lame sous le couvercle, je la tournai dans un sens puis dans l'autre, craquelant le sceau de glace et me ménageant un espace suffisant pour introduire le bout de mes doigts. Laissant ensuite tomber le couvercle, je me servis du manche de mon couteau pour casser la fine couche de glace qui s'était formée en surface, mais lorsque les morceaux commencèrent à se séparer, je vis que l'eau en dessous était devenue impure. Des filaments d'algues sombres flottaient et tournoyaient, comme ils le faisaient dans les parties les plus calmes du lac en été. Avant d'avoir eu le temps de réfléchir à l'étrangeté d'une telle flore en hiver, j'aperçus quelque chose d'autre parmi les débris de glace et les fibres végétales en suspension.

Quelque chose sous la surface.

Quelque chose de si blanc que c'en était presque phosphorescent.

Et lorsque je me penchai pour y regarder de plus près, écartant la glace de la pointe de mon couteau, je me rendis compte que ce n'étaient pas des algues que je voyais flotter dans l'eau, mais des cheveux. Et la blancheur était celle d'une peau.

Elle avait encore les yeux grands ouverts. Et la bouche. Ses bras étaient tordus derrière son dos, son corps calé contre les parois.

Il aime noyer les femmes.

Je reculai vivement, laissant tomber ma gourde.

« Qu'est-ce qu'il y a ? » demanda Anna.

Je gardai les yeux fixés sur le tonneau, comme si la femme à l'intérieur risquait de se relever, ses cheveux mouillés retombant autour de son visage blanc et gonflé.

« Qu'est-ce qui se passe ? »

Était-ce à cela que ressemblerait Marianna ?

« Kolia ! »

Me détournant pour ne plus voir ce visage boursouflé, j'attrapai le couvercle et le remis brutalement en place, refermant le tonneau sur la noyée. Je l'enfonçai durement, puis remis la pierre dessus et m'écartai.

« Rien, dis-je en ramassant ma gourde. Ce n'est rien. Il faut qu'on y aille, c'est tout. Il faut qu'on y aille. »

Apercevant un ou deux petits hameaux au loin, d'un côté ou de l'autre de la route, nous restâmes sur celle-ci, sans cesser de scruter l'horizon devant et derrière nous.

« Ma femme s'appelle Marianna », dis-je.

Anna ne répondit pas. Je n'étais même pas sûr qu'elle m'ait entendu.

« Parfois, je l'appelle Anna. Vous avez presque le même nom.

— Et tu vas continuer à la chercher, comme le prince Ivan a continué de chercher Maria Morevna.

— Oui. Sauf que je n'ai rien d'un prince.

— Est-ce qu'elle est jolie ? »

Son visage ne s'imposa pas immédiatement à mes pensées, alors je fermai les yeux et tentai de me la représenter. Cela m'embêtait de ne toujours pas être capable de me remémorer ses traits. Je savais qu'elle avait les cheveux couleur de blé d'hiver et les yeux bleus comme un beau ciel d'été. Je savais qu'elle avait le nez petit, pointu et bien formé, et les lèvres fines. Je savais même que son incisive gauche était ébréchée, résultat d'une chute quand elle avait dix-sept ans ; mais je ne visualisais rien de tout cela dans ma tête.

« Oui, répondis-je en rouvrant les yeux. Comme toi.

— Et tes fils ? Comment est-ce qu'ils s'appellent ? »

Avec un sourire, je les imaginai assis tous les trois à table. Là encore, je ne réussis pas à voir nettement leur visage, mais je me rappelais la sensation de leur présence ; de l'amour que Marianna avait pour nos fils, du soin qu'elle prenait de notre petite isba. Nous ne possédions pas grand-chose, mais c'était assez. Une maison et une dépendance. Un petit lopin de terre.

« Micha est l'aîné. Et puis il y a Pavel. Il a à peu près ton âge.

— Comment est-ce qu'ils sont ?

— Sérieux la plupart du temps, je suppose ; pas toujours. »

Je me rappelai l'excitation et la fierté avec lesquelles ils m'avaient montré les lapins et les poissons qu'ils avaient attrapés la dernière fois que je les avais vus. « Ils aiment être dehors en été, tout comme mon propre frère et moi. Se mettre au défi d'aller dans la forêt, se cacher dans les blés, nager dans le... » Une vision du lac s'imposa brusquement à mon esprit, faisant vaciller ma voix, mais je la refoulai.

« Aux repas, ils parlent toujours beaucoup. Parfois, c'est comme s'ils n'allaient jamais s'arrêter.

— Alors ils s'entendent bien ?

— Absolument. Et ils prennent soin l'un de l'autre. Micha laisse toujours Pavel avoir le dernier morceau de fruit ou la dernière pincée de sucre, et Pavel laisse toujours à son frère le meilleur côté du lit. Une fois, Micha a même essayé de sculpter un cheval en bois pour son frère, comme ceux que mon papa sculptait pour moi. »

Je souris à ce souvenir. « Mais il n'était pas terrible, ajoutai-je avec un rire. Avec Marianna, on trouvait qu'il ressemblait plutôt à une chèvre. »

Anna sourit et attendit que je continue.

« Ils ne sont pas parfaits, cela dit. Un garçon reste un garçon. Ils se disputent parfois, comme tous les frères. Comme je le faisais avec le mien. Et ils sont insolents. Tu sais, quand ils étaient plus jeunes, ma femme leur donnait un coup de cuillère en bois sur les fesses quand ils répondaient.

— Ça ne leur faisait pas mal ?

— Si, sans doute. »

Je ris de nouveau, en me rappelant la mauvaise humeur de Marianna lorsqu'ils salissaient la maison ou prenaient de la nourriture sans demander la permission.

« Mais pas trop. De toute façon, en grandissant, ils sont devenus trop vifs pour elle. Micha l'esquive avec une telle habileté, on dirait un loup. Une fois, elle l'a poursuivi jusque sur la route. C'était l'automne, il y avait beaucoup de boue, et elle a glissé, devant tout le village. Elle était furieuse… Mais quand tout le monde a ri, elle n'a rien pu faire d'autre que de rire aussi.

— Est-ce qu'à moi aussi elle me donnera des coups de cuillère en bois ?

— Bien sûr que non, fis-je en la poussant légèrement du coude. La cuillère, c'est seulement pour les garçons. »

Cela me faisait du bien de penser à mon foyer comme à un endroit plein de chaleur, de bruit et de vie, au lieu du village vide que j'avais laissé derrière moi. Je souris intérieurement, savourant ce moment de joie inopiné. Ces pensées m'étaient venues comme un rayon de soleil perçant les nuages par une grise journée, et je m'autorisai à en goûter la caresse pendant quelques minutes tandis que nous continuions d'avancer.

Lorsque Anna reprit la parole, cependant, les nuages se reformèrent et rebouchèrent la trouée.

« Il y a une autre ferme. »

J'étudiai l'habitation de loin, mais elle aussi était en ruine. Deux bâtiments déserts et pratiquement réduits en cendres, à côté d'un châtaignier solitaire penché par le vent. À travers mes jumelles, je vis les corps qui y étaient pendus et se tordaient dans le vent.

Anna avait peur de rester seule, mais je ne voulais pas l'amener plus près, pas plus que Kashtan ; nous nous arrêtâmes donc à une centaine de mètres et je mis pied à terre pour aller examiner les lieux tout seul.

Lorsque je revins, j'avais vu d'autres mains écorchées, d'autres torses marqués d'une étoile, et je remontai en selle sans dire un mot, faisant quitter la route à ma jument pour contourner la ferme de très loin.

Nous étions toujours sur la bonne piste. Kochtcheï était passé par là.

Kashtan continua d'avancer à un rythme régulier pendant encore une heure, et, à part une empreinte fraîche de temps en temps dans la boue gelée, nous eûmes la route à nous tout seuls. J'échangeai à peine un mot avec Anna – nous étions tous deux absorbés par nos pensées –, et nous voyageâmes dans un silence que rompaient seulement le bruit des sabots de la jument sur le sol, son souffle régulier et les grincements et cliquetis de son harnais.

Il n'y avait pratiquement aucun élément distinctif dans le paysage de cette partie de la steppe. La route était la même devant et derrière nous. De chaque côté s'étalait une étendue d'herbe vierge, avec parfois un champ au loin, à l'est ou à l'ouest, mais rien de distinct, et pendant longtemps l'horizon resta inchangé. Nous ne vîmes qu'une seule autre ferme, à un kilomètre au moins de la route à l'est, et, avec mes jumelles, j'observai un fermier solitaire en train de travailler dans son champ.

« Tu vas y aller voir de plus près ? me demanda Anna d'une voix crispée.

— Non. »

J'étais convaincu d'aller dans la bonne direction, et certain d'en apprendre plus lorsque nous atteindrions Dolinsk ; nous continuâmes donc d'avancer jusqu'en haut d'une crête qui dominait la steppe devant nous. De là, nous vîmes un vaste océan de givre, avec l'ombre à peine visible d'une forêt à l'horizon. La route descendait en serpentant sur la droite pour aller se perdre dans l'herbe blanchie.

« C'est là qu'on va ? demanda Anna.

— Dolinsk. »

À mi-distance, une dizaine de kilomètres de là, la ville se nichait au creux de la large vallée. Plus grande que Belev, elle s'était développée de façon différente. Les isbas traditionnelles se dressaient en son centre, mais elles étaient entourées d'autres constructions en pierre, et, tout en périphérie, on voyait le dôme bleu d'une modeste église.

Sans descendre de selle, je tirai mes lourdes jumelles de ma sacoche et scrutai la steppe lointaine. Dans leur champ m'apparurent deux taches noires sur la route, qui s'éloignaient de moi en direction de Dolinsk.

« Ce sont elles, dis-je à mi-voix.

— Qui ?

— Les femmes dont je t'ai parlé : Tania et Ludmila.

— Je peux voir ? »

Je passai la sangle des jumelles autour de son cou et les lui tendis.

« Comment est-ce que tu sais que c'est elles ? Moi, je ne vois que des points. Ou des lignes.

— C'est elles. J'en suis absolument sûr.

— Mais si jamais tu te trompes ? Si c'est quelqu'un d'autre ? Kochtcheï…

— Si c'était lui, ils seraient plus nombreux. Non, je suis sûr que c'est Tania. »

Ce ne pouvait être qu'elles.

« Comment elle est ?

— Qui ?

— Tania.

— Je ne sais pas vraiment. »

Reprenant les jumelles, j'observai pendant quelque temps leur progression régulière, avant d'examiner la steppe de part et d'autre des deux silhouettes. Vers la droite, quelque chose brillait dans l'herbe et les chardons : une traînée de tiges tordues et cassées, suggérant le passage d'un grand nombre de chevaux ; mais, sans être assez près pour distinguer dans quel sens elles étaient couchées, il était impossible de savoir s'ils l'avaient créée en montant ou en descendant la pente. Je me demandai si ce pouvait être la trace du passage de Kochtcheï ou quelque chose d'autre, mais elle datait déjà de plusieurs jours au moins, à en juger par la façon dont l'herbe commençait à se redresser.

« Est-ce qu'elles savent où est Kochtcheï ? » demanda Anna.

Elle ne pouvait pas prononcer son nom sans un léger tremblement dans la voix.

« Je ne sais pas. Peut-être.

— Alors on essaie de les rattraper ?

— Pas tout de suite. »

Fouillant dans une des sacoches derrière moi, j'en sortis un morceau de *salo* que j'avais trouvé à Belev. Le lard avait commencé à jaunir et sentait le rance. Il resterait meilleur que beaucoup de choses que j'avais mangées sur la route de Belev, mais ce ne serait rien comparé au repas que j'avais partagé avec Lev et Anna. J'en coupai un coin et le tendis à Anna. « Tu n'as rien mangé depuis… Prends-le. Il faut que tu restes en bonne santé. »

Elle le regarda en secouant la tête, mais le saisit quand même, entre le pouce et l'index, comme si ça pouvait être dangereux.

« Mange. »

Elle en prit une toute petite bouchée et mâcha lentement. Je lui souris et en mangeai moi-même un morceau tout en jetant un coup d'œil à l'horizon derrière nous. Nous avions eu de la chance jusqu'alors, mais je ne savais pas combien de temps ça durerait. Les hommes qui me suivaient étaient bien entraînés, aguerris et déterminés. Tant qu'ils tiendraient une piste, ils ne renonceraient pas, et je me surpris à toucher une fois de plus le *tchotki* en espérant, en priant pour que les ruses auxquelles nous avions eu recours afin de dissimuler nos traces aient fonctionné.

Pendant que nous mangions, Kashtan s'écarta de la route et, trouvant un coin où l'herbe était belle, baissa la tête pour brouter. Ce faisant, elle tira sur les rênes et sur mon bras, mais elle avait bien mérité ce repas. Elle avait travaillé dur, et le moins que je puisse faire était de l'autoriser à manger. Cela lui permettrait de garder sa force.

« Tuzik arrive », m'avertit Anna.

Le chien trottinait le long de la route, le nez au sol, zigzaguant de-ci de-là au gré des multiples odeurs qui lui parvenaient aux narines.

« Il doit bien nous aimer, reprit-elle.

— Peut-être », répondis-je en prenant une gorgée d'eau à ma gourde.

Elle était glacée et fit disparaître le goût de gras laissé par le *salo* dans ma bouche, mais elle me rappela la femme dans le tonneau.

« Pourquoi est-ce qu'il nous suivrait, sinon ? » insista-t-elle.

Je lui tendis la gourde, content qu'elle n'ait pas vu cette horrible blancheur sous l'eau.

« Peut-être qu'il n'a nulle part d'autre où aller. »

Anna essuya le goulot de sa main gantée.

« Il aurait pu rester au train. Il y avait des gens, là-bas. »

Elle renversa la tête en arrière pour boire.

« C'est vrai.

— Donc je crois que c'est parce qu'il nous aime bien. Qu'il t'aime bien, toi.

— Moi ?

— Il voit bien que tu es gentil.

— Allez, viens, dis-je en replaçant le bouchon. Il faut qu'on reparte. »

Nous suivîmes la trace des deux femmes, l'œil sans cesse aux aguets, tous les sens en éveil. De temps en temps, je m'arrêtais pour balayer les environs de mes jumelles, mais jamais très longtemps. L'impression de danger était constante, comme dans la forêt, mais différente. Parmi les arbres, c'était l'imaginaire qui avait joué avec mes nerfs. Les ombres et les craquements des branches dans le vent. Les doigts sombres de la forêt, m'inspirant une peur plus primitive. Là, dans la steppe, c'était la balle d'un tireur d'élite, les éclaireurs d'une unité à l'approche qui m'angoissaient, et la pensée des cavaliers qui nous traquaient peut-être était de plus en plus présente à mon esprit. Si j'étais content d'avoir retrouvé Tania et Ludmila et si j'espérais obtenir d'elles plus d'informations sur l'homme que nous suivions, je craignais que les démons sur nos talons nous rattrapent aussi.

Les deux femmes avaient atteint l'endroit où la steppe redevenait plate à l'approche de Dolinsk, et elles s'étaient séparées, partant dans des directions différentes pour observer les abords de la ville avant d'y entrer. Il y avait un risque que Kochtcheï s'y trouve encore, ou peut-être qu'une autre armée s'y soit installée en garnison à ses propres fins, même si je ne voyais aucune confirmation immédiate de cette dernière hypothèse.

De loin, je les regardai s'éloigner au trot l'une de l'autre et s'approcher de la ville. Elles donnaient l'impression de savoir ce qu'elles faisaient, et je me rappelai l'efficacité avec laquelle elles travaillaient ensemble. Si j'avais été à leur place avec mon frère, nous aurions probablement utilisé la même tactique.

Je levai mes jumelles pour examiner Dolinsk. À présent que nous étions plus près, tout était plus net, et je distinguais mieux les bâtiments. Les maisons de pierre les plus proches de moi étaient solides et intactes, mais d'autres étaient en ruine, peut-être touchées par des tirs d'artillerie perdus, comme si la ville s'était retrouvée prise entre deux feux. Il y avait des isbas en bois qui n'étaient guère plus que des tas noirs de rondins carbonisés.

« On dirait qu'ils ont eu des ennuis.

— Kochtcheï ? Il est passé là aussi ?

— Il n'est pas responsable de tous les maux de ce monde.

— Mais les fermes de tout à l'heure…

— Là, c'est différent… Plus grand. Je crois qu'il y a eu beaucoup d'hommes, ici. Une bataille quelconque, mais cela doit faire quelque temps déjà, à en juger par l'état de déblaiement. »

Soudain, Anna se raidit et se redressa sur sa selle.

« Il y a quelque chose, là-bas. » Elle leva une main pour indiquer l'horizon. « Plus loin. »

De nouveau, Kashtan s'ébroua et piaffa sous moi, impatiente de reprendre la route, mais je la maintins immobile.

« Où ? demandai-je en plissant les yeux.

— Là-bas, répondit Anna en agitant sa petite main gantée et en tendant encore plus le bras, comme si cela pouvait m'aider. Au loin. Derrière la ville.

— Tu as de bons yeux, fis-je en prenant mes jumelles pour scruter l'horizon. C'est une… ? »

Derrière Dolinsk, la steppe s'étalait jusqu'à l'horizon, vaste étendue de givre ponctuée d'arbres solitaires montant la garde ; et, tout à l'extrémité de mon champ de vision, là où l'herbe touchait le pâle ciel hivernal, il y avait du mouvement. Des taches sombres et indistinctes qui apparaissaient lentement.

Je reportai mon attention sur Tania et Ludmila pour évaluer à quelle distance elles se trouvaient de Dolinsk. Elles en étaient tout près, et revenaient l'une vers l'autre, comme si elles avaient décidé que la ville était sans danger, pour faire ensemble la dernière partie du chemin. Elles ne pouvaient plus voir derrière les toits, désormais. Elles n'avaient aucune idée de ce qui approchait.

Je braquai de nouveau mes jumelles sur l'horizon. Il m'était difficile de savoir ce que je regardais exactement, mais j'en avais une vague idée. Les taches étaient encore floues, mais elles formaient une ligne de plus en plus large et de plus en plus longue, tel un serpent sortant de son trou derrière l'horizon.

« Ça ressemble à une colonne, dis-je enfin. Qu'est-ce que tu en penses ? C'est toi qui as de bons yeux. »

Je mis les jumelles à hauteur du regard d'Anna et la laissai les tenir.

« Des soldats ? demanda-t-elle. On dirait... plein de soldats. »

Kashtan fit un pas en avant, tournant les oreilles pour écouter.

« Des soldats », acquiesçai-je en reprenant les jumelles.

D'après mon estimation, la colonne se trouvait à environ dix kilomètres, mais il m'était difficile d'en être sûr. Elle n'avançait pas vite, mais assez pour que je la voie grossir alors qu'elle descendait dans la vallée, droit sur Dolinsk. Elle ne cessait de grandir, en longueur et en largeur.

« Ils sont beaucoup, chuchotai-je. Une petite armée. » S'ils entraient dans Dolinsk, ils ne pourraient pas rater Tania et Ludmila.

« Je me demande de quelle couleur ils sont.

— Est-ce que ça change quelque chose ? » demanda Anna.

Je rangeai les jumelles dans ma sacoche de selle.

« Prête à t'accrocher à ta casquette, Anna ? »

Elle l'enfonça vivement sur ses oreilles.

« Et toi, Tuzik ? » Il était couché dans l'herbe, le menton entre les pattes. « Prêt à courir ?

— On va aller vite ? demanda Anna en se retournant pour me regarder.

— Oui. Cramponne-toi bien. »

Je talonnai Kashtan pour la mettre au trot, puis au galop. Il ne lui fallut pas beaucoup d'encouragements, et elle dévala la pente d'un pied sûr, martelant le sol gelé de ses sabots dans un bruit de tonnerre.

Je me penchai en avant et restai courbé, en tenant les rênes serrées et en pressant Anna contre l'encolure de la jument. Il fallait que je prévienne Tania.

Ludmila et elle n'avaient pas pu voir l'armée ; elles allaient entrer dans Dolinsk persuadées de ne rien risquer. Les habitants eux-mêmes, si nombreux ou si rares soient-ils, ne repéreraient peut-être pas les soldats qui approchaient avant qu'il soit trop tard. Il était possible que l'armée ne leur veuille aucun mal, mais il était peu probable qu'un corps de troupe aussi important passe devant la ville sans s'arrêter pour la délester de toutes ses provisions.

Je ne pouvais pas faire grand-chose pour la ville ou ses habitants à part les prévenir, mais il fallait que j'aide Tania et Ludmila à fuir. Elles avaient peut-être des informations dont j'avais besoin.

Le visage mordu par le vent froid et des larmes ruisselant au coin des yeux, je talonnai Kashtan pour la faire aller encore plus vite. Son équipement cliquetait bruyamment, son souffle haletant résonnait dans tout mon corps, et je sentais la secousse de chacune de ses foulées. Au début, Tuzik réussit à nous suivre, ses longues pattes disparaissant dans un flou noir, mais, à cette cadence, il se fatigua rapidement et se laissa bientôt distancer.

« Allez, fonce, ma belle ! » lançai-je alors que nous dévalions la pente, en plissant les yeux pour voir les formes sombres, loin devant nous, qu'étaient Tania et Ludmila.

Kashtan donna tout ce qu'elle avait. Malgré le froid, elle transpirait abondamment, et son souffle formait des nuages de vapeur.

Les deux femmes avaient disparu entre les maisons lorsqu'elle commença à ralentir. Elle avait fait tout ce qu'elle avait pu, et je la laissai se mettre au pas. Nous avions bien réduit la distance, cela dit, et, alors que nous atteignions le fond de la vallée, les bâtiments et habitations de Dolinsk grandirent devant nous, en hauteur et en largeur, jusqu'à complètement cacher la steppe qui s'étalait derrière. Les arbres solitaires et les soldats à l'approche que j'y avais repérés étaient désormais invisibles, et je ne voyais plus que les maisons en pierre, les isbas et la coupole bleu pâle à l'autre bout de la ville.

Plongeant la main dans la sacoche derrière moi, je trouvai à tâtons un chiffon, que je passai à Anna en disant :

« Sèche-lui le cou. Il fait un froid glacial. »

Anna avait l'habitude des chevaux. Tandis que nous continuions d'avancer, elle essuya sans se plaindre la sueur qui trempait la robe de Kashtan, et je vis le soin qu'elle y mettait, passant doucement le linge sur l'encolure de la jument en respectant le sens du poil.

Quand elle acheva sa tâche, nous avions atteint la périphérie de Dolinsk, et je rangeai le chiffon en lui demandant de prendre les rênes un moment. Elle n'avait presque rien à faire – Kashtan suivait la route d'elle-même –, mais elle obtempéra avec assurance. J'enlevai mes gants et sortis le revolver de ma poche. Le gardant derrière le dos d'Anna, pointé vers les champs, j'en ouvris le barillet pour vérifier qu'il était chargé. J'aurais préféré avoir mon fusil – il avait le canon scié, ce qui le rendait adapté pour un usage à cheval –, mais je l'avais donné à Lev, et il était désormais entre les mains des soldats.

« Est-ce qu'on est en danger ? me demanda Anna lorsqu'elle comprit ce que j'étais en train de faire.

— Je veux juste être prêt à tout », lui répondis-je.

Je ne savais pas qui il y avait dans cette ville, qui nous avait peut-être vus approcher.

Rassuré sur le parfait état de marche de mon revolver, je le coinçai dans ma ceinture, à portée de main, et fourrai mes gants dans ma poche. Le froid n'était pas intense au point de me geler les doigts, et ces gants me gêneraient si je devais me servir de mon arme.

En atteignant l'orée de la ville, je repris les rênes des mains d'Anna et mis pied à terre.

« On va continuer à pied. »

Si j'avais été seul, je serais entré dans Dolinsk à cheval. Kashtan m'aurait donné l'avantage de la hauteur et de la rapidité en cas d'embuscade, mais la présence d'Anna compliquait la situation. Si nous restions en selle, Anna devant moi, elle serait la première touchée en cas d'attaque de front, et si je la mettais en croupe, elle se retrouverait dans la ligne de tir s'ils attaquaient par l'arrière. J'avais envisagé de lui dire de m'attendre aux abords de la ville mais je ne voulais pas la laisser seule, et je savais qu'elle protesterait.

« Reste entre Kashtan et moi, lui dis-je en tirant le revolver de ma ceinture. Fais tout ce que je te dis. »

25

Il était presque impossible de suivre la piste de Tania. Entre les maisons, la terre compacte et dépourvue d'herbe était un terrain idéal pour retenir les traces de sabots, mais elle en était déjà couverte. Les ruelles étaient une mosaïque d'empreintes, et bien que certaines d'entre elles semblaient plus fraîches que d'autres, il n'y avait aucun moyen de savoir lesquelles appartenaient à Tania et à Ludmila. Elles étaient perdues dans la multitude, tout comme le seraient les miennes, ce qui compliquerait la tâche à nos poursuivants. J'étais déjà venu à Dolinsk par le passé, cependant, et j'en connaissais le centre ; ce fut donc là que je me rendis, me disant que Tania ferait la même chose. Si elle cherchait des renseignements sur l'homme que nous essayions de trouver, le centre-ville serait le meilleur endroit pour les obtenir.

Il régnait dans la ville un silence étrange et inquiétant. Le bruit sourd des sabots de Kashtan se réverbérait sur les maisons de pierre autour de nous. La proximité des bâtiments amplifiait le son lourd de sa respiration, et je la regardai pivoter les oreilles en tous sens, écoutant ce qui se passait autour d'elle. Je pouvais également compter sur l'ouïe de Tuzik, qui nous avait une fois de plus rejoints et trottait quelques pas devant nous, comme en éclaireur.

La tentation était grande de traverser la ville au galop, mais il serait dangereux de débouler au coin d'une rue sans savoir ce qui se cachait derrière. Les villes comme Dolinsk étaient parfaites pour dresser une embuscade, et c'était un cauchemar de s'y battre. Depuis le soulèvement de Tambov au mois d'août, de plus en plus de paysans s'étaient joints à la lutte. Certains prenaient les armes pour combattre dans les armées paysannes, tandis que d'autres restaient dans leurs villes et villages et attendaient que les unités viennent à eux. Le danger était partout, et il valait mieux faire preuve de prudence.

Continuant d'avancer dans la rue silencieuse, nous arrivâmes dans la partie ancienne de la ville, où les isbas étaient agencées pratiquement de la même façon qu'à Belev, sauf que certaines n'étaient plus que des ruines noircies. Il n'y avait plus de fumée ni de tisons, ce qui voulait dire que cela faisait déjà quelques jours qu'elles avaient été incendiées, mais il régnait dans l'air une forte odeur de bois brûlé. Kashtan s'ébroua en agitant les oreilles, et je perçus sa réticence à s'approcher davantage. Elle flairait la mort ici comme elle l'avait fait à Belev.

« Tout va bien, lui murmurai-je. Mais reste en alerte. »

Certaines des isbas encore debout avaient les rideaux fermés, mais, à d'autres fenêtres, des visages muets nous observaient. Leurs yeux effrayés suivaient notre progression entre les maisons, et je commençai à soupçonner que Dolinsk avait déjà été soumise. La ville était si calme et silencieuse que je pouvais entendre le vent qui arrivait de la steppe siffler dans les ruelles.

Alors que nous arrivions tout près du centre, une porte s'ouvrit sur notre gauche, et je fis volte-face en levant mon revolver pour le braquer sur le vieil homme qui sortait de chez lui.

« Nous n'avons rien, me lança-t-il. Laissez-nous. »

Un homme pauvre, vêtu d'une veste élimée et d'un pantalon usé jusqu'à la corde. C'était le premier civil que je rencontrais depuis Lev et Anna. En voyant qu'il n'était pas armé, je fus tenté de baisser mon revolver, mais ça pouvait être une ruse pour me prendre au dépourvu. Je jetai un coup d'œil alentour, à l'affût du moindre canon de fusil dépassant d'une fenêtre, mais ne vis rien.

Je me déplaçai de façon à me trouver devant Anna, la poussant presque contre Kashtan.

« Est-ce que quelqu'un est passé par ici très récemment ? » demandai-je.

Il observa le revolver dans ma main, puis se pencha pour regarder Anna.

« Est-ce que vous avez vu quelqu'un ? »

Il étudia attentivement Anna, avant de reporter les yeux sur mon visage.

« Deux cavalières, répondit-il enfin.

— Est-ce qu'elles vous ont dit quelque chose ?

— Elles cherchaient quelqu'un.

— Qu'est-ce que vous leur avez répondu ? »

Il regarda une fois de plus Anna, puis quelque chose attira son attention et il recula à l'intérieur de sa maison. Je ne le quittai pas des yeux, mais dès qu'une forme sombre apparut en périphérie de mon champ de vision, je sus ce qui l'avait effrayé.

Tuzik s'arrêta tout au bord de la route, à quelques pas à peine de la maison de l'homme, et s'assit sans le quitter du regard.

« Dites-moi ce que vous leur avez dit, et nous partirons », promis-je.

Le vieil homme battit un peu plus en retraite et commença à refermer sa porte. Je trouvais étrange qu'il craigne davantage le chien que moi : j'avais un revolver braqué sur lui. Mais il y avait quelque chose de primitif dans l'apparence de Tuzik qui lui inspirait la peur.

« S'il vous plaît, insistai-je. Dites-moi…

— Elles cherchent quelqu'un qui se fait appeler Kochtcheï », répondit-il par l'entrebâillement de sa porte, une main posée dessus, prêt à me la claquer au nez.

Un frisson me passa sur la nuque en entendant ce nom.

« Qu'est-ce que vous leur avez dit ?

— Que je ne connais pas de Kochtcheï.

— Et un Kroukov ?

— Pas de Kroukov non plus, mais il y a des hommes qui sont passés. Avant-hier.

— Dans la ville ?

— Non. À côté. J'ai dit la même chose à ces femmes.

— Des soldats ? »

Je dévisageai le vieil homme. Il y avait un air de défaite dans son regard, une certaine lassitude dans sa posture. Il secoua la tête.

« Des tchékistes, peut-être.

— Combien ? »

Il haussa les épaules.

« Je ne les ai pas comptés. Cinq ou six, peut-être. Mais ils avaient des prisonniers, et…

— Des prisonniers ? Des femmes et des enfants ?

— Des garçons. Et quelques femmes, aussi. »

Cela confirmait ce que m'avait dit le commandant Orlov. Espoir et soulagement déferlèrent en moi.

« Est-ce que vous les avez vus ? insistai-je en m'efforçant de rester concentré. À quoi ils ressemblaient ? »

À cet instant, la porte se rouvrit plus grand, et une vieille femme apparut à côté de lui. Elle était emmitouflée dans plusieurs couches de vêtements, comme Galina l'avait été, et portait un foulard serré autour de la tête.

« À des démons, me lança-t-elle. Vous êtes tous des démons. Vous venez ici avec vos armes et vos effusions de sang. Vous tuez des vieillards et traînez des enfants de force au combat. Vous voyez ça ? » Elle me montra l'isba face à la sienne, presque entièrement réduite en cendres.

« C'était ma sœur qui vivait là.

— Je suis désolé, dis-je avec un soupir, en baissant mon revolver.

— Qu'est-ce que ça peut me faire, vos excuses ? Est-ce que ça se mange ? Est-ce que ça tient chaud ? Est-ce que ça me rendra ma sœur ? Est-ce que ça ramènera le fils de ma voisine au bercail, et son mari d'entre les morts ? »

Je baissai les yeux, plein de honte.

En les relevant, je vis que la vieille femme avait repéré Anna derrière moi et la dévisageait comme si c'était la première fois qu'elle voyait un enfant.

« C'est le vôtre ? » demanda-t-elle en s'avançant d'un pas.

Ni Tuzik ni mon pistolet ne lui faisaient peur.

Je me tournai, dans un effort inconscient pour protéger Anna.

« Oui. »

300

La vieille se rapprocha encore d'un pas traînant, rejoignant la route et me bousculant pour atteindre Anna.

« Une fille ? Je t'avais prise pour un garçon. » Elle tendit sa main noueuse pour caresser la joue d'Anna. « Comme tu es belle. Comme tu es belle. »

Je sentis Anna reculer en tressaillant, et je dus me retenir de crier à la vieille femme de la laisser tranquille. Elle n'avait pas de mauvaises intentions.

« Prenez soin d'elle, me dit-elle. Ne la quittez pas des yeux. Protégez-la.

— Oui. »

Elle resta ainsi, le bras tendu, les doigts posés sur la joue d'Anna, et ses lèvres bougèrent comme si elle murmurait quelque prière ou incantation. Puis, avec un hochement de tête, elle fit demi-tour pour regagner son isba. Elle gravit péniblement le perron et disparut à l'intérieur sans un regard en arrière.

Même après son départ, Anna ne se détendit pas, mais elle ne resta pas non plus cachée tremblante derrière mon dos. Elle vint se poster à côté de moi, droite comme un i, le menton levé.

« Dans quelle direction ont-ils emmené les prisonniers ? » demandai-je au vieil homme.

Il réfléchit un instant, sans me quitter de ses yeux larmoyants, puis tendit le bras vers le nord.

« On a vu un autre groupe, aussi.

— Un autre groupe de soldats ? »

Il acquiesça.

« Un jour avant ceux avec les prisonniers. Moins nombreux, mais peut-être des tchékistes aussi. »

Je me demandai si c'étaient ceux que Lev et Anna avaient vus. Peut-être Kochtcheï avait-il divisé son unité, envoyant une première moitié en avant pendant que l'autre escortait les prisonniers. Ce devait être ce deuxième groupe que le commandant Orlov avait vu, le même dont avait dû faire partie Stanislav Dotsenko. Les choses commençaient à prendre sens, mais je me demandais pourquoi Kochtcheï n'avait pas préféré garder son unité au complet. Qu'est-ce qui le poussait vers le nord avec tant d'empressement ?

Toujours cette question. *Pourquoi vers le nord ?*

« Ils sont passés à côté ? Sans entrer dans la ville ? »

Il hocha la tête.

« Et eux, vous avez vu à quoi ils ressemblaient ?

— Non. »

Ç'aurait été trop beau. Cela n'aurait pas changé grand-chose d'avoir confirmation que Kroukov et Kochtcheï étaient le même homme, mais cela aurait répondu à la question qui me taraudait. Cela m'aurait expliqué ce que Stanislav avait voulu dire quand il m'avait déclaré responsable de la création de ce monstre.

« Merci, dis-je. Je suis à la recherche de…

— Je ne veux pas savoir, m'interrompit le vieil homme en levant une main et en secouant la tête. Ne me dites rien. »

Il commença à refermer la porte. « Ce que j'ignore ne peut pas me faire de tort, marmonna-t-il en rentrant chez lui d'un pas traînant.

— Il y a une armée qui arrive, lui lançai-je. Du nord.

Ils seront là dans moins d'une heure.

— Nous n'avons rien à leur donner. Rien qu'ils puissent convoiter. Et ils ne peuvent rien nous faire de pire que ce qu'on a déjà subi.

— Je suis désolé. »

Une fois de plus, je parcourus rapidement la rue du regard, songeant à l'armée que j'avais vue à l'horizon.

« Dans moins d'une heure, répétai-je en me retournant vers le vieil homme. Ils seront bientôt là. »

Mais il avait déjà refermé sa porte.

L'espace d'un instant, ce fut comme s'il m'avait, par ce geste, mis à l'écart du reste du monde, plutôt que de s'enfermer dans sa propre maison. Il avait compris qu'il ne pouvait rien faire.

Ces gens n'avaient personne pour les défendre. Tous ces hommes partis lutter pour telle ou telle cause avaient, de fait, abandonné leurs proches. Pendant qu'ils combattaient sur un champ de bataille lointain, ils n'étaient d'aucune utilité à leur famille qu'ils laissaient sans protection, comme j'avais laissé la mienne. Mon véritable acte de désertion était là, et non dans ma fuite de l'armée.

Je gardai les yeux fixés sur la porte fermée sans en voir le bois ni les fissures, absorbé par ce qui était en train d'arriver à notre pays. Dans son effort pour s'unifier, il était en train de se déchirer, et je ne voyais rien d'honorable ou de juste là-dedans. Tant que des hommes comme Kochtcheï seraient autorisés à commettre les crimes qu'ils perpétraient, notre pays ne serait pas meilleur qu'il l'était avant la révolution. Nous avions seulement échangé une tyrannie contre une autre. Et j'en avais été partie prenante.

Je me remis en marche, conscient que je ne pouvais rien faire pour changer le cours de la vie de ces gens. Je ne pouvais que continuer ma route et croiser les doigts pour eux. La nouvelle machine était en mouvement, et, avec les Blancs disparus, les Verts, les Bleus et les Noirs tomberaient bientôt sous le drapeau rouge.

26

Lorsque le large chemin entre les maisons débou-
cha sur le centre du bourg, Tania et Ludmila nous
attendaient. Elles nous avaient probablement repérés
dans la steppe, puis entendus approcher grâce au bruit
des sabots de Kashtan, et elles avaient adopté une
position défensive derrière le puits qui se dressait
presque exactement au milieu de la place centrale du
marché de Dolinsk. Le marché en question n'existait
plus ; ce n'était désormais qu'un groupe de charpentes
squelettiques qui avaient autrefois été des étals.

Le puits était entouré d'un muret circulaire qui
arrivait à hauteur de la taille, et couvert d'un toit
en bois pentu abritant une poulie. Par une journée
normale, cette place aurait été un endroit animé plein
de femmes occupées à puiser de l'eau. Il y aurait aussi
eu des marchands, et des habitants venus se retrouver
pour parler du temps, des récoltes et de l'état du
pays. Mais en ce jour, elle était pratiquement déserte.

Derrière Tania et Ludmila se dressait l'église de
Dolinsk. Dominant par sa hauteur comme par sa
taille les autres bâtiments de la ville, elle était plus
impressionnante que celle de Belev, mais restait à
peine plus qu'une simple isba, avec un toit en coupole
abritant une cloche, et une croix plantée au sommet.

La peinture bleue, abîmée par le givre, le vent et les pluies d'automne, était craquelée et ridée comme une vieille peau.

Une poignée de personnes à l'air las étaient rassemblées sur la place, en majorité des vieilles femmes. Elles portaient des jupes épaisses et un assortiment de manteaux et de châles pour se protéger du froid, ainsi que des foulards noués avec soin sous le menton. L'une des plus jeunes était vêtue d'une robe de la couleur des camomilles roses qui fleurissent à la fin du printemps ; une robe qui aurait autrefois été réservée aux grandes occasions. Une fillette de deux ou trois ans était accrochée au bas de sa jupe, mais, à l'exception de celle-ci, l'absence d'enfants était flagrante. Trois hommes se tenaient non loin de là, habillés comme de simples paysans revenant des champs, l'un avec une pipe entre les dents, mais aucun d'eux n'était jeune. Ils avaient tous passé l'âge d'être enrôlés.

Lorsque nous débouchâmes d'entre les maisons, ils tournèrent les yeux vers nous.

Tuzik mena la marche, entrant au petit trot sur la place avant de s'arrêter pour vérifier que nous étions derrière lui. Arrivé à mi-chemin du puits, il s'assit pour observer la scène. Je le suivais de près, précédant Anna d'un pas et tirant Kashtan derrière moi de façon à ce qu'elle protège la fillette autant que possible.

Les montures de Tania et de Ludmila étaient attachées à la carcasse d'un des étals en bois, et elles s'agitèrent en voyant Tuzik, tout comme Kashtan l'avait fait la première fois. Il restait chez ce grand chien quelque chose de l'animal sauvage qui effrayait les chevaux.

Je tenais mon revolver le long de ma jambe, visible mais pas menaçant.

« Il faut vous en aller, lançai-je.

— Où est-ce que vous avez trouvé ce cheval ? »
répliqua Tania sur le même ton.

Le canon de son fusil était posé sur la margelle
du puits, braqué sur moi. « Et qui est ce garçon ? »

Je sentis Anna se raidir derrière moi.

« Il y a une armée qui vient, insistai-je. Il vaudrait
mieux qu'on ne soit plus là quand elle arrivera.

— Une armée ? répéta Tania d'un ton hésitant.
Quelle armée ?

— Ça change quelque chose ?

— Ça pourrait.

— Tout ce que je sais, c'est qu'il y a une colonne
de soldats à moins d'une heure de cheval d'ici, et ils
viennent dans cette direction. »

Les habitants de Dolinsk échangèrent des regards,
et celle qui avait la robe rose commença doucement
à s'éloigner.

« Attendez ! » lança Tania.

Mais la femme l'ignora, et les autres lui emboî-
tèrent le pas. Se déplaçant en silence, tels des esprits,
ils gagnèrent les allées et les chemins qui menaient
hors du centre et disparurent comme s'ils n'avaient
jamais été là. L'un d'eux, un vieillard qui n'était pas
très rapide, entra dans l'église et referma la porte
derrière lui, poussant aussitôt des verrous qui, au bruit
qu'ils firent en s'enclenchant, semblaient solides.

Et nous nous retrouvâmes ainsi seuls sur la place,
sans que le moindre son, le moindre indice, laisse
soupçonner la présence de personne d'autre à Dolinsk.

« Il faut nous en aller tout de suite, dis-je en
élevant la voix. Nous ne pouvons pas nous permettre
d'attendre plus longtemps.

— Qu'est-ce qui vous fait croire qu'il y a un
"nous" ? »

Tania se redressa derrière le puits, qui ne la cacha plus que jusqu'à la taille. Son fusil à l'épaule, elle me tenait dans sa ligne de mire.

« Si vous aviez l'intention de me tuer, vous l'auriez fait à Belev, lui dis-je. Montez en selle. »

Ludmila resta où elle était, accroupie derrière le puits, son arme braquée sur moi, mais Tania baissa la sienne.

« Vous ne m'aviez pas dit que vous aviez un cheval.

— Vous ne me l'avez pas demandé.

— Et le garçon, c'est qui ?

— Je ne suis pas un garçon, intervint Anna en venant se placer à côté de moi, la poitrine bombée et les épaules rejetées en arrière, comme elle l'avait déjà fait quelques minutes plus tôt.

— Nous aurons le temps de discuter de tout ça plus tard, lançai-je. Mais pas maintenant. »

Avec un soupir, Tania adressa un signe de tête à Ludmila.

« On ferait mieux d'y aller. S'il a raison… »

Au-dessus de nous, une sonnerie de cloche se mit à retentir. Lente et lugubre, elle ressemblait plus à un glas qu'à un tocsin.

Tania tourna les yeux vers l'église, puis se dirigea vers sa monture pour la détacher avant de l'enfourcher.

« Allez, viens, dis-je à Anna en rangeant mon revolver et en plaçant les mains sous ses aisselles.

— Je peux le faire toute seule, protesta-t-elle en se dégageant doucement.

— D'accord, fis-je en reculant. Après toi. »

Ludmila fut la dernière à bouger, mais elle finit par baisser son arme et rejoignit son cheval juste au moment où Anna mettait le pied à l'étrier. Pour ce faire, elle dut lever la jambe très haut et y arriva de justesse, mais, une fois son pied en place, elle sautilla plusieurs fois comme pour prendre son élan et, avec un grognement, se hissa en selle.

« Bravo », lui dis-je en montant derrière elle avec un certain sentiment de fierté.

Elle avait du ressort. Elle survivrait.

Tania se retourna pour me regarder.

« Et tous ces gens ?

— Nous ne pouvons rien pour eux.

— Ils ont déjà tant enduré, fit Ludmila.

— Et pas nous ? » répliquai-je.

Elle soutint mon regard, puis tourna les yeux vers Tania pour recevoir ses ordres. Pour toute réponse, sa compagne talonna sa monture.

« Par où ? me demanda-t-elle.

— Suivez-moi. »

La cloche continua de sonner son tocsin grave et mélancolique alors que nous passions devant d'autres isbas en cendres et des maisons aux portes enfoncées.

« Qu'est-ce qu'ils vous ont dit ? demandai-je à Tania alors que nous remontions la rue déserte. Les gens là-bas, sur la place. »

Elle fit comme si elle n'avait pas entendu ma question.

« Qui c'est, le garçon ?

— Je suis une fille ! » la reprit Anna.

Je ne pouvais pas voir son visage, mais sa voix me donna l'impression qu'elle avait parlé entre ses dents. Peut-être son chagrin se transformait-il en colère ; cela pouvait s'avérer utile en certaines circonstances, mais je ne voulais pas la voir devenir difficile.

« Une fille ? » Tania approcha son cheval du nôtre pour mieux la distinguer. « Eh mais, c'est vrai. Et le chien est à toi ?

— Il s'appelle Tuzik, répondit Anna. Et il est à nous. »

Tania me regarda en haussant les sourcils, et la fierté que m'inspirait Anna grandit. Il y avait quelque chose de rassurant dans la façon dont elle avait dit « nous ». Nous étions ensemble, désormais ; nous formions une équipe.

« Alors, qu'est-ce qu'ils vous ont dit ? repris-je.

— Pas grand-chose.

— Alors ça ne vous prendra pas longtemps de me le répéter.

— Partons d'abord d'ici. Ensuite, nous parlerons.

— Vous préférez cacher vos cartes, c'est ça ? Vous rendre importante à mes yeux ?

— On peut dire ça comme ça.

— Et s'il vous arrive quelque chose ? J'ai besoin de savoir ce que vous savez.

— Vous allez devoir faire en sorte qu'il ne m'arrive rien. »

Tania était intelligente. Elle savait comment s'y prendre pour rester en vie.

« Et qu'est-ce que je peux faire, moi, pour me rendre important à vos yeux ?

— Rien. »

En sortant de la ville, nous éperonnâmes plus durement nos montures pour leur faire rapidement quitter le fond de la vallée et atteindre un bouquet d'arbres à l'horizon, juste à l'ouest de la ville. Tout en chevauchant, je jetai un coup d'œil en direction de l'armée approchante et vis qu'elle s'était arrêtée à un kilomètre environ au nord de Dolinsk.

« Vous me croyez, maintenant ? » fis-je.

Un peu plus loin encore de la ville, j'arrêtai Kashtan et levai mes jumelles pour scruter les rangs des soldats. Tania et Ludmila firent encore quelques mètres avant de se rendre compte que je m'étais arrêté.

Tania revint vers moi, haletante, en disant :

« L'Armée rouge. »

Elle n'avait pas besoin de jumelles pour savoir de qui il s'agissait, car nous étions en amont d'eux, désormais, avec le soleil hivernal déclinant dans le dos, et ils étaient plus près que lorsque je les avais repérés la première fois. Les drapeaux rouges qui flottaient au vent au-dessus de l'avant-garde étaient clairement visibles.

« L'Armée rouge, acquiesçai-je.

— Combien ?

— Quatre cents, estimai-je. Peut-être plus. »

Je portai de nouveau les jumelles à mes yeux. « Une centaine à cheval et le reste à pied. Je compte… cinq ou six *tatchankas*. » Je passai l'instrument à Tania. « Et ils ont aussi des Poutilov. »

La *tatchanka* était une arme puissante entre n'importe quelles mains. Une mitrailleuse montée sur roues, tirée par un cheval, qui pouvait être rapidement manœuvrée et déployée sans perdre de temps. Quatre ou cinq d'entre elles suffisaient à décimer une petite force en quelques minutes ; je l'avais vu de mes propres yeux à Grivino, lorsque nous avions affronté les paysans de l'Armée bleue. Ajoutées aux canons de campagne Poutilov, elles étaient dévastatrices. Les insurgés étaient nombreux, mais ils n'avaient aucune chance face à de tels moyens.

Tania secoua la tête et sortit ses propres jumelles de sa sacoche de selle. Elle observa l'armée un moment avant de les passer à Ludmila.

« Où croyez-vous qu'ils vont ? demanda celle-ci.

— À votre avis ? » répliquai-je.

Elle baissa les jumelles pour me dévisager.

« Ils vont massacrer des paysans. Des fermiers. Des hommes et des femmes armés de fourches, de quelques fusils éventuellement, face à des mitrailleuses.

— Ou peut-être vont-ils mettre fin à l'insurrection. Non pas massacrer des paysans, mais écraser des contre-révolutionnaires. Des ennemis du peuple. Ça dépend de quel côté de la clôture vous vivez.

— Vous ne croyez pas vraiment cela, fit Tania. Ce n'est pas possible. »

Et pourtant, si. Autrefois. J'y avais cru de toute mon âme. Lorsque j'avais combattu, ç'avait été pour des idéaux qui me tenaient à cœur. Pendant la Grande Guerre, ç'avait été pour servir mon pays, le protéger de l'agresseur ; et après, à la révolution, je m'étais battu pour l'homme du peuple. Pour l'ouvrier, le fermier et le paysan. Pour que ma famille jouisse d'une vie meilleure sous un régime plus juste. Je voulais protéger les faibles de la tyrannie et de la cupidité. J'avais été un idéaliste. J'avais eu foi en la révolution et en la nouvelle Union, mais j'avais aussi cru qu'il serait nécessaire de verser le sang si nous voulions l'instaurer dans toute sa splendeur prévue. Il était crucial d'arracher les mauvaises herbes contre-révolutionnaires du champ fertile de notre nouvelle nation pour que la terre y soit la plus féconde possible et que les cultures y poussent hautes et vigoureuses. Et il y avait un besoin constant d'entretien, pour éviter que les mauvaises herbes se réinstallent. J'aimais mon pays et mon dirigeant, j'avais foi en la révolution, et j'étais disposé à donner de ma personne pour la défendre, tout comme d'autres étaient prêts à se battre pour la cause en laquelle ils croyaient, quelle qu'elle soit.

Aussi, lorsque les paysans avaient commencé à garder leur grain pour eux, à le cacher pour que l'armée révolutionnaire ne le trouve pas, j'avais vu en eux des traîtres. Lorsqu'ils avaient créé leur marché noir et vendu leurs récoltes à d'autres paysans à un prix élevé, j'avais vu en eux des opportunistes qui profitaient de la situation pour se remplir les poches. J'étais trop immergé dans la révolution, trop obnubilé par mes idéaux pour voir en eux les familles qui essayaient de se nourrir, ou les hommes qui en avaient assez de l'agitation politique et de la guerre et voulaient juste rentrer chez eux retrouver femme et enfants. Je n'avais pas compris cela avant d'être moi aussi gagné par la lassitude et de vouloir les mêmes choses.

Tania avait raison. Je ne croyais pas vraiment ce que je disais. Je ne le croyais plus. Les paysans de Tambov, tout agaçants qu'ils étaient aux yeux de l'Armée rouge et des barbus qui siégeaient à Moscou, étaient peut-être des dissidents, mais ce n'étaient pas des ennemis du peuple. C'étaient simplement des gens. Des hommes et des femmes qui voulaient être libres de travailler dans leur ferme, de nourrir leurs enfants et de dormir dans leur lit sans crainte d'être traînés hors de chez eux au milieu de la nuit, ou de voir leur maison incendiée.

Cela ne changeait rien au fait que l'Armée rouge allait les écraser. À présent qu'elle en avait terminé avec les Blancs, elle allait reporter tout le poids de ses forces sur les rebelles, et des armées comme celle que nous observions à l'instant allaient sceller la suprématie des bolcheviks. Les paysans libres seraient assujettis par ceux qui avaient été enrôlés, le pays serait rouge de plus d'une façon, et les hommes de Moscou souriraient et se féliciteraient d'une révolution bien gagnée.

La division s'était arrêtée dans la vallée, mais avait envoyé des éclaireurs explorer les environs : deux d'entre eux se dirigeaient droit sur Dolinsk, deux autres vers l'est, et une troisième paire vers l'ouest, droit sur nous. Deux hommes à cheval, des cosaques à en juger par leur apparence, bons cavaliers comme tous les cosaques. Ils portaient d'épais manteaux couleur de jute, mais encrassés par la guerre et ornés d'étoiles rouges aux poignets. Des bottes marron, un bonnet fourré, un fusil sur l'épaule et un sabre à la ceinture. C'étaient des soldats professionnels, pas de simples conscrits. Ils feraient de redoutables adversaires, habitués à combattre à cheval et qui n'auraient pas peur de tuer. S'ils savaient que j'étais un déserteur, que Tania et Ludmila étaient... ce qu'elles étaient – je ne savais pas exactement –, ils n'hésiteraient pas à nous exécuter.

« Je les vois, dit Tania avant que j'aie pu dire quoi que ce soit. Qu'est-ce que vous voulez faire ? Les tuer ?

— Je ne suis pas sûr que ce soit une bonne idée.

— Non, sérieusement ? fit-elle d'un ton lourd de sarcasmes.

— On ferait mieux de partir, tout simplement, dit Ludmila en faisant tourner son cheval.

— Pour aller où ? lui demandai-je. On ne réussirait pas à leur échapper. Leurs montures doivent être fraîches, probablement plus que les nôtres, et ils sont sûrement bons tireurs.

— Pas à ce point, répliqua Ludmila.

— Peut-être que non, mais vous voulez vraiment prendre ce risque ?

— Qu'est-ce que vous proposez, alors ? demanda Tania en fixant sur moi ses yeux d'un bleu froid. Qu'est-ce qui les empêche de nous ramener avec eux auprès du reste de l'armée ? Ou de simplement nous tuer sur place ?

— Je vais aller leur parler.

— Et leur dire quoi ?

— Quelque chose qui les fera nous laisser tranquilles.

— Sérieusement ? Qu'est-ce que vous pouvez bien leur dire qui...

— Est-ce que je peux compter sur vous pour veiller sur Anna ? »

Je n'avais vraiment pas d'autre choix, et elles non plus. Nous n'avions aucune chance de réussir à fuir.

« Elle sera en sécurité avec nous », répondit Ludmila.

Elle posa les yeux sur Anna et, l'espace d'un bref instant, son masque de maussaderie sembla sur le point de tomber. Mais elle se reprit immédiatement.

« Je veux venir avec toi, protesta Anna.

— Il vaut mieux que tu restes ici. Ils se demanderaient pourquoi j'ai un enfant avec moi. Ça risquerait d'éveiller leurs soupçons. »

J'étais sûr de pouvoir gérer les cosaques, mais pas avec Anna sur ma selle : sa présence soulèverait trop de questions et saperait l'image d'autorité que j'allais devoir projeter devant ces hommes. « Et s'ils décident qu'ils ne m'aiment pas... » Je secouai la tête. « Il vaut mieux que tu restes ici.

— Pourquoi est-ce qu'on ne s'enfuit pas, plutôt ? Kashtan peut...

— S'il te plaît, Anna... fais ce que je te dis. »

Elle serra les dents pour montrer son mécontentement, mais passa la jambe par-dessus l'encolure de la jument pour se laisser glisser de son dos.

« J'ai peur, Kolia.

— Moi aussi, lui chuchotai-je. Mais il faut qu'on reste courageux. »

Elle hocha la tête.

« Tu me promets de revenir ?

— C'est promis. »

Je me penchai pour lui effleurer le visage avant de regarder Tuzik. « Et toi, tu restes là aussi. Tu veilles sur Anna. »

Tuzik pencha la tête de côté. Il savait que je lui parlais, mais c'était tout. Je ne pouvais pas lui demander de suivre mes ordres.

« Vous êtes sûr que c'est une bonne idée ? demanda Tania.

— Vous en avez une meilleure ? Faites juste attention à ne pas toucher vos armes. »

Je passai la mienne à ma ceinture, où je pourrais rapidement l'atteindre. « Sauf… » Je haussai les épaules. « Eh bien, vous savez. »

Dans un crissement de selle, je fis tourner Kashtan et partis en direction des cosaques qui approchaient. Tuzik se releva d'un bond pour me suivre.

« Reste là, lui dis-je avec un geste du doigt. Avec Anna. »

À ma grande surprise, il s'arrêta et se retourna vers la fillette. Il nous regarda tour à tour plusieurs fois, comme s'il essayait de décider s'il allait m'obéir. Finalement, il choisit d'ignorer mes instructions, et, lorsque je mis Kashtan au galop d'une pression des genoux, il s'élança après nous ventre à terre, exactement comme un loup.

Les éclaireurs dégainèrent leurs pistolets et ralentirent leurs montures, de sorte que nous nous rencontrâmes à deux cents mètres au moins de l'endroit où les femmes m'attendaient. Ils me tournèrent autour puis s'arrêtèrent de part et d'autre de moi.

Tuzik s'immobilisa, les muscles tendus, les poils du cou hérissés, prêt à attaquer. Il retroussa les babines et laissa échapper un long grognement grave, agitant les chevaux des cosaques. Ces derniers étaient de bons cavaliers, pratiquement nés en selle, mais ils ne purent empêcher leurs montures, face à la menace de ce prédateur, de reculer à distance prudente.

« Maîtrisez votre chien, dit l'un d'eux, et, au geste qu'il fit avec son pistolet, je compris ce qu'il voulait dire.

« — Il ne fera rien à moins que je lui en donne l'ordre », répondis-je.

Ce n'était pas vrai – je n'avais aucune autorité sur l'animal –, mais bien que la présence de Tuzik risquât de les mettre en colère, elle pouvait aussi jouer en ma faveur. Il représentait une distraction, et un chien hargneux pouvait être aussi effrayant qu'un pistolet chargé.

« Est-ce que vous allez à Tambov ? demandai-je une fois qu'ils eurent calmé leurs montures.

— Qui êtes-vous ? » répliqua homme.

Il avait un visage sérieux, avec une barbe épaisse et une moustache qui se redressait au coin des lèvres. Il portait un sabre en travers du ventre, attaché au ceinturon qui lui entourait la taille, et tenait son manteau fermé. Il portait également deux cartouchières qui se croisaient sur sa poitrine. Son bonnet était épais et tiré bas sur son front.

« Je pourrais vous poser la même question », fis-je en me tournant pour regarder son collègue.

Celui-ci avait repoussé son bonnet, et aucune ceinture de cartouches étincelantes n'ornait son manteau. Il avait le menton éraflé, mais sa moustache était aussi impressionnante que celle de son partenaire. Ses yeux, cependant, trahissaient sa peur. Il ne les détachait pas de Tuzik.

« Qui êtes-vous ? répéta le premier homme. Faites-moi voir vos papiers.

— Mes papiers ? Vous êtes en train de me demander mes papiers ? Je suis le commandant Kroukov, répondis-je, n'osant pas utiliser mon propre nom au cas où ils auraient entendu parler de ma désertion. En opération depuis Tambov. »

Je jetai un coup d'œil à Tania et à Ludmila par-dessus mon épaule. « Mes camarades et moi-même

sommes en mission pour... la Tcheka. » Les deux
hommes comprirent instantanément de quoi je parlais.
« Rangez vos armes, continuai-je, ou j'aurai deux
mots à dire à votre commandant. » Je dévisageai
durement mon interlocuteur. « Je lui demanderai de
vous livrer à moi sur-le-champ. »

Les deux hommes échangèrent un regard hésitant.
Ils n'avaient pas l'habitude qu'on leur parle sur ce ton.

« Je...

— Faites-moi voir *vos* papiers, l'interrompis-je.
Que je sache vos noms. Je n'ai pas le temps de
gérer votre comportement contre-révolutionnaire tout
de suite, mais dès que j'aurai terminé, je reviendrai
m'occuper de vous. Peut-être vous mettrai-je seuls
dans une pièce avec mon chien. »

Les deux soldats regardèrent Tuzik et celui-ci,
comme pour ne pas décevoir son public, retroussa
les babines en grognant.

« Ce ne sera pas nécessaire, camarade commandant, dit le premier homme en baissant son pistolet.
Veuillez m'excuser pour cette insulte. Nous sommes
obligés de vérifier, vous comprenez. Vous n'êtes pas
en uniforme, alors...

— Vous croyez que nous portons toujours l'uniforme ?

— Je pensais...

— Si nous le portions toujours, vous sauriez
toujours qui nous sommes. Parfois, il vaut mieux
pour nous rester... invisibles.

— Oui, camarade commandant. »

Je les toisai tous deux des pieds à la tête d'un
air ostensiblement dédaigneux, puis soupirai et me
radoucis, leur laissant comprendre qu'ils l'avaient
échappé belle.

« Je vous pardonne, dis-je. La journée a été longue. » Une idée me vint.

« Il y a d'autres tchékistes en opération dans cette région, des hommes que j'ai envoyés vers le nord avec des prisonniers ; les avez-vous vus ?

— Non, répondit le cosaque en secouant la tête. Est-ce qu'ils ont des chiens comme ça ?

— Vous pensez qu'il existe d'autres chiens comme ça ? »

Il haussa les épaules.

« Et vous, d'où venez-vous ? » repris-je.

Il se retourna pour regarder l'armée.

« De partout. La plupart sont de fraîches recrues, mais beaucoup reviennent d'Ukraine, de Pologne. Certains de Riga. Apparemment, il y a besoin de nous ici, pour écraser je ne sais quelle révolte.

— D'accord. Eh bien... »

Je jetai un coup d'œil à son pistolet.

« Je vais vous laisser poursuivre votre tâche. Votre unité compte sur vous.

— Vous voulez qu'on vous emmène voir notre commandant ?

— Je n'ai pas le temps pour ça, et vous non plus : vous avez du travail.

— Oui, camarade commandant. »

Les deux hommes pensèrent même à exécuter un salut, mais ils ne s'éloignèrent pas tout de suite. Nous allions dans la même direction, et ils chevauchèrent de part et d'autre de moi, comme une escorte. Lorsque nous arrivâmes près de Tania et de Ludmila, je vis la tension qui habitait leur visage et leur posture, mais, en les atteignant, les soldats me saluèrent de nouveau et continuèrent leur route, remontant la pente vers le bosquet où Ludmila avait voulu fuir.

Anna se tenait près de Tania et de Ludmila, mais il y avait quelque chose dans son attitude qui la faisait paraître à l'écart. Les deux femmes étaient toujours en selle, tandis qu'elle-même était restée debout dans l'herbe, les bras croisés, à attendre mon retour. Si je ne pensais pas que nos compagnes constituaient un danger pour la fillette, j'avais quand même été réticent à la laisser toute seule avec elles. Mais je me rendais compte seulement à cet instant du déchirement que cela m'avait causé ; c'était comme si on m'avait arraché une part de moi-même. Anna et moi n'étions pas ensemble depuis longtemps, mais un lien fort nous unissait, et sa compagnie me semblait désormais naturelle. La profondeur de mes sentiments me surprit, et ce fut avec un soulagement intense que je la retrouvai.

Tania comme Ludmila se retournèrent sur le passage des cosaques. Tuzik aussi m'avait escorté, et pendant que nous regardions les soldats s'éloigner pour continuer leur exploration des alentours de Dolinsk, il alla se poster tout près d'Anna, la faisant presque tomber en s'appuyant contre elle pour se laisser caresser la tête.

« Qu'est-ce que vous leur avez dit ? demanda Tania en m'observant d'un œil soupçonneux alors que je tendais la main à Anna pour l'aider à monter en selle.

— Pas grand-chose. »

Anna reprit sa place devant moi, et Tuzik s'éloigna au trot parmi les herbes, pour faire ce qu'il faisait quand il était seul. En reportant les yeux sur Tania, je vis qu'elle attendait une réponse plus élaborée.

« Je leur ai dit que j'étais un commandant de la Tcheka et que nous étions en mission secrète pour débusquer des contre-révolutionnaires.

— Et ils vous ont cru ? s'étonna Ludmila en se rapprochant. Pourquoi ?

« — Pourquoi pas ? Ils ne savent rien de moi. Je pourrais être n'importe qui.

— Oui, en effet, fit Ludmila avec une expression soupçonneuse. Qui êtes-vous vraiment ?

— Kolia. Je vous l'ai déjà dit. »

Tania m'étudia pendant encore quelques instants, comme si elle essayait de prendre une décision.

« Je ne vous fais pas confiance.

— Et je ne vous fais pas confiance non plus, répliquai-je, mais nous allons dans la même direction, nous cherchons la même chose, alors je ne crois pas que nous ayons d'autre choix que d'unir nos forces.

— On devrait les laisser là, fit Ludmila. On ne peut pas voyager avec quelqu'un en qui on n'a pas confiance.

— Je préférerais qu'il en soit autrement, mais c'est comme ça, et on doit faire avec. »

En disant ces mots, je regardai Tania ; ça semblait être elle qui prenait toutes les décisions. Ludmila était maussade et bornée, mais les émotions de Tania bouillonnaient sous la surface. Si elles avaient la moindre information au sujet de Kochtcheï, je voulais la connaître, et si je pouvais persuader l'une des deux de m'en faire part, j'avais dans l'idée que ce serait Tania.

« Nous serons plus forts ensemble. Nous pourrons nous protéger mutuellement. » J'essayais de convaincre Tania autant que moi-même. « Nous devrions partager tout ce que nous savons de Kochtcheï et le trouver ensemble. Ce n'est pas une compétition.

— Tania », intervint Ludmila à mi-voix, sur un ton de mise en garde.

Et les deux femmes échangèrent un regard qui me rappela la communication silencieuse qui avait existé entre Alek et moi ; et que j'avais vue aussi entre Anna et Lev.

Tania dévisagea sa camarade un moment en se mordant la lèvre inférieure, un geste qui l'humanisait, la faisait paraître plus vulnérable.

« Je ne sais pas… » finit-elle par dire.

Mais je voyais bien qu'elle avait reconnu les avantages de rester avec nous.

« Donnez-nous une raison de vous faire confiance, me dit Ludmila d'un ton de défi. Une seule.

— Je vous demande seulement d'essayer. Vous devez bien voir les avantages.

— Et les inconvénients, ajouta Ludmila. Comme d'attendre la balle que vous me tirerez dans le dos.

— Ce n'est pas nous laisser derrière vous qui vous évitera cela.

— Ou alors on peut simplement vous tuer tout de suite, répliqua-t-elle en levant son fusil.

— Ludmila ! » intervint sèchement Tania, la faisant tressaillir sur sa selle et se retourner vers sa compagne.

Celle-ci indiqua Anna de la tête.

Ludmila baissa son arme.

« Cette fillette serait plus en sécurité avec nous, marmonna-t-elle.

— Si vous vouliez me tuer, vous l'auriez fait à Belev, répétai-je. Alors je vais vous donner les mêmes raisons de m'épargner que lorsque je vous y ai rencontrées. Faites-le pour ma famille. Pour ma femme, Marianna. Pour mes fils, Micha et Pavel. »

Je prononçai leurs noms distinctement, pour qu'elles s'en souviennent. Pour qu'elles voient en moi un père, et pas simplement un soldat. « Et faites-le pour Anna. »

Ludmila soupira et détourna les yeux.

« Très bien, dit Tania. Pour Anna. Mais je ne vous fais pas confiance pour autant. Et ça reste provisoire.

— Alors "provisoire" ce sera », répliquai-je.

27

Laissant l'armée continuer vers Dolinsk, nous partîmes dans la direction opposée.

« Est-ce qu'ils ont dit où ils allaient ? » demanda Tania.

Je me retournai, mais il n'y avait plus derrière nous que le givre et le ciel meurtri zébré de rubans nuageux à peine visibles.

« Tambov. Maintenant que les Blancs sont vaincus, c'est là-bas que se trouve leur priorité.

— Les Blancs sont vaincus ? Comment savez-vous cela ?

— Ils ont été repoussés jusqu'en Crimée. Et de l'autre côté de la mer. C'est un homme dans un train qui me l'a dit.

— Un train ? demanda Ludmila. Quel train ?

— C'est une longue histoire. »

Je n'avais pas envie de leur raconter quoi que ce soit. Leur présence ne me dérangeait pas – Alek disait toujours qu'en bonne compagnie, un voyage de cent kilomètres faisait l'effet de quelques pas –, mais elles voulaient me faire croire qu'elles ne me disaient pas tout, et j'avais l'intention de faire de même.

« Et d'où vient le reste de votre groupe ? » demanda Tania en regardant Anna.

Lorsque j'étais parti parler aux cosaques, Anna s'était tenue à distance de Ludmila et de Tania. Je pensais qu'elle aurait sympathisé avec elles ; qu'en tant que femmes, elles lui auraient paru plus bienveillantes ; plus avenantes, d'une certaine façon. Je m'étais attendu à ce qu'elle préfère rester en leur compagnie plutôt qu'avec moi, mais ce n'était pas le cas. Elle avait refusé de rejoindre Tania sur son cheval, et elle lui avait à peine adressé la parole quand je n'étais pas là.

« C'est aussi une longue histoire », répondis-je.

Il n'y avait aucune raison valable de forcer Anna à revivre ce qui lui était arrivé. Tania n'avait pas besoin de savoir, et elle sembla l'accepter. Elle hocha lentement la tête en regardant la fillette d'un air pensif, et son visage se voila d'une expression que je compris. Elle avait des enfants dans sa vie. Je ne savais pas s'ils étaient les siens, ni s'ils étaient encore en vie, mais c'était une expression douce et mélancolique, et il y avait de la tristesse dans ses yeux. Où qu'ils soient, ils lui manquaient terriblement.

Nous parcourûmes une partie du chemin à pied, en tirant nos montures derrière nous et en nous arrêtant de temps en temps pour les laisser se reposer, mais sinon, nous restâmes en mouvement. La steppe était vaste, et aucun de nous n'appréciait d'être à découvert, aussi cherchions-nous refuge dans les étendues boisées chaque fois que nous le pouvions.

Dans une de ces zones où nous nous étions arrêtés pour prendre un peu de repos et manger, je laissai Anna assise avec Tuzik pour aller parler à Tania qui, appuyée contre un arbre, surveillait la steppe. Comme plus tôt, Anna rechigna à me laisser m'éloigner sans elle et tenta de me suivre avec le chien, mais je lui dis de rester où elle était, et lui indiquai Tania à quelques pas de là en lui promettant que je n'irais pas plus loin.

Arrivé auprès de la jeune femme, je me retournai pour adresser un signe de la main à Anna. Elle répondit par la pareille, mais resta assise le dos raide, incapable de se détendre. Je remarquai que Tuzik se trouvait désormais entre elle et Ludmila, formant un obstacle protecteur. Était-ce l'idée du chien ou de la fillette ? Je n'en avais pas la moindre idée.

« Rien ne nous oblige à faire ça, vous savez, dis-je à Tania.

— Faire quoi ?

— Nous traiter avec méfiance. En ennemis. Vous et moi voulons la même chose.

— Vous êtes sûr de ça ?

— Pour autant que je sache.

— Sauf que vous êtes un Rouge. Je le sens sur vous.

— Cette affaire va au-delà des couleurs et de... l'idéologie. C'est une question de famille. »

Le commandant Orlov avait eu raison sur ce point. Il avait su ce qui était vraiment important.

« De famille », répéta Tania en me regardant.

Elle tira sur une de ses cigarettes roulées à la main et laissa la fumée s'échapper d'entre ses lèvres.

« Sa mère est morte du typhus, dis-je en désignant Anna de la tête mais en baissant la voix. Il y a des années. Et son père est mort... » Je dus m'interrompre pour y réfléchir ; les jours se confondaient dans ma tête. « Hier. Il est mort hier. » Une vision du corps brisé de Lev me revint. « Je lui ai promis de veiller sur elle à partir de maintenant. Et le chien... Eh bien, il nous a suivis, c'est tout. Peut-être qu'il se cherchait de nouveaux maîtres. »

Tania ne répondit rien. Elle prit une autre bouffée de sa cigarette et en contempla l'extrémité rougeoyante avant de me la tendre. Je l'acceptai sans détacher mes yeux des siens et aspirai longuement, sentant la fumée me piquer la gorge, me saturer les poumons.

« Merci », dis-je.

Posté là à côté d'elle, à l'orée du bosquet, je décidai de lui dire ce qu'elle avait besoin de savoir. Si nous devions voyager ensemble, ces informations pourraient s'avérer importantes, et il semblait raisonnable d'essayer de nous entendre ; je les lui offris donc à la fois comme garantie et comme gage de réconciliation. Tout comme Lev m'avait offert son aide comme un rameau d'olivier.

Je gardai quelques secrets, mais lui racontai ce que j'avais vu à Belev et ce qui s'était passé à la ferme lorsque j'avais rencontré Lev et Anna. Je lui parlai des sept cavaliers, des corps que nous avions trouvés sur la route de Dolinsk et de ce que le commandant Orlov m'avait dit au sujet de Kroukov et des prisonniers.

Pendant tout ce temps, Tania garda les yeux fixés sur l'horizon comme si elle ne m'écoutait pas, et j'observai son visage à l'affût du moindre signe de ce qu'elle pensait. Elle resta calme, inexpressive, sans la moindre question, mais lorsque je mentionnai les prisonniers, je vis quelque chose changer dans son attitude. Elle crispa les lèvres comme si quelque chose l'avait brusquement peinée, et ses yeux se remplirent de larmes. Elle renifla énergiquement et détourna le visage pour que je ne la voie plus.

Lorsque j'achevai mon récit, Tania garda le silence un long moment avant de me regarder.

« Ils te traquent. Je n'aime pas ça. Ça nous met encore plus en danger, Ludmila et moi.

— Ça ne change pas grand-chose, la contredis-je. Vous et moi... Nous sommes sur la même piste. Nous ne pouvons pas nous éviter, alors autant être ensemble.

— Tu te trompes si tu t'imagines que nous t'aiderons s'ils te rattrapent », me prévint-elle.

Mais elle regarda Anna derrière nous, et je vis le doute dans ses yeux.

« Je n'ai pas l'intention de leur laisser cette chance. Je compte bien les semer, si ce n'est déjà fait.

— Mais ils sont persévérants. »

Elle tourna le visage vers moi.

« Ce qui me fait me demander : qui es-tu, Kolia ? Qui es-tu vraiment ?

— Un déserteur. »

Je haussai les épaules.

« Et ils font la chasse aux déserteurs.

— Donc, tu es bien un Rouge.

— Non, je ne suis plus rien. Juste un homme qui veut retrouver sa famille.

— Mais tu es plus que ça. J'en suis certaine. Ils n'envoient pas sept hommes pour en attraper un. Sauf quand ce dernier est quelqu'un de spécial. De dangereux, même.

— Je ne suis personne.

— Ne cherche pas à savoir ? C'est ça ? Je ne t'interroge pas sur toi, et tu ne m'interrogeras pas sur moi ?

— C'est mieux comme ça. Laissons le passé derrière nous ; ce sera plus facile pour nous d'être amis.

— Je doute que nous soyons jamais amis, Kolia ; et nous ne pouvons laisser le passé derrière nous que s'il ne nous poursuit pas. »

Elle balaya la steppe du regard, comme à l'affût de sept cavaliers lointains, et lorsqu'elle reposa les yeux sur moi, je vis qu'elle voulait en savoir plus. Il y avait des questions dans ses yeux, sur ses lèvres, mais elles restèrent sans réponse. Je ne lui dis pas quelle armée j'avais désertée, ni où, et je ne lui révélai pas le lien qui existait entre Kroukov et moi. C'étaient des choses qu'elle n'avait pas besoin de savoir ; des choses qui, presque certainement, envenimeraient sérieusement nos rapports et conduiraient à la mort immédiate de l'un ou l'autre d'entre nous, ici même, dans ce bosquet.

Si j'avais tu ces deux ou trois éléments à Tania, elle ne m'avait pour sa part absolument rien dit. Mais il y avait des choses qu'elle ne pouvait pas me cacher, et je commençais à avoir dans l'idée que ce n'était pas une simple paysanne. La façon dont elle avait mangé quand nous avions fait une pause, dont elle roulait ses cigarettes, sa vivacité d'esprit, les questions qu'elle posait, sa manière de parler, le vocabulaire qu'elle utilisait : tout dans son comportement me soufflait qu'elle était instruite. Ce n'était pas une fermière.

« On dirait que tu en as appris davantage sur Kocht-cheï que moi, finit-elle par avouer. Je ne peux rien te dire de plus sur lui. Nous avons suivi les traces de son passage, cherché l'étoile rouge en allant vers le nord, c'est tout. Mais à ton avis, qu'est-ce qui le pousse vers le nord ? Tout le monde à part lui va dans le sud.

— Je me suis posé la même question. Peut-être l'insurrection s'est-elle propagée au nord d'ici. Peut-être est-ce autre chose. Nous savons qu'il a des prisonniers et qu'il existe des camps de détention dans cette région ; il est possible qu'il les y amène avant de repartir.

— Qu'est-ce qui l'a retenu de les tuer, ceux-là ? »

Il y avait quelque chose d'étrange dans l'accent qu'elle avait mis sur ces deux derniers mots.

« Ça justifie ses actes, suggérai-je ; mais ce n'était qu'une hypothèse. L'Armée rouge a toujours besoin de nouveaux conscrits, et il faut remplir les camps de travaux forcés. Il y a beaucoup de travail à faire, alors il prend les jeunes. Mais les vieillards et les femmes... »

Il aime noyer les femmes.

J'inspirai profondément et m'efforçai de ne pas voir les images qui envahissaient mes pensées.

« ... C'est sans doute pourquoi il a divisé son unité. Des prisonniers les ralentiraient, alors peut-être qu'une partie de ses hommes est partie en avant...

— Pour quoi faire ?

— Trouver d'autres prisonniers ? Répandre un peu plus la terreur ? »

Je secouai la tête en continuant de conjecturer sur les raisons qui avaient pu pousser Kochtcheï à diviser son unité. Je me demandai si je devais dire à Tania qu'il n'avait peut-être pas simplement fait deux groupes. Qu'il pourrait éventuellement y en avoir un troisième. À partir des renseignements que j'avais glanés dans le train, j'étais parvenu à la conviction que Kochtcheï et Kroukov étaient un seul et même homme, et il semblait logique que ce soit une partie de cette unité-là qui me suivait. Kochtcheï et ses hommes n'étaient peut-être pas seulement devant nous, mais aussi derrière.

« Et je pense qu'on devrait arrêter de l'appeler "Kochtcheï", repris-je. Ça donne l'impression qu'il est... moins qu'humain. Ou plus qu'humain. Mais ce n'est pas le cas. C'est juste un homme. On devrait l'appeler par son nom. Kroukov. »

Tania me regarda et hocha brièvement la tête.

« Et ce commandant, dans le train, il était sûr de ça ? Que c'était Kroukov ?

— Oui. »

Lorsque j'avais raconté à Tania ma conversation avec le commandant Orlov, j'avais pris quelques libertés avec la vérité en ma faveur, omettant le fait qu'il m'avait reconnu ; elle n'était donc peut-être pas aussi convaincue que moi, mais j'étais pour ma part certain que Kroukov était Kochtcheï, parce que c'était non à un médecin mais à Nikolaï Levitski qu'Orlov avait donné ce nom. Il avait su qui j'étais dès qu'il m'avait vu et m'avait clairement fait comprendre ce qu'il pensait de moi. Lorsqu'il avait parlé de Kroukov en relation avec Kochtcheï, il m'avait dit la vérité, et ce que je savais de mon ancien camarade d'unité n'avait fait que confirmer ma certitude.

Tania jeta sa cigarette dans l'herbe givrée et leva les yeux vers le ciel. Des nuages gris avaient commencé à le traverser, et le pâle bleu hivernal avait presque complètement disparu.

« Que t'a fait Kroukov ? » lui demandai-je.

Tournant le dos à la steppe, Tania reporta son attention sur Anna, qui était assise tout près de Tuzik, une main enfouie dans l'épaisse fourrure de son cou. Son expression changea alors qu'elle la contemplait. Un peu de la mélancolie que j'avais vue plus tôt passa sur son visage comme une déferlante. Le soudain radoucissement de son regard me révéla quelque chose que je n'avais pas encore remarqué chez elle : pour la première fois, il me vint à l'esprit que ses yeux étaient pratiquement de la même couleur que ceux de Marianna. Jusqu'alors, ils m'avaient toujours paru froids et durs, mais cette tendresse nouvelle la métamorphosait.

Une douleur poignante me serra le cœur, l'envie désespérée d'être avec ma femme, et je plongeai les yeux dans ceux de Tania comme si je pouvais y trouver l'illusion de la présence de Marianna à mes côtés.

Mais bientôt cette douceur disparut sans laisser de traces. Ce fut une transformation soudaine et brutale, comme si elle avait écarté une personnalité pour la remplacer par une autre. Son visage se durcit.

« Tu as des enfants ? » lui demandai-je.

Ses sourcils se froncèrent, sa mâchoire se crispa.

« C'est pour ça que je veux le rattraper, continuai-je. Tu le sais. Je comprends ce que tu ressens.

— Tu ne comprends rien du tout, répliqua-t-elle. Qu'est-ce que tu es capable de comprendre ?

— Plus que tu ne le crois.

— Tu es soldat de carrière ; ça se voit sur ta figure. Dans ta façon de marcher, de parler. Dans toute ta personne. J'en ai vu tellement, je sais à quoi ressemble un soldat.

— Alors que verrais-tu si tu te regardais dans un miroir ? »

Elle leva les yeux vers moi et soupira avant de fixer le sol.

« Quoi que j'aie fait, poursuivis-je, quoi que je sois, je reste un père. Un époux.

— Et quand les as-tu vus pour la dernière fois ? Tes fils ? Tu en as deux, n'est-ce pas ? Quand leur as-tu dit que tu les aimais ? Quand as-tu serré ta femme dans tes bras ? »

Il y avait une colère grandissante dans sa voix, et je sus que quand elle me regardait, elle était incapable de voir autre chose qu'un soldat. C'étaient des hommes comme moi qui avaient détruit sa vie, quelle que soit la couleur qu'ils avaient choisie.

« Ça fait longtemps, n'est-ce pas ? reprit-elle. Parce que tout ce temps, tu as parcouru le pays armé, tuant d'autres pères et d'autres fils. Des mères et des épouses aussi, je parie. »

Son regard me transperça autant que ses paroles. Elle avait raison. Rien de ce que je pouvais dire n'aurait changé cet état de fait, ni son opinion de moi.

« Il ne les a pas faits prisonniers, n'est-ce pas ? demandai-je. Tes…

— Non. Il les a massacrés. Toute ma famille. Mon fils, quinze ans tout juste. Ma fille, à peine plus âgée que… »

Elle regarda Anna et serra les paupières, déterminée à ce que son émotion reste de la colère et non du chagrin.

« Et toi ? Tu étais là ? Comment as-tu…

— Mon mari et mon père, une étoile rouge imprimée au fer rouge sur la peau. Tu sais quel effet ça fait ? De voir ça ?

— Je peux imaginer…

— Non, tu ne peux pas. Tu ne peux pas parce que ça ne t'est pas arrivé. Tu as encore de l'espoir que ta famille soit en vie. De l'espoir. C'est ce qui te pousse en avant. Pour moi, il n'y a que de la haine. C'est ça, l'effet que ça te fait : ça te remplit de haine. Et c'est ça qui me pousse en avant, moi. »

Je me demandai ce que la famille de Tania avait eu de différent pour que Kroukov les tue tous, alors qu'il avait pris les jeunes gens de Belev avec lui. Son fils avait été en âge de se battre, contrairement aux miens.

Peut-être était-ce à cause de son rang. J'en étais venu à soupçonner que ce n'était pas une simple paysanne : elle projetait une apparence de rudesse, mais elle n'avait pas l'attitude, les manières, la façon de parler auxquelles je me serais attendu de la part d'une travailleuse. Je me demandai si elle venait d'un milieu riche et instruit ; cela aurait pu expliquer la rage meurtrière de Kochtcheï. Ou alors celui-ci avait changé de mode opératoire. Ou avait simplement passé une mauvaise journée. Il n'était pas rare qu'un commandant tchékiste perde la tête ; avec les atrocités qu'ils perpétraient et leur régime à base de drogue et d'alcool, ça n'avait rien de surprenant.

« Tu étais riche ? »

Les mots m'échappèrent avant que j'aie eu le temps de les penser. Tania ne répondit pas, mais elle me dévisagea avec une expression qui, au moins, confirma mon intuition.

« Et instruite, poursuivis-je. Donc, tu n'es pas soldate ? »

Tania jeta un coup d'œil à Ludmila, puis se retourna de nouveau vers la steppe.

« Non.

— Et elle ? Ludmila ? Qu'est-ce…

— Si tu as des questions sur Ludmila, il faudra que tu les lui poses. »

Mais j'avais dans l'idée que sa compagne m'en dirait encore moins qu'elle.

« Je suis désolé pour ta famille. »

C'étaient des mots inutiles. Ils ne lui rendraient pas ses proches, et ils ne pouvaient pas exprimer toute ma compassion pour elle. Mais Tania se trompait sur un point. J'étais parfaitement capable d'imaginer ce qu'elle ressentait, et je comprenais qu'il y avait une différence importante entre nous ; importante et inquiétante.

Je cherchais ma femme et mes fils ; elle ne cherchait que la vengeance.

« Lorsque nous le trouverons, repris-je, je veux savoir ce qui est arrivé à la mienne.

— Ce que tu me dis, c'est qu'il ne faut pas que je le tue.

— Pas immédiatement. »

Il était désormais plus important que jamais que nous restions ensemble. Je ne pouvais pas me permettre de la laisser trouver Kochtcheï avant moi.

« Je lui ferai cracher ce que tu veux savoir », répondit-elle. Elle me toisa du regard. « Même si j'ai dans l'idée que tu saurais le faire toi-même. »

J'ignorai sa remarque.

« Après, tu pourras faire ce que tu veux de lui.

— Ce que je veux, ce n'est pas seulement Kocht... Kroukov, mais tous ses hommes. Jusqu'au dernier d'entre eux.

— Quand était-ce ? Depuis combien de temps est-ce que tu le cherches ?

— Trente-sept jours. Et sur la route, ça fait long. Ça te change. Mais on se rapproche, je le sens.

— Et quand ce sera fait ? Que feras-tu ?

— Je n'ai pas prévu si loin. »

Tania tira sur la sangle de son fusil pour l'ajuster sur son épaule, puis sortit sa blague à tabac de sa poche. « Mais lorsque le moment viendra, j'espère seulement que tu seras aussi bon tueur que je le crois. »

28

C'était la fin de la journée, et nous n'avions vu personne depuis des heures lorsque nous atteignîmes une ferme.

Le soleil, disque orange aux contours flous derrière les nuages gris, avait déjà commencé à se coucher, et le froid était de plus en plus vif.

« Il va neiger ? » demanda Tania à Ludmila, qui leva les yeux vers le ciel et secoua la tête.

Elle ne parlait pas beaucoup, mais elle ne me lâchait pas du regard. Elle veillait jalousement sur Tania, et je la voyais se crisper chaque fois que je m'approchais de cette dernière. Elle haïssait tout en moi, et je me demandai ce qui la rongeait si profondément ; quelle tragédie les avait réunies, elle et Tania.

Sa réaction à l'égard d'Anna était différente. Elle lui parlait à peine et semblait éviter de s'en approcher, comme si elle n'aimait pas les enfants ou ne savait pas comment se comporter avec eux. À moins qu'elle ne craigne de se radoucir à son contact. Mais je l'avais vue jeter des coups d'œil furtifs à la fillette, et je savais que sa froideur n'était que de surface.

« La neige sera bientôt là, intervins-je. Peut-être demain, peut-être la semaine prochaine, mais elle ne va plus tarder. »

Nous avions repéré la ferme au sortir d'une zone boisée sombre et dense. Après l'avoir observée quelque temps, nous estimâmes que c'était un bon endroit où passer la nuit. Elle était composée de deux maisons toutes simples, en bois, qui se dressaient côte à côte. La plus proche était un peu plus grosse, et si c'étaient toutes deux des constructions rudimentaires au toit de chaume pentu, la plus éloignée était en mauvais état. Elle semblait plus vieille et subissait les assauts des intempéries depuis tant d'années que ses fenêtres étaient fêlées, ses murs couverts de plaques de mousse et son toit éventré par endroits.

Elle ressemblait presque à l'idée que je me faisais de la maison de Likho la Borgne quand Marianna racontait ses *skazkas* aux garçons. Pour un peu, j'aurais cru que la sorcière existait vraiment et y attendait que nous baissions notre garde pour me trancher la gorge et me mettre dans son four.

Devant la seconde bâtisse, dans le coin le plus éloigné d'une cour délimitée par une clôture branlante, se dressait une dépendance elle aussi coiffée d'un toit de chaume. La cour était vide, à l'exception d'un abreuvoir à un bout et d'une charrette abandonnée au milieu.

Derrière la ferme ne se trouvait rien d'autre que la forêt où nous étions cachés. Celle-ci était désormais envahie d'ombres et ses arbres étaient penchés vers les habitations, leurs branches sèches tendues comme si elles voulaient étouffer la ferme et l'absorber.

De l'autre côté de la cour, par contre, s'étendaient des champs, bordés au loin par une haie d'arbres et d'arbustes régulièrement espacés, derrière lesquels se devinait une autre ferme, dont seuls les toits étaient visibles.

Nous n'avions constaté aucun mouvement depuis au moins une demi-heure. Aucun signe que la ferme devant nous était habitée. Il n'y avait ni fumée sortant de la cheminée ni lumière brillant aux fenêtres. Le soir se rapprochait dangereusement, le froid était de plus en plus vif, et nous grelottions dans nos chauds manteaux d'hiver.

Lorsque les ténèbres se refermèrent sur nous et que l'heure des démons de la forêt arriva, je sentis un frisson me parcourir.

Je passai le bras autour des épaules d'Anna et la serrai contre moi.

Tuzik se tenait devant nous, Kashtan derrière : nous formions désormais, tous les quatre, un groupe inséparable.

« On devrait y aller, dis-je, rompant l'inquiétant silence. Ou alors retourner dans la forêt trouver un endroit où faire du feu. Il se fait tard, et je ne veux pas mourir de froid ici. »

Mon souffle formait d'épais nuages blancs autour de moi.

« On devrait peut-être continuer, plutôt, dit Tania.

— Je suis aussi impatient que toi, répondis-je sans lâcher la ferme des yeux, mais le temps est trop couvert pour voyager de nuit. Et les chevaux ont besoin de repos. Nous aussi. »

Je la sentis se tourner vers moi et fis de même. Sous la frange qui dépassait en dents de scie de sous son bonnet, son regard était perdu dans le vide.

« On va le retrouver, repris-je. Ensemble. Mais il faut qu'on se repose. »

M'arrêter chez Lev était ce qui avait permis à mes poursuivants de me rattraper et je rechignais à faire la même erreur, mais nous étions épuisés et avions besoin de reprendre nos forces. Les hommes qui me traquaient seraient sûrement obligés de faire de même.

Elle détourna les yeux en serrant les dents, les lèvres pincées.

« Ça me coûte de l'admettre, Tania, mais il a raison. Il faut tenter notre chance dans cette ferme. » Cela faisait quelque temps que Ludmila n'avait pas parlé, et ce fut une surprise de l'entendre se ranger à mon avis.

« Elle a l'air déserte.

— Et si elle ne l'est pas ? demanda Tania. Qu'est-ce qu'on fait ?

— S'il y avait des soldats, nous les aurions vus, dis-je. Il y aurait des chevaux, du matériel… Et à trois, avec des armes, nous devrions pouvoir gérer n'importe quel fermier trop protecteur.

— Et l'autre ferme ? demanda Tania en regardant les toits au loin, derrière la haie. Il y a peut-être des gens, là-bas.

— On n'a rien vu pour l'instant. Et si nous ne pouvons pas les voir, ils ne le peuvent pas non plus. »

Nous sortîmes donc de la forêt en tirant nos montures derrière nous et nous dirigeâmes vers la ferme en restant le plus possible à couvert.

Lorsque nous atteignîmes l'arrière des deux maisons, Tuzik entreprit de les contourner à pas de loup, le nez au sol, et nous lui emboîtâmes le pas.

« Il n'y a personne, ici », dis-je en arrivant devant le portail.

Lorsque nous entrâmes dans la cour, pourtant, la porte de la première habitation s'ouvrit. Tournant vivement la tête, je portai la main à ma poche. Je m'attendais à moitié à en voir surgir Likho la Borgne sous les traits d'une vieille sorcière folle, mais ce fut un vieillard qui sortit dans le froid.

Il fut aussi surpris de notre présence que nous de la sienne, et nous nous immobilisâmes tous immédiatement.

D'un seul mouvement, Tuzik baissa la tête et écarta les pattes avant, tout le corps tendu. La fourrure de son cou se hérissa, ses oreilles se couchèrent, et il retroussa les babines d'un air menaçant. Le grondement qui lui échappa fut celui d'une bête sauvage.

« Il n'est pas armé, chuchota Tania. Ne fais rien.

— Qu'est-ce que tu t'imagines que je vais faire ? demandai-je en me plaçant devant Anna. Attaquer un vieil homme ? »

Elle me jeta un regard qui laissait entendre que c'était exactement le genre de chose dont elle me jugeait capable.

« Toi ou ton chien, répliqua-t-elle dans un murmure. Maîtrise-le, bon sang. » Puis elle se retourna et leva la main en disant : « Bonsoir. »

Le vieil homme hocha brièvement la tête d'un air incertain et jeta un coup d'œil inquiet à l'intérieur de sa maison, avant de reposer les yeux sur nous.

« Laisse-moi lui parler, dit Tania en me tendant les rênes de son cheval. Et retiens ce chien. »

J'appelai Tuzik et fus surpris de le voir obéir et revenir auprès de moi. Anna l'attrapa par la peau du cou pendant que Tania s'approchait du vieil homme en ôtant son bonnet, qu'elle garda dans son poing. En la voyant faire, il se redressa un peu et inspira profondément.

« Qu'est-ce que vous voulez ? demanda-t-il en refermant la porte derrière lui et en s'avançant d'un pas pour empêcher Tania de monter la première marche du perron.

— Nous pensions que cette ferme était vide, répondit-elle en hésitant, le pied en l'air.

— Et maintenant, vous pouvez voir qu'elle ne l'est pas. »

Il avait une voix grave et glaireuse, comme s'il avait besoin de tousser.

« Nous ne faisons que passer, en direction du nord. Nous cherchons un abri pour la nuit. »

Elle recula son pied.

« Et vous avez l'intention de le trouver ici ? »

Il la dévisagea, puis scruta la pénombre où Ludmila et moi attendions avec les chevaux.

« Si cela ne vous dérange pas », répondit Tania.

Le visage buriné du vieil homme se fendit d'un sourire qui révéla des dents noircies. Rejetant la tête en arrière, il éclata d'un rire rauque et guttural qui ressemblait davantage à un râle d'agonie.

Tania fit un autre pas en arrière et me jeta un coup d'œil.

D'un geste encourageant des mains, je la poussai à continuer, mais avant qu'elle ait pu ajouter quoi que ce soit, le vieil homme s'arrêta de rire aussi soudainement qu'il avait commencé et fixa sur elle des yeux larmoyants.

« Vous êtes trois, armés, probablement des déserteurs, et vous avez… Qu'est-ce que c'est que ça ? Un loup ?

— Un chien.

— Un chien hargneux, alors. Et vous me demandez si ça ne me dérange pas ? »

Il fit un pas en avant, pour se retrouver nez à nez avec Tania.

« Bien sûr que si, ça me dérange, mais depuis quand est-ce que ça importe à qui que ce soit ?

— Monsieur, dis-je en m'avançant à mon tour, nous avons des vivres, que nous pouvons partager en échange d'un toit et d'un feu. Nous ne vous voulons aucun mal. Nous ne sommes pas des déserteurs.

— Alors pourquoi êtes-vous armés ?

— Nous cherchons quelqu'un.

— Vous cherchez quelqu'un ? »

Il se gratta le crâne et fronça les sourcils en regardant derrière moi. « Ça ne veut rien dire. Qui êtes-vous ? Qu'est-ce que… » Dès qu'il vit Anna près des chevaux, il arrêta son geste.

« Vous avez un enfant avec vous.

— Oui. »

Il laissa retomber sa main et gonfla les joues pour laisser échapper un long soupir. L'espace d'un instant, je crus qu'il allait nous accueillir chez lui sans plus de protestations. Que peut-être la vue d'un enfant l'avait attendri. Mais ensuite, son visage se durcit et il cracha ses mots d'une voix pleine de venin.

« Il n'y a rien pour vous, ici. Allez-vous-en. Vous devriez… »

À cet instant, la porte de l'isba se rouvrit, le faisant tressaillir et se retourner.

« Qui est-ce ? » demanda une voix.

Une vieille femme apparut sur le seuil, vêtue de noir, les épaules drapées d'un châle. Elle traînait les pieds d'une façon perturbante qui me rappelait Galina. Qui me rappelait une sorcière telle que je les imaginais.

« Personne, répondit le vieil homme. Rentre à l'intérieur.

— Je veux voir qui c'est. »

Sa voix était dure, rocailleuse, antipathique.

« Personne, je t'ai dit.

— Voyons, vieil imbécile, c'est forcément quelqu'un. Qui est-ce ? »

Le vieil homme soupira et secoua la tête.

« Ils disent qu'ils cherchent quelqu'un.

— Qui ? Qui est-ce qu'ils cherchent ?

— Des tchékistes », répondit Tania.

Elle n'aurait pas dû en révéler autant, selon moi, mais quelque chose passa dans le regard du vieil homme à ces mots : un éclair de compréhension, ou peut-être s'agissait-il seulement de compassion.

« Eh bien, fais-les entrer, Sergueï, fais-les entrer. » Le ton de la vieille femme avait changé, mais il restait inamical. C'était comme si elle cachait sa vraie nature, telle Likho la Borgne mettant le tailleur à l'aise avant de lui couper la gorge.

« Tu ne peux pas les laisser dehors dans ce froid.

— On devrait peut-être plutôt les laisser continuer leur route, protesta-t-il. On n'a pas assez de...

— Ne sois pas si grippe-sou, l'interrompit-elle. Fais-les entrer, fais-les entrer. »

Elle recula et nous fit signe d'avancer de ses mains noueuses.

Sergueï leva les yeux au ciel en maugréant.

« On devrait continuer d'avancer », dit Ludmila à mi-voix.

Et je sus pourquoi elle disait cela. Nous n'étions pas les bienvenus dans cette ferme – le vieillard nous l'avait clairement fait comprendre – et la vieille femme me rappelait trop Galina et les sorcières de *skazkas*. Mais la température ne cessait de baisser, et je devais penser à Anna. Elle avait besoin de chaleur, de nourriture et d'une bonne nuit de sommeil.

« Regardez, dis-je en sortant le morceau de *salo* de ma sacoche pour le montrer au vieux en le déballant. Nous pouvons partager ce que nous avons.

— Ils ont de quoi manger ? fit la vieille. Encore mieux. Qu'est-ce que tu attends ? Fais-les entrer. »

Son époux examina le morceau de *salo*, tout petit qu'il fût, en remuant les lèvres comme s'il était déjà en train d'en manger. Il descendit de son perron, obligeant Tania à s'écarter pour le laisser passer, et m'attrapa le bras pour rapprocher de lui le morceau de lard gras. Il l'inspecta soigneusement, puis se pencha pour en sentir l'odeur.

Une fois cela fait, il me relâcha et me regarda droit dans les yeux.

« Rouge, Blanc, peu m'importe qui vous êtes. Êtes-vous un *honnête* homme ? C'est tout ce qui compte.

— Oui.

— Un homme de parole ?

— Oui.

— Et vous me donnez votre parole que vous n'avez pas de mauvaises intentions ?

— Je le jure. »

Il réfléchit un moment avant de prendre une grande inspiration et de me tendre la main, mais il ne me regarda pas dans les yeux comme Lev l'avait fait quand il m'avait offert son rameau d'olivier. Son accueil n'avait pas la chaleur de celui du père d'Anna, et j'eus un pincement au cœur en me rappelant mon ami absent.

J'ôtai mon gant pour prendre la main du vieil homme, et sentis la rugosité de sa peau. Il avait de la force dans les doigts et une poigne solide, malgré son âge. Et à cet instant, je fus pris de pitié pour lui. L'hiver était proche, et la guerre avait entraîné la disette. Les vieux étaient fragiles et vulnérables. Beaucoup ne verraient pas le printemps.

« Il y a du foin dans la grange, pour vos chevaux, dit-il. Et le chien reste dehors. Prenez des bûches avant d'entrer. Nous allumons le poêle à la tombée de la nuit. »

Le vieil homme se posta près du *pitch* et nous montra du doigt l'endroit où il voulait que nous entassions les bûches. L'isba était encore tiède du feu de la veille ; le *pitch* avait bien conservé sa chaleur. Un bon poêle était toujours l'âme de tout foyer, et un *pitchniki* habile était un des artisans les plus recherchés. Il fallait beaucoup de savoir-faire pour construire un poêle doté d'assez de conduits pour laisser circuler la fumée et l'air chaud entre les briques afin de maintenir une température conséquente. Si le vieil homme n'allumait son *pitch* que la nuit, c'était que le *pitchniki* avait fait du bon travail : les briques dégageaient encore assez de chaleur pour qu'il fasse plus chaud à l'intérieur qu'à l'extérieur. La porte en fer était ouverte, révélant un four assez grand pour satisfaire même Baba Yaga ou Likho la Borgne : l'une comme l'autre auraient pu y faire rentrer un adulte tout entier, si besoin.

Le *pitch* était idéalement situé dans la pièce, et il y avait de l'espace entre son sommet et le plafond. Le coin d'une couverture pendant dans le vide donnait l'impression que d'autres y étaient entassées, et je savais que ce serait un endroit chaud pour dormir.

« Vous avez un bon *pitch* », dis-je en entassant les bûches de bouleau sèches par terre, à côté.

Je ne pus m'empêcher de me pencher pour inspecter l'intérieur du poêle, comme pour vérifier qu'il n'y avait pas d'enfant en train de rôtir dans ses braises. En constatant qu'il était vide, je me dis d'arrêter d'être aussi bête. J'avais écouté tellement de *skazkas* qu'elles commençaient à m'inspirer la même terreur qu'aux enfants auxquels elles étaient adressées.

Je me retournai et vis que le vieil homme me regardait. Ses cheveux noirs étaient striés de gris, touffus autour des oreilles mais clairsemés sur le haut du crâne, et son visage presque entièrement mangé par une barbe épaisse. Il avait les paupières tombantes, les sourcils broussailleux et le nez tordu comme s'il avait été cassé par le passé. Ses vêtements étaient propres et à peu près en bon état.

« Votre *pitchniki* devait être très bon », repris-je.

Le vieil homme émit un grognement et cracha par la porte ouverte du poêle un jet de salive qui décrivit un arc de cercle avant de tomber dans les braises de la veille. C'était un geste destiné à conjurer le mauvais sort quand on recevait un compliment.

« Il l'a construit lui-même, mais il n'aime pas le dire », fit son épouse, à l'autre bout de la pièce.

Nous ressortîmes prendre d'autres bûches dans la pile à l'extérieur de l'isba. Tania et Ludmila rentrèrent les premières. Lorsque Anna et moi leur emboîtâmes le pas, Tuzik voulut nous suivre, mais je le repoussai de la jambe, en essayant de rester doux.

« Il apprécierait le *pitch*, expliquai-je à la fillette, mais nous devons respecter les conditions de notre hôte.

— Pourquoi est-ce qu'ils ne veulent pas le laisser entrer ? chuchota-t-elle.

— Peut-être ont-ils peur des chiens.

— Il est moins effrayant qu'eux, pourtant. Cette femme est vraiment laide.

— Chut. »

Je portai un doigt à mes lèvres.

« Elle est vieille, c'est tout. Et puis, de toute façon, ça n'a pas l'air de déranger Tuzik. Regarde-le : il s'en fiche.

— Parce qu'il voit combien elle est terrifiante.. On dirait une sorcière. »

Je ne pus m'empêcher de sourire.

344

« Je crois qu'il a envie de monter la garde. Peut-être même d'aller chasser. » Je posai les bûches à l'intérieur et m'accroupis pour laisser le chien enfouir sa tête dans le creux de mon épaule. « Garde-nous bien, mon camarade, dis-je en lui caressant le dos. Je t'apporterai quelque chose à manger tout à l'heure, c'est promis. »

Tuzik regagna la cour et nous regarda entrer dans la maison, mais ne réessaya pas de nous suivre.

« Je le comprends, fit Anna. Cet endroit est sinistre. »

Nous déposâmes nos bûches sur le tas, et la vieille femme surgit de l'ombre comme si elle y avait été tapie en embuscade. Elle s'approcha de la table, planta une chandelle sur un support et l'alluma avant de placer autour un cylindre de verre destiné à la protéger du vent. La flamme vacilla un moment avant de grandir, éclairant la surface de la table et les chaises qui l'entouraient.

La vieille était un peu voûtée, pliée à la taille, la tête rentrée dans les épaules ; maigre et osseuse sous sa robe noire et son châle en laine. Autour de la tête, bien serré, elle avait un foulard assorti à sa tenue qui lui cachait complètement les cheveux, donnant l'impression qu'elle dissimulait peut-être une calvitie. Tout ce que je pouvais voir d'elle, c'était son front ridé, ses yeux larmoyants et son nez couperosé. Elle portait des souliers souples et, lorsqu'elle s'approcha pour nous accueillir, sa démarche traînante de sorcière me donna la chair de poule.

« Jolie petite fille », dit-elle en tendant la main pour pincer la joue d'Anna entre son pouce calleux et l'articulation noueuse de son index.

Elle sourit, révélant plus de gencive que de dents, et je perçus le mouvement de recul de la fillette.

La vieille femme avait l'haleine rance comme du lait tourné. Elle m'inspirait le même dégoût qu'à Anna, et je ne pouvais m'empêcher de penser à Galina, avec son œil putride et sa folie déconcertante. Quant à sa façon de toucher la fillette, c'était comme si elle vérifiait la tendresse de sa chair, tentait de déterminer si elle allait rentrer dans sa marmite.

Je me forçai à rire de moi-même pour essayer de refouler le sentiment de malaise qu'elle m'inspirait.

« Très jolie, répéta la vieille en hochant la tête, avant de s'humecter les lèvres de la pointe de la langue. Comment elle s'appelle ?

— Anna. »

Je présentai mes deux autres compagnes et moi-même en lui donnant nos prénoms, mais elle n'avait d'yeux que pour Anna.

« Votre fille ?

— Pour ainsi dire.

— Pour ainsi dire ? »

Elle tendit le cou pour me dévisager.

« Elle l'est ou elle ne l'est pas. Alors, mon petit ?

— Elle l'est, maintenant.

— Orpheline de guerre ?

— Je suis juste devant vous, vous savez, fit Anna en s'écartant d'elle.

— Elle n'aime pas qu'on le lui rappelle, expliquai-je.

— Mmm. »

La vieille femme regarda Anna d'un air pensif. « Eh bien… Asseyez-vous, asseyez-vous. Laissez-moi voir ce que vous nous avez apporté d'autre. »

Pendant que Serguéï rallumait le *pitch*, le reste d'entre nous prit place à la table, où nous étalâmes nos vivres. Nous avions laissé le plus gros de nos affaires dans nos sacoches de selle, dans la grange, ce qui s'avéra judicieux car la vieille avait l'œil avide et l'estomac plus encore. Lorsque nous finîmes de déballer ce que nous avions apporté à l'intérieur, il y avait devant nous le pavé de *salo*, des lanières de viande séchée, trois morceaux de saucisson et un bloc de *kovbyk*. Ludmila avait rechigné à céder celui-ci, mais la vieille femme ne nous avait guère laissé le choix. Elle avait pris nos besaces et commencé à fourrager dedans, écartant les munitions et nous donnant les couteaux à tenir pendant qu'elle cherchait les provisions. Cela portait malheur de laisser un couteau sur la table, et nous avions affaire à des paysans superstitieux.

« Nous allons bien souper, ce soir, dit-elle en souriant à Anna plus longtemps que nécessaire avant de nous rendre nos besaces.

— Il y a là assez de vivres pour bien manger pendant deux jours entiers, dit Ludmila à Tania. On en a besoin.

— On en trouvera d'autres, répondit sa compagne.

— Où ? Hein, où ça ?

— La forêt est pleine de choses comestibles, et on touche au but. On peut s'en passer.

— Mais…

— On peut s'en passer », répéta Tania.

La vieille femme observa attentivement cet échange, comme si elle était suspendue à leurs lèvres et attendait de connaître leur décision. Et lorsqu'elles eurent fini de parler, elle tendit une main tordue et couverte de taches brunes pour tapoter brièvement celle de Tania, en affichant son sourire presque édenté.

« Vous dites qu'il y a là de quoi nourrir votre petit groupe pendant deux jours. » Elle tourna les yeux vers Ludmila. « Alors peut-être que ça peut faire un bon repas pour neuf personnes. »

Ludmila lui rendit fixement son regard, comme si elle s'apprêtait à la sommer de s'expliquer, mais j'avais déjà compris ce qu'elle voulait dire. Sergueï et elle n'étaient pas seuls dans cette ferme.

La vieille se tourna vers son mari, qui avait fini d'allumer le poêle et nous observait de loin.

« Dis-leur de descendre », lui intima-t-elle.

Il hésita.

« Allez, va les chercher, insista-t-elle avec un geste de sa main parcheminée. C'est sans danger. Kolia ne nous fera pas de mal. »

Je laissai tomber ma main sous la table et la glissai dans ma poche de manteau. Le pistolet à l'intérieur était encore froid quand je refermai les doigts dessus.

Sergueï baissa les yeux comme si ses pieds étaient soudain devenus captivants, mais sa femme prononça sèchement son nom, le faisant sursauter.

Il releva les yeux. Elle le regarda avec moquerie.

« Ça va aller, vieil imbécile. Dis-leur de descendre. »

Sergueï gagna la pénombre à l'autre bout de la pièce pour redresser une échelle appuyée contre le mur. Il la plaça soigneusement contre la paroi du *pitch*.

« Vous pouvez descendre », lança-t-il.

Mais en disant ces mots, il jeta un coup d'œil dans notre direction. Il n'était pas aussi convaincu que sa femme que nous étions inoffensifs.

Le premier pied à se poser sur l'échelon supérieur dépassait de sous une jupe noire, et la femme à qui il appartenait nous apparut bientôt. L'espace d'un instant, je restai pris de court en voyant descendre ma propre épouse, et je dus fermer les yeux et secouer la tête pour me remettre les idées en place. Lorsque je les rouvris, la femme me regardait. Ce n'était pas Marianna, mais la ressemblance était frappante. Elle avait les cheveux de la même couleur qu'elle, et coiffés comme les siens, attachés à l'arrière mais souples à l'avant, pour lui tomber sur le front. Elle avait à peu près la même carrure, avec une taille autrefois ronde et pleine de santé, qui s'était amaigrie depuis que les temps étaient devenus si difficiles. Elle avait également son teint pâle, mais n'était pas aussi jolie, et quand la lueur de la chandelle tomba sur elle, je vis qu'elle avait les yeux d'un vert terne, alors que ceux de Marianna étaient bleus.

« Notre fille, Oksana », la présenta la vieille femme.

Alors qu'elle disait ces mots, la première paire de pieds d'enfant toucha l'échelle, et Oksana tendit les bras pour aider une fillette à descendre.

« Natacha », dit la vieille avec un sourire.

La petite fille, âgée d'environ cinq ou six ans, resta agrippée à la jupe de sa mère alors que le deuxième enfant descendait l'échelle : un garçon qui semblait avoir au moins dix ans. Tous deux étaient aussi pâles et minces qu'Anna, avec les joues presque creuses et des cernes profonds sous les yeux.

« Et voici Nikolaï, conclut la vieille en me regardant. Votre homonyme. »

Mère et enfants restèrent serrés les uns contre les autres au pied de l'échelle, et l'idée me vint que Marianna avait peut-être présenté le même tableau lorsqu'elle avait essayé de protéger nos fils de Kroukov. Sauf que, dans le cas de ma famille, les choses avaient dû être différentes, car Marianna n'avait sans doute pu les étreindre que quelques secondes avant d'attraper leurs manteaux et de les entraîner vers la passerelle pour leur faire chercher un refuge illusoire dans la forêt. Je ne pouvais qu'imaginer ce qu'elle avait dû ressentir en les regardant partir, puis en retournant à la maison attendre les démons, tout cela pour être traînée de l'autre côté de la route, dans les bois, et forcée à assister au meurtre du mari de Galina, avant de…

Il aime noyer les femmes.

Lorsque Oksana se rapprocha, je ressortis la main de ma poche et la saluai d'un léger mouvement de tête en disant mon nom, mais rien de plus.

Les deux femmes préparèrent une soupe, pendant que les enfants restaient près d'elles devant le *pitch* et que le reste d'entre nous attendait à la table. Sergueï resta assis les mains posées devant lui, les doigts croisés comme s'il priait, les yeux fixés sur le bois rugueux. Il ne les relevait que de temps en temps et, en croisant mon regard, les détournait aussitôt.

« C'est gentil de votre part de nous accueillir », finis-je par dire pour rompre le silence pesant.

Il haussa les épaules.

Derrière lui, la vieille femme ouvrit un placard pour y prendre un bol de sel, et je remarquai qu'il n'était pas aussi vide que j'aurais pu m'y attendre. Il y avait des bouteilles alignées au fond, des bocaux de ce qui ressemblait à des conserves au vinaigre, et des paquets de linge comme ceux dans lesquels Marianna conservait poisson et viande séchés.

« Vous n'avez pas trop souffert de la guerre, à ce que je vois », fis-je.

Sergueï leva les yeux et suivit mon regard.

« Oh, non. Pas trop. »

Il hocha la tête et détourna les yeux, gêné.

Je jetai un coup d'œil en coin à Tania et vis qu'elle avait remarqué aussi. Je pouvais presque entendre ce qu'elle pensait – ces gens nous avaient pris notre nourriture alors qu'ils en avaient plein eux-mêmes –, mais je secouai imperceptiblement la tête, lui enjoignant de garder le silence. Nous avions affaire à une famille qui essayait simplement de survivre, et elle nous avait offert un abri.

Mais ayant vu ce placard bien rempli, je commençai à remarquer d'autres choses dans l'isba, comme les bottes près de l'entrée. Je n'y avais pas fait attention en entrant, mais près des fusils que Tania et Ludmila avaient appuyés contre le mur se trouvaient deux bonnes paires de bottes qui paraissaient presque neuves. Le tapis tissé par terre avait encore ses couleurs – des rouges et des bleus vifs, des blancs encore propres –, et il y en avait un autre pendu au mur du fond. Une carabine était posée sur des clous, près de la porte. Des couvertures en abondance au-dessus du *pitch*. Les chaussures souples aux pieds de la vieille femme étaient propres et avaient encore leur forme, et les vêtements que portait toute la famille étaient en meilleur état que je ne m'y serais attendu.

C'était là la demeure d'humbles paysans, et il aurait donc été surprenant quelle que soit l'époque qu'ils aient tant de biens et vivent si confortablement, mais ça l'était encore plus en ces temps de confiscation et de réquisitions. Et pourtant, ils n'avaient pas l'apparence de gens qui vivaient bien. Ils avaient la peau pâle et cireuse de ceux qui n'ont pas eu grand-chose à manger depuis longtemps. Natacha et Nikolaï avaient les yeux caves et les joues creuses des enfants qui ont manqué de nourriture en grandissant. Leur comportement ne correspondait pas à leurs possessions et à leurs placards bien remplis. L'acquisition de ces provisions était récente.

Peut-être avaient-ils trouvé cet endroit par hasard, comme Lev et Anna avaient trouvé la ferme où je les avais rencontrés. Ou peut-être y avait-il une autre explication. Plus sinistre.

Lorsque le repas fut prêt, Oksana l'apporta sur la table, la vieille femme le servit, et nous nous assîmes pour le manger tous ensemble comme si nous étions une famille. Le bouillon chaud était bon et s'accordait bien avec la viande froide, mais rien dans ce repas ne me donnait le sentiment de sécurité que j'avais eu chez moi, ou de complicité que j'avais ressenti lorsque Lev et Anna m'avaient accueilli sous leur toit.

Le vieil homme resta coi, mais sa femme parla de la révolution, de la guerre qui l'avait précédée et de celle qui l'avait suivie.

Elle se pencha au-dessus de la table comme si elle voulait nous inviter à participer à un complot.

« Ils ont même tiré des obus sur le champ juste de l'autre côté de la ferme. » Elle hocha la tête. « Tous ces hommes qui se battaient, se tiraient dessus, s'entre-tuaient… Ça faisait tellement de bruit qu'on s'est cachés sous la table en attendant que ça s'arrête. Plein de trous, qu'il est maintenant, ce champ. Plus utile à personne. »

Sergueï regardait sa femme parler, en coulant vers Tania, Ludmila et moi des coups d'œil qui me rendaient nerveux. Avec la lumière, la chaleur, la nourriture et la famille assise à nos côtés, j'aurais dû être à l'aise, mais il régnait à cette table une tension indéniable.

« Et personne n'est venu ici ? demandai-je. Après la bataille ? »

Je ne pus m'empêcher de jeter un coup d'œil à leurs placards pleins, leurs bons vêtements et leurs bottes propres. Il y avait même assez de cuillères et de bols pour chacun d'entre nous à la table.

La vieille femme échangea un regard avec son mari, puis haussa les épaules.

« Ils ne se sont pas arrêtés. C'est à peine s'ils ont remarqué qu'on était là.

— Mais vous, par contre, vous êtes allés voir, fit Tania. Vous êtes allés voir où ils s'étaient battus.

— C'était horrible à voir, fit la vieille en hochant la tête.

— Ça ne vous a pas empêchés de prendre ce que vous pouviez. »

C'était Ludmila qui avait parlé, cette fois, et je me demandai si elle avait déjà vu ce qui avait rempli leurs placards et vêtu d'habits propres leurs corps faméliques. Elle comprenait ce qui mettait la vieille femme et son mari si mal à l'aise. Ils avaient détroussé les morts.

La vieille baissa les yeux sur la table. Ils avaient honte de ce qu'ils avaient fait.

« Les temps sont durs.

— Je comprends, lui dis-je. Rien ne doit être gaspillé. »

Elle acquiesça.

« Nous ne sommes pas de mauvaises gens, dit Serguëi. C'est juste que…

— Vous n'avez pas besoin de vous justifier », le rassurai-je.

Serguëi leva les yeux pour me regarder, puis attrapa sa pipe et prit une bonne pincée de tabac dans une blague usée mais pleine.

« Tout cela ne vient pas d'un champ de bataille, fit remarquer Ludmila alors qu'il tassait le tabac et introduisait sa pipe entre ses dents. Pas toute cette nourriture. »

En disant ces mots, elle balaya la pièce du regard.

Serguëi secoua la tête.

« Papa nous a aussi apporté des choses », intervint le garçon, s'attirant une brusque étreinte et un regard sévère de la part de sa mère.

Tout le monde tourna les yeux vers lui, sauf la vieille, qui garda les siens fixés sur mes compagnes et moi, assis à l'autre bout de la table.

« Qu'est-ce que tu viens de dire ? fit Ludmila en se laissant aller contre son dossier et en posant une main sur sa cuisse.

— Son papa manque à Nikolaï, dit la vieille femme en souriant, révélant ses dents noircies, avant de se pencher pour nous chuchoter : il s'imagine parfois qu'il le voit. C'est très dur pour les enfants, vous savez. »

La puanteur de son haleine viciait l'air.

« Bien sûr. »

L'espace d'un instant, il n'y eut pas un bruit dans la pièce à part les crépitements du feu dans le *pitch*.

« Mais dites-nous-en plus sur vous, fit la vieille femme en s'adossant à son siège et en reprenant une voix normale. D'où venez-vous ? »

Je regardai Tania et Ludmila, et aucun de nous ne répondit.

« Je comprends, reprit la matriarche. Vous êtes des déserteurs ; évidemment que vous ne voulez pas en parler.

— Non, nous... »

Tania s'interrompit sans terminer sa phrase.

« Ne vous inquiétez pas. » La vieille resserra son châle autour de ses épaules. « On ne dira rien à personne, n'est-ce pas, Sergueï ?

— Non. Non, bien sûr que non.

— Alors, qu'est-ce qui vous amène par ici ? Vous avez dit que vous cherchiez quelqu'un. »

Un silence gênant s'installa alors que nous réfléchissions à ce que nous pouvions leur raconter, à la menace qu'ils pouvaient représenter pour nous, et aux informations qu'ils pouvaient peut-être nous donner.

« Nous cherchons un homme qui se fait appeler Kochtcheï, finis-je par répondre en jetant un coup d'œil à Tania. Vous avez entendu parler de lui ?

— Kochtcheï ? »

Sergueï ôta sa pipe de sa bouche et examina le tabac qui rougeoyait dans son fourneau, comme si la réponse pouvait se cacher dans les braises. De son autre main, il se caressa la barbe, la lissant autour de sa lèvre supérieure avant de laisser courir ses doigts sur toute sa longueur.

« Comme dans le conte ?

— Oui, mais cet homme est bien réel. Vous avez entendu parler de lui ?

— Non, dit la vieille femme.

— C'est un tchékiste. Son vrai nom est Kroukov.

— Ça ne me dit rien.

— Et vous n'avez vu personne passer ? Des soldats escortant des prisonniers ? Ou peut-être…

— On ne voit jamais personne, ici, m'interrompit la matriarche, un peu trop brusque.

— Et vos voisins ? Croyez-vous qu'ils pourraient avoir…

— Personne ne passe par ici. Personne ne voit rien. C'est plus sûr comme ça. »

Son ton s'était durci, et la tension ambiante s'était accentuée. En reportant mon regard sur Sergueï, je vis qu'il avait toujours les yeux rivés sur la table. Oksana était soudain très occupée à caresser les cheveux de ses enfants et à prendre Natacha sur ses genoux, comme si elle cherchait quelque chose à faire pour ne pas avoir à croiser notre regard.

« Il y a un problème ? demandai-je.

— Il y a toujours un problème, répliqua la vieille.

— On fait ce qu'on a à faire, dit Sergueï en levant des yeux tristes sur moi. Qu'est-ce qu'on peut faire d'autre ? »

J'étais sur le point de lui demander ce qu'il voulait dire par là, mais Oksana repoussa sa chaise et se leva.

« Il est tard, annonça-t-elle, nous faisant clairement comprendre qu'il était temps de mettre fin à la conversation. Les enfants ont besoin de repos, et vous-mêmes devez être épuisés. »

Elle posa sur Anna un regard compatissant.

« Ça va, répondit la fillette d'un air inexpressif. Je suis plus forte que j'en ai l'air. »

Oksana sourit, mais il y avait de la tristesse dans ses yeux.

« Je n'en doute pas.

— Eh bien, vous pouvez dormir dans l'isba voisine, dit la vieille femme. Le toit n'est pas en très bon état, alors il va y faire froid, mais il y a quelques vieilles couvertures là-bas, et si vous allumez le feu, vous devriez avoir assez chaud. »

Avant de sortir, je la remerciai de son hospitalité et serrai la main de Sergueï.

« Oksana, dis-je, puis-je vous demander où est votre mari ?

— Notre fils est à la guerre, répondit la matriarche à sa place, la poitrine gonflée de fierté, en se redressant autant qu'elle le pouvait. C'est un bon garçon. »

Je ne m'enquis pas de la couleur de son uniforme.

29

La nuit était noire et glaciale. Le froid s'était enfoncé profondément dans la terre, et le gel avait épaissi. Les premiers flocons de neige étaient dans l'air, petits, légers, presque inexistants, mais ils tenaient là où ils tombaient.

Aucun vent n'agitait la forêt, et le silence régnait.

Je quittai le premier la chaleur de la maison, suivi de près, comme toujours, par Anna. Tuzik devait s'être relevé d'un bond dès qu'il avait entendu la porte s'ouvrir, car je le vis arriver au petit trot avant même d'avoir franchi le seuil. Dans les ténèbres, il était presque invisible, et il approcha sans un bruit, véritable créature de la nuit, pour fourrer son nez dans ma main et recevoir le petit morceau de nourriture que je lui avais promis. Lorsqu'il le prit dans sa gueule, je sentis quelque chose mouiller ma paume, et en me retournant pour l'examiner à la faible lueur de la lampe que tenait Sergueï, je vis le sang d'une proie fraîchement tuée.

« On dirait qu'il a déjà mangé, dis-je à Sergueï. Ça fait un lapin de moins qui grignotera vos récoltes. »

Le vieillard nous amena jusqu'à la porte de l'isba vide et s'écarta pour que Tania et Ludmila y entrent en premier. Il n'émit pas d'objection en me voyant laisser Tuzik les suivre, mais lorsque je m'approchai du seuil à mon tour, il posa la main sur ma poitrine pour m'arrêter.

« Êtes-vous sûrs de vouloir rester ? me demanda-t-il. Les bois offrent un bon abri quand on sait faire un feu.

— Avons-nous abusé de votre bonté ? fis-je en réponse.

— Non, ce n'est pas ça...

— Vous n'avez aucune raison d'avoir peur de nous.

— Je sais. C'est juste que... vous avez l'air d'être des gens bien. »

Il baissa les yeux sur Anna et tendit la main pour la poser sur sa tête, mais interrompit son geste et laissa retomber son bras le long de son corps en fermant le poing.

« Qu'est-ce qu'il y a ? lui demandai-je. Quel est le problème ? »

Il resta coi, la bouche ouverte comme si les mots étaient coincés dans sa gorge, puis secoua la tête.

« Dormez bien, dit-il en me tendant la lampe. Et Dieu vous protège. »

Lorsqu'il fut parti, je fermai la porte en poussant les verrous et me retournai vers Tania et Ludmila, qui se tenaient debout au milieu de la pièce froide. Celle-ci était sombre et poussiéreuse, comme si personne n'y avait habité depuis longtemps, mais il y avait une pile de vieilles couvertures sur la table, exactement comme la vieille femme l'avait dit.

« Qu'est-ce que vous en pensez ? demanda Tania. Je suis la seule à avoir été mal à l'aise, pendant ce repas ?

— Ils cachent quelque chose, dit Ludmila.

— Tout le monde cache quelque chose, répliquai-je. Ces gens ont honte d'avoir détroussé des morts. »

Je posai la lampe et regardai autour de moi à travers la vapeur formée par mon souffle. Il n'y avait pas grand-chose à voir. Il n'y avait rien sur la table à part les couvertures, et les étagères étaient toutes vides. Comme nous l'avait dit la vieille, il y avait un trou assez grand pour laisser passer un homme dans le toit, à l'autre bout de la pièce, juste à droite du *pitch*, et, de temps en temps, un flocon réussissait à entrer et tombait par terre. Il aurait été facile pour un homme jeune de le réparer, avec les bons outils et le bon matériel, mais pour quelqu'un de l'âge de Sergueï c'était sûrement une tâche trop grande.

« Parfait, fit Tania. Il neige à l'intérieur. »

En m'approchant du *pitch* pour regarder dedans, je vis qu'il avait été nettoyé de ses cendres. Cela faisait quelque temps qu'un feu n'y avait pas été allumé, mais il y avait une pile de bûches et de petit bois à côté, prêts à l'emploi.

« Vous pensez que c'était nous qu'ils attendaient ? demanda Ludmila en faisant courir ses doigts sur la couverture du dessus. Ou quelqu'un d'autre ?

— Tu sais comment allumer un feu ? demandai-je à Anna.

— Oui.

— C'est bien. Vois si tu peux nous procurer un peu de chaleur, alors. »

Je lui tendis mon fagot d'allumettes.

« Et essaie de n'en utiliser qu'une seule. Il ne m'en reste plus beaucoup.

— Ce n'est pas comme eux, remarqua Tania. Vous avez vu combien elle en avait, cette vieille femme ?

— Et le reste, alors ? »

Ludmila tira une chaise pour s'asseoir à la table.

« Toute cette nourriture dans le placard. Et on s'attendrait à trouver ces couvertures-ci chez eux, pas les belles et propres qu'ils avaient.

— Ils ont échangé leurs vieilles contre des neuves, fit Tania. Je suppose que ça peut arriver, mais…

— N'oublie pas qu'ils ont dépouillé des morts, lui rappelai-je. Ils nous l'ont avoué.

— Ou du moins, c'est ce qu'ils nous ont raconté. »

Ludmila sortit son pistolet pour le poser sur la table.

« Mais ils n'ont pas récupéré tous ces vivres sur des morts.

— C'est possible, la contredit Tania. Regarde les provisions qu'on a sur nous.

— Mais on n'a pas de chaussures en cuir souple », fit observer Ludmila.

Anna s'approcha du *pitch* et, trouvant un petit carré de tissu, le déchira avec ses dents en morceaux qu'elle chiffonna et entassa dans le poêle.

« Non, il y a quelque chose qu'ils ne nous disent pas, insista Ludmila en posant son fusil en travers de son genou. J'en suis certaine. Vous avez vu leur réaction quand on a mentionné les tchékistes ?

— La plupart des gens deviennent nerveux quand on parle de tchékistes, lui répondis-je. Certains refusent même de prononcer le mot par peur de ce qui pourrait leur arriver. Sans doute est-ce de ça qu'il s'agit : ils ont peur qu'on les dénonce.

— À qui ? fit Ludmila.

— On en est arrivés là ? Les gens ont peur de prononcer des mots ? »

Tania soupira.

« Peur même, peut-être, de les penser.

— Ou alors ils ont l'intention de nous faire cuire dans ce four pour nous manger, fit Anna tout en disposant plusieurs couches de petit bois par-dessus le tissu. Si ce n'est pas une sorcière, elle y ressemble.

— Il n'y a pas de quoi plaisanter, intervint Ludmila d'un ton sec et cassant. Et ce n'est pas simplement qu'ils ont peur ; c'est plus compliqué que ça. »

360

Elle tira sur la culasse de son fusil pour vérifier qu'elle glissait bien, puis la repoussa de la paume, éjectant une balle qu'elle récupéra de l'autre main. La lumière diffusée par la lampe était faible, mais j'eus le sentiment qu'elle l'aurait rattrapée même dans le noir.

« On ferait mieux de repartir.

— Où as-tu appris à manipuler une arme aussi bien ? » lui demandai-je.

Elle releva les yeux pour me dévisager.

« Tu as plus d'aisance avec ça que beaucoup de soldats que j'ai pu rencontrer.

— J'ai toujours aimé tirer.

— Sur des gens ? Tu as toujours aimé tirer sur des gens ?

— Des animaux. Chasser. C'est notre père qui nous a appris. Il disait que les filles étaient de meilleures tireuses que les garçons. Qu'elles étaient plus calmes et plus patientes. »

Tout en parlant, j'avais entrepris d'explorer la pièce, ouvrant placards et tiroirs, regardant par les fenêtres, pendant que Tuzik menait sa propre inspection ; mais, à ces mots, j'arrêtai ma fouille pour la regarder. C'était la première fois qu'elle m'en disait autant sur elle, et son ton s'était légèrement réchauffé en parlant de son père. Cela la faisait paraître plus humaine.

« Où est-il, maintenant ? » lui demandai-je.

Elle était toujours courbée sur son fusil, en train de tester son mécanisme et de le nettoyer.

« Mort. Et maintenant, je ne chasse plus que des hommes.

— Qu'est-ce qui lui est...

— Assez de questions », m'interrompit-elle en me lançant un regard noir, avant de retourner à ce qu'elle était en train de faire.

Je savais qu'il ne servirait à rien d'insister, aussi continuai-je ma fouille minutieuse.

Faisant cliqueter ses griffes sur le plancher, Tuzik alla fourrer son nez dans tous les recoins de la pièce, mais il ne nous fallut pas longtemps pour tout explorer. L'isba voisine où vivaient Sergueï et sa famille était plus grande, et j'avais vu une porte qui menait à une deuxième pièce, comme dans ma propre demeure à Belev ; mais celle-ci était encore plus petite que celle où s'étaient installés Lev et Anna. Il n'y avait rien à part le *pitch*, une paire de couchettes sur chaque mur latéral avec un peu de vieille paille épandue dessus et un petit coffre en bois qui ne contenait que de la poussière et une odeur de renfermé. Et, dans le coin opposé de la pièce, un samovar cabossé qui ne semblait pas avoir été utilisé depuis longtemps. On y tenait à peine à quatre.

Ludmila resta à la table à examiner ses armes, et Tania s'assit à côté d'elle, tournée vers la porte comme sa camarade. Anna réussit à faire démarrer un feu et rajouta du petit bois pour encourager les flammes à grandir.

« Vous avez remarqué qu'ils ont présenté Oksana comme leur fille, dis-je en retournant vérifier que les verrous de la porte étaient bien fermés, mais qu'après ils ont dit que son mari était leur fils ? » Je soulevai le rideau de la fenêtre à côté de l'entrée et scrutai l'extérieur, sans rien voir à part les ténèbres et les points blancs des flocons tombant si doucement qu'on aurait dit une hallucination.

« À votre avis, lequel est vraiment leur enfant ? Oksana ou son mari ?

— Ça change quelque chose ? demanda Ludmila.

— Probablement pas. »

Je la regardai en songeant que je ne savais pratiquement rien d'elle. Encore moins que j'en savais sur Tania. Nous étions quatre inconnus réunis par les circonstances. Des gens qui, à une autre époque, n'auraient même pas connu l'existence des autres.

Ludmila ramassa le fusil de Tania et entreprit d'en vérifier l'état.

« On ne devrait pas rester ici, répéta-t-elle. On devrait partir tout de suite. J'ai un pressentiment... »

Elle secoua la tête.

« Je suis d'accord, il y a quelque chose de louche, répondis-je. Mais partir ? Je ne sais pas. Où irions-nous ?

— On pourrait retourner dans la forêt, fit Ludmila en levant les yeux. Continuer d'avancer, s'arrêter quand on sera fatigués. Ça nous a toujours suffi, jusqu'à présent.

— Mais tu voulais passer la nuit ici, protestai-je. Tu étais d'accord.

— J'ai changé d'avis.

— On n'ira nulle part ce soir, fit remarquer Tania. La lune est trop couverte, et il commence à neiger.

— Il neige déjà ici, à l'intérieur, répliqua Ludmila.

— Et Anna vient d'allumer le feu.

— On peut en faire un autre dans la forêt.

— Mais tu dois bien l'avouer, l'idée d'une couverture, d'un lit, est tentante. Quand est-ce que tu as dormi dans un lit pour la dernière fois ?

— En ce moment, j'ai l'impression de n'avoir jamais dormi dans un lit, mais je survivrai. Et n'oublie pas qu'il est suivi, lui. »

Ludmila inclina la tête dans ma direction.

« Pas dans le noir », intervins-je.

Mais je ne pus m'empêcher de me demander si elle n'avait pas raison. Quelque chose me soufflait que je ferais peut-être mieux de continuer ma route. S'il n'y avait pas eu Anna, c'était probablement ce que j'aurais fait, mais elle avait besoin de la chaleur et de l'abri de cette maison, pas du froid humide de la forêt. Il y avait peut-être un trou dans le toit de notre refuge, mais, avec le feu, l'isba allait rapidement se réchauffer.

« Alors qu'est-ce qu'on fait ? demanda Tania.

— On s'en va, répondit Ludmila.

— Je pense qu'on devrait rester, fit Tania. On a besoin de repos, et les chevaux aussi. »

Elle regarda Anna qui revenait du *pitch*, laissant derrière elle de grandes flammes jaunes et ronflantes. La chaleur du feu envahissait déjà la pièce.

« Et on doit penser à toi, n'est-ce pas ? dit-elle en souriant à la fillette. La forêt, de nuit, n'est pas un endroit pour toi.

— Ne te laisse pas attendrir, la mit en garde Ludmila. Ne laisse pas cette enfant te faire oublier qui tu es.

— J'ai déjà oublié. Je peux remercier Kroukov pour ça. Anna peut seulement m'aider à me rappeler. »

Ludmila reporta son attention sur l'arme entre ses mains en secouant la tête.

« Vous n'êtes pas obligés de rester ici à cause de moi, dit Anna en la regardant. Si vous pensez qu'on ferait mieux de s'en aller…

— On a tous besoin de repos, lui dis-je. N'écoute pas ce que dit Ludmila. Ne la laisse pas te faire peur.

— Elle ne me fait pas peur. C'est juste que je ne veux pas qu'on reste ici à cause de moi. Si ce n'est pas un endroit sûr.

— Ça l'est bien assez, la rassura Tania. Que peuvent bien nous faire deux vieillards ? Nous allons établir un tour de garde. Nous partirons dès qu'il fera jour. Et si quoi que ce soit approche, le chien nous le fera savoir.

— Tuzik, dit Anna, faisant lever la tête à l'intéressé. Il s'appelle Tuzik.

— Oh, pas de quoi s'inquiéter, alors ! fit Ludmila d'un ton lourd de sarcasmes. On est en sécurité, c'est sûr, enfermés ici avec ces gens dans la maison d'à côté, sans savoir ce qui se passe dehors, parce que Tuzik est là. Le chien sauvage qui n'appartient à personne.

— Bien sûr que si, il appartient à quelqu'un, la reprit Anna. Il est à Kolia et à moi. N'importe quel idiot peut voir ça. »

Ludmila releva vivement la tête avec une expression de surprise indignée.

Anna recula d'un pas, en portant la main à sa bouche comme si ses pensées l'avaient trahie et qu'elle n'avait jamais voulu dire ces mots à haute voix.

« Pardon. »

Ludmila prit une grande inspiration et secoua la tête.

« Ce n'est pas grave. Ne t'inquiète pas. »

Et, l'espace d'un instant, l'ombre d'un sourire passa sur ses lèvres et son regard s'adoucit. Puis elle se racla la gorge comme pour chasser cette faiblesse passagère et reprit son expression maussade.

« On reste, alors, conclus-je. Mais on laisse le verrou à la porte et on monte la garde. »

Ludmila fit la grimace et regarda Tania.

« C'est la mauvaise décision, pour les mauvaises raisons.

— On devrait dormir », suggérai-je.

Ludmila se leva et s'étira.

« Le premier quart est pour moi. »

30

Tuzik fut le premier à entendre.

Anna et moi avions pris des couchettes séparées, mais elle ne mit pas longtemps à me rejoindre pour s'allonger entre ma protection et celle du mur. Elle était beaucoup plus courageuse que je ne m'y étais attendu ; mais lorsque la nuit tombait, amenant avec elle les ténèbres et le silence, c'était là que les démons arrivaient. C'était le moment où j'étais le plus tourmenté moi-même par mes peurs et mes regrets ; je n'étais donc pas surpris qu'il en aille de même pour elle. Elle s'était un peu égayée au cours de la journée mais, allongée dans le noir, avec le souvenir de sa maman et de son papa défunts pour seule compagnie, elle n'avait pas trouvé le sommeil et était donc venue me voir, à la recherche d'un parent de substitution. Blottie contre moi, elle s'était endormie pendant que je lui caressais les cheveux, lui faisant savoir qu'elle était protégée.

De mon côté, j'étais resté éveillé à repasser les événements des derniers jours dans ma tête, à imaginer Kroukov divisant son unité en trois, prenant la tête d'un premier groupe pour partir vers sa mystérieuse destination, au nord, brûlant et torturant tout sur son passage, pendant qu'un autre conduisait ses prisonniers… Où ? Et, bien sûr, j'étais parvenu à la conclusion qu'il y avait une troisième équipe : les sept cavaliers qui étaient sur ma piste.

Le vieil homme et sa famille m'inquiétaient aussi. Il y avait quelque chose dans leur attitude qui me mettait mal à l'aise. Qu'un de mes compatriotes ait peur de la simple mention du mot « tchékiste » n'avait rien d'inhabituel, et c'était pourquoi j'attribuais leur comportement à cette peur, mais il y avait quelque chose d'autre que je n'arrivais pas à identifier. Quelque chose de plus complexe. Les coups d'œil qu'ils échangeaient, l'incapacité de Sergueï à me regarder dans les yeux. C'était presque comme s'il avait honte de quelque chose de plus que de détrousser les morts.

Anna nous avait dit de ne pas décider en fonction d'elle, mais c'était exactement ce que nous avions fait. Étant donné nos réserves, ni Tania ni moi ne serions restés là si elle n'avait pas été avec nous. Nous nous serions éclipsés dans la forêt et en aurions fait notre abri pour la nuit ; mais Anna nous avait fait perdre notre objectivité. Nous étions liés à la fillette, et je lui avais promis de la protéger, mais elle nous affaiblissait. Nous rendait plus vulnérables. Elle aurait survécu dans les bois, mais nous avions choisi de rester. Et lorsque je vis Tuzik lever la tête et dresser l'oreille, je priai pour que ça n'ait pas été une erreur.

Ludmila était une ombre, assise immobile à la table, son fusil sur le genou. Elle ne remarqua pas Tuzik, mais elle entendit son grondement une fraction de seconde avant qu'on ne frappe à la porte. Un son léger mais insistant, comme si la personne voulait être entendue de l'intérieur mais pas de l'extérieur.

J'étais en train de me redresser quand Ludmila se retourna vers nous, et je pus voir qu'elle était surprise de me trouver éveillé.

« Quelqu'un à la porte, me souffla-t-elle.

— J'ai entendu. Réveille Tania. »

À pas feutrés, Tuzik alla renifler au bas de la porte, puis s'arrêta pour écouter, pivotant les oreilles d'une manière très semblable à celle de Kashtan.

Je secouai Anna et posai un doigt sur mes lèvres dès qu'elle ouvrit les yeux.

« Mets ton manteau et tes bottes, lui ordonnai-je.

— Qu'est-ce qui se passe ?

— Je ne sais pas encore. Fais ce que je te dis. »

Je ramassai vivement mon revolver par terre, à côté de la couchette, et enfilai moi aussi bottes et manteau. Si nous devions partir précipitamment, je ne voulais pas avoir à revenir en arrière pour quoi que ce soit.

De nouveau, on frappa doucement à la porte.

Pendant que Tania descendait sans un bruit de sa couchette de l'autre côté de la pièce, je gagnai à pas de loup le mur de l'entrée pour me coller contre le bois noirci. Doucement, je m'approchai de la fenêtre à côté de la porte et écartai très légèrement le rideau.

Il faisait un noir d'encre, à l'extérieur, et je me penchai un peu plus près, touchant la vitre du nez.

Une paire d'yeux me rendit mon regard depuis les ténèbres, et je reculai en sursautant, levant mon revolver sans réfléchir.

« Qu'est-ce que c'est ? » demanda Ludmila en me rejoignant.

Tania était quelques pas à peine derrière elle, déjà chaussée et en train d'enfiler son manteau.

« Il y a quelqu'un, dehors.

— Qui ?

— Il n'y a qu'un seul moyen de le savoir. »

J'agrippai fermement mon arme d'une main et levai l'autre pour tirer le verrou du haut.

« Allonge-toi à plat sur la couchette », dis-je à Anna.

Et j'attendis qu'elle s'exécute, laissant la personne frapper encore une fois.

Dès que la fillette fut étendue, tellement à plat qu'elle en était presque invisible, je tirai sur le verrou, le secouant de haut en bas jusqu'à ce qu'il recule avec un grand bruit sourd. Puis je m'accroupis pour attraper le verrou du bas.

Ludmila avait pris position derrière la table. Elle se tenait sur un genou, le fusil appuyé sur la surface en bois, prête à tirer sur quiconque se trouvait dehors. Tania s'était repliée au fond de la pièce, cachée dans l'ombre mais avec une vue parfaite sur l'entrée. Anna était toujours à plat sur la couchette, et Tuzik debout à côté de moi.

Je m'armai de courage pour ce qui devait arriver et tirai le second verrou, qui céda avec un cliquetis métallique.

Je m'effaçai en ouvrant la porte à la volée, vers l'intérieur, et braquai mon revolver sur la tranche de nuit grandissante qui apparaissait.

C'est alors qu'elle parla.

« Il faut que vous partiez, dit-elle. Vous êtes en danger. »

31

Oksana était effrayée. Elle avait les mains jointes comme en prière, serrées contre sa poitrine, et tout dans son comportement indiquait la crainte. Elle avait les épaules courbées, la tête baissée, les yeux fixés par terre.

Elle refusa d'entrer dans la maison, restant sur le seuil, tremblante de froid. Il était clair qu'elle était sortie précipitamment et n'avait pas l'intention de rester longtemps.

Je fis un pas prudent à l'extérieur, jetant un coup d'œil dans la cour tout en me rapprochant d'elle.

« Quelle sorte de danger ? lui demandai-je.

— Sergueï est parti chercher la Tcheka. Svetlana a dit que vous étiez des déserteurs et l'a forcé à y aller.

— La vieille femme ? »

Je me rendis compte que je n'avais pas su son nom, jusqu'alors.

« La Tcheka ? De quoi est-ce que vous parlez ?

— Je vous en prie. Il faut que vous partiez. »

J'entendis Tania et Ludmila approcher pour savoir ce qui se passait, s'arrêtant derrière moi.

« Qu'est-ce que c'est que cette histoire de Tcheka ? demanda Tania.

— L'autre ferme… »

Oksana avait la gorge sèche, et les mots ne lui venaient pas facilement.

« Celle qu'on a vue depuis les bois ?

— Oui. Il y a des tchékistes, là-bas.

— Des tchékistes ?! »

Elle hocha la tête.

« Ceux qui te suivaient ? me demanda Tania.

— Ce n'est pas possible... »

Je baissai les yeux sur Oksana et lui laissai voir ma colère.

« Quand est-ce qu'ils sont arrivés ? Quand ?!

— Hier matin. »

Elle recula légèrement, visiblement apeurée.

« Ce n'est pas eux, dis-je à Tania en secouant la tête. C'est impossible. C'est quelqu'un d'autre.

— Je savais bien qu'il y avait quelque chose qui clochait, ici. »

Ludmila se planta devant Oksana, nez à nez, pour la dévisager.

« Je...

— C'est lui ? la coupa Tania en me regardant, pâlissante. Tu crois que c'est lui ? »

Ludmila s'interrompit, le regard fixe. Elle tourna lentement la tête, et nous échangeâmes tous trois des regards. Tania n'avait pas eu besoin de dire son nom.

« Est-ce qu'on a... Alors qu'il était si près ? »

L'idée me fit l'effet d'un millier de coups de canon dans ma tête. C'était presque inconcevable : nous l'avions peut-être trouvé. Notre quête touchait peut-être à sa fin. Nous avions peut-être dîné dans cette isba, partagé nos provisions avec Oksana et sa famille, alors que Kroukov était si près.

« Ça ne peut pas être... »

Je secouai la tête. C'était trop difficile à croire.

« On reste, dit Tania en soulevant son fusil. Qu'il vienne. On les tuera tous. »

Je nous imaginai, nous barricadant dans cette isba minuscule au toit crevé pour attendre l'arrivée de Kroukov et de son unité de soldats bien entraînés, mais ce scénario ne pouvait s'achever que dans un bain de sang. Le nôtre.

« Nous n'aurions aucune chance.

— Nous avons des fusils, argua Ludmila. Des pistolets, et assez de munitions pour tuer cent hommes. Tu crois qu'ils en auront cent ?

— Ce qu'ils auront, c'est des explosifs, répliquai-je. Du gaz. Peut-être même une mitrailleuse Maxim.

— Je vous en prie, intervint Oksana. Mes enfants.

— Et nous, on a Anna. On ne peut... Nous n'avons aucune chance. Nous devrions seller les chevaux, filer dans la forêt.

— Nous enfuir ? protesta Tania. Après tout ça ?

— Nous pouvons les affronter depuis la forêt, s'il le faut. Et n'oublie pas, j'ai besoin de savoir où est ma famille. Il me le faut vivant. »

Elle ne répondit rien. Elle plongea le regard dans les ténèbres et ne répondit rien.

« Nous n'avons aucune chance, répétai-je. Si nous restons ici, nous mourrons. Il faut seller les chevaux et partir. Tout de suite.

— Vous n'avez pas le temps de prendre vos chevaux, dit Oksana. Ils seront ici d'une minute à l'autre. Je vous en prie, partez.

— On va le trouver, le temps. »

Seller nos montures nous prendrait quelques longues minutes, mais il était hors de question de nous en aller sans elles. Nous en avions besoin. Sans Kashtan, j'aurais probablement déjà péri dans la forêt ; je n'avais aucune intention de l'abandonner où que ce soit.

« Prends-la. »

En disant ces mots, je poussai Oksana vers Tania, qui lui agrippa le bras plus fort que nécessaire et l'entraîna avec Ludmila vers la dépendance faisant office d'écurie.

Je retournai en courant dans l'isba appeler Anna et lui dire de m'aider à transporter les quelques possessions que nous avions apportées à l'intérieur, puis nous rejoignîmes les trois femmes, suivis de près par Tuzik.

La porte de la grange était ouverte, et nous nous ruâmes à l'intérieur.

Les animaux étaient agités ; nous nous en rendîmes aussitôt compte. Ils s'étaient réfugiés d'un côté du bâtiment pour s'écarter de l'endroit où Tania tenait Oksana coincée contre le mur.

Elle avait agrippé le devant de la robe de la jeune femme à pleine poignée, tordant le tissu pour lui couper la respiration et appuyant durement son avant-bras contre sa poitrine. De l'autre main, elle tenait un pistolet, dont elle enfonçait le canon si brutalement dans la chair tendre en dessous du menton de sa captive qu'elle la forçait à relever la tête. Ayant moi-même fait les frais de la colère de Tania quand nous nous étions rencontrés à Belev, je savais de quelle violence elle était capable.

Dès qu'elle vit la scène, Anna tira sur mon manteau.

« Dis-lui d'arrêter. »

Je comprenais la réaction de Tania. Je savais ce qu'elle ressentait car j'éprouvais la même chose. Nous avions compromis notre sécurité pour la promesse d'un peu de confort, la protection d'une petite fille, la plus humble illusion d'humanité ; et c'était ainsi que notre décision de baisser notre garde se voyait récompensée. Et si ce genre de trahison était ce qu'on récoltait en plaçant même la plus infime miette de confiance en autrui, quel espoir nous restait-il à tous ?

Il y avait également l'idée de la proximité de Kroukov. Les soldats dans la ferme voisine n'étaient peut-être pas ce dernier et ses hommes, mais il y avait de grandes chances qu'ils le soient. Nous les suivions depuis des jours, et tout nous avait guidés dans cette direction. La tentation de rester nous battre était profonde, et la décision de partir, toute fondée qu'elle soit, était difficile à avaler pour n'importe lequel d'entre nous. L'idée de le laisser me filer entre les doigts était comme un coup de poignard dans mon cœur, et je savais que c'était pareil, voire pire, pour Tania. Sans Anna et mon besoin de garder Kroukov vivant, elle aurait peut-être choisi de tenter sa chance contre lui. Sans rien à perdre, elle aurait probablement pris ce risque. Mais elle n'était pas autant consumée par son désir de vengeance qu'elle voulait le croire, et il y avait un petit défaut dans sa cuirasse. Nous. Ou plutôt, Anna.

« S'il te plaît », insista cette dernière.

Et cette simple supplique fut dans ma colère comme un éclair de lumière dans la nuit. À cet instant, je vis une chose plus clairement que tout le reste : elle avait besoin de ma force pour la rassurer. Elle avait besoin du père en moi autant que ma famille avait besoin du soldat.

Je pris une grande inspiration et refoulai ma rage dans les ténèbres d'où elle venait pour la laisser couver un peu plus longtemps encore ; mais je savais que quand elle en ressortirait – quand je lui enlèverais enfin ses chaînes –, le soldat en moi referait surface et ma rage serait plus froide et plus noire que jamais.

« Laisse-la, dis-je à Tania. Nous n'avons pas le temps pour ça. »

Tania m'entendit mais ne montra pas de réaction immédiate. Elle ne répéta pas les questions qu'elle était sûrement en train de poser avant notre arrivée, mais son pistolet resta appuyé sur la gorge d'Oksana.

Je baissai les yeux sur Anna et vis l'expectative sur son visage. Pour elle, j'étais le plus fort. C'était à moi de mettre un terme à cette situation. Je ne pouvais pas la décevoir, et cela, en soi, était pour moi une autre source de colère et de frustration.

« Nous n'avons pas le temps ! » répétai-je en traversant la grange à grands pas.

Ludmila essaya de m'arrêter. Elle devina mon intention, même si elle ne savait pas exactement ce que j'allais faire, et elle s'interposa entre Tania et moi. Mais elle ne fut pas assez rapide et n'était pas de taille ; je la repoussai violemment. Elle perdit l'équilibre et tomba, pendant que j'attrapais le bras de Tania pour l'écarter brutalement d'Oksana, qui s'effondra à genoux dans la paille.

Tania avait laissé sa colère prendre le contrôle de ses actions, tout comme la mienne avait menacé de le faire, et elle fit volte-face en levant son pistolet pour le braquer sur moi.

Le bras tendu, le canon de son arme appuyé sur ma joue, le regard brûlant comme celui d'un démon. Sa rage était si intense qu'elle n'arrivait pas à fixer les yeux sur moi, et elle prenait de longues inspirations par le nez, comme si elle essayait de se calmer. Mais son bras restait parfaitement immobile. Inébranlable. Son arme pointée sur moi sans le moindre tremblement.

Mon propre revolver était moins visible, mais tout aussi meurtrier. Je n'avais eu aucune intention de m'en servir contre Tania, mais son action avait entraîné ma réaction, et je le tenais braqué sur son ventre.

À côté de moi, Ludmila essaya de se relever pour protéger sa camarade, mais Tuzik la surveillait de près, et, quand elle voulut s'écarter de lui, il montra les crocs.

« Regarde-toi, dis-je à Tania. Réserve ta colère pour lui. »

Elle me dévisagea. Pendant un moment, elle s'efforça en vain de parler, et lorsqu'elle réussit enfin à le faire, ce fut entre ses dents, d'une voix dure.

« Ils nous ont trahis. »

Je regardai rapidement Oksana, mais elle avait baissé les yeux. Elle était restée à genoux, la tête courbée comme si elle priait.

« Je sais, répondis-je en plongeant mon regard dans celui de Tania. Et je sais ce que tu ressens. Après tout ce qui s'est passé. Tous les kilomètres qu'on a parcourus. Tout ce qu'on a vu et fait, et tout ce qui est arrivé avant. Mais ce n'est pas la fin, Tania. Ce n'est pas là que tout s'arrête. On a encore du chemin à faire.

— Ils nous ont trahis. »

C'était comme si cette trahison se dressait juste devant elle, la rendant aveugle à tout le reste.

« Oksana nous a prévenus.

— Tue-le, et qu'on en finisse, intervint Ludmila. Il faut qu'on y aille. »

Tania lui jeta un bref coup d'œil, presque imperceptible, et l'idée grandit dans son esprit. Appuyer sur la détente, et partir. Mais elle n'était pas la seule armée : mon revolver était braqué sur son estomac, légèrement tourné vers le haut pour faire le plus de dégâts possibles. Si des coups de feu devaient être tirés ce soir, il y aurait plus d'une victime.

« Elle a changé d'avis, insistai-je. Elle nous a prévenus, nous a donné une chance. Ne la laissons pas passer.

— Ils nous ont trahis, répéta Tania, plus calmement cette fois, en appuyant le canon plus durement contre ma joue.

— Laisse-le tranquille », intervint Anna.

Je l'entendis approcher, mais tendis le bras pour l'arrêter.

« Reste où tu es. Ne regarde pas. »

Le regard de Tania se posa alors brièvement sur Anna, juste une seconde, mais cela suffit pour qu'une nouvelle image s'impose à son esprit. Elle, en train de m'assassiner devant cette enfant. Devenant l'agresseur haï. Peut-être l'ironie de cela ne lui échappait-elle pas.

« Elle a peur, repris-je. Oksana a peur, comme tout le monde. Et tu ne fais qu'empirer les choses. Je veux faire souffrir quelqu'un autant que toi, mais ce n'est pas elle que nous voulons. Nous n'avons pas le temps pour ça. Kroukov est peut-être déjà en train de traverser le champ. Tu veux qu'il nous trouve ici ? Comme ça ? »

Mais peut-être était-ce exactement ce qu'elle voulait. Sans doute était-ce là son objectif : retarder notre fuite pour pouvoir affronter Kroukov, face à face.

« S'il vient ici, continuai-je, nous mourrons tous. Toi, moi, Anna, les enfants dans l'isba. Il tuera tout le monde et mettra le feu à la ferme. On a vu ça partout où on est passés. »

Mais quelque chose dans ces mots ne sonnait pas tout à fait juste ; quelque part au fond de mes pensées, telle une mauvaise herbe plantée dans un coin sombre, une voix murmurait cette question de taille : si Kroukov était là, pourquoi n'avait-il pas déjà tué Oksana et sa famille ?

Tania porta l'autre main à la crosse de son pistolet et changea de pied d'appui. Elle serra les mâchoires, mais je savais que sa résolution venait de vaciller. C'était un signe qu'elle commençait à douter.

« Alors, qu'est-ce qu'on va faire ? S'entre-tuer ? » Gardant les yeux fixés sur elle, je baissai mon revolver. « Et après ? Qui punira Kroukov ? Qui s'occupera d'Anna ? »

Elle cligna des yeux.

« Il faut qu'on s'en aille. Il faut qu'on survive. S'il y a effectivement des soldats qui arrivent, il faut filer. Tout de suite. Ça ne vaut pas la peine de mourir pour cette femme. »

Elle garda le silence.

« Prenons les chevaux, disparaissons dans la forêt, en attendant le bon moment. »

Elle resta où elle était, s'efforçant de retrouver son calme.

« On n'a pas beaucoup de temps. Garde tes munitions pour quand on en aura le plus besoin. »

Elle détourna enfin les yeux. Elle s'autorisa à voir Ludmila, gisant par terre sous la menace des crocs de Tuzik. Anna, petite et vulnérable, qui avait tant besoin de notre aide. Et elle se retourna pour regarder Oksana, à genoux dans la paille, honteuse de ses actions.

« Si on attend plus longtemps, terminai-je, on sera bientôt tous morts. »

Lorsqu'elle baissa enfin son arme, elle le fit sans un mot.

Elle ramassa son fusil et s'éloigna de moi en rengainant son pistolet.

« Dis à ce maudit corniaud de me laisser tranquille », lança Ludmila, détournant mon attention.

J'appelai Tuzik, sans savoir s'il allait seulement m'écouter, mais il vint à moi dès que je dis son nom, et Ludmila se releva d'un bond, en me jetant un regard haineux.

À l'autre bout de la grange, Tania prit la bride de sa monture sur la poutre où elle était rangée et entreprit de la passer autour de la tête de l'animal.

« Aide-moi à seller Kashtan », dis-je à Anna.

La fillette sembla soudain se dégonfler, comme si elle avait retenu sa respiration tout ce temps.

« Vite », ajoutai-je, repris par un sentiment d'urgence.

Nous n'étions pas encore tirés d'affaire.

L'incident avait laissé Kashtan un peu nerveuse, et elle essaya de se dérober lorsque je voulus mettre sa selle sur son dos ; je l'apaisai aussi doucement que je le pus, sentant les secondes s'écouler, imaginant l'approche des soldats.

« Vous avez déjà fait ça, avant ? demandai-je à Oksana tout en passant avec difficulté sa bride à ma jument aussi rapidement que je le pouvais. Accueilli des gens comme ça ? Pour les dénoncer aux…

— Oui », répondit Oksana.

Elle était toujours à genoux, dans la pénombre au fond de la grange. « Je suis tellement désolée. Je… » Elle ne savait quoi dire. Elle ne pouvait pas justifier la perfidie de ce qu'ils nous avaient fait. « C'est pour ça que je suis venue vous prévenir. Je… Anna. L'enfant. Les enfants. Je ne sais pas ce que je ferais si quelqu'un me prenait mes enfants. »

Mes doigts tremblaient, et je n'arrivais pas à fermer les attaches. Anna leva ses petites mains pour les attraper en disant :

« Je m'en occupe.

— Vous avez de la chance qu'ils ne vous les aient pas pris, d'ailleurs, fis-je en reprenant ma selle pour la hisser sur le dos de Kashtan.

— Ça peut encore arriver », remarqua Ludmila.

Oksana tourna les yeux vers elle, et il fut clair à son regard qu'elle venait de comprendre quelque chose. Ses enfants n'étaient pas plus en sécurité que les nôtres. Dénoncer et prendre au piège des déserteurs lui valait peut-être quelques faveurs, mais elle n'avait aucune garantie.

« Qu'est-ce qu'ils vous ont donné, en retour ? » lui demandai-je en tirant bien sur les sous-ventrières de Kashtan avant de fermer les boucles. Elles étaient plus grosses, moins difficiles à manipuler. « Les tchékistes. Qu'est-ce qu'ils vous ont donné ? »

Oksana haussa les épaules et secoua la tête.

La selle était attachée, la bride en place, et je me redressai pour faire courir une main sur la robe lisse de Kashtan, sentant une partie de ma colère et de mon anxiété s'évaporer. Comme toujours, il y avait quelque chose en elle qui me calmait : l'impression que personne ne serait en harmonie avec moi autant qu'elle.

« C'est bien, ma belle, chuchotai-je en lui tapotant l'épaule. C'est bien. »

Puis je tendis les rênes à Anna pendant que Tania aidait Ludmila à finir de seller sa monture.

« Combien sont-ils ? demandai-je en sortant mon revolver de ma poche et en me dirigeant vers la porte. Les tchékistes ? »

Oksana réfléchit un moment.

« Cinq ou six, mais ça varie. Parfois, il y en a plus.

— Est-ce que vous en avez vu accompagnés de prisonniers ? De femmes et d'enfants ? Dites-moi la vérité. »

Oksana baissa de nouveau la tête et se recroquevilla contre le mur de la grange, comme si elle avait voulu disparaître sous terre.

« La vérité », répétai-je.

Tania et Ludmila avaient fini de harnacher leurs chevaux et se préparaient à les faire sortir de la grange, mais elles s'arrêtèrent pour entendre la réponse d'Oksana.

« Hier. Il en est venu plus, hier.

— Avec des prisonniers ?

— Je crois. Nous ne les avons pas vus, mais…

— Vous ne les avez pas vus ? Alors comment pouvez-vous en être sûre ?

— Pas de près, je veux dire. Il y avait d'autres gens, pas des soldats : j'ai vu ça, mais pas qui ils étaient. Pas vraiment. Ils sont restés dans l'autre ferme. Ils ne sont pas venus ici.

— Et ils y sont toujours ? »

Elle secoua la tête.

« Et vous nous avez caché ça ? intervint Tania. Vous nous avez caché ça, et vous alliez laisser les tchékistes venir nous traîner dehors au milieu de la nuit. »

Elle me regarda.

« Tu aurais dû me laisser lui tirer une balle dans la tête.

— Elle ne fait que se protéger, répondis-je en regardant Anna, sachant jusqu'où les gens étaient prêts à tomber pour défendre leur vie et celle de leur famille.

— Tu as tort, protesta Tania. Elle a tort. Rien ne me ferait jamais trahir quelqu'un de cette façon.

— Pas même tes propres enfants ? N'aurais-tu pas fait tout ce qui était en ton pouvoir pour les protéger ? »

Elle s'arrêta et me regarda fixement, sachant que j'avais raison. Nous vivions en des temps qui poussaient les gens à faire des choses qu'ils n'auraient jamais envisagées avant.

« Allez, venez, dis-je en franchissant la courte distance qui me séparait de la porte pour aller vérifier dehors que la route était libre. Il faut qu'on y aille. »

Mais il était déjà trop tard.

32

À ma droite se dressait la forme obscure de l'isba que nous avions fuie quelques minutes plus tôt. À côté, dans l'ombre des arbres, une lumière à peine visible perçait les ténèbres : de minces traits orange encadrant les rideaux de la maison de la vieille femme, tels des crevés taillés dans une étoffe sombre par une épée acérée. Au-dessus de nos têtes, le ciel était plus noir que le cœur de Kochtcheï, mais, tout autour de nous, l'air était saupoudré de flocons délicats qui tombaient doucement sur la boue informe à nos pieds.

À ma gauche, par contre, là où j'aurais dû trouver un océan de ténèbres sans fin, quelque chose bougeait.

« Ils arrivent. »

Tania et Ludmila lâchèrent les rênes de leurs montures pour me rejoindre à la porte. Anna les imita, mais elle faisait partie de moi, désormais, tout comme Kashtan et Tuzik, et elle s'approcha davantage, glissant la tête sous mon bras gauche pour bénéficier de ma protection.

« C'est eux ? demanda-t-elle. C'est *lui* ? »

Rien n'aurait pu me préparer à la beauté saisissante du mal qui approchait.

Des lampes dansaient dans l'obscurité comme des étoiles tombées du ciel, flottant de-ci de-là. S'immobilisant, repartant, montant et descendant. Elles éclairaient de minces parties du champ sur leur chemin, révélant brièvement des portions de haies, projetant des ombres dans les sillons et faisant un géant du plus petit chardon.

« On dirait qu'on va devoir se battre, finalement, dit Ludmila en actionnant la culasse de son fusil, avant de passer devant moi pour mieux voir.

— J'en compte cinq », répondis-je en observant le mouvement hypnotisant des lumières, lentes et irréelles, qui arrivaient sur nous à travers champs tels des esprits.

Des démons sortis du sol labouré et gelé, ou jaillis de la forêt pour venir nous emporter. Mais ce n'était pas le genre de démons dont parlait Marianna. Le genre qui peuplait les histoires racontées par Babouchka. Ceux-là étaient bien réels.

« Tirez sur les lampes, dit Ludmila en appuyant la crosse de son fusil sur son épaule et en visant dans la nuit.

— Non. »

Je posai la main sur le canon et la forçai à le baisser.

« Il faut qu'on se sauve. Garde tes munitions pour quand on en aura besoin.

— Quoi ? fit-elle en m'arrachant son arme de la main.

— Ils ne savent pas qu'on est ici. Ils nous croient dans la maison, endormis. Ils ne peuvent pas nous voir…

— Alors on tire… me coupa-t-elle.

— Non. Alors on file dans la forêt. On disparaît là où ils ne nous suivront pas, et on revient plus tard. Quand ça nous arrange. Quand on a un plan.

— Pas besoin de plan. »

384

Elle releva son fusil.

« On tire.

— Non, il faut qu'on parte, intervint Tania. Allez, va chercher les chevaux.

— Ne flanche pas maintenant, protesta Ludmila.

— Je ne flanche pas, répliqua Tania. Mais il y a peut-être deux hommes pour chaque lampe. Trois. Cinq. Au premier coup de feu, ils les éteindront et on n'aura aucune idée d'où ils sont ou combien. Si on les laisse nous coincer ici…

— Pas de fenêtres, une seule sortie, enchéris-je. Nous ne verrons rien et ils nous brûleront vifs. Pour l'instant, à leur connaissance, nous dormons à poings fermés. Il vaut mieux éviter de les détromper, les forcer à rester lents et discrets. »

Ludmila hésita. Elle savait que nous avions raison. Nous ne fuyions pas pour nous échapper, mais pour mieux nous battre, dans des conditions que nous aurions choisies.

« Les chevaux ! » ordonna Tania.

Ludmila baissa son fusil en secouant la tête. Son visage était l'expression même de la frustration.

Je jetai un coup d'œil à Anna.

« Va chercher Kashtan. Je surveille. »

Mais alors même qu'elle se retournait, la porte de l'isba s'ouvrit, la cour s'emplit de lumière, et la vieille femme sortit sur le seuil.

« Ils s'enfuient ! cria-t-elle. Dépêchez-vous ! Ils s'enfuient. » L'espace d'une seconde, les lampes s'immobilisèrent.

Elles restèrent suspendues parmi les flocons de neige qui tombaient autour d'elles, comme dans un rêve.

« Dépêchez-vous ! » répéta Svetlana, et sa voix mit fin à la transe.

Les lampes se remirent en mouvement, plus rapides : les hommes qui les portaient s'étaient mis à courir.

Je regardai tour à tour la vieille femme et les halos lumineux, sachant qu'ils seraient là en quelques secondes à peine. Leur danse fascinante avait laissé place à un tressautement frénétique, des écarts nerveux, accompagnés d'un bruissement d'étoffes dans l'herbe et d'un martèlement sourd de bottes sur le sol.

Dans les ténèbres des bois, là où les arbres poussaient haut et dru, nous aurions été en sécurité, mais nous n'avions plus le temps de les atteindre. Nous ne passerions probablement même pas la clôture avant d'être rattrapés.

Il ne nous restait plus qu'une solution.

« La maison ! m'écriai-je en retenant Anna par la manche de son manteau pour la faire tourner vivement sur elle-même. Tout le monde dans la maison. »

C'était l'endroit le plus sûr pour nous, avec ses murs épais, son toit solide et ses fenêtres donnant sur l'avant.

Je poussai la fillette dans la cour en lui hurlant de courir. Tania et Ludmila sortirent en trombe sur ses talons. Kashtan renâcla, désemparée, et les deux autres chevaux, qui reculaient en bronchant et commençaient à se cabrer, l'affolèrent encore plus. Tuzik aussi était perturbé par toute cette agitation, et il se faufila entre mes jambes et le chambranle pour sortir avant moi dans la cour. Oksana resta au fond de la grange, terrifiée, coincée par les chevaux.

« Venez, lui hurlai-je. Courez ! »

Elle se recroquevilla, comme si elle essayait de disparaître. Les chevaux avançaient et reculaient devant elle en piétinant.

« Allez ! »

Mais elle resta où elle était, ne me laissant pas le choix. L'idée de partir sans elle me traversa l'esprit, mais je ne pouvais pas l'abandonner, seule, à la merci des démons qui approchaient. Si c'étaient les hommes que nous avions suivis, ils ne montreraient aucune compassion envers elle. Ils se serviraient d'elle contre nous et la laisseraient avec sa propre étoile rouge sur le front. Et il y avait ses enfants dans cette maison. Deux autres enfants qui se retrouveraient privés de mère.

Conscient que je n'avais plus que quelques secondes pour m'enfuir, je traversai la grange au pas de course et l'attrapai par le poignet pour la traîner vers la porte, en évitant les chevaux. Kashtan était la plus calme des trois, mais les ruades des deux autres l'avaient perturbée, et elle tournait en rond d'un mur à l'autre de la grange. Elle avait besoin de mes mots apaisants. Mais je n'avais pas le temps de les lui offrir, et alors que nous nous apprêtions à sortir, la jument de Ludmila s'emballa et fonça vers la porte entrouverte, en dérapant sur le sol froid. Elle trébucha, heurta le mur de l'épaule, rebondit en retrouvant l'équilibre et se rua à l'extérieur en forçant le passage. La monture de Tania la suivit dans un tonnerre de sabots, roulant des yeux cerclés de blanc, et se cabra dès qu'elle sortit dans la nuit.

« Plus vite ! »

Je tirai plus fort sur le bras d'Oksana, indifférent au fait que mes doigts lui broyaient le poignet. Presque content de lui faire mal, pour la punir de nous avoir trahis.

Je la poussai, trébuchante, dans la cour, où les chevaux de Tania et de Ludmila couraient en rond le long de la clôture. Dès qu'elle fut dehors, je plaçai les deux mains sur la porte et appuyai dessus de tout mon poids pour la refermer et retenir Kashtan à l'intérieur. Abaisser le loquet et l'enclencher me coûta plusieurs précieuses secondes, mais je voulais qu'elle soit en sécurité.

Lorsque je me retournai, Oksana courait déjà vers l'isba au milieu des flocons dansants. Dans le champ, les lampes se rapprochaient, oscillant et tanguant comme des feux follets dans le noir. Les démons étaient en train de traverser la nuit dans notre direction, mais je ne m'arrêtai pas pour les regarder. Je me courbai, anticipant la volée de tirs qui ne pouvait tarder, et gagnai précipitamment le couvert de la maison.

Ludmila avait déjà atteint la porte. La vieille avait reculé en nous voyant arriver et tenté de la refermer, sans même se soucier du fait qu'Oksana était à l'extérieur, vulnérable, mais elle avait été trop lente, et Ludmila avait mis le pied dans l'entrebâillement avant qu'elle ne puisse le faire.

Tania franchit le seuil sur ses talons, tirant Anna derrière elle d'une main et tenant son fusil dans l'autre. Oksana entra quelques secondes après elle et je fermai la marche, claquant la porte derrière moi et poussant vivement les verrous.

33

Nous en étions donc arrivés là.

Après toutes ces heures à cheval, toutes ces nuits dans la forêt, et plus d'étoiles rouges que je ne souhaitais en garder le souvenir, nous en étions arrivés là.

Je n'avais réussi qu'à me laisser piéger. J'avais fait du chemin, réuni autour de moi un groupe d'individus épuisés, au cœur lourd de deuil ou de rancœur, mais j'étais toujours aussi loin de mon but. Lorsque Alek et moi avions quitté notre unité, nous voulions seulement retrouver un semblant de normalité, goûter une vie paisible en famille, laisser derrière nous le feu et le sang de la guerre, mais peut-être était-ce là ma destinée. De vivre par le feu et le sang. D'être un soldat d'abord et un père ensuite.

Je m'approchai de la fenêtre et soulevai le coin du rideau pour regarder dehors.

Tuzik était invisible. Je ne voyais même pas l'ombre de sa silhouette agile en train de rôder dans la cour. Il avait disparu dans l'agitation et s'était probablement faufilé par un trou dans la clôture pour aller se réfugier dans la forêt. C'était un étrange mélange d'animal sauvage et de chien domestique, mais un chasseur avant tout : il survivrait. Je lui souhaitai bonne chance, où qu'il soit.

Les montures de Tania et de Ludmila n'étaient pas faciles à distinguer, mais il y avait une forme sombre de l'autre côté de la cour, à droite, qui bougeait d'une façon que je reconnaissais. Elles s'étaient calmées, et je les soupçonnais de se tenir collées l'une à l'autre pour se rassurer et se réchauffer mutuellement, tournées vers le champ comme pour ignorer les hommes qui occupaient désormais la cour avec elles.

C'étaient ces hommes qui réclamaient maintenant mon attention.

Presque invisibles dans la nuit, deux soldats étaient en position derrière le chariot, leurs fusils très probablement appuyés sur la caisse. Deux autres étaient accroupis derrière la clôture à l'autre bout de la cour. Un dernier se tenait debout au coin de la grange, et son arme devait être braquée sur nous, mais l'attaque que j'attendais ne venait pas.

Pas un coup de feu. Pas un mot.

Un silence inquiétant était tombé sur la scène.

À l'intérieur, c'était la même chose.

Sergueï était rentré chez lui avant que les soldats ne se mettent en route vers sa ferme. Sa femme et lui étaient désormais repliés avec Oksana et ses enfants au fond de l'isba, près du *pitch*. Anna était couchée par terre derrière la table renversée, comme je le lui avais ordonné. Tania était accroupie à côté de moi à la fenêtre, prête à tirer ; Ludmila était postée à l'autre, en train d'observer l'extérieur.

Mais tout était calme et silencieux, comme si le temps s'était arrêté autour de nous. Je m'étais attendu à une pluie de balles, à des cris, à du feu et à du sang, mais il n'y avait rien.

Seulement l'attente.

Cela me confirma que ces hommes n'étaient pas ceux qui m'avaient suivi. Des soldats qui me traquaient depuis si longtemps, avec autant d'obstination, n'auraient pas hésité à tuer tout le monde dans cette isba. Mais les hommes dans la cour avaient éteint leurs lampes, tout comme nous, et ils étaient à peine plus que des ombres dans la neige. Les délicats flocons flottaient parmi eux, se fixant partout où ils tombaient. Le blanc manteau en formation conférait une beauté magique à la nuit. Il faisait tout paraître plus doux et plus éclatant, rendant incongrus les événements qui se déroulaient dans la ferme. Pareilles choses n'auraient pas dû arriver au milieu d'une telle beauté.

C'était le pouvoir de la neige. Elle recouvrait tout, de la boue et des feuilles couleur de flamme de l'automne aux sons de la forêt et aux corps laissés dans le sillage des armées et des oppresseurs. Marianna m'avait toujours dit que Dieu nous envoyait la neige pour rendre notre pays plus beau ; pour cacher toute la laideur que nous créions par nous-mêmes. À cet instant même, elle devait être en train de tomber sur les morts de Belev. De les effacer. C'était comme s'il existait une loi non écrite qui nous dictait de trouver de la beauté et de la poésie dans ce paysage enneigé, mais la vérité était que les hivers étaient durs, et que cette beauté nous en cachait la cruauté. L'hiver était une période difficile pour tout un chacun, et nous célébrions tous sa fin, quelles que soient les horreurs qui pouvaient être révélées lorsque le printemps arrivait et faisait fondre la neige, aussi sûrement qu'un cœur réchauffé avait fait fondre Snégourotchka, la Jeune Fille des Neiges.

Snégourotchka était encore une autre des *skazkas* que Marianna racontait à nos enfants : fille du

Printemps et du Gel, faite de neige, elle était incapable d'aimer jusqu'à ce que sa mère lui en accorde la capacité ; mais ce don s'était avéré fatal, car quand Snégourotchka était tombée amoureuse, son cœur s'était réchauffé et l'avait fait complètement fondre, tout comme le soleil printanier faisait disparaître la blancheur. Malgré la théorie de Marianna sur la neige qui était là pour cacher la laideur, nous avions toujours noyé une poupée de paille dans la rivière pour symboliser la mort de la Jeune Fille des Neiges et célébrer l'arrivée du printemps.

Désormais, cette image évoquait autre chose pour moi.

Il aime noyer les femmes.

Je revoyais le visage blême de la femme coincée dans un tonneau. Galina brisant la fine pellicule de glace pour disparaître dans le lac. Et je voyais des hommes dont le visage m'était familier en train d'y jeter les femmes de Belev. Ils riaient, leur maintenaient la tête sous l'eau de leurs pieds bottés, leur tiraient dessus, transformant la surface en une mosaïque de clapotements et d'ondulations alors que les femmes suppliaient, se débattaient et mouraient. Et je voyais les pères et les maris de celles-ci, écorchés vifs, crucifiés, tailladés, battus, exécutés. Marqués au fer de cette terrible étoile rouge. Des hommes qui seraient encore là quand les neiges fondraient.

L'hiver ne changeait rien ; il ne faisait pas disparaître l'horreur, il la préservait.

Je fermai les yeux et m'efforçai de penser à autre chose, mais j'eus beau me frotter les paupières, les images restèrent.

« Ça ne va pas ? me demanda Tania en détournant le regard de la fenêtre pour m'observer.

— Si, si. Tout va bien. »

Elle me dévisagea, se demandant peut-être si elle pouvait compter sur moi, ou si l'attente allait me faire perdre mes moyens. Le blanc de ses yeux était visible dans la pénombre.

« Tu crois que c'est lui ?

— Je ne sais pas.

— Combien tu en comptes ?

— Cinq.

— Ce n'est pas beaucoup, fit remarquer Ludmila. Je me serais attendue à plus.

— Mais si on a raison, si Kroukov a bien divisé son unité… Peut-être que ces hommes en font partie. »

Nous pensions tous la même chose. Cinq lampes, cinq hommes. Nous aurions pu rester dans la grange et risquer l'affrontement.

« Je le veux vivant, rappelai-je.

— Si c'est lui.

— Oui. Si c'est lui.

— Qu'est-ce qui les empêche de simplement mitrailler cette maison jusqu'à ce qu'elle s'écroule ? s'étonna Ludmila. De tous nous tuer ? »

Je jetai un coup d'œil à Oksana et aux ombres assises avec elle à l'autre bout de la pièce. La porte du *pitch* à côté d'eux était fermée, mais la lueur du feu à l'intérieur était visible par les interstices. Les enfants étaient de nouveau cachés au-dessus du poêle, comme ils l'avaient été à notre arrivée.

« Ce ne sont pas des femmes et des enfants qui les arrêteraient, fit Tania comme si elle essayait de lire dans mes pensées. Nous le savons bien. Il doit y avoir une autre explication. Peut-être n'est-ce même pas lui. » Mais elle secoua la tête et répondit à sa propre suggestion.

« Non, ça ne changerait rien. Un tchékiste reste un tchékiste, quel que soit son nom.

— Alors pourquoi est-ce qu'ils n'agissent pas ? s'exclama Ludmila d'une voix tendue. Pourquoi est-ce qu'ils ne tentent rien ? Je n'aime pas ça.

— Reste calme, lui dit Tania.

— Je suis calme, mais pourquoi…

— Il y a forcément quelque chose qui les arrête, l'interrompis-je.

— Mais quoi ? Ça n'a pas de sens.

— Je préférerais encore avoir à me battre, fit Ludmila en se redressant à genoux pour regarder de nouveau par la fenêtre. On devrait…

— Rien du tout, la coupai-je. On ne devrait rien faire du tout.

— Mais il faut bien tenter quelque chose, pourtant. Pourquoi est-ce qu'on ne leur tire pas dessus ? Tout vaudrait mieux que cette attente. Qui sait ce qu'ils sont en train de trafiquer, là, dehors, pendant qu'on reste ici à attendre comme des idiots. »

La tension dans sa voix s'était durcie ; son débit s'était accéléré.

« Si ça se trouve, ils sont en train de mijoter un plan d'attaque. De se préparer à…

— Pas de fusillade, dis-je d'un ton sans réplique. Pas encore. Il me les faut vivants. »

Je ne pouvais pas prendre le risque de laisser tuer les seules personnes susceptibles de me conduire à ma famille. Et il y avait des enfants avec nous. Si nous provoquions les hommes à l'extérieur, peut-être changeraient-ils d'avis. Et s'ils décidaient d'être moins passifs, ils avaient beaucoup de moyens à leur disposition pour nous forcer à sortir à découvert. Feu, gaz, grenades.

« Pourquoi est-ce que je devrais obéir à tes ordres ? »

Sur ces mots, elle leva son fusil et en donna un coup violent dans le coin de la fenêtre. La vitre résista au choc, mais le bruit fut soudain et inattendu.

« Arrête ! lui chuchotai-je furieusement. Tu vas… »

Elle donna un deuxième coup et la vitre se craquela, un réseau de petites fêlures apparaissant sur le verre et se propageant comme les doigts d'une main qui s'ouvrait.

« Arrête ! » s'écria à son tour Tania.

Elle se précipita vers Ludmila à croupetons et, l'attrapant dans l'étau de ses bras, l'entraîna au sol.

Dehors, les silhouettes sombres restèrent immobiles, parfaitement découpées sur la douce blancheur de la neige fraîche. Celle-ci était immaculée. Un manteau parfaitement uniforme dans la cour, sans la moindre trace de pas. Le moindre signe que quelqu'un était passé par là.

Ludmila repoussa Tania, leurs fusils tombèrent avec fracas sur le plancher, et elles se séparèrent pour s'asseoir par terre à quelques pas d'écart en se dévisageant, conscientes que cela ne les mènerait à rien de se battre.

« Il faut qu'on reste calmes, dit Tania. S'il te plaît, Luda. Il faut qu'on reste calmes.

— Comme tu l'as fait dans la grange ?

— C'était une erreur. J'ai laissé la colère prendre le dessus.

— Alors recommence.

— Non.

— Pourquoi ? Il faut qu'on les tue et qu'on file d'ici.

— Il y a des enfants. Des enfants.

— Mais…

— Des enfants, Luda. N'est-ce pas justement pour cette raison qu'on est là ? Les enfants ? Et s'il y a le moindre moyen de les sortir d'ici vivants, il faut qu'on le trouve. On ne peut pas laisser ces... »

Tania secoua la tête et se retourna vers le fond de la pièce. « On ne peut pas laisser ces hommes, là, dehors, faire... ce qu'ils nous ont fait, à toi et à moi. On ne veut pas d'une chose pareille sur la conscience. Moi, en tout cas, je n'en veux pas. »

Sans lampe allumée, je ne pouvais pas voir le visage de Tania, mais ses sanglots et sa voix étranglée me donnaient une idée de son désespoir.

Ludmila ne répondit rien, mais elle rampa jusqu'à sa camarade pour la prendre dans ses bras, en une démonstration de solidarité et d'amour d'une rare puissance.

Je les regardai s'apporter ce réconfort mutuel, se bercer l'une l'autre dans le noir comme des enfants effrayés par les monstres de la forêt, et je laissai mes pensées se tourner vers un autre sujet. Je passai en revue un millier de possibilités pouvant justifier le comportement des soldats, les ressassant, les écartant, les reconsidérant et les écartant de nouveau. Rien n'expliquait leur inaction, mais j'avais l'impression que la raison de l'hésitation des tchékistes se trouvait devant nous, juste sous notre nez.

« Vous croyez qu'ils attendent quelque chose ? m'interrogeai-je à voix haute. Des renforts ? »

Il était possible qu'ils aient découvert qui j'étais et aient choisi d'attendre d'avoir plus d'hommes, mais je ne voyais pas comment ils auraient pu l'apprendre. Je n'avais donné que mon prénom à Serguéï, et même s'ils savaient qui j'étais, une seule grenade aurait aisément suffi à nous faire sortir de l'isba.

Les femmes s'étaient séparées, et Ludmila était en train de regagner son poste près de la fenêtre. Tania resta où elle était, mais bougea pour s'installer plus confortablement. Elle renifla, passa la manche de son manteau sur ses yeux, puis attrapa son fusil. Elle ne présenta aucune excuse pour son comportement ou celui de sa camarade. Elle ne fit aucune tentative pour nous offrir une explication. À la place, elle retourna à ce qui lui avait donné la force d'aller de l'avant dans sa traque de Kroukov : elle se remit à penser en soldat. En commandant.

« Peut-être que ce sont des conscrits, dit-elle. Peut-être qu'ils ne savent pas quoi faire, tout simplement. »

Sa métamorphose m'impressionna. À l'aisance avec laquelle elle passait de l'émotion à la raison, on aurait pu croire que les événements des quelques dernières minutes n'avaient jamais eu lieu. Je me demandai qui était la vraie Tania, mais je ne l'insultai pas en lui demandant si ça allait. Ludmila et elle avaient repris leurs esprits, et c'était tout ce qui comptait. Nous avions tous notre croix à porter, des choses qui nous tiraient vers notre propre folie, mais nous devions rester forts.

« Des conscrits ? répétai-je. Sans officier supérieur ? Je ne crois pas. » Je m'écartai doucement de la fenêtre pour allonger mes jambes pleines de crampes devant moi.

« C'est forcément autre chose. Continuez de les surveiller. » Je m'approchai en rampant de la lourde table en bois qui gisait sur le côté, sa surface tournée vers l'avant de la maison. Nous l'avions renversée en entrant, sachant qu'elle nous protégerait un peu contre les balles des hommes à l'extérieur. Nous pouvions tirer depuis les fenêtres et nous replier si besoin derrière le bouclier solide qu'elle nous offrait, rempart aussi efficace que l'était la façade en brique de l'espace au-dessus du *pitch* pour les enfants d'Oksana. Mais pour l'instant, la seule personne installée derrière était Anna.

« Est-ce qu'ils vont nous tuer ? me demanda-t-elle lorsque je me glissai à ses côtés.

— Non. »

C'était un mensonge, et elle le savait. Je n'avais aucune idée de ce que les hommes allaient faire ou de ce qu'ils attendaient.

« J'ai peur, dit-elle.

— Moi aussi, mais on va trouver un moyen de se sortir de là. »

Anna me regarda avec espoir, comme si elle croyait que j'allais lui dévoiler un plan infaillible pour nous échapper, mais je n'avais rien à lui proposer.

« Tu sais, ce n'est pas une sorcière », fis-je en jetant un regard à Serguéï et à sa femme.

La vieille s'était posée sur une des chaises qui avaient entouré la table. Son mari était assis à côté d'elle, les mains sur ses avant-bras. Oksana occupait un troisième siège. Tous trois, repliés au fond de la pièce, faisaient cercle autour des pieds de l'échelle qui permettait d'accéder au sommet du *pitch*, où les enfants étaient cachés. Je trouvais étrange qu'ils aient choisi non de s'abriter des tirs des soldats derrière la table, avec Anna, mais de se positionner de la sorte, comme s'ils protégeaient leurs enfants de nous.

« Je sais bien, répondit Anna. Les sorcières, ça n'existe pas.

— Non.

— Mais il y a des choses pires, n'est-ce pas ? Bien pire que des sorcières.

— Oui. »

Et peut-être en faisais-je partie. J'avais inspiré la même crainte aux gens que ces hommes à l'extérieur.

Si Anna savait qui j'étais, ce que j'étais, aurait-elle peur de moi ?

Elle se redressa et croisa les jambes.

« Peut-être que c'est juste qu'ils avaient peur, chuchota-t-elle.

— Mmm ?

— La vieille femme. Peut-être qu'elle avait peur de ne pas leur dire qu'on était là. Peur de ce qui se passerait s'ils s'en rendaient compte.

— Tu as peut-être raison. »

Mais j'étais sûr que ce n'était pas la crainte des tchékistes qui avait poussé Svetlana à nous dénoncer. C'était plus probablement son patriotisme. La façon dont elle s'était comportée quand nous avions dîné avec eux : abrégeant ses phrases, dissimulant la vérité, faisant taire le garçon, Nikolaï, lorsqu'il avait parlé de son père… Et après, elle avait été prête à fermer la porte au nez d'Oksana, à la laisser seule dans le froid, à la merci des tchékistes. Elle n'aurait pas fait cela à moins de n'avoir qu'indifférence pour elle… ou à moins de juger que la jeune femme n'était pas vraiment en danger.

Tania vint s'accroupir à côté de moi et se pencha pour me murmurer à l'oreille :

« J'ai besoin de te parler.

— Alors parle, répondis-je.

— Pas ici. »

Il y avait de l'inquiétude dans sa voix : quelque chose la dérangeait. Elle voulait me parler sans que les autres entendent, mais il fallait que nous gardions la vieille femme à l'œil. Ni elle ni moi ne lui faisions confiance, et elle avait clairement montré ce qu'elle pensait de nous ; nous ne pouvions pas prendre le risque de la perdre de vue. Et l'attention de Ludmila était concentrée sur les fenêtres, sur la surveillance des hommes à l'extérieur.

« Ils ne peuvent pas nous entendre, assurai-je, et Anna est capable de garder un secret, n'est-ce pas ?

— Bien sûr. »

La fillette redressa le dos, révélant le sentiment d'importance que lui donnait le fait d'être ainsi incluse.

« D'accord. J'ai réfléchi aux raisons qu'ils pouvaient avoir de ne pas attaquer…

— Moi aussi.

— … Et la seule explication logique qui me vient est qu'il y a quelque chose d'important dans cette maison. C'est pour ça qu'ils attendent là, dehors. Ils essaient de décider comment procéder.

— Ou peut-être qu'ils ont passé un accord avec ces gens ? suggérai-je en indiquant Oksana et le vieux couple.

— Un accord, ça se rompt. Mais s'il y a quelque chose ici qu'ils veulent…

— Quelque chose de valeur. »

Je hochai la tête en regardant autour de moi. « Mais quoi ? Ça ne peut être que quelque chose qui craint les balles, sinon ils nous tueraient et entreraient s'en emparer.

— Je ne sais pas, mais c'est la seule explication. Il y a quelque chose ici, quelque chose qui nous échappe. »

34

« Ils appellent, nous prévint Ludmila. Ils veulent nous parler. »

Pendant que Tania et moi discutions de son idée, les hommes à l'extérieur avaient pour la première fois donné signe de leur présence. Jusqu'alors ils étaient restés silencieux ; nous n'avions pas essayé de leur parler, et eux non plus. Mais une voix venait de se mettre à crier dans la nuit.

Elle nous parvenait assourdie, et je n'arrivais pas à comprendre ce qu'elle disait, mais dès que nous l'entendîmes, Tania et moi nous arrêtâmes de parler.

« Chut », fis-je en regardant Anna et en portant un doigt à mes lèvres.

Elle avait repoussé sa casquette, et ses cheveux s'échappaient par endroits de sous l'étoffe. Dans la pénombre de l'isba, je pouvais voir qu'ils étaient poisseux et emmêlés, comme s'ils n'avaient pas été lavés depuis longtemps. Son visage pâle était maculé de saleté, et une trace sombre lui barrait le front, laissée par son couvre-chef vétuste.

Ludmila, plus proche de la fenêtre, avait réussi à distinguer ce qu'ils disaient. Elle nous fit signe d'approcher.

« Reste ici », ordonnai-je à Anna.

Je retournai avec Tania à la fenêtre. Les hommes occupaient les mêmes positions qu'avant. Ils n'avaient fait aucune tentative de repli ou d'attaque. Ils n'avaient pas déposé les armes, ni ne les avaient utilisées contre nous.

« Qu'est-ce qu'il a dit ? demandai-je. Exactement ? »

Mais avant que Ludmila n'ait pu me répondre, la voix se remit à crier.

« Faites sortir la famille, dit-elle. Faites-les sortir, et je vous laisserai partir. »

Tania ouvrit la bouche pour répondre, mais je l'arrêtai en disant :

« Ne réponds pas. N'établis aucune communication avec eux. Il faut qu'on réfléchisse à ce qu'on va faire. »

Tandis que l'homme réitérait sa demande, je m'assis par terre et m'adossai au mur.

Faites-les sortir et je vous laisserai partir. Il y avait quelque chose d'étrange dans cette proposition. Ce n'était pas ce à quoi je m'attendais. Exiger notre capitulation aurait été logique, mais ces hommes nous enjoignaient de relâcher la vieille femme et sa famille.

« Ils croient que nous retenons ces gens en otages, compris-je.

— Qu'est-ce que tu racontes ? fit Ludmila sans détourner les yeux de la cour, prête à briser la vitre fêlée d'une seconde à l'autre ; prête, et déterminée à tuer.

— Ils croient que nous retenons ces gens en otages, répétai-je. C'est pour ça qu'ils n'ont rien fait. Ils les protègent, eux. »

Je regardai à l'autre bout de la pièce, où Oksana et sa famille restaient silencieux.

« Eux ? fit Ludmila en se retournant. Pourquoi ? »

Dehors, la voix nous interpella de nouveau, mais nous refusâmes de répondre.

« Je ne sais pas.

— Peut-être que ce ne sont pas des tchékistes, là, dehors ? suggéra Tania. Peut-être que ce sont des Bleus…

— Oksana les a appelés des tchékistes. Je ne pense pas qu'elle mentait.

— Elle s'est probablement trompée.

— Ou peut-être qu'il y a quelque chose d'important chez ces gens. Peut-être que ton "quelque chose de valeur", c'est eux. »

Nous nous retournâmes tous les trois pour regarder la famille à l'autre bout de la pièce. Oksana avait les mains jointes, serrées l'une contre l'autre, et jetait des regards furtifs vers le haut du *pitch*, où ses enfants, Nikolaï et Natacha, étaient cachés. Sergueï avait toujours la tête baissée et les épaules courbées. Il avait l'air encore plus vieux qu'avant, comme si les dernières heures lui avaient volé plusieurs années. Il gardait les yeux fixés par terre.

Sa femme, par contre, était assise bien droite, la tête tournée vers nous, et nous regardait d'un œil noir.

« Qu'est-ce que vous avez de si important ? lui demandai-je. Qu'est-ce que vous représentez pour ces hommes ? »

Ses lèvres s'ouvrirent sur un sourire qui aurait rendu Baba Yaga malade. Sèches, minces, gercées, elles se retroussèrent pour révéler ses dents noircies et ses gencives dégarnies.

« Vous ne pouvez pas rester ici éternellement, dit-elle d'un air méprisant. Vous allez devoir sortir à un moment ou à un autre, et ils seront là à vous attendre.

— Vous avez certainement raison, répondis-je en me relevant. Nous ne pouvons effectivement pas rester ici éternellement, mais ces hommes dehors ne veulent pas vous faire de mal, alors peut-être pouvez-vous nous aider à nous enfuir.

— Je ne vous aiderai pas. Nous ne vous aiderons pas.

— Vous n'avez pas le choix.

— Attends, m'interrompit Tania. Qu'est-ce que tu veux dire par là ?

— On va se servir d'eux comme protection. S'ils ont de l'importance, pour quelque raison que ce soit, autant faire jouer cela en notre faveur.

— On ne peut pas…

— Je suis d'accord avec lui, l'interrompit Ludmila.

— Deux fois dans la même journée ? » m'étonnai-je. Elle fit comme si elle ne m'avait pas entendu.

« Emmenons-les avec nous jusqu'à ce que nous soyons hors de danger. C'est notre seule option. »

Tania regarda le sol un moment avant de reporter son attention sur la famille au fond de la pièce.

« Si on fait ça, on ne vaudra pas mieux que Kochtcheï. Utiliser des femmes et des enfants comme ça.

— On ne va pas leur faire de mal, fis-je remarquer.

— Mais on va s'en servir comme boucliers. Et comment est-ce qu'on peut savoir que ça va marcher, d'abord ? Tu penses vraiment qu'ils vont nous laisser partir juste parce qu'on les a avec nous ?

— On ne peut pas savoir.

— Alors on prend le risque, c'est tout ? On met leur vie en danger ?

— Leur vie est déjà en danger ; et c'est leur faute, pas la nôtre. »

Tania se releva pour venir se planter devant moi ; elle faisait une tête de moins que moi, mais elle me parut plus grande lorsqu'elle leva le visage pour me regarder dans les yeux. Nous étions si proches l'un de l'autre que je sentis son souffle sur ma peau lorsqu'elle reprit la parole, d'une voix qui n'était d'abord qu'un chuchotement véhément mais qui devint de plus en plus forte.

« Et si ça n'a rien à voir avec ces gens, Kolia ? Et si… ? » Elle tendit la main pour la poser sur la mienne, celle avec laquelle je tenais mon revolver. « Et si tu te trompes ? » Elle laissa ses doigts là, comme pour me retenir. Elle avait la peau moite, sous l'effet combiné de la chaleur de la pièce et de sa propre angoisse. Sa voix se fit suppliante. « Et si tu te trompes ? » Elle s'était laissé gagner par le doute ; il était en train de la ronger. La famille, la mère, les enfants, ils s'insinuaient dans ses pensées et la faisaient hésiter, l'affaiblissaient. « Et si ça n'arrête pas ces hommes qui sont dehors ? S'ils… ? Ludmila (elle se retourna vers sa camarade pour avoir son soutien), tu dois bien savoir que c'est mal. Je suis sûre que tu le sais. On ne peut pas faire ça. »

Mais sa compagne secoua la tête.

« Je suis désolée. »

De ma main libre, j'ôtai celle de Tania de sur la mienne. Elle ne résista pas beaucoup, juste assez pour que j'en prenne note, et je sus ce qu'elle voulait : que ce soit ma décision. Elle savait qu'utiliser cette famille comme otage était la seule option qui nous restait, mais elle ne pouvait se résoudre à le faire. Elle était venue là pour se venger, mais il y avait des bornes qu'elle n'était pas prête à dépasser. Si quelque chose arrivait à l'un d'entre eux, elle ne voulait pas en avoir le poids sur la conscience.

Mais la mienne était déjà aussi noire que les recoins les plus sombres de la forêt. Quelques vies de plus n'y changeraient pas grand-chose, et je n'étais pas là pour me venger. J'étais là pour récupérer ma famille, et je ferais tout ce qu'il faudrait, absolument tout, afin de rester en vie assez longtemps pour retrouver Marianna et les garçons. Je tuerais quiconque se mettrait en travers de mon chemin. Et il y avait aussi Anna. Si je laissais cette famille sortir librement de la maison, comme l'exigeaient les hommes dehors, il ne resterait peut-être plus rien pour les empêcher d'incendier l'isba et de nous tirer dessus lorsque nous en sortirions, comme un fermier sur les lapins fuyant le chaume en feu de la récolte de l'année passée.

« Il n'y a qu'un seul moyen de voir si nous nous sommes trompés, lui dis-je sans lâcher sa main, en la regardant dans les yeux.

— Nous ne serions pas mieux qu'eux.

— Mais je ne suis pas mieux qu'eux, justement, alors tu pourras rejeter la faute sur moi si quelque chose va de travers. »

Elle me regarda longuement, comme si elle essayait de mettre le doigt sur ce qui lui avait échappé jusqu'alors.

« Qui es-tu, Kolia ?

— Je veux juste retrouver ma famille.

— Et tu es prêt à tout faire pour les retrouver ?

— Tout. »

Je vis sur son visage combien cette notion lui était odieuse, et je partageais même son sentiment ; mais je vis autre chose, aussi. De la compréhension.

Je lâchai sa main pour retourner auprès d'Anna.

« Je veux que tu restes où tu es, lui dis-je. Ne sors que si Tania ou moi te le disons. Tu as bien compris ? »

Elle hocha la tête et je commençai à me retourner, mais je m'arrêtai.

Je m'accroupis devant la fillette et écartai une mèche de cheveux de son visage.

« Je vais faire quelque chose qui n'est pas très gentil, mais quoi qu'il arrive, je ne veux pas que tu penses du mal de moi. Je fais cela pour nous. Pour nous permettre de sortir d'ici. Est-ce que tu comprends ?

— Les hommes dehors, dit-elle. Ils nous tueront, n'est-ce pas ? Si tu laisses la famille sortir, ils nous tueront.

— Oui. »

Anna se jeta en avant comme si elle était incapable de se contrôler. Elle me passa les bras autour du cou et enfouit le visage dans ma poitrine. Le geste me prit par surprise et j'écartai les mains, éloignant mon revolver d'elle. Lorsque je vis qu'elle ne me lâchait pas, je plaçai l'arme par terre à côté de mon genou et lui rendis son étreinte, en posant une main sur le sommet de sa tête.

S'il y avait eu le moindre doute dans mon cœur concernant ce que je m'apprêtais à faire, cela l'aurait balayé. Je devais m'occuper d'Anna. La tirer de ce piège. Oksana et sa famille nous avaient trahis. Ils avaient affiché leurs intentions, et je devais désormais afficher les miennes.

Je me dégageai de l'étreinte d'Anna, et, laissant ma main sur son épaule, je me forçai à sourire.

« Reste là.

— Sois prudent », répondit-elle.

Je me penchai pour l'embrasser sur le front, puis ramassai mon revolver et me relevai. Jetant un dernier coup d'œil à la fillette, je m'armai de détermination et me tournai vers Oksana en levant l'arme.

La jeune femme était déjà debout quand je l'atteignis. Sergueï et son épouse, avec leurs muscles plus fatigués et leurs os plus fragiles, n'avaient eu le temps que de se redresser un peu sur leur chaise.

« Je vous en prie, dit Oksana en reculant contre la courte échelle derrière elle. Je vous en prie. »

Mais je l'attrapai par le bras, plus durement que nécessaire pour qu'elle comprenne que j'étais déterminé.

« Maman. »

Je levai les yeux et vis ses enfants qui nous regardaient du haut du *pitch* ; deux petits visages effrayés dont je dus faire abstraction. Je ne pouvais pas me permettre de me laisser apitoyer par leurs supplications. Je n'avais aucune envie de leur faire du mal, à eux ou à leur mère, mais je devais leur faire croire le contraire.

« Reculez, leur dis-je sèchement. Je ne veux pas vous voir.

— Papa va venir, répondit le garçon, essayant de se montrer courageux. Il va vous tuer et…

— Disparaissez ! Tout de suite !

— Laissez-les tranquilles. »

La vieille femme essaya de se lever, mais une légère poussée me suffit à la faire rasseoir.

« Sergueï, fais quelque chose », dit-elle, sachant qu'elle était trop faible pour m'affronter.

Le vieil homme leva les yeux vers moi et commença à se mettre debout ; je le regardai en secouant la tête et il hésita, suspendant son geste. Je pointai le revolver sur son visage et attendis qu'il prenne une décision.

« Vous ne pouvez rien faire pour m'arrêter, lui dis-je. Rien. »

Au-dessus du *pitch* les enfants avaient disparu, mais leurs pleurs étaient audibles et ils continuaient d'appeler leur mère, qui leur criait que tout allait bien se passer.

« Espèce de lâche, persifla la vieille au milieu du chaos. Lâche ! »

Je n'étais pas sûr de savoir à qui elle s'adressait, mais Sergueï la regarda d'un œil méprisant et lui dit :

« Tu aurais dû me laisser les faire partir.

— Lâche. Fais quelque chose.

— La seule chose qu'il peut faire, c'est rester assis », intervins-je.

Sergueï se laissa doucement retomber sur sa chaise et baissa de nouveau la tête, en mettant les mains sur ses oreilles comme s'il pouvait faire abstraction du monde et de toutes les horreurs qu'il contenait.

« Espèce de démon ! »

La vieille femme essaya de se relever, en tendant ses mains noueuses pour me retenir. Ses ongles mal taillés griffèrent la manche de mon manteau, accrochant l'étoffe de laine épaisse.

On aurait dit une possédée : Likho la Borgne, hurlant et vomissant des insultes en s'efforçant de m'agripper. Mais ce n'était pas une sorcière de conte de fées. C'était juste une vieille femme, et même si elle réussit à me faire lâcher Oksana, il me suffit d'une bourrade pour lui faire perdre l'équilibre et manquer sa chaise. Elle tomba de côté en se tordant, heurta gauchement le sol, et ses cris perçants devinrent des hurlements alors que la douleur irradiait dans ses os fragiles.

Je repris le bras d'Oksana tandis que la vieille femme tentait de se redresser en demandant :

« Qu'est-ce que vous faites ? Qu'est-ce que vous allez lui faire ? »

À la fenêtre, Ludmila et Tania partageaient leur attention entre les hommes à l'extérieur et la confusion à l'intérieur, mais ni l'une ni l'autre n'essayèrent de m'aider. Je terrorisais une vieille femme, une mère et ses enfants. Elles ne voulaient pas être mêlées à ça.

Derrière la table, Anna avait les genoux serrés contre la poitrine, comme lors de cette nuit que nous avions passée dans la forêt, et sa peur était palpable ; mais lorsque mon regard croisa le sien, je sus que sa confiance en moi était absolue. Elle était convaincue que je faisais cela pour assurer sa protection.

« Il faut que je sache », dis-je, autant à son intention qu'à celle de la vieille femme ou d'Oksana. Ou peut-être était-ce pour moi que je le faisais, juste pour donner voix à mes pensées, ou me persuader que ce que je faisais était ma seule option.

« Il faut que je sache jusqu'où ça peut aller.

— Qu'est-ce… ? »

Oksana essaya d'échapper à l'étau de mes doigts, mais je l'attirai brutalement contre moi et lui appuyai le canon de mon pistolet sur la gorge, sous le menton.

« Et il faut que vous sachiez, tous, que je ferai tout ce qu'il faut pour ça, quoi qu'il m'en coûte. »

Si je devais appuyer sur la détente, la balle lui traverserait la tête de bas en haut et les deux enfants au-dessus du *pitch* n'auraient plus de mère. Une fraction de seconde, neuf grammes de plomb et une pincée de poudre étaient tout ce dont j'aurais besoin.

« Tu m'as posé une question, tout à l'heure, dis-je à Tania tout en forçant Oksana à avancer. Tu voulais savoir s'ils nous laisseraient partir juste parce qu'on les a avec nous. » Je poussai mon otage vers la porte.

« Eh bien, il est temps de le découvrir.

— Tu sais qu'en faisant ça, tu te mets à son niveau ? répliqua-t-elle. Kochtcheï. Tu ne vaux pas mieux que lui, maintenant.

— Je suis prêt à tout. Je te l'ai déjà dit.

« — Tu es fou. Tu ne peux pas simplement sortir comme ça.

— Vraiment ? »

Sans lâcher Oksana, je finis de traverser la pièce et m'arrêtai à un pas de la porte.

« Ouvre.

— Au moins, prends la vieille à la place. Pas elle. »

Tania se reconnaissait en Oksana, tout comme je voyais en elle Marianna. Une mère avec des enfants, désespérée et terrifiée ; mais cela en faisait un otage plus précieux, car plus chargé en émotion. Qui se soucierait d'une vieille femme déjà proche de la mort ?

« Ouvre la porte.

— Non, refusa-t-elle.

— Ouvre, je te dis.

— Et s'ils…

— Ouvre ! »

Ce fut Ludmila qui tira les verrous. Elle jeta un bref coup d'œil à Tania, puis se releva et les fit coulisser.

« C'est le seul moyen de savoir », se justifia-t-elle en ouvrant la porte à la volée.

J'enfonçai mon revolver plus durement dans la peau d'Oksana, et nous sortîmes dans la nuit.

35

L'atmosphère dans la maison était chargée d'émotion et d'angoisse. Il y régnait une odeur de peur que je n'avais presque pas remarquée, tant je m'y étais habitué ; mais lorsque je pris ma première bouffée de l'air frais et hivernal du dehors, je me demandai comment j'avais pu lui permettre de devenir si familière. Je ressentis un pincement de dégoût envers moi-même pour ne pas m'en être aperçu. Je n'aurais jamais dû être capable d'en faire abstraction, et pourtant j'étais là à répandre cette peur, à l'amplifier. J'étais allé si loin, j'étais tombé si bas, que j'étais devenu insensible aux terribles émotions dont cette maison était pleine. Mon cerveau avait appris à ignorer ce genre de choses, et je me haïssais pour ça. J'étais parti de chez moi depuis trop longtemps. Il fallait que je retrouve Marianna.

Je pris une longue et profonde inspiration d'un air si froid qu'il me fit mal aux poumons. Cette douleur me rappela que je ne devais pas me laisser ramollir. Je n'avais pas le temps de détester ce que j'étais devenu ou ce que je faisais. J'avais un seul objectif. Rien d'autre n'avait d'importance. Tout le reste n'était que distraction.

Le froid mordit mes doigts sans gants lorsque je les crispai sur le revolver et poussai Oksana dehors. Je me tenais juste derrière elle, protégé par son corps, et gardais la tête cachée autant que possible derrière la sienne. Les hommes dans la cour ne pouvaient voir que le côté de mon visage.

Nous sortîmes sur le perron de l'isba sans que notre présence perturbe une seule seconde la chute des doux flocons blancs. Comme les arbres de la forêt, ils étaient indifférents aux détails des vies qui se déroulaient sous eux. Ils tombaient avec grâce et constance, petites particules ouatées flottant au gré des bourrasques intermittentes, se posant sur nos épaules, fondant sur nos cils, peignant le pays d'un blanc magnifique et éclatant qui recouvrirait les hommes tombés dans les champs, formant les tumulus de l'hiver.

Je balayai la cour du regard et, malgré les flocons qui obstruaient mon champ de vision, repérai chacun des hommes, toujours en position. Le fait qu'ils n'aient pas bougé m'en disait long sur leur discipline et leur détermination – ou peut-être sur la peur que leur inspirait leur meneur.

Je fis descendre les marches à Oksana, le revolver toujours fermement placé sous son menton, et, lorsque nous atteignîmes le sol dont la boue était déjà presque entièrement couverte d'une fine couche de neige, je m'arrêtai et pris la parole d'une voix forte.

« Qui commande ce groupe ? »

Le silence régnait. La nuit était tombée et rien ne bougeait dans la forêt. Même le vent n'avait pas envie de souffler. Et bien qu'elle soit encore clairsemée, la neige fraîche amortissait tous les bruits.

« Qui commande ce groupe ? répétai-je. Montrez-vous. »

De nouveau, aucune réponse. Les hommes restèrent sur leurs positions, immobiles. Ils n'échangèrent même pas un regard. On aurait dit des statues, figées dans le temps, dont seule la tête était visible au-dessus de l'abri qu'ils s'étaient choisi.

« Parlez maintenant, repris-je, ou je ramène cette femme à l'intérieur et je la tue devant ses enfants.

— Vous ne feriez pas cela. »

Je regardai dans la direction d'où était venue la voix. Près du chariot. Les restes d'un nuage de vapeur créé par un souffle chaud dans l'air froid flottèrent un moment comme un fantôme avant de se dissiper.

« Vous voulez voir de quoi je suis capable ? demandai-je. Très bien. »

Je commençai à reculer en traînant Oksana, le canon de mon arme toujours planté sous son menton.

« Attendez. »

Je m'arrêtai.

« Ça ne vous servira à rien de la tuer. »

Encore un panache de vapeur au-dessus du chariot.

« Exact. Ça ne me servira à rien. »

Il y eut une pause. Juste assez longue pour un battement de cœur. Une hésitation. Puis le propriétaire de la voix se releva derrière son abri.

« Qu'est-ce que vous voulez ? me demanda-t-il.

— Venez au milieu de la cour. »

Là encore, il marqua un temps d'arrêt avant de se mettre en route d'un pas lent, le dos droit, la démarche un peu raide, comme s'il gardait l'ombre d'une claudication. Il contourna le chariot et s'avança vers nous, faisant crisser la neige sous ses bottes. Il tenait son fusil à l'épaule, prêt à tirer. Je ne distinguais guère plus qu'une silhouette masculine portant un manteau épais et une chaude *ouchanka*.

Le peu de clair de lune que laissaient passer les nuages était derrière lui, et j'aurais voulu être mieux placé pour discerner son visage, voir si je le connaissais. Mais je savais au moins une chose : ce n'était pas Kroukov. Cet homme n'avait pas l'apparence maigre et émaciée de Kochtcheï l'Immortel.

Lorsqu'il atteignit le centre de la cour, je lui dis :

« Arrêtez-vous là. Posez votre arme par terre. »

Il me regarda sans bouger, son fusil toujours braqué sur moi, se demandant ce que j'allais faire.

« Posez-la, fis-je. Je ne le répéterai pas. »

La tension dans ses bras se relâcha et il baissa son fusil, s'accroupissant pour le placer sur le sol devant lui.

« Maintenant, reculez. »

Cette fois, il s'exécuta immédiatement.

« Dites aux autres de suivre votre exemple.

— Je ne peux pas faire ça.

— Alors cette femme va mourir. »

Je me remis à reculer, entraînant Oksana vers la porte, et j'arrivai dans un demi-cercle de pâle lumière orange qui baignait la neige à mes pieds.

« Il va le faire », intervint Tania derrière moi.

Et il y avait quelque chose dans sa voix, quelque chose qui m'indiquait qu'elle croyait vraiment ce qu'elle affirmait. Elle ne disait pas cela juste pour le faire obtempérer.

« D'accord, dit-il en levant les mains. Attendez. » Il tourna la tête pour parler aux hommes derrière lui. « Sortez. Venez tous ici et déposez vos armes. »

Aucun d'eux n'hésita. Ils firent exactement ce qu'il leur ordonnait, et je sus que cet homme était leur chef.

Rapidement, les cinq soldats se retrouvèrent en rang devant nous, leurs armes par terre à leurs pieds.

« Tout le monde recule de deux pas », fis-je.

Dès qu'ils se furent exécutés, la lumière derrière moi changea. Elle devint plus concentrée, et le demi-cercle se rétrécit alors que Tania posait la lampe au sol pour sortir de la maison à pas légers, trahie seulement par l'infime crissement de la neige sous ses semelles. Elle me dépassa en me regardant d'un œil noir pour aller ramasser les fusils, qu'elle emporta à l'intérieur de la maison avant de retourner fouiller les hommes à la recherche d'autres armes.

Nous restâmes tous immobiles et silencieux pendant qu'elle passait de l'un à l'autre, empochant tout ce qu'elle trouvait sur eux. Oksana s'était un peu déten-due entre mes bras, mais il faisait froid, elle n'avait pas de manteau, et elle avait commencé à frissonner. Je me remémorai le moment où j'avais trouvé le manteau d'hiver de Marianna chez nous, resté accroché derrière la porte de la chambre. Si elle était dehors à cet instant sans son manteau, elle aussi devait frissonner. À moins qu'elle n'en ait plus besoin ; qu'elle ne sente plus le froid, ni quoi que ce soit d'autre.

« Voilà, dit Tania en revenant à côté de moi. Ils ne sont plus dangereux. Ou en tout cas, moins. »

Je hochai la tête.

« Est-ce que l'un de vous sait où est Kochtcheï ? »

Personne ne répondit.

« Je cherche Arkady Kroukov, continuai-je en haussant le ton, sentant ma colère menacer de prendre le dessus. Où est-il ? »

J'étais près du but, désormais. Tellement près. Si Kroukov n'était pas ici, au moins ces hommes pourraient peut-être me dire où il se trouvait.

« Où est-il ?! »

Sans m'en rendre compte, j'enfonçai plus durement le revolver dans la gorge d'Oksana, lui arrachant un petit cri de douleur.

« Ne… commença à dire Tania avant de pouvoir se retenir.

— Non, fit au même instant le premier soldat à s'être avancé, tendant une main vers moi.

— Pourquoi ? demandai-je. Qu'est-ce que cette famille a de si important ? »

Tania ne dit rien. L'homme non plus. À la place, il pencha légèrement la tête de côté, comme s'il venait de voir ou d'entendre quelque chose d'inattendu.

« Qui sont-ils ? » insistai-je en levant la main gauche pour attraper les cheveux d'Oksana à pleine poignée et la forcer à relever la tête, afin que tous voient le revolver pressé durement dans sa chair.

Juste au cas où il y aurait eu le moindre doute sur le sort qui l'attendait.

« S'il vous plaît, dit l'homme en tendant les deux mains et en faisant un pas en avant, se rapprochant du halo de la lampe. Je…

— Restez où vous êtes. »

De nouveau, il pencha la tête comme s'il tendait l'oreille, un pied en avant, le poids de son corps porté dessus, vers moi.

« N'approchez plus », repris-je.

Mais il était déjà arrivé assez près pour que je le reconnaisse. Je n'avais pas identifié sa voix, et lui n'avait pas réussi à replacer la mienne, mais son visage m'était familier. Je connaissais ce soldat, et il me connaissait. Nous n'étions pas amis, nous n'avions pas servi plus de quelques jours ensemble, mais je le connaissais quand même.

« Levitski ? »

Tout comme dans le train lorsque le commandant Orlov avait dit mon nom, mon cœur se serra violemment. Je sentis Tania se raidir à côté de moi, et Oksana se crisper dans mes bras.

« C'est vous ? continua l'homme. Nikolaï Levitski ?

— Je... »

Mais le mal était fait ; je ne pouvais pas nier qui j'étais. Je ne pouvais rien dire. Rien faire.

« Nous vous croyions mort.

— Vous connaissez cet homme ? demanda Tania en s'écartant légèrement de moi.

— Si je le connais ? répliqua le soldat en se mettant au garde-à-vous. Bien sûr que je le connais. »

Il porta une main à son front pour me saluer. « C'est le commandant Nikolaï Levitski, commandant légitime de cette unité. »

36

Tania resta bouche bée. Elle tourna les yeux vers les hommes désarmés en rang devant elle, puis les reposa sur moi. Elle se pencha en arrière pour mieux me regarder, comme si elle me voyait pour la première fois. Voyait qui j'étais vraiment.

« Commandant ? » Elle plissa le front et fronça les sourcils. « Non, ce n'est pas… Je… Tu es un tchékiste ? Un commandant ?! »

J'ouvris la bouche, comme si je pouvais tout arranger avec quelques mots. Mais ce n'était pas si facile. La situation était en train de m'échapper, et j'avais l'impression de ne rien pouvoir faire pour l'empêcher de tourner au cauchemar. Le sang allait couler. Je voyais cela venir aussi clairement que je savais l'hiver arrivé.

« On n'aurait jamais dû lui faire confiance », dit Ludmila depuis le seuil, derrière moi.

Je n'osai pas me retourner pour la regarder, mais je savais qu'elle avait son fusil pointé sur moi.

« Dis-moi que ce n'est pas vrai », m'adjura Tania.

Je secouai la tête.

« Dis-le-moi.

— Laisse-moi le tuer, lança Ludmila. Laisse-moi tous les tuer. »

Je savais qu'elle le ferait si Tania l'y autorisait. Cela lui serait égal qu'Oksana risque sa vie aussi, qu'en mourant je crispe involontairement le doigt sur la détente.

Le soldat était perplexe. Il ne s'était pas attendu à trouver du dissentiment dans nos rangs, et il baissa la main, nous regardant tour à tour pour essayer de déchiffrer notre relation.

« J'*étais* un tchékiste », répondis-je enfin.

Tania fit un autre pas en arrière.

« Je savais que tu n'étais pas net. »

Elle secoua la tête comme si elle ne croyait pas, ou ne voulait pas croire, ce qu'elle venait d'apprendre.

« Je suis désolé, lui dis-je.

— Et maintenant ? demanda-t-elle. Qu'est-ce que tu es, maintenant ?

— Juste un homme qui veut retrouver sa famille. Tu le sais bien. »

Elle resta à me regarder la bouche ouverte, d'un air désapprobateur. Elle ne savait pas quoi faire. Depuis le début, elle peinait à me faire confiance, mais quelque part au fond d'elle, elle en était au moins venue à me respecter. Elle m'avait toujours soupçonné d'être un communiste, un soldat de l'Armée rouge, mais elle avait été disposée à tolérer cela parce que nous avions le même objectif, et, supposais-je, parce qu'elle avait vu le soin que je prenais d'Anna. Mais elle ne s'était pas attendue à ce qu'elle venait d'apprendre. Désormais, je représentais tout ce qu'elle haïssait. J'étais passé des rangs innombrables de l'Armée rouge à la Tcheka : l'organisation de sécurité nationale qui était l'agent d'exécution par excellence du communisme. Et c'étaient des hommes comme ça, des tchékistes, qui avaient assassiné sa famille.

« Ces hommes sont les tiens ? me demanda-t-elle.

« — D'une certaine façon.

— Et Kroukov ? C'était l'un des tiens aussi ?

— Oui. »

Je sentis ma prise sur Oksana se relâcher un peu. Elle ne bougeait plus, entrevoyant un répit potentiel, et mon attention était ailleurs.

« Tu étais son commandant ?

— Oui. »

Elle secoua la tête d'un air incrédule.

« Alors ça pourrait être toi qui es venu chez moi ? C'est peut-être toi...

— Non. »

Je l'arrêtai dès que je compris ce qu'elle s'apprêtait à dire. Elle m'imaginait dans son village, me voyait assassiner ses enfants, son mari.

« Pas moi. Je n'ai jamais fait ça. Pas *ça*. C'était Kroukov, rappelle-toi. Kroukov.

— Je devrais te tirer une balle dans la tête tout de suite, dit-elle en levant son pistolet pour l'appuyer sur ma tempe.

— Tue-le, l'encouragea Ludmila.

— Commandant ? »

Le soldat fit un pas en avant.

« Reculez, lui dit Tania. Tout de suite. »

Il s'arrêta, détournant les yeux d'elle pour les poser sur moi, puis sur Oksana. Son anxiété était palpable, mais je n'étais pas sûr d'en être l'objet. Il semblait plus inquiet que quelque chose puisse arriver à mon otage. J'avais toujours mon revolver enfoncé dans sa gorge, sous son menton.

« Qu'est-ce qui se passe ? demanda-t-il. Je ne comprends pas. Qui est cette femme, commandant ? Je croyais qu'elle était avec vous.

— Elle l'est.

— Mais...

— Faites ce qu'elle dit, c'est tout. »

Il leva les mains et hésita encore un instant avant de reculer.

« D'accord, mais… calmez-vous, dit-il.

— Ma mort ne t'apportera rien, dis-je à Tania. La seule différence que ça ferait, c'est que je ne serais plus là. Ça ne changerait rien d'autre.

— Je m'en contenterais.

— Sérieusement ? Après tout ce qu'on a traversé ? Ensemble ? Et que deviendrait ma famille ?

— Tu mens peut-être sur ça aussi.

— Et Anna ? C'est un mensonge, elle aussi ?

— Tu ferais la même chose à ma place.

— Non. »

Je plongeai mes yeux dans les siens. « Non. »

Elle garda son arme fermement braquée sur moi, le bras tendu, le métal froid pressé contre ma tête.

« Je suis de ton côté, lui dis-je. C'est pour ça que je ne t'ai pas dit qui j'étais, parce que tu ne m'aurais jamais fait confiance…

— Je t'aurais tué le jour où je t'ai rencontré.

— Je n'ai pas touché à ta famille.

— Comment est-ce que tu veux que je te croie ? Dis-moi pourquoi je ne devrais pas te supprimer tout de suite.

— Parce que tu ne veux pas priver ma femme de son mari et mes enfants de leur père. Parce que sinon, tu ne vaudrais pas mieux que Kroukov. Parce que tu ne veux pas laisser Anna sans protecteur. Parce que nous sommes amis. »

Je la fixai plus intensément. « Et parce que nous allons trouver Kroukov ensemble. Ça te suffit, comme raisons ? Et il y en a une autre : si tu me tues tout de suite, tu devras aussi tuer tous ces hommes. »

Tania détourna le regard et ferma les yeux. Lorsqu'elle les reposa sur moi, la déception s'y lisait clairement, mais elle écarta son arme de ma tête, laissant son bras retomber le long de son corps.

« Et maintenant ? fit-elle.

— Qu'est-ce que tu fais ? demanda Ludmila derrière nous. Qu'est-ce que… ? »

Mais Tania leva vers elle une main crispée, un geste plein de frustration et de colère pour lui faire signe de se taire.

Lorsque sa camarade obtempéra, elle ferma le poing et le porta à sa bouche, en m'indiquant de poursuivre d'un signe de tête.

« On continue comme avant, dis-je. Toi, moi, Ludmila et Anna.

— Mais ces soldats sont tes hommes.

— Je ne les connais même pas.

— Mais il a dit…

— Je sais ce qu'il a dit, mais mon unité était petite, décimée comme la sienne, et on a seulement fusionné après… après ce qui est arrivé à…

— Après votre héroïsme à Grivino », intervint le soldat en bombant la poitrine avec fierté.

Mais je ne partageais pas celle-ci. Le massacre de Grivino était ce qui avait cristallisé ma décision de déserter.

« Pour lequel vous avez reçu l'ordre du Drapeau rouge, continua-t-il. Nous sommes vos hommes, commandant Levitski. »

Il avait un beau visage, les pommettes hautes et le regard perçant. Il faisait trop sombre pour que je distingue la couleur de ses yeux, mais je les imaginais d'un bleu pâle et froid. Il était peut-être un peu plus jeune que moi, mais cet écart d'âge était accentué par sa peau impeccablement rasée. Je me souvenais de lui comme d'un soldat zélé avide de m'impressionner, qui suivait toujours mes ordres à la lettre, mais c'était tout ce que je savais de lui. Lorsque nos unités s'étaient regroupées, la plupart de mes compagnons d'armes étaient morts, et ceux qui restaient étaient les hommes dont j'étais le plus proche ; Kroukov inclus, et c'était ce qui rendait sa brutalité d'autant plus révoltante pour moi. Mais ce soldat faisait partie d'un groupe qui avait rejoint mon unité peu de temps avant que je choisisse de devenir un fugitif. Je n'avais pas combattu à leurs côtés, ni créé le moindre lien avec eux. Ils n'étaient pour moi que des hommes en uniforme. Mais je ne pouvais pas expliquer cela à Tania dans l'immédiat, et j'espérais que sa confiance en moi tiendrait encore un peu.

Sous la neige qui continuait de tomber, j'observai le jeune homme, cherchant à me faire une idée de lui, mais il ne laissait pas transparaître grand-chose. J'aurais aimé pouvoir mieux distinguer ses yeux, mais les ténèbres jouaient contre moi. J'avais l'impression que si je pouvais les voir, y plonger mon regard, je le connaîtrais mieux. Le fait qu'il se soit mis au garde-à-vous et m'ait salué ne suffisait pas à garantir sa loyauté. J'avais vu des soldats dénoncer d'autres soldats, des commandants être exécutés simplement parce que l'un de leurs camarades les avait accusés de pensées antipatriotiques. Cet homme était tout aussi susceptible de me tromper que de m'appuyer.

« Vous allez devoir travailler pour obtenir ma confiance, lui dis-je. Je ne vous connais pas, et ce n'est pas quelque chose qui s'accorde facilement, de nos jours. Alors, pour l'instant, nous allons garder vos armes, et cette femme et sa famille vont rester mes otages. Et vous ferez tout ce que je vous dis.

— Bien sûr, mon commandant. »

Je reculai de quelques pas en gardant Oksana devant moi ; je continuais à croire qu'elle était peut-être la seule raison pour laquelle j'étais encore en vie. Ces hommes avaient déclaré leur loyauté envers moi, mais parler était facile, et nous vivions à une époque où le mensonge était roi. Je ne pouvais rien croire de la bouche de qui que ce soit, et si ces hommes étaient mes ennemis, ils diraient et feraient n'importe quoi pour triompher de moi. Je ne pouvais pas prendre le moindre risque. Ils étaient bien entraînés et brutaux.

En atteignant le perron de l'isba, conscient de la présence de Ludmila derrière moi, je m'arrêtai et me tournai vers Tania pour lui dire à voix basse, afin que les soldats n'entendent pas :

« Il faut que tu me croies. Quoi qu'il dise, il *faut* que tu me croies. Ces hommes ne sont pas les miens. Mon unité était petite, et j'ai perdu des soldats au combat, d'autres par transfert. On m'a donné ce qui restait d'une autre unité dans le même état, qui opérait depuis plusieurs semaines sans véritable officier supérieur. Ces hommes-là. Mais je ne les ai connus que quelques jours tout au plus, et déjà, à l'époque, c'était la pagaille. Les choses étaient compliquées. »

Ç'avait été dur pour moi, après Grivino. Toutes ces morts sur ma conscience, et on me traitait de héros pour ça.

« On nous a donné de nouveaux ordres, continuai-je. Nous disant de faire… des choses terribles. »

Pires que ce que j'avais fait jusqu'alors. Il ne s'agissait plus de réquisitionner de la nourriture, de lever des recrues ou d'exécuter les déserteurs, mais de répandre la terreur. De torturer, assassiner et brûler. De propager la peur et de repousser l'ennemi dans l'ombre.

« Est-ce pour ça que tu as déserté ?

— Je ne connais pas plus ces hommes que toi. Et j'ai plus confiance en toi qu'en eux. Est-ce que j'ai tort ?

— Ne fais pas comme si tu ne m'avais pas entendue. Est-ce pour ça que tu as déserté ? J'ai besoin de savoir. J'ai besoin de croire qu'il y a encore un peu de bon en toi. »

Il y avait encore quelques semaines, je n'aurais eu que faire de ce que Tania pensait de moi, mais là, une pointe de déception me serra le cœur.

« Tu ne vois donc rien de bon en moi pour l'instant ? Rien du tout ?

— Réponds à ma question.

— Oui. Oui, c'est pour ça que j'ai déserté. »

Ce n'était pas facile pour moi de dire ce mot à voix haute. Pour Tania, il signifiait simplement que j'avais délaissé un régime cruel, mais pour moi il avait d'autres connotations. Il voulait dire désobéir aux ordres, me laisser accuser de lâcheté, accepter l'idée que j'avais offert ma loyauté à une doctrine que je ne pouvais plus défendre. Et que j'avais abandonné mes propres camarades, les laissant faire des choses terribles, pendant que d'autres me donnaient la chasse.

Recevoir ces ordres avait mis le feu aux poudres du désenchantement et de l'épuisement qui s'accumulaient en moi depuis quelque temps. De la nostalgie poignante que j'avais ressentie la dernière fois que j'avais vu ma famille. De l'horrifiante pensée que mon propre fils, Micha, voulait suivre mes pas. De la culpabilité que m'inspiraient toutes les vies que j'avais volées, et pas seulement celles de Grivino. Et de mon élévation au statut de héros en conséquence.

J'avais déserté non parce que j'étais lâche, mais parce que je voulais échapper à l'horreur, retourner auprès de ma femme et de mes fils, protéger ma famille d'hommes tels que Kochtcheï ; des hommes qui se délectaient de leurs nouvelles directives. Pendant que Kochtcheï imprimait son étoile à cinq branches enflammée sur la peau de gens sans défense, dans sa mission de propagation de la Terreur rouge, j'avais choisi un chemin différent.

Tania réfléchit longuement, posant tour à tour les yeux sur moi, le soldat, et le revolver que je tenais toujours sous le menton d'Oksana.

« Maintenant, c'est à toi de répondre à ma question, repris-je. Est-ce que je peux te faire confiance ? »

J'insistai.

« J'ai besoin de te l'entendre dire.

— Non », fit Ludmila à mi-voix, debout sur le seuil derrière nous.

Son ton était chargé d'une telle incrédulité que Tania la regarda par-dessus son épaule. Elle prit une grande inspiration et quelque chose de tacite passa entre elles. Elle s'excusait, peut-être, ou la suppliait de comprendre. Puis elle lui adressa un bref signe de dénégation et reposa son attention sur moi.

« Oui. Tu peux me faire confiance. Pour l'instant. Mais quand tout cela sera fini, tu redeviendras un Rouge.

— Et tu redeviendras une Verte, ou une Bleue, ou je ne sais quoi d'autre. Je comprends. Tous nos comptes seront réglés. »

Cela me suffisait. Je savais que, pour le moment, je pouvais m'appuyer sur Tania.

Je me retournai vers le soldat et haussai la voix pour lui demander :

« Où est Kochtcheï ? Où est Kroukov ? »

Il hésita, jetant un coup d'œil aux autres hommes.

« Ne les regardez pas. Où est-il ?

— Il... »

Il semblait presque réticent à me le dire.

« Où ?!

— Il escorte des prisonniers, camarade commandant.

— Où ça ?

— Il y a un camp…

— Vous savez où il est ? »

Je ne pouvais m'empêcher de penser que je n'étais plus très loin du but.

« Non. Il ne nous dit rien. »

Il se retourna de nouveau pour regarder les autres.

« Mais je crois que ce n'est pas loin… Il revient demain matin. Je… Oui. Demain.

— Quel est votre nom, soldat ?

— Ryjkov. Grigori Ilitch Ryjkov. Notre unité a fusionné avec la vôtre quelques jours seulement avant que vous soyez tué. Ou, du moins, c'est ce que nous avons cru qu'il vous était arrivé.

— Je me souviens de vous. »

Mais je ne savais presque rien de lui.

« Merci, mon commandant.

— Dites-moi, Ryjkov, pourquoi gardez-vous cette maison ? Qu'est-ce que ces gens ont de si important ? »

Je me rappelai l'expression sur son visage, quelques minutes plus tôt, lorsque Tania avait menacé de me tuer. J'étais sûr que c'était pour la vie d'Oksana plutôt que pour la mienne qu'il s'était inquiété.

« Je ne sais pas. Tout ce que je peux vous dire, c'est que Kroukov nous a ordonné de la protéger de nos vies. D'en protéger les habitants, sinon on le paierait de nos têtes.

— Vous avez peur de lui ? »

Cela expliquerait son inquiétude pour Oksana, mais cela mettait également sa loyauté envers moi encore plus en question. Comment pouvais-je rivaliser avec un homme qui inspirait ce genre de réaction même à des soldats endurcis ?

« Tout le monde a peur de lui, expliqua Ryjkov.

— Alors pourquoi ne vous êtes-vous pas enfuis ? Il n'est pas ici.

— Parce que cela ferait de nous des déserteurs. Et il les retrouve toujours. »

37

Conscient du regard de Tania posé sur moi, je demandai au reste des hommes de s'avancer l'un après l'autre et de se présenter. Certains de leurs visages m'étaient familiers, mais, comme Ryjkov, c'étaient des inconnus pour moi.

« Et le reste ? demandai-je.

— Pas là, répondit Ryjkov.

— Sur mes traces ?

— Certains. »

Il ne feignit pas d'être surpris que je sache être traqué mais ne me donna pas plus d'informations que le strict nécessaire, et je me rendis compte que, pour ma part, je lui en avais déjà dit plus que je ne l'aurais dû sur ce que je savais.

« C'étaient des volontaires ? » demandai-je.

Il savait déjà que j'avais repéré mes poursuivants, aussi était-il dans mon intérêt de réunir autant de renseignements que possible.

« Certains, camarade commandant. D'autres en ont reçu l'ordre. »

Il ne me donna aucun nom, et je n'en demandai aucun.

« Donc Kroukov a immédiatement pris le pouvoir. »

C'était plus une réflexion à voix haute qu'une question. Kroukov était un homme sérieux, laconique, capable d'agir sans montrer la moindre émotion. Ç'avait été un camarade sur lequel je pouvais compter ; il avait combattu aux côtés d'Alek et moi à Grivino. Mon frère ne l'avait jamais beaucoup aimé, mais j'avais toujours pensé que je pouvais lui faire confiance. Cette guerre, hélas, m'avait ouvert les yeux sur la foi qu'on peut vraiment avoir en autrui. J'étais devenu incapable de démêler le vrai du faux.

« Oui, dès que vous êtes parti. Il avait assez d'hommes qui lui étaient loyaux, et tous ceux qui contestaient ses ordres… » Il secoua la tête. « Si on voulait rester en vie, il fallait faire ce qu'il disait.

— Vous n'avez pas pensé à signaler la situation ?

— À qui ? Il n'y a personne pour écouter. Il y a d'autres unités qui font la même chose. J'ai vu… »

Une fois de plus, il s'interrompit sans terminer sa phrase.

Je me rappelai ce que Stanislav avait dit, près du train, avant de mourir – que c'était moi qui avais créé Kochtcheï ; et je comprenais désormais ce qu'il avait voulu dire. Lorsque Alek et moi étions partis, nous avions laissé Kroukov libre de prendre le commandement de l'unité. D'exécuter les nouvelles directives aussi efficacement et brutalement qu'il le pouvait. Nous avions lâché Kochtcheï sur le monde, et, dans sa croisade meurtrière à travers le pays, il avait trouvé Belev.

Les implications me donnaient le tournis. Si Alek et moi n'avions pas fui, le médecin de l'unité, Nevski, aurait peut-être pu sauver mon frère. Celui-ci serait toujours en vie, et je serais toujours à la tête de mon unité. Et Marianna serait en cet instant chez nous. Mes garçons aussi. J'aurais été plus à même de les protéger en tant que commandant d'une unité tchékiste que comme un malheureux fugitif qui se cachait dans la forêt pour échapper à ses poursuivants. J'avais fait en désertant une erreur monumentale, presque trop dure à supporter.

Galina, rendue folle par le chagrin ; toutes ces mains écorchées et ces étoiles imprimées au fer rouge ; mon frère, mort et froid dans sa tombe ; Lev, gisant brisé par terre dans la forêt ; Anna, désormais orpheline. Toutes ces choses auraient pu être évitées si j'étais resté avec mes hommes. Tout était ma faute. C'était moi la cause de toutes ces horreurs, et maintenant j'étais hanté par le visage des morts.

Et par cette pensée, toujours présente dans ma tête, comme un écho : *Il aime noyer les femmes.*

« Kolia. » La voix de Tania, perçant le chaos. « Kolia. » Une main sur mon épaule.

« Kolia.

— Quoi ?

— Qu'est-ce qu'on fait, maintenant ? demanda-t-elle en baissant la voix. Tu veux toujours partir ? »

J'essayai de cacher ma confusion tout en me concentrant sur une seule chose. Je devais me montrer résolu. Dur. Froid. Cruel. Il fallait que je sois le soldat, désormais. Le commandant tchékiste. C'était le père qui avait déclenché cette terrible suite d'événements ; il était donc temps pour l'autre part de moi-même de prendre le contrôle.

« Vous dites qu'il sera ici ? demandai-je à Ryjkov. Demain ?

— Peut-être demain, peut-être plus tard. Je ne peux pas savoir exactement.

— Mais il a fait des prisonniers ? Des enfants ?

— Des garçons en âge de se battre. »

432

Il y avait une pointe d'indignation dans sa voix. Il avait sûrement dû justifier ses actions à ses propres yeux, comme je l'avais toujours fait moi-même, et quand on se répète suffisamment de fois que quelque chose est légitime, on commence à y croire.

« Et des femmes ? poursuivis-je. Il y avait des femmes, aussi ?

— Quelques-unes. »

Je ne lui demandai pas si Marianna en faisait partie, n'essayai même pas d'obtenir la moindre indication qu'elle était toujours en vie. En partie parce que je ne voulais pas savoir immédiatement – je préférais conserver assez d'espoir pour continuer de l'avant –, mais aussi parce que je ne désirais pas qu'il sache que je cherchais Marianna et les garçons. Et je souhaitais garder pour moi ce que j'avais vu à Belev.

« Mais il vous a dit de protéger cette maison ? Ces gens ?

— Oui. »

Il n'y avait qu'une raison possible à cela. Kroukov avait fait la seule chose que j'aurais dû faire, et je comprenais enfin pourquoi il poussait vers le nord.

Sa famille y vivait.

C'était là qu'il se rendait depuis le début. Pas simplement dans le nord, mais là, dans cette ferme, pour protéger sa propre famille de la Terreur rouge qui s'était emparée du pays. Il était venu pour les défendre d'hommes comme lui.

Je fis signe à Tania d'approcher et lui murmurai à l'oreille :

« Kroukov sera bientôt là. Je pense qu'on devrait se préparer à le recevoir. »

Elle appela Ludmila, la faisant sortir de l'isba pour lui ordonner de rentrer les chevaux dans la grange ;

mais sa compagne rechigna. Elle ne voulait pas laisser Tania seule avec moi ou les autres soldats.

« Ne fais pas ça, dit-elle en s'approchant de Tania pour lui parler d'un ton pressant. Ne lui fais pas confiance. Ne m'oblige pas à te laisser seule avec lui.

— Ne t'inquiète pas pour moi.

— C'est l'un des leurs. »

Elle me jeta un regard noir de dégoût, et ses mots suintaient de venin. C'était Tania qui avait vu sa famille tuée par les bolcheviks, mais elle était disposée à travailler avec moi. Ludmila, par contre, n'était pas si clémente. Quelque chose lui était arrivé pour qu'elle nourrisse cette haine inébranlable, mais je ne saurais probablement jamais quoi. Nous avions tous nos secrets, et nous racontions tous nos mensonges. Nous étions pris dans un tel tissu de faussetés qu'il nous était impossible de voir le monde comme il était vraiment.

« Luda, s'il te plaît, va chercher les chevaux. Mets-les dans la grange. Quand Kroukov arrivera, il ne faut pas qu'il sache qu'on est là. »

Ludmila recula de quelques pas, montrant clairement sa désapprobation avant de tourner le dos pour s'enfoncer péniblement dans les ténèbres, laissant une ligne d'empreintes dans la neige.

Tania retourna à l'intérieur de l'isba s'assurer que les armes étaient bien enfermées dans la deuxième pièce. Cela fait, elle m'appela et je dis aux hommes d'entrer.

Une fois Oksana et moi seuls dans la cour, je la lâchai, éloignant le pistolet de sa gorge. J'avais les bras ankylosés, mal aux mains.

« Je suis désolé », lui dis-je.

Elle évita mon regard, baissant la tête et se frottant le cou.

« Vous n'avez pas de raisons d'avoir honte, repris-je.

— Est-ce que je peux aller retrouver mes enfants, maintenant ? »

Bien sûr, elle voulait les voir. C'était la chose la plus naturelle du monde. Je voulais voir les miens.

« Non, répondis-je pourtant. Je veux que vous restiez avec moi. »

Si quelque chose devait arriver cette nuit, je voulais être sûr d'avoir Oksana à portée de main. Mon raisonnement me donnait l'impression d'être un monstre sans cœur, mais j'avais dans l'idée que je pourrais me servir d'elle comme bouclier.

Je restai immobile un moment, avec Oksana qui respirait bruyamment à mes côtés, cherchant un peu de calme dans le silence de la nuit mais n'en trouvant aucun. Je laissai mon souffle s'élever en bouffées vaporeuses autour de moi, et penchai la tête en arrière pour regarder le ciel. La neige tombait moins dru, ses flocons devenant de plus en plus petits jusqu'à n'être plus que de minuscules particules qui dansaient et virevoltaient dans les airs. Les nuages gris s'étaient dissipés, révélant la silhouette de la lune : un spectre argenté, dépassant à peine la moitié de sa taille, qui essayait de répandre sa lumière sur une campagne sombre. C'était franchement splendide ; le genre de nuit que Marianna aurait adorée.

« Entrez, lança Tania, interrompant le cours de mes pensées. On n'attend plus que vous.

— Après vous », dis-je à Oksana.

Et je fus pris d'une envie soudaine d'être à l'intérieur, de voir Anna.

Elles avaient allumé d'autres lampes, illuminant la pièce, et elles devaient avoir alimenté le poêle car, en m'approchant, je sentis la chaleur qui émanait de la maison. Je jetai un coup d'œil dans la direction où était partie Ludmila, et l'aperçus brièvement, au clair de lune, en train de rassembler les chevaux ; puis je suivis Oksana à l'intérieur et refermai la porte.

La table n'était plus renversée, mais de nouveau à sa place au centre de la pièce ; Ryjkov et les autres soldats y étaient assis. Tania leur avait ordonné d'en rapprocher leurs chaises le plus possible, afin qu'ils soient coincés et que tout mouvement soudain leur soit difficile. Ils avaient les bras posés sur la table, les mains jointes.

Tania se tenait près de la porte donnant sur la deuxième pièce – là où elle avait rangé leurs armes, hors de portée. Son propre fusil était pendu à son épaule, et elle avait son pistolet à la main. Elle ne faisait pas confiance aux soldats, et c'était sage de sa part de les surveiller ainsi.

La vieille femme et Sergueï avaient à peine bougé – ils étaient toujours assis sur leurs chaises à côté du *pitch* –, et ni l'un ni l'autre ne dirent un mot en me voyant. Lui resta à contempler ses pieds, tandis qu'elle, qui avait les yeux posés sur les hommes installés à la table, me foudroya du regard comme si elle espérait me réduire en cendres.

Dès que je fus entré, j'autorisai Oksana à regagner le fond de la pièce. Elle se précipita aussitôt vers l'échelle pour aller parler à ses enfants. Leurs visages inquiets apparurent au sommet du *pitch*, et elle leva la main pour les effleurer l'un après l'autre en les rassurant à voix basse. En la regardant, je fus saisi par la cruauté de mes actions. À la place d'Oksana, je vis Marianna, et je sus ce que je ressentirais si pareille chose lui était arrivée. Ce que je faisais – me servir de femmes et d'enfants comme boucliers pour obtenir ce que je voulais – était monstrueux, et mon seul moyen de refouler ma culpabilité était de me dire que je n'avais pas le choix. C'était la seule option qui me restait.

Oksana se retourna pour me regarder avec de la haine dans les yeux, une expression qui m'avertit de ne pas la sous-estimer. Elle avait cru que la reddition des soldats entraînerait sa libération, mais je n'allais pas la relâcher tout de suite. Pour cela, il lui faudrait encore patienter quelques heures, que j'aie enfin affronté Kroukov et appris où ma famille se trouvait. En attendant, je devrais faire face non seulement aux soldats, mais également à une mère furieuse et désespérée.

Anna s'était repliée dans le coin opposé de la pièce, jusqu'où la lumière ne portait pas tout à fait. Elle devait s'y être réfugiée quand les hommes avaient redressé la table, et elle était assise par terre, les genoux ramenés contre sa poitrine. Dès que nos regards se croisèrent, il y eut un changement visible dans son comportement. Elle redressa le dos, releva la tête, écarquilla les yeux, l'espoir renaissant sur son visage. Sa frayeur céda la place à une expression d'attente pleine d'assurance. C'était une fillette courageuse, qui ne se laissait pas abattre.

J'allai m'accroupir à côté d'elle, tourné vers la pièce. Je ne voulais pas lui témoigner trop d'affection, de peur qu'on voie en elle mon point faible, et je résistai donc à l'envie de passer le bras autour de ses épaules, tout comme je m'étais retenu de courir vers elle dès que j'étais entré dans la maison. Ma main gauche était cachée par mon corps, cependant, et je la laissai frôler la sienne dans un effort pour la rassurer.

« Ça va ? lui demandai-je en chuchotant pour que les tchékistes n'entendent pas l'inquiétude dans ma voix.

— Oui », répondit-elle en attrapant mes doigts dans les siens.

Elle les retint délicatement, comme si elle avait compris que je voulais rester discret, et leva la tête vers moi. « Et toi ? »

La vue de son visage me réchauffa le cœur. Les yeux ainsi plongés dans les siens, je me sentais moins cruel. Comme disculpé.

« Ça va », lui répondis-je en sentant l'ombre d'un sourire passer sur mes lèvres. C'était une chose si simple, qu'elle me demande comment j'allais, mais ça représentait tant pour moi. Cela faisait longtemps que personne ne m'avait posé la question, et j'en fus réconforté. « C'est gentil de demander. »

Elle me rendit mon sourire, mais le sien n'était pas naturel : c'était une expression de soutien et de communication, et je ne pus m'empêcher de poser la main sur sa nuque. Ce fut un geste instinctif, naturel, mais dès que je me rendis compte de ce que j'avais fait, du fait que j'étais sur le point de lui enlever sa casquette pour l'embrasser sur le sommet de la tête, je retirai mon bras en jetant un coup d'œil aux soldats à la table.

Ryjkov, assis face à nous, nous observait comme un serpent, et il m'adressa un signe de tête lorsqu'il croisa mon regard.

« Personne ne t'a fait de mal ou dit quoi que ce soit ? » demandai-je sans cesser de fixer l'homme.

Anna secoua la tête.

« Est-ce que tu as vu ce qui s'est passé dehors ?

— Non.

— Est-ce que tu as entendu ce qu'on disait ?

— Pas vraiment. Un peu. Qui sont ces hommes ?

— Des soldats.

— Ça, j'avais remarqué. »

Une fois de plus, je me surpris à sourire, et je baissai les yeux sur elle.

« Je crois qu'ils vont peut-être pouvoir m'aider à retrouver ma famille.

— Marianna. C'est bien. »

Puis son visage s'assombrit comme si elle réfléchissait à quelque chose de sérieux.

« Qu'est-ce qu'il y a ? lui demandai-je.

— Quand tu les retrouveras... Est-ce que tu... ? Qu'est-ce qui m'arrivera ? Est-ce que tu voudras toujours de moi ? »

Mon cœur se serra de pitié pour cette pauvre enfant solitaire.

« Bien sûr que oui. La question ne se pose même pas. Tu es ma fille, maintenant. »

Anna tourna les yeux vers le sol et hocha la tête d'un air absorbé, comme si elle essayait d'organiser ses pensées. Elle avait du ressort, mais elle était encore jeune et voyait le monde d'une façon différente. Elle ne comprenait pas les conflits des adultes. Elle connaissait la différence entre le bien et le mal, le bon et le mauvais, mais elle avait des difficultés à comprendre les multiples nuances qui existaient entre les deux. L'expérience lui disait que les adultes pouvaient mentir ; qu'ils pouvaient faire des choses terribles.

« Je te dis la vérité, tu le sais, n'est-ce pas ?

— Oui, je sais », répondit-elle.

Il y eut du mouvement près du *pitch*, et je relevai les yeux. Les visages des deux enfants étaient toujours visibles au bord de la couchette. Juste en dessous, Oksana était tournée vers nous, en train de nous observer. Son expression avait changé : elle n'était plus empreinte de haine, mais de quelque chose d'autre, que je n'étais pas sûr d'identifier. De pitié, peut-être, ou même de tristesse ; mais elle contenait aussi une trace de ce qui ressemblait à de la culpabilité. J'avais vu la même chose sur le visage de Sergueï.

Il y avait toujours quelque chose qui m'échappait. Quelque chose qui se passait dans cette maison et que je n'avais pas compris.

« Pourquoi est-ce qu'il nous dévisage comme ça ? chuchota Anna.

— Mmm ? Qui ?

— L'homme, là-bas, répondit-elle en se penchant vers moi. Le soldat. »

Je reportai mon attention sur le centre de la pièce et vis tout de suite de qui elle parlait.

Les hommes ne disaient rien. Ils étaient assis les mains sur la table, comme Tania le leur avait demandé, et ils avaient tous le visage tourné vers Ryjkov. Ils attendaient ses ordres.

Mais lui nous observait.

Lorsque nos regards se croisèrent, il m'adressa un signe de tête comme précédemment, mais il y avait désormais quelque chose de différent dans son attitude. Peut-être était-ce seulement un effet de la lueur vacillante des lampes, mais son visage affichait une expression vaguement malveillante, et son regard avait une intensité déconcertante. La façon qu'il avait de nous étudier, sans ciller, me rappelait Tuzik lorsqu'il avait repéré l'odeur d'une nouvelle proie.

Il était vigilant mais détendu. Sûr de lui. Il affichait un air de supériorité que je n'avais pas remarqué jusque-là, et l'ombre d'un sourire se dessinait sur ses lèvres.

« Je suppose qu'il est curieux d'en savoir plus sur nous. Sur moi.

— Est-ce que tu vas lui faire du mal ?

— Je ne pense pas, mais ne t'inquiète pas de ça. »

440

Je commençai à me relever. « Toi, tu restes ici, et tu évites les ennuis. » Je lui touchai le bout du nez. « Tu peux faire ça pour moi ? »

Elle porta une main à sa tête et salua en disant : « Oui, mon commandant ! »

Un élan de panique m'étreignit le cœur. Elle m'avait dit qu'elle n'avait pas entendu de quoi nous avions parlé dehors, qu'elle n'avait pas vu ce qui s'était passé.

« Pourquoi est-ce que tu dis ça ? lui demandai-je. Pourquoi est-ce que tu me salues ?

— Je ne sais pas. C'est juste… Je ne devrais pas ?

— Non, non. »

Je me détendis. Ce n'était qu'un geste enfantin, sans rapport avec qui j'étais. « Ce n'est rien. Mais reste où tu es. À l'abri. »

Elle m'adressa le même sourire que précédemment, et je m'éloignai.

Les hommes à la table présentaient l'apparence de soldats aguerris. Dehors, elle avait été masquée par les ténèbres, mais à la lumière, ils ne pouvaient pas cacher ce qu'ils étaient. Leur tunique était incrustée du sang et de la saleté de la guerre, mais leur visage soigneusement décrassé, comme s'ils avaient récemment eu l'occasion de se laver. Ils avaient rasé leur barbe, laissant des taches pâles sur leurs joues et leur menton, là où leur peau avait été protégée d'abord du soleil, puis des vents cinglants du début de l'hiver. Mais en dépit de leur propreté, ils avaient l'allure d'hommes qui avaient vu les combats. Et non ce qu'un soldat ordinaire aurait pu voir, mais quelque chose de beaucoup plus sinistre. C'était peut-être parce que je savais déjà qu'ils avaient suivi Kroukov, et parce que j'avais été témoin de leurs exactions, mais ils avaient l'air distant, indifférent et arrogant de ceux qui ont connu le pire de ce que l'humanité avait à offrir. J'avais remarqué la même contenance chez les membres de petites unités qui avaient commis certaines des pires atrocités. Des hommes inhumains qui avaient perdu toute notion de bien et de mal. Des hommes au bord de la folie.

Ces soldats devant moi étaient ceux qui avaient écorché vif, crucifié, torturé. C'étaient ceux qui avaient appliqué le fer rouge en forme d'étoile, et tout cela avait été fait sous les ordres de Kroukov.

Je me demandai lesquels d'entre eux avaient été à Belev, lesquels avaient marqué les gens que je connaissais ; et comment ç'avait dû être pour eux de suivre quelqu'un comme Kroukov, d'obéir à ses ordres par peur de subir le plus terrible des châtiments, de tuer jusqu'à ne plus éprouver qu'hébétude et indifférence. Jusqu'à commencer, peut-être, à y prendre plaisir. Je ne pouvais pas leur faire confiance, ne le pourrais jamais. C'étaient les hommes de Kroukov ; ils lui étaient liés par leurs actions, et rien de ce que je pouvais faire ne romprait ce lien.

Et en cet instant, ils attendaient que leur sort se décide, les yeux rivés sur celui qui avait pris le commandement de cette partie de leur unité en attendant le retour de leur officier supérieur.

« Alors, qu'est-ce que vous avez l'intention de faire ? » demanda Ryjkov en me voyant approcher. Son ton était égal, mais il me regardait toujours avec cette expression avide. Je ne l'avais pas remarquée à l'extérieur, où la lumière manquait, mais je me demandais désormais comment l'intensité de ces yeux féroces avait pu m'échapper. J'avais l'impression qu'il bouillonnait sous la surface, que son obéissance à mes instructions n'était que temporaire, et qu'il attaquerait dès que l'occasion se présenterait à lui. « Vous devez bien avoir un plan, commandant ? »

Tania, plantée devant la porte de la pièce où étaient rangées les armes, me regardait avec des yeux déçus.

« Qu'est-ce que vous feriez, à ma place ? » répliquai-je en essayant de ne pas me laisser distraire par les sentiments que j'inspirais désormais à Tania.

Il répondit sans hésitation.

« Je renforcerais ma position autant que possible : j'armerais mes hommes et j'attendrais le retour de Kroukov.

— Par "mes hommes", vous voulez dire vous ?

— Bien sûr, répondit-il comme si cela ne pouvait faire aucun doute. Donnez-nous des armes, tendez-lui une embuscade et découvrez où il a emmené votre famille.

— Ma famille ? Qu'est-ce qui vous fait croire que je cherche ma famille ? »

Il haussa les sourcils.

« "Je suis seulement un homme qui veut retrouver sa famille." C'est ce que vous lui avez dit tout à l'heure, ajouta-t-il en indiquant Tania de la tête. Ou quelque chose dans le genre. Et quand vous vous êtes renseigné sur les prisonniers, vous avez parlé de femmes et d'enfants, alors… j'ai fait le rapprochement, et… »

Il écarta les mains et sourit.

« Les mains jointes, lui rappela Tania.

— Oh. Pardon. »

Il s'exécuta et sourit de nouveau, en pointant un de ses index vers elle.

« Vous, par contre, vous êtes à la recherche d'autre chose. Vous n'avez pas posé de questions sur les prisonniers, mais vous vouliez savoir où était Kroukov, et la tête que vous avez faite en découvrant qui il était, lui (il pointa le doigt vers moi)… Eh bien, je dirais que vous n'aimez pas trop les bolcheviks. Vous cherchez vengeance ? C'est ça ?

— N'arme pas ces hommes, dit Tania en s'adressant à moi. Tu ne peux pas. Ce serait trop dangereux.

— Et qu'est-ce qui me dit que vous n'êtes pas un danger pour moi ? fit-il en gardant les yeux fixés sur elle. C'est vous qui êtes armée. C'est vous qui détestez les bolcheviks.

— Vous ne savez rien de moi, cracha Tania en se hérissant, les articulations blanchies sur la crosse de son pistolet.

— Exactement. »

Ryjkov s'adressa ensuite à moi, sans se départir de son ton calme, comme s'il essayait de m'hypnotiser.

« Qui est cette femme, de toute façon, commandant ? Elle ne m'a pas l'air d'une patriote. Vous lui faites confiance ?

— Plus qu'à vous. »

Il sourit et secoua la tête.

« Je suis votre camarade. Nous sommes frères.

— Non, nous ne le sommes pas. »

Son sourire s'effaça aussitôt.

« Où est votre frère, d'ailleurs ? Est-ce qu'il est mort à Oulianov ou bien il s'est enfui avec vous ? Alek. C'est comme ça qu'il s'appelle, n'est-ce pas ? »

Je fus surpris de l'entendre parler d'Alek, et me sentis en position de faiblesse. Il en savait plus sur moi que moi sur lui.

« Il est vraiment mort ? » Ryjkov se leva en repoussant sa chaise. « C'est ça qui lui est arrivé ?

— Assis ! » fit Tania en se crispant.

Ryjkov tourna vivement la tête dans sa direction. Son expression se durcit, devint coléreuse. Il leva ses mains toujours jointes vers elle et resta un moment dans cette position, les bras tremblants, avant de se maîtriser et de baisser les mains.

« Ne la laissez pas me donner d'ordres, me dit-il. C'est vous mon officier supérieur, pas cette femme. C'est vous qui commandez, pas elle.

— Asseyez-vous », répliquai-je.

Il m'ignora, se penchant et écartant les mains pour les poser à plat sur la table.

« Tout le monde disait que vous étiez un si bon commandant. Un homme juste, qu'ils disaient. C'est ce que j'attendais de vous.

— Asseyez-vous. »

Il se redressa et me regarda droit dans les yeux, haussant la voix avec défi.

« Pourquoi est-ce que vous ne voulez pas me faire confiance ? Je suis votre frère.

— Non. »

Je sentais ma colère monter. Je l'avais refoulée pendant si longtemps ; j'avais enduré toutes les épreuves mentales et physiques possibles sans jamais cesser de m'évertuer à la tenir à distance pendant que je faisais ce qu'il fallait pour Anna, pour Tania et Ludmila, pour ma famille. Mais je la sentais désormais me consumer de l'intérieur, et les mots de Ryjkov ne faisaient qu'alimenter ce feu. La façon dont il me regardait, dont il parlait, tout en lui m'exaspérait, me donnait envie de hurler.

« Vous ne pourriez jamais être mon frère. Après ce que vous avez fait pour Kroukov. Vous faisiez peut-être partie de ceux qui sont passés à Belev. Peut-être est-ce vous qui avez assassiné ces hommes et jeté les femmes dans le lac. Peut-être est-ce *vous* qui avez traîné ma femme hors de chez elle.

— Nous n'avions pas le choix, protesta-t-il.

— On a toujours le choix !

— C'est faux. Pas avec Kochtcheï. Si on désobéissait... »

Il secoua la tête et sourit en passant un doigt sur sa gorge.

« Vous savez combien il est facile de faire ça ? Mais bien sûr que vous le savez. C'est la guerre ; il y a tout le temps des gens qui meurent. Vous en avez tué pas mal, vous-même.

— Noyer des femmes ? Enlever des enfants ? Ce n'est pas la guerre. C'est juste…

— Vous avez fait pareil.

— Non. Pas comme ça.

— Et tous ces gens que vous avez tués à Grivino ?

— Je défendais ma vie. Mais je n'ai jamais écorché un homme vivant, jamais marqué personne au fer rouge, jamais…

— Alors pourquoi est-ce que vous vous êtes enrôlé dans la Tcheka ? Vous avez toujours su ce que c'était. »

Il ferma le poing et le tendit vers moi. « La peur. C'est ça que la Tcheka représente. La peur. Pour repousser l'ennemi dans l'ombre. »

Le rouge lui monta brusquement aux joues.

« L'ennemi ? fis-je. Personne ne sait même plus ce que ce mot recouvre.

— Moi, je sais, répliqua-t-il en abattant le poing sur la table. Je sais. Quiconque s'oppose à la révolution. Nous sommes les héros qui empêchons celle-ci d'échouer.

— La révolution ? La révolution était censée nous rendre tous égaux. C'est ce que nous avons oublié. Les mêmes gens continuent de souffrir. Et il n'y a rien d'héroïque à ôter le pain de la bouche des enfants. Quel genre de conneries Kroukov vous a-t-il raconté ? Vous ne savez donc plus réfléchir par vous-mêmes ? »

Ryjkov se tut et le sang reflua lentement de son visage. Il soupira et secoua la tête.

« Vous me décevez, commandant. Je croyais que vous valiez mieux que ça ; que vous étiez un vrai patriote.

— Je suis un patriote, mais des hommes comme Kroukov sont en train de détruire ce pays, en se servant de la guerre comme excuse pour commettre les pires crimes. Vous croyez que se faire appeler Kochtcheï est patriotique ? » Ma colère atteignait son comble. « Vous avez une idée du chemin que j'ai parcouru ? De ce que j'ai vu ? » Je parlais de plus en plus fort. « De ce qui m'a ouvert les yeux ? J'ai vu les horreurs que Kroukov et ses semblables laissent dans leur sillage. Les atrocités qu'il fait commettre à ses hommes – à des hommes comme vous et vos quatre camarades à cette table. Ma femme et mes enfants, enlevés. Tant de morts, et… J'ai vu une femme coincée de force dans un tonneau pour y mourir noyée. Est-ce vous qui l'avez mise là ? Est-ce vous… ? »

Je pris une grande inspiration et fermai les yeux en serrant les paupières, dans un effort pour retrouver mon calme. Je savais désormais ce qu'avait éprouvé le commandant Orlov. Il s'était senti inutile. Incapable de changer quoi que ce soit.

Quand je tournai les yeux vers Tania, elle ne dit rien, mais sa surprise était indéniable. Elle ne m'avait jamais vu dans cet état. Anna était recroquevillée dans son coin, tremblante, comme si elle me voyait sous un jour nouveau. Sergueï et sa femme affichaient une expression confuse, mais ce n'était pas moi qu'ils regardaient ; c'était Ryjkov. Oksana semblait horrifiée par ce que j'avais dit, bouleversée par les atrocités qu'elle savait désormais avoir été commises par ces hommes.

Ryjkov avait les yeux fixés derrière moi, sur Oksana, et secouait la tête. Puis il me sourit. Il s'écarta de la table et passa une main sur son crâne.

« Vous savez le souvenir que j'ai de vous ? » Il regarda les hommes assis autour de la table. « Vous savez le souvenir que j'ai de cet homme ? De Nikolaï Levitski ? »

Il s'interrompit, comme s'il s'attendait à en voir un répondre, mais ils gardèrent le silence.

« Nous traquions des déserteurs, reprit-il. Quelqu'un nous avait informés de la présence d'un déserteur dans je ne sais quel village perdu au milieu de nulle part. C'était mon premier jour avec lui. Le grand Nikolaï Levitski. Ordre du Drapeau rouge. Le déserteur qui chassait les déserteurs. »

Il avait le dos tourné à la porte d'entrée et regardait ses bottes comme s'il essayait de se remémorer dans l'ordre les détails de l'histoire.

« Vous devriez vous asseoir, lui dis-je, conscient du poids du revolver dans ma main.

— Ah bon ? répliqua Ryjkov en haussant la voix et en relevant brusquement la tête, me prenant par surprise. Vraiment ? Non, je crois que je préfère raconter cette histoire debout. Vous me décevez, camarade commandant. J'attendais plus de vous. Me juger comme ça, après ce que vous avez fait vous-même. Vous ne vous rappelez pas ce vieil homme que vous avez tué ? Vous étiez là, assis sur votre cheval : le vieux s'avance pour vous supplier, et vous lui tirez une balle dans la tête. C'était magnifique.

— Il était armé.

— Je ne me rappelle pas ça comme ça. Je me souviens d'un pauvre vieillard vous implorant d'épargner son fils, et vous l'avez tué comme si vous écrasiez une mouche. Et qu'est-ce que vous avez dit après ? Ah oui : "Pendez son fils." Vous étiez magnifique. Ma-gni-fique.

« — Non. Je faisais mon travail. Ce vieil homme était armé, et son fils un déserteur.

— Oui, vous faisiez votre travail, et c'était une vraie source d'inspiration. Vous avez expliqué que nous devions arracher les mauvaises herbes pour permettre aux cultures de bien pousser – c'est ce que vous avez dit –, et j'ai compris exactement ce que vous vouliez dire. Vous aviez tellement raison, et j'étais fier lorsque j'ai jeté la corde par-dessus la branche. Et quand on a hissé ce gamin et qu'on l'a regardé se débattre, donner des coups de pied au bout de cette corde, vous n'avez pas eu le même sentiment ?

— Ce n'était pas un gamin ; c'était un soldat.

— Un déserteur, comme vous. Une mauvaise herbe qu'il fallait arracher. Il a gigoté pendant plusieurs bonnes minutes, vous savez. Ça n'a pas été rapide.

— C'était un déserteur qui avait assassiné deux hommes. Deux bons soldats qui avaient une famille.

— Qu'est-ce que ça change ?

— Tout. »

Je le dévisageai, cet être ignoble et dévoyé, en me demandant si ça pouvait vraiment être moi qui avais créé celui que ces soldats avaient suivi à Belev. Mais il avait réussi à me forcer à me remettre en question, à me rappeler qui j'étais avant, qui j'étais désormais, et combien mes convictions avaient changé. Ma colère s'évanouit, étouffée par d'autres sentiments : culpabilité, déni, et une brusque lucidité. Je portais un autre regard sur moi-même, sur mes actions passées, sachant que je m'étais trouvé des excuses pour celles-ci sur le moment, tout comme je m'en cherchais à cet instant. Je ne savais pas si j'étais le produit de mon époque ou si mon époque était le produit d'hommes comme moi, comme Kroukov et les soldats assis à cette table. Des hommes capables de se servir de convictions dénaturées et prises à contresens pour justifier leurs actes les plus abjects.

« Ça change…

— Non. Un déserteur est un déserteur. C'est pour ça que vous m'avez tellement déçu. Quand nous avons compris que vous n'étiez pas vraiment mort, que ce n'était qu'une ruse… »

Il me regarda d'un air méprisant. « Je vous croyais si droit, si intègre. Vous sembliez être un tel patriote. Les discours que vous teniez, les choses qu'on m'avait dites sur vous. J'étais honoré de rejoindre votre unité. Honoré. » Il cracha ce dernier mot, puis s'interrompit, baissant les yeux avec un soupir. « Mais, en fin de compte, vous n'étiez rien de plus qu'un lâche et un traître qui a menti sur ses convictions. »

Je ne pouvais pas accepter ce que j'entendais. M'avait-il tellement admiré qu'il avait pris mes mots et s'en était servi pour justifier tant de violence ? Lui avais-je vraiment fourni son excuse pour commettre ses atrocités ? Avait-il assassiné et incendié au nom d'une idéologie que je lui avais enseignée ? Ça ne pouvait pas se réduire à ça. Il y avait forcément autre chose.

Alors que j'étais encore sous le choc d'apprendre qu'il justifiait ses actes en citant mes propres paroles et convictions, d'autres mots me revinrent en tête comme un écho : ceux que le jeune soldat du train tenait de Stanislav. Comme quoi c'était Nikolaï Levitski qui avait créé Kochtcheï. Qui l'avait lâché sur le monde.

Et ce fut alors que je sus la vérité.

Levant mon pistolet, je le braquai sur Ryjkov.

« C'est toi ! m'exclamai-je. C'est toi, Kochtcheï. »

38

Le silence se fit dans la pièce. Mon accusation fut comme un sort jeté sur les occupants de l'isba. Comme si le temps s'était arrêté pour nous permettre de digérer cette nouvelle révélation. Personne ne parlait ; personne ne bougeait ; c'était à peine si nous respirions.

Marianna. Les garçons. Je touchais au but. Il fallait que je garde mon sang-froid. Je ne pouvais pas échouer. Pas si près de mon objectif.

« Vous ? finit par dire Tania. C'est vous, Kochtcheï ? »

Ryjkov se gonfla devant moi, en prenant une profonde inspiration par le nez. Il la retint un instant, puis la relâcha alors que son sourire revenait sur ses lèvres. Il garda les yeux fixés sur moi, moi seul, et j'y vis une lueur inquiétante qu'il avait bien cachée, au début. Il avait joué le rôle du soldat honorable, de l'homme qui suivait les ordres d'un fou parce qu'il avait trop peur de désobéir, mais il n'avait pas réussi à maintenir l'illusion très longtemps. Il avait trop de vanité, et il venait de retrouver l'étincelle qui le rendait plus vivant que le reste d'entre nous. Mes yeux à moi étaient ternes, fatigués, las des horreurs qu'ils avaient vues, mais les siens brillaient d'excitation. Il était content d'être redevenu lui-même, l'instrument parfait de la Tcheka. Un homme qui aimait son travail.

Il se redressa en bombant la poitrine et leva doucement le bras, pouce et index tendus comme ceux d'un enfant prétendant tenir un pistolet. Lorsque son doigt s'arrêta à ma hauteur, ce fut comme si je faisais face à mon reflet, braquant son arme fictive sur moi comme je braquais la mienne sur lui.

Son calme soudain faisait froid dans le dos. Quelques secondes plus tôt, il haussait le ton et tempêtait comme un fou furieux, et là, tout à coup, il était presque serein.

« Non, c'est toi, Kochtcheï, dit-il en pliant le pouce pour me tirer une balle imaginaire dans la tête. Et lui. C'est aussi Kochtcheï. » Il visa un des hommes à la table et répéta son geste. « Et lui. »

Il en indiqua un autre, et tira une troisième balle silencieuse et invisible.

« Où est ma femme ? Où sont mes fils ? »

Ma voix n'était qu'un chuchotement, mais elle porta aisément dans la pièce muette.

Ryjkov écarta les mains.

« Nous sommes tous Kochtcheï. Tu ne vois donc pas ? Chacun de nous, qui sommes chargés de répandre la terreur pour maintenir l'ennemi dans l'ombre, est Kochtcheï. Nous sommes une promesse de mort donnée dans un murmure.

— Où sont-ils ? insistai-je.

— Je suis un monstre, et toi aussi. Tu ne comprends pas ça ? C'est ce qu'ils veulent faire de nous, les hommes qui donnent les ordres. Ils veulent que les gens racontent des histoires sur nous pour les années à venir. Ils t'ont donné une médaille, pour ça.

— Dis-moi où tu les as emmenés. »

Il leva les yeux au ciel d'un air exaspéré, comme si son masque de sang-froid était sur le point de se briser et de tomber de son visage, révélant le véritable mal en dessous.

« Réfléchis, Nikolaï. Les parents racontent des *skazkas* à leurs enfants pour leur apprendre à ne pas aller dans les bois, à ne pas voler, à ne pas jurer, à… à faire ce qu'on leur dit. » Il fit un geste de la main. « À obéir. Et c'est ce qu'on fait pour le peuple : on lui donne un symbole de ce qui peut lui arriver s'il n'obéit pas. Les gens auront peur pendant très longtemps – pour les décennies à venir. Ils parleront de nous à voix basse, Nikolaï. On leur fait peur. *Tu* leur fais peur.

— Où sont-ils ? »

Du pouce, je relevai le chien de mon pistolet, attentif aux mouvements des hommes encore attablés. Ils n'étaient pas armés, mais ils restaient dangereux. Quatre hommes loyaux, bien entraînés, expérimentés et obéissants. Je ne pouvais pas me permettre de ne pas les surveiller parce qu'ils semblaient soumis.

Ryjkov secoua la tête d'un air déçu.

« Tu ne peux pas me tuer, Nikolaï, tu le sais bien. Sinon, tu ne sauras jamais où mes prisonniers sont partis. Ou (son sourire reparut)… ou peut-être que tu peux, en fait. Je veux dire, comment sais-tu qu'ils sont encore en vie, d'abord ? Peut-être sont-ils déjà morts. J'ai tué tellement de personnes, je ne les compte plus, et je ne me rappellerais probablement même pas de quel village il s'agissait. N'est-ce pas d'une merveilleuse ironie ? Que j'aie trouvé ta famille sans même le savoir ? »

Il était manifestement fou. Je ne savais pas ce qui, dans ses actes, sa personnalité et ses croyances, l'avait conduit à ça, mais le fait était là : il était devenu ce monstre détraqué.

« Un de vos hommes nous le dira, répliqua Tania.

— Peut-être qu'ils ne le savent même pas. » Il se tourna vers elle avec une expression de compassion feinte. « Désolé. On dirait que nous sommes dans l'impasse. La route s'arrête ici. Alors qu'est-ce qu'on fait ? Qu'est-ce que vous voulez faire ? »

Tania ne répondit pas. À la place, elle s'approcha de lui, assez près pour appuyer le canon de son pistolet sur son cœur.

« Je veux revoir mon mari et mes enfants.

— Non ! » intervinrent Oksana et la vieille femme.

Les hommes à la table firent le geste de se lever, mais Ryjkov tendit une main pour leur faire signe de rester où ils étaient.

« Tania ! » lançai-je en laissant une mise en garde passer dans ma voix.

J'avais besoin que Ryjkov me dise où était Marianna.

Il avança sa poitrine contre le pistolet, le laissant s'enfoncer plus durement dans sa chair alors qu'il rapprochait son visage de celui de Tania.

« Est-ce que je les ai faits prisonniers aussi ? Ton mari et tes enfants. J'en ai pris tellement, tu sais.

— Tu les as assassinés.

— Oh, eh bien ce n'est pas comme si je pouvais te les rendre après ça. »

Elle lui agrippa vivement le cou de la main gauche et crispa les doigts. Son visage torturé trahissait le chagrin et la fureur.

Ryjkov ne tressaillit même pas.

« Est-ce que tu vas la laisser me tuer, Nikolaï ?

— Tania, la prévins-je de nouveau.

— Tu entends la peur qu'il y a dans sa voix ? fit Ryjkov en la regardant dans les yeux. Le désespoir ? »

Les tendons de son cou saillaient.

« Tania », répétai-je. Je décalai légèrement mon pistolet pour le pointer sur elle, avant de le braquer de nouveau sur Ryjkov. Une telle confusion émanait d'elle, un tel déchirement. Je comprenais ce qu'elle ressentait, mais je ne pouvais pas la laisser faire ça.

« Tania, s'il te plaît.

— Si tu le tues, il ne reverra peut-être jamais sa famille, fit Ryjkov. Tu lui ferais ça ? »

Il me coula un regard en coin et je vis qu'en dépit de sa situation délicate, il s'amusait.

Tania serra plus fort, et le visage de Ryjkov commença à changer de couleur. Elle enfonçait les ongles dans sa peau comme si elle voulait lui arracher la gorge, mais il ne faisait rien pour l'en empêcher. Les bras ballants, il se laissait tuer.

« Et après, tu seras exactement comme moi », ajouta-t-il dans un chuchotement rauque. Le souffle commençait à lui manquer, la vie à le quitter. « Tu auras condamné la famille de Nikolaï. Tu seras comme nous. Tu seras Kochtcheï, toi aussi. Un monstre de plus.

— Elle est en train de le tuer, dit la vieille femme derrière moi. Faites quelque chose. »

J'entendis Oksana dire quelque chose, elle aussi, mais ses mots m'échappèrent. J'étais trop absorbé par ce qui se passait, par mes pensées. Ryjkov était en train de laisser Tania l'étrangler : il était beaucoup plus fort qu'elle, mais il ne faisait rien pour se défendre. Il se servait de sa propre mortalité pour nous manipuler.

« Tu vas la laisser faire ça ? » me demanda-t-il.

Sa voix était plus grêle, ses yeux injectés de sang et écarquillés.

Je braquai mon arme sur Tania et commençai à resserrer le doigt sur la détente. Ce n'était pas ce que je voulais. Je ne souhaitais pas la tuer, mais j'allais devoir le faire.

« Il faut que tu arrêtes, la mis-je en garde. S'il te plaît. Si tu m'y obliges, ça le rapprochera juste un peu plus de son but. »

Ryjkov était tombé à genoux, écarlate, la bouche ouverte en un effort désespéré pour respirer. Et ses hommes ne faisaient toujours rien. Ils respectaient ses ordres et regardaient Tania l'étrangler d'une main et, de l'autre, lui appuyer son pistolet sur le cœur.

« Ne me force pas à te tuer, Tania. Ne le laisse pas m'utiliser pour faire ça. »

Avec ces mots, je parvins enfin à faire tomber les murs de sa rage, et elle se tourna vers moi comme si je l'avais tirée d'un rêve. Elle cligna des yeux, regarda ses mains, le visage gonflé de Ryjkov, et lâcha prise.

Il tomba plié en deux, la tête par terre, en toussant et en aspirant de grandes goulées d'air, mais dès que ses poumons furent remplis, il repoussa le pistolet de Tania et se releva devant elle. Le sang commença à refluer de son visage, et il porta la main à sa gorge pour frotter l'endroit où les doigts de Tania avaient marqué sa peau.

Il retrouva son sourire et tourna les yeux vers moi, avant de les reposer sur Tania.

« Vous ne pouvez pas me tuer, dit-il d'une voix qui ressemblait à un râle. Je suis immortel. »

Je me rappelai que Galina lui avait donné un coup de couteau, et que tout ce qui lui en restait était une légère claudication.

« Personne n'est immortel, répliqua Tania.

456

— Mais vous ne pouvez pas me tuer. Vous ne pouvez pas me laisser vivre, et vous ne pouvez pas me tuer ; qu'est-ce que vous allez faire ? »

Il nous tenait acculés, mais il avait un point faible. Je l'avais déjà remarqué, et je me demandai si nous pouvions le manipuler comme lui l'avait fait.

« Tu as trouvé ma famille, lui dis-je, mais tu oublies que j'ai trouvé la tienne aussi. Peut-être qu'on ne peut pas te tuer (je fis un pas de côté et pivotai pour braquer mon pistolet sur Oksana), mais elle, oui. »

Son sourire s'évanouit immédiatement.

Oksana était toujours au pied de l'échelle menant à la cachette de ses enfants ; elle avait à peine bougé depuis que je l'avais autorisée à rentrer dans la maison. La vieille femme, par contre, était debout, les mains sur la bouche, et je me rendis compte que je savais à présent de qui elle était vraiment la mère. C'était pour Ryjkov qu'elle avait peur : c'était son fils.

Son époux, lui, était resté assis, la tête baissée comme s'il essayait de faire abstraction de la situation, et j'avais désormais la raison de son comportement. Si la mère était fière de son fils tchékiste, le père en avait honte. La révolution avait divisé cette famille aussi aisément qu'elle avait divisé le pays.

« Approchez », dis-je à Oksana.

Elle hésita, regardant son mari.

« Dis-leur que ce n'est pas vrai, le supplia-t-elle. Dis-leur qu'ils se trompent. Que tu n'as pas fait toutes ces choses. »

Et j'eus confirmation de mes soupçons.

« Approchez », répétai-je.

Cette fois, elle secoua la tête.

« Préférez-vous que je me serve d'un de vos enfants ? » lui demandai-je, écœuré moi-même par l'atrocité de ma menace.

Ryjkov m'avait forcé à agir comme lui, et je ne pus m'empêcher de jeter un coup d'œil à Anna qui m'observait, assise dans son coin. J'aurais aimé pouvoir la rassurer sur mes intentions. Je voulais qu'elle sache que je ne ferais jamais de mal aux enfants d'Oksana, mais je n'avais aucun moyen de le lui dire sans en informer les autres occupants de la pièce.

« Alors, quelle est votre décision ? demandai-je.

— Je viens », répondit Oksana.

Dès qu'elle fut à portée de main, je l'attirai contre moi et lui remis mon pistolet sous le menton.

Je regardai Ryjkov.

« Ta femme, je suppose ? »

Je vis à son expression que je ne m'étais pas trompé.

« Dis-leur que ce n'est pas vrai, Grigori, le supplia-t-elle. Toutes ces choses qu'ils disent que tu as faites. Dis-leur que ce n'est pas vrai. »

Mais il ne pouvait pas le nier. Pas devant ses hommes, et pas devant nous. Et lorsque je regardai de nouveau la vieille femme, je vis le chagrin remplacer la fierté, comme si elle avait jusqu'à cet instant rejeté la possibilité que son fils soit fou, mais devait bien désormais accepter la réalité de ce qu'il était.

À côté d'elle, Serguëi avait la tête entre ses mains.

« Ta mère et ton père, fis-je remarquer. Regarde comme ils ont honte de toi.

— Ils devraient être fiers. Je fais ça pour le bien de notre patrie. Pour la rendre plus puissante.

— Non, tu es juste un meurtrier.

— Un patriote.

— Qui noie les femmes et décapite les vieux.

— Les ennemis. Ceux qui refusent d'apprendre. Ils doivent être arrachés comme des mauvaises herbes

– c'est toi qui l'as dit. Les lâches et les récalcitrants. Les autres, je les envoie en camp de travail pour qu'ils puissent apprendre à aimer la révolution, à se battre pour elle.

— Tu n'as pas fait ça pour la révolution. Tu l'as fait pour toi. Parce que tu aimes ça. Parce que tu es un monstre.

— Grigori, reprit Oksana. Dis-leur que ce n'est pas vrai. »

Il la regarda avec dédain.

« N'es-tu pas une bonne communiste ?

— Bien sûr, mais…

— Alors tu ne trouveras rien à redire à ce que je fais. Ce sont ces gens qui détruisent notre pays avec leurs idées fausses et leur désertion. »

Il me fixa droit dans les yeux. « Tue-la. Ça m'est égal. »

Oksana se crispa puis devint toute molle dans mes bras, comme si elle venait de prendre une gifle. Elle ne pouvait pas croire que son mari avait dit ça. Le père de ses enfants.

« Vas-y, insista-t-il. Fais-le. »

Je resserrai ma prise sur Oksana et enfonçai le canon de mon arme plus durement dans sa chair, mais mon doigt se figea sur la détente.

« Fais-le, répéta Ryjkov. Vois donc ce que je suis prêt à sacrifier, moi, pour la cause.

— Non, implora Oksana. Je vous en prie. »

Je tournai les yeux vers Anna, conscient de la peur que lui inspiraient mes actions.

« Fais-le », ordonna-t-il, ramenant mon attention sur lui. Et je vis à son expression qu'il pensait avoir gagné. « Tu ne peux pas, dit-il. N'est-ce pas ? »

Je n'allais pas assassiner Oksana, et Ryjkov l'avait deviné immédiatement. Il avait vu la tendresse que j'avais pour Anna et la façon dont j'avais autorisé Oksana à rejoindre ses enfants. Il savait que j'étais incapable de la tuer. Je n'étais pas comme lui, et Oksana ne m'était plus d'aucune utilité en tant qu'otage parce qu'il l'avait compris. Il n'y avait plus rien pour l'empêcher de faire ce qu'il voulait. Je n'avais aucune emprise sur lui. À moins d'autoriser Tania à faire les choses à sa façon.

« Tire-lui dessus, dis-je à la jeune femme.

— Quoi ?

— Tire-lui dessus. Fais en sorte qu'il souffre, mais ne le tue...

— Ton maudit cabot ne voulait pas me laisser ent... » fit à cet instant Ludmila en poussant la porte d'entrée et en heurtant l'épaule de Tania.

Distraite une fraction de seconde, celle-ci tressaillit, tourna la tête vers l'intruse, et Ryjkov vit là sa chance.

C'était tout l'avantage dont il avait besoin.

39

Ryjkov repoussa la main de Tania tout en lui donnant un violent coup de coude dans le nez. Elle tira, mais trop tard. Le coup de feu retentit, assourdissant dans le silence de l'isba, en relâchant un nuage de fumée âcre qui se dissipa autour d'eux. La balle partit trop bas et dans la mauvaise direction, allant heurter l'homme qui avait été assis à côté de Ryjkov. Tirée pratiquement à bout portant, elle le toucha sous l'aisselle droite, le faisant basculer sous la violence du choc. Il tendit les mains pour se retenir, mais la balle avait déjà fait son œuvre. Il serait mort en quelques minutes.

Tania recula en trébuchant, étourdie par le coup que lui avait décoché Ryjkov, mais celui-ci l'agrippa par le bras et la fit valser comme une poupée de chiffon pour la placer entre lui et moi, et m'empêcher de le viser. Il ferma le poing et la frappa une deuxième fois, puis une troisième et une quatrième, très vite, lui pilonnant le visage de ses jointures et faisant ballotter sa tête à chaque coup. Quand elle cessa de résister, il la maintint entre nous pour s'en servir comme bouclier et lui arracha le pistolet qu'elle tenait encore d'une main molle.

Ce faisant, il donna l'ordre à ses hommes.

« Tuez-les. »

Ryjkov était vif et fort. Il avait maîtrisé Tania en quelques secondes, et il était déjà en train de pointer son arme vers Ludmila, qui avait à peine eu le temps de comprendre ce qui était en train de se passer.

Mais je n'en vis pas plus car, entre-temps, les trois autres hommes à la table avaient repoussé leur chaise pour se ruer sur moi d'un seul élan. Ils étaient rapides et se retrouvèrent vite dans ma ligne de mire, m'empêchant de viser Ryjkov ; j'écartai donc rudement Oksana et pivotai pour changer de cible.

Ma première balle toucha l'homme le plus proche au creux de la gorge, transperçant la chair tendre pour aller lui fracasser les vertèbres cervicales. Sa tête partit brutalement en arrière, et il porta les mains là où il se vidait désormais de son sang. Il ne tomba pas immédiatement mais l'impact lui fit perdre l'équilibre et il trébucha, bloquant le passage de celui qui se trouvait derrière lui et me donnant le temps de réajuster mon tir avant qu'il n'écarte son camarade pour se jeter sur moi. Ma deuxième balle toucha celui-ci à la joue, juste en dessous de la pommette, et la violence de l'impact lui rejeta la tête sur le côté. La bille de plomb ressortit au sommet du crâne en emportant débris de chair et éclats d'os, pour aller finir sa course dans le coin de la pièce. Il se raidit et bascula comme un arbre coupé, puis le troisième soldat fut sur moi.

C'était un homme petit, beaucoup plus petit que moi, mais vif comme l'éclair. Il enjamba ses camarades et se rua sur moi, tête baissée, avant que j'aie eu le temps de viser et de tirer une troisième fois. Il m'enfonça durement l'épaule dans l'estomac et m'entoura de ses bras pour me soulever avant de moitié me jeter, moitié me laisser tomber par terre.

Mon dos heurta durement le plancher et mon pistolet m'échappa, allant ricocher à travers la pièce tandis qu'une vive douleur me parcourait la colonne vertébrale comme un fer brûlant et me coupait le souffle.

En tombant, j'aperçus Ryjkov qui tenait l'arme de Tania à bout de bras, pointée sur la tête de Ludmila, mais j'étais déjà sur le dos quand il tira.

Le soldat qui m'avait terrassé ne prit même pas une seconde pour se ressaisir. Il leva immédiatement les poings et se mit à me bourrer la tête de coups, me cassant le nez, m'entrechoquant les dents, me broyant les oreilles, me remplissant la bouche de sang. Puis il porta les mains à ma gorge et appuya durement les pouces dessus, essayant de m'étrangler. Je tournai la tête de part et d'autre, levai les bras pour attraper les siens et essayer de lui faire lâcher prise, mais je n'avais pas pu reprendre mon souffle depuis que j'avais heurté le sol, et je faiblissais. J'avais mal au visage, au dos, et les poumons en feu. Le cœur aussi me brûlait, de désespoir, de colère et de déception. J'avais manqué à tous mes engagements.

J'avais fait tout ce chemin, j'étais arrivé si près du but, et voilà que je mourais.

Mes pensées commencèrent à perdre leur cohérence. Une blancheur cotonneuse s'y infiltrait, menaçant de m'envelopper telle une irrépressible tempête de neige. Je me sentais perdre doucement connaissance, et je ne pouvais rien y faire. Peut-être était-ce mieux comme ça. Peut-être était-ce le seul moyen de trouver la paix : renoncer, tout simplement. Laisser retomber mes bras, cesser de me débattre et accepter de me faire étrangler par cet homme.

Laisser Anna à leur merci. Abandonner ma femme et mes enfants.

« Non, protestai-je. Non. »

Ce n'était pas comme ça que c'était censé se passer.

Je lâchai les bras de mon adversaire pour poser les mains sur son visage et enfonçai les pouces dans ses orbites. Dans sa panique, il serra ma gorge plus fort, en secouant la tête pour essayer de m'échapper, mais je ne fis que pousser davantage, sentant ses yeux commencer à céder sous la pression. Il fit un dernier effort conscient pour me tuer avant que je puisse lui crever les yeux, mais son geste fit glisser mes pouces vers le coin intérieur de ses orbites, et ils s'enfoncèrent si profondément que mes ongles raclèrent l'os.

Le soldat poussa un hurlement et me relâcha pour porter les mains à son visage. Il était lourd et j'étais trop affaibli pour le repousser, mais je vis ma chance.

Ma seule chance.

Je défis vivement un bouton de mon manteau. Il ne me fallut pas plus d'une seconde pour glisser la main à l'intérieur et atteindre le couteau attaché là, dans son fourreau. Je le sortis et levai le bras.

Puis je rassemblai toutes les forces qui me restaient et l'enfonçai dans le cou du soldat.

Il se raidit, ses hurlements s'interrompirent, et lorsque je dégageai le couteau pour le frapper de nouveau, le sang jaillit en un arc haut et large. Je le replongeai dans sa chair. Cette fois, ce fut comme si j'avais laissé sortir l'air d'un ballon. Tout son corps se relâcha et il glissa sur le côté, sa vie s'évaporant dans la chaleur de l'isba.

Je restai allongé sur le dos jusqu'à ce que les taches blanches commencent à s'estomper. J'ouvris grand la bouche pour prendre de longues goulées d'air, sentant la douleur revenir dans ma nuque et mon visage. Je pris conscience que quelqu'un criait, mais tout était confus dans ma tête, les sons me parvenaient assourdis et chargés d'échos. Je crus reconnaître la voix de Sergueï en train de crier « Grigori ». J'essayai de me rappeler qui était ce Grigori, mais mon cerveau encore engourdi prit trop de temps à associer ce prénom à Ryjkov. Puis ce fut une femme que j'entendis crier. Ou plutôt hurler. Oksana, ou peut-être la vieille, je n'arrivais pas à déterminer laquelle ; les voix se fondaient dans le martèlement et le bourdonnement qui me remplissaient déjà la tête. Mais je n'entendais pas de voix d'enfant. Aucun son venant d'Anna.

Anna. Son nom se répéta dans mon cerveau, et je fus pris d'une angoisse soudaine. Il fallait que je la voie, que je m'assure qu'elle allait bien.

Je levai les genoux et tentai de me redresser sur les coudes, mais j'étais tout affaibli et mes muscles étaient en feu. Rien ne fonctionnait comme il l'aurait dû. Mes bras tremblaient. La douleur dans mon dos s'était intensifiée ; j'avais mal à la poitrine ; je voyais flou, et c'était comme si j'avais les oreilles bouchées. Mon corps luttait pour se remettre de la rossée qu'il venait de recevoir, et ce fut en tremblant que je parvins, par un effort suprême de volonté, à bouger un bras, puis l'autre. Quand je réussis enfin à me redresser pour regarder vers l'entrée, je ne vis ni Tania ni Ludmila.

Près de moi, les corps de trois hommes gisaient affalés sur le sol, mais derrière eux, près de la porte, je ne voyais que Ryjkov debout, le pistolet de Tania à la main, le visage luisant de sueur et piqueté de taches de sang. Il avait les épaules courbées, comme Tuzik quand il voulait mettre en garde ou s'apprêtait à attaquer. Sa tête était penchée de sorte que son menton touchait presque sa poitrine, et il me regardait fixement.

Il n'avait pas la silhouette émaciée et osseuse de Kochtcheï l'Immortel. Il n'en avait pas la longue barbe ni l'épée au côté ; mais il avait la même expression de folie et de sauvagerie dans les yeux.

Quand il pointa le pistolet sur moi en secouant la tête, je levai le bras en un geste spontané mais inutile.

« S'il te plaît », essayai-je de dire.

Et il hésita.

Ses yeux se fixèrent sur quelque chose derrière moi alors même qu'un coup de feu retentissait, sourd, mat et sans relief à mes oreilles abîmées. Ryjkov tressaillit, mais la balle le manqua de quelques centimètres, allant se loger dans le mur à côté de la porte.

Une ombre de surprise et de confusion passa sur ses traits, et il tressaillit de nouveau lorsqu'un autre coup de feu suivit immédiatement le premier, frappant cette fois le mur de l'autre côté de lui. Puis son visage se durcit et il leva le pistolet qu'il tenait braqué sur moi pour le pointer sur la personne qui venait de réclamer son attention. Mais il ne termina jamais son geste.

Une troisième et une quatrième détonation s'enchaînèrent rapidement, l'une des balles toucha sa cible, et Ryjkov tituba. Il se plia en deux comme s'il venait de recevoir un coup de poing dans l'estomac et recula d'un pas pour se remettre d'aplomb. Ses bras retombèrent, soudain trop lourds, et l'arme de Tania lui échappa des doigts.

Je vis ma chance de survivre. Celui ou celle qui avait tiré ces coups de feu m'avait offert de précieuses secondes. Je poussai plus fermement sur mes bras tremblants, rassemblant le peu de force qui me restait pour me mettre à genoux et me relever tant bien que mal ; et ce faisant, j'eus un aperçu de ce qu'il y avait derrière moi.

Tout était arrivé si vite que personne n'avait bougé, ou presque. Les quelques secondes qu'avait duré cette explosion de violence les avaient tous figés dans une contemplation horrifiée. Oksana était toujours à côté du *pitch*, ses enfants hors de vue, mais la vieille femme était plus près, comme si elle avait essayé de traverser la pièce. Ce qu'elle avait cru pouvoir faire, je ne savais pas, mais Serguei la retenait à deux mains, par les épaules. Non qu'il ait eu encore besoin de le faire, cependant, car l'immobilité et le silence régnaient.

La vieille femme avait les yeux fixés sur son fils avec un air horrifié, mais Serguei et Oksana regardaient à l'autre bout de la pièce.

Anna était assise le dos au mur, les bras tendus. Ses petites mains encore crispées sur mon revolver. Ses doigts continuant d'appuyer sur la détente, bien que le barillet soit vide.

40

Kochtcheï n'était pas mort.

Il souffrait. Il était en train de se vider de son sang, de sa vie, sur le sol de son propre foyer ; mais il n'était pas mort.

« Où est ma femme ? » marmonnai-je en me relevant, luttant contre le vertige. J'avais l'impression d'être soûl, d'avoir perdu le contrôle de mes muscles. Aucune partie de mon corps ne fonctionnait comme elle l'aurait dû. « Où sont mes fils ? »

Il m'ignora, tournant sur lui-même, la tête baissée, à la recherche du pistolet qu'il avait laissé tomber.

Une part de moi-même voulait rejoindre Anna. La réconforter et lui donner le sentiment qu'elle était protégée. La serrer dans mes bras et la remercier de m'avoir sauvé la vie. Mais je savais que la seule façon de garantir sa sécurité était d'éliminer la menace. Il fallait que j'atteigne Ryjkov avant qu'il ne retrouve une arme. Il avait des informations dont j'avais besoin. Il fallait que je le fasse parler.

« Où sont-ils ? » Je fis un pas trébuchant vers lui, les bras écartés pour me retenir à tout ce que je pouvais trouver sur mon chemin. « Où les as-tu emmenés ? »

J'avançais lentement, mais une partie de mes forces était en train de me revenir. Ma nuque m'élançait et mon visage me faisait mal. À chaque pas, une douleur explosait au bas de ma colonne vertébrale et m'irradiait tout le dos. Mais j'avais quelque chose pour me pousser en avant, quelque chose pour calmer la douleur.

J'avais Kochtcheï. Juste devant moi.

Alors que je faisais un autre pas, il leva les yeux pour me dévisager. Son visage était devenu blanc, et les taches du sang de Tania se détachaient nettement sur sa peau. Il avait les épaules courbées, les mains croisées sur son estomac, mais il ne pouvait rien faire pour arrêter sa lente mort.

La balle d'Anna l'avait atteint juste au-dessus de la ceinture, et non seulement il se vidait de son sang, mais ses entrailles déchirées l'empoisonnaient. La vie était en train de le quitter.

« C'est terminé, maintenant, lui dis-je. Dis-moi juste où ils sont.

— Non, réussit-il à répondre. Ce n'est pas encore terminé. »

Il regarda le couteau que j'avais dans la main, puis balaya le sol du regard une dernière fois avant de relever les yeux pour les plonger dans les miens. Il savait que j'étais en train de récupérer, de recouvrer mes forces, mais il y avait du défi en lui, un refus d'accepter la situation dans laquelle il se trouvait. Il était Kochtcheï. L'Immortel. Il ne pouvait pas être tué.

Mais il ne pouvait pas tuer non plus. Sans arme, il n'avait aucune chance contre moi, et peu d'options s'offraient encore à lui. Il aurait pu essayer d'en trouver une avant que j'aie réussi à traverser la pièce et à contourner la table. Ou alors attendre que je le rejoigne, et que je le force à me livrer les informations dont j'avais besoin. Ou bien prendre la fuite. Sa blessure l'avait affaibli, mais c'était un homme robuste. S'il réussissait à atteindre les ténèbres du champ ou de la forêt, il aurait peut-être une chance.

Et c'est ce qu'il fit.

Il tourna les talons et s'enfuit.

Il était rapide pour un homme qui venait de recevoir une balle, plus que je ne m'y étais attendu, et j'avais à peine fait un autre pas hésitant dans sa direction qu'il disparut dehors.

« Non. » Je sentis mon désespoir grandir. « Non. » J'étais déterminé à ne pas le laisser s'échapper. Il savait où étaient mes fils. Ce qui était arrivé à Marianna. J'avais besoin de savoir. Je ne pouvais pas le laisser me filer entre les doigts.

Je fis un autre pas, mais j'entendis alors un cri effroyable, semblable à quelque chose tiré d'un cauchemar d'enfant. Tressaillant, je me retournai à moitié et vis que la vieille femme s'était dégagée de l'emprise de son mari et se ruait sur moi en braillant comme un démon, les bras tendus, ses doigts noueux crispés comme des griffes. Ses hurlements stridents me firent presque chanceler d'horreur, et je me remémorai brusquement ce que mon imagination m'avait montré dans la forêt : la *rusalka* se précipitant sur moi, assoiffée de vengeance.

Je tendis la main devant moi et m'arc-boutai pour essuyer son attaque.

Elle me heurta aussi violemment qu'elle le put, avec plus de force que je ne m'y attendais. Affaibli comme je l'étais, elle réussit à me repousser contre la table, qui fit entendre un crissement en dérapant sur le plancher.

Puis elle fut sur moi, toutes griffes dehors, m'égratignant les joues, me labourant la peau, essayant de trouver mes yeux pour les crever de ses ongles pourris tout en hurlant comme une créature vengeresse de cauchemar.

Appuyé contre la table, je me protégeai de mes bras et levai un pied pour l'appuyer contre son bassin et pousser. Je n'avais pas beaucoup de force, mais elle était légère, et je la repoussai assez rudement pour la faire tomber, sans m'arrêter pour voir ce qui lui arrivait. Je l'avais maîtrisée, et c'était assez. Une seule chose m'importait désormais.

Kochtcheï était en train de s'échapper.

Plié en deux et laissant une traînée de taches rouges dans la neige, Ryjkov avait atteint la grange et soulevé le loquet. La porte était en train de s'ouvrir. Il avait vu les chevaux en arrivant de la ferme voisine, et c'était cela qu'il voulait. C'était ainsi qu'il comptait s'échapper.

« Où sont-ils ? » hurlai-je, mais les mots étaient assourdis, comme si j'avais la bouche remplie de coton.

Il ne s'interrompit pas. Il ne donna même pas signe de m'avoir entendu.

« Où sont-ils ?! »

Alors que je m'avançais en titubant dans la cour, Ryjkov ouvrit grand la porte et voulut entrer ; mais les chevaux, agités déjà par le vacarme dans l'isba, achevèrent de céder à la panique en sentant le sang et la mort sur lui, et se précipitèrent pour s'enfuir.

La jument de Tania émergea la première, le frôlant alors qu'elle sortait au trot dans la cour, en s'ébrouant et en cinglant l'air de sa queue. Les oreilles couchées, elle secoua nerveusement la tête en cherchant un endroit sûr. Elle fut suivie de près par la monture de Ludmila.

La peur de l'une nourrissant celle de l'autre, les deux bêtes étaient de plus en plus agitées. Dérapant dans la neige poudreuse qui volait sous leurs sabots, elles se mirent à courir côte à côte en se bousculant, la jument de Tania allant percuter le chariot, puis elles virèrent et galopèrent vers la clôture. Elles longèrent celle-ci en direction de l'autre bout de la cour et se cabrèrent, paniquées, lorsqu'une forme noire passa comme un éclair devant elles, ventre à terre.

Avec un grondement féroce, Tuzik traversa à toute vitesse l'espace enneigé pour se jeter sur Ryjkov, en essayant de le prendre à la gorge. Ryjkov leva le bras pour se protéger et Tuzik referma ses mâchoires dessus, enfonçant les crocs dans la manche de son manteau en s'arc-boutant sur le sol pour essayer de le faire tomber.

Dans leur lutte, ils se mirent à tournoyer en une danse étrange et insolite, et j'allai vers eux aussi vite que je le pus, en criant à Tuzik d'arrêter. Il me fallait Ryjkov vivant. Je ne pouvais pas le laisser mourir, pas encore, et je craignais que Tuzik ne l'égorge s'il réussissait à le mettre à terre.

J'étais arrivé au milieu de la cour, les yeux toujours rivés sur eux, lorsque Kashtan sortit à son tour de la grange. Affolée par l'odeur du sang et le vacarme, elle avait presque cédé à la panique, et la mêlée hurlante et grondante d'homme et de chien lui barrait le chemin, accroissant son désarroi. Dans l'incapacité de s'échapper, elle montrait le blanc de ses yeux et retroussait les lèvres, se cabrait et piaffait en une démonstration d'agressivité, mais lorsque cela s'avéra sans effet, elle tenta le tout pour le tout et se rua vers la sortie.

Lorsqu'elle passa devant lui, Ryjkov attrapa ses rênes, dans l'espoir peut-être qu'elle pourrait le sauver des mâchoires de Tuzik, mais il ne réussit qu'à perdre l'équilibre. Et, en achevant de les dépasser, Kashtan leur décocha une violente ruade.

Tuzik alla rouler dans la grange avec un glapissement, mais l'impact fut bien pire pour Ryjkov. L'un des sabots de la jument le toucha au crâne dans un vilain craquement. Sa tête partit brutalement en arrière, son corps s'arqua, et il s'écroula dans la neige où il convulsa un moment avant de s'immobiliser.

Kashtan gagna au trot l'autre côté de la cour pour se blottir contre la clôture avec ses congénères, et Tuzik se releva péniblement, étourdi mais prêt à reprendre le combat. Je me précipitai en chancelant vers Ryjkov et réussis à l'atteindre avant le chien.

« Non, dis-je à l'animal, avant de tomber à genoux à côté du soldat. Où sont-ils ? demandai-je à celui-ci en l'attrapant par le devant de son manteau pour lui soulever la tête du sol. Où sont-ils ? »

L'œil gauche de Ryjkov, touché par le sabot de Kashtan, n'était plus qu'une masse de chair sanguinolente. Son œil droit était ouvert, mais semblait doué de sa propre volonté, roulant dans tous les sens comme s'il essayait de trouver un objet sur lequel se fixer.

« Ne va pas mourir, fis-je en le secouant durement. Ne va pas mourir. Pas maintenant. Pas après tout ça.

— Qu'est-ce qui s'est passé ? me demanda-t-il.

— Où sont-ils ? Où est ma famille ? Où l'as-tu envoyée ?

— Nikolaï Levitski ? C'est vous ?

— Où est ma famille ? »

Je le soulevai encore davantage, collant presque mon nez contre le sien. « Où est-elle ?! »

Il ne répondit pas. Son œil intact se révulsa, et son corps se détendit.

« Non. Tu n'as pas le droit de mourir. » Je le secouai violemment. Encore et encore. « Je te l'interdis. Dis-moi où ils sont. »

Mais Kochtcheï l'Immortel avait déjà quitté ce monde.

41

L'intérieur de l'isba ressemblait à un champ de bataille. Des corps. Du sang. Les morts, les blessés et ceux en état de choc.

Ryjkov gisait dans la neige, ses secrets emportés avec lui, et je m'appuyai contre le chambranle de la porte pour ne pas tomber, submergé par un sentiment d'injustice et d'impuissance, me demandant comment les choses avaient pu en arriver là. J'avais abandonné mon unité pour échapper à la guerre. Alek avait donné sa vie pour l'éviter. Et pourtant, elle était là, dans cette maison même. Je compris alors qu'elle était partout. Qu'il n'y avait pas moyen d'y échapper. Elle touchait chaque recoin de notre pays. Méfiance, scission et violence étaient partout. Elles étaient évidentes sur les champs de bataille, mais présentes aussi dans nos foyers. Elles emplissaient l'air que nous respirions, et je compris qu'elles faisaient partie de nous, désormais. Nous étions allés trop loin ; nous ne pouvions plus revenir en arrière. Quel que soit le vainqueur de cette terrible guerre, cela ne changerait rien.

La vieille femme était en train de se lamenter quand j'entrai, mais en me voyant elle se tut. Elle avait compris que son fils était mort, et ne savait pas ce qu'elle était censée faire ou ressentir. Elle l'avait protégé comme n'importe quelle mère protégerait son enfant. Même adulte. Elle n'avait pas voulu croire à mes accusations, accepter ce qu'était son fils et les actes qu'il avait commis, mais, au fond de son cœur, elle savait que c'était vrai. Ryjkov avait caché sa folie à sa famille, mais elle avait été là, bouillonnante sous son calme apparent, et quand je l'avais poussé à bout, il n'avait pas pu la nier. Et la vieille femme ne le pouvait plus non plus.

Sergueï, par contre, avait su. Je pense qu'il avait su dès le début que son fils avait renoncé à la raison ; c'était pour cela qu'il nous avait conseillé de partir. Et désormais, la honte était trop insupportable. Il était assis par terre à côté de sa femme, immobile, et tenait une de ses mains dans les siennes, mais il fixait le mur sans le voir. Son visage ne trahissait aucune émotion, comme s'il était pratiquement privé de ses sens, et il tapotait doucement la main de sa femme, encore et encore. Ce n'était pas que le sort de son fils lui était indifférent : c'était juste qu'il ne voulait pas savoir. Il ne voulait pas y être mêlé. Et dans l'immédiat, il préférait nier notre existence à tous.

Oksana était invisible, mais je savais qu'elle avait dû se retirer au-dessus du *pitch* pour être avec ses enfants, pour les garder à l'abri, hors de vue. Où donc aurait-elle pu aller ?

Anna était restée assise au même endroit, mon revolver toujours entre les mains, mais elle le posa par terre lorsque Tuzik passa devant moi pour aller la rejoindre, d'une démarche légèrement claudicante. Elle lui jeta les bras autour du cou et le serra contre elle, enfouissant le visage dans sa fourrure. Lorsqu'elle releva les yeux, elle rencontra les miens ; nous eûmes un moment de complicité muette, et ce fut cela qui me donna la force de ne pas m'effondrer.

Sans elle, je crois que j'aurais sangloté devant mon infortune. J'avais fait tout ce chemin, suivi le sillage de destruction de Kochtcheï sur tant de kilomètres ; et pendant tout ce temps, j'avais concentré mes espoirs sur les informations qu'il me donnerait. Mais il ne m'avait rien révélé, et tout semblait perdu, désormais.

Mais j'avais Anna pour me donner la force de continuer. Elle comptait sur moi, et je pouvais compter sur elle.

La vieille femme se releva pour traverser la pièce, abandonnant son mari. Elle enjamba les corps et je m'écartai pour la laisser sortir. Je ne la regardai pas traverser la cour pour aller tomber à genoux devant le corps de son fils, mais je savais que c'était ce qu'elle allait faire. Peu importait ce qu'il était, elle pleurerait sa mort. C'était, après tout, son fils.

À mes pieds gisait Ludmila, morte.

« Kolia. »

Mon nom, chuchoté.

« Kolia. »

Tania était couchée sur le flanc à côté de la table, le visage en sang.

« Kolia », répéta-t-elle.

Elle me regardait entre ses cils, les yeux mi-clos. D'un geste faible, elle me fit signe d'approcher, et je m'accroupis à côté d'elle.

« Tu vas te remettre », lui dis-je.

Elle secoua la tête et porta la main à son ventre. C'est alors que je me rendis compte qu'elle avait reçu une balle. Il y avait déjà tellement de sang par terre que je n'avais pas remarqué qu'une grande partie de celui-ci provenait de la blessure à son abdomen.

Je posai les mains sur la plaie et appuyai fort.

« Est-ce qu'il est mort ? demanda-t-elle. Kochtcheï ?

— Ne parle pas, lui dis-je. Ça va aller. »

Avec peine, elle secoua doucement la tête.

« Est-ce qu'il est mort ?

— Oui.

— Est-ce qu'il t'a dit ? »

Sa voix était frêle, et je pouvais presque entendre la vie la quitter.

« Oui, répondis-je en passant la main sur son front, repoussant ses cheveux collés par le sang. Oui, il m'a dit.

— Tu peux retrouver ta famille.

— On va la retrouver ensemble. »

Elle leva les doigts pour me toucher la joue, et nous échangeâmes un long regard.

« Trouve-la », me dit-elle.

Et ce furent ses derniers mots.

Je me laissai aller sur mes talons, levant le visage vers le ciel et fermant les yeux, mais ne m'accordai qu'un bref instant. Il y avait d'autres choses plus importantes. Les vivants devaient primer sur les morts.

Je laissai Tania où elle était et retournai auprès d'Anna.

La vieille femme était toujours dehors lorsque l'aube se leva. Elle continua de pleurer son fils malgré ses crimes, et le jour reprit ses droits autour d'elle, indifférent à la tragédie de la nuit.

Il ne neigeait plus, et ce qui était tombé avait formé une croûte dure et cristalline sur le givre, recouvrant tout, de la boue gelée de la cour aux poteaux étroits de la clôture et au champ derrière celle-ci. La lumière matinale scintillait sur les mille facettes de ses fleurs de glace avec une beauté incongrue.

Traîner les corps hors de la maison me demanda un rude effort, mais je n'avais pas le choix. Sergueï et sa femme ne seraient pas capables de les bouger,

Oksana non plus, et je ne pouvais pas les laisser dans l'isba avec les enfants.

Avec une sincérité qui m'attrista, Anna me proposa de m'aider, mais je ne pouvais pas accepter. S'il y avait bien quelque chose qui me prouvait que notre pays était cruel avec ses habitants, c'était qu'une fillette de douze ans puisse proposer d'aider à traîner des cadavres hors d'une demeure familiale. Elle avait besoin de s'occuper, cela dit, et, lui indiquant les chevaux restés à l'écart du sinistre tableau, blottis les uns contre les autres à l'autre bout de la cour, je lui demandai de les ramener à l'abri dans la grange. Ils y trouveraient du foin et de la chaleur.

« Tu as la tête dans un sale état, me dit-elle. Est-ce que ça fait mal ?

— Je survivrai. Allez. Va rentrer les chevaux. »

Elle obéit immédiatement, ignorant la vieille femme et se dirigeant en premier vers Kashtan.

Tuzik partagea son temps entre elle et moi, patrouillant entre nous deux.

« Vous êtes bolchevik. »

Ce furent les premiers mots de Sergueï.

J'étais près de la porte, le dos tourné à la nuit, penché sur le cadavre d'un des tchékistes que je traînais péniblement à l'extérieur. Je relevai les yeux et vis le vieil homme qui m'observait. Son visage était blafard sous sa barbe épaisse, et ses yeux larmoyants et tristes.

« Qu'est-ce que ça peut faire ? lui demandai-je.

— Ces hommes étaient vos frères ? »

Je jetai un coup d'œil à celui qui avait essayé de m'étrangler. Son corps était en train de se rigidifier, le sang qui lui maculait le cou de sécher.

« Ces hommes avaient dépassé le stade où on est le frère de qui que ce soit. Ce n'étaient pas des bolche-

478

viks. C'étaient… » Je secouai la tête, cherchant le mot exact sans être sûr de pouvoir le trouver. « Ce n'étaient pas des bolcheviks.

— Qu'est-ce que ce mot veut dire, de toute façon ? Peut-être que ça a un sens pour les hommes de Moscou, mais ici ? »

Je ne répondis pas.

« Peut-être avons-nous simplement oublié pour quoi nous nous battons. »

Je dévisageai le vieil homme et me demandai ce qu'il devait ressentir. Son propre fils était un monstre.

« Alors pourquoi vous vous battez, vous ? reprit-il.

— Avant ? Pour la révolution. Mais maintenant, pour ma famille. »

Je me rappelai ce qu'avait dit le commandant Orlov : « Plus rien d'autre ne compte. »

Le vieil homme tourna les yeux vers sa femme en train de pleurer leur fils, et je compris l'ironie de ce que je venais de dire. Mais je ne pouvais pas lui dire que j'étais désolé. Mon seul regret était que Ryjkov soit mort avant d'avoir pu me révéler ce qu'il avait fait de Marianna, Micha et Pavel.

Sergueï soupira et détourna les yeux de la cour pour regarder plus loin. Il se mit à observer le scintillement du soleil levant sur le champ, et je sus que notre conversation était terminée. Il plongea la main dans sa poche pour en sortir sa pipe, et, pendant qu'il commençait à la bourrer de tabac, je me remis à la tâche, traînant le corps vers la charrette toute proche, obligé de m'arrêter tous les quelques pas pour me reposer, avant de le hisser avec peine dessus, avec les autres.

La vieille femme, assise à côté de son fils, la tête courbée, ne me prêtait aucune attention. L'air était d'un froid cuisant, mais elle semblait à peine le remarquer.

Enlevant son manteau au tchékiste, je le drapai autour des épaules de la vieille.

« Ne prenez pas froid, grand-mère, lui dis-je. Assez de gens sont morts ici. »

Mais si elle était consciente de ma présence, elle n'en donna aucun signe.

Lorsque je terminai de charger le chariot, Anna avait fini de rentrer les chevaux et caressait Kashtan dans la grange, sans me lâcher des yeux. Tuzik était couché dans la paille à côté de la porte, la tête dressée, montant la garde.

Je retournai auprès de la vieille femme et lui touchai l'épaule.

« Il est temps de rentrer », lui dis-je.

J'avais un corps de plus à déplacer ; mais pour elle je n'étais même pas là. Elle resta immobile, ne semblant même pas m'avoir entendu. En dehors d'elle et du corps de son fils, rien n'existait, et je crois que, sans son mari, elle serait restée là jusqu'à mourir de faim ou de froid.

Le vieil homme sortit et traversa la cour en faisant crisser la neige sous ses bottes. Il se pencha pour prendre la main de sa femme dans la sienne, puis passa l'autre sous son bras pour l'aider à se relever. Elle se laissa faire, comme en état de choc, et son regard absent me rappela celui de Galina lorsque je l'avais trouvée à Belev.

« C'est fini, lui dit-il. Il nous a quittés. »

Puis il l'aida à faire demi-tour et la ramena vers la maison.

Lorsqu'ils furent partis, je m'approchai du corps de leur fils et pris les papiers qu'il avait dans sa poche. Je fouillai l'uniforme sous son manteau et gardai tout ce que je pensais pouvoir m'être utile, puis je le traînai jusqu'à la charrette pour l'y hisser avec les autres, en prenant mon temps et en me reposant souvent.

Entasser ces hommes m'avait demandé un gros effort et m'avait pris plus d'une heure. Mes muscles protestaient, mon dos me faisait si mal que j'arrivais à peine à tenir debout et j'avais le visage en feu, mais il ne fallait pas que je m'arrête. Je voulais en finir. Je pris donc une brassée de bûches fendues dans le tas de bois et retournai à la charrette les empiler autour des corps. Je n'allais pas accorder quoi que ce soit à ces hommes. Pas même six pieds de terre. J'allais les brûler et laisser le vent les emporter.

Lorsque je retournai chercher du bois, je trouvai Anna en train de m'attendre.

« Laisse-moi t'aider », me dit-elle.

Je réfléchis un instant, puis lui posai la main sur l'épaule.

« Tu n'as pas froid ? Il fait plus chaud dans la grange, avec Kashtan. »

Pour toute réponse, elle se tourna vers le tas de bois et prit une bûche dans chaque main.

« Ça me réchauffera », dit-elle en me les tendant.

Je les pris, comprenant qu'elle voulait être avec moi, et lui souris. Ce n'était pas un sourire de bonheur, mais de compréhension et de camaraderie.

« Merci », lui dis-je.

Et donc, elle me donna le bois, je le portai au chariot, et quand il y en eut assez, je recouvris les corps de paille sèche récupérée dans la grange.

Cela fait, nous retournâmes auprès de Kashtan, qui hennit doucement et s'approcha pour appuyer le nez contre ma poitrine. Je plongeai le regard dans ses doux yeux bruns et lui frottai l'encolure.

« Reste avec elle, dis-je à Anna. J'ai une dernière chose à faire.

— Qu'est-ce que c'est ? Je ne peux pas venir avec toi, plutôt ?

— J'ai besoin que tu tiennes compagnie à Kashtan. Ne t'inquiète pas. Tu ne risques rien.

— Mais j'ai peur.

— Je sais. »

Me tournant vers elle, j'écartai les bras, et elle vint s'y blottir. Je la serrai fort contre moi, levant une main pour lui caresser les cheveux.

« Mais il faut que je sorte Tania et Ludmila de là.

— Je ne veux pas être seule. »

Avec son visage enfoui dans mon manteau, sa voix me parvenait étouffée.

« Tu ne le seras pas. Je serai tout près. Et tu as Kashtan avec toi. Tuzik, aussi. »

À l'intérieur, la vieille femme était assise à la table, et Serguéï avait mis de l'eau à bouillir. Pendant qu'il préparait du thé, je portai Tania et Ludmila dans la cour, mais je ne les mis pas dans le chariot avec les tchékistes. Elles méritaient mieux que ça. Elles méritaient d'être enterrées, aussi les étendis-je l'une après l'autre sur ma toile goudronnée et refermai-je celle-ci autour d'elles avant de retourner dans la grange chercher des outils.

« Je vais les emmener à la lisière de la forêt, expliquai-je à Anna. Pour les enterrer. Ça va me prendre un peu de temps. »

Je jetai un coup d'œil en direction de l'isba. Il y avait de la lumière à la fenêtre, et il devait faire chaud à l'intérieur.

Anna suivit mon regard et commença à secouer la tête.

« Ne me laisse pas toute seule. » Il y avait du désespoir dans sa voix. « S'il te plaît, ne m'oblige pas à aller…

— Je veux que tu viennes avec moi, l'interrompis-je en ôtant un de mes gants pour lui prendre la joue dans ma main. Je ne veux pas te perdre de vue. »

C'était ma seule option. Je ne pouvais pas l'abandonner dans cette grange, et même s'il devait faire chaud dans la maison, je ne pouvais pas l'y laisser seule avec la vieille femme, la mère de l'homme qu'elle avait aidé à tuer.

Son soulagement fut manifeste. Ses épaules retombèrent et elle ferma les yeux en relâchant son souffle.

« Allez, viens, dis-je en remettant mon gant. Tu peux porter les outils. »

Je lui donnai une hache et une pelle trouvées au fond de la grange et nous retournâmes auprès du morceau de bâche à l'autre bout de la cour. J'en pris une extrémité à deux mains et entrepris de la tirer à reculons, passant le portail pour me diriger vers l'orée des arbres.

Anna marcha à côté de moi pendant que Tuzik nous suivait, et lorsque j'ameublis le sol avec la hache avant d'y creuser une tombe peu profonde, ils me regardèrent faire en silence, Tuzik assis, immobile, et Anna debout à côté de lui, une main sur sa tête.

Tout en pelletant la terre, je me rappelai le jour pas si lointain où j'avais fait la même chose pour mon frère. J'avais creusé le sol sous le grésil, et les deux femmes m'avaient observé depuis l'abri du porche. Il me vint à l'esprit que je ne savais presque rien d'elles.

Lorsque la tombe fut assez profonde, je fouillai dans leurs poches, récupérant tous leurs papiers et leurs possessions que je glissai dans ma besace. Puis je les mis dans le trou, de façon à ce qu'elles reposent côte à côte sous les arbres. Elles me parurent toutes petites et insignifiantes ainsi, comme si elles étaient sans importance. Je me demandai qui pleurerait leur mort ou remarquerait seulement leur absence.

J'entrepris de refermer la tombe, laissant tomber la terre noire, riche et froide comme une pluie lourde sur leurs vêtements, et quand je ne vis plus que leur visage d'une pâleur de mort, je m'arrêtai. Je fermai les yeux et touchai le *tchotki* enroulé à mon poignet. Je dis une petite prière pour elles et leur souhaitai bonne chance où qu'elles aillent ; puis je jetai le reste de la terre sur elles, et elles disparurent définitivement.

42

Lorsque nous retournâmes dans la maison, Oksana et ses enfants étaient redescendus du *pitch*. Sergueï et la vieille femme étaient assis à la table. Je m'arrêtai sur le seuil, Anna à côté de moi. Tuzik se faufila entre nos jambes pour gagner la chaleur et s'allongea avec un grognement. Il garda la tête dressée et ouvrit la gueule. Le bruit de sa respiration emplit la pièce.

Je balayai la pièce du regard et croisai le regard d'Oksana ; mais Sergueï et sa femme gardèrent la tête baissée.

« Nous allons prendre une partie de vos provisions, annonçai-je en m'approchant du placard. Mais pas tout. »

Je rassemblai des conserves au vinaigre, du pain, de la saucisse, du *kovbyk* et un sac en jute rempli de graines de tournesol. Je glissai ce que je pus dans mes poches et donnai le reste à porter à Anna.

« Qu'est-ce que vous allez faire, maintenant ? »

La voix d'Oksana était basse et voilée, mais elle nous prit tous par surprise.

Je m'immobilisai, la main toujours dans le placard, et me tournai vers elle. Tuzik se releva immédiatement. Anna se rapprocha discrètement de moi.

« Vous allez partir, c'est tout ? reprit-elle.

« — Oui.

— Et faire quoi ?

— Chercher ma femme et mes fils. »

Ce n'était pas la faute d'Oksana. Elle n'était pas responsable de la folie de son mari, elle avait même essayé de nous prévenir, mais je ne pouvais pas masquer l'animosité dans ma voix. Elle était associée à lui, dans ma tête, et il n'était plus là pour faire les frais de ma colère.

« Et Anna ? » Elle regarda la fillette, qui se déplaça de façon à être en partie cachée derrière moi.

« Qu'est-ce qui va lui arriver ?

— Elle va venir avec moi. »

Je ressortis le bras du placard et le baissai pour protéger Anna.

Oksana fit deux pas hésitants vers nous et s'arrêta. Elle passa les mains sur son tablier.

« Avec vous ?

— Oui.

— L'hiver est presque là. Combien de temps croyez-vous que... ?

— Aussi longtemps qu'il faudra. »

Elle joignit les mains, une expression préoccupée sur le visage.

« Ce n'est pas une vie pour une petite fille, dehors dans le froid avec un homme comme vous.

— Un homme comme moi ?

— Au moins, laissez-la rester ici pour l'instant. Revenez quand vous aurez...

— Elle vient avec moi.

— Mais nous pouvons la nourrir, la garder au chaud. Il va faire si froid, bientôt : la neige a déjà commencé à tomber. Vous êtes obligé de la laisser rester.

— Je suis obligé ?

— Ce n'est qu'une enfant.

— Elle est plus solide que vous ne le croyez, et elle sait ce qu'elle veut. »

Je regardai Anna.

« Qu'est-ce que tu veux faire, toi ? lui demandai-je.

— Vous étiez sa femme, répondit Anna en regardant Oksana. Et elle, sa maman, ajouta-t-elle en désignant la vieille femme sans la lâcher des yeux. Je ne vais pas rester ici. Pas avec vous. Je ne veux rien de vous. Je veux être avec Kolia. »

Oksana baissa la tête avec une grimace triste et acquiesça. Elle n'insista pas davantage et retourna auprès de ses propres enfants pendant que nous finissions de prendre ce dont nous avions besoin.

Nous réquisitionnâmes une partie raisonnable de ce que nous avions trouvé, laissant à Oksana et à sa famille de quoi survivre. Puis nous sortîmes de l'isba, Tuzik sur les talons.

Nous regagnâmes la grange, et, après avoir allumé une lampe, je m'assis avec précaution sur un tas de paille et m'adossai au mur. J'avais mal partout, et cela me faisait du bien de ne plus être debout. J'avais envie de renverser la tête en arrière et de fermer les yeux, mais je n'osai pas le faire de peur de m'endormir.

Anna s'assit à côté de moi en étirant les jambes, et Tuzik vint s'allonger contre elle. Kashtan et les deux autres chevaux nous observaient en mâchant le foin qu'Anna avait sorti pour eux plus tôt.

« Comment est-ce que tu te sens ? demandai-je à la fillette.

— Ça va.

— Tu es sûre ? Ce que tu as fait...

— Et toi ? me coupa-t-elle. Ça ne te fait pas mal ?

— Ne t'inquiète pas pour moi. »

Je portai une main à mon nez, sentis le sang séché sous mes doigts et me rendis compte dans quel état j'étais. « Ça a probablement l'air pire que ça ne l'est en réalité. » En passant la langue sur mes dents, je sentis que l'une était ébréchée.

« Mais peut-être qu'on devrait parler de ce qui s'est…

— Je ne veux pas en parler, m'interrompit-elle encore. Pas maintenant. » Sa voix était presque monocorde. « Je me disais qu'il y a sans doute des indices, dans l'autre ferme. Là où étaient les soldats. On va peut-être y trouver quelque chose qui nous dira où ils ont emmené ta femme. »

Je restai décontenancé. Je m'étais attendu à une réaction différente. Ce devait être là sa façon de surmonter l'incident : en faisant comme s'il n'avait jamais eu lieu. Mais un jour ou l'autre, il faudrait qu'elle en parle. Elle ne pouvait pas garder une chose pareille pour elle.

« Ce n'est pas une bonne idée ? ajouta-t-elle en regardant droit devant elle et en tendant la main pour gratter Tuzik derrière l'oreille.

— Si. Ça l'est. »

Puis je songeai à ce que nous risquions de trouver dans l'autre ferme. Il n'y aurait pas d'autres soldats – j'étais certain que s'il y en avait eu, ils auraient entendu les coups de feu dans la nuit –, mais il y aurait probablement autre chose. D'autres corps. L'étoile à cinq branches dont Ryjkov se servait pour marquer ses victimes. L'épée qu'il utilisait pour leur couper la tête. Autant de visions que je souhaitais épargner à Anna. Elle en avait déjà assez vu. Elle avait besoin d'un foyer, de quelqu'un qui s'occupe d'elle.

« On pourrait prendre leur équipement, suggéra-t-elle. Ça pourrait nous aider.

— Je ne… »

Je cherchai la bonne formulation. « Est-ce que tu… ? »

Elle continua de gratter l'oreille de Tuzik.

« Tu n'aimes pas Oksana, repris-je.

— Non.

— Et ses enfants ? Nikolaï et Natacha ? »

Elle haussa les épaules.

Je soupirai.

« Ce que j'essaie de dire, c'est qu'elle a peut-être raison. Tu ne crois pas que tu serais mieux sans moi ?

— Sans toi ? »

Elle me regarda avec des yeux inquiets.

« Pourquoi ? Qu'est-ce que tu veux dire ?

— C'est dangereux, ce que je fais, où je risque de devoir aller. Ce n'est pas une vie pour toi.

— Tu ne veux pas que je vienne avec toi ?

— Ce n'est pas ça.

— Tu m'as promis.

— Je sais, mais tu ne crois pas que tu serais plus en sécurité ici ? Avec Oksana ?

— Et la sorcière ? »

Elle jeta un coup d'œil vers la porte de la grange comme si elle s'attendait à voir la vieille femme entrer en volant comme Baba Yaga.

« Je ne pense pas qu'ils te feraient du mal. Je pense qu'ils…

— Non. Je veux t'accompagner. Où que tu ailles. Je veux t'aider. Promets-moi que tu ne t'en iras pas sans moi. Promets-le-moi ! »

Il y avait un désespoir dans sa voix que je ne pouvais ignorer.

« C'est promis », répondis-je. Son soulagement fut évident, et je me penchai pour l'embrasser sur le sommet de la tête. « On va trouver ma famille ensemble.

« — Quand est-ce qu'on y va ? On devrait partir bientôt, tu ne crois pas ?

— Oui. Bientôt. »

J'ôtai ma besace de mon épaule et la posai par terre entre mes jambes tendues pour l'ouvrir et en sortir les choses que j'avais prises dans les poches de Tania et de Ludmila.

« Qu'est-ce que c'est que ça ? demanda Anna.

— Elles ne m'ont jamais dit qui elles étaient », expliquai-je, les yeux fixés sur leurs papiers d'identité, me demandant si je voulais les regarder, si je voulais savoir qui elles étaient.

Est-ce que ça changerait l'image que j'avais d'elles ?

« Ça ne fait aucune différence, marmonnai-je dans ma barbe.

— Quoi ?

— Rien. »

Les possessions de Tania se composaient d'une boîte en fer contenant trois feuilles de papier à cigarette et une pincée de tabac, d'un chargeur amovible pour son pistolet, d'un couteau pliant, d'un petit morceau de tissu formant une minuscule bourse tenue fermée par un bout de ficelle, et de ses papiers. Ces derniers, pliés en un petit rectangle et coincés tout au fond de sa poche intérieure de manteau, n'avaient pas été faciles à trouver. Apparemment, contrairement à moi, elle n'avait pas eu le cœur de s'en séparer.

Je plaçai la pochette en tissu par terre et tirai sur la ficelle pour la dénouer. Elle s'ouvrit devant moi.

La lueur de la lampe se refléta sur une paire d'anneaux en or assortis.

« Des alliances, dis-je en regardant Anna. Et de prix, en plus. C'est du vrai or. »

J'attrapai l'une des bagues entre le pouce et l'index pour l'approcher de la lampe et la retournai dans tous les sens, avant de la poser dans la paume d'Anna pour qu'elle la voie.

« Est-ce qu'elle avait des enfants, aussi ? demanda la fillette. Est-ce que cet homme... Est-ce pour ça qu'elle voulait le tuer ?

— Oui. »

Elle me rendit l'anneau, et je le remis dans le morceau de tissu avant de refermer celui-ci.

Ensuite, je dépliai les papiers de Tania et les ouvris devant moi pour regarder ce qu'il restait d'elle.

« Tatiana Maximovna Tikhonova. » Je souris intérieurement et tapotai le papier du doigt. « Tu vois ce que ça dit, ici ? Elle était de la haute. »

Anna se pencha pour voir.

« Tu te rends compte ? Une aristocrate. Je savais qu'elle était instruite et venait d'un bon milieu, mais... »

Je laissai aller ma tête en arrière et me remémorai ce que Tania m'avait raconté de ce qui était arrivé à son mari et à ses enfants. J'avais imaginé qu'elle venait d'un village prospère, mais les renseignements donnés sur ses papiers disaient autre chose. Tania était d'une famille riche ; elle n'avait probablement pas vécu dans un village, mais dans une grande datcha à la campagne, ou une maison pleine de pièces à la ville, selon la saison. Elle avait dû porter de belles robes, aller à des réceptions, parler des derniers poètes et écrivains. Cela expliquait pourquoi Kochtcheï n'avait pas fait de prisonniers chez elle. Le révolutionnaire fanatique en lui aurait détesté une nantie comme elle plus que tout.

Je compris soudain comment la révolution avait dû changer Tania. Le mouvement n'avait pas été tendre avec elle. Elle avait dû en faire les frais avant même que Kochtcheï ne s'attaque à sa famille, pendant des années, peut-être ; et après, il était arrivé, et je ne saurais jamais comment elle avait survécu à cette horreur-là.

Tania n'avait jamais été soldate. C'était juste une femme qui cherchait sa vengeance parce qu'il ne lui restait rien d'autre. Kochtcheï lui avait tout pris.

Il lui avait même pris qui elle était.

Posant les papiers à côté de moi, je m'intéressai ensuite aux affaires que j'avais trouvées dans les poches de Ludmila. Comme Tania, elle n'avait pas eu grand-chose sur elle : une blague à tabac, une pierre lisse, quelques pièces, des balles de pistolet et ses papiers.

Et un petit bout d'étoffe replié et fermé par une ficelle.

Je gardai celui-ci un instant dans ma main, songeant que j'en savais encore moins sur Ludmila que sur Tania. Elle ne m'avait jamais donné son motif pour poursuivre Kochtcheï, et j'avais toujours supposé que c'était par quelque allégeance envers Tania, mais cette petite pochette de tissu suggérait autre chose.

« Est-ce que tu vas l'ouvrir ? » me demanda Anna.

Je la ramassai et tâtonnai pour essayer de deviner ce qu'il y avait à l'intérieur.

« Ce sont des alliances ? demanda Anna. Comme dans l'autre ? »

Je défis le nœud et l'ouvris pour révéler deux anneaux d'or. Élégants et précieux, juste comme ceux de Tania.

« Elle aussi était mariée, remarqua Anna. Est-ce qu'elle avait des enfants, elle aussi ?

— Je ne sais pas. »

Je refermai la petite bourse et la replaçai à côté des autres affaires de Ludmila. Je restai un moment à étudier la petite collection de bric et de broc, songeant avec tristesse combien c'était peu pour rendre compte

492

de toute une vie ; et pourtant, cela m'en avait appris plus sur la véritable nature de Ludmila qu'elle-même ne m'en avait jamais laissé voir.

Lorsque j'ouvris sa blague à tabac et en versai le contenu dans le creux de ma main, quelque chose de dur et de jauni attira mon regard au milieu du petit tas de tabac : une dent. Je la pris entre le pouce et l'index et la levai à la lumière. Elle était trop petite pour avoir appartenu à un adulte, et je sus que c'était un souvenir de son enfant. Ludmila était froide et distante et je ne l'avais jamais beaucoup aimée, mais, à la vue de cette dent, je sentis mon cœur se serrer en me rendant compte combien je m'étais trompé sur elle. Je l'avais vue s'attendrir un peu quand il s'agissait d'Anna, mais je l'avais crue sans enfants et incapable de comprendre ma situation. Mais en fait, c'était moi qui avais été dans l'incapacité de comprendre la sienne. Il y avait beaucoup de choses dont nous n'avions pas parlé, tous les trois, mais il restait encore une surprise à venir.

Je remis la dent dans la blague à tabac et ouvris les papiers qu'elle aussi avait pliés en un petit rectangle pour les cacher dans sa poche. En lisant les détails de son identité, je compris pourquoi les deux femmes s'étaient lancées ensemble dans cette quête.

Ludmila Maximovna Morozova.

Maximovna.

Ça ne pouvait être une coïncidence qu'elles aient eu le même patronyme. Aussi différentes qu'elles aient paru, elles étaient liées par le sang.

Ludmila et Tania étaient sœurs.

43

Anna et moi retournâmes à la lisière de la forêt, là où les deux sœurs reposaient côte à côte, et nous enterrâmes les alliances et la blague à tabac dans le sol déjà en train de durcir.

Je passai le bras autour des épaules de la fillette et nous restâmes immobiles un moment, sans parler. Je sentis bientôt sa respiration s'entrecouper de sanglots, et je sus que ses larmes étaient pour son père. Pour ma part, je gardai les yeux secs, mais mon cœur était lourd à la pensée de mon frère et de Lev, et des deux femmes qui n'avaient personne pour les pleurer à part nous.

En regagnant la grange, je fis sortir Kashtan dans le froid. Elle avait hâte de quitter cet endroit, mais j'avais une dernière tâche à lui confier.

« Je suis désolé, lui dis-je, mais j'ai besoin que tu fasses ça pour moi. Tu es beaucoup plus forte que moi. »

Anna m'aida à lui passer le harnais usé que nous avions trouvé. Ce n'était pas la première fois que Kashtan faisait le travail d'un cheval de trait – elle avait déjà tiré des *tatchankas*, ces mitrailleuses montées sur roues –, mais cette charrette était remplie de morts et, dès que nous l'eûmes amenée assez près pour que l'odeur du sang lui parvienne, elle regimba. Elle se mit à reculer, ses muscles fermes roulant sous sa robe alezane, mais à nous deux, Anna et moi réussîmes à la faire rester calme.

La fillette, qui avait un peu d'expérience dans le domaine, m'aida à l'atteler pendant que Tuzik, assis dans la neige glacée, nous regardait.

« Ce n'est pas loin, dis-je à Kashtan quand nous fûmes prêts. On va juste s'éloigner de la maison, c'est tout. »

Avant d'obtempérer, la jument appuya le nez contre ma poitrine, comme pour me dire que ce n'était que pour cette fois, puis elle se laissa conduire dans le champ, encadrée d'Anna et moi. Dès que la charrette fut à distance prudente de la maison, je la détachai et nous la ramenâmes à la grange, où nous lui remîmes sa selle et nous préparâmes pour le voyage qui nous attendait.

Je pris dans les affaires de Tania et de Ludmila tout ce dont je pensais que nous aurions besoin, et passai le fusil de cette dernière en bandoulière.

« On va laisser le reste pour Oksana et les autres, dis-je à Anna. Ils vont en avoir besoin, maintenant. »

Sans la protection de Ryjkov, ils étaient aussi vulnérables que n'importe qui d'autre aux horreurs de la guerre.

« Et les autres chevaux ? demanda-t-elle.

— Tu montes bien ?

— Oui.

— Alors choisis-en un et on laissera l'autre ici. Il ne fera que nous ralentir si on doit le tirer derrière nous. »

Le souvenir fugace du moment où j'avais abandonné le cheval de mon frère me revint, mais je le refoulai et sortis ma blague pour me rouler une fine cigarette avec les bribes de tabac que j'avais trouvées dans les affaires de Tania et de Ludmila. Je la glissai entre mes lèvres enflées et enfourchai Kashtan, heureux d'être de nouveau en selle. Cela voulait dire qu'au moins nous repartions, que nous laissions cet endroit derrière nous.

Anna examina soigneusement les deux autres bêtes, passant de l'une à l'autre pour leur caresser le nez et inspecter leur harnachement, avant de décider celle qu'elle allait prendre.

« Es-tu sûre de pouvoir maîtriser ce cheval ? » lui demandai-je alors qu'elle se hissait sur le dos de celui de Tania.

D'une traction sur les rênes, elle fit tourner la jument vers la porte et me regarda.

« Bien sûr que oui, fis-je.

— Est-ce que tu connais son nom ? »

Je secouai la tête.

« Il va falloir qu'on lui en trouve un. »

Ensemble, nous traversâmes la cour, suivis au petit trot par Tuzik, et traversâmes le champ sans nous retourner pour regarder l'isba. Nous nous arrêtâmes devant la charrette, et je me penchai pour épousseter un petit endroit à l'arrière de celle-ci afin d'en ôter le givre – juste assez pour frotter une allumette sur le bois rugueux. Tout en relâchant ma première bouffée de fumée dans l'air matinal, j'approchai la flamme minuscule de la paille qui recouvrait les hommes et attendis qu'elle prenne. Elle n'eut pas besoin d'encouragement pour dévorer les brins desséchés et, une fois qu'elle eut grandi, le feu se propagea rapidement, léchant bientôt les vêtements des hommes et dansant sur leurs corps. Une fumée noire au cœur de laquelle rougeoyaient et crépitaient des étincelles s'éleva, vite attrapée par le vent et rabattue, moins dense, vers le sol, pour onduler au-dessus du champ comme un serpent gris. Derrière, au-dessus de la ferme lointaine, le bas soleil hivernal projetait ses rayons à travers nuages, fumée et feu, déversant une lumière cramoisie sur la cour et le champ de l'autre côté, où le givre scintillait d'un éclat vermeil comme si chacun des cristaux de glace était formé de sang humain.

Et au milieu de cette étendue à la couleur lugubre, quelque chose commença à prendre forme.

44

« Il y a quelque chose, là-bas, dit Anna.

— Je le vois. »

La forme était difficile à distinguer. À peut-être cinq cents mètres de nous, elle se fondait bien dans le sombre enchevêtrement de la haie derrière elle, et le soleil m'éblouissait. La fumée aussi s'était mise de la partie, en venant flotter autour de nous ; le vent la disloquait lorsqu'elle arrivait dans les arbres, retenant ses sombres nuages en place et dispersant le serpent en volutes tourbillonnantes.

Quatre cents mètres.

Mettant une main en visière, je plissai les yeux et vis la silhouette se mouvoir, se diviser, se multiplier.

« Des cavaliers », annonçai-je.

Ils avaient d'abord avancé en file indienne, mais ils venaient de se séparer pour traverser le champ en formant un cordon.

Kashtan broncha, faisant un écart.

« Je sais, lui chuchotai-je en lui flattant l'encolure.

— On essaie de fuir ? demanda Anna.

— Pour aller où ? On ne peut pas les distancer. On ne peut pas retourner à l'isba. On va être obligés de les laisser approcher ; voir ce qu'ils veulent.

— Ce sont ceux qui nous suivaient ? »

La masse grise et noire de la fumée commençait à se dissiper. Je n'osais pas détourner les yeux des silhouettes qui s'avançaient vers nous à travers champs.

Trois cents mètres.

« J'en ai bien peur. Combien est-ce que tu en comptes ?

— Sept. »

Elle maîtrisait parfaitement son cheval et restait à côté de moi.

Deux cents mètres.

« Ne t'inquiète pas, Anna. Ça va aller. »

Je sortis le revolver de ma poche et l'appuyai contre ma cuisse droite.

Cent mètres.

Le martèlement de sabots heurtant le sol dur se joignit aux craquements du bois qui brûlait derrière nous.

« Reste calme », dis-je à Kashtan.

Et je me forçai à refouler ma peur, à la repousser tout au fond de moi pour notre bien à tous. Si j'étais confiant, la jument et la fillette le seraient aussi.

Les cavaliers étaient désormais plus faciles à distinguer. La fumée flottait toujours, les étincelles continuaient de danser, mais les hommes étaient devenus des hommes et non plus des silhouettes dans le lointain.

Celui qui était au centre leva une main, et le cordon s'arrêta à une vingtaine de mètres tout au plus de notre position. Chacun d'eux tenait un fusil braqué sur nous, et dès qu'ils furent immobiles, ils lâchèrent les rênes de leur monture pour affirmer leur prise sur leur arme en la tenant à deux mains.

Le silence régnait, troublé seulement par les crépitements du feu et la respiration des chevaux. Ils avaient traversé le champ au galop et leur souffle chaud,

499

haletant, s'échappait de leurs naseaux dilatés comme la fumée qui tourbillonnait autour d'eux.

Le cavalier qui avait levé la main poussa sa monture en avant d'une pression des genoux. C'était un homme maigre, assez grand pour donner une impression étrange en selle, comme si son cheval était trop petit. Il avait le visage émacié, la peau d'un jaune cireux sur ses traits tirés, et le regard fixe d'yeux perpétuellement exorbités. Il portait par-dessus son uniforme de tchékiste un sombre et épais manteau d'hiver, et sur la tête une chapka en renard. Le vent jouait dans la douce fourrure, écartant les poils sombres pour atteindre le duvet blanc en dessous. Son fusil était resté sur son dos, mais il tenait un pistolet à la main. Et à la taille, il avait une épée. Si jamais il y avait eu un homme qui aurait pu être l'incarnation de Kochtcheï l'Immortel, c'était bien lui.

Kroukov.

Il fit avancer son cheval jusqu'à ce qu'il ait le nez parallèle à celui de Kashtan, puis l'arrêta et s'adressa à moi d'une voix inexpressive.

« Commandant Levitski. Vous êtes un homme difficile à traquer.

— J'ai fait de mon mieux.

— Qu'est-ce que vous vous êtes fait à la figure ?

— C'est une longue histoire. »

Il m'examina des pieds à la tête.

« Pour certains des hommes, c'était plus facile de vous croire mort ; ils ne voulaient pas accepter l'idée que vous étiez un déserteur. Mais je n'ai jamais douté du fait que vous étiez toujours en vie.

— Comment est-ce que vous avez su ?

— Vous oubliez que je vous connais depuis longtemps. C'est moi qui ai extrait la balle de votre blessure. »

Il indiqua la partie tendre de son ventre, juste en dessous des côtes.

« Les corps que nous avons trouvés avaient peut-être vos papiers et vos uniformes, mais je n'ai pas été dupe une seule seconde.

— Et vous me suivez depuis tout ce temps ? »

Pour la première fois, Kroukov posa les yeux sur Anna. Il ne montra aucune émotion, mais l'étudia comme si c'était une curiosité. Il hocha la tête.

« Depuis tout ce temps. »

Anna soutint son regard, sans montrer la moindre intention de baisser les yeux. Quand une personne se trouvait confrontée au genre d'épreuves que la fillette avait endurées, il venait toujours un moment où elle devait faire un choix : rendre les armes ou se retrancher. Anna avait choisi de se retrancher.

« Dans quel but ? demandai-je. Qu'est-ce qui se passe, maintenant ? »

Il se caressa la barbe de sa main gantée, mais continua de l'observer sans répondre.

« Kochtcheï est mort », annonçai-je.

Il ne fut pas surpris.

« Dans le feu ?

— Oui.

— Et les autres ? »

Il se retourna vers moi, le visage toujours dénué d'expression. Kroukov était un homme fier qui avait des principes, et je l'avais rarement vu baisser sa garde. Il ne laissait jamais rien transparaître involontairement.

« Morts, eux aussi ?

— Oui.

— Ce n'étaient pas des hommes bien.

— Vous êtes responsable de cette unité, maintenant, commandant Kroukov. Comme il se doit.

— Non. Ça devrait être vous, répondit-il en me regardant dans les yeux.

— La situation n'est pas celle que je croyais. J'ai vu des choses qui changent tout. Nous ne sommes pas en train de sauver notre pays ; nous sommes en train de le tuer. Des hommes comme Ryjkov sont en train de le tuer. Vous savez les actes qu'il a commis ?

— Oui.

— Et vous n'avez pas essayé de l'en empêcher ?

— J'y ai pensé, mais après, c'était vous que je suivais.

— Sur ses ordres ?

— Nous avions tous les deux perdu nos officiers supérieurs ; il avait plus d'ancienneté. Je n'ai jamais voulu recevoir d'ordres de lui.

— Mais vous n'avez pas eu le choix. »

J'avais déjà entendu cet argument : le commandant Orlov avait été dans le même cas. Il avait obéi aux ordres parce que c'était son devoir de les suivre, et parce qu'il y avait des conséquences pour ceux qui ne le faisaient pas.

« Et il voulait que vous vous lanciez à ma poursuite.

— Oui, et je voulais le faire. Certains des hommes aussi. Nous avons discuté ; ils se sont portés volontaires.

— Et les camarades de Ryjkov ? Il y en a qui sont venus avec vous ?

— Deux. Ce ne sont pas des hommes bien non plus. »

Il n'y en avait que deux avec Kroukov. En comptant les quatre que j'avais rencontrés à la ferme, cela ne faisait à Ryjkov que six hommes issus de son unité d'origine, mais il y en avait eu plus quand nous avions fusionné. Le reste devait être avec les prisonniers, en train de les escorter vers un camp de détention. Au moins, Ryjkov n'avait menti qu'à moitié à ce sujet. Je me demandai s'il était prévu qu'ils reviennent bientôt.

« Vous savez ce qui arrive aux déserteurs, reprit Kroukov.

— Je sais.

— Ç'aurait été plus facile si vous aviez vraiment été mort.

— Je *suis* mort. Ou du moins, je peux l'être. Si vous me permettez de le rester. »

On pouvait traquer un déserteur. Mais un mort, on ne pouvait que le pleurer, puis l'oublier.

Kroukov cligna plusieurs fois des yeux et pinça encore plus les lèvres.

« Ma famille a été enlevée d'un village appelé Belev. Si vous me suivez depuis tout ce temps, vous l'avez forcément vu.

— Nous avons vu tellement de villages.

— Ma femme et mes enfants y étaient. Ryjkov les a faits prisonniers.

— Où est Alek ?

— Mort.

— Et Ryjkov a pris votre femme et vos enfants ? À vous ? »

Il me regarda de nouveau des pieds à la tête, puis rapprocha encore plus son cheval.

« Est-ce qu'ils sont en vie ?

— Je crois. Je l'espère. »

Je raffermis ma prise sur mon revolver, l'index crispé sur la détente.

« Je suis désolé, commandant.

— C'est seulement Nikolaï, maintenant. Kolia. »

Kroukov fit reculer sa monture en gardant les yeux fixés sur moi, puis lui fit faire demi-tour pour rejoindre les autres hommes. Il parla pendant un moment avec les deux qui se trouvaient au centre du cordon pendant que les autres maintenaient leur position, face à nous.

Sa conversation finie, Kroukov alla brièvement s'entretenir avec l'un des hommes au bout du rang, qui lui passa quelque chose. Kroukov posa l'objet devant lui sur sa selle, puis tourna de nouveau son cheval dans notre direction.

Alors qu'il revenait vers nous, les deux cavaliers du milieu se détachèrent du cordon pour le suivre et vinrent l'encadrer quand il s'arrêta devant nous. C'étaient les hommes à qui il avait longuement parlé, et leur visage était plongé dans l'ombre sous leur couvre-chef, mais alors qu'ils se rapprochaient, je me demandai si je les avais déjà rencontrés. Quelque chose en eux m'était familier.

Tous deux portaient un manteau d'hiver et une casquette en cuir rabattue sur le front. Et sur celle-ci était cousue une étoile rouge. Celle-là même que, dans mes cauchemars, j'avais vue imprimée au fer rouge dans les orbites de mes enfants.

Le plus vieux des deux hommes, au visage buriné, était avachi sur sa selle avec une expression d'ennui. Une balafre partait de son œil gauche pour aller se perdre, en dessous de la pommette, dans une barbe qu'il avait laissée pousser librement. L'autre, rasé de près, avait les traits épais et la mâchoire solide, carrée. C'était un bel homme, le genre qui aurait pu avoir son portrait sur une affiche de propagande.

Ce fut le barbu qui parla le premier en rattrapant Kroukov :

« Qu'est-ce qui se passe, commandant ? Pourquoi est-ce que vous vouliez savoir… ? »

Dès qu'il vit le revolver dans ma main, il braqua son fusil sur moi.

« Lâche ton arme. »

Kroukov était immobile sur sa selle, une main sur ses rênes, l'autre, avec laquelle il tenait son pistolet, posée sur l'objet qu'il avait apporté : un grand sac, de la forme d'un sac à pommes de terre mais fait d'une solide toile verte, fermé par un morceau de corde effilochée.

« Lâche ton arme immédiatement ! répéta le balafré.

— Qui êtes-vous ? lui demandai-je. Ce n'est pas vous qui commandez cette unité.

— Voici Stepan Ivanovitch, dit Kroukov en indiquant l'homme qui me parlait, à sa gauche. Et mon autre camarade est Artem Andreyovitch.

— Les hommes de Ryjkov ? »

C'était pour cela que je les avais reconnus.

« Nous sommes tous de la même unité, répondit Kroukov. Ces hommes se sont portés volontaires pour partir à votre recherche avec moi. »

Lorsqu'il dit le mot « volontaires », sa voix prit une légère nuance de sarcasme. Ce n'était pas un homme émotif – il ne laissait pas transparaître grand-chose dans ses expressions et ses intonations –, mais je le connaissais depuis assez longtemps pour comprendre qu'il n'aimait pas Stepan Ivanovitch et Artem Andreyovitch. Il aurait préféré n'avoir sous ses ordres que les hommes qu'il connaissait. Comme moi, il avait dû être mal à l'aise d'avoir des inconnus à ses côtés, surtout des hommes loyaux à quelqu'un comme Ryjkov. Il avait dû les voir comme des espions dans ses rangs et n'avait certainement pas apprécié de les avoir dans son unité.

« Pourquoi est-ce que vous ne lui avez pas pris son arme ? demanda Stepan à Kroukov. Et où est Kochtcheï ?

— Ryjkov n'est pas là, répondit Kroukov.

« — Il est déjà parti au camp, vous voulez dire ?
C'est là qu'il est ? »

Ces mots de Stepan me firent tourner les yeux
vers Kroukov.

« Exactement. Il a emmené les prisonniers au
camp de détention, dit ce dernier, d'une voix lente
et appuyée.

— Alors, qu'est-ce qu'on attend ? » fit Stepan
Ivanovitch en affermissant sa prise sur son fusil et
en regardant Kroukov du coin de l'œil.

Ni ce dernier ni moi ne répondîmes.

« Vous voulez que j'aille chercher une corde,
demanda Artem Andreyovitch, ou vous préférez lui
tirer une balle dans la tête ?

— Attendez. »

Levant le bras gauche, Kroukov fit un geste circulaire de la main. Immédiatement, les autres cavaliers
s'avancèrent.

Pendant un moment, ils ne furent que des silhouettes
à contre-jour, traversant le givre rouge sang. Ils
étaient bons cavaliers et, comme les autres, je ne
distinguai leurs traits que lorsqu'ils furent presque
sur nous. C'étaient quatre visages que je connaissais bien : Boukharine, Manarov, Repnine et Nevski.
Quatre hommes qui avaient servi avec moi pendant de
nombreuses années. Quatre hommes que j'avais aimés
comme des frères, mais qui désormais me considé-
raient comme un traître et étaient très probablement
sur le point de m'exécuter comme tel.

En arrivant devant nous, ils se séparèrent, deux
d'entre eux partant sur la droite et deux autres sur
la gauche, avant de converger vers nous pour former
un demi-cercle autour d'Anna et moi. Nous étions
cernés. Plus de fuite possible.

« Nous avons un choix à faire », annonça Kroukov.

506

Sa voix était rauque, comme s'il avait besoin de se l'éclaircir.

« Une balle ou la corde, vous voulez dire ? fit Artem Andreyovitch en souriant à cette perspective.

— On devrait attendre Kochtcheï, dit Stepan. Ou le lui amener au camp. Il veut sûrement sa tête. »

Kroukov détacha alors les yeux de moi. Il se retourna sur sa selle pour regarder les hommes à sa gauche, puis ceux à sa droite. Lorsqu'il reporta le regard devant lui, il prit une grande inspiration.

« Kochtcheï est mort.

— Quoi ? »

Un éclair de confusion, puis de compréhension, passa dans les yeux de Stepan, mais, avant qu'il ait pu réagir, Kroukov leva son pistolet pour le pointer droit sur sa poitrine.

Aussitôt, les deux hommes à chaque bout du cordon braquèrent leurs armes sur Stepan et Artem.

« Qu'est-ce que vous faites ? demanda Stepan. Qu'est-ce qui se passe, enfin ?! »

— Je ne vous fais pas confiance, à l'un comme à l'autre, répondit Kroukov. Depuis le début. Votre présence n'est plus requise dans cette unité.

— Vous ne pouvez pas faire ça.

— Qui va m'en empêcher ? »

Stepan détacha les yeux de Kroukov pour me regarder dans la ligne de mire de son fusil.

« Je pourrais le tuer tout de suite. Je serais un héros.

— Non, tu serais juste un homme mort. Ou alors, tu peux t'en aller indemne. Tout de suite.

— Et tu nous laisserais partir comme ça ? » demanda Artem.

Kroukov réfléchit un instant.

« Non, dit-il enfin. Non, effectivement. »

Et il tira une balle dans le cœur de Stepan.

45

Kroukov était rapide. Il n'attendit pas de voir Stepan mourir. Dès son premier coup tiré, il fit volte-face pour viser Artem, lequel était si surpris qu'il avait à peine bougé. Sans perdre une seconde, Kroukov appuya sur la détente, et la tête d'Artem partit en arrière alors que la balle lui traversait le crâne.

La soudaineté de ces détonations troubla les chevaux. C'étaient des bêtes endurcies, toutes habituées au bruit des armes à feu, mais cela ne les empêcha pas de broncher, nous obligeant à faire un effort pour les maîtriser. J'aurais voulu qu'Anna ne voie pas ce genre de choses, mais si cela la dérangea, elle n'en montra rien. Elle se contenta de baisser la tête pour ne pas avoir à regarder, et se concentra sur la tâche de reprendre le contrôle de la jument de Tania.

Sans cavalier vivant pour les en empêcher, les montures de Stepan et d'Artem s'enfuirent. Celle de Stepan se força un passage entre Anna et moi pour filer en direction de l'isba, tandis que l'autre nous contournait pour galoper vers la forêt. Je ne me retournai pas pour les regarder partir ; elles étaient sans importance. Seuls comptaient désormais les soldats restants.

Mais pas un seul ne fit le geste de braquer son arme sur moi. Chacun d'eux apaisa son cheval comme si un lien puissant existait entre animal et cavalier, et quand le calme fut retombé, Kroukov rengaina son arme et s'avança vers moi.

« Je suis au côté de ces hommes depuis longtemps, tout comme vous l'étiez. Je crois que je les connais assez bien pour pouvoir parler en notre nom à tous. » Il prit un document plié dans sa poche et me le tendit. « Quelles qu'aient été vos raisons de partir, pas un seul d'entre nous ne vous qualifierait d'antipatriotique.

— Jamais », enchérit Boukharine, et les autres hochèrent la tête en signe d'assentiment.

Je saisis le document et le dépliai, pour découvrir les papiers d'identité que j'avais laissés sur un cadavre défiguré à Oulianov, une éternité plus tôt.

« Je les ai gardés pour vous, reprit Kroukov. Et voici ceux d'Alek. »

Il me tendit les papiers de mon frère, mais je ne les ouvris pas. Ce serait pour un autre moment.

Il prit ensuite le sac posé sur sa selle devant lui et me le passa.

« Avant de mourir, Stepan Ivanovitch a eu la bonté de m'apprendre qu'à une journée de cheval d'ici se trouve un village en ruine du nom de Nagaï », dit-il.

Ouvrant le sac, je découvris qu'il était rempli de vêtements.

« Dans la forêt juste au nord de Nagaï, continua Kroukov, il y a un camp de détention pour les conscrits et les exilés. »

Il n'était pas rare pour les unités tchékistes de construire des camps provisoires pour contenir leurs prisonniers avant de les affecter à une unité, les déporter ou les envoyer dans un camp de travail. Un de ces camps existait près de Kalouga, mais la région où nous nous trouvions était beaucoup plus au nord que celle où j'avais opéré en tant que tchékiste. Je ne connaissais pas les camps qui s'y trouvaient.

Je sortis la première pièce d'habillement du sac.

« Je me dis qu'un commandant tchékiste pourrait entrer dans ce camp et en ressortir avec qui il veut. »

Je relevai les yeux pour le regarder.

« Pour n'importe quelle raison, continua-t-il. Tant qu'il a des papiers et un uniforme. »

Je soulevai l'uniforme et l'examinai un moment. Lorsque je baissai les bras, je vis que Kroukov et les autres hommes me regardaient.

Il se racla la gorge et reprit :

« Quand voulez-vous partir ? me demanda-t-il. Vos hommes attendent vos ordres, commandant Levitski. »

46

Cela me faisait un effet étrange de me déplacer à découvert, avec une petite troupe derrière moi. Pendant si longtemps, je m'en étais tenu aux bois, traversant le pays en catimini parce que j'étais un fugitif ; mais voilà que j'étais redevenu un soldat. Je n'avais plus de raison d'éviter les routes, et nous avancions vite en direction de Nagaï, coupant parfois à travers champs et faisant voler la fine couche de neige et de givre sous les sabots de nos montures.

Anna chevauchait à mon côté, plus endurante que je n'aurais pu l'imaginer, mais son comportement m'attristait autant qu'il me réconfortait. Elle était vaillante, et cela allait m'être utile : elle ne serait pas un fardeau pour moi ni pour les autres hommes. Mais ce n'était qu'une enfant. Une fillette de douze ans, qui aurait dû être en train de jouer avec ses amis, de se disputer avec sa mère, de mener son père par le bout du nez. Pas de chevaucher aux côtés d'hommes armés.

Et pourtant, j'étais aussi fier d'elle qu'il était possible de l'être. Je la protégerais comme ma propre enfant, et j'étais content qu'elle ne soit pas restée avec Oksana et la vieille femme. Anna et moi avions, en seulement quelques jours, passé toute une vie ensemble, et l'idée de ne plus jamais revoir son pâle visage me hantait quand je laissais mes pensées s'aventurer dans cette direction.

De l'autre côté de moi chevauchait Kroukov, droit et raide sur sa selle, maigre et barbu comme si je traversais le pays avec Kochtcheï l'Immortel lui-même. Mais Kochtcheï était un personnage de conte. Un mythe. Il n'existait pas ; du moins, pas dans ce sens.

Ryjkov n'était pas loin de la vérité quand il avait dit que nous étions tous Kochtcheï parce que nous étions tous capables de choses terribles, mais il avait essayé de s'approprier le nom, et il était désormais en train de redevenir poussière dans un champ sans nom. Trouver la clé de sa destruction n'avait rien eu d'ésotérique. Il était mort comme n'importe quel autre homme. Tout comme Kochtcheï finissait toujours par mourir dans les *skazkas*.

À la mi-journée, nous nous arrêtâmes près d'une rivière pour manger et laisser reposer les chevaux. Ma femme et mes fils étaient désormais presque à ma portée, mais nos montures étaient fatiguées et Anna commençait à donner l'impression qu'elle allait s'endormir sur sa selle.

La steppe s'étendait à perte de vue dans toutes les directions, terne à présent que le soleil était perdu derrière un autre mur de nuages gris qui menaçaient d'apporter de nouvelles chutes de neige. L'herbe poussait dru et haut sur la berge, mais celle-ci était en pente douce et l'eau peu profonde, nous permettant d'y mener les chevaux pour les faire boire. C'était la première fois que nous mettions pied à terre depuis que nous avions rencontré Kroukov, et Anna se plaça de façon à ce que nous nous retrouvions côte à côte, coincés entre nos montures, pour pouvoir me parler en tête à tête.

« Je ne leur fais pas confiance, me chuchota-t-elle. Et ce Kroukov fait encore plus peur que la vieille femme à la ferme.

— Je ne pense pas qu'ils nous veuillent du mal. »

Je m'arrêtai au bord de la rivière et regardai l'eau tourbillonner au gré du courant. « S'ils devaient nous attaquer, ils l'auraient déjà fait. »

J'avais l'impression d'essayer de me convaincre moi-même.

« Alors, on reste avec eux ?

— Je connais ces hommes depuis longtemps ; nous avons vécu beaucoup de choses ensemble. »

Deux d'entre eux, Boukharine et Kroukov, avaient participé à la bataille de Grivino avec Alek et moi. Ils avaient combattu à mes côtés.

Avec une moue, elle lâcha les rênes de sa jument afin qu'elle puisse baisser la tête pour s'abreuver.

« Oui, eh bien, ça me fait des picotements dans le dos, de les savoir derrière nous.

— Je sais ce que tu ressens, répondis-je avec un sourire.

— Alors, est-ce qu'on peut les laisser passer devant ? »

Pendant que Kashtan buvait, je scrutai la steppe derrière nous à la recherche de Tuzik. Il avait réussi à nous suivre pendant un moment, mais il n'avait pas la force ou l'endurance d'un cheval, et s'était rapidement laissé distancer.

« Il va nous rattraper, me rassura Anna. Il le fait toujours. »

Je hochai la tête.

« Tu as raison. »

M'accroupissant en aval de l'endroit où buvaient les chevaux, je plongeai les mains en coupe dans l'eau glacée et m'aspergeai le visage pour en enlever le sang séché et laisser le froid m'engourdir le nez et la bouche.

« Qu'est-ce que ça donne ? demandai-je en me tournant vers Anna.

— C'est pas terrible. Tu as la lèvre enflée et un œil au beurre noir. Et un bleu sur le nez, aussi.

— Et c'est rien à côté du mal que ça fait. »

Je me relevai et pris un chiffon dans ma sacoche pour m'essuyer le visage. Sinon, l'eau aurait probablement gelé dessus.

« Alors, est-ce qu'on peut ? insista Anna.

— Mmm ?

— Les laisser passer devant ? Ce serait plus sûr pour nous d'être derrière eux.

— Le problème, Anna, c'est… »

Je regardai autour de moi. Kroukov était à deux ou trois mètres tout au plus de l'autre côté de Kashtan, et je baissai encore plus la voix.

« Je suis leur commandant. Ils s'attendent à ce que je prenne leur tête.

— Mais est-ce que tu l'es vraiment, ou bien ils mentent ?

— Eh bien, je ne pense pas qu'ils mentent. Je les connais depuis longtemps.

— Mais c'est une possibilité. Et si tu es leur commandant, tu peux faire ce que tu veux.

— Si seulement c'était vrai. Non, si je les laisse passer devant, ils vont croire qu'on ne leur fait pas confiance, et du coup, ils ne vont pas nous faire confiance non plus. C'est… compliqué.

— Oui, eh bien, je n'aime pas ça.

— Alors il faut qu'on reste vigilants. Et ne t'éloigne pas. Reste où je peux te voir tout le temps. Tiens. »

Prenant le couteau pliant de Tania dans ma sacoche, je le lui tendis. « Range ça quelque part à portée de main. Juste au cas où. »

Je ne pensais pas qu'elle en aurait besoin, mais cela la rassurerait, et bientôt viendrait peut-être un moment où je devrais la laisser seule avec certains de ces hommes.

Elle prit l'arme sans hésitation, la retourna entre ses mains et la glissa dans sa poche.

« Tu sais ce que j'étais, n'est-ce pas ? lui demandai-je.

— Un soldat, tu veux dire ?

— Mais tu sais quel genre de soldat ?

— Oui.

— Mais je ne suis pas une mauvaise personne. Je ne veux pas que tu croies cela. J'ai fait…

— Je sais ce que tu es, m'interrompit-elle. Tu n'es pas un mauvais homme. Papa t'aimait bien.

— Ça me fait plaisir. Moi aussi je l'appréciais. Beaucoup. Et merci.

— Pourquoi ?

— Pour ce que tu as fait dans l'isba.

— Je ne veux pas en parler.

— D'accord. Je comprends. »

Les hommes avaient peu de provisions, aussi Anna et moi les rejoignîmes pour partager avec eux ce que nous avions. Ils profitèrent de l'occasion pour parler avec moi, me serrer la main, me donner des tapes dans le dos et me dire quel plaisir c'était de m'avoir comme commandant à nouveau.

« Mais tout ce temps, vous m'avez traqué, fis-je remarquer.

— Vous n'aviez rien à craindre, dit Boukharine. Pas de notre part. »

C'était l'un des hommes que je connaissais depuis le plus longtemps : un subalterne, mais qui avait autant d'expérience que moi. Il avait participé à la guerre avant la révolution, puis s'était engagé volontairement dans l'armée populaire plutôt que d'attendre d'être enrôlé. Je ne connaissais pas plus pur soldat que lui, mais il avait toujours montré plus de loyauté envers son unité qu'envers Moscou. J'avais apprécié de l'avoir à mes côtés à Grivino.

« Vous auriez pu simplement me laisser m'échapper. Retourner auprès de Ryjkov et lui dire que j'étais mort.

— Il voulait qu'on vous capture vivant, m'expliqua Manarov. Ou qu'on lui ramène la preuve de votre mort.

— Quel genre de preuve ? »

Ils échangèrent des regards.

« Votre tête. »

C'est alors que je compris la peur que Kochtcheï avait véritablement inspirée à ces hommes. Un soulagement palpable émanait d'eux, comme si on leur avait retiré un grand poids des épaules, et j'imaginai ce que ç'avait dû être pour eux de me poursuivre, en se demandant tout ce temps ce qu'ils feraient s'ils me rattrapaient.

« Est-ce que vous m'avez laissé prendre de l'avance ? demandai-je. Vous échapper ?

— Pas vraiment, répondit Manarov avec un haussement d'épaules. Parfois vous cachiez mal vos traces, mais la plupart du temps vous étiez presque impossible à traquer. Dans la forêt, vous étiez comme un fantôme. »

Je souris et lui donnai une tape sur l'épaule.

« Bien aimable. »

Les hommes essayèrent de parler à Anna avec une gentillesse que je ne leur avais guère connue jusqu'alors, et qui me rappela qu'ils étaient aussi des frères, des pères et des fils. Lorsque nous étions une unité, nous avions pris notre travail au sérieux, punissant les déserteurs et recrutant de force comme nous étions censés le faire, mais nous n'avions pas été des brutes. Je m'étais laissé aveugler par mon devoir, tout comme ces hommes, mais j'avais fini par ouvrir les yeux sur l'horreur de ce qui était en train de se passer d'un bout à l'autre du pays, et je me demandai s'ils s'en étaient rendu compte aussi. Peut-être en avaient-ils assez vu pour que cela leur inspire un peu de compassion. Ou peut-être étaient-ils juste des hommes loyaux qui prenaient soin de la pupille de leur commandant.

Mais, pour sa part, Anna n'adressa pas la parole au moindre d'entre eux. Pas un seul mot.

Ils posèrent une toile goudronnée par terre pour qu'elle s'y installe, mais elle refusa de s'éloigner de moi et ne s'assit que lorsque je le fis moi-même. Ils allumèrent un feu pour faire du thé, mais elle ne but que lorsque je le fis. Nevski apporta même sa sacoche médicale et proposa de l'examiner, mais elle refusa en le dévisageant d'un œil plein de méfiance.

Kroukov s'assit à côté de moi, les poils de sa chapka en fourrure de renard ébouriffés par le vent, et la regarda d'un air impassible.

« C'est l'enfant de la ferme ? me demanda-t-il.

— C'est exact.

— Nous l'avions prise pour un garçon. Qu'est-il arrivé à l'homme qui était avec elle ? »

Je secouai la tête. Il rajusta son couvre-chef.

« Je suis désolé.

« — Je ne suis pas parti par lâcheté, dis-je. Je ne suis pas un lâche.

— Je le sais.

— Mais je n'aurais pas dû. Si j'étais resté, rien de tout cela ne serait arrivé.

— Ou peut-être que ce serait arrivé d'une façon différente. »

Il ôta ses gants pour rompre un morceau de pain en deux et m'en donna la moitié.

Je l'acceptai et fixai les yeux sur la rivière. Elle offrait un spectacle magnifique, avec le soleil qui se reflétait sur sa surface et les eaux vives qui couraient toujours dans son large lit. Quelques semaines encore, et l'hiver achèverait de la geler entièrement. Le froid aurait paralysé toute la nature hormis l'homme.

« Pourquoi est-ce que Ryjkov vous a chargés de me poursuivre ? demandai-je sans détourner les yeux de l'eau. Pourquoi est-ce qu'il ne l'a pas fait lui-même ?

— Il l'a fait. »

Kroukov prit une bouchée de pain et attrapa un morceau de *salo*.

« Au début, du moins.

— C'est vous qui lui avez dit que j'étais encore en vie ?

— C'était mon devoir. »

Je détournai les yeux de la rivière pour le regarder, assis à côté de moi. Ses joues creuses, sa peau tirée sur des pommettes anguleuses semblaient celles d'un cadavre. Ses yeux globuleux étaient presque trop gros pour ses orbites, et ses lèvres étaient minces. Si on m'avait dit que cet homme était Kochtcheï, je l'aurais cru. Il en avait l'apparence, le tempérament froid, la tendance à interpréter les ordres au pied de la lettre. L'espace d'un instant, je fus mal à l'aise en sa présence, et je me demandai si je ne m'étais pas laissé berner. Ça n'aurait pas été la première fois que je découvrais que quelqu'un n'était pas qui il disait être. Peut-être Ryjkov avait-il menti. Peut-être avait-il protégé la véritable identité de Kroukov. Peut-être était-ce lui qui avait eu peur de Kochtcheï.

La tête me tournait à force d'essayer de remonter les fils sans fin de l'épais tissu de mensonges qui nous étouffait. J'avais l'impression que je ne pourrais jamais plus être certain de quoi que ce soit. Tout n'était que mensonges. Tout était enveloppé de perfidie. Tout le monde cachait quelque chose.

« Ça va ? me demanda Kroukov.

— Bien sûr. »

C'était une idée ridicule. Si Kroukov avait été Kochtcheï, il m'aurait tué, depuis le temps ; l'embûche serait trop élaborée. Mais je ne pouvais pas complètement chasser ces soupçons de mon esprit. On était tous quelqu'un d'autre. Ça me faisait presque mal à la tête d'y penser. Tout ce que je voulais, c'était m'isoler avec ma famille, laisser le monde derrière moi et trouver un endroit où un homme était juste un homme. Un ami, un ami.

« J'étais obligé de lui dire, reprit Kroukov. Sans vous, c'était mon supérieur.

— Je comprends. »

Désobéir aux ordres constituait un crime capital. Ryjkov avait été à la tête de son unité avant qu'elle ne soit rattachée à la mienne, et donc, quand je n'avais plus été là, c'était à lui qu'était revenu le commandement. L'Armée rouge avait aboli les rangs et les titres, mais elle ne pouvait pas se passer de commandants. Sans officiers supérieurs, une armée n'était qu'une cohue.

Kroukov avait les yeux fixés sur le morceau de pain dans sa main comme s'il réfléchissait à quelque chose, et lorsqu'il les releva vers moi, son expression s'était radoucie.

« Toute ma vie, j'ai suivi les ordres, dit-il. Je n'ai jamais eu le commandement...

— Vous êtes un bon soldat.

— Laissez-moi finir. »

Il sortit une flasque de sa poche, l'ouvrit et la leva en me regardant. « À Alek. » Il la porta à ses lèvres et avala une gorgée avant de me la tendre en grimaçant.

« Vodka.

— À Alek », dis-je à mon tour avant de boire.

L'alcool me piqua la bouche en passant sur mes coupures et mes enflures, me brûla la gorge lorsque je l'avalai, mais il répandit une chaleur agréable dans ma poitrine. Je rendis la flasque à Kroukov et mordis dans mon morceau de pain noir pendant qu'il la rangeait dans sa poche.

« J'ai toujours suivi les ordres, reprit-il. Toujours fait confiance à mon officier supérieur. Alors quand j'ai compris que ce n'était pas vous dans ce fossé à Oulianov, je me suis senti trahi. J'étais en colère, alors j'ai informé mon nouveau commandant, Ryjkov, et on s'est immédiatement lancés à votre poursuite. Ryjkov était... Son comportement était étrange. On aurait dit un homme qui vient d'apprendre que sa femme l'a trompé. Je n'avais jamais rien vu de pareil. Je crois qu'il vous admirait. »

Je me rappelai ce que Ryjkov m'avait avoué dans l'isba la nuit d'avant. Ça me paraissait si loin, mais il ne s'était passé que quelques heures depuis qu'il m'avait dit combien je l'avais déçu.

« Nous avons reçu l'ordre de mater les paysans de la région, poursuivit Kroukov. Il y avait eu de la résistance aux réquisitions de grain et de bétail, et les bolcheviks

520

craignaient que le mouvement d'insurrection ne se propage. » Il prit une profonde inspiration. « Alors, on est entrés dans le premier village qu'on a rencontré. »

De nouveau, il plongea la main dans sa poche, et je remarquai qu'elle tremblait lorsqu'il porta la flasque à ses lèvres avant de me la tendre.

« C'est là qu'on a vu quel genre d'homme était Ryjkov, quel genre d'unité il menait.

— Ce n'est pas votre faute, lui dis-je. Vous ne saviez pas.

— Nous aurions dû l'arrêter. »

Je me rendis compte que les autres s'étaient tus pour écouter Kroukov. Lorsque je relevai les yeux, ils évitèrent tous mon regard, soudain fascinés par la rivière, la vaste steppe et la route qui la traversait.

« Ils ont pris les garçons et certaines des femmes. D'autres, ils les ont… » Il regarda Anna, puis baissa la voix en se rapprochant de moi. « Ils les ont violées. Ils ont exécuté les hommes d'une balle dans la tête, les ont pendus… Ryjkov lui-même a arraché la peau de la main d'un vieil homme. Et il y avait cette marque au fer rouge. L'étoile qu'ils…

— J'ai vu les choses qu'ils ont faites, l'interrompis-je.

— Mais vous n'avez pas vu leur visage quand ils les ont faites. Vous ne les avez pas entendus rire. Je n'arrivais pas à croire ce que je voyais, n'arrivais pas à croire que mon commandant puisse… On aurait dit un animal. Ou le diable. Ou…

— Kochtcheï. »

Il secoua la tête.

« Il était pire que ça. »

Il leva les mains devant son visage, les doigts tendus, comme s'il venait juste de remarquer qu'elles tremblaient, puis ferma les poings et les crispa sur ses cuisses.

« Quand on est ressortis du village, je lui ai dit le mal que j'en pensais, alors il a continué vers le village suivant et m'a envoyé vous chercher tout seul de mon côté.

— Vous avez eu de la chance qu'il n'ait pas essayé de vous tuer. »

Je gardai un ton neutre, et il n'entendit pas la question dans ma remarque. Si Kroukov avait vraiment exprimé son désaccord avec un homme tel que Ryjkov, j'étais surpris que ce dernier l'ait simplement laissé partir.

« Je crois qu'il en avait envie. Je l'ai vu tuer un de ses propres hommes pour avoir refusé de... » Il remarqua Anna qui le regardait. « Enfin bref, c'est sans importance.

— Alors qu'est-ce qui l'en a empêché ? demandai-je. Qu'est-ce qui l'a empêché de vous tuer ? »

Kroukov regarda les hommes assis avec nous.

« La loyauté de mes camarades, je suppose. Il savait que ces hommes risquaient de me soutenir, et il ne voulait pas avoir à combattre des soldats ; ce n'était pas son style.

— Mais il en a envoyé deux avec vous pour vous surveiller ?

— Oui.

— Il aurait dû en envoyer plus. »

Kroukov s'autorisa un sourire narquois, le premier signe d'émotion qu'il montrait, mais le contint immédiatement.

« Certains de vos hommes se sont laissé séduire par ses discours et sont restés. Dotsenko...

— Je l'ai vu. Après la ferme, je suis tombé sur un train dans la forêt.

— On l'a vu aussi. Tous ces blessés. Dans quel état était Stas ?

— Mort. »

Il soupira.

« C'était comme si Ryjkov leur avait jeté un sort, les avait convaincus qu'ils faisaient ça pour le bien de la révolution.

— Mais pas vous. Il ne vous a pas convaincu ? »

Il secoua la tête.

« Pas moi. » Il regarda autour de lui. « Pas nous. »

J'espérai qu'il ne se trompait pas. Il suffirait d'un seul qui partage sa vision tordue du patriotisme, d'un seul qui pointe son arme sur moi.

« Je n'ai jamais eu la moindre intention de vous exécuter pour désertion, reprit-il.

— Vous êtes sûr de ça ?

— Peut-être au début. C'était un crime. J'ai cru que c'était de la lâcheté, mais après… Plus on en a vu… » Il secoua la tête. « Vous êtes un meilleur homme qu'il l'a jamais été. Vous êtes le commandant, et maintenant vous voilà de retour à votre juste place. »

Je mis un moment à comprendre ce qu'il était en train de me dire.

« Vous voulez que je reprenne la tête de cette unité ? »

Je n'en croyais pas mes oreilles. Je ne pouvais pas revenir au point de départ comme ça ; tous ces morts, et pour rien ?

« Bien sûr, répondit-il. Si vous revenez maintenant, personne n'a besoin de savoir que vous étiez parti. Ryjkov et les autres sont morts. »

Je ravalai mes mots. Le moment était mal choisi pour dire à Kroukov que je n'avais aucune intention de reprendre le commandement de cette unité. Je voulais une vie de paix ; oublier les actes que j'avais commis et les expier en prenant soin de ma famille comme un père et un époux étaient censés le faire. Je voulais laisser le soldat derrière moi, mais je ne savais pas comment Kroukov allait réagir. Il me donnait une chance de réintégrer l'unité, mais si je refusais, peut-être se retournerait-il contre moi comme Ryjkov l'avait fait.

Mes épreuves n'étaient pas terminées. Je n'en avais pas encore fini avec le soldat en moi, et il était probable qu'il restait encore du sang à verser.

« Peut-être qu'on devrait y aller », dis-je en me remettant debout.

Kroukov se leva à son tour et se mit au garde-à-vous.

« Il est temps de revêtir votre uniforme. »

47

C'était à peine si on pouvait considérer Nagaï comme un village. L'endroit était totalement dépourvu de vie. Pas même un chien ne se promenait dans ce qui restait de la rue, mais c'était différent de ce que j'avais trouvé à Belev. Ici, pas une seule maison n'était intacte, pas un mur ne tenait encore debout. Les carcasses des bâtiments étaient noircies, effondrées sur elles-mêmes ou éparpillées, et il y avait des décombres partout : pierres fendues, briques effritées, poutres calcinées, clôtures abattues. Le sol était criblé de cratères assez profonds pour avaler un homme, et il régnait dans l'air une forte odeur de fumée rance. La neige de la veille au soir avait tenu par endroits, d'une blancheur éclatante sur le bois brûlé qui traînait partout.

« Pilonné à l'artillerie, déclara Kroukov alors que nous avancions parmi les ruines en balayant la destruction du regard. Ils n'ont eu aucune chance.

— Je me demande de quel bord ils étaient, dit Nevski derrière moi.

— Qu'est-ce que ça change ? demandai-je. Un civil reste un civil. »

Kroukov me jeta un coup d'œil.

« Ceux qui s'opposent à la révolution doivent être…

— Écrasés ? »

Il serra les dents, et les muscles de sa mâchoire saillirent.

« Ne serait-ce pas mieux de pouvoir juste vivre en paix ? suggérai-je.

— Une fois que les contre-révolutionnaires se seront calmés, on aura la paix. On arrache les mauvaises herbes et les cultures poussent bien, n'est-ce pas ? »

Je secouai la tête avec un soupir.

« Vous voyez trop les choses en noir et blanc.

— Non, pour lui, il n'y a que le rouge », fit Boukharine, provoquant les rires des autres hommes.

Kroukov leur jeta un regard sévère.

« J'ai vu l'erreur de Ryjkov, dit-il en me regardant de nouveau. La guerre ne doit être faite que contre ceux qui prennent les armes.

— Et ceux qui refusent de céder leur grain ? Ils ont besoin d'être écrasés aussi ?

— D'être éduqués. Pas crucifiés ou torturés.

— Et comment peut-on les éduquer ?

— Par le travail. Nous sommes tous égaux devant le travail. Nul homme ne vaut mieux qu'un autre quand il a la sueur au front et travaille pour le bien du peuple.

— Comme ma famille ? Elle devrait être dans un camp de travail, c'est ça ?

— Non, je... »

Il secoua la tête.

« Tout était tellement clair, avant.

— C'est vrai », acquiesçai-je.

Nous nous arrêtâmes bientôt parmi les ruines, à l'endroit où ce qui restait de la route passait entre elles pour regagner la steppe avant de tourner vers la forêt au nord.

« Il devrait être là-bas, me dit Kroukov.

Parmi les arbres. »

Parmi les arbres, songeai-je. Arriverais-je un jour à leur échapper ?

« Bien, fis-je, sentant l'impatience et l'inquiétude grandir en moi. Repnine et Manarov, vous venez avec nous. Boukharine et Nevski, je veux que vous restiez ici avec Anna. Protégez-la comme la prunelle de vos yeux.

— Je ne veux pas rester avec eux, intervint-elle, refusant de mettre pied à terre. Je veux t'accompagner.

— Anna.

— Tu ne peux pas partir sans moi. »

Je l'emmenai donc à l'autre bout du village pour lui parler en tête à tête.

« Ça va être dangereux, lui expliquai-je.

— Ça m'est égal. Tant que je suis avec toi, je ne crains rien. »

Sa confiance en moi me réchauffait le cœur, me rendait fier même, mais ce n'était pas le moment d'écouter ma fierté.

« Ce que je veux dire, c'est que c'est toi qui rendras la situation dangereuse. Vois-tu, un commandant qui entre dans un camp, ça ne choque pas, mais un commandant qui entre dans un camp accompagné d'une enfant, c'est autre chose. On va se demander ce que tu fais là. On risque de nous poser des questions délicates. Tu te rappelles quand j'ai parlé aux cosaques ? C'est exactement pareil.

— Tu es un commandant tchékiste. Tu peux leur raconter tout ce que tu veux.

— Personne n'est intouchable. Personne n'est à l'abri. Il faut que tu restes ici. Je suis désolé. »

Elle ne répondit rien, mais se renfrogna en regardant droit devant elle, me rappelant qu'elle n'avait que douze ans.

« Je vais faire aussi vite que je peux. Le camp ne doit pas être loin dans la forêt. Ça ne prendra pas longtemps.

— Je ne leur adresserai pas la parole.

— Tu n'auras pas à le faire. En fait, je ne veux pas que tu le fasses. »

Elle me regarda comme si elle ne comprenait pas.

« Je veux que tu gardes tes distances, et je vais leur demander de faire de même.

— Pourquoi ? Je croyais que tu leur faisais confiance ?

— C'est le cas. Enfin, je veux leur faire confiance. Je crois que je peux, mais ils veulent que je reprenne la tête de leur unité, et…

— Tu ne vas pas le faire, si ?

— Non. Et je ne sais pas comment ils vont réagir quand ils le découvriront, alors tu restes à l'écart, et s'il arrive quoi que ce soit, je veux que tu t'enfuies aussi vite que tu peux. Je te retrouverai.

— Comment ?

— Tuzik m'aidera. Il ne va pas tarder à nous rattraper.

— Et s'il me suit ?

— Il ne le fera pas. C'est moi qu'il cherchera. »

Anna se mordit la lèvre en réfléchissant.

« Mais tu vas revenir, c'est sûr ? me demanda-t-elle.

— Je te le promets. »

Elle ferma les yeux et hocha la tête.

« D'accord. »

Ce problème réglé, nous fîmes demi-tour pour rejoindre les autres qui nous attendaient. J'avais hâte de trouver le camp, et le jour touchait à sa fin. Il fallait que nous partions rapidement.

« Combien est-ce qu'il va y en avoir ? me demanda Anna alors que nous retraversions le village. Combien de prisonniers, dans le camp ?

— Je ne sais pas.

— Où est-ce qu'ils vont tous aller ? »

Au début, je ne compris pas sa question et me la répétai en me demandant ce qu'elle voulait dire ; puis l'idée me vint brusquement qu'Anna me prêtait des intentions un peu différentes de celles que je nourrissais.

J'arrêtai Kashtan et me penchai en arrière pour regarder le ciel. Puis j'enlevai mon bonnet et passai la main sur ma tête avant de me tourner vers elle.

« Je ne vais pas libérer tout le monde. Seulement Marianna et les garçons.

— Tu veux dire que tu vas laisser tous les autres là-bas ? C'est… »

Elle chercha ses mots.

« C'est injuste.

— Je sais, et je suis désolé pour eux, mais c'est comme ça. Je ne peux pas sauver tout le monde, Anna.

— Moi, j'essaierais.

— C'est parce que tu es une meilleure personne que moi. »

Le soleil se couchait sur la forêt lorsque nous approchâmes de l'orée des bois, et alors que nous y pénétrions en suivant une piste étroite, tout s'assombrit autour de nous.

Un silence inquiétant s'abattit sur le monde alors que les nuages s'épaississaient et que la neige se remettait à tomber pour la deuxième fois de l'hiver. Cette fois, les flocons étaient plus lourds, plus doux, comme des milliers de plumes emplissant l'air entre les arbres. Ils flottaient au gré des vents légers pour

aller se poser sur les branches nues, d'une tendre
gaieté sur le bois sombre des chênes, des châtaigniers
et des érables, d'une beauté envoûtante sur le vert
tenace des pins.

Je jetai un coup d'œil à Kroukov, qui chevauchait
juste derrière moi tandis que Repnine et Manarov
fermaient la marche, et me demandai ce qu'il était
en train de penser. Il me vint à l'esprit que toute
l'affaire n'était peut-être qu'un piège, qu'il m'attirait
dans la forêt pour me couper la tête ou me clouer
à un arbre. C'était un soldat et un patriote. Il ne se
considérait sans doute pas comme un penseur ou un
meneur, mais c'était un fidèle partisan. Il considérait
encore la guerre comme une entreprise vertueuse. Il
voyait encore un déserteur comme un déserteur, plutôt
que comme un homme qui avait vu et fait assez pour
simplement rêver d'un peu de paix.

Puis je me dis que s'il avait l'intention de me tuer,
il n'aurait pas fait tout ce chemin avec moi. Non, il
voulait m'aider. Il voulait me prêter son concours
pour tirer Marianna et les garçons d'un endroit où ils
n'étaient pas à leur place afin de me voir réintégrer
la mienne, à la tête de son unité. J'espérais seulement qu'une fois que j'aurais retrouvé ma famille, je
pourrais le persuader de voir les choses autrement.

Je ne voulais pas avoir à le tuer.

Situé à trois cents mètres à peine de la lisière
de la forêt, le camp avait été invisible des ruines de
Nagaï. Mais en nous rapprochant, nous commençâmes
à entendre des bruits de vie – un discret brouhaha
de voix, de temps en temps un cri ou un tintement de
métal –, et une image de l'endroit prit forme dans ma
tête. J'avais vu de nombreux camps de transit, et ils
se ressemblaient tous : c'étaient de petits ensembles
sordides de constructions, plus dignes d'abriter des

animaux que des hommes. Les prisonniers qu'ils hébergeaient étaient des criminels, des ennemis de l'État qui ne méritaient pas mieux.

Ou du moins c'était ce que j'avais toujours cru.

Mais celui-ci était tout neuf, et beaucoup plus grand que je ne m'y étais attendu. Il devait avoir fallu un grand nombre de travailleurs pour abattre tant d'arbres et en faire les cabanes de rondins qui se dressaient désormais dans la forêt. L'enceinte intérieure, entourée d'un haut grillage, contenait huit bâtiments assez grands pour accueillir vingt personnes chacun. Ils formaient deux rangs, séparés par un grand espace rempli en cet instant de prisonniers qui erraient sous la neige, serrés les uns contre les autres pour se réchauffer parce que les dortoirs devaient leur être interdits d'accès la plus grande partie de la journée. En approchant, je me redressai un peu sur ma selle pour essayer de repérer Marianna parmi eux.

Je portai les doigts au *tchotki* et priai pour qu'elle soit là.

Il aime noyer les femmes.

Jamais, même au combat, mon cœur n'avait battu plus fort. Je le sentais tambouriner dans ma poitrine, faisant affluer le sang dans tout mon corps de sorte que j'avais des fourmillements d'impatience dans les muscles. Je devais faire un effort pour rester calme, me retenir de lancer Kashtan au galop.

Quelques instants seulement me séparaient encore de l'objet de mes prières.

Si elle est là.

Je vous en prie, faites qu'elle soit là.

Juste à l'extérieur de cette enceinte intérieure soigneusement close, deux autres bâtiments couverts de neige servaient de quartiers aux soldats postés là pour surveiller le camp, ainsi qu'une plus petite cabane pour leur commandant. Toute la zone était encadrée par un autre grillage, haut d'au moins dix ou douze mètres. À l'extérieur de celui-ci, les arbres avaient été abattus pour qu'aucun ne le surplombe, et à chaque coin se dressait un mirador où un soldat montait la garde.

« Tout cela pour quelques paysans inoffensifs, murmurai-je.

— Qu'est-ce que vous dites ? me demanda Kroukov.

— Rien. »

L'entrée du camp se composait de deux portes, une à chaque bout d'un corral long de dix mètres qui servait de sas. Quiconque voulait entrer devait d'abord passer un portail extérieur, qui était ensuite fermé derrière lui pendant qu'il se dirigeait vers le deuxième portail donnant accès au camp.

Cette approche finale se faisait sous la surveillance des miradors.

Le chemin que nous avions pris à travers la forêt commença à s'élargir, et je le suivis jusqu'au portail extérieur à côté duquel se dressait un petit corps de garde.

« Quoi que je fasse, je veux que vous me suiviez, dis-je à Kroukov alors qu'il arrivait à ma hauteur. Est-ce bien compris ?

— Bien sûr, mon commandant.

— Reste calme, chuchotai-je à Kashtan en lui tapotant l'encolure. Reste calme. »

J'allai droit au portail et m'arrêtai, Kroukov à côté de moi, Repnine et Manarov derrière.

Sans me laisser le temps de le héler, un garde sortit du baraquement, chaudement vêtu d'un manteau et d'une *boudionovka*. L'étoffe du chapeau était aussi noire que des graines de pavot, sans la moindre trace de décoloration, et l'étoile brodée dessus était rouge sang. Dans les mains, il tenait un Mosin-Nagant de dragon comme celui que j'avais confié à Lev.

« Camarade commandant », dit-il en me détaillant du regard et en remarquant ma tenue.

Je ne portais plus les vêtements de paysan que j'avais endossés pour passer inaperçu. J'avais remis l'uniforme que j'avais laissé sur le corps d'un homme défiguré une éternité plus tôt, symbole d'un passé dont je ne voulais plus. L'uniforme que Kroukov m'avait rendu et qu'il souhaitait me voir porter alors qu'il allait jusqu'au bout de cette guerre sous mon commandement.

Le manteau marron était beaucoup plus chaud que celui que j'avais pris au paysan, mais porter l'insigne de l'Armée rouge, cousu sur les manches et les revers, me mettait mal à l'aise. Il me rappelait l'étoile pourpre et purulente dont Ryjkov avait marqué ses victimes. Et les brides de boutonnage et pointes de revers rouge vif me semblaient attirer l'attention, comme des taches de sang dans la neige.

Sous le manteau, je portais l'uniforme et les longues bottes noires que je ne pensais jamais revoir, et, par-dessus, un pistolet Mauser qui indiquait mon rang, rangé dans son étui en bois et fixé à la bandoulière en cuir sur ma poitrine. Plutôt que d'une *boudionovka* à étoile rouge, j'étais coiffé d'une casquette noire dotée d'une petite visière qui me tombait juste au-dessus des yeux. Le cuir en était vieux et fané, et l'étoile qui la décorait avait perdu son lustre.

« Nous n'attendions personne aujourd'hui, dit le garde en portant la main à son front pour se protéger les yeux de la neige. Merde ! Qu'est-ce qui vous est arrivé ?

« — Est-ce que vous savez toujours quand quelqu'un vient ? » répliquai-je en le regardant de haut.

J'étais un commandant tchékiste, désormais, pas un mari nerveux ou un père inquiet.

Il hésita avant de répondre :

« Non, camarade.

— Alors cessez de parler et laissez-moi entrer. Ou bien souhaitez-vous vous joindre aux prisonniers à l'intérieur ? »

Je le toisai du regard, et Kroukov m'imita. Je ne pouvais qu'imaginer l'impression que nous devions faire au jeune homme. Celle de soldats tchékistes aguerris, fatigués par une longue chevauchée, arborant une expression qui n'admettait pas de dissentiment.

Et pourtant, il suffirait d'un geste malencontreux, d'un mot déplacé pour faire naître les soupçons. Et nous étions entourés de soldats qui nous tueraient presque sans hésitation.

Le garde hocha la tête, puis se reprit.

« V… vos… vos papiers, s'il vous plaît, camarade », bégaya-t-il.

Je m'immobilisai, le dévisageant durement pendant un moment, comme pour lui demander comment il osait émettre une telle requête, puis je tournai les yeux vers Kroukov et soupirai, laissant voir au jeune homme mon dédain.

« Pourquoi est-ce qu'ils mettent des enfants à des postes à responsabilité ? » fis-je.

Me retournant vers le garde, je défis un des boutons de mon manteau et tirai mes papiers de ma poche intérieure. Je les lui tendis sans me pencher, l'obligeant à se rapprocher.

Il osa à peine me regarder dans les yeux lorsqu'il tendit le bras pour les prendre.

« Allons, dépêchez-vous », dis-je.

Il avait les mains tremblantes lorsqu'il déplia les documents. Il les parcourut du regard, releva les yeux vers moi, et les reposa sur les papiers.

« Ex... excusez-moi, camarade. Un instant. »

Et sur ces mots, il disparut dans le poste de garde.

Je me tournai vers Kroukov, qui haussa les épaules de façon presque imperceptible, puis un autre garde sortit du baraquement. Il avait le visage plus vieux, plus sévère, mais lui aussi eut du mal à me regarder dans les yeux.

« Grigori Ryjkov, dit-il.

— Commandant Ryjkov, le repris-je, avant de me tourner vers Kroukov en lui adressant un discret coup d'œil de mise en garde. Où est-ce qu'ils trouvent ces hommes ? Ils ne tiendraient pas plus d'une journée sur la route. »

Kroukov eut du mal à cacher sa confusion, se demandant pourquoi j'avais montré les papiers de Ryjkov plutôt que les miens. J'étais un soldat décoré : le nom de Nikolaï Levitski aurait attiré plus de respect que celui de Grigori Ryjkov, mais j'avais mes raisons pour mentir.

« Veuillez m'excuser, camarade commandant », dit l'homme avant de parcourir du regard les documents qu'il tenait entre ses mains épaisses. Il pinça les lèvres en une moue qui fit remonter les poils de sa moustache jusqu'à ses narines. « J'ai besoin de savoir... Quel est le but de votre visite ? »

Il regarda les soldats derrière moi.

« Nous venons prendre des prisonniers », répondis-je.

Il enleva son chapeau et gratta sa calvitie naissante en fixant une fois de plus mes papiers.

« Je...

— Ouvrez les portes. »

Il hocha la tête et reporta son attention sur Kroukov.

« Vos papiers ? »

Kroukov les lui tendit.

« Je sais que vous devez faire votre travail, camarade, dis-je, mais vous savez qui je suis, n'est-ce pas ?

— Oui.

— Alors je vous suggère de me donner accès à vos prisonniers tout de suite, ou j'aurai une petite discussion avec votre commandant. Je lui demanderai de me confier le soin de vous punir. Le camarade Kroukov ici présent est particulièrement doué pour arracher la peau des mains d'un homme lorsqu'il est encore vivant. Il arrive à la retirer comme un gant. »

À côté de moi, l'intéressé resta impassible.

« D'accord », dit le garde. Il déglutit de façon audible et rendit ses papiers à Kroukov en nous faisant signe d'avancer. « Laisse-les entrer. »

Son jeune collègue courut ouvrir le premier portail en intimant aux sentinelles dans les miradors de nous laisser passer.

Je fixai l'homme un long moment encore, puis fis avancer Kashtan dans le corral entre les deux portes.

« Vous croyez qu'on est hors de danger ? demandai-je dans un murmure.

— Je ne saurais dire, répondit Kroukov. Pourquoi est-ce que vous avez utilisé les papiers de Ryjkov ? »

J'ignorai sa question et continuai d'avancer alors que le premier portail de fil barbelé se refermait derrière nous dans un fracas métallique. Le plus vieux des deux gardes nous suivit à l'intérieur.

Nous étions désormais pris au piège, coincés entre les deux portes, à la merci des tours de guet devant nous. S'ils voulaient nous tuer, le moment était idéal. Aucun de nous quatre ne survivrait plus de quelques secondes.

Mais alors que nous atteignions la porte principale, elle s'ouvrit devant nous en roulant sur le côté, et je sentis mon cœur battre la chamade pendant que nous enjambions le sillon qu'elle avait laissé dans la terre.

Je voyais mieux les prisonniers dans l'enceinte intérieure. À première vue, ils étaient plus de deux cents à traîner devant les dortoirs, mais il y en avait peut-être plus, cachés entre les bâtiments. C'étaient pour la majeure partie des femmes et des enfants, pour certains à peine en âge de marcher, mais il y avait aussi des hommes. Ou, plus exactement, des garçons. Des garçons destinés à devenir soldats.

Faites qu'elle soit là. Faites qu'elle soit là.

La plupart d'entre eux nous regardèrent entrer dans le camp. Sous-alimentés, fatigués, effrayés, ils ne pouvaient que s'interroger sur ce que nous leur réservions. Ils devaient être habitués à voir des soldats arriver pour emmener tels ou tels d'entre eux dans des camps de travail ou des unités de l'Armée rouge, et déjà des groupes étaient en train de se former, des familles de se réunir, dans l'espoir de ne pas être séparés de leurs êtres chers. Je les regardai attentivement, à la recherche de Marianna et des garçons, mais je ne les vis pas.

Dès que nous fûmes tous à l'intérieur, les soldats refermèrent le portail et le garde passa devant nous au pas de course pour se diriger vers le bâtiment le plus proche de l'entrée. Il n'eut pas besoin de frapper à la porte, parce qu'au moment où il arrivait, elle s'ouvrit pour laisser sortir le commandant de la prison. Les deux hommes échangèrent quelques mots, et le garde regagna le portail, en hélant ses camarades pour qu'ils le laissent ressortir et retourner à son poste.

Le commandant du camp lissa sa tunique et s'approcha de nous, le noir brillant de ses bottes se détachant sur la fine couche de neige.

Je restai en selle, me mettant en position de supériorité en l'obligeant à lever les yeux pour me parler.

« Camarade Ryjkov, dit-il avec un sourire empressé. Je suis le commandant Donskoï. Je ne savais pas que vous deviez venir. »

Il ne put s'empêcher de regarder mon visage meurtri, mes lèvres enflées.

« Pourquoi l'auriez-vous su ? »

Son sourire disparut.

« Vos hommes sont encore là. Voulez-vous que je les fasse chercher ?

— Mes hommes ? »

Je ne pus me retenir de jeter un coup d'œil à Kroukov, qui resta impassible. Je cherchai dans son regard le moindre indice qu'il était au courant de ce fait, et il me vint à l'esprit que ç'avait précisément été son plan. Il m'avait amené quelque part d'où je ne pourrais m'échapper.

« Commandant ? »

Je baissai les yeux sur Donskoï et m'efforçai de ne rien laisser transparaître dans mon expression, tout en réfléchissant à toute vitesse à un moyen de me sortir de là. Si Kroukov était en train de me trahir, je n'avais aucune chance ; mais sinon, il fallait absolument que j'échappe au regard de ces hommes. Dès qu'ils me verraient, ils révéleraient ma véritable identité. J'avais des camarades derrière moi, des camarades que j'espérais loyaux. Ils étaient vifs et entraînés, mais nous serions en position de minorité si nous devions combattre. Trop de possibilités se présentaient à moi.

Il fallait juste que j'en choisisse une.

« Où est-ce qu'ils sont ? demanda Kroukov.

— Dans leurs quartiers. »

Le commandant indiqua le bâtiment le plus proche de l'entrée du camp. Il ressemblait à tous les autres, mais au lieu de prisonniers, il hébergeait les hommes qui pouvaient m'identifier comme Nikolaï Levitski. Quelque chose dans la voix de Donskoï, cependant, et dans la façon dont sa bouche se tordait, me donnait l'impression qu'il ne voyait pas d'un bon œil les hommes dont il était l'hôte.

« Qu'est-ce qu'ils y font ? » demandai-je en risquant un coup d'œil rapide en direction du bâtiment avant d'enfoncer ma casquette sur mon front et de laisser Kashtan pivoter de façon à ce que je lui tourne le dos. Si quelqu'un regardait par la fenêtre, il ne verrait qu'un homme à cheval.

Le commandant baissa les yeux une fraction de seconde avant de répondre :

« Ils dorment, camarade commandant.

— Ils dorment ?

— Ils ont dit que vos ordres étaient de se reposer une fois les prisonniers remis entre nos mains, et ils ont bu toute la journée. Ils ont également fait venir certaines des femmes dans leurs quartiers.

— Des femmes ? »

Je me retins de serrer les poings alors que la colère remplaçait la peur. « Et vous désapprouvez ? »

Il détourna les yeux et crispa les mâchoires.

« Je comprends, lui dis-je. Ils ne sont pas dignes de faire partie de mon unité. Dites à vos hommes de les arrêter. »

Donskoï ne put cacher sa surprise.

« Savez-vous qui je suis ? lui demandai-je.

— Seulement de réputation, commandant Ryjkov.

— Bien. Parce que non seulement ces hommes vous ont apporté les mauvais prisonniers, mais en plus ils ont abusé de cette réputation.

— Les mauvais prisonniers ?

— Faites-les arrêter, commandant. Qu'ils soient envoyés à Riazan. Peut-être quelques années de travaux forcés leur rappelleront-elles ce que c'est que d'être patriote.

— Vous ne voulez pas qu'ils soient exécutés ?

— Faisons-les plutôt travailler pour la gloire de la révolution. La mère patrie a toujours besoin de plus de main-d'œuvre.

— Je vais préparer les papiers. »

Il semblait déçu de s'être vu refuser une exécution.

« Signez-les vous-même, répondis-je. En attendant, je veux que vous me donniez accès aux détenus. Certains d'entre eux vont repartir avec moi aujourd'hui.

— Si vous me donnez le nom de ceux que vous cherchez, je vais demander à mes hommes…

— Si je voulais procéder de la sorte, je l'aurais fait, l'interrompis-je. Connaissez-vous donc le nom de tous vos prisonniers ?

— Non, mais nous pouvons…

— Ouvrez le portail.

— Bien sûr, camarade commandant. »

Il recula d'un pas, me salua et se retourna pour faire signe à un des gardes d'approcher. Il lui donna ses ordres, et lorsque l'homme repartit précipitamment en direction des baraquements, il s'approcha du portail et le déverrouilla avant de l'ouvrir en grand pour nous laisser entrer.

Je jetai un coup d'œil à Kroukov et mis pied à terre, le cœur battant à tout rompre.

J'étais si près.

Faites qu'ils soient là.

Je dus prendre sur moi pour ne pas me précipiter à l'intérieur en hurlant le nom de Marianna.

Kroukov et mes deux autres compagnons descendirent à leur tour de selle, et nous entrâmes dans l'enceinte.

Le commandant nous suivit et lança l'ordre aux prisonniers de se rassembler en rang devant nous.

Faites qu'ils soient là.

Ils offraient un spectacle pitoyable, frissonnant dans leurs vêtements sales et déchirés, maigres comme s'ils n'avaient pas mangé à leur faim depuis longtemps. Ils étaient comme des animaux en cage, à qui on jetait des miettes de nourriture et qu'on forçait à dormir entassés les uns sur les autres. Je me rappelai qu'Anna voulait que je les sauve tous, mais je ne pouvais pas le faire. Si injuste que soit la situation, je n'étais qu'un homme. J'allais déjà avoir du mal à sauver ma propre famille ; je ne pouvais même pas envisager de les emmener tous avec moi. Le monde des enfants était tellement plus simple.

Faites qu'ils soient là.

Je repérai aussitôt Marianna. Je l'aurais reconnue entre toutes. Elle avait les yeux fixés au sol, comme si elle craignait de les lever, et serrait nos fils contre elle, si fort qu'on aurait dit qu'ils étaient devenus une partie d'elle-même.

Mon cœur s'arrêta de battre. Mes yeux dévorèrent chaque détail de leur apparence.

L'état miteux de sa robe, les frissons qui l'agitaient sans son manteau d'hiver, les bottes fendues qui lui couvraient à peine les pieds.

Elle serrait nos fils contre elle autant dans un effort désespéré pour les protéger que pour profiter de leur chaleur. Son visage était plus maigre que je ne l'avais jamais vu, maculé de saleté, et ses cheveux emmêlés avaient perdu leur éclat.

Micha était voûté sous son manteau d'une façon qui n'était pas naturelle pour quelqu'un de son âge, et ses traits à lui aussi étaient plus anguleux qu'avant. Ces semaines de privation n'avaient pas été tendres avec lui. Ni avec Pavel, qui semblait plus petit que dans mon souvenir et nageait dans son manteau d'hiver, trop large pour ses frêles épaules. Il avait la tête baissée, les yeux fixés par terre, et je brûlais d'envie de l'attirer contre moi et d'enfouir le nez dans ses cheveux.

Ils étaient en vie.

Le désespoir qui émanait d'eux m'était presque insoutenable. Je voulais crier leur nom et jeter mes bras autour d'eux. Passer ma rage sur ceux qui leur avaient fait du mal. Tomber à genoux et remercier le Ciel qu'ils aient survécu.

Mais il fallait que je reste calme. Que je joue mon rôle de manière crédible.

Marianna leva les yeux pour voir qui était arrivé. D'abord, elle ne vit qu'un soldat à la casquette baissée et détourna le regard, ne voulant pas attirer l'attention sur elle. Mais elle avait vu quelque chose qu'elle reconnaissait. C'était évident, à son expression. Ses yeux qui s'écarquillaient. Sa bouche qui s'entrouvrait.

Et lorsqu'elle risqua un autre regard, elle rencontra le mien.

L'espace d'une seconde, ce fut comme s'il n'y avait personne autour de nous. Nous étions seuls au monde.

Je plongeai mes yeux dans les siens, de la couleur du ciel en été, pris d'un désir presque irrépressible de la toucher. Je voulais poser les mains sur la peau pâle de ses joues, juste pour m'assurer que c'était elle, qu'elle était bien vivante. Je dus faire appel à toute ma force et toute ma retenue pour cacher mes émotions alors que je regardais mes fils, brûlant de les prendre dans mes bras, de les serrer contre mon cœur. Je mourais d'envie de presser mon visage contre celui de Micha, d'embrasser Pavel sur les cheveux et de humer l'odeur dont je me rappelais si bien.

« Camarade commandant ? demanda Donskoï. Est-ce que tout va bien ? »

Et le charme se rompit. Mon cœur repartit avec un hoquet. Marianna commença à ouvrir la bouche pour parler, mais je secouai vivement la tête, de façon presque imperceptible, pour la mettre en garde.

Je me détournai, espérant qu'elle avait compris le message.

Il me fallut faire appel à toute ma force d'âme pour essayer de l'ignorer. Chaque fibre de mon corps protesta. En m'approchant du premier homme dans le rang de prisonniers, je risquai un autre coup d'œil dans sa direction, et la vis chuchoter quelque chose à Micha et à Pavel. Ils levèrent la tête pour me regarder, mais Marianna posa une main sur le crâne de chacun pour ramener brutalement leur attention devant eux. Cela ne les empêcha pas de me couler des regards en coin, et je priai pour qu'ils ne disent rien.

Prenant sur moi, je commençai à remonter le rang de prisonniers, dévisageant chaque personne que je n'allais pas sauver. J'avais peine à me concentrer sur quoi que ce soit. Tout se brouillait devant mes yeux, et je devais retenir mon regard de s'égarer en secouant la tête chaque fois.

Lorsque j'arrivai devant Marianna et les enfants, j'avais la bouche sèche, et je dus croiser les doigts pour masquer le tremblement de mes mains alors que je disais à Kroukov, avec un hochement de tête :

« Ceux-là.

— Avancez », ordonna Kroukov, et, lorsqu'ils s'exécutèrent, il les fit sortir de l'enceinte avant que mes fils ne puissent dire quoi que ce soit.

« C'est tout ? » demanda le commandant Donskoï.

Je voyais bien qu'il avait envie de demander. De savoir pourquoi j'emmenais ces prisonniers.

« Mission secrète, lui dis-je en baissant la voix. Ordres de Moscou. »

Ce disant, je balayai le reste des prisonniers du regard, songeant une fois de plus à ce qu'Anna avait dit, mais je ne pouvais rien pour eux. Je devais les abandonner à leur sort.

Donskoï se redressa et raidit le dos. Il rapprocha les pieds et bomba le torse comme un paon.

« De Moscou. Bien sûr, camarade commandant. Je comprends. »

Je le laissai savourer son moment de fierté, puis me retournai pour regarder Kroukov s'en aller avec ma famille. Ce faisant, je remarquai des soldats en train de sortir d'un des baraquements situés dans l'enceinte extérieure. Ils étaient cinq, armés de fusils, et se dirigeaient vers le bâtiment où dormaient les derniers hommes de Ryjkov.

« Vous voulez leur parler avant qu'on les arrête ? me demanda Donskoï alors que nous retournions auprès des chevaux.

— Non. »

Je mis le pied à l'étrier et me hissai sur le dos de Kashtan.

« Je dois m'en aller.

— Si vite ? Laissez-moi vous offrir un…

— Merci, l'interrompis-je. Mais Moscou ne peut pas attendre.

— Bien sûr. Je comprends. »

D'une pression des genoux, je mis Kashtan au pas et la dirigeai vers le portail. Kroukov vint se placer à côté de moi, tandis que Repnine et Manarov prenaient position derrière nous. Mes prisonniers, ma famille, étaient devant nous, attendant à la porte que les gardes leur ouvrent.

Des baraquements nous parvinrent des cris. Un tumulte de voix furieuses et de jurons. Puis un coup de feu solitaire, suivi du crépitement de plusieurs armes tirant en même temps.

Les gardes dans les miradors tournèrent tous leur fusil vers le dortoir, tandis que les hommes postés au portail ôtaient le leur de leur épaule, en faisaient jouer la culasse et se préparaient à tirer. Le commandant du camp dégaina son pistolet et attendit de voir ce qui allait émerger du bâtiment.

Kroukov, Repnine, Manarov et moi avions également sorti nos armes.

Puis il y eut un silence.

Pas un son ne nous parvenait du baraquement.

Tout le monde attendait sous la neige qui se déposait en épais flocons sur nos épaules.

En cet instant où le temps semblait s'être arrêté à l'intérieur du camp, je m'adressai à Kroukov, d'une voix à peine plus forte qu'un murmure :

« Faites sortir ma famille d'ici. Quoi qu'il advienne. »

La porte du dortoir s'ouvrit et un soldat sortit dans le crépuscule. Il était pieds nus et avait les mains jointes sur la tête. Il fut suivi d'un deuxième, puis d'un troisième homme, eux aussi pieds nus et mains sur la tête. Les gardes qui émergèrent du bâtiment après eux les firent s'aligner et se mettre à genoux.

« Qu'est-ce qui s'est passé ? demanda le commandant du camp.

— Il y en a un qui a tiré sur Souvarov, répondit l'un des gardes.

— Alors vous l'avez abattu ?

— On n'a pas eu le choix. Il nous aurait tous tués. »

Le commandant se retourna vers moi.

« Qu'est-ce que vous voulez que je fasse d'eux ? »

Les hommes de Ryjkov levèrent tous la tête pour me regarder. J'avais la casquette tirée bas sur le front et il faisait déjà sombre, aussi espérai-je qu'ils ne voyaient pas mon visage, mais je ne pouvais pas prendre le risque qu'ils m'identifient. J'étais trop près du but, désormais.

Trop près.

« Ce sont vos prisonniers, maintenant, répliquai-je en talonnant Kashtan. Faites-en ce que vous voulez. »

J'entrai au trot dans le corral, au coude à coude avec Kroukov, et alors que nous arrivions à mi-chemin, le portail se referma derrière nous et une volée de coups de feu fendit l'air du soir.

Lorsque la porte extérieure s'ouvrit devant nous, je la passai sans rien ressentir pour les hommes qui venaient de mourir. Plus rien de ce qu'il y avait derrière moi n'avait d'importance – tout ce qui comptait était devant.

48

Marianna avançait avec un bras autour du cou de chacun de nos fils, pour qu'ils ne puissent pas regarder derrière eux et éveiller les soupçons des gardes. Pavel essaya de se retourner, mais Marianna le retint durement.

Côte à côte avec Kroukov, je suivis les traces qu'ils laissaient dans la neige. Les yeux rivés sur leur dos, je me contrôlais, mais malgré tous mes efforts pour les réfréner, les larmes me montèrent aux yeux.

Je les essuyai d'une main gantée et me tournai vers Kroukov pour le remercier.

« Et maintenant ? » me demanda-t-il.

Je m'éclaircis la voix, me laissant une chance de retrouver mon calme.

« Je rentre chez moi, lui répondis-je. Je ramène ma famille chez moi.

— Et votre unité ?

— Pendant un moment, là-bas, j'ai cru que vous alliez me trahir, lui dis-je en reportant mon attention sur ma famille et en sentant une boule me monter dans la gorge.

— Ça peut être difficile de savoir à qui faire confiance, acquiesça-t-il.

— Mais à vous, je peux.

— Oui.

— Même si je vous disais que je n'ai aucune intention de reprendre le commandement de cette unité ? »

Il hocha la tête.

« Comment pourriez-vous faire ça alors que vous êtes mort ? »

Ses mots me surprirent, et, sans réfléchir, je me tournai vers lui.

Ma main se dirigea vers mon pistolet.

Kroukov perçut mon mouvement et secoua la tête.

« Ce n'est pas ce que je veux dire. Nous sommes les seuls hommes à vous savoir vivant. Tous ceux qui vous ont accusé de désertion sont morts. C'est pour ça que vous avez utilisé les papiers de Ryjkov, tout à l'heure. Vous ne vouliez pas qu'on sache que Nikolaï Levitski est en vie.

— Vous, vous le savez. Et les autres aussi.

— Mais nous vous sommes tous loyaux. Tout ce que nous savons, c'est que vous êtes mort. Nous le jurerons s'il le faut. »

Et pour une fois, je crus à sa promesse.

49

Nous maintînmes l'illusion d'une unité escortant des prisonniers jusqu'à ce que nous soyons ressortis de la forêt ; et, même alors, je n'osai pas croire que j'avais réussi à récupérer ma famille sans que personne ait été blessé.

Lorsque nous eûmes complètement laissé les arbres derrière nous et que nous fûmes arrivés dans le village en ruine, à l'abri de ses bâtiments dévastés, Marianna s'arrêta pour se retourner vers moi, et je vis ce qu'il y avait dans ses yeux. Ce n'était pas du bonheur, mais un immense soulagement. Elle avait fait tout ce chemin à pied, avait vu le même genre d'horreurs que moi sur la route. Peut-être avait-elle été témoin des tortures et du marquage au fer rouge infligés par Ryjkov et s'était-elle demandé quand il lui ferait subir le même traitement, à elle ou à nos fils. Elle avait été emprisonnée, affamée, maltraitée. Elle avait attendu d'être déportée dans un camp de travail et avait dû savoir que cela était synonyme d'une mort certaine.

Maintenant qu'elle était libre, elle était submergée par le soulagement.

Lorsque les enfants se retournèrent à leur tour, Pavel s'écria : « Papa ! » et s'élança vers moi alors que je descendais du dos de Kashtan, l'amie fidèle qui m'avait emmené si loin sans jamais me faire défaut.

Micha accourut derrière lui, aussi rapidement que son frère, et, une seconde plus tard, mes deux fils m'enlaçaient comme pour vérifier que j'étais bien réel.

« Papa », répétaient-ils encore et encore en se serrant contre moi, la tête levée pour me dévorer des yeux.

Je leur rendis leur étreinte et les embrassai, puis enfouis le visage dans les cheveux de Pavel. Et ce faisant, je regardai Marianna par-dessus leurs têtes.

Elle était tellement plus maigre que dans mon souvenir, mais tout aussi belle.

Enlevant mon manteau, je lui tendis la main.

Elle la prit et se mit à pleurer, le visage convulsé, les épaules secouées d'énormes sanglots.

« Marianna. »

Je passai le vêtement autour d'elle.

« Je t'ai retrouvée.

— Kolia, fit-elle en portant les doigts à mon visage et en me dévisageant silencieusement, sans y croire. Kolia. »

Je l'attirai contre moi pour que nous soyons tous ensemble, et nous restâmes ainsi, accrochés les uns aux autres, comme pour ne plus rien laisser nous séparer.

Je fermai les yeux et serrai longuement ma famille contre moi.

Lorsque je les rouvris, Anna attendait non loin de là, à côté de Tuzik.

« Voici Anna, annonçai-je. Elle va venir avec nous.

— Anna, répéta doucement ma femme, comme pour tester le prénom, en regardant la fillette.

— Elle fait partie de notre famille, maintenant, dis-je en lui tendant une main.

— Où est-ce qu'on va aller ? me demanda Marianna. À la maison ? »

J'avais été tellement obnubilé par l'idée de les retrouver que je n'avais guère réfléchi à ce que nous ferions après. Peut-être avais-je eu trop peur qu'ils ne soient plus en vie et que nous n'ayons pas d'avenir ensemble. Mais une chose était sûre : nous ne pouvions pas rentrer chez nous.

Il n'y avait plus rien pour nous à Belev, sinon des morts.

Puis je me rappelai le dernier endroit où j'avais éprouvé un réel sentiment de bien-être et de confort. Je me rappelai l'amitié de Lev et l'accueil chaleureux qu'il m'avait réservé.

« Je connais un endroit, dis-je alors qu'Anna mettait sa main dans la mienne et que je l'attirais contre nous. Une ferme loin de la route. Je crois qu'on y sera en sécurité pendant un moment.

— Et après ?

— Et après, on sera ensemble, répondis-je. Tous les cinq. Quoi qu'il advienne. »

Imprimé en France par CPI

N° d'impression : 3025668
Dépôt légal : octobre 2016
Nouveau tirage : novembre 2017
X06900/03